Richard Rayner

DER SINN DER RACHE

Roman

Deutsch von
Werner Richter

ROWOHLT

Die Originalausgabe erschien 1997 unter dem Titel «Murder Book»
bei Houghton Mifflin Company, New York

Redaktion Martina Behrens

1. Auflage Juli 2001

Umschlaggestaltung Cordula Schmidt
(Foto: stone/Philip Condit)
Satz aus der Minion PostScript PageMaker
Pinkuin Satz und Datentechnik, Berlin
Druck und Bindung Clausen & Bosse, Leck
Printed in Germany
ISBN 3 498 05749 9

Die Schreibweise entspricht den Regeln
der neuen Rechtschreibung.

FÜR PÄIVI
UND DIE JUNGS

Mitsamt meiner Rotte von wilden Phantomen,
die horchen gar folgsam auf meine Befehle,
mit glühendem Schwert, auf luftigem Pferd,
den Abzweig in weglose Wildnis ich wähle.

Hervor tritt ein Ritter der Schatten und Geister,
der fordert mich auf, unsre Lanzen zu kreuzen.
Zehn Meilen er nennt vom irdischen End.
Mich deucht, jener Ort könnte gar nicht so weit sein.

(aus der Ballade von Tom O'Bedlam, anon.)

1

Ich heiße Billy McGrath. Ich bin vierzig, knapp eins achtzig und sitze an diesem schwefeligen Abend in Los Angeles noch spät in meinem Büro, wo ich im Zwiegespräch mit mir selbst in einen Kassettenrecorder rede. Ich bin halb Amerikaner, halb Engländer – eine Mischung zweier Nationen, zweier Sprachen und zweier verschiedener Sichtweisen auf die Welt. Gezeugt wurde ich in Arizona, geboren im fünften Stock des Santa Monica Hospital, aber meine erste Beichte legte ich in einer Kirche in England ab; dort lernte ich auch schießen, zwischen Feldsteinmauern aus der Zeit von Julius Cäsar. Ich studierte drei Jahre lang Philosophie an der Universität einer Stadt im Norden, die von einer rußgeschwärzten Kathedrale auf einem Hügel beherrscht wurde, ein mittelalterliches Mahnmal für das höchste Streben der Menschen und die Vergänglichkeit der Welt.

Zurück nach Amerika brachte mich ein Stipendium für eine Doktorandenstelle an der UCLA; das mit der Dissertation hatte ich allerdings bereits aufgegeben, als ich meiner Frau, von der ich inzwischen wieder geschieden bin, mit einem Jack Daniels in der Hand und nur drei Tage bevor sie mir das Leben rettete, in der Bar von Marty McFlys Sportclub an der Interstate 5 in Burbank begegnete. Wir haben heute ein Kind, unsere Tochter Lucy, und wir wohnten lange zusammen in einem zweistöckigen, schlammfarbenen Haus in einer dieser Fußgängerzonen von Venice, wo man nicht mal parken darf. Nachdem ich ausgezogen bin, ließ meine Frau das Haus völlig umgestalten, und jetzt ist es in einem sehr hübschen Blauton gehalten. Ich bin Bulle, auch wenn's schon eine Weile her ist, dass ich etwas mit Recht und Ordnung zu tun hatte.

Von der Decke meines Büros hängt ein hölzernes Schild herunter mit der Aufschrift MORDKOMMISSION und dem Bild einer kleinen noch rauchenden Pistole, einer 9-Millimeter, damit ich's nie vergesse. Wenn ich mich auf meinem Stuhl drehe, sehe ich die verschlossenen Aktenschränke, die meinen Schreibtisch von drei Seiten umzingeln. Diese Schränke sind ganz anders als die schrottigen Metallregale im übrigen Gebäude, sie sind handgeschreinert aus Kiefernholz von einem Tischler in Mar Vista, der zufällig auch Särge herstellt und, weil er das als angemessenen Ausgleich betrachtet, der Mordkommission einen Rabatt einräumt.

Die Schränke glänzen und schimmern, es sind acht Stück, jeder zwei Meter hoch und einen Meter breit, mit sieben Regalbrettern, auf denen wiederum je dreißig fünf Zentimeter dicke Plastikordner ruhen, die so genannten Mordakten, die Unterlagen zu jedem einzelnen Mordfall in unserem Revier. Manche tragen einen roten Punkt auf dem Rücken – ungelöst, laufende Ermittlungen. Die mit den gelben Punkten haben wir aufgeklärt: Täter und Motiv wurden ergründet, die Ursachen von offensichtlichen, bisweilen scheinbar unwichtigen Vorgängen herausgekitzelt, sodass in ein verfluchtes Chaos Ordnung, wenn nicht gar Logik eingetreten war. Sieben der Aktenschränke sind komplett voll. Nur in dem einen unmittelbar hinter mir ist noch ein bisschen Platz frei: zwei leere Regalbretter. Zu meinen Füßen steht ein offener Karton mit sauberen neuen Ordnern, die auf ihren Einsatz warten, aber diesmal greife ich in das Regal hinter mir nach einem ganz bestimmten Ordner.

Bevor ich ihn aufschlage, will ich noch erwähnen, dass mein allererster Mordfall nicht hier in Venice begann, sondern unten in South L.A., Ecke Sixty-fifth und Vernon, in einem hübschen Holzhaus zwischen lauter ganz ähnlichen Häusern, die allesamt Gitter vor jedem einzelnen Fenster hatten. Zwei Opfer. Ein Schwarzer, dem ein Dumdumgeschoss den ganzen Hinterkopf weggerissen hatte, neben ihm seine weiße Freundin; jemand hatte ihr ins Gesicht geschossen und beide Arme abgehackt. Der dafür benutzte Spaten lag in einem Schlachtfest aus Blut und Knochen auf dem Boden. Ein magerer weißer Arm lag daneben, den anderen konnten wir nicht finden und sein Verbleib wurde auch nie geklärt. Das wirklich Schlimme daran aber war das mit der kleinen Tochter, einem Mischlingskind, zwei Jahre alt und unversehrt, jedenfalls wies sie keine körperlichen Verletzungen auf. Man hatte sie auf ihrem Kinderstuhl festgebunden und ihr den Mund mit Klebeband verschlossen, damit sie nicht schrie, während sie zusah, wie ihre Eltern ermordet wurden.

Ich war damals noch ein richtiger Anfänger, ein so genannter *boot*, ein Türsteher in Uniform, der versuchte, sich in der Schweinerei nicht die Schuhe schmutzig zu machen. Aber als ich an dem Abend nach Hause kam, waren meine Sohlen mit Blut und einer getrockneten grauen Masse verklebt, die wohl Hirn sein musste. Ich setzte mich an den Küchentisch und säuberte sie, dabei fragte ich mich, wie solche Dinge eigentlich passieren konnten. Ich überlegte, an welchem Punkt eine Tat abscheulich wurde. Wie brutal und wie vorsätzlich musste sie dafür sein? Ich schwor mir, ich würde dieses kleine Mädchen alle sechs Monate besuchen, um nachzusehen, ob es ihr gut ging. Ich hielt mein Versprechen auch, bis zu ihrem sechsten Lebensjahr, als sie schon Zöpfe trug und sich immer noch weigerte zu sprechen; aber dann, ohne dass ich mich an einen wirklichen Grund dafür erinnern kann, verpasste ich einmal einen Termin, dann noch einen und den nächsten, bis es mir schließlich zu peinlich war, wieder hinzugehen.

Ich will keine große Sache daraus machen, obwohl ich glaube, dass diese Geschichte zusammen mit der Tatsache, dass ich mich hier nicht richtig stark verwurzelt fühle und dass ich diese englische Kathedrale auf dem Hügel vermisse, doch eine gewisse Rolle bei all dem spielt, was geschehen ist. Ich hatte mich zu sehr daran gewöhnt, abscheuliche Verbrechen zu sehen. Am Anfang will man es anders machen, und am Ende wird man selbst so, obwohl auch das eher nach einer Ausrede klingt. Mit vierzig Jahren hab ich jetzt zwanzig Jahre als Engländer und zwanzig als Amerikaner hinter mir, was im Grunde heißen könnte, dass ich gar nichts habe.

2

Ich konnte nicht sagen, wie groß die Menschenmenge in der Santa Clara Avenue war, bei all dem Regen und den vielen feucht glänzenden Schirmen. Die Leute hüpften immer wieder hoch und liefen in dem Unwetter hin und her, aber ich sah bald, wie ähnlich sich die meisten Gesichter waren: klitschnass und mit einem monotonen Ausdruck neugieriger Aufregung – alle waren sie wegen der Show gekommen. Vor mir stand ein schwarzer Straßenjunge mit kahl rasiertem Schädel, um die zehn Jahre alt, in der typischen Rap-Gangsta-Kluft, triefendes weißes T-Shirt und sackartige, feuchte Jeans, deren Schritt ihm fast bis zu den Knien herunterhing.

«Hey, Kleiner. Wie heißt du?»

«Nelson.» Grinsend drehte er sich um, damit seine Kumpel sahen, dass er keine Angst hatte. Dabei flogen die Regentropfen von seinen Augenbrauen zu mir hinüber und trafen mich am Hals.

«Was läuft denn so, Nelson? Schilder mir mal die Lage, Mann.»

«Da gibt's 'ne tote Lady.»

«Nur eine?» Ich grinste zurück, aber Nelson war unsicher, ob das ein Witz sein sollte oder nicht. Ehe er sich entscheiden und den harten Kerl markieren konnte, war ich schon an ihm vorbeigegangen; ich dachte mir die Menschenmenge weg und auch die dreißig oder mehr uniformierten Kollegen, die da herumkrebsten und geschäftig taten, und stellte mir vor, dass ich ganz auf mich allein gestellt in diesen Fall eintauchen musste. Ich bemühte mich, den ganzen Trubel und Lärm auszublenden, meinen Verstand an einen stillen Ort zu befördern, so als würde ich in einen dunklen Wald eindringen und von nun an jede Kleinigkeit – jedes fallende Blatt und jeden knackenden Zweig – innerlich aufzeichnen und mich später daran erinnern, falls ich je wieder hinausfinden sollte.

Es war ein besseres Haus, als man im Oakwood-Viertel von Venice erwartet hätte, mit zwei wuchtigen weißen Sofas, einem neuen, teuren Teppich und hellen, frisch gestrichenen Wänden. Über dem Kamin hing ein Bild von Jesus in einem Ebenholzrahmen und darunter, links vom Kamin, auf einem runden Glastischchen, standen sieben oder acht Familienfotos. Es gab eine teure Stereoanlage und fünf Videorecorder, alle zum Kopieren miteinander verkabelt, und haufenweise CDs, Hunderte davon, vielleicht sogar über tausend. Irgendwer in diesem Haus war verrückt nach Musik. Es hing ein starker Geruch in der Luft, der nicht recht passte – Erdbeeren.

In der Küche lag eine schwarze Frau auf dem Boden, das Gesicht nach oben, der Kopf nach Süden gerichtet. Sie war etwa fünfzig und ganz in Weiß gekleidet – weißer Jogginganzug, weiße Socken, teure weiße Laufschuhe. Ihre Knöchel waren mit weißer Nylonschnur gefesselt, und da die Hüfte etwas ungelenk nach oben zeigte, vermutete ich, dass man ihr auch die Hände hinter dem Rücken festgebunden hatte. Auf dem rechten Knie ihrer Trainingshose waren Blutspuren, die mich an Kaulquappen mit nach oben zeigenden Schwänzchen erinnerten.

Der Anzug war vorne aufgerissen, zerfetzt, und sie hatte Verbrennungen an Hals und Brust. Ich zählte sieben, fast wie Brandzeichen an einem Tier, blutig und mit frischen Wundrändern, jedes etwa von der Größe eines glühenden Zehncentstücks. Möglicherweise waren sie mit dem brennenden

Ende einer Zigarre oder Zigarette gemacht worden. Außerdem hatte man ihr ins linke Auge geschossen, und auch aus der Nase war Blut gequollen. Das geöffnete rechte Auge starrte zur Decke hoch. Das andere, das zerstörte, war eine eklige rot-schwarze Masse, von innen nach außen gestülpt wie eine zerquetschte Schnecke. An einer Seite trat ein zäher grauer Brei aus Gehirnmasse aus.

Die Hintertür war verschlossen und verriegelt. Auf der Arbeitsplatte neben dem Wasserkühler sah ich einen sauberen Löffel und einen Plastikbären mit Honig, der flach auf dem Bauch lag; zwei oder drei Tropfen waren herausgelaufen, und schon hatten sich die Ameisen, die vor dem Regen ins Haus geflohen waren, um ihn versammelt.

Die Türen zum Schrank unter der Spüle waren offen. Unter dem Abflussrohr stand eine in der Mitte gefaltete Karteikarte wie ein kleines weißes Zelt über der Patronenhülse, die dort rübergerollt war. In der Spüle selbst lag eine schwarze zusammengefaltete Plastikmülltüte, so als käme sie geradewegs aus der Schachtel. Das war seltsam, denn es hing eine ganze Rolle solcher Tüten von einem Drehspender an der Hintertür.

Ich speicherte dieses kleine Detail im Kopf.

Gleich neben der Mülltüte, fast von ihr zugedeckt, waren auch die Erdbeeren, zwei volle, unberührte Plastikschalen und eine dritte, aus der nur ein paar fehlten. Ich fragte einen Streifenpolizisten, der in der Tür stand, nach dem Namen des Opfers.

Mae Richards.

Vielleicht hatte irgendein Crackhead eingebrochen und war dann durchgedreht – unwahrscheinlich, da es keinerlei Anzeichen für gewaltsames Eindringen oder einen Kampf gab.

Vielleicht war sie von einem Klopfen an der Tür überrascht worden und hatte einen beliebigen Arsch hereingelassen, der sich als der Gasmann oder als Vertreter ausgab. So was kommt vor.

Vielleicht war es auch jemand gewesen, den sie kannte, dem sie etwas schuldete oder den sie liebte. Durchaus möglich. In meinem Job geht es meistens um sehr schlichte, starke Motive: Wut, Angst oder eine bitter gewordene Liebe. Und natürlich Geld, immer das Geld.

Manche Fälle sind von Anfang an dramatisch und schaffen es sofort in die Fernsehnachrichten. Andere, die verschlafenen, die scheinbar alltäglicheren, bringen es nur auf ein paar Zeilen im Lokalanzeiger, aber bei näherer Betrachtung birgt jeder Fall eine Geschichte in sich, liegt ein kleines Melodrama hinter dem Geheimnis. Die Menschen begreifen das; daher rührt die Faszination, gepaart mit der Angst, dass man selbst umgebracht werden könnte, und dem Schwindel erregenden, beinahe beruhigenden Verdacht, dass man ebenso zu einem Mord fähig wäre. Hey, ich blas dir den Schädel weg, du Drecksack – heutzutage die fast schon instinktive Reaktion auf Beleidigung, Aggression oder Gleichgültigkeit, eine Antwort, die so leicht zu bekommen ist wie Kabelfernsehen, aber mit bleibenderen, wenn auch unberechenbaren persönlichen Konsequenzen, und zwar nicht nur für die Ermordeten.

Aus der Ferne ertönte das müde Läuten einer Kirchenglocke. Der Fall erschien mir eher durchschnittlich. Ich überlegte gerade, weshalb eigentlich so viele Leute vor dem Haus standen, als Cataresco und Diamond hereinkamen, meine beiden Ermittler vom Dienst. Cataresco ging voran, sie duckte sich unter dem gelben Sperrband hindurch, und dann folgte Drew Diamond, der es hochhob, sodass er aufrecht darunter durchgehen konnte. Cataresco zog den Reißverschluss ihrer Lederjacke auf und begrüßte mich mit einem Grinsen. Sie war schlank und blond, besaß die muntere Dynamik einer Talkshow-Moderatorin und ein Talent dafür, in die Köpfe von

Verdächtigen einzudringen. Diamond war klein und gedrungen, ein kräftiger Typ, die reinste Reinkarnation von John Dillinger, aber er verströmte Langeweile so wie seine Klamotten den Geruch nach chemischer Reinigung. Er trug eine gestreifte Krawatte und ein gestärktes Sportjackett, das ihm von den Schultern herabhing wie von einer quer über den Rücken gespannten Eisenstange, und er schob sein strammes Bäuchlein vor sich her wie eine fette Beute. «Ach ja, ach ja», sagte er und steckte sich eine Zigarette in den Mund, ohne sie anzuzünden. «Dabei war ich gestern Abend noch beinahe ein menschliches Wesen. Saß ganz gemütlich zu Hause bei einem Glas Johnnie Walker, hatte mir eine Pavarotti-CD eingelegt, und natürlich war ich mit deiner Frau zusammen», witzelte er. «Überrascht dich, dass sie Opern mag, was?»

Cataresco verdrehte die Augen. Es gehörte zu den eher nervigen Späßen bei uns in der Mordkommission, dass wir ständig so taten, als würden wir die Wochenenden damit verbringen, uns gegenseitig die Ehefrauen auszuspannen – ein Witz, der nicht mehr viel Wirkung besaß, außer wenn Cataresco ihn machte.

«Dass sie Opern mag, wusste ich schon», erwiderte ich. «Nur nicht, dass sie auf dich steht.»

Drew Diamond war fünfundvierzig und damit schon länger dabei als ich, aber zum Leiter der Mordkommission hatte ich es gebracht, vor sechs Wochen. Großartig war die Bezahlung in unserem Job nicht gerade; deshalb kämpften wir verstärkt um mehr Macht und einen besseren Status, obwohl alle so taten, als wäre das nicht so, und mit dieser bewussten, knallharten Lässigkeit auftraten, die Cops selbst einer noch so offensichtlichen Ungerechtigkeit entgegenbringen.

Mit einem Schnaufen nahm Diamond die Zigarette aus dem Mund und schob sie zurück in die Schachtel. «Na, wie auch immer», sagte er, während er sich den Hosenbund hochzog und dabei in seinem Halfter einen Marine Corps Colt sehen ließ, eine echte Kanone. «Gestern war ich jedenfalls bei deiner Frau.»

Unter Mae Richards' Nasenlöchern waren zwei Blutrinnsale zu einem Schnurrbärtchen getrocknet. Ihr rechter Fuß war seltsam nach innen verdreht, als wäre der Knöchel gebrochen. Die Ameisen marschierten jetzt bereits ihren Hals und das Kinn hinauf. Bald würden sie sich um das Blut und Fleisch ihrer Augäpfel scharen und dann mit ihrer Beute wieder zurückmarschieren. Nach meiner Erfahrung sehen Tote nie so aus, als ob sie schliefen. Sie sehen aus, als hätte man sie schlagartig aus dem Leben gestoßen und einfach fallen lassen, ein Haufen nutzloser Knochen, die auf einmal nicht mehr miteinander zu tun hatten als Kartoffeln in einem Sack.

Drew Diamond redete weiter: «Und jetzt bin ich wieder da, zurück bei den bösen Jungs von Oakwood. Hast grade die Party versäumt hier draußen.»

«Ein Gangster ist aufgetaucht, wollte die Absperrung durchbrechen», sagte Cataresco.

«Und zwar nicht irgendein Gangster», betonte Diamond.

«Ricky Lee Richards», ergänzte Cataresco.

Diamond vollführte wieder diese Nummer mit seiner Hose, erfreut über den Effekt, den der Name bei mir auslöste.

«*Der* Ricky Lee Richards?», fragte ich.

«Ganz genau der.»

«Der Fürst der Finsternis?»

«Das Dreckstück von Fickerkönig.»

Ricky Lee Richards war auf der Straße eine Berühmtheit, fast schon eine Legende. Er war mit nur zweihundert Dollar in den Drogenhandel eingestiegen und hatte bald Crack-Häuser in ganz Los Angeles versorgt, bevor er dann zum obersten Koks-Großhändler wurde, zu der Pipeline, durch die das Zeug aus Kolumbien und Mexiko hereinkam und die Vereinigten Staaten überschwemmte. Er war ohne Frage der Spitzenverdiener unter den Drogendealern, die Venice jemals hervorgebracht hat, aber er protzte nicht mit Goldschmuck und Sportwagen herum wie ein paar von den anderen fetten Katern. Er war auch bekannt als «der Zehn-Millionen-Dollar-Mann». Gerüchten zufolge war er inzwischen so reich, dass er aus dem Geschäft auszusteigen versuchte, aber genau wusste das niemand. Der Bursche war ein Rätsel.

«Offenbar war das Opfer Ricky Lees Mutter», erläuterte Cataresco.

«Ja», sagte Diamond. «Dürfte ihm ein ziemliches Loch in den Tag gerissen haben. Wir haben ihn erst mal einkassiert – tätlicher Angriff auf Polizisten.»

Cataresco erzählte, Richards sei allein gekommen, ohne seine übliche Mannschaft, und habe gefragt, ob er ins Haus dürfe; als man ihm das verwehrt hatte, streng nach Vorschrift, war er durchgedreht und hatte einem Streifenbeamten in den Magen geboxt und einem anderen einen Kopfstoß versetzt, ehe sie ihm Handschellen verpassen konnten. «Daraufhin hat sich diese Menschenmenge versammelt, dazu die Presse, tja, dumm gelaufen.»

«Schon jemand von der DEA aufgekreuzt, oder vom FBI?»

Die Drogendealer wurden von Bullen aus diversen Abteilungen gejagt; alle beharrten penibel auf den Abkürzungen für ihre Dienststellen und waren nervös wegen ihrer Budgets, sie trieben kleine Spielchen miteinander, und im Grunde waren alle viel zu sehr mit der Größe ihrer Schwänze beschäftigt, sodass es jedes Mal ein Wunder war, wenn überhaupt ein Dealer verhaftet wurde. Den Schlaueren von ihnen passierte das auch nicht, und Ricky Lee war schlau, aber es gab doch eine Menge Leute, die sich eingehend dafür interessierten, was er so trieb. «Und die Jungs von ATF und CRASH?»

«Noch niemand», sagte Cataresco.

«Weiß er, dass sie tot ist?»

«Glaube ich nicht.»

Cataresco erzählte mir kurz, was sie sonst noch alles hatten. «Das Opfer heißt Mae Richards, Alter fünfundvierzig, geboren in Blablabla, kannst du später alles in meinem Bericht lesen. Gefunden wurde die Leiche von der Nachbarin, einer Louise Szell. Wollte nachfragen, ob sie das Opfer am Abend zur Kirche abholen sollte. Offenbar gingen sie meistens zu zweit dorthin. Um 15.31 Uhr hat sie den Mord telefonisch gemeldet. Weder hat jemand einen Schuss gehört noch Anzeichen eines Kampfes oder sonst irgendetwas Ungewöhnliches mitbekommen. Louise Szell sagte allerdings aus, gegen halb drei habe jemand das Haus verlassen, ein Weißer, schon älter, so fünfzig, fünfundfünfzig. Er fuhr in irgendeinem tollen Schlitten weg, Cadillac oder Lincoln, Farbe dunkel, vielleicht grau oder tiefblau.»

«Nummer?»

«Sie erinnert sich nur an drei Buchstaben: GSG.»

Diamond schaltete sich ein: «Gigli, Siepi, Gobbi.»

«Mafiapaten?»

«Opernsänger.»

Diese Runde ging an Drew. Ich wandte mich an Cataresco: «Ist die glaubwürdig, diese Louise …»

«Szell.»

«Genau.»

«Größte Klatschtante der Gegend hier. Ja, ich würde sagen, sie ist glaubwürdig.»

«Mir ist was aufgefallen.» Ich drehte mich wieder zu Diamond. «Da liegt ein gefalteter Müllsack in der Spüle.»

«Hab ich gesehen», sagte er. «Vielleicht hat ihn unser Schütze mitgebracht. Oder jemand, der außerdem noch hier war.»

«Nachrichten auf dem Anrufbeantworter?»

«Keine, oder jemand hat sie gelöscht.»

Diamond hatte den Kühlschrank aufgemacht und sah hinein. «Ich hab Hunger», sagte er zu niemand Bestimmtem. Er nahm sich eine Erdbeere von der Spüle. «Erdbeeren kann ich nicht leiden», brummte er. Trotzdem aß er sie.

Typisch für unseren Job, so viel davon ist Routine, auch das Bemühen, keine Langeweile aufkommen zu lassen, während wir versuchen, uns in Begriffen von Zeit und Zentimetern ein Bild von dem zu machen, was sich ereignet hat; es ist, wie auf Händen und Knien herumzukriechen und ein Mosaik aus Millionen von uralten, winzigen Teilen zusammenzusetzen, nahezu unendlich vielen Details, die es wiederherzustellen gilt, und manchmal findet man nie heraus, welches die Schlüsselstücke sind, aus denen sich dann das Muster ergibt.

Diamond und Cataresco würden noch den Rest der Nacht hier sein. Sie würden die genaue Lage der Leiche festhalten, die Küche vermessen und die Entfernung zwischen der aufgefundenen Patronenhülse und der Leiche bestimmen. Sie würden das Abnehmen der Fingerabdrücke sowie die Anfertigung der Fotos überwachen und weitere Informationen über das Opfer zusammentragen. Sie würden auf den Coroner warten und dann zusehen, wie er, um den Zeitpunkt des Todes zu ermitteln, dem Opfer ein spitzes Thermometer in die Leber stach. Das macht immer ein platzendes Geräusch, so wie Luftpolsterfolie.

Jeder von der Mordkommission läuft mit einem Parasiten im Herzen herum. Ganz praktisch, dieser kleine Wurm. Er frisst die Gefühle auf, bevor sie Zeit haben, ins Hirn zu gelangen. Allerdings stellt sich letztlich die Frage, wer von beiden überleben wird: der Parasit oder der Mensch?

«Ich rede besser mal mit Ricky Lee.»

«Geh ruhig los, zeig ihm deine Anteilnahme», sagte Diamond. «Aber sieh dir mal vorher das hier an.» Er zog sich Plastikhandschuhe über, ging neben der Leiche in die Knie, schob ihr den Arm unter den Rücken und hob sie leicht an. Mae Richards' Hände waren nach hinten gefesselt. Der Mörder hatte die vorderen Fingerglieder abgeschnitten. Die

Stümpfe waren von dem getrockneten Blut und den Knochenstücken verklebt.

Diamond meinte: «Nicht allzu viel Blut. Ich schätze, sie wurde irgendwo anders gefoltert und umgebracht, dann hat man sie hier abgeladen.»

Ich fragte mich, weshalb der Mörder sich die Mühe gemacht hatte, ihr die Fingerkuppen abzuschneiden, was häufig zusammen mit einem Einschlagen der Zähne einhergeht, um die Identifizierung der Leiche zu erschweren – aber wenig Sinn ergibt, wenn man die Leiche in ihrer eigenen Küche liegen lässt. Vielleicht hatte sich Mae Richards doch irgendwie gewehrt, und der Mörder war clever genug, um zu wissen, dass der Coroner unter ihren Nägeln nach Blut und Geweberesten suchen würde.

«Was ist mit der Patrone unter der Spüle?»

«Was soll damit sein?», fragte Diamond achselzuckend.

«Irgendwas rausgekriegt?»

«Nee.»

«*Nee?*»

«Mann, Billy, jetzt raste nicht aus.»

«Entschuldige, tut mir Leid, aber ich glaube, ich sehe hier einen toten Menschen. Ich weiß nicht, wie's mit dir ist, Drew, aber ich will den Mörder einkassieren.»

Er wollte etwas dazu sagen, aber ich hob die Hand. «Nenn mich altmodisch. Mit Dieben kann ich leben. Wirtschaftsbetrug, kleine Schwindeleien – von mir aus gerne. Aber denken wir mal an Vergewaltiger und Kinderschänder. Denken wir an *Mörder*. Natürlich, es mag zu viel verlangt sein, aber ich halte es wirklich für keine blöde Idee, wenn Typen wie du und ich vielleicht, nur *vielleicht* etwas dagegen unternehmen könnten. Was meinst du, Drew?»

«Sehr witzig, Billy», erwiderte er und reckte dabei den Hals, wand sich nervös in seinen allzu feinen Sachen.

«Ich scherze nicht. Vielleicht stammt die Patrone nicht aus

derselben Waffe. Vielleicht ist sie hier platziert worden, um uns abzulenken. Vielleicht war der Täter ein Idiot oder auf Koks oder verrückt. Jedenfalls hat irgendwer dieser Lady hier was Furchtbares angetan, und ich werde denjenigen finden. Oder diejenige.»

Auf dem Weg nach draußen blieb ich stehen, weil mein Blick auf eine gerahmte Fotografie auf einem Bücherregal in der Essecke fiel, etwas abseits von den übrigen Familienfotos. Sie zeigte Ricky Lee, einen Arm um die Frau gelegt, deren Leiche jetzt auf dem Küchenboden lag, in der anderen Hand hielt er einen Tennisschläger. Ich zog das Bild aus dem Rahmen und steckte es in die Tasche, dann sagte ich zu Cataresco, sie solle Diamond an den Müllsack erinnern.

«Der vergisst das schon nicht.»

«Erinnere ihn trotzdem daran.»

«Findest du nicht, du könntest ihn mal weniger hart rannehmen?»

«Irgendwas an Drew macht mich rasend. Vielleicht sind's diese schicken Klamotten, die er seit neuestem anzieht. Ich weiß nicht, aber ich sag dir eins – er ist ein Verlierer.»

«Komm schon, Billy, er hat gerade ziemlich was durchgemacht. Und du setzt ihm ganz schön zu.»

«Ist doch lustig, oder?»

Ich schob mich durch die Menge und vorbei an den Reportern in den Regen hinaus. Der Junge namens Nelson stand an meinem Auto, triefnass und allein. «Hey, Mister. Kann ich Ihre Beretta mal sehen?», fragte er, als ginge es um einen Vierteldollar oder um Bonbons.

Ich machte eine Pistole aus Daumen und Zeigefinger, zielte damit auf ihn und sagte: «Peng!»

3

Im Auto sah ich auf die Uhr und dachte, ich könnte es gerade so eben schaffen, deshalb fuhr ich nicht gleich zurück aufs Revier, sondern stattdessen durch den Regen zu Ellens Haus, das heißt zum Haus meiner Frau, meiner Exfrau, das einmal uns beiden gehört hatte, das sie und ich so geliebt und gemeinsam renoviert hatten. Es war gut einen Kilometer entfernt, wo sich Oakwood, sobald man einmal die California Avenue überquert hat, schlagartig in ein sehr charmantes Viertel von Venice verwandelt.

Ich ließ zwar damit meine Arbeit kurz im Stich, aber das war nicht so wichtig; einerseits hatte ich einen Mordfall und eine Leiche, die mir aber sowieso nicht davonlaufen würde, andererseits eine familiäre Verpflichtung. Als geübter Beobachter der diversen einzelnen Aspekte meines Lebens war ich das Jonglieren und Herumlavieren gewöhnt. Ich dachte mir, ich könnte Ricky Lee ruhig eine Weile schmoren lassen – vielleicht tat es ihm sogar gut. Nicht so klar war mir dabei, dass es sich hier um die wichtigste Untersuchung meines Lebens handelte oder dass sie sich mittendrin in etwas ganz anderes verwandeln sollte – oder vielmehr, dass sie genau das war: eine Untersuchung meines Lebens, und dass selbst diese scheinbar unbedeutende Entscheidung sich später als schicksalhaft erweisen würde. Einstweilen aber war Mae Richards nur einer von vielen Leichensäcken im Totenreich, und ich sorgte mich eher um die Reaktion meiner Frau, meiner

*Ex*frau, falls ich meinen sonntäglichen Besuchstermin nicht wahrnahm.

Ellen war ziemlich ehrlich, was ihre Erwartungen anging. Seit einigen Jahren schon sagte sie immer wieder: «Ich will, dass du für Lucy ein guter Vater bist, Billy, und nicht nur ihretwegen.» Damit meinte sie wohl, dass ich mir Zeit für sie nehmen sollte; außerdem meinte sie Geld – was ich eher weniger hatte –, und ich sollte pünktlich zu meinen Besuchen aufkreuzen, aber das war irgendwie nie ein Problem, trotz der vielen Arbeit. Auf diesem einen Gebiet war ich seltsam zuverlässig.

Lucy, die jetzt elf war, saß vor dem Haus, fertig zum Aufbruch. An diesem nassen, düsteren Tag strömte der Regen in Bächen herab, aber sie ließ mich das schlechte Wetter vergessen, winkte und rannte dann durch die Pfützen zu mir, in Turnschuhen, Jeans und einer Regenjacke mit Kapuze, grellgelb wie die Sonne. Sie hatte einen sehr eigenen Gang, immer leicht gebückt und mit weit ausgreifenden Schritten, als würde sie mit gesenktem Kopf über das Universum und seine Mysterien nachgrübeln. Sie war furchtlos wie ihre Mutter, doch während Ellens Gesicht Stolz, Stärke und Entschlossenheit ausdrückte, sah Lucy noch offen aus, strahlend und verletzlich. Sie erwartete vom Leben nicht, dass es sie umwerben würde, sondern sie rannte selbst mit geöffneten Armen darauf zu, so wie an diesem Sonntag auf mein Auto.

«Hey, Lucy, wie geht's? Sieh mal, ich hab dir was mitgebracht.» Ich öffnete das Handschuhfach und nahm das Zeichenstiftset heraus, das ich in einer Künstlerbedarfshandlung in Westwood gekauft hatte. Sie wollte gerne Malerin werden und schien auch recht begabt zu sein, was sowohl für ihre Mutter wie für mich ein Rätsel war, da Ellen eher musikalische Interessen hatte und mein einziges Talent im Zusammenführen von Leichen und Mördern bestand.

Sie schlug ihre grünen Augen nieder, dann sah sie wieder

auf; sie lächelte kurz, und ich wusste, ich hatte das Falsche erwischt. Die, die sie wollte, waren in einem Sandelholzkästchen mit Messingbeschlägen und kosteten über 250 Dollar. «Angeblich sind das hier die besten, wirklich.»

«Sie sind toll, Dad. Echt gut.»

Ich strich ihr mit den Fingern die Regentropfen von der Stirn. Wieder mal hatte ich sie enttäuscht.

Als ich auf die Uhr sah, fragte sie: «Was ist heute Nachmittag passiert? Hat es einen Mord gegeben? Musst du irgendwo hin?»

«Kein Problem. Nur ein Typ in der Zelle, der kann warten.»

«Ein Verdächtiger?»

«Bezweifle ich, ein guter Mensch ist er aber auch nicht gerade.»

Ich hatte immer versucht, ihr klarzumachen, dass meine Arbeit ganz stinknormal und real war, nicht wie im Fernsehen oder im Kino, obwohl es nun einmal bisweilen doch so aussah. «Lucy mythisiert dich», hatte Ellen einmal gesagt. «Sie hält dich für so eine Art Held.» Dann hatte Ellen gegrinst und nicht ohne wehmütiges Bedauern hinzugefügt: «Und für diejenigen von uns, die zu lange mit der Wirklichkeit gelebt haben, kann das ganz schön nervig sein.»

Aha: meine Exfrau war von mir enttäuscht und hatte mich verlassen, weil ich ihr auf die Stimmung schlug? Das klingt, als wäre sie verbittert; wenn wirklich noch Frustration und Ärger vorhanden waren, und die Gefühle gab es sehr wohl, dann bei mir. Aber die schönste Gewohnheit in der Liebe ist das Vertrauen, und ich hatte sie betrogen. Die Schuld an allem, was geschehen war, hatte ich.

«Wie geht's Mom? Schon einen neuen Freund gefunden?»

Lucy zuckte die Achseln und sah durchs Fenster in den Regen hinaus. «Dad, du weißt doch, dass du mich das nicht fragen sollst.»

«Was ist denn mit dem letzten passiert? Das war doch der mit dem Stottern und dem Rolls-Royce?»

«Dad!» Sie war amüsiert und musste lachen, konnte nicht ernst bleiben, obwohl sie gern wollte. «Ist doch schon Ewigkeiten her. Den hat sie nur einmal getroffen.»

«Kann ich mir denken. Sein Toupet war wie ein offenes Buch.»

«Der hat ausgesehen wie ein Blumenkohl», meinte sie.

«Aber er hatte eine Million Dollar auf dem Konto, oder? Das ist schon ganz okay, was deine Mutter macht. Sie *ist* okay.»

All das war billig, kein Zweifel, unter meiner Würde, aber ich konnte nicht sagen, dass es mir Leid tat. Lucy und ich gingen nicht mehr normal miteinander um. Jede unserer Begegnungen war inzwischen mit Erwartungen belastet, von denen ich mich sofort befreien musste, sonst fühlte ich mich unter Druck gesetzt und von meiner eigenen Tochter eingeschüchtert. Lucy war ein ganz normales Mädchen, ein Frechdachs mit wenig Lust auf die Schule, meistens glücklich, aber mit ausnehmend guten Antennen für die Atmosphäre, die zwischen ihrer Mutter und mir herrschte. Als unser Blitzableiter wünschte sie sich immer gutes Wetter; leider war das nur selten so.

«Danke, Dad, die Stifte sind ehrlich die besten», sagte sie, und als sie sich herüberbeugte, um mir ein Küsschen zu geben, da fühlte ich mich, wenn auch nur kurz, wie ein gefallener Engel, der ins Paradies zurückkehren durfte.

Als wir in der Market Street ankamen, war die Party schon in vollem Gang. Beim Eingang nahm ein junger Bursche unsere Mäntel und stopfte sie in eine Garderobe zu einem Haufen anderer nasser Sachen. Dahinter, in der Galerie selbst, war alles warm und trocken, die Beleuchtung gedämpft, und einzelne Spots hoben jedes Bild an den weißen Wänden hervor. Kellner mit beladenen Tabletts schlängelten sich geschickt durch die Menge. Während Lucy die Kunst begutachten ging, stationierte ich mich in der Mitte des Raums, wo zwischen Palmwedeln, Blöcken aus geädertem grauem Marmor und Orchideen, die frisch aus Hawaii eingeflogen worden waren, ein Springbrunnen seine Botschaft von der Geldverschwendung herausplätscherte.

Das Publikum war jung und schön. Was sollte man sonst über diese Leute sagen? Es waren unverkennbar Typen von der Westside. Manche trugen klobige Stiefel, grellbunte Holzfällerhemden und kleine Goldringe in den Augenbrauen, Lippen, Nasen und bestimmt noch diversen anderen Körperteilen. Sie sahen alle aus wie neunzehn. Die etwas Älteren, die schon richtiges Geld verdienten, waren in Kaschmir und Seide gekleidet und schimpften über das Wetter, das ihnen ihre Doc Martens und die Halbschuhe von J. P. Tod ruinierte. Die ältesten Gäste hätten sich kaum als über siebenundzwanzig ausgegeben. Der Einzige in meinem Alter war mein Freund Ted Softly, Besitzer und Geschäftsführer der Galerie.

Ted war groß, setzte aber schon etwas Fett an und trug einen lässigen schwarzen Leinenanzug. Sein langes, spärliches Haar fiel ihm bis auf die Schultern, sodass er es sich ständig aus den Augen streichen musste. Schwitzend stand er am anderen Ende des Saals, zwinkerte hinter einer rosa geränderten Brille, die seine Alkoholikerblässe noch unterstrich, und hob das Glas in meine Richtung, dann legte er die Hand auf die Schulter einer exotischen Schönheit aus Japan. Er gehörte zu den Menschen, die irgendwie stets in Eile waren, winkte einem in einer Menschenmenge immer nur kurz zu oder hupte in seinem Wagen, einem schwarzen Saab Cabrio. Das Auto hatte er einer Freundin für 9000 Dollar abgenommen, da sie keinen anderen Käufer finden konnte, denn das Getriebe war völlig hin. Das war Ted. Wenn er nüchtern war, hatte er tolle Ideen, ein gutes Stilgefühl und war zuverlässig; allerdings blieb er nur die Hälfte des Tages nüchtern. Früher war er Rechtsanwalt gewesen, ein ziemlich guter sogar, und jetzt setzte er als Kunsthändler seine ganze Erfahrung aus dieser Zeit ein, nur fehlte ihm, untypisch für einen Anwalt, jeglicher Zynismus. Er unterstützte Künstler, deren Talent größer war als ihr modisches Potenzial, und schmiss verrückte Partys wie diese, wo das Knallen der Champagnerkorken sanft durch irgendwelche Mönchsgesänge aus den Lautsprechern gedämpft wurde. Irgendwie machte er aus allem einen Erfolg.

Ted kam mit der jungen Japanerin zu mir herüber. Sie hatte weiße Haut und schwarzes Haar, trug ein kurzes schwarzes Kleid und stand selbstsicher auf unglaublich dicken Plateausohlen. Dies war, soweit ich wusste, nicht die Mitbewohnerin und Freundin mit dem Cabrio, obwohl ich bei unseren letzten zwei Begegnungen betrunken gewesen war. «Ich weiß nicht, ob ich an Gott glaube», sagte er zu der Frau an seinem Arm, die er mir als Holly vorstellte. Er sprach leise und schnell und er lachte viel, so wie jemand, der eine Frau beeindrucken will. Ted war ein schrecklicher Lügner und Betrüger, aber er besaß auch eine Menge Charme. Ich mochte ihn und ich vertraute ihm. Er fuhr fort: «Aber dennoch gibt es doch eine Macht, die das Gute bewirkt, oder? Irgendetwas muss doch Gerechtigkeit wert sein? Sieh dir diesen Mann an – das ist ein Guter. Ein großartiger, ein einzigartiger Cop.»

Er hatte schon einen sitzen. Ich sagte: «Hör auf damit, Ted.»

«Nein, hör zu, so haben Billy und ich uns nämlich kennen gelernt: Das ist etwa zehn Jahre her. Eine leere Wohnung in der Westside. Bill wird hingerufen, öffnet die Tür, findet eine Leiche, zerhackt in … wie viele Stücke?»

Ich sagte zu Holly: «Dieser Mann hat keine Ahnung. Außerdem geht's ihm nur darum, Sie zu beeindrucken. Die Lüsternheit hat ihn doch schon bis auf die Knochen infiziert.»

«Sechshundert, ja? Sechshundert Stücke, verdammt.» Er versprühte Spucke, während er das aussprach, und brüllte so laut, dass sich ein paar Leute verdutzt umsahen. Seine Antwort darauf war ein Grinsen und ein jähes, ungelenkes Winken, das eher verzweifelt als selbstsicher wirkte. Er redete weiter, erzählte die Geschichte des schaurigsten, grässlichsten Verbrechens, das ich je gesehen hatte, und mir waren schon einige schlimme Sachen untergekommen. Jemand hatte den unidentifizierbaren Leichnam in über sechshundert Stücke zerhackt – in 658, um genau zu sein. Zusammen mit einem Arzt und einem Ermittler aus dem Büro des Coroners saß ich im Keller des Leichenschauhauses, und wir sortierten die Einzelteile in winzige Konfektschachteln und versuchten, sie zu ordnen. Das Ganze wurde zu einer Art Besessenheit, und es dauerte monatelang, bis wir endlich feststellen konnten, dass die Leiche jung, männlich und asiatisch war, etwa zehn Jahre alt. Wir konnten seinen Hals rekonstruieren, wo etliche Quetschungen und Verletzungen den Schluss nahe legten, dass er erwürgt worden war. Daraufhin begab ich mich auf die Suche nach polizeilich bekannten Triebtätern, sowohl in Kalifornien als auch landesweit. Irgendwann, viele Monate später, mehr als ein Jahr nach dem Mord, fand ich meinen Täter, einen Pakistani, der zurück in seine Heimat geflüchtet war. Das Opfer war sein Sohn. Er hatte das eigene Kind erdrosselt, dann in der Dusche aufgehängt und in kleine Stücke zerteilt.

«So haben Billy und ich einander kennen gelernt», sagte Ted. «Dieser Pakistani war vorher oft mit seinem Sohn in die Galerie gekommen, mit genau diesem Jungen. Er stand da, wo wir jetzt stehen, und sprach über seine Robert-Longo-Sammlung. Der Mann hatte echt ein Auge für Kunst. Scheiße, es war einfach unglaublich.»

«Und wie ging es weiter?», fragte mich Holly. Sie war jetzt gefesselt von dieser Geschichte, die sie lieber nicht gehört hätte. Die Leute haben entweder Angst vor mir, oder sie betrachten mich als kleine Showeinlage, als Digestif-Attraktion, für die Vorspeise aber etwas zu schwer. Deshalb suchen Cops meist die Freundschaft anderer Cops und setzen ihre trotzigen, steinernen Gesichter auf; sie brüten hinter dieser Fassade vor sich hin, weil sie missverstanden werden könnten.

«Ich bin nach Pakistan geflogen und hab den Mann zurückgeholt.»

«Wollte er mitkommen?»

«Nicht allzu gerne.»

Ted warf den Kopf zurück, lachte grölend und schnappte sich ein Glas von einem vorbeikommenden Tablett. Der Champagner floss aus dem Glas direkt in seine Kehle, ohne sich höflicherweise kurz im Mund aufzuhalten. Ich fragte mich, was wohl los war – Probleme in der Galerie? Zweifelsohne geriet Ted im Kunstgeschäft mit seiner saloppen Art in alle möglichen Schwierigkeiten. Oder lag es an Holly, die sein verrücktes Gehabe nicht beachtete und mich ansah, ohne zu lächeln?

«Kommen Sie», beharrte sie mit leicht schief gelegtem Kopf, «wechseln Sie ja nicht das Thema. Wie haben Sie es geschafft, dass er mit zurückkam?»

«Genau, Billy», sagte Ted und hielt sich die Hand vor den Mund, um einen Rülpser zu kaschieren. «Wie ist dir das gelungen? Den Teil der Geschichte kenn ich noch gar nicht.»

«Glaubt mir, das wollt ihr bestimmt lieber nicht hören.»

«Schockiere uns», forderte Ted. «Wir halten das aus. Und was es auch war, es ist in Pakistan passiert, oder? Womit natürlich dein Verhalten in jedem Fall gerechtfertigt ist. Gibt keine Regeln in Pakistan. Keine Moral.»

«Die gibt es überall, Ted. Moral ist kein beweglicher Feiertag.»

«Hör schon auf mit dem Gerede und erzähl endlich die Geschichte. Ergötze und erstaune uns.»

«Na schön», sagte ich. Ich erzählte ihnen, dass ich die Wachen gebeten hatte, mich mit dem Mann in der Zelle allein zu lassen. Ich hatte einen Metallkoffer dabei, den ich öffnete, um fünfzig einzelne kleine weiße Konfektschachteln herauszunehmen und sorgfältig auf seinem Bett, seinem Tisch und dem Fenstersims vor den schwarzen Eisengitterstäben zu verteilen, sodass ihre Schatten in dem schräg einfallenden Licht an Särge erinnerten. «Ich sagte ihm, dass jede Schachtel ein Stück seines Sohnes enthielt, was die Wahrheit war, und dass ich in einer Stunde wiederkommen würde, und falls er sie bis dahin nicht aufgegessen hätte, müsste er entweder gestehen oder ich würde ihm die nächsten fünfzig bringen, und so würde es immer weitergehen, bis er alle sechshundertachtundfünfzig in der Zelle hätte. Der Rest war in meinem Hotel, und wenn er am Schluss immer noch nicht gestanden hätte, würde ich ihm einen Kopfschuss verpassen.»

Ted versuchte zu grinsen, aber es gelang ihm nicht so richtig. Holly, die etwas härter im Nehmen war, sah mich mit glänzenden Augen an und sagte: «Sie machen Witze.»

«Ja. Ich glaube nicht, dass ich ihn erschossen hätte. Aber er hat alles ausgespuckt, ehe es so weit kam.»

«Ausgespuckt?»

«Gestanden.»

«Du liebe Güte, Billy, das ist ja eine entsetzliche Geschichte», stöhnte Ted.

«Entsetzlich war er, nicht ich.»

Holly sah mich seltsam an. «Sie sind ein leidenschaftlicher Mensch.»

«Ist schon eine Weile her, dass mir das jemand vorgeworfen hat», antwortete ich und sah mich nach Lucy um. Sie stand in einer Ecke vor dem Ölgemälde eines Leuchtturms, einem Riesending von etwa vier mal einem Meter.

«Ist das Ihre Tochter?», wollte Holly wissen. Sie hatte immer noch diesen komischen Blick, als würde sie mich jeden

Moment fragen, was meine innere Stimme gerade sagte. «Sie ist so voller Licht. Sie scheint es geradezu auszuatmen.»

«Wenn Sie sie zu lange ansehen, bricht sie Ihnen das Herz. Allerdings platzt Ihnen vorher vielleicht schon der Kragen. Sie ist ein echter Dickkopf.»

Wieder einmal sah ich, wie autonom Lucy war, und wusste, wie sehr sie schon seit ihrer Geburt eine eigene Persönlichkeit hatte, fast als ob ich ihr Sohn wäre und sie über mich wachte, nicht umgekehrt, und das erinnerte mich zum hundertsten Mal daran, dass sie auch ohne mich zurechtkam – ein Gedanke, der sowohl Kummer als auch Trost in sich barg. Während ihrer ersten Lebensjahre hatten einige unserer Freunde in ihr überhaupt nichts von mir wieder erkannt. Später hatten sie alle widerwillig zugegeben, dass sie auch gewisse Eigenschaften von mir besaß. Ich hatte ihr beigebracht, beharrlich zu sein und wie man über die ganze Welt lachte und vielleicht das Wichtigste: Ich hatte ihr gezeigt, dass sie Bewunderung verdiente. Genau wie ich war sie selbstsicher, gereizt, launisch und vorsichtig. Zumindest war ich das einmal gewesen – vorsichtig.

«Entschuldigt mich», sagte ich zu Ted und Holly, dann ging ich zu ihr hinüber. «Also, Lucy, erzähl mal, was du auf dem Bild siehst.»

«Das große Licht da greift ins Dunkle. Das Meer tobt so wild, aber das Licht wird einen sicher leiten. Es macht ein bisschen Angst, aber es ist auch schön – als ob man bei Gewitter im Haus sitzt und den Blitzen draußen zusieht.»

Als es zwischen Ellen und mir endgültig zu Ende ging, hatte Lucy sich immer wieder *E. T.* angesehen und dabei nur wenige Zentimeter vom Bildschirm entfernt gesessen. Sie hatte sich vermutlich mit dem Außerirdischen identifiziert und gedacht, Ellen und ich seien gar nicht ihre Eltern; ihre richtige Familie würde bald mit einem Raumschiff landen, um sie nach Hause zu holen.

«Hast du heute Football gesehen?»

«Dallas hat 'n Arsch voll gekriegt.»

«*Toll.*»

Sie und ich hatten eine Vorliebe für Verteidiger, die vergänglichen Ruhm damit einheimsten, dass sie ihre Knochen riskierten, um sechs Millionen Dollar schwere Quarterbacks in den Dreck zu schubsen. Sie wandte sich wieder dem Gemälde zu und fragte leise: «Dad, wirst du dich bald nicht mehr mit mir treffen?»

Ich blinzelte verdutzt; ich wusste, wo das herkam, aber ich war überrascht und hatte nicht sofort eine Antwort parat. Verunsichert stieß ich hastig ein paar Worte hervor: «Was ist, Lucy, willst du nicht noch eine Cola oder so?»

«Ich meine bloß, das ist schon in Ordnung, wenn du mich nicht mehr treffen kannst.»

«Was soll denn das jetzt heißen? Ich werde immer was mit dir unternehmen, ganz egal, wo du bist; das weißt du doch.»

«Ich wollte es nur mal wissen», sagte sie sehr ernsthaft, was bei mir ein gemischtes Gefühl von Bedrücktheit, Besorgnis und Trauer zurückließ. Kinder begreifen viel mehr, als wir glauben; sie fangen Stimmungen besser auf als sonst irgendjemand. Ich erinnerte mich noch aus meiner eigenen Kindheit daran. «Willst du jetzt 'ne Cola?»

Hinter uns kam Unruhe auf; Rufe wurden laut, es entstand ein Handgemenge, und im Umdrehen sah ich Ted, der jetzt nicht mehr so abwesend und zerknautscht aussah, aber immer noch sturzbetrunken war. Sein Gesicht leuchtete rot, und er spannte die Kiefermuskeln derart an, dass auf seiner Wange ein Nerv zuckte. Die rosa geränderte Brille hatte er tief ins Gesicht geschoben, dadurch wirkten die Gläser wie riesengroße Bullaugen. Er hielt mit beiden Fäusten einen Revolver umklammert.

Jemand schrie. Andere, die etwas langsamer schalteten, lachten erst noch und stopften sich rasch etwas zu essen in den Mund, bevor auch sie zurückwichen, bis Ted vor dem Springbrunnen inmitten des Saals allein mit Holly dastand, die einen jungen Japaner an ihrer Seite hatte. Er war schwarz gekleidet, hatte einen kahl geschorenen Kopf, war vielleicht ihr Geliebter, auf jeden Fall aber, zusammen mit Teds verschwitzter, vom Schnaps befeuerter Wut, der direkte Anlass für diesen Krawall. Teds Stimme klang schrill und angespannt. «Denk nicht etwa, ich hätte dich extra dafür eingeladen! Aber ich tu's, wenn du mich so weit bringst, ich schwör's dir!»

Ich wusste nicht, ob Ted es ernst meinte. Ich wusste nicht einmal, ob der Revolver geladen war, aber ich begriff, dass er besoffen genug war, um abzudrücken. Ich flüsterte Lucy zu: «Wir gehen. Komm schon.»

Ich nahm ihre Jacke und ging mit ihr zum Wagen hinaus, wo ich sagte: «Bleib hier, mein Schatz, rühr dich nicht vom Fleck. Versprochen? Es dauert nur eine Minute. Mal doch bitte so lange ein Bild für mich, ja?»

Wieder im Haus, arbeitete ich mich vorwärts, stieß und schob mich gegen den Strom der Entgegenkommenden. Einige waren geblieben und hatten sich bis zu den Wänden der Galerie zurückgezogen oder sogar flach auf den Boden geworfen, von wo aus sie Ted beobachteten, der in der jetzt völlig leeren Mitte des Saals stand, weiter die Waffe auf Hollys Gesicht richtete und noch immer redete. Der kahlköpfige junge Japaner war nirgends zu sehen.

Das Klügste wäre gewesen, per Funk Verstärkung zu rufen. Oder aber mich in angemessener Entfernung von ihm hinzustellen, vorsichtig seine Aufmerksamkeit auf mich zu lenken und ihn durch Reden von diesem Blödsinn abzubringen. Stattdessen sah ich meinen Füßen zu, wie sie mich quer durch den Raum trugen und genau zwischen ihm und dem Mädchen postierten, sodass der Revolver nur ein paar Zentimeter von meinem Gesicht entfernt war. «Mann, ich muss total spinnen», sagte ich zu Ted. «Das ist nicht gerade das, was mir als psychologische Taktik beigebracht worden ist. Ted – ich fürchte, du musst mich erschießen.» Ich sprach ganz ruhig, während ich in den Lauf dieses .357ers starrte, schon wieder so ein groteskes, blitzblankes Gerät. «Gib mir die Waffe. Komm schon, Ted, bevor du etwas tust, das du nachher bereust.»

Er sah mich an, hatte Schweiß auf der Stirn und es lag keinerlei Interesse in seinem leeren Blick. Das hatte ich gelernt: Dass jemand schießt, wird wahrscheinlicher, wenn er entweder gar keinen Blickkontakt herstellt oder einen aus lauter Apathie ganz ungerührt ansieht. Ted fiel in die zweite Kategorie. In einem gedehnten, scheinbar geduldigen Tonfall sagte er: «Billy, würdest du bitte aus dem Weg gehen, zum Teufel!»

Ich überlegte kurz, ob ich das Risiko eingehen sollte, ihm das Ding einfach aus der Hand zu schlagen. Der Revolver sah nicht so aus, als wäre er je benutzt worden, allerdings sehen die wenigsten Waffen so aus; sie wirken nie abgenutzt, haben keine sichtbare Geschichte so wie andere Gegenstände. Das menschliche Leben zeigt sich nicht in ihnen, nur ihr Potenzial, es zu nehmen.

Jemand ließ ein Glas fallen. Der japanische Jüngling rannte vorbei, dabei zog er Holly mit sich, und Ted schwang den Revolver weg von meinem Gesicht, um wieder auf sie zu zielen. Ich sprang hinterher, um in der Schusslinie zu bleiben.

«Billy, Mensch, Billy», sagte er und presste mir die Mündung mitten auf die Stirn. Ich spürte, wie das Metall einen Abdruck erzeugte. «Dich will ich doch nicht erschießen.»

Ich lehnte mich gegen den Lauf, bis der Druck so groß wurde, dass Ted einen Schritt nach hinten machen musste. «Weißt du was? Das wirst du aber tun müssen. Na los doch, tu's! Mach mich fertig und dich selbst gleich auch. Oder du legst die Kanone weg, und wir zwei tanzen Cha-Cha-Cha. Das denke ich nämlich schon die ganze Zeit. Ich sag dir, Ted, für 'ne Tanzeinlage sieht das hier verdammt beschissen aus.»

Nervös blinzelnd und schwitzend erstarrte Ted vor Verblüffung. Ich dachte: «Scheiße, bin ich denn verrückt? Der Kerl ist ja total außer Kontrolle.» Zu meiner Rechten konnte ich dem unausgesetzten, geldverschwenderischen Sprudeln des Springbrunnens zuhören.

«Tu es, Ted. Drück den Abzug. Du wirst dann glauben, dass du ein Mann bist. Aber du wirst keiner sein.»

Eine Sekunde lang vollführten seine Augen einen wilden Tanz, flitzten mal hierhin, mal dorthin. In diesem Moment dachte ich, er würde es tun, und meine eigenen Augen fühlten sich an, als wären sie die einzigen ruhenden Punkte an mir, alles andere war ein wogendes Auf und Ab. Es wurde totenstill, dann ließ er den Revolver sinken, die Hand fiel herab und schlug gegen sein Knie, und er brach in Tränen aus. «Sie hat mich verlassen, Mann. Suzie hat mich verlassen. Und den Jungen hat sie mitgenommen.»

Ich nahm ihm die Waffe aus der widerstandslosen Hand und prüfte die Kammer: sechs Patronen, kein Zweifel. Suzie hieß die Freundin mit dem Saab, erinnerte ich mich, und sie hatte einen Sohn, etwa in Lucys Alter, den Ted wie einen eigenen liebte. Ich war ihnen mal am Strand begegnet, sie hatten sich einen Football zugeworfen. Erleichtert stieß ich mit einem Schnaufen die Luft zwischen meinen Lippen hervor. Irgendjemand lachte laut auf, und ich fiel unwillkürlich ein. «Darum ging es also bei dem Ganzen?»

Die Kellner waren schon wieder mit ihren Tabletts unterwegs. Mit Tränen auf den Wangen, die kurzsichtigen hellbraunen Augen feucht und voller Trauer, sagte Ted: «Aber Holly ist die, die ich liebe. Ich liebe dich, Holly. Das meine ich ernst, Baby, wirklich.»

«Suzie hat dich verlassen, und du bist total fertig, aber in

Wahrheit liebst du Holly? Das klingt doch reichlich sonderbar.»

«Oh, *Mann*!», sagte er. «Du kapierst es nicht, was? Das hier ist wie bei van Gogh! Oder Renoir, der beim Malen den Pinsel mit den Zähnen halten musste, weil die Arthritis in seinen Fingern so schlimm geworden war!»

Ted zuckte mit den Achseln, wedelte mit den Händen, hatte einen wahnsinnigen Glanz in den Augen und redete auf einmal wie über ein Bild, das er von der Wand genommen hatte. Er war ein Schauspieler, der an sehr wenig glaubte, vor allem nicht an sich, aber wenn er Leidenschaft verspürte, dann musste er sie auch mit all ihrem tief empfundenen Zauber mitteilen. «Wie Mozart, der sich in Wien die letzten Takte der Jupitersymphonie abringt, während er bereits erfriert.»

«Ich hab zwar schon Strudel gegessen, aber ich muss dich enttäuschen, in Wien bin ich noch nie gewesen.»

«Wir müssen auf das Licht zugehen, Billy. Was können wir denn sonst tun?»

Erschöpft ließ ich den Blick sinken. Ich hörte zu, wie Holly, die jetzt ebenfalls in Tränen schwamm, sich in ihren gewaltigen Plateauschuhen emporreckte, sein Gesicht berührte und ihn beruhigte: «Ist ja gut.» Nur darum war es bei dieser Show gegangen, es war eine Beziehungskrise gewesen, ein kindischer Schrei nach Aufmerksamkeit, aber mit einer Feuerwaffe, die einem Menschen den Kopf wegreißen oder in Stücke zerfetzen konnte. Auf dem Weg nach draußen, zurück zu Lucy, schüttelte ich mir die Patronen aus der Kammer in die Jackentasche, und nachdem ich den Revolver in den Müll geworfen hatte, drehte ich mich noch kurz um und sagte, wie der brave englische Polizist, der ich nicht war: «Schönen Abend zusammen.»

Schopenhauer bietet einem metaphysischen Zuspruch, wenn man verwirrt oder sich nicht im Klaren darüber ist, was man eigentlich will. Tröstlich ist sein tief empfundener, intensiver Todeswunsch, jenes Sehnen nach Bewusstlosigkeit, nach vollständigem Nichtmehrsein und dem Verschwinden aller Träume. Er war Deutscher – was soll ich da noch sagen?

Ich hatte mehr als meine Pflicht getan, weil ich wusste, dass Ted den Abzug höchstwahrscheinlich *nicht* drücken würde. Diese Sorte Verrückter war er nicht. Aber immerhin, er war besoffen gewesen und er hatte echte Kugeln drin gehabt. Nur eines daran war nicht so lustig gewesen: Ein Teil von mir hatte sich gewünscht, er täte es wirklich, hatte sich nach diesem finalen Augenblick gesehnt. Das war damals kein ungewöhnliches Gefühl. Manchmal saß ich allein in meiner Wohnung oder irgendwelchen Restaurants und verbrachte Stunden mit den Teufeln der Schuldgefühle und der verlorenen Selbstachtung, die auf meinen Schultern hockten, summte Country-and-Western-Songs vor mich hin und dachte daran, mich umzubringen. Selbstmord würde so sein wie das Betreten eines Zimmers, das in kaltes blaues Mondlicht getaucht war. Das Chaos und der ganze Trubel wären endlich vorbei – eine Aussicht, die mich jeden Tag erneut in Versuchung führte, doch ich riss mich immer wieder zusammen und trat in Aktion, ging arbeiten und essen und erhaschte sogar, wenn ich mit Lucy oder manchmal mit Ellen zusammen war, eine Ahnung meines früheren Glücks. Ich sage nicht, dass das einmalige oder ungewöhnliche Gefühle waren, nur waren sie einfach zu stark, um lange damit leben zu können. Ich bewegte mich zwischen süßer, aber diffuser Hoffnung, dem vermutlich unsinnigen Glauben, das Leben könne auch besser sein, und Stimmungen von ozeantiefer Verlassenheit. Es gab sozusagen zwei Billy McGraths. Billy, der Leidende, war ein mit Dynamit beladenes Schiff, das darauf wartete, hoch- und damit unterzugehen, während Billy, der Weltmann – witzig und schlau, clever und manchmal sogar weise, sicher im Tritt auf dem glatten Tanzboden der Mordkommission –, zwar darauf hoffte, dass seine Leidenschaft und Arbeitswut alles zum Besseren wenden würden, aber nicht mehr recht daran glauben konnte.

Während ich zum Auto ging, fragte ich mich, woran es lag, dass ich – obwohl ich meine Tochter mehr als irgendetwas sonst auf der Welt liebte – einfach kein rechtes Interesse dafür aufbringen konnte, ob ich nun lebte oder tot war.

4 Das Vernehmungszimmer war klein, eine ernüchternde, fensterlose Kammer. Darin standen ein verbeulter Stahltisch und zwei einander gegenüberstehende Drehstühle mit ramponierten Rückenlehnen. Die Wände waren hellbraun gestrichen, ohne jede Dekoration, der Fußboden, der einmal die gleiche Farbe gehabt hatte, war jetzt abgestoßen und zerkratzt. In diesem Raum hatte mir eine Sechzehnjährige gestanden, wie sie ihren Vater erschossen hatte: In seinem Suff war er fatalerweise vor dem Fernseher eingeschlafen, nachdem er sie am Vorabend vergewaltigt hatte. Ich hatte einer Mutter Fotos von ihrem homosexuellen Sohn gezeigt, der mit einer Bratpfanne totgeschlagen worden war; seine Leiche wurde erst nach fünf Tagen gefunden, als die Maden ihm schon das Gesicht zerlegt hatten und sein Hodensack zur Größe eines Fußballs angeschwollen war. Hier hatte ich hundert, vielleicht hundertfünfzig Menschen vom Tod eines geliebten Menschen unterrichtet. Diese Situationen kamen mir gar nicht mehr real vor, außer in jenen Momenten selbst, wenn ich die grausige Irrealität der Wirklichkeit verspürte.

Ich betrachtete den Schnappschuss, den ich aus Mae Richards' Haus hatte mitgehen lassen. Theoretisch war das absolut tabu und gegen alle Regeln, die besagten, dass man sich niemals an einem Tatort zu schaffen machen durfte; rechtlich war es sogar ein Dienstvergehen. Ich wusste nicht mal genau, weshalb ich das Foto mitgenommen hatte. Auf dem Bild hatte

Ricky Lee ein volles, weiches, grinsendes Gesicht. Er musste damals etwa sechzehn gewesen sein. Bei dem Tennisschläger fiel mir ein, irgendwo gelesen zu haben, dass er früher in der Venice High School ein echter Sportstar gewesen war.

Meine eigene Mutter ist in einer Klinik im Norden Englands gestorben. Im Krankenzimmer war es so heiß, dass die Wandfarbe schon Blasen schlug, und ihr fiebernder Körper war so ausgemergelt, dass er kaum einen Abdruck auf der Matratze hinterließ. Im Sterben tat es ihr ewig Leid, dass sie bei der Theateraufführung von *The Mikado* nicht dabei sein würde, die die Amateurtruppe für das nächste Jahr plante. Sie hatte Angst, dabei war ich derjenige, der ihre Hand krampfhaft festhielt: Geh noch nicht.

So etwas wie einen leichten Tod gibt es vielleicht gar nicht. Der meiner Mutter war langsam, ein schrecklicher Verfall von der Art, wie wir ihn alle fürchten, obwohl heutzutage bei den meisten Menschen eine ganz spezielle Angst für den plötzlichen Tod reserviert ist, womit wir nicht den Tod ohne Todeskampf meinen – das wäre ja in Ordnung –, sondern den gewaltsamen Tod, bei einem Raubüberfall oder im Auto, die anschwellende Angst und ... was dann? Auslöschung? Ein paar Sekunden lang, aus dem Nichts, bei einer banalen Vernissage, hatte ich den Motor schon anspringen hören. Ich fühlte mich jedoch nicht verunsichert. Ich fühlte mich, als hätte ich zu lange ferngesehen. Meine Nerven waren verglüht.

Ricky Lee wurde von einem uniformierten Beamten hereingebracht, die Hände auf dem Rücken gefesselt. Er war groß gewachsen, schlaksig, lässig, wesentlich hagerer im Gesicht als auf dem Foto, er trug einen schwarzen Anzug und ein gestutztes Ziegenbärtchen. Seine dunklen Augen traten leicht hervor, und das dunkle Haar, das zu beiden Seiten des Scheitels üppig herunterfiel, war oberhalb der Ohren radikal abgeschnitten – ein Kriegerhelm aus Dreadlocks. Das Blut quoll ihm dick aus

Nase und Mund und befleckte seine strahlend weißen Zähne. Ich fragte mich, ob Mae Richards wohl an ihn gedacht hatte, als sie starb. Sein Blick erfasste mich ohne ein Anzeichen der Begrüßung oder überhaupt eine Änderung des Ausdrucks. Er sah auf den Boden, und als er den Kopf wieder hob, warf er mir diesmal einen Blick voll mörderischer, brennender Wut zu. «Wo ist meine Mutter?»

Der bullige Streifenbeamte war ein kubanischer Tortilla-Cowboy, der früher mal in der Unterliga Football gespielt hatte und nicht etwa die normale Dienstwaffe trug, eine Automatic, sondern einen sechsschüssigen Revolver aus einer Sonderserie von Smith & Wesson in einem Schnellzieh-Holster. Ich fragte ihn: «Sie haben den Mann also verhaftet?»

«Jawohl, Sir», sagte er vorsichtig in dieser vorgeschriebenen Sprache, in der sie alle ihre Berichte verfassen und die sich später leicht ausradieren und abändern lässt. Die Polizei verbrauchte mehr Radiergummis als der gesamte Schulbezirk von L. A. «Der Verdächtige lief direkt auf mich zu, Sir, sodass mein Partner und ich gezwungen waren, ihn zu überwältigen.»

«Sehr schön.» Ich las den Namen von seinem Schildchen ab. «Officer Campes. Geben Sie mir bitte Ihren Bericht. Danke sehr. Sie können uns jetzt allein lassen.»

Als er weg war, riss ich den Bericht in zwei Teile, dann in vier, dann in acht und ließ die Fetzen zu Boden fallen. Ich sagte zu Ricky Lee: «Du und ich, wir wissen beide, was für ein Quatsch das ist. In ein paar Minuten trabt dein Rechtsanwalt hier an, und der holt dich schneller raus, als Archimedes aus der Badewanne hüpfen konnte.»

«Soll mich das jetzt beeindrucken?» Seine Stimme klang weder hoch noch tief.

«Nein, es soll dich nicht beeindrucken.» Ich hatte einmal ein Buch über eine Ärztin im Mittelwesten gelesen, die ihre Patienten nur mit dem Duft von Kräutern und Blumen gesund machte. Altersschwachsinn heilte sie mit Lorbeerblättern, Asthma mit Geranien. Bei hohem Blutdruck half Rosmarin am besten. Das passierte natürlich größtenteils im Kopf der Menschen, deshalb musste sie sehr behutsam sein, wenn sie jedem einzelnen die passende Blume zuordnete. Sie musste das Vertrauen gewinnen, fast so, als wollte sie verführen. Mit Verhören ist es ähnlich. Die Blume muss genau richtig überreicht werden – manchmal sanft, manchmal eher schroff. «Du bist frei», sagte ich. «Aber bevor du gehst, solltest du das hier wohl mitnehmen.» Ich hielt ihm den Schnappschuss hin, den ich aus dem Haus hatte. «Das hab ich mitgenommen. Ich hab's *gestohlen.* Tut mir Leid. Hätte ich nicht tun sollen.»

Er sah auf das Foto, dann in meine Augen, doch jetzt hatte sich sein Blick verändert. «Was ist mit ihr? Was ist mit ihr passiert, Mann?»

«Es fällt mir nicht leicht, dir das zu sagen: Deine Mutter ist tot. Sie wurde ermordet.»

Er taumelte und fiel beinahe um, doch als ich den Arm ausstreckte, um ihn zu halten, stieß er mich weg und riss sich zusammen. «Nimm deine dreckigen Hände von mir weg. Du beschissenes Arschloch. Du beschissener *Cop.*»

Ricky Lees Register sah genau so aus, wie ich es erwartet hatte: Einbruch, Einbruch, Überfall mit einer Schusswaffe, Drogenbesitz … Drogenbesitz … Drogenbesitz … Die meisten Verurteilungen stammten allerdings aus seiner Teenagerzeit, und inzwischen war er siebenundzwanzig. Bis heute hatte es seit sieben Jahren nur eine einzige Verhaftung gegeben; recht erstaunlich angesichts der Menge von polizeieinheitlichen Abkürzungen, die ihm auf den Fersen waren. Ricky Lee war ein harter Typ, kein Zweifel, ein richtiger, lebendiger Gangster. Einer Legende zufolge war einmal bei einem seiner Drogendeals was schief gelaufen; die beiden Jungs, die ihn verschaukelt hatten, fanden sich bald darauf gefesselt und mit verbundenen Augen auf der Ladefläche eines geschlossenen Lieferwagens wieder, wo ihnen Ricky Lee persönlich den Mund mit Isolierband verklebte. Der Wagen hatte die Straße nach San Diego genommen, mit Ricky Lee auf dem Beifahrersitz, der die ganze Zeit Gedichte und Bibelstellen laut vorgelesen hatte. Angeblich las Ricky Lee gerne. Er hatte es erst im Gefängnis gelernt, im Alter von knapp zwanzig, und nun versuchte er die verlorene Zeit aufzuholen. Während der zweistündigen Fahrt mussten die Männer gewusst haben, dass sie mit Sicherheit sterben würden. Sie wurden in ein leer stehendes Hotel gebracht, wo Ricky Lee beiden einen Kopfschuss verpasste. Man fand die Leichen übereinander liegend in der Badewanne. Niemand hatte ihm das je beweisen können, aber Zweifel hegte auch keiner daran. Es wurde eine Geschichte, die jeder in der Mordkommission irgendwann einmal hörte, Teil von Ricky Lees Legende, zusammen mit dem üblichen Quatsch vom «Robin Hood aus dem Ghetto».

Berühmt geworden war er nach der einen Verhaftung vor kurzem, als man ihn wegen versuchten Mordes an einem Bundesbeamten angeklagt hatte. Es hatte eine Schießerei auf dem Santa Monica Freeway gegeben, mitten in der Rushhour. Er war geflüchtet, indem er seinen Wagen verließ, über den Mittelstreifen sprang und sich irgendwie durch den Verkehr schlängelte. Der Drogenfahnder, der hinter ihm her war und wie verrückt mit seiner MP herumballerte, wurde von einem Mexikaner in einem 62er Chevy erfasst und landete schließlich im Cedars-Sinai Hospital, doppelter Beinbruch und auf dem besten Weg in die Frührente bei vollem Gehalt.

Die von der Drogenfahndung behaupteten, Ricky Lee habe auf sie geschossen und damit den Kugelhagel ausgelöst, außerdem sei er geflohen und habe ein Kilo Koks im Kofferraum gehabt. Die Verhandlung war ein Fiasko. Ricky Lees Anwälte stellten zunächst einmal fest, *sämtliche* Schüsse seien von den Polizeibeamten abgegeben worden, und danach erschien der Schluss nur logisch, dass sie ihm auch das Kokain untergeschoben hatten. Ricky Lee kam davon, er schwebte geradezu aus dem Gericht; er hatte die Welt zum Narren gehalten.

Mir war das alles relativ egal. Aber weil er mit drin steckte, zeigten die Medien garantiert ein Rieseninteresse an meinem Fall, und das bedeutete, dass man mir innerhalb der Abteilung Druck machen würde, bald einen Täter aus dem Hut zu ziehen. Wenn es mir gelang, half mir das bei der nächsten Beförderung; wenn nicht, würde ich anderen Faktoren die Schuld dafür geben, menschlichen Fehlern oder sonst was. Die Arbeit in der Mordkommission war meine Karriere, keine Frage der Moral. Das war für mich nicht immer so gewesen, andererseits hatte schon mein Vater mal gesagt: «Mit dem Alter wird man nicht weise, aber auf jeden Fall wird man müde. Man kann nicht ständig mit dem Kopf gegen die Wand rennen.» Ich hatte noch nicht gemerkt, wie sehr ich zum Außenseiter geworden war, und ich spürte auch nicht den Beginn meiner langen Reise nach innen, den freien Fall.

«Hier, probier mal das Spezialgiftgebräu des Reviers. Die Komiker unter uns nennen's Kaffee», sagte ich und stellte zwei Plastikbecher auf den Tisch, die er nicht einmal ansah.

Ricky Lees Wachsamkeit war beeindruckend, ja Furcht erregend, aber er registrierte nur die wichtigsten Details: mein Gesicht, den Kassettenrecorder, den ich aus einer Schreibtischschublade nahm, die Tür, die noch immer hinter ihm offen stand. «Wie wär's, wenn du mir was erzählst, sobald du bereit dazu bist. Ich werde das hier einschalten, okay?» Ich hielt eine Kassette hoch und schob sie in das Gerät. «Reden wir über deine Mutter. Leichte Fragen. Wann hast du sie zum letzten Mal gesehen?»

So einfach gab er nicht nach. Seine Hände lagen reglos vor ihm auf dem Tisch.

«Vielleicht hast du sie ja selbst umgebracht?»

Er warf den Stuhl um und sprang auf, dabei hob er die Faust und bleckte die Zähne. «Ich bringe gleich *dich* um, du Arschloch!»

«Hey, gut so! Du hast ja Gefühle.»

«Leck mich doch, du Dreckschwein», sagte er und wischte sich die blutige Hand am Tisch ab.

«Sie ist nicht an einem Zauber gestorben, Ricky Lee. Es ist etwas passiert. Eine Billardkugel hat eine andere angestoßen, und irgendwie hat eine Kettenreaktion zu ihrem Tod geführt. Willst du mir nun helfen oder nicht?»

Er setzte sich wieder auf den Stuhl und musterte mich mit dem gleichen trotzigen Blick wie vorher.

«Wann hast du sie das letzte Mal gesehen?»

Sein Blick blieb unbewegt. «Vor drei Tagen.»

«Wo?»

«Bei ihr zu Hause.»

«Hast du sie oft besucht?»

«Ein-, zweimal im Monat. Wir waren in Kontakt. Sie hat nie Geld von mir genommen oder so was.»

«Worüber habt ihr euch unterhalten?»

«Scheiße, Mann, weiß ich doch nicht mehr.» Sein Blick wurde leer wie der Mond. «Sie wollte immer, dass ich in die Kirche gehe. Und Musik haben wir gehört. Sie hörte wirklich gern Musik.»

Ellen hörte auch gern Musik. «Seelennahrung» sagte sie dazu. Sie bekam einen glühenden Kopf von solchen Dingen, während in meinem immer noch unsere vergangene Liebe loderte.

Ich fragte: «Was denn für Musik?»

«Alte Sachen, ihre Sachen eben: Jazz, Soul.»

Anfangs wurde er kaum damit fertig, dass der Mord überhaupt geschehen war, dass seine Macht, ihn zu verhindern, versagt hatte; jetzt dachte er langsam an den Täter. Später würde ihn die Trauer noch einmal von hinten überfallen und niederwerfen.

«Hat das eventuell irgendwer getan, um an dich ranzukommen?»

«Kein Schwachkopf da draußen ist dermaßen bescheuert, um so eine Scheiße zu veranstalten», sagte er, und während wieder Glanz in seine Augen zurückkehrte, sah ich irgendetwas in seinem rechten oberen Mundwinkel aufblitzen. Zuerst dachte ich an eine Goldfüllung, aber es war ein Diamant.

«Wer hat sie dann getötet?»

Die Dreadlocks tanzten auf seinem Kopf. «Ich weiß nicht, Mann, aber wenn ich's rauskriege, dann ist dieses Schwein ein totes Schwein.»

Ich blieb ruhig, nippte an meinem Kaffee. «Du wirst hier keine beschissene Rache-Show abziehen, und wenn du's doch tust, dann buchte ich dich ein, Ricky Lee. Das geht so schnell, als wenn ich dir einen Kopfschuss verpassen würde. Aber weißt du was? So wird das nicht laufen. Du wirst mir nämlich helfen, diesen Fall zu lösen. Und du fängst damit an, dass du mir so viel wie möglich von deiner Mutter erzählst. Wer sie war. Wie ihre Bekannten hießen. Wo sie gearbeitet hat, falls sie das tat. Was Bullen so wissen wollen. Dann hol ich mir den bösen Jungen. So funktioniert das.»

Manche Sprüche sollen beschwichtigen, einige sollen etwas spiegeln, andere sollen verführen. Hier handelte es sich um eine Konfrontation, und er fuhr hoch, ging auf mich los, aber er verlor trotzdem nicht die Kontrolle über seine Wut. «Du bist ein Cop. Es interessiert dich gar nicht, wer meine Mutter umgebracht hat. Gut dastehen willst du, Scheiße, um was anderes geht's dir doch gar nicht. Ich pfeif auf dich, Cop. Deine beschissene Aufklärungsbilanz macht dir Sorgen: dass deine Decks schön sauber geschrubbt sind, damit du bei deinen

Vorgesetzten gut dastehst. Du hast doch keine Ahnung, wo ich lebe. Keine Ahnung von Gerechtigkeit oder davon, wie ich mich fühle. Woher auch? Scheißuniform.»

«Bist du jetzt fertig?»

Einen Moment lang kämpfte er gegen den Wunsch an, über den Schreibtisch zu springen und mich auf der Stelle umzulegen. «Wo ist dein Vater?», wollte ich wissen.

«Keine Ahnung. Hab ihn nie gesehen.»

«Nie?»

«Ist abgehauen, bevor ich geboren wurde.»

«Hat sie je von ihm gesprochen?»

«Er hat nichts damit zu tun.»

«Das möchte ich lieber selbst rauskriegen. Hat sie von ihm gesprochen?»

Er seufzte. «Ja, hat sie. Der war irgend so 'n Musiker, hat in San Francisco gewohnt, soweit ich weiß.»

«Adresse oder Telefon?»

Er schüttelte den Kopf. Jack der Bär hatte es echt schwer.

«Hast du noch Geschwister?»

«Hab mal 'n Bruder gehabt. Er ist tot. Erschossen.» Seine hervorquellenden Augen starrten mich an. «Hatte was mit mir zu tun.»

«Wann war das?»

«Vor sieben Jahren.»

«Und was ist da passiert?»

«Zwei Schläger aus Culver City haben ihn erwischt. Eigentlich waren sie hinter mir her. Inzwischen sind die zwei längst hinüber. Im Einsatz verschollen.»

Die arme Mae Richards: der Mann durchgebrannt, ein Sohn ermordet, der andere ein Dealer. Sie musste eine erstaunliche Frau gewesen sein – da hatte sie diese Katastrophen und all das Chaos, dieses ganze *Leben* hinter sich gebracht, und dann wurde sie in der eigenen Küche abgeschlachtet. Manche Fälle sind einfach. Mit anderen unternimmt man

Reisen, die man nie vergisst. Verbindungen entstehen, Türen öffnen sich. Es gibt unerwartete Tunnel und Umleitungen. Drew Diamond bezeichnet das als die Termitengänge von Ursache und Wirkung. So ein Fall kann einen nicht nur in eine, sondern gleich in mehrere fremde Welten versetzen. Es kann passieren, dass alle Regeln plötzlich nicht mehr gelten. Und dass man untergeht wie ein Stein.

«Weißt du, sie hat nie was von mir nehmen wollen. Gar nichts. Ist lieber putzen gegangen, als von mir Geld zu nehmen. Dabei hätte ich für sie sorgen können, Mann. Sie hätte gar nicht in diesem Haus leben müssen.»

«Wo hat sie denn gearbeitet?»

«Was?» Sein Blick schoss zu mir herüber wie ein Pfeil.

«Du hast doch gesagt, dass sie putzen ging. Wo war das? Irgendwelche Namen und Adressen?»

Er schüttelte den Kopf. «Nope.»

Ich lehnte mich zurück. Auf dem Tisch zwischen uns lief immer noch der Recorder. «Ich kann mir vorstellen, wie du dich fühlst.»

Sein Blick war nicht mehr wachsam oder verächtlich. Jetzt wollte er mich mit seinen Augen niederbrennen.

«Ich weiß, dass du mir das nicht glaubst, und eigentlich ist es mir auch ziemlich egal», sagte ich. «Aber du musst dich ein bisschen anstrengen.»

«Warum, verdammt nochmal, sollte ich?»

«Ich brauche mehr Anhaltspunkte. Denk nach, Ricky Lee. Hilf mir dabei, dir zu helfen.»

Seine Schultern zitterten leicht unter dem diskret teuren Tuch seines schwarzen Jacketts. Ich hatte mein Jackett vom Schlussverkauf bei Loehmann. «Ist es schnell gegangen?», wollte er wissen.

Ich dachte an die Verbrennungen auf Mae Richards' Brust, an die gefesselten Hände. «Ja, es war schnell.»

«Lügst du mich an?»

«Nein, ich lüg dich nicht an.»

Er fuhr sich geistesabwesend mit der Hand zum Mund und dann über die Stirn, sodass er eine Blutspur hinterließ. «Du bist ein Mörder-Bulle, stimmt's?»

«Leiter der Mordkommission, ja.»

Dann stellte er eine eigenartige Frage: «Bist du ein guter Cop?»

Solche Dinge besprach ich noch nicht einmal mit Diamond, Cataresco oder den anderen auf dem Revier. Meistens redeten wir darüber, wo man essen gehen konnte und was es dort gab. «Ich geb mir Mühe.»

«Ja, denk ich auch. Und du wirst den kriegen, der das getan hat?»

«Normalerweise läuft das so.»

«Falls du ihn kriegst, *wenn* du ihn kriegst», sagte er, «geb ich dir fünfhunderttausend Dollar.»

Das Band drehte sich immer noch quietschend im Recorder.

«Fünfhunderttausend. So viel bedeutet mir diese Sache. Eine halbe Million Dollar. Aber verhafte den Wichser nicht. Überlass ihn einfach mir. Abgemacht?»

Einen Augenblick lang starrte ich gedankenverloren auf die kahle braune Wand. Vielleicht empfand ich neben der Beleidigung auch ein wenig Angst. Ich schüttete Ricky Lee meinen Kaffee ins Gesicht. Er reagierte nicht, als die brühheiße schwarze Flüssigkeit seine Wangen traf und in den Bart hinunterrann.

Am liebsten hätte ich ihn an der Kehle gepackt. Ich wartete und zählte langsam bis fünf, dann rief ich nach dem Kubaner, Officer Campes.

«Ich brauche keine zusätzliche Motivation, um meine Arbeit zu erledigen. Hast du das kapiert, du arrogantes Arschloch?»

«Ich rede hier von meiner Mutter, Mann.» Gelassen tupfte

er sich mit einem blutbefleckten Papiertaschentuch den Kaffee aus dem Gesicht. «Von meiner *Mutter.*»

«Das weiß ich, und nur deswegen werd ich dir auch nicht den Arsch aufreißen *und* dich einbuchten, weil du einen Polizisten zu bestechen versuchst.»

Campes erschien in der Tür und befingerte schon seine Smith & Wesson.

«Bringen Sie Mr. Richards nach Hause.»

Das brachte Campes durcheinander. Trotz seiner Statur und dieser Ausstrahlung eines Möchtegern-Revolverhelden hatte er den planlosen Ausdruck eines Hündchens, das von der Welt schlecht behandelt worden ist, wie ein Pekinese, der in seinem eigenen Urin herumwatet.

Er sagte: «Entschuldigen Sie, Sir, aber mein Bericht … die Verhaftung.»

«Es gibt keine Anklage. Fahren Sie Mr. Richards, wohin er möchte. Und dann können Sie zurückkommen wegen Ihres Berichts.» Ich deutete mit dem Kopf auf die Schnipsel auf dem Boden. «Der liegt hier bereit für Sie.»

Im Polizeirevier drängte sich ein Geruchsgemenge: Kaffee, Schweiß, verdorbenes Essen, verschüttete Softdrinks, Desinfektionsmittel – alles von der Heizung zu einem üblen Mief vermischt. Ich ging zurück in den Dienstraum der Ermittlungsabteilung, wo in der Ecke hinter einer drei viertel hohen Rigipswand die Mordkommission ihren Platz hat, und setzte mich auf meinen Stuhl vor die süßlich nach Politur duftenden Aktenschränke. Oft saß ich am Ende eines Tages eine Stunde lang zwischen dem ganzen Papier herum, um den Kopf wieder frei zu bekommen. Früher einmal hatte ich geglaubt, ich bräuchte mich nur lange genug dort aufzuhalten und könnte so alle meine Gedanken an Tod und Gewalt loswerden. Einfach die Gedanken in diese Mordakten verbannen, die mich umgaben, sie dort über Nacht festhalten als unsichtbar eingeprägte Gehirnmuster, und so müsste ich sie erst am nächsten Morgen wieder sehen. Inzwischen tat ich es nur noch aus Gewohnheit und wartete einfach auf einen Hinweis, der mir sagen würde, dass es Zeit war, nach Hause zu gehen oder *überhaupt* zu gehen – ein Zuhause hatte ich ja eigentlich nicht mehr. Und egal, wo ich war, ich bekam nie allzu viel Schlaf. Eine Stunde Dösen in der Nacht und, manchmal jedenfalls, noch eine Stunde irgendwann während des Tages im Auto. Meine Augen fühlten sich an wie kleine brodelnde Töpfe, doppelt so heiß wie der Rest meines Körpers.

An diesem Abend schwitzte ich, ich war müde, und mein Schädel fühlte sich an, als reckte er sich wütend aus einem stählernen Nacken heraus, der bereits Rost ansetzte. Es war dumm von mir gewesen, mich von Ricky Lee provozieren zu lassen. Er war ein Gangster – da er ständig alles riskierte, meinte er, die gewöhnlichen Regeln und Vorschriften gälten nicht für ihn. Er hielt sich für etwas Besonderes, weil er mutig und reich war, weil er schon einige große Nummern abgezogen hatte. Für ihn musste der Tod einen Sinn haben, weil ihm immer wieder seine Gangsterkumpane abhanden kamen. Seine Mutter hätte eigentlich außerhalb dieses Spiels stehen sollen, sie war eine Unbeteiligte, doch als auch ihr etwas passierte, da kannte er nur eine Reaktion: Er bot mir Geld an. Wahrscheinlich war ihm gar nicht bewusst, dass er mich damit beleidigt hatte, und jetzt hatte er mich sogar schon so weit, dass ich in seiner Sprache dachte: Wegen solcher Dinge wie Ehre und Beleidigung brachten die einander ja um, wegen dieser anderen geltenden Währung in ihrer Welt: *Respekt.* Aber weder wollte ich Ricky Lees Respekt, noch konnte ich ihn gebrauchen.

Ich nahm einen neuen Ordner aus dem Schrank, klebte einen roten Punkt auf den Rücken und eröffnete damit die Mordakte für Mae Richards. Ich notierte ihren Namen. Ich trug Datum und Ort des Vorfalls ein. Bei der Rubrik ZU-

STÄNDIG FÜR DIE ERMITTLUNG hielt ich inne und sah instinktiv auf. Ich hatte das Gefühl, irgendwer oder irgendetwas hätte sich gerade hinter mir bewegt, wäre durch den Korridor gehuscht, der zum Vernehmungszimmer führte – viel leiser und flinker als ein Cop, der auf dem eigenen Territorium herumtrampelte; aber es war schon wieder vorbei.

Es gibt keine Abteilung im Buchladen für den Bereich «Wie man einen Mord aufklärt». Jedes Dezernat im Land hat seine eigene Methode. In New York läuft es anders als in Chicago und da wieder anders als in Denver oder L. A. Jede Abteilung in jeder Mordkommission greift zu ihren eigenen Tricks und Finessen – Hauptsache, es funktioniert. Mein neuer Job bestand darin, sämtliche Fälle unseres Gebiets zu verfolgen und darauf zu achten, dass alles gut lief und unsere Aufklärungsquote, unsere Torschussbilanz, halbwegs ordentlich blieb; in einzelne Fälle griff ich nur bei Bedarf ein, so wie an diesem Abend, wo ich Ricky Lee verhört hatte, weil Cataresco und Diamond noch am Tatort beschäftigt waren. Es stand allerdings nirgendwo geschrieben, dass ich nicht auch mal selbst einen Fall übernehmen konnte. Immerhin war ich der Boss, doch war ein solcher Schritt zumindest ungewöhnlich. Ich hatte noch drei weitere Detectives unter mir, obwohl beim normalen Gang der Dinge Diamond und Cataresco diesen Fall bekommen müssten, weil sie die Sache von Anfang an verfolgt hatten. So lief es nicht immer, aber fast immer. Trotzdem zögerte ich.

Der bullige Kubaner war zurück, er stand großspurig im Eingang des Dienstraums. Ohne eigentlichen Grund fragte ich ihn: «Ist da eben jemand draußen vorbeigegangen?» Er schüttelte verwirrt den Kopf, dann fiel mir etwas anderes auf: Er war keine zehn Minuten lang weg gewesen. «Was machen Sie überhaupt schon wieder hier?»

«Er hat sich vor dem Revier ein Taxi gerufen. Er sagte, er würde lieber Taxi fahren.»

«Hören Sie, Officer Campes, ich hatte Sie doch ausdrücklich angewiesen ...»

«Sir, bei allem Respekt, er wollte nicht ...»

«Ist mir doch egal, was er wollte oder nicht wollte. Gehen Sie wieder raus und fahren Sie ihn nach Hause.»

«Er hat gesagt, dass ihm vom Geruch nach Bullen schlecht wird, Sir.»

«*Was?*»

«Er meinte, es läge ein Gestank nach verfaultem Rindfleisch in der Luft.»

Ich hörte mich so etwas sagen wie: «Dieses kleine Arschloch.» Ich riss dem verdutzten Campes seinen Aluminiumknüppel aus dem Gürtel und stürmte durch das Dienstzimmer zur Vordertür des Reviers. «Dieser miese Dreckskerl, den bring ich um», rief ich. Als ich am Getränkeautomaten vorbeikam, knallte ich mit dem Knüppel drauf und versetzte ihm zur Sicherheit noch einen Tritt. Eine schadhafte Neonröhre flackerte knisternd. Mein Blick schweifte über die Reihe der Fotos der Polizisten, die im Dienst umgekommen waren – fünfzehn Mann, die mich da von der Wand über der Tür ansahen, drei waren gute Freunde von mir gewesen. Draußen war von Ricky Lee nichts mehr zu sehen.

Hinter mir fragte eine Stimme: «Detective McGrath?»

Sie war etwa dreißig, hatte kurz geschnittenes blondes Haar, trug einen schwarzen Kaschmirblazer, eine bis zum Hals zugeknöpfte schwarze Seidenbluse und Bluejeans. Ein teuer aussehender Regenmantel, vielleicht ein Burberry, lag gefaltet hinter ihr auf der Bank. Mit ihrem leicht asymmetrischen Gesicht, ihren starken Wangenknochen und dem etwas zu fülligen Mund war Ward Jenssen keine Schönheit im herkömmlichen Sinne, aber ihre Augen machten das alles wett. Ihre vermeintliche Aufrichtigkeit und Sanftheit waren ihrer Karriere sehr förderlich gewesen. Sie hielt nicht nur einen Recorder in der Hand, sondern als jetzt ihr Begleiter durch die

Tür zum Revier trat, von wo er mit dem unauffälligen Gerät, das er auf der Schulter herumschleppte, vermutlich die gesamte Szene gefilmt hatte, wurde mir klar, dass sie auch ihren Kameramann gleich mitgebracht hatte; der Typ trug ein Aerosmith-T-Shirt und darüber eine triefende Armyjacke, an deren Brusttasche sein Name, ZED, aufgedruckt war.

«Hallo, Ward, hab schon gehört, dass du neuerdings beim Fernsehen bist. Gratuliere.» Ich wandte mich an den Kameramann. «Sie können hier drinnen nicht filmen. Dafür brauchen Sie eine Genehmigung. Was Miss Jenssen ganz genau weiß, und Sie garantiert auch.» Ich drehte mich zum Schreibtisch des Dienst habenden Officer um, aber da saß keine Unterstützung. Kein Kollege in Uniform. Na prima.

Zum ersten Mal hatte ich Ward vor Jahren in South Los Angeles getroffen, als sie noch eine unerfahrene Reporterin beim Lokalteil der *Times* gewesen war – wir begegneten uns am Tatort eines mehrfachen Mordes: Eine Gruppe von Gangsterkids war in ein Haus reinmarschiert und hatte neun andere Jugendliche umgelegt. Das Zimmer, wo es passiert war, hatte ausgesehen wie Lasagne. Danach war es unvermeidlich gewesen, dass wir einander bald wieder sehen würden.

«Wie läuft's bei dir so? Kletterst du langsam zur Spitze rauf? Wie ist denn die Aussicht von da?»

«Ich würde dir gern ein paar Fragen stellen», sagte sie.

«Kein Kommentar.»

«Komm schon, Billy. Du weißt ja noch nicht mal, was ich fragen will.»

«Kein Kommentar.»

«Ist Ricky Lee in Polizeigewahrsam?»

«Nein, momentan nicht, und ansonsten kein Kommentar.»

«Hat man ihn irgendwann heute Abend verhaftet?»

Als sie mir ihr Mikro entgegenschob, durchzuckte mich plötzlich der Gedanke an meinen eigenen Kassettenrecorder,

der noch dort stand, wo ich ihn zurückgelassen hatte: auf dem Tisch im Vernehmungszimmer. Die Aufnahme von meiner Unterhaltung mit Ricky Lee war immer noch drin; kein Grund zur Panik, und die hatte ich auch nicht, aber ich brauchte dieses Band.

«Hör zu, Ward, ich will dich weder abwimmeln noch zurückweisen, aber ich muss mich gerade dringend um etwas kümmern.» Ich deutete über den verlassenen Schreibtisch des Diensthabenden nach hinten. «Wenn du dem lieben Zed hier sagst, er soll seine Kamera ausmachen, damit wir wie zivilisierte Menschen reden können, werde ich in ein paar Minuten zurückkommen und ein paar von deinen Fragen beantworten.»

«Genauso nett, wie ich dich in Erinnerung habe», sagte sie und grinste, den Kopf dabei leicht zur Seite geneigt.

«Da denkst du sicher an jemand anderen.»

Auf ihr Zeichen hin ließ Zed die Videokamera sinken, dann schaltete auch sie ihren Recorder ab, zog den Reißverschluss ihrer Ledertasche auf und verstaute ihn darin. Sie machte die Tasche wieder zu. Dann sagte sie: «Wie wird es morgen bei Gericht laufen? Ein großer Tag für dich, was?»

«Du kennst mich doch. Große Tage gibt's bei mir andauernd.»

«Bis gleich also.»

«Alles klar.»

Ich ging zum Vernehmungszimmer zurück und stieß dabei mit jemandem zusammen, der aus dem Dienstraum hinausgestürmt kam. Sein Gesicht konnte ich nicht sehen. Es war ein dunkler, bulliger Typ, der rasch davoneilte und die Hand zur Entschuldigung und zugleich zur Begrüßung hob. Ich hielt ihn für einen Kollegen vom Drogendezernat oder von der Sitte. Diese Jungs kamen und gingen zu jeder Tageszeit. Ich dachte mir nichts weiter dabei, steckte die vergessene Kassette ein, schloss die Mordakte Mae Richards in den polierten Aktenschrank weg und ging nach hinten raus auf den Parkplatz des Reviers. In diesem Augenblick hatte ich so ziemlich auf alles mehr Lust, als nochmal mit Ward Jenssen zu reden.

5 Ich hatte zwei Wagen, die ich fuhr: den zivilen Dienst-Chevy und meinen eigenen, einen sechs Jahre alten Porsche 911, grellorange lackiert und mit einer eigenartigen Knüppelschaltung, den ich vor allem deshalb gekauft hatte, weil mein Vater Anfang der sechziger Jahre, bevor sich meine Eltern getrennt hatten, in einem Porsche Speedster von genau dieser Farbe herumgefahren war. Ich weiß noch, wie er mich damit auf dem verlassenen Parkplatz des Dodger-Stadions im Kreis fahren ließ, was mir anfangs schreckliche Angst einjagte, aber dann fing ich an zu jauchzen und zu lachen, während wir dahinholperten und ich durch die Streben des Lenkrads auf die sonnenhelle Windschutzscheibe spähte. Ich muss damals gerade fünf gewesen sein, höchstens sechs, und schon bald darauf verließ ihn meine Mutter endgültig und nahm mich im Flugzeug mit zurück nach England, wo sie wieder heiratete. Mein Vater warf seinen Job bei der Polizei hin und ging auf große Fahrt. Er kam ziemlich herum, nach Arizona, New Mexico, bis rauf nach Montana, aber er unternahm dabei nie eine richtige Reise. Von Zeit zu Zeit schickte er Fotos, die ihn am Steuer oder am Kotflügel seiner neuesten Schleuder zeigten – ein Ford Mustang, eine AC Cobra, ein hübscher rosa Cadillac. Niemand wusste, wo er das Geld dazu hernahm, und erst Jahre später stellte ich mir irgendwann die Frage, wer eigentlich all diese Fotos aufgenommen hatte – sein jeweils letzter Betthase vermutlich. Das klingt verbittert, aber das herrliche Orange dieses Speedster konnte ich nie ganz vergessen oder ihm vergeben, und wenn Leute, die ihn gekannt hatten, mir versicherten – was oft geschah –, wie erstaunlich ich ihm äußerlich ähnelte, dann packte mich jedes Mal die Scham und auch die Wut. Die Erinnerung an ihn war etwas, das ich meistens verdrängte, obwohl ich mir bei Lucys Geburt versprach, dass ich es anders machen würde, dass ich nicht alles so versauen würde wie er. Ich hab's trotzdem versaut.

Schon seit längerem wusste ich, dass mein Porsche bei Regen innen nass wurde. Ich nahm ihn in dieser Nacht trotzdem und fuhr leere Straßen entlang, die ich auswendig kannte, erst den Culver Boulevard, dann die Centinela Avenue, bevor ich links abbog und den Washington Boulevard zum Meer hinunter nahm, während neben mir die kleine Pfütze im Fußraum vor dem Beifahrersitz langsam größer wurde. Inzwischen war es zwei Uhr früh, und der Regen wollte immer noch nicht aufgeben. Es hatte den ganzen Tag gegossen, fast schon die ganze Woche lang. In den Rinnsteinen flossen mächtige Ströme. Der Regen klatschte gegen die Windschutzscheibe und ließ auf der Motorhaube Millionen winziger Fontänen aufspritzen. Der Lincoln Boulevard war die reinste Aquaplaning-Rutschbahn. Vor mir schlitterte ein Cadillac langsam seitwärts und kam an einem Straßenschild sanft zur Ruhe. Das Verkehrszeichen am oberen Ende neigte sich vorwärts, als wollte es sich verbeugen.

Ich dachte über Ricky Lee Richards nach. Selbst wenn ich den Mörder seiner Mutter fand, meine Arbeit gut machte und ihn in der Zirkusarena des Justizsystems ablieferte, war es immerhin möglich, dass der Täter am Ende doch wieder davonkam. Bei diesem Zirkus lief vieles nicht ganz nach Plan. Alles schon da gewesen. Und wenn ich den Täter tatsächlich aufspürte, ihn Ricky Lee überließ und das Geld nahm? Mich wirklich vergewisserte, dass ich auch den *Richtigen* hatte, und dann Ricky Lees grausame Gerechtigkeit walten ließ? Es wäre vermutlich effizienter, auf jeden Fall direkter, und ich würde der Stadt die Kosten für einen Prozess ersparen, den sie am Ende vielleicht gar nicht gewann. Es war keine echte Alternative, obwohl ich das Geld brauchen konnte. Ich brauchte es tatsächlich, aber ich hatte auch einen Moralkodex, und der schrieb mir einen Weg vor, der zwar schlicht, aber eben auch sicher war: Tu deine Arbeit und halt dich aus Schwierigkeiten raus.

Ich wartete, bis der Fahrer vor mir seinen Cadillac wieder von dem Straßenschild befreit hatte, winkte ihm kurz und bestellte mir dann vom Autotelefon aus drei Pizzas: einmal Peperoni, einmal Peperoni mit Pilzen und eine *Quattro formaggi* mit extra Käse, falls ich es mir noch anders überlegte. Ich hatte seit mittags nichts gegessen, aber hungrig war ich trotzdem nicht. Ich dachte mir, dass der Appetit ja vielleicht beim Essen käme und ich bis zum Eintreffen des Pizzaboten genug Zeit hatte, um noch einen Viertelliter Milch und eine Flasche Jack Daniels zu kaufen. Ich machte deshalb den Umweg zu Ralphs Laden, schaffte es auf den überschwemmten Parkplatz und wurde im Geschäft von zwei jungen deutschen Touristen angequatscht, die im grellen Licht des Spirituosengangs herumlungerten. Der Typ hatte ein breites Biertrinkergesicht und glänzende Augen hinter einer blitzenden, teuren Stahlgestellbrille. Das Mädchen war mager, trug Cowboystiefel und Shorts und hatte eine Gänsehaut. Sie litten unter dem Jetlag, erzählten sie, ihr Zimmer im Jolly Roger Motel fanden sie ungemütlich, und das Wetter konnten sie einfach nicht fassen. Schien denn in Southern California nicht immer die Sonne? Sie seien Rock-'n'-Roll-Typen, sagten sie, hätten gern etwas Dope gekauft, und ich sähe aus wie ein Typ, der vielleicht jemanden kenne.

Das ist der Witz bei der Polizeiarbeit: Sie konfrontiert einen mit dem widerwärtigsten Dreck der Menschheit, und dann wieder zeigt sie einem die reinsten Farcen des Lebens.

Ich gab mir gar keine Mühe, nicht zu lachen. Vor ihren Augen platzte ich los. «Ja, ich kenne da wen – und zwar weil ich bei den Bullen bin», sagte ich und sah, wie ihre Blicke panisch hin- und herschossen. Dann wurde ich gnädig: «Hört zu, ich werd euch nicht einbuchten oder so, aber einen guten Tipp gebe ich euch: Wenn ihr um diese Zeit in dieser Gegend Drogen kaufen wollt, dann werden sie euch bescheißen – oder noch Schlimmeres tun. Ihr könntet an sonst wen geraten. Also lasst die Finger davon. Seht euch die Universal Studios an. Sagt Steven Spielberg guten Tag. Genießt die Stadt.»

Ich hatte schon Touristen gesehen, die wegen so etwas umgekommen waren. Auf der Bahre unten im Leichenschauhaus sahen sie noch ganz lebendig und jung aus, in ihren neuen Gap-Jeans und den Turnschuhen, die sie am Morgen noch ordentlich zugebunden hatten; aber da war das Einschussloch, der Messerstich. Ich musste dabei immer über die Dummheit – oder den Optimismus – der Menschen nachdenken. Sie gehen davon aus, dass sie gefährliche Situationen bewältigen können, ohne die Regeln zu kennen. Und manchmal haben sie Recht, es funktioniert tatsächlich; aber immer wieder riskieren sie auch, zur falschen Zeit dem falschen Typen zu begegnen und in Blockbuchstaben auf Seite eins einer Mordakte zu enden. Als ich bei der Polizei anfing, habe ich oft darüber gestaunt, wie beharrlich manche Menschen danach streben, sich umlegen zu lassen. Nach einer Weile fing ich an, die Welt als eine Art Krankenhaus zu sehen, wo es den meisten Leuten nicht allzu gut geht. Also kommen die Spezialisten und wollen uns wieder gesund machen, mit Medikamenten und Therapien und so manchen anderen Mittelchen und Slogans. Aber es gelingt ihnen nie, jene ganz tief in uns drinnen sitzende Ahnung auszurotten, dass der Mensch selbstzerstörerisch veranlagt ist, dass im Innersten des Herzens der geheime Wunsch lauert, die ganze Sache einfach nur hinter sich zu bringen.

Ich wohnte am Strand, in einer Wohnung, die ich damals übereilt für zu viel Geld gekauft hatte, in einem neuen Wohnkomplex am Yachthafen, der aussah, als wäre er für eine Bande von Voyeuren erbaut worden. Der Komplex bestand aus vier bogenförmigen Gebäuden aus weißem Beton. Sie waren alle einander zugewandt und bildeten einen durchbrochenen Kreis. Bei gutem Wetter konnte man von jeder Wohnung aus in Hunderte andere hineinsehen. Die Folge davon war, dass die Hälfte der Bewohner niemals die Vorhänge aufzog, während wir anderen versuchten, nicht hinzusehen und die Musik, das Husten, das Spülen und Gurgeln nicht zu beachten, all diese Anzeichen menschlichen Lebens, ebenso wie die diversen seltsamen Echos und Lichtreflexionen, die sich wie von selbst in den Gebäuden bewegten.

Irgendwann in den Boomzeiten der achtziger Jahre drohte die Gegend am Yachthafen ein neues Westwood oder Montana-Avenue-Viertel zu werden. Sonnengebräunte Yuppies investierten in die Spitzenwohnlagen und brachten ihre Jeeps, ihre Hanteln und diese zischenden Cappuccinomaschinen mit, die einen weiteren Beitrag zur Sinfonie des Betons leisteten. Inzwischen, nach dem Crash, war die Wohngegend nicht gerade abgerutscht, aber sie befand sich doch in einem Schwebezustand. Aus den vorderen Fenstern sah ich das Meer, die Segelschiffe und die purpurnen, perlmuttfarbenen Wolken, die während des Sonnenuntergangs wie Muscheln am Horizont wuchsen. Der Ausblick von meinem Bad dagegen, nach hinten hinaus, zeigte mir einen nicht trockengelegten Sumpf, ein schlechtes Zeichen für die Immobilie, über der auf einem flutlichterhellten Schild ein lächelndes junges Paar mit einer hoffnungsfrohen Botschaft prangte: NEUBAUGEBIET BRIGHT HARBOR – DIE ZUKUNFT GEHÖRT IHNEN.

Auf der Einfahrt meines Wohnhauses stand ein betagter Toyota, die Sorte Auto, die Drew Diamond gerne als Mexikaner-Cadillac bezeichnete, am Ende der Antenne schaukelte ein umgestülpter Domino-Pizza-Eimer wie ein Papierlampion. Vor meiner Wohnung, ganz oben im elften Stock, klopfte der Botenjunge gerade an meine Tür. Als er mich sah, grinste er erleichtert. Er hatte wohl schon gedacht: Kein Kunde, kein Trinkgeld, und er hätte vielleicht die drei Pizzas sogar selber zahlen müssen. Es war ein kleiner Latino in einem raschelnden Nylon-Laufanzug, der den ganzen Teppich voll tropfte. Ich ließ ihn in die Wohnung, wo er auch alles nass machte, deshalb gab ich ihm ein Handtuch, damit er sich etwas abtrocknen konnte.

Ich hatte ein Wohnzimmer, eine Kochnische, die ich selten benutzte, und zwei Schlafräume, den zweiten für Lucy, wenn sie mal bei mir übernachtete. Nach etwa einem Jahr, als langsam klar war, dass ihre Mutter und ich einander nicht so bald wieder in die Arme fallen würden, hatte sie angefangen, sich dieses Zimmer gemütlich einzurichten. Was die übrige Wohnung anging, so waren die Teppiche sauber, die Pflanzen gegossen, die beiden schwarzweißen Sofas standen genau im rechten Winkel, und man hätte meinen können, ich sei erst gestern eingezogen. Ich wohnte dort, seit Ellen und ich uns getrennt hatten, aber der einzige Hinweis auf die vergangene Zeit bestand darin, dass sich das Kiefernholzregal langsam mit Büchern füllte. Jeden Monat kaufte ich mir vier oder fünf neue, meistens philosophische Sachen oder Romane, und unterstrich mit Bleistift alle Stellen, die mir wichtig vorkamen, das war eine Art Lebenshilfe. Ich hatte das Regal unbehandelt gekauft, und da ich nie die Zeit gefunden hatte, es zu lackieren, verzogen sich jetzt einige Bretter. Beim Wiederlesen der Bücher erschien mir die Bedeutung jener angestrichenen Stellen auch nie mehr so wahr oder wichtig, ja, ich begann allmählich an den Tröstungen der Philosophie insgesamt zu zweifeln. Ein Krüppel wird von seinem Kumpel in einem Einkaufswagen an einem vorbeigeschoben, oder ein Charmeur ermordet ein kleines Mädchen und wirft den Geschworenen später Kusshände zu. Und dann soll ich noch Bertrand Russell lesen?

«Und, stehst du auf L. A.?», fragte ich den Pizzaboten.

Sein Gesicht strahlte, als er antwortete: «Mann, ich find's super», und man sah sofort, dass das stimmte. Für ihn war das hier immer noch das Land der unbegrenzten Möglichkeiten. Er war jung genug, um noch den Druck zu genießen, den der Kampf ums Überleben sein Herz spüren ließ. Eigentlich war er sogar so jung, dass er wohl noch bei seiner Mutter wohnte, aber wenn dem so war, dann höchstwahrscheinlich in einer Zweizimmerwohnung in Mar Vista oder den Siedlungen bei Culver City, zusammen mit seiner eigenen Frau oder Freundin und den Kindern. Die Latinos glaubten als Einzige immer noch an die Familie, gemeinsam gingen sie durch dick und dünn; und sie arbeiteten, sie waren Amerikas neuer Lebenssaft: Diese Typen sah man nicht auf dem Santa Monica Boulevard sitzen und den Passanten eine Burger-King-Papptasse entgegenhalten.

«Hey, Bruder», sagte ich. «Wie wär's, wenn du dir von diesen Pizzas zwei für dich selber nimmst? Dafür denkst du mal an mich, wenn du dann Bürgermeister bist, okay?»

Etwas durcheinander trippelte er in den nassen schwarzen Turnschuhen auf und ab, bedankte sich, schob die Pizzas in eine rote Liefertüte aus Isoliermaterial, zog sich die Baseballmütze in die Stirn und verschwand mit einem sohlenquietschenden Schlendern in der Nacht, was mich in einer kurzen, absurden Hochstimmung zurückließ. Als hätte ich mir ein kleines Stück der Erlösung damit verdient, dass ich erfolgreich eine Verbindung mit der Riesenstadt draußen vor meinen Fenstern herstellte, zumindest mit ein paar von den Millionen, die hierher kamen, angetrieben vom Ehrgeiz und magnetisch angezogen von der Kraft des unwiderstehlichen Traums.

Ich hörte meinen Anrufbeantworter ab: nur eine Nachricht, von meinem Großvater, der mich um einen Rückruf bat. Er war krank, der alte Knabe, aber auch zäh. Er hatte sich vor sechs Monaten aus einem Veteranenkrankenhaus selbst entlassen, weil er lieber zu Hause sterben wollte. Eine Aussicht, deren Verwirklichung – zu meiner Freude – offenbar noch länger auf sich warten lassen wollte. Er lebte inmitten von lauter Medaillen und Waffen in einem aluminiumverschindelten Bungalow in Culver City. Der Himmel stehe dem Einbrecher bei, der ihn einmal auszurauben versuchen sollte.

Ich sah meine Post durch, eine deprimierende Ansammlung von Rechnungen und Mahnungen, bis mich ein Brief von Ellens Anwalt aus der Fassung brachte, in dem es um den Verkauf des Hauses am Nowita Place ging und die Aufteilung dieses letzten Postens unseres gemeinsamen ehelichen Vermögens detailliert beschrieben wurde.

Ich glaube, Voltaire sagte einmal, dass nichts in einer Ehe je geregelt ist. Die Ehe ist ein nie vollendeter Zustand, hat er behauptet, deshalb hatte ich mich auch nach der Scheidung daran geklammert, dass ja immer noch das Haus auf unser beider Namen lief. Nun sollte auch dieser letzte Knoten gelöst oder – noch schlimmer – durchtrennt werden. Sie hatte einen Käufer gefunden. Ich hatte es gewusst, hatte mir die ganze Zeit gesagt, dass es am Ende so ausgehen würde. Und jetzt wollte man meine Unterschrift auf einem Blatt Papier, danach wäre unser Haus weg und sie ebenfalls.

Ich kippte mir noch einen Whiskey ins Glas. Ellens großer Plan mit Seattle: seit Monaten versuchte ich mir einzureden, dass alles in Ordnung war, dass ich weiterhin jeden Tag vorbeikommen und Lucy sehen konnte, wann ich wollte, dass alles genau wie immer war, jedenfalls so wie kurz nach unserer Trennung – jetzt aber wollte Ellen umziehen. Darin einzuwilligen, dass die beiden tatsächlich weggingen, das war wie eine vor langer Zeit getroffene Verabredung, von der ich aber geglaubt hatte, sie nie wirklich einhalten zu müssen. Nun stand der Tag dafür auf einmal unmittelbar bevor. Ich wählte Ellens Nummer.

«Billy», sagte sie mit rasch unterdrückter Verärgerung.

Sie war geduldig, ein wenig traurig, zu sehr gewöhnt an solche Aktionen. «Es ist drei Uhr morgens. Musst du nicht in ein paar Stunden im Gericht sein?»

«Ich bin müde, ich will hier weg, ich will, dass wir wieder zusammen sind.»

«Ach, Billy.» Sie seufzte. «Nein, das willst du nicht. Und du weißt, dass daraus nichts wird.»

«Das weiß ich nicht, und ich akzeptiere es auch nicht.»

«Billy, das haben wir doch schon tausendmal durchgekaut.»

«Mir hat gerade ein Gangster eine halbe Million angeboten, wenn ich rausfinde, wer seine Mutter umgebracht hat.»

«Nimm das Geld. Geh von der Polizei weg.»

«Das meinst du doch nicht im Ernst?»

«Wieso erzählst du mir so was? Ich muss mir solche Sachen nicht mehr anhören.»

«Ich wundere mich nur darüber, dass du das sagst. Ich habe noch nie von irgendwem Geld genommen.»

«Ich kann das jetzt nicht mit dir ausdiskutieren.» Sie klang müde. «Ich weiß ja, dass du nie von irgendwem Geld nehmen würdest.»

«Also, worüber willst du dann reden?»

«Ich will über gar nichts reden. Es ist mitten in der Nacht. Ich komme mir vor wie Bert aus der Sesamstraße, der gerade von Ernie gequält wird. Ich will nichts weiter als schlafen.»

«Wie geht's Lucy?»

Sie nach Lucy zu fragen – und darauf musste Ellen antworten, das wusste ich genau – war wieder ein unfairer Schachzug von mir, und sie seufzte, fand sich widerwillig mit der Fortsetzung unseres Gesprächs ab. «Sie war sehr durcheinander, als du sie zurückgebracht hast. Rannte direkt in ihr Zimmer. Irgendwas mit Ted und einem Revolver? Ich hab das nicht ganz mitgekriegt. Danach wollte ich dich morgen sowieso fragen.»

«Das war alles nicht so schlimm. Ted hat sich blöd benommen. Er war besoffen, hat einen Revolver gezogen und eine Frau damit bedroht. Ich hab Lucy gleich zum Wagen rausgeschickt.»

«Und wie ging das weiter?»

«Ted hat die Waffe dann wieder weggesteckt.»

Sie blieb einen Moment lang still. «Du erzählst mir nicht die ganze Geschichte.»

Im Grunde wusste Ellen immer, was Sache war. Sie war das Maß für meinen Seelenzustand, schwer zu überlisten. Ich wechselte lieber das Thema und sagte: «Ich hatte heute einen Mord.»

«Wie oft, glaubst du wohl, hab ich das schon gehört. Oder: ‹Ellen, ich komme gerade von einem Tatort.› Oder: ‹Ellen, Drew Diamond hat heute wieder mal alles vermasselt.› Oder: ‹Ellen, wir haben einen Dreifachen unten im Southland, und die brauchen noch einen zusätzlichen Mann.› Du saugst das doch auf. Du bist wie ein Schwamm. Dein Job nimmt dich nicht nur total in Beschlag, du bist ja geradezu *infiziert* davon.»

Ich war im Grunde froh, dass ich ihre Wut angestachelt hatte, jetzt fühlte ich mich weniger schuldig. «Lass es alles raus, Ellen. Sag mir, was für ein Scheißkerl ich bin.»

Es herrschte Schweigen am anderen Ende der Leitung, während ich mit meinem Whiskey ans Fenster trat und die Stirn gegen das kühlende Glas legte. Draußen tobte noch immer das Unwetter, es war so heftig, dass es eine sonderbare Stille rings um sich verbreitete. Überrascht sah ich einen hellen Fleck auf dem dunklen Meer auftauchen, ein Leuchten, anfangs noch formlos, doch bald bildete sich ein Dreieck heraus – ein Segel, so schloss ich, das immer größer und heller wurde, als es Richtung Hafen kreuzte. Ich fragte mich, wer wohl in einer solchen Nacht segeln ging.

Ein unsichtbares Auto zischte durch die Pfützen auf dem Admiralty Way tief unter mir. Ellen hatte sich wieder gefasst und sagte: «Es ist wirklich erstaunlich, was du da gerade für mich getan hast, Billy, und ich bin dir sogar dankbar dafür. Ja, ehrlich. Ich brauche eine Luftveränderung. Ich muss dringend weg aus dieser Stadt. Es wird ein neuer Anfang für mich sein.»

«Ich bin mir da nicht so sicher. Ich glaube inzwischen, ich *will* dir im Weg stehen. Ich will ein möglichst großes Hindernis für dich sein.»

«Nein, das ist nicht wahr. Versuch jetzt zu schlafen, Billy, okay? Gute Nacht.»

Ich war noch ein ganz unerfahrener Cop, als wir uns kennen lernten. Sie war jünger als ich, aber schon zwei Jahre lang dabei, als ich in das Department kam, denn ich hatte mich bei der Ausbildung von den Büchern aufhalten lassen – inzwischen war sie es, die an die Uni wollte; deshalb ja auch Seattle, wo man ihr einen Lehrauftrag angeboten hatte, während sie ihre Doktorarbeit in Kriminologie abschließen könnte. Als wir an unserem ersten Abend im «Marty McFly's» saßen, fragte ich sie, ob sie Wittgenstein mochte, und sie antwortete, sie könne dieses deutsche Bier nicht ausstehen. Sie hatte rotes Haar und klare grüne Augen, die schönsten Augen und den stursten Kopf von ganz L. A. County; sie war groß, mit starken Knochen, und sie hatte ein wunderschönes, geheimnisvolles Gesicht. Die Frauen beteten sie an, die Männer fürchteten sie und waren zugleich von ihr fasziniert. Schon damals wusste sie meistens, was ich tun würde, bevor ich es selbst wusste. Daran hatte sich auch wenig geändert. Sie kicherte gern. Sie besaß eine flammende Aufrichtigkeit, die andere Menschen leicht unsicher werden ließ. Sie sah mich an, ihre grünen Augen glühten, und obwohl sie über sich selbst lachte, obwohl sie genau wusste, was sie da tat, loderte es doch lichterloh in mir – alles in allem war es ein schöner, wenn auch leicht schwindelerregender, trunkener Anfang gewesen. Mit ihr konnte ich vom ersten Moment an reden. Sobald ich sie sah, schwebte ein Teil von mir durch den Raum und vereinte sich mit ihr. Drei Tage später waren wir nachts gemeinsam auf einem Routineeinsatz, gewalttätiger Familienstreit in einem Mietshaus, keineswegs im schlechtesten Bezirk von Oakwood. Ein Typ schlenderte mir die Treppe hinunter entgegen, grinsend und völlig cool. Alles ging so schnell. Ich sah gar nicht, wie er hinter sich griff, und auf einmal hielt er diese Fünfzehn-Zentimeter-Klinge in der Hand. Ich griff nach der Pistole, aber mein Holster war neu und klemmte etwas – zu langsam: Der Mann würde mich abstechen. Auf einmal stand Ellen neben mir, schoss ihn in die Schulter, und das Messer verschwand wie von einer unsichtbaren Hand weggeschleudert. Sie war in dieser Nacht meine Ausbilderin, und die ganze Sache war blitzartig gelaufen, in fünf oder sechs Sekunden.

Ihr Vater war Baumeister in Woodland Hills, die Mutter betrieb einen kleinen Imbiss am Ventura Boulevard. Ich war eigentlich nicht der typische Schwiegersohn, den sie erwartet hätten. Damals war ich zielbewusst, schroff und noch dazu ein halber Ausländer, und ich wiederum hielt sie für zwei Landeier, lauter Vorurteile, die sich während all der Zeit nicht auflösten, in der Lucy geboren wurde und aufwuchs und die Karriere von uns beiden langsam Form annahm.

Ellen wurde Detective und fing bei der Abteilung für Interne Ermittlungen an, ein Weg, auf dem ich ihr folgen sollte. Danach half sie beim Aufbau eines dieser Antidrogenprogramme an den Schulen, das hervorragend lief, ein Riesenerfolg. Sie zog erst wieder eine Uniform an, als wir auseinander waren, und ich bin fest davon überzeugt, dass sie es sonst niemals getan hätte. Inzwischen war sie Sergeant und leitete auf der Suche nach einem Verdächtigen den Einsatz, bei dem sie auf dem Dach einer verlassenen, illegalen Firma auf dem

Olympic Boulevard durch ein Dachfenster brach. Der Gesuchte, der aus irgendeinem nie geklärten Grund nackt und außerdem blutüberströmt war, fiel über sie her und ballerte drauflos wie verrückt. Getroffen und mitten in lauter Glasscherben liegend, schoss sie und traf ihn tödlich. Danach fanden die Chirurgen eine Kugel im Hüftbein und einen fünfundzwanzig Zentimeter langen Glassplitter, der sich durch ihre Niere bis ins Rückgrat gebohrt hatte. Sie war von der Hüfte an abwärts gelähmt.

Ich nippte jetzt ganz langsam an meinem Whiskey und lauschte. Eine Tür knallte und jemand brüllte: *Verfluchte Scheiße!* Einer meiner Nachbarn, besoffen, höchstwahrscheinlich der Typ am Ende des Gangs, der als Zapfer in einer Bar in Santa Monica jobbte. Ich dachte an die Unterhaltung mit Ricky Lee und an die Kassette in meiner Tasche, die jetzt bei mir in Sicherheit war, und ich überlegte, nur so als Gedankenziel, wie ich wohl Ellen dieses Geld zukommen lassen könnte. Ich wusste, sie würde es niemals nehmen; außerdem war das keine echte Alternative. Ich würde mich nach Kräften anstrengen, dass es nicht so liefe, würde mich heraushalten und nicht auf die schiefe Bahn geraten. Bis jetzt war mir das gelungen. Meine Kollegen sahen mich als aufrichtigen Typen, der nie vom Weg abwich. Wenn die Interne Ermittlung ein Problem hatte, wandte man sich an mich, und die trauten keinem, die waren alle von der unangenehmen, üblen Sorte.

Ich riss die Kassette auf, griff nach einer Schere und schnitt das Band in viele Stücke, die sich sofort zu kleinen Spiralen rollten. Dann öffnete ich das Fenster und warf das ganze Zeug hinaus. Einer der Schnipsel blieb hängen und haftete kurz als Fleck auf der Scheibe, dann war auch er verschwunden, fortgeweht in das tosende Donnern des Sturms.

6

Am nächsten Tag stand ich früh auf, aber Cataresco war schon vor mir auf dem Revier. Es war feucht und kalt, immer noch regnete es, und ich fühlte mich leicht gereizt. Vor Gericht wollte ich gut gekleidet auftreten, nur war mein bester Anzug ein teures dünnes Ding aus Wollstoff, aber ich hatte ihn trotzdem angezogen, und jetzt juckte meine Haut unter dem weißen Hemd, das sie in der Reinigung zu sehr gestärkt hatten. Ich fühlte mich äußerst unwohl. Cataresco warf einen Blick auf meinen Anzug, und ich fragte: «Was ist?»

«Nichts. Ich frag mich nur, wieso du heute so schlechter Laune bist.»

«Ja, das frag ich mich auch.»

Sie hatte vor sich auf einem der langen Tische die Mordakte von Mario Angel Martinez ausgebreitet, einem kleinen Latino-Gangster, der den Fehler begangen hatte, in dem Terrain von Ricky Lee Richards zu wildern. Wir hatten ihn zwei Wochen zuvor gefunden, aufrecht sitzend in einem gestohlenen Ford. Man hatte ihm mit einer 9-mm-Waffe dreimal in den Hinterkopf geschossen, und sein Gesicht lag wie ein Sabberlätzchen auf der Brust.

Cataresco konnte in Anwesenheit anderer manchmal scheu und befangen sein; sie war auch überzeugt davon, dass sie immer noch manchmal an dem Stottern litt, das ihr als Kind so zu schaffen gemacht hatte – obwohl mir das nie aufgefallen war. Aufgewachsen war sie an der Ostküste, in

Brooklyn, wo ihr Vater eine italienische Bäckerei geführt hatte. Es gab noch eine jüngere Schwester, die sie für hübscher und talentierter hielt. Die Schwester hätte ich gern mal gesehen.

Sie nippte an ihrem koffeinfreien Kaffee. «Denken wir mal über Mario Martinez nach. Neunzehn, Mitglied einer Gang in Culver City. Wir nehmen stark an, dass ihn einer von Ricky Lees Homeboys umgelegt hat, also muss das draußen auf der Straße eine Tatsache sein. Und eine Woche später macht jemand Ricky Lees Mutter fertig. Sie trank mit einem großen Schluck den Rest ihres Kaffees aus. «Da kommt man doch ins Grübeln.»

Vielleicht hatte Cataresco Recht, aber die Schlussfolgerung klang etwas übertrieben. «Nur dafür gleich Ricky Lees Mutter umzunieten, das wäre nicht gerade im Sinne von ‹Wie du mir, so ich dir›, sondern der Beginn eines Massakers. Und dann diese Brandwunden. Brandwunden auf dem Körper einer Fünfundvierzigjährigen. Klingt das etwa, als wenn eine Bande dahinter steckt? Ich habe viel eher das Gefühl, als wenn es mit ihr zu tun hatte, nicht mit ihm.»

«Und was wird Ricky Lee als Nächstes tun?»

«Das dürfte sich rasch herumsprechen: Er wird die Straße wissen lassen, wie gut er eine kleine Gefälligkeitsauskunft honorieren würde. Vielleicht versucht er sogar, eine generelle Waffenruhe auszurufen. Aber eins ist klar: Wir müssen den Täter unbedingt finden, bevor er ihn kriegt. Wir tun alles, was wir sonst auch tun, und sorgen dafür, dass man uns dabei sieht. Von oben bekomme ich garantiert mächtig Druck, weil Presse und Fernsehen sich darauf stürzen werden. Wir müssen den Fall so schnell wie möglich lösen. Fahr nochmal hin und rede mit den Nachbarn. Mach ihre Bekannten ausfindig. Versuch ihren Mann aufzutreiben, oder ihren Ex oder was zum Teufel der ist, Ricky Lees Vater eben. Wieso wurden ihr wohl die Fingerkuppen abgeschnitten?»

«Wie sagtest du einmal so richtig? Mörder machen dumme Sachen.»

Ich habe einmal einen Frauenmörder gestellt, der fuhr im Auto seines Opfers herum, hatte ihre Kreditkarten und ihren Führerschein in der Brieftasche, und neben sich auf dem Beifahrersitz lag eine offene Bibel mit ihrem Namen vorne drin, das Ganze noch dazu fünf Tage nach der Tat, so als hätte er seinen Mord begangen und wäre dann in eine Art Trance gefallen. «Ruf deinen Bekannten in der Zulassungsbehörde an, vielleicht hast du Glück mit diesem halben Nummernschild.»

«GSG? Die drei Tenöre?»

Drew Diamond war inzwischen auch da, eingezwängt in einem Nadelstreifenanzug, der fast an ein Begräbnis denken ließ. «Ich will da jetzt kein großes Drama draus machen», sagte er indigniert, «aber Tito Gobbi war Bariton. Am besten in der Rolle des Schurken. Zum Beispiel sang er den Scarpia in *Tosca.* Scarpia ist der oberste Polizeichef Italiens, und er ist in die Sängerin Tosca verliebt. Also schnappt er sich ihren Freund, buchtet den Kerl in einer Zelle ein und lässt ihn foltern, sodass Tosca seine Schreie hört, während er ihr an die Wäsche geht. Mann, das ist echt ein übler Bursche.»

«Drew», sagte ich, «das scheint dir ja wirklich ein Anliegen zu sein, deshalb *freut* es mich, dass du es zur Sprache bringst. Also der war ein mieser Kerl, dieser Bariton namens Toto Gobbi?»

«Tito», verbesserte Drew.

«Hab ich was andres gesagt? Wenn wir dann bitte wieder zu den banalen Fragen in unserer Mordsache kommen könnten?»

Mit einem Mal kam meine Wut wieder hoch. In diesem Augenblick hasste ich ihn, seine ganze chemisch gereinigte Attitüde, diese gespielte Langeweile, seine Ansichten, seine Arbeitsauffassung. Er hatte seine grandiosen, magischen Momente gehabt, hier und da starke Auftritte, schöne Frauen, wichtige Fälle, die er gelöst und gewonnen hatte – aber das war schon länger her. Neuerdings speiste sich seine Seele aus dem Motorengeräusch seines restaurierten Jaguar XKE, während seine Auszeichnung als Ermittler des Jahres 1982 ihn noch immer in dem Glauben bestärkte, dass er der Leim war, der Los Angeles zusammenhielt.

Ich sagte: «Hör zu. Ich habe beschlossen, dass ich den Mae-Richards-Fall bearbeite, zusammen mit Cataresco.»

Es wurde still. Cataresco schüttelte den Kopf, wie um Drew zu signalisieren, dass sie das zum ersten Mal hörte, dann sah sie mich an und verdrehte die Augen. Ich starrte währenddessen Diamond an, um zu sehen, wie es ankam. Nicht so gut: Sein Blick wirkte leer und leicht benommen, kurzfristig total verständnislos. Cops leben nach Anweisungen, sie lieben diese Regeln und Vorschriften, und ich hatte nun auf einmal den üblichen Ablauf missachtet. Ich hätte Drew kaum mehr schockieren können, hätte ich ihn mit der Waffe bedroht, ja vermutlich wäre ihm das sogar lieber gewesen. «Verdammt nochmal, Billy», sagte er und fuhr sich dabei mit den Händen durchs Haar, um wieder zur Ruhe zu kommen. «Mir ist es in letzter Zeit ziemlich dreckig gegangen, und ich hab mich schon gefreut, bald wieder fest im Sattel zu sitzen.»

Ich sah auf die Uhr. «Los, komm, Drew. Gehen wir jetzt. Um zehn müssen wir im Gericht sein. Ich fahr nicht mit dir mit, sondern nehm meinen eigenen Wagen. Ist das ein Problem?»

Denise Corcoran, fünfundzwanzig, weiß und sehr attraktiv, war auf dem Fußboden ihres Wohnzimmers gefunden worden. Man hatte ihr zweimal ins Gesicht geschossen, mit ihrer eigenen Waffe, einem hübschen kleinen doppelläufigen Derringer mit Perlmuttgriff und versilbertem Lauf. An dem Tatort hatte mich von Anfang an etwas irritiert, und obwohl ich nie recht den Finger auf die Ursache dafür legen konnte, flackerte dieser Zweifel weiterhin in mir, wie eine kaputte Neonröhre.

Jemand hatte das Haus durchwühlt: Kissen waren zerrissen, Stühle umgekippt, Fernseher und Glasgeschirr zerschmettert, Bilder aufgeschlitzt, aus einer vorher hübschen Einrichtung war ein Albtraum geworden. Unsere erste Vermutung war, dass sie einen Einbrecher überrascht hatte, doch dagegen sprachen bald alle möglichen Tatsachen. Es fehlte überhaupt nichts: weder Bargeld noch Schmuck, auch nichts von den unbeschädigten Kunstwerken. Keinerlei Anzeichen für ein gewaltsames Eindringen. Die Mordwaffe war mit Fingerabdrücken von Charlie Corcoran übersät, ihrem Mann, dessen Alibi überdies bald mehr Löcher hatte als einer von Madonnas Netzstrümpfen. Corcoran hatte übrigens einmal eine Affäre mit Madonna gehabt, bevor er bei einer Party der Filmverleihindustrie von Las Vegas Denise begegnet war, die dort an den Blackjack-Tischen gearbeitet hatte.

Der ermittelnde Staatsanwalt hatte den Fall nur widerwillig übernommen, weil es einer dieser undurchsichtigen Prominentenmorde war, und Corcoran stellte sich mit der Zeit zunehmend glaubhaft als Unschuldslamm dar. Im Zeugenstand war er großartig: redlich und bescheiden, von der Tragödie sichtlich erschüttert. Er war Schauspieler, aber das sah man seinen Auftritten nicht an – es war die beste und natürlichste Darbietung seines Lebens. Zudem sagten andere Zeugen aus, Denise sei keineswegs einfach im Umgang gewesen. In den Monaten vor ihrem Tod habe sie ständig geheult, Nervenzusammenbrüche bekommen und herumgejammert. Sie habe getrunken, reichlich Drogen konsumiert und sei unglaublich launisch gewesen.

Das Problem daran war, ich glaubte zu *wissen*, dass Charlie Corcoran seine Frau umgebracht hatte. Er hatte es mir selbst gesagt, draußen vor seinem Haus am Mulholland Drive, wenige Minuten nachdem Drew Diamond ihn gefragt hatte, ob er uns kurz hereinlassen und ein paar Fragen beantworten könne. Corcoran hatte unter Schock gestanden. «Es ist total mit mir durchgegangen, Mann. Ich hab sie umgebracht», quatschte er sofort drauflos. Sein Kopf sank in die Hände. «Haben Sie ihr Gesicht gesehen? Das eine Auge stand noch offen. O Gott, was hab ich getan?» Wir hatten kein Tonbandgerät laufen, und Diamond hatte ihm noch nicht mal seine Rechte vorgelesen, das Geständnis war also unzulässig. In Wahrheit waren wir einfach überrascht, ja geradezu geblendet davon gewesen, einen Filmstar in die Hände zu bekommen. Der blutbespritzte Picasso an der Wand war keine Reproduktion gewesen, und das Haus hatte der zeitgenössische Stararchitekt Rem Koolhaas gebaut. Bis wir ihn vorschriftsgemäß aufgeklärt und ins Verhörzimmer gebracht hatten, waren bereits seine Rechtsanwälte aufmarschiert.

Sie bombardierten uns mit Experten. Sie hielten wahre Wochenendseminare zur Beurteilung sämtlicher Voreingenommenheiten der einzelnen Geschworenen ab. Sie lädierten Drew Diamonds Ruf mit verschiedenen Geschichten, was bald darauf mir zugute kommen sollte, als es im Frühstadium des Prozesses darum ging, ob man ihn oder mich befördern würde. Sie wiesen darauf hin, dass der Derringer völlig zu Recht mit Corcorans Fingerabdrücken übersät gewesen sei, schließlich war die Waffe auf seinen Namen registriert und er hatte sie am Vorabend für Schießübungen im Beverly Hills Shooting Club benutzt; nachlässigerweise hatte er dann vergessen, sie zu reinigen und nach Hause mitzunehmen. Großer Nachdruck wurde dabei auf das Wort *Zuhause* gelegt, denn in diesem Zuhause, so hob die Verteidigung mit beißender Ironie hervor, sei ein schauriges Verbrechen verübt worden, und der Täter dürfe immer noch frei herumlaufen, dank der geschätzten Polizei dieser Stadt.

Es war eine typische L. A.-Show, wenn auch nicht ganz so

dramatisch wie manch andere, denn etwa in der Mitte des Prozesses tippte so ziemlich jeder auf Freispruch für Corcoran. Die Medien verloren das Interesse an ihm, ja sogar am wirren Geisteszustand seiner ermordeten Frau, und warfen sich stattdessen auf uns, die Polizei. Nur Drew blieb auf der Spur, scharf wie eine Bulldogge, und schnüffelte weiter in der Hoffnung auf eine Verurteilung. Der Job, die ganzen damit verbundenen Vorurteile und die Kritik hatten ihn so geformt, als wäre er aus Lehm. Ein anderes Dasein kannte er gar nicht. Die Polizeiarbeit war sein Leben, doch schien ihm eine gewisse taktische Fähigkeit abhanden gekommen zu sein, und so war es sogar seine Aussage, die den Prozess letztendlich entschied.

Drew bekam seinen Auftritt im Zeugenstand nicht hin. Vor Gericht wirkte er nervös und zappelte in seinem schicken Anzug herum. Sein konzentrierter, grüblerischer Ausdruck erweckte den Anschein, als dächte er viel zu angestrengt nach. Und er dachte auch tatsächlich viel zu angestrengt nach. Drew kapierte nicht, dass man manchmal schauspielern, ja sogar lügen muss, um einen guten Zeugen abzugeben. Corcorans Anwälte ließen ihn als Idioten dastehen, diesen früheren Aufsteiger-Cop, der unpassenderweise über die eigenen Witze lachte, unter Druck mit der Grammatik durcheinander kam und seine Worte verschluckte, als wollte er sie einsargen. Er fand, das System müsse ihm ganz einfach glauben, und Schluss damit. Ihm war nicht bewusst, dass die Menschen heutzutage einem Polizisten eher *nicht* glauben, oder vielmehr war ihm die Tatsache zwar klar, aber er kämpfte mit sprachloser Wut dagegen an. Er brach sich im Zeugenstand regelrecht das Genick.

Ich erinnere mich noch an unsere erste Begegnung. Es war etwa zehn Jahre her, ein paar Monate nach Lucys Geburt. Ellen und ich hatten einen Babysitter für den Nachmittag gefunden und gingen zu einer Party bei Drew. Er wohnte in einem Haus in Glendale, damals noch zusammen mit seiner Frau. Das war kurz nach meiner Ernennung zum Detective, und ich sah in Drew damals wohl eine Art Vorbild. Obwohl sich unsere Wege noch nie gekreuzt hatten, waren mir genügend Geschichten über ihn zu Ohren gekommen. Er war damals der arrogante Star der Mordkommission, immer eine Zigarette in der Hand, oft ein Glas in der anderen. Ellen und ich waren noch der festen Überzeugung, dass nichts uns je auseinander bringen könnte, und für unser Verständnis stand Drew als Ehemann offensichtlich kurz vor der Explosion. Er und seine Frau sprangen einander ständig fast an die Kehle; er war leicht betrunken und recht unwirsch gegenüber seinen Gästen. Den Großteil des Nachmittags verbrachte er damit, seiner kleinen Tochter zu zeigen, wie man angeschnittene Bälle noch erwischt – ein Phänomen, das sie zu ihrem Leidwesen kürzlich in der Juniorliga beim Softball kennen gelernt hatte. Mit ihr ging er sanft und geduldig um. Es ist komisch, man kann jemanden für das letzte Arschloch halten, bis man ihn mal zusammen mit seinen Kindern sieht, und dann wird einem klar: Hey, der Typ ist vielleicht doch ganz in Ordnung.

Wir arbeiteten damals nicht zusammen, trafen uns aber regelmäßig auf ein paar Drinks und tauschten unsere Geschichten aus. Als seine Ehe zu Ende ging, wirkte er leer und wie betäubt, doch man spürte seine aufgestaute Wut, die darauf wartete, losgelassen zu werden. Dann verschwand er jahrelang aus meinem Leben, arbeitete in East L. A., arbeitete zu hart, ruinierte sich seine Instinkte, und als er wieder zu uns an die Westside zum Ocean-Revier zurückkam, machte er einen erschöpften Eindruck, als litte er unter dem Druck eines Rückschlags, obwohl er immer noch mit der Beförderung rechnete, die ich dann bekam. Schließlich war er der erfahrenere Cop.

Nach der Beförderung fragte ich ihn: «Was hält dich noch

bei der Arbeit, Drew? Wieso tust du dir das eigentlich an? Du hast deine zwanzig Jahre im Kasten. Viel Interesse scheinst du auch nicht mehr zu haben. Du könntest doch aufhören und deine Rente in Anspruch nehmen.»

«Ich halte meine Augen offen», hatte er geantwortet und den Ärmel seines Blazers gemustert. «Vielleicht gibt's noch einen überraschenden zweiten Akt in meinem Leben.»

Charlie Corcoran war Ende fünfzig und hatte über drei Jahrzehnte lang als Star in Hollywood überlebt, ein Stehvermögen, das ihn, wie man hörte, auch im Bett auszeichnete, wo seine Tüchtigkeit geradezu legendär war und wo er anscheinend schon alle gehabt hatte, von Fonda bis Pfeiffer, von Seberg bis Silverstone. Als ich ihn näher unter die Lupe nahm, glaubte ich den Grund für seine Anziehungskraft zu erkennen: Er war kein berechnender, sondern ein begehrender Verführer, der jedem Menschen, den er ansah – ob Mann oder Frau –, das Gefühl gab, er oder sie sei, in diesem Augenblick jedenfalls, das Wichtigste auf der Welt. Er ließ einen spüren, wie gut er die unterschiedlichen Begierden, das delikate Kabarett der unerfüllten menschlichen Wünsche begriff. Das hier ist ganz und gar kein Scherz, sagte sein Blick, aber falls es irgendwie doch einer sein sollte, geht er ganz bestimmt auf meine Kosten. Er besaß das Talent, bescheiden zu erscheinen. Und er hatte einen immer noch jungenhaften Charme.

Der Gerichtssaal war zum Brechen voll. Da waren die überlebensgroßen Persönlichkeiten, die Fernsehmoderatoren, die einander zuwinkten und sich angrinsten. Dann die Journaillehengste der Spitzenmagazine, schnittig in ihren Armani-Anzügen, die während des Prozessverlaufs ihren ätzenden Ruf noch verschärften. Ferner die hartleibigen Spinner, die sich jeden Tag draußen anstellten, nur auf die vage Chance hin, vielleicht ein Los für einen der Restplätze zu ergattern. Schließlich die Gerichtsstenographen unterhalb der

Richterbank und die Anwälte zu beiden Seiten von Corcoran selbst, der eine gewissenhaft auf demütig getrimmte Zuversicht ausstrahlte, das ergrauende Haar ganz kurz geschnitten, sodass es abstand wie Igelstacheln. Sein Anzug war dunkelblau, das Hemd schlicht und weiß wie die Unschuld, die aus seinen blauen Augen strahlte und sogar aus seinem Stachelhaar und sich wie ein Heiligenschein um ihn herumlegte.

Es dauerte nur Minuten. Der Richter kam herein, ein ehrwürdiger Schwarzer mit Stirnglatze, der beim Hinsetzen seine Robe um sich raffte, in selbstverliebter Theatralik mit dem Hammer herumfuchtelte und die Geschworenen fragte, ob sie in der Sache des Staates Kalifornien gegen Charles Emerson Corcoran zu einem Urteil gekommen seien. Die Sprecherin – eine Frau von Ende vierzig mit rot geränderter Brille, gewiss nicht minder empfänglich für Corcorans eigenartigen Magnetismus als irgendwer sonst im Gerichtssaal – sagte Ja, wobei ihre Finger nervös mit einem Blatt rosafarbenen Kanzleipapiers spielten, das sie in der Mitte gefaltet hatte.

An der Uni hatte ich Philosophie belegt, nicht wegen der logischen Finessen und Argumente oder der eleganten Beinarbeit in dieser Disziplin. Auch nicht wegen der witzigen Visionen von äußerst gescheiten Engelchen, die auf höchst intellektuellen Stecknadelköpfen tanzen, sondern weil sie mir das Gefühl vermittelte, dass hier und da auch ein anderer Verstand damit rang, was es bedeutet, Mensch zu sein, mit all den Problemen eines guten und gerechten Lebens. Mit denselben Idealen wandte ich mich dann dem Studium der Jurisprudenz zu. Recht und Ordnung, das Einfordern von Gesetzen und Gerechtigkeit, eine Neuformulierung der Grundlagen der Republik und der ursprünglichen Motive der Vereinigten Staaten für die Loslösung von Großbritannien – nach alldem schien Amerika geradezu zu lechzen. Ich hatte zwar nicht vor, Cop zu werden, doch als ich es dann doch wurde, glaubte ich immerhin, etwas verändern zu können. Ich war leidenschaftlich, naiv und jung, ein intelligenter und tatkräftiger Mann, bereit für fünfzehn Jahre Arbeit auf der Straße voller Ernüchterung.

Gerechtigkeit ist eine Ware, das wusste ich jetzt, und dies hier war das Oberste Gericht von Los Angeles County, wo die Reichen und Mächtigen viele Möglichkeiten besitzen, das Recht auszuhebeln, zu missbrauchen und herabzusetzen. Es war eine Tragödie, mit der zu leben ich gelernt hatte. In diesem Gericht wurden die Armen verarscht, während die Reichen alle Regeln brachen und dabei durchaus erwarten konnten, dass man ihnen jene Privilegien und Ausnahmen gewährte, wie man sie in England Königen, Königinnen und Fürsten, eben der Aristokratie zugestand.

In den Augen meiner Kollegen und der meisten Leute in Los Angeles war ich ein bewunderter und gefeierter Mann. Ich löste große Fälle und erschien im Fernsehen. Zweimal gewann ich die höchste Auszeichnung für Tapferkeit im Einsatz, das erste Mal, weil ich auf einer Brücke hoch oben über dem Hafen von San Pedro einen Selbstmörder zurückriss, und dann dafür, dass ich ein paar Kinder aus einem brennenden Wohnhaus rettete. Mich umgab ein gewisser Ruhm, was mir ehrlich gesagt gefiel, obwohl ich versuchte, mich nie bei der Arbeit davon ablenken zu lassen.

Die Mordkommission umgab eine Art Mythos, der mit mehr als den Überstunden und den Leichen zu tun hatte. Wir überschritten die Grenzen des Endlichen. Jeden Tag konnten die verrücktesten, schrecklichsten Morde passieren, und sie passierten auch. Sicher, meistens widerfährt das ganz bestimmten Menschen, deren unseliges Geburtsgeschenk die Welt des Verbrechens und des Opferdaseins ist. Doch oft genug erinnerten uns einzelne Mordfälle daran, wie demokratisch das Morden selbst auch ist, und dabei wurden jene von uns, die damit zu tun hatten, wiederum erinnert, welche speziellen Bonbons die Demokratie für die Wohlhabenden in petto hält. So lief eben die Welt, so lief das System, dessen Teil ich war; die Gerechtigkeit war nur manchmal gerecht, eine harte Realität, an der man sich die Knochen brechen konnte.

All das war mir völlig klar, und ich beobachtete Corcoran, der die gepflegten Fingernägel seiner rechten Hand musterte. Und doch spürte ich in diesem lautlosen Moment des Abwartens, wie ich einen Schuldspruch herbeiwünschte, ja geradezu *brauchte*, und mir wurde bewusst, dass nicht Drew Diamond meine Wut an diesem Morgen entfacht hatte. Es war Corcoran gewesen, und nicht nur deshalb, weil er diese Schweinerei sehr wohl verübt hatte, was ich höchstwahrscheinlich würde schlucken müssen. Der Kerl war Ausdruck für mein eigenes Hin-und-her-Gerissensein.

«Nicht schuldig», sagte die Frau mit der roten Brille und lächelte dazu, dann klickten dreißig Kameraverschlüsse auf einmal, während Corcoran den Blick nicht von seinen glücklichen Händchen hob. Die Leute ringsherum rangen nach Atem und heulten dann auf, der Richter erbat sich laut «Ruhe im Gericht!» aus, die Rechtsanwälte sanken sich reihenweise in die Arme und klopften Corcoran auf die Schulter.

Ich rieb mir benommen die Augen und sah wohl so offensichtlich enttäuscht aus, dass meine Sitznachbarin, eine der Losgewinnerinnen, fragte: «Hey, Detective, fallen Sie etwa in Ohnmacht?»

Draußen im Gang schob ich mich durch die Menge der Reporter und flüchtete ins Treppenhaus, wo ich meine Absätze ein paar Stockwerke auf den Stufen knallen hörte, bevor ich wieder in das Gebäude zurückkehrte und mir an einem kleinen Trinkbrunnen Wasser ins Gesicht spritzte. Ich wusste nicht recht, wo und wer ich war. Mein Herz raste, und es juckte mich überall. Eine Putzfrau rollte ihren Karren vorbei und hinterließ einen wehenden Gestank nach Ammoniak und Schmutzwasser.

Corcoran war Filmstar, ein Aristokrat in Amerika, und das schon so lange, dass er glaubte, sich nicht mit Fragen wie Ehre, Vertrauen und Treue belasten zu müssen. Als er die Chance bekam, völlig korrupt zu werden, packte er sie beim Schopf. Er hatte Affären gehabt, aber sein Leben geriet dadurch nicht in Unordnung. Er hatte die eigene Frau umgebracht und war freigesprochen worden. Offenbar war diese Lösung für ihn sauberer als eine Scheidung.

Während der gesamten Verhandlung, in all seinen trauervollen Auftritten, hatte er seinem Publikum, den Geschworenen, klargemacht, dass er es war, der gelitten hatte und unterdrückt worden war; immer hatte Denise *ihm* etwas angetan: Drogen genommen, das Haus verlottern lassen, herumgevögelt. Keine Sekunde lang hatte er Schuldgefühle hinsichtlich dessen gezeigt, was aus ihrer beider Leben geworden war, während ich für meinen Teil mich manchmal fühlte, als hätte ich selbst die Kugel abgefeuert, die Ellen die Hüfte zerschmettert hatte. Als hätte ich persönlich diesen Glassplitter in die Hand genommen und ihr die Nerven der Wirbelsäule durchtrennt. Ich verstand einfach nicht, wie er sich selbst so kurzerhand freisprechen konnte. Ich hielt diesen Äther des Wohlstands, in dem er lebte, für teuflisch, außerhalb jeder Moral und deren lästigen Verpflichtungen. Er erweckte in mir nicht gerade Revolutionsgedanken, aber doch, um es mit Rousseau zu sagen, den schwelenden Zorn des Bauern. Seinetwegen empfand ich mich selbst und meine besten Eigenschaften als billig.

Ich ging die restlichen sechs oder sieben Etagen bis zur Eingangshalle des Gebäudes hinunter, wo draußen, jenseits der Sicherheitswachen und der automatischen Glastüren, schon der ganze Trubel wartete: die Teams von Rundfunk und Fernsehen, die Massen von Gratulanten mit Plakaten, auf denen stand WIR LIEBEN DICH, CHARLIE! Ich hatte nicht vor, mich unter sie zu mischen. Ich wollte stattdessen weiter in die

Tiefgarage gehen und mich von dort aus davonmachen, als Ward Jenssen hinter den Fahrstühlen hervortrat, neben sich Zed, ihren Kameramann. Sie trug heute wieder Jeans, Cowboystiefel und eine Tweedjacke mit feinen Streifen, darunter eine niedliche kleine Lederweste. Sie hielt mir dasselbe Mikro wie beim letzten Mal vors Gesicht und fragte nach meiner Meinung zu dem Urteil.

«Super. Die Gerechtigkeit nahm ihren Lauf. Und wie fühlt man sich als *Frau*, wenn man zusehen muss, wie ein Typ mit so was durchkommt?»

«Aber er ist nicht schuldig. Die Geschworenen haben ihn für nicht schuldig befunden.»

«Und Sie glauben das?»

«Liegen Sie mit Charlie Corcoran in einer Art Privatfehde oder so?»

«Wie kommen Sie denn darauf?»

Ich wollte ihr sagen, wie unfair das Ganze war, dass der Kerl seine Frau umgelegt hatte, dass sie mich zu Unrecht attackierte, aber ich wusste auch, wie wenig es dabei um Fairness ging. Zeds Grinsen zeigte mir, wie gierig seine Kamera das alles verschlang.

«Sie mögen Mr. Corcoran nicht, was? Vielleicht dachten Sie ja auch daran, es ihm heimzuzahlen – ihm etwas anzuhängen, um ihn zu Fall zu bringen?»

«Das ist doch absurd», sagte ich und ging rasch an ihnen vorbei, die Treppen zum Parkdeck hinunter, wo es kühl war und der mit gefährlichen Ölpfützen übersäte Boden rutschig. Ich sah mich nach Drew um, wollte ihm sagen, dass wir beide auf derselben Seite standen und wie erstaunt ich darüber war, mit welch rasender Heftigkeit ich mir Corcorans Verurteilung herbeigesehnt hatte. Zwischen Cops sollte es so etwas wie Brüderschaft geben.

«Hallo, Drew. Danke fürs Warten.»

Die matten Neonlampen flackerten und ließen ein bösartiges Knistern hören. Drew saß in seinem Jaguar und ließ den Arm nach hinten auf die Rückbank baumeln. Er musterte mich aus weit geöffneten Augen. «Leck mich doch, du verlogene Sau. Ich scheiß auf dich, Billy.»

7

Das neue Büro des Coroners befand sich in einem flachen rechteckigen Block aus sandfarbenem Beton. Am Rand von East Los Angeles gelegen, in einer sanften Kurve des Golden State Freeway, war das Gebäude architektonisch weder besonders geschmackvoll noch das Gegenteil: Es besaß die Anonymität einer Fabrik. Jenseits des Parkplatzes stand das alte Haus, ein weit eindrucksvollerer Bau aus mit Vogeldreck bekleckerten roten Ziegeln, der in den Siebzigern bei einem Erdbeben schwer beschädigt worden war. Eine klitschnasse Katze hatte sich in den Eingang des Billigladens daneben geflüchtet, wo jeder, der so etwas wollte, die Kleider kaufen konnte, in denen die Toten eingeliefert wurden, sofern sie die Angehörigen nicht eingefordert hatten; natürlich waren die Sachen alle gewaschen und mit Schädlingsgift behandelt. Hinter dem Bau standen ein paar verlassene Picknicktische, auf deren Platten der Regen niederprasselte.

Randy Juster empfing mich an der Tür seines Büros, und wir nahmen den Lift in den Keller. Unter rosa und blauen Tüchern im Eingangsraum lagen die Leichen eines unruhigen Wochenendes, fertig aufgereiht zum Wiegen. Auch im Berichtszimmer waren Leichen, die auf ihre Zehenschildchen warteten. Die Tür zur Kühlkammer stand offen, und jedes der stählernen Fächer war gefüllt, über hundert Leichen, die in Hüllen aus starkem, durchsichtigem Kunststoff steckten. Manche waren bleich und puppenhaft. Bei anderen quoll die aufgedunsene Haut gegen die Plastikhülle, wieder andere waren schon am Verwesen oder Vertrocknen. Es kam immer darauf an, wie lange nach dem Tod man sie fand. Aus einem der Pakete ragte ein brauner Zeh hervor wie ein verfaulter Stummel, den man besser abbrechen sollte. Ein Assistent kam vorbei und schloss die Tür, was im Gang einen kalten Hauch von nur mühsam eingedämmter Fäulnis zurückließ.

Dies war Randys Reich, und er durchquerte es wie General Patton bei der Inspektion seines Aufmarschgebiets. Er war etwa in meinem Alter, schon etwas grau und oberster Leichenbeschauer des Coroners, womit es in seine Zuständigkeit fiel, aufzuklären, wer alle diese Menschen waren und was ihren Tod verursacht hatte. Er behandelte jeden gleich, die Lebenden wie die Toten: als wären sie extrem ansteckend. Er hatte ein riesiges, rundes, pockennarbiges Gesicht mit derart herunterhängenden Backen, als wäre ihm die Luft herausgelassen worden, und ich hatte ihn noch nie ohne ein Grinsen auf den Lippen gesehen. Einmal hatte er zu mir gesagt: «Du glaubst, du weißt was über den Tod? Na, wird schon stimmen, bist ja bei der Mordkommission. Und ich schätze mal, dass du in deiner Karriere an die zweihundert Fälle bearbeiten wirst, wenn's hoch kommt, dreihundert. Da seh ich in einer Woche mehr vom Tod, und zwar jede Woche.» Oben in seinem Büro hatte er eine gewaltige Bibliothek zu dem Thema. Er hielt sich da gern auf dem Laufenden.

Wir waren im Umkleideraum, als er fragte: «Also was ist nun? Wer war diese Lady überhaupt? Wie sie heißt, weiß ich: Mae Richards. Aber ihretwegen ist ein Typ vom FBI hier, und noch einer von der Bundes-Drogenfahndung. Hat ziemlich viel Publikum.»

«Ihr Sohn dealt im großen Stil mit Dope.»

«Der ist auch hier.»

Ich hielt beim Lockern meiner Krawatte inne. «Ricky Lee?»

«Genau, so heißt er.»

«Ihr habt ihn reingelassen?»

«Hey, Billy, wie oft bist du bei so was hier dabei gewesen? Hundert-, hundertfünfzigmal. Aber der Anblick begleitet dich immer, stimmt's? Du glaubst doch nicht, ich lasse einen Sohn dabei zusehen, wie seine Mutter gewürfelt und zerteilt wird? Also gesteh mir bitte zu, dass ich nicht ein Arschloch von der Größe Hollywoods bin.»

Dann redete Randy noch eine Weile über sein Lieblingsthema weiter, murmelte etwas davon, wie man den Körper, auch wenn die Seele längst die Hülle verlassen habe, immer noch mit größtmöglicher Würde behandeln und dabei doch seine Arbeit tun müsse. Irgendwas war los mit den Leuten, die hier arbeiteten. Sie waren den ganzen Tag mit diesen Leichen eingesperrt, wogen sie ab und fotografierten sie, zerschnitten sie und kratzten ihnen Hautreste unter den Fingernägeln heraus. Kein Wunder, dass sie alle leicht wunderlich waren. Ich hatte Randy mal beobachtet, wie er mit irrem Peter-Lorre-Blick eine selbst gebraute chemische Brühe über eine Schale voller verschrumpelter Finger goss, um sie wieder aufquellen und weich und biegsam werden zu lassen, damit man ihnen die Abdrücke abnehmen konnte. Manchmal vergingen Monate, bis die Formel aufging – alles hing vom Zustand der Finger ab. Während er seinen Teil der Arbeit tat, saß er in einer ehemaligen Besenkammer, umgeben von abgetrennten Zeigefingern in Einweckgläsern.

Randy tupfte sich die Stirn mit einem Papiertuch ab und schob die eigenen Finger in einen Gummihandschuh. Er legte einen grünen Chirurgenmantel aus Baumwolle an und half mir auch in einen hinein. Dann wählte er eine OP-Maske, überreichte sie mir wie einen Brautstrauß, und wir betraten die Sicherheitszone, die zu den Autopsieräumen führte.

Der nackte Körper von Mae Richards, sauber und bläulich verfärbt, lag auf dem Operationstisch. Die leicht betaute Haut wirkte schon nicht mehr ganz menschlich. Der Ärmel von

Randys grüner Kluft straffte sich knisternd, als er eine Narbe unterhalb des Haaransatzes auf ihrer Stirn berührte. «Die ist alt», sagte er. Er spähte in den zerstörten Glaskörper ihres Auges, ehe er mich den drei übrigen Anwesenden vorstellte – dem Pathologen, dem FBI-Agenten und dem Drogenfahnder, alle sahen gleich aus in ihrer Schutzkleidung. Ich hatte kein Recht zu lächeln. In unseren großen OP-Stiefeln und diesen Masken mit kegelförmigen Filtern auf beiden Seiten hätten wir vermutlich ohne weiteres mit Raketentechnikern verwechselt werden können.

Der Pathologe, der schon etwas ungeduldig war, weil er hatte warten müssen, begann mit geschäftiger Routine. «Was haben wir denn hier? Kopfschuss. Aha, aha. Dann checken wir mal das Übliche ab. Wie ich sehe, hat Ihr Täter uns keine Fingernägel zum Ausschaben übrig gelassen. Pech für uns, aber schlau von ihm. Mann, was für Brandwunden.» Mit einem Skalpell kratzte er die Haut von einer der Verbrennungen auf Mae Richards' Brust herunter in eine Schale. «Hey, ich leg mein ganzes Geld in Havanna an. War einer von euch schon mal auf Kuba?» Er sprach es aus wie *Chuuba* und erwartete keine Antwort. «Seht's euch mal an. Inzwischen kann man da Urlaub machen, und zum Fischen ist es phantastisch. Einfach phantastisch.»

Er griff zu seiner kleinen Elektrosäge und machte einen Y-Schnitt, um den Brustkasten freizulegen. Dann setzte er einen Schnitt von der Vagina zum Anus an, drehte die Leiche auf die Seite und nahm den ganzen Enddarm heraus, während die Typen vom FBI und von der Drogenfahndung hinter ihren Masken miteinander Blicke wechselten. Randy Juster sah ohne aufgesetzte Nonchalance zu. Er zeigte überhaupt keine Regung.

Der Arzt wachte jetzt auf. «Aha, *da* haben wir's. Prellungen, Traumata, Rückstände von Blut und diversen anderen Flüssigkeiten. Ich schick's ins Labor rauf. Das sollte Ihnen weiterhelfen, falls Sie je einen Verdächtigen auftreiben.»

Randy sagte: «Wie gesagt, kein Gedanke, dass man irgendwen dabei zusehen lässt, wie das hier mit der eigenen Mutter passiert. Ganz egal, was das für einer ist. Ich hab den Jungen oben warten lassen, im Souvenirladen.»

Er machte keine Witze, so einen Laden gab es tatsächlich gleich bei den Fahrstühlen. Dort konnte man Bücher, Schlüsselringe, Nummernschilder, Jacken und T-Shirts kaufen, alles in Schwarz mit den Konturen eines menschlichen Körpers drauf. Allerdings befand sich Ricky Lee nicht mehr dort, als die Obduktion zu Ende war und ich wieder meinen Anzug anhatte. Ich traf ihn in der Eingangshalle an, vor der Porträtgalerie der Ratsherren von Los Angeles. Er trug Schwarz und zeigte keine Regung, als er mich sah. Obwohl er nicht besonders groß war, strahlte er etwas Bedrohliches aus. Sein ganzes Leben, seine ganze Wut lag in seinem Blick, der so energisch war, dass man hätte meinen können, der restliche Körper müsste davon geradezu in Bewegung geraten, dennoch stand er ganz ruhig da.

«Ich muss sie sehen», sagte er.

Ich stellte mir vor, was er im Obduktionssaal präsentiert bekäme: in verschiedene Tüten sortierte Leichenteile, eine Szene wie im Schlachthaus. «Nicht so», antwortete ich.

«Das ist mein Recht, Mann. Ich bin ihr Sohn.»

«Weiß ich, aber das da unten, das ist nicht mehr deine Mutter.»

«Ich will sie sehen, damit ich weiß, was ich demjenigen antun werde, der ihr das Leben genommen hat.»

«Ich dachte, wir hätten uns geeinigt, dass du dir diesen Blutrachescheiß abschminkst?»

«Wir haben uns über *gar nichts* geeinigt, Bulle.» Er drehte sich weg, als hätte der Zorn in seinen Augen nun endlich den Körper in Bewegung gesetzt. Jetzt stand er am Fenster, mit dem Rücken zu mir. Der Regen hatte kurz aufgehört. Die Wolken segelten rasch vorbei und mühten sich mit ihrer Last.

Von Norden her kam Wind auf und ließ die Eingangstüren klappern. «Ich hab dich abgecheckt, Detective McGrath. Wie's aussieht, bist du früher bei der Internen Ermittlung gewesen, die bösen Bullen aufgestöbert. Und was man so hört, bist du der reinste Zauberer bei deinen Mordfällen. Wedelst mit dem Stab, und schon ist der Fall gelöst, als ob du so 'ne Art Merlin wärst, 'n kleiner Magier oder so.»

Das sollte mir offenbar schmeicheln.

«Ansonsten hört man noch, dass du ein cooler Arsch bist und dass du mal einen Typen umgenietet hast.»

«Das ist nicht ganz fair und außerdem ungenau», warf ich ein. «Hast du schon mal? Einen Typen umgenietet?»

Sein bitteres Lachen hallte in meinen Ohren. «Scheiße, das ist *gut*, ‹Hast du schon mal?›, gefällt mir, echt.» Er hob die Hand, und von einer Rampe hinter dem alten Bau voller Vogelscheiße ließ ein schwarzer Geländewagen, ein Toyota Land Cruiser, die Scheinwerfer aufblinken und kam dann auf den Parkplatz hinuntergeschwebt wie eine Verkündigung: Ich bin effizient und dezent, ich hab's nicht nötig, in irgendwelchen BMWs oder himmelblauen Cadillacs herumzuprotzen. Auf dem Rücksitz saß eine Blondine, aber aus dem Fahrersitz erhob sich ein Kerl, einer von Ricky Lees Leuten, ebenfalls in Schwarz gekleidet; inzwischen legte ein zweiter schwarzer Toyota vor dem Billigladen eine Wende hin, hielt an und entließ drei weitere Bodyguards, eindrucksvolle und imposante Muskelpakete, die sich auf dem Gehsteig aufpflanzten wie Mammutbäume – eine kleine Demonstration von Ricky Lees Macht.

Jetzt sollte ich mich klein fühlen.

«Das sind die Regeln: Einer meiner Leute wird dich jeden Morgen mit einer neuen Nummer anrufen, wo du mich bei Bedarf erreichst. Geht ja nicht, dass mich jeder Cop erreichen kann, nur weil er Lust dazu hat. Alles verstanden?»

Ich grinste über seine Annahme, wer hier die Regeln aufstellte. Fast erwartete ich, noch die Story zu hören zu bekommen, wie die weiße Polizei gerade einem Weißen einen Mord hatte durchgehen lassen, aber das sparte er sich; er sagte kein Wort über den Corcoran-Fall. Er wusste, dass Los Angeles total aus den Fugen geraten war, und er gab sich keine Mühe, irgendetwas daran zu korrigieren. Vielleicht rechnete er ja sogar damit, dass Verbrecher belohnt wurden, solange sie nur wussten, wie man sich das System zunutze machte. Ricky Lee bemühte sich, selbst wie ein Filmstar zu wirken, Klasse zu zeigen; er brauchte sich nicht mehr groß anzustrengen, war aber immer noch ruhelos, sprunghaft und angespannt, er wusste beinahe zu gut Bescheid über die Eigenschaften, die ihn zu dem gemacht hatten, was er war. Er war kein Dummkopf, und als Ghetto-Star, der nicht mehr im Ghetto lebte, brauchte er Leibwächter für den Fall, dass rivalisierende Gangster ihn kidnappen wollten. Vermutlich lagerte unter den Sitzen dieser Geländewagen ein Haufen Uzi-MPs, für die er dann garantiert auch einen Waffenschein hätte.

Er sagte: «Mit meiner Mutter und mir, das war so: Gestern hab ich dich nämlich angelogen. Ich hab sie gar nicht so oft besucht. Sie wollte das nicht. Wollte sich nicht helfen lassen, und sehen wollte sie mich auch nicht mehr. Für sie ist alles anders geworden, seit mein Bruder tot ist. Sie war eine gute Frau, sie hatte Schmerzen, und ich weiß, dass zwischen uns beiden am Ende alles gut geworden wäre.»

Weil ich das Gespräch am Laufen halten wollte, sagte ich: «Meine Mutter ist vor rund zwanzig Jahren gestorben. An Krebs, drüben in England.»

«Du hast in England gelebt? Hey, meine Kleine hier redet dauernd davon, mal nach Paris zu fahren. Auf Modenschauen gehen und der ganze Scheiß.»

In der Ferne hörte man schweres Donnergrollen. «Paris liegt in Frankreich.»

«Scheiße, Mann, weiß ich doch! Hältst du mich für einen

doofen Nigger?» Einer der Mammutbäume öffnete die hintere Tür des ersten Toyota, und Ricky Lees Freundin stieg aus, ein blonder Model-Typ, die langen, in schwarze Nylons gehüllten Beine schob sie lässig ins Freie. «Hey, Süße», rief er hinüber und winkte, wobei ich in seinem Gebiss kurz den Diamanten aufblitzen sah, ehe das Lächeln wieder verschwand und er zum Geschäft kam. «Die andere Sache, die ich gestern Abend ansprach, ja? Das steht noch. Ich will dich nicht beleidigen, Mann, das ist mein Ernst. Fünfhunderttausend. Wie gesagt, ich *brauch* das.»

Bevor ich diesmal antworten konnte, gingen die Fahrstuhltüren auf, und heraus traten der FBI-Mann und der andere von der Drogenfahndung. Der eine trug einen schwarzen Regenmantel und eine schwarze Baseballmütze, unter der seine knorpligen Ohren wie Flaggen hervorragten; der andere kam in Westernstiefeln, einem Gürtel aus Schlangenleder und mit wallendem blondem Haar daher, wie General Custer. Diese ernsthaften Hüter von Recht und Ordnung wirkten wie zwei Clowns.

Ricky Lee taxierte sie mit einem vernichtenden Blick. «Bundesbeamte? Sag ihnen, die kriegen mich nie», bemerkte er, ohne zu grinsen, und ich sah zu, wie er hinausging und seine Freundin umarmte. Die beiden stiegen in den vorderen der schwarzen Toyotas; dann fuhren beide Wagen im Konvoi über den Parkplatz, bevor sie in den Verkehr der Mission Avenue hinausglitten und in Richtung Freeway davonbrausten.

Der Drogenfahnder baute sich neben mir auf, die Finger in den Schlangengürtel gehakt, und meinte: «Keiner weiß genau, ob dieser Typ immer noch dealt. Der ist geheimnisvoller als die CIA, und mit der Kohle schmeißt er nur so um sich. Grundstücke. Lebensmittelläden. Aktien und Anleihen. Mehrere Yachten.» Er zog sich am Hosenbund. «Aber ich sag Ihnen was. Dieser Kerl wird sich nicht mehr lange leisten können, was er sich bisher alles geleistet hat.»

«Ich bin mir nicht sicher, ob ich das richtig verstehe.»

«Glauben Sie, der hat seine Mutter umgelegt?»

Er würde mir wohl kaum ein Vermögen anbieten, wenn er sie selbst getötet hätte, außer er war noch wesentlich verdrehter und kaputter, als ich dachte. «Faszinierende Idee», erwiderte ich. «Entschuldigen Sie mich.»

Von einem Telefon in der Halle rief ich im Büro an. Über dem Apparat waren an einem Brett verschiedene Visitenkarten angetackert. Eine war von Forest Lawn, dann eine ganze Reihe anderer Bestattungsinstitute, und eine hatte ich noch nie gesehen: TATORTREINIGUNG: WIR HINTERLASSEN KEINE SPUREN. Cataresco hob ab, und diesmal wurde das Thema Corcoran sehr wohl erwähnt. «Diesen Typen sollte man vernichten», sagte sie.

«Vielleicht kriegt er ja einen Herzinfarkt, wenn er den ersten seiner zweifellos zahlreichen Buchverträge über drei Millionen oder so unterzeichnet.»

«Da bete ich aber», sagte sie, während ich mir dachte: Fünfhunderttausend ist auch schon ein verdammt großer Haufen Geld. Ich war mir nicht bewusst, tatsächlich in Versuchung geraten zu sein. Ich überlegte nur, ganz vage und unbestimmt, nicht wirklich ernsthaft, was ich damit anfangen würde. Fünf. Hundert. Tausend. Dollar.

Cataresco berichtete, Mae Richards sei früher mal Sängerin gewesen. «Das hab ich von einer der Nachbarinnen, die mich vorhin zurückgerufen hat. Außerdem zahlte Mae ihre Rechnungen pünktlich und hat hart gearbeitet. Übrigens ging sie nicht selber putzen, sondern hatte eine kleine Reinigungsfirma, wo sie die Arbeit für acht oder neun andere Frauen einteilte.»

«Wo war sie Sängerin? Und wann war das?»

«Weiß ich noch nicht.»

«Meine Mutter hat auch mal gesungen.»

«Das hast du noch nie erzählt. *Hast* du denn eine Mutter,

Billy? Ich dachte immer, du wärst gleich bei der Polizei entstanden, mit einer Mordakte in der Hand.»

«Das ist schon lange her. Sie hat meinem Vater immer den Vorwurf gemacht, ihre Karriere sei gerade am Anfang gewesen, als die beiden sich trennten. Die Scheidung raubte ihr die Chance auf eine Karriere als Glamour-Filmstar in Los Angeles, und sie musste zurück nach England. Wahrscheinlich alles Quatsch.»

Vielleicht war es Quatsch, aber das war die Geschichte meiner Mutter. Irgendetwas verdarb ihr immer irgendwelche Chancen. Sie sah keinerlei Romantik in ihrem Versagen. Ihr verletzter Stolz ließ sie fauchen und um sich schlagen, und doch hatte es seltsamerweise nicht an meinem Vater gelegen, dass ich immer davon träumte, später nach Amerika zurückzugehen. Es lag an meiner Mutter und an meinem Großvater. Sie sprach nicht oft über die USA oder ihre Erlebnisse dort, aber wenn sie es einmal tat, dann mit einem bittersüßen Beiklang, in der Erinnerung an ein gebrochenes Versprechen, an eine fast erreichte und dann doch versagte Erfüllung. Ich glaube, sie hatte nie Kinder haben wollen. Von Amerika sprach sie so wie Drew Diamond von den sechziger Jahren – jedem war klar, *so* gut konnte es unmöglich gewesen sein, trotzdem erweckte es in einem die Neugier. Amerika gehörte ihr Leben lang zu ihrer Geschichte, es war ihr Mythos.

Mein Großvater erzählte mir die harte Wahrheit, die Realität, anfangs in seinen knappen, witzigen Briefen und später auf Besuchen bei uns in England. Er und meine Mutter hatten sich immer gemocht. Er nannte sie Prinzessin. Er selbst hieß Duke, obwohl er an alles andere als einen Aristokraten erinnerte. In der Frühstückspension eines englischen Seebads wirkte dieser amerikanische Herzog wie ein Mann, der in heldenhaftem Kampf ein fremdes Pferd zu bändigen versuchte. Seine Gurkenbrötchen hielt er, als wären es Venusfliegenfallen: möglicherweise todbringend und keinesfalls zum Verzehr geeignet. Über seine Arbeit sprach er in jener Zeit nie mit mir. Das war kurz nachdem sie ihn pensioniert hatten, mit sämtlichen Medaillen und Auszeichnungen behängt, die es bei der Polizei zu holen gibt; damals legte man dort gewaltigen Wert auf solche Rangabzeichen, sogar noch mehr als heute. Er und ich saßen oft vor einem kleinen Fernseher und warteten darauf, dass uns die BBC mit einem Western beglückte. Auf einem Tischchen, über das er Sand vom Strand gestreut hatte, baute er mit meinen Plastiksoldaten ein Modell für mich auf, um mir vorzuführen, wie es sich damals am OK Corral genau abgespielt hatte. «Du willst nicht wirklich Polizist werden, Billy», sagte er. «Lern lieber was Richtiges. Denk dran, was der Beruf aus deinem Vater gemacht hat.» Damals wusste ich nicht, was er aus meinem Vater gemacht hatte. Ich schloss daraus nur: etwas Schlimmes.

«Vielleicht sollten wir das mal bei einem Drink bereden, deine Mutter, deine Familie», schlug Cataresco vor. Ich hörte sie am anderen Ende der Leitung essen, wahrscheinlich ein Sandwich mit Avocado und Alfalfakeimlingen, ihr üblicher Imbiss im Büro. Sie legte niemals Mittagspausen ein. Schon als ich sie zum ersten Mal getroffen hatte, wurde mir gleich klar, wie ehrgeizig sie war. Das war oben in den Hollywood Hills gewesen, auf der Polizeiakademie. Ich war dort zur Auffrischung meiner Schießkünste. Sie setzte sich in der Kantine mit ihrem Kaffee an meinen Tisch, ein richtiger Grünschnabel, hatte nach ihrem Abschluss in Betriebswirtschaft beschlossen, Polizistin zu werden. Sie fragte mich, wie lange sie meiner Meinung nach bis zum Captain brauchte. Damals sahen die cleveren Leute bei der Polizei diese Behörde nicht mehr als Rechtsinstrument an, sondern als eine sperrige, manipulierbare Firma, in der man eine Reihe von Stufen auf der Karriereleiter erklettern musste, um zu anständigen Gehältern und Beförderungen zu kommen. Wenn Cataresco hinter dem Lenkrad saß, fuhr sie geschmeidig und schnell. Drew war veraltet, sie das neue Modell, und ich stand irgendwo dazwischen, der Mann an der Kreuzung.

«Bei einem Drink, ja», sagte ich und rätselte noch über TATORTREINIGUNG: WIR HINTERLASSEN KEINE SPUREN. Vielleicht kamen die und spülten einem die Wohnung sauber, nachdem dort ein Mord passiert war. Was für ein Job; aber wenn sich in Los Angeles eine Marktlücke ergab, fand sich garantiert jemand, der sie füllte. Draußen in der Halle tauschten der FBI-Agent und der Drogenfahnder ihre Visitenkarten aus. «Schon mal was von Tatortreinigung ohne Spuren gehört?»

Sie klang genervt. «Billy, was redest du denn da?»

«Hör zu, ich hab mir Gedanken gemacht, was da alles nicht zusammenpasst. Die Erdbeeren. Ich weiß nicht, wieso, aber ich hab das Gefühl, die hat sie nicht selbst gekauft. Dann diese Patronenhülse – ich glaube, die wurde dort hingelegt, weil wir sie finden sollten. Und dieser Müllsack. Hat den irgendwer überprüft?»

«Den Job hattest du Drew übertragen, weißt du noch? Bevor du ihn aus dem Fall rausgeschmissen hast.»

«Stimmt. Aber wir sollten trotzdem rausfinden, wo das Ding herkam. Normalerweise ist da doch irgendeine Chargennummer drauf. Ich seh dich später im Büro, okay?»

Nachdem ich aufgehängt hatte, spürte ich, wie die Unterhaltung zwischen den beiden Bundesbeamten stockte und dann erstarb, als hätten sie über mich gesprochen. Wahrscheinlich hatten sie erörtert, ob ich vertrauenswürdig wäre, ihren gegenseitigen Wissensstand über mich verglichen und überlegt, wie sie mich benutzen könnten, um an Ricky Lee heranzukommen. Diesmal redete der Typ vom FBI, der mit der Baseballmütze und den abstehenden rosa Ohren. «Ich hab gehört, was für gute Arbeit Sie im Fall Farber geleistet haben.

Erstklassig! *Erst*klassig! Dieser Farber war ein übler Typ mit beträchtlicher krimineller Energie.»

«Ein eiskalter Killer», ergänzte der, der sich wie General Custer vorkam. «Wie ich hörte, haben Sie ihn genau zwischen den Augen erwischt?»

«Eigentlich wollte ich ihn gar nicht treffen.» Dann sagte ich noch, sie sollten sich melden, wenn ich ihnen irgendwie helfen könnte, durchquerte die Halle und trat durch die Glastür in das Glitzern des niederprasselnden Regens hinaus.

8 Venice, also jetzt meine ich das andere Venedig, das in Italien, ist angeblich eine Stadt der Museen, mit pittoresken Gondeln, prächtigen, schon leicht verfallenen Palazzi und Kanälen, die sich im Sommer in eine stinkende Soße verwandeln. Mein Venice war ebenso eine Stadt der Kontraste. Millionenschwere Schauspieler verkehrten mit Gangstern. Billige Kakerlakenmotels standen Mauer an Mauer mit schicken Fitnesszentren und Läden, wo man nicht mal ein T-Shirt unter 95 Dollar bekam. Die Natur stellte mit Papageien und Palmen die luftige Begleitung für Crackraucher und Baseheads, Dealer, Nutten (die hier «Erdbeeren» hießen: Pflück, soviel du willst) und andere höchst irdische Kennzeichen des Stadtlebens. Zu beiden Enden der High School von Venice war die Straße gesperrt, was Schusswaffenattentate aus dem Auto unterbinden sollte. Restaurants öffneten und schlossen innerhalb weniger Wochen, nur um dann neue Restaurants an genau derselben Adresse zu gebären. Der Strand, bei Tag die blonde Hauptstadt des erforschten Universums, verwandelte sich des Nachts in ein Schlachtfeld der Verdammten. Mein Venice war klein, glitzernd, abgefahren und fies.

Ich lebte und arbeitete gleich beim Strand, und ich liebte es dort. Dies war mein Ort, wo die harten Jungs aus der Gegend ihre Pitbull-Terrier spazieren führten, inmitten von Touristen, Tarotkartenlegerinnen, kleinen Gaunern und Pennern, die um einen Dollar für den nächsten Hamburger bettelten. Drew Diamond hatte mir mal vorgeworfen, ich sei zu nett zu diesen Typen. «Was läuft da zwischen dir und dem Kerl mit dem Schnapsladen? Du wirst doch nicht zu einem dieser liberalen Weicheier werden, oder, Billy?» Ich gab mir keine Mühe, ihm klarzumachen, dass Mitleid auch nur ein Werkzeug war.

Das Haus, in dem ich mit Ellen und Lucy gewohnt hatte, war mitten im boomenden Markt der Achtziger mit Hilfe eines Darlehens von Ellens Vater gekauft worden. Später, als seine Firma den Bach runterging, hatten wir eine fette Hypothek aufgenommen, um ihn auszuzahlen, und das war der Anfang unserer Geldsorgen. Ihren Umzug nach Seattle hatte Ellen zum Teil auch deshalb geplant, um etwas von dem Kapital zu retten, das wir in dieses Haus investiert hatten, in unser hübsches kleines Dollargrab. Für mich lag es inzwischen in weiter Ferne, auch wenn ich mitgeholfen hatte, die Veranda zu bauen, und über dem Schaukelstuhl mit den verblichenen, jetzt vermutlich klitschnassen kirschroten Kissen die Windharfe aufgehängt hatte.

Ich ging zu Fuß die Rampe hinauf, die Tür war offen, als würde Ellen jemanden erwarten, und drinnen lief der Fernseher ohne Ton. Auf Kanal 5 zeigten sie *King Kong*, das Remake mit Jessica Lange, Kong stolperte gerade verloren durch die Straßen New Yorks. Er kratzte sich am Kopf, als Ellens helle Stimme aus der Küche herüberklang: «Willst du einen Kaffee?»

«Bitte gern, das wäre großartig.»

Es entstand eine Pause, ehe sie antwortete: «Oh, Billy, du bist das?»

Ich griff mir ein Buch, das auf dem Tischchen lag, eine dicke neue Biographie von Mozart. «Wen hast du denn sonst erwartet?»

Ich hatte wirklich gern in diesem Haus gelebt. Die Zimmer waren hell und hoch, ein luftiger Traum zum Wohnen. Und wenn ich jetzt wiederkam, gab es jedes Mal Veränderungen. Bücher und Blumen schienen sich zu vermehren, sie füllten die Tische und die Regale zu beiden Seiten des Kamins. Ein großer rot-gelber Papiervogel hing von der Decke und schwang im sanften Luftstrom der Zentralheizung hin und her. Die alten Vorhänge waren weg, ersetzt durch neue, grünweiß gestreifte, die jetzt bei dem Regenwetter den Raum in ein angenehmes Unterwassergewaber tauchten. In der Ecke, wo mein Lesesessel gestanden hatte, war jetzt ein Tisch mit einem Computer darauf. Ich kam hierher, um mich zu erholen und zu verschnaufen; es war immer noch Zuhause, aber nicht mehr *mein* Zuhause. Eine gewisse Reue durchzuckte mich wegen der vielen Abende, die ich früher hätte hier sein sollen, bei meiner Familie. Aber stattdessen war ich lieber da draußen gewesen, auf der Straße, auf dem Broadway oder 6th Street Ecke Alvarado oder unten in Southland, wegen irgendeines Kerls mit einer Pistole oder einem Messer, der vielleicht wiederkommen und noch eine weitere Familie zerstören könnte. Welche Ironie des Schicksals: Da hatte ich anderen geholfen, war aber nicht imstande gewesen, mir selbst zu helfen. Ich hatte eine tolle Frau gehabt, ein tolles Leben, eine wunderschöne Tochter, und ich hatte alles verpatzt. Das saß, dieses Gefühl, gescheitert zu sein.

Jede Ehe ist Improvisation. Sie ist wie Quecksilber: Sie schwappt mal hierhin, mal dorthin, sie muss in Bewegung bleiben, immer wieder inspiriert werden. Ich wusste das, denn ich hatte zugesehen, wie mir der Schatz durch die Finger geronnen war.

Ellen fand, ich romantisierte die Erinnerung an unsere Ehe zu sehr, ebenso wie Lucy mich romantisierte. Ellen selbst romantisierte nur Marlon Brando. Für den hegte sie eine törichte Bewunderung. Vor ihrem Unfall stapfte sie gern barfuß durchs Haus – oder, wenn der Hund gerade Flöhe hatte, auch in donnernden Holzclogs – und nuschelte irgendwelche Monologe aus *Der Pate* oder *Apocalypse Now*. Oft fläzte sie sich in einen Sessel, die Beine weit von sich gestreckt, dann sprang sie plötzlich auf und fuchtelte mit dem Zeigefinger, um ihren Worten Nachdruck zu verleihen. All diese Energie war noch da, in ihr drin. Sie hatte die Welt immer ernst genommen, hatte ihr die gebührende Bedeutung zugestanden, deshalb war sie nicht überrascht gewesen, als die Welt ihr ohne Vorwarnung eins übergezogen hatte. Sie hatte sich Handschuhe übergestreift und zurückgeschlagen. Vor dem Unfall war sie stark und unermüdlich gewesen, und möglicherweise hatte ich sie seitdem gar nicht mehr als wirklichen Menschen mit wirklichen Fehlern wahrgenommen. Sie besaß eine innere Gelassenheit und viel Phantasie, trotzdem konnte sie auch kindisch sein – aber sind wir nicht alle so? Sie wahrte eine coole Fassade, die ausdrückte, dass sie ihr Leben total im Griff hatte, aber so war es nicht. Mit meinen Schuldgefühlen hatte ich sie auf einen Sockel gestellt, und das hasste sie. Manchmal weinte sie und verfluchte ihre nutzlosen Beine.

Bei ihr trat mein unsicheres Ich jedes Mal zutage wie ein dunkler Fleck. «Billy McZero», so stellte ich mich ihren Freundinnen gern vor, und sie wusste, dass in diesem Witz neben unangemessenem Selbstmitleid auch ein Körnchen Wahrheit glitzerte. Ohne sie war ich nichts, oder jedenfalls musste ich danach suchen, was ich sein könnte. «Ist doch wahr, Mann», hatte Ted mir irgendwann gesagt, wieder mal sturzbesoffen, aber er traf den Nagel auf den Kopf: «Ohne sie bist du am Arsch.»

An sie wandte ich mich, wenn ich die Orientierung verlor und es noch nicht einmal merkte.

«Was ist nun mit dem Kaffee?», fragte ich.

Sie kam aus der Küche herüber, bewegte den Rollstuhl mit einer Hand und balancierte meinen Kaffee in der anderen. Sie trug schwarze Leggings unter einem lose fallenden Umhang in Lila und Gold; ihre Füße waren nackt, weil sie die Kälte nicht spürte, doch die Nägel waren sorgsam gepflegt. Sie stoppte den Rollstuhl, schuf auf dem Esstisch etwas Platz zwischen einem Bücherstapel und einer Blumenvase, stellte die Tasse ab und hielt mir ihren sanften Mund zum Kuss hin. Sie war schnell, aufmerksam, energisch. Und noch immer war sie schön, obwohl sich in das kastanienbraune Haar der jungen Frau etwas Grau gemischt hatte. Scheiße, dachte ich, und ich habe dieser Frau nichts zu bieten.

Ich überraschte mich selbst, indem ich sagte: «Ich kündige meinen Job. Werd mit euch nach Seattle ziehen.»

Sie schien mich nicht gehört zu haben, oder sie wog es innerlich ab, wollte es erst verdauen. «Ich hab von dem Urteil erfahren», sagte sie. «Tut mir Leid. Du musst wahnsinnig wütend sein.»

«Es war zu erwarten.»

«Was es nicht besser macht.»

«Nein, vermutlich nicht. Ich hatte auf ein bisschen Tumult gehofft – spontane Zornausbrüche oder so, *irgendwas* eben. Damit der Typ wüsste, dass ihn die ganze Welt für ein Arschloch hält. Aber die Leute waren eher begeistert.»

«Corcoran hat ebenso viel Charme, wie er Geld hat. Er ist brillant, talentiert und witzig. Für die Öffentlichkeit hatte seine Denise eine unverdient glückliche Partie gemacht, und dass sie dann abgeknallt wurde, das gehört eben dazu.»

«Du bist auch darüber verärgert.»

«Ich denke schon. Und wie fühlst du dich dabei?»

«Im Moment? Ausgepumpt. Ich könnte alles hinschmeißen.» In den letzten Monaten, als es langsam sicher schien, dass wir den Prozess verlieren würden, hatte ich darüber nachgedacht, wie oft Leute unter Schock Morde gestehen, die sie gar nicht begangen haben. So als müssten sie eine andere Schuld loswerden, die sie verspürten, vielleicht weil sie das Opfer im Stich gelassen, ihm nicht genug geholfen hatten. «Vielleicht war er's ja doch nicht.»

«Du bist dort gewesen, Billy. Du warst Zeuge. Sag mir, ob er es war oder nicht.»

Von draußen drang kurz ein wummernder Rap herein, als ein Homeboy in seinem Auto vorbeifuhr, und mir fiel noch etwas ein, das mir an diesem Haus so gefiel. Die Gegend war nett, aber doch nahe der Grenze. Hier konnte man sich nicht verstecken und vergessen, wie die Stadt wirklich war. Man sah die bedrohlichen Ausläufer der Dinge. Die meisten Cops, die ich kannte, wohnten gar nicht mehr in der Stadt. Sie kauften sich ein Häuschen in Simi Valley, oder sie nahmen eine Stunde Fahrzeit nach Schichtende in Kauf, um sich hinter den Mauern festungsartig gesicherter Siedlungen im Hinterland zu verschanzen. Mir gefiel das nicht. Venice war schwierig, gefährlich und sicherlich ein etwas problematischer Ort, um ein Kind aufwachsen zu lassen, aber dennoch ein großartiger Platz zum Leben. Ich schüttelte den Kopf. «Ich kann nicht glauben, dass ihr von hier weggeht.»

Sie rollte in Richtung des CD-Players und legte etwas Wuchtiges, Romantisches auf. «Wie gefällt dir die Musik? Lucys Geschenk zu meinem Geburtstag letzte Woche, den du übrigens vergessen hast.»

Ich hatte ihn vergessen? Wie konnte ich? «Letzten Mittwoch. Verdammter Mist. Da hab ich bei einem Mordfall in West Covina einem Kollegen ausgeholfen.»

«Schon gut, schon gut. Die Geschichte hab ich schon öfter gehört.»

«*Scheiße*. Oh, Ellen, es tut mir Leid.»

«Ich will dein Mitleid nicht, Billy. Ich bin deine Exfrau. Nicht deine *verkrüppelte* Exfrau.» Ihre kräftigen, schlanken Hände zitterten ein wenig. «Ich versteh nicht, was du überhaupt noch von mir willst.»

Es entstand eine Pause, ihr Blick hielt mich fest, und dann sah sie weg, rüber zu dem Kamin.

«Hey, ein Sandwich wäre jetzt echt gut», sagte ich, und sie

sah mich wieder an, sie zwinkerte und ließ ein Lächeln aufblitzen.

«Du bist so ein Idiot!»

«Reite nicht drauf rum. Komm schon, lass uns in der Küche einen draufmachen.»

Früher mal, damals in der Märchenzeit, hatten wir hier zusammengesessen, gemeinsam Musik gehört und unsere Zukunft geplant. Ellen hatte Fragen auf Karteikarten notiert und mich für den nächsten Beförderungstest abgehört. Ich hatte immer gedacht, ich wäre der Chef von uns beiden, der Star der Mordkommission, der halb britische Typ, der trotzdem kein Problem hatte, zum Kern der Sache zu kommen, der sich auf der Straße wohl fühlte, die Verbrechensopfer tröstete und es den Figuren in der Stadtverwaltung leicht machte. Gleich am Anfang – noch vor dem Pakistani, der seinen Sohn umgebracht hatte – waren mir ein paar gute Fälle untergekommen, leichte Sachen im Grunde, nicht viel Ermittlungsarbeit dabei, aber bestens zum Profilieren: Ich schnappte einen Terroristen, der im Bundesgebäude auf dem Wilshire Boulevard einer Sekretärin die Kehle aufgeschlitzt hatte, zwei Monate vor den Olympischen Spielen von 1984, und wenig später überredete ich einen Amokschützen zum Aufgeben, der vom Dach eines Motels Leute abgeknallt hatte. Ich weiß noch, wie ich in der glühenden Hitze da oben stand, der heiße Santa-Ana-Wind versengte mir den Kopf und trieb mir die Tränen in die geblendeten Augen. Das war auch in San Pedro gewesen. Für San Pedro hatte ich wenig übrig.

Es schien gute Gründe für meine Annahme zu geben, dass meine Karriere die wichtigere war, und diese Gründe waren auch Teil der unausgesprochenen Abmachung zwischen uns, der heimliche Defekt in unserer Ehe. «Wir waren schon auseinander, als ich bei meinem Sturz verletzt wurde», bemerkte sie einmal. «Sagt dir das nicht etwas?»

Nach dem Unfall hatten wir in der Küche die gesamte Einrichtung herausgerissen, neue Arbeitsplatten und Geräte auf Hüfthöhe montiert und die Schränke so niedrig aufgehängt, dass alles vom Rollstuhl aus zu erreichen war. Kollegen, die ich gar nicht kannte, hatten in allen achtzehn Polizeibezirken der Stadt Geld gesammelt und halfen beim Umbau. Sie hatten einen Architekten angeheuert, einen jungen Deutschen mit Gelehrtenkopf, der an den richtigen Stellen Rampen anlegen ließ, das ganze Haus neu durchplante und auch das Badezimmer umgestaltete. Eine Alarmanlage wurde eingebaut, außerdem ein Gegensprechsystem zu den Nachbarn. Ich war bei der Polizei immer ein Einzelgänger gewesen, aber als ich jetzt sah, wie sie sich für Ellen einsetzten und ihr halfen, da teilte ich dasselbe sentimentale, gefährliche Gefühl wie viele von ihnen, nämlich dass niemand sonst den Job eines Polizisten je verstehen kann, einfach weil es der großartigste und zugleich der beschissenste und undankbarste Job der Welt ist. Ich entwickelte Schuldgefühle und Unsicherheiten und empfand bald gar nichts mehr, selbst wenn der Auslöser dafür etwas ganz anderes war.

«Willst du Senf oder Mayo drauf?»

«Beides. Und beides nicht zu knapp.»

«Hat es noch sehr geregnet, als du gekommen bist?»

«Ja, ziemlich stark.»

«Ich muss nachher noch was im Laden einkaufen.»

«Ich kann dir gern was holen, wenn du möchtest.»

«Nein, das geht schon.» Sie lächelte. «Aber danke trotzdem.»

Durch das Küchenfenster sah ich den Dampf vom Dach der Garage aufsteigen, an der Lucys Fahrrad lehnte, zugedeckt mit einer Plane. Auf der Wäscheleine hing ein altes Jeanshemd, schlaff und schwer. Von hier aus hatte ich oft zugesehen, wie der Mond zwischen den Palmen aufging und dann höher stieg.

Wir beackerten immer denselben Boden, nur konnte ich nie recht vor mir zugeben, dass ich den Kampf verloren hatte. In ihrer Gegenwart verlor ich das Gleichgewicht, es zerrte immer noch so vieles an mir. Es war genau wie bei meinem Job: Das Älterwerden und mein Pech hatten zerstört, was einmal eine gute Sache gewesen war. Aber da machte ich es mir zu leicht, im Fall meiner Ehe ging es wohl auch um meine falschen Entscheidungen.

«Ted hat angerufen», sagte sie. «Er wollte sich entschuldigen – nicht bei mir, sondern bei dir. Ich kapier das nicht. Warum hat er hier angerufen? Hast du ihm erzählt, dass du heute vorbeikommen willst?»

Ich konnte ihr nicht antworten, dass Ted sich an den Gedanken klammerte, Ellen und Lucy und ich würden eines Tages wieder zusammenleben. «Ted ist ziemlich durcheinander.»

«Er war immer schon durcheinander. Was ist eigentlich gestern Abend passiert?»

«Nichts, wie gesagt. Wie ging's denn Lucy heute Morgen?»

«Ganz gut. Gestern fragte sie mich, ob ich es gut fände, wenn sie Astronautin werden würde. Dann erzählte sie mir, sie sei in einen Jungen von ihrer Schule verliebt – ob sie wohl daran denkt, mit ihm zu schlafen?»

«Ach was, sie ist doch erst elf!»

«Tja, ich hab mich bedankt, dass sie das mit mir besprochen hat, und sagte ihr dann, dass es wirklich noch viel zu früh für so etwas ist.»

Ellen strich Butter auf zwei Scheiben Brot, dann Senf und Mayonnaise; Schinken, Käse, Tomaten und Salat wurden übereinander geschichtet, dann drückte sie die beiden Scheiben sanft zusammen, ehe sie das Sandwich mit einem schnellen, geübten Schnitt in zwei Hälften teilte.

«Wenn du wegen des Geldes weggehst, dann tu's nicht. Ich treib schon welches auf, okay?»

«Billy, der Optimist.»

«Billy, der Verzweifelte», sagte ich. «Ich fühl mich nur noch bei der Arbeit gut. Da siehst du, wie schlimm es ist.»

«Du hast dich bei der Arbeit immer gut gefühlt», erwiderte sie und blieb ganz ruhig. «Ich gehe nicht wegen des Geldes. Ich hab da einen Job, hast du das vergessen?»

«Und hier könntest du keinen kriegen?»

«Vielleicht. Aber das will ich gar nicht. Ich möchte den haben, den man mir dort oben anbietet.»

Sie drehte sich im Rollstuhl um und strich sich das Haar aus den Augen. «Aber ich kann das jetzt nicht mit dir besprechen. Ich hab in einer halben Stunde eine Verabredung.»

«Mit Megan?»

Ellen, die in allem anderen so entschieden bodenständig war, konsultierte ein Medium – vielmehr sie bekam Termine bei einem, denn heutzutage hatten sich sogar die Hellseher niedergelassen. Es waren keine ältlichen Hippies mehr, die in baufälligen Bungalows bei irgendwelchen Autobahnabfahrten wohnten. Megan besaß irgendein Diplom in Betriebswirtschaft und offerierte Runenlesen per Telefon oder Fax. Sie sprach von Blockaden, Vollendung, inneren Reisen und dem ganzen restlichen New-Age-Zeugs, sah aber ansonsten wie üblich nur in vagen Bildern Erfolg, die neue Stelle, die Möglichkeit eines Lebens mit der großen Liebe.

«Nein, mit jemand anders.»

Als sie die Hand hob, um den Kühlschrank zu schließen, sah ich, dass sie ein Armband trug, einen silbernen Reif, auf dem winzige Delphine aus Silber und Türkis miteinander verbunden waren. Ich erinnerte mich an einen warmen Frühlingsnachmittag in dem Schlafzimmer, das direkt über uns lag, als sie früher als sonst von der Arbeit gekommen und auf mich zugegangen war, nackt bis auf die goldenen Ohrringe und ein Goldkettchen um den Fußknöchel. Sie liebte es, Schmuck zu tragen. Es machte sie lüstern, hatte sie einmal gesagt. Ich glaube, dazu war mir nur ein blöder Witz über Kronleuchter eingefallen.

«Was ist?», fragte sie.

«Nichts.»

«Du hast mich so komisch angesehen.»

Wäre ich nicht ein paar Mal fremdgegangen, als ich unten im South Bureau arbeitete, hätten Ellen und ich uns vielleicht nicht getrennt, und hätten wir das nicht getan, wäre sie vielleicht nicht durch dieses Oberlicht am Olympic Boulevard gestürzt. All das war natürlich längst gegessen, das wusste ich, mein Jammern half nicht mehr, aber ich hatte sie betrogen: Ich hatte einen großartigen Menschen geheiratet, war herumgestreunt und hatte ihn wieder verloren.

«Das ist neu», sagte ich.

«Was?», fragte sie und griff sich ans Handgelenk.

«Da, das Armband.»

«Ach, das. Ja, das ist neu. Du gehst jetzt besser. Ich muss mich noch fertig machen.»

Erst jetzt wurde mir klar, was los war. «Du triffst dich mit jemandem.»

Sie nickte mit einem Seufzer, ehe sie mir geradeheraus in die Augen sah. «Ja, ich treffe mich mit jemandem.»

«Du hast eine Affäre?»

«Affären hat man, wenn man verheiratet ist. Wir sind nicht mehr verheiratet, hast du das vergessen?»

Ihr Computer stand da, wo früher mein Lesesessel war, dazu der Freiheitsvogel an der Decke: All das war kein Zufall. «Ist es was Ernstes?»

«Du hast kein Recht, mich das zu fragen.»

«Natürlich hab ich das.»

«Ja, vielleicht doch. Es ist was Ernstes.»

«Wer ist der Typ?»

«Jemand, den ich gern hab.»

In einem furiosen Sprint raste mir die Eifersucht von der

Galle ins Gehirn. «Ehrlich? Ich stelle nicht deinen Geschmack infrage. Ich weiß, du musst an Lucy denken und wirst bei diesen Sachen klug vorgehen.»

«Ich hab dazugelernt, meinst du wohl?»

Touché, dachte ich, voll getroffen, und die Klinge war scharf. Es blutete. «Ja, wird wohl so sein. Wer ist es?»

«Ich lasse mich doch nicht von dir verhören.»

«Er ist auf dem Weg hierher? Mitten am Tag? Er arbeitet also nicht mal?»

«Sicher, ganz genau, ich hab mir einen reichen Müßiggänger geangelt. Offen gesagt, Billy, geht dich das einen Dreck an. Jemand nimmt sich die Zeit, mich zum Lunch auszuführen. Es könnte Mickymaus sein, und du müsstest damit einverstanden sein.»

«Mit Micky hätte ich überhaupt kein Problem.»

«Hier, nimm.» Sie reichte mir einen Teller mit dem Sandwich, ordentlich in Alufolie eingewickelt.

«Das war's? Und jetzt soll ich gehen?»

Sie warf einen Blick ins Wohnzimmer. «Ich glaube, das da solltest du dir noch ansehen.»

Im Fernsehen war King Kong inzwischen von der Air Force erledigt worden, und auf Kanal 5 liefen die Nachrichten. Ellen drehte den Ton lauter.

Gleich als Erstes kam der Hauptbericht, eine Zusammenfassung des Gerichtsurteils und dann ein Rückblick über Corcorans Karriere. Sie zeigten Bildmaterial von der Oscar-Verleihung, wo der Kerl dümmlich grinste, als wollte er der Welt sagen: «Was, das alles nur meinetwegen?» Man sah Bilder von diversen schönen und prominenten Frauen, die seinen Arm hielten, als wäre er der Größte, und es wurde auch daran erinnert, wie er am Abend seiner Verhaftung ausgesehen hatte: der dunkle Anzug zerknittert, der Blick gesenkt.

Dann kam die Reporterin selbst ins Bild, in Tweedjacke

und schwarzer Lederweste: Ward Jenssen. Ihr Haar schien mir noch kürzer, als ich es von ein paar Stunden zuvor in Erinnerung hatte, aber es war ja durchaus möglich, dass sie inzwischen beim Frisör gewesen war. «Und nun drohen weitere Gewitterwolken über der einst so anerkannten Polizeibehörde aufzuziehen.»

Man sah eine Szene von der Menschenmenge vor dem Haus von Mae Richards, dann kurz Ricky Lee, ein Bild von mir, die Hand vors Gesicht gehoben, und schon war Ward Jenssen wieder da. Sie referierte die romantischeren Seiten von Ricky Lees Laufbahn, indem sie dick damit auftrug, dass der Bursche Tausende von Dollars für die Errichtung einer Sporthalle in einem verlassenen Kinokomplex unten in South Central gespendet hatte. Sie zeigten einen Ausschnitt aus einem Filmchen, in dem er eine Nebenrolle gehabt hatte, was mir völlig neu war. Dann hörte man mich herumkrähen: «Kein Kommentar, kein Kommentar», und «Stellen Sie dieses Ding endlich ab!» Danach bleckte Ward Jenssen grinsend die Zähne und meinte, ich sei wohl das rüpelhafteste und am wenigsten hilfsbereite Mitglied einer Behörde, die berüchtigt für ihre Rüpelhaftigkeit und mangelnde Hilfsbereitschaft wäre – mehr davon in Kürze, sagte sie. Als Nächstes sah man Charlie Corcoran in einer seiner Gangsterrollen, mit verkniffenen Augen und einem Streichholz zwischen den Zähnen.

«Vermutlich denken die, man musste ihn laufen lassen, weil er länger als fünfzehn Minuten lang berühmt war», sagte Ellen. «Du bist wie ein Arschloch rübergekommen.»

«Danke.»

«Gern geschehen.» Sie sah nicht mich an, sondern immer noch auf den Bildschirm, während sie hinzufügte: «Sie ist inzwischen sogar noch attraktiver geworden.»

Jetzt war ich an der Reihe, mich dumm zu stellen.

«Wer?»

«Ward Jenssen.»

«Ach, die. Ich dachte immer, du hieltest sie für eine falsche Schlange.»

«Nein, die falsche Schlange warst du.»

Es war Ward gewesen, mit der ich fremdgegangen war, als ich in South L. A. gearbeitet hatte. Es war nur ein paar Mal passiert, aber Ellen kam einmal im Revier vorbei, als Ward gerade dort war, und sie spürte sofort die Spannung, die zwischen uns knisterte. Danach hatte es keine Flucht mehr ins Ableugnen gegeben, außerdem machten Ellen und ich ohnehin gerade schwierige Zeiten durch: nicht genug Geld, viel zu selten miteinander im Bett, ständig zu wenig Schlaf, dauernd der Streit, ob und wann wir noch ein Kind bekommen sollten. Ich hatte unbedingt ein zweites haben wollen.

Jetzt war wieder Ward auf dem Bildschirm und holte für ihren großen Schlag aus. Ich hätte es kommen sehen müssen nach dem, was bei Gericht passiert war. Sie sagte: «Auch der Vater von McGrath war Polizist. Er musste allerdings vor etwa fünfunddreißig Jahren seinen Dienst quittieren, und zwar wegen eines Falles, in den niemand anders als Charlie Corcoran verwickelt war.»

«Scheiße», schimpfte Ellen. «Das fasse ich nicht. Die hören niemals auf, diese Typen …»

Ward erzählte, wie im November 1961 eine junge Frau, eine Schauspielerin, im Meer vor Malibu alkoholisiert ertrunken war. Ein einsamer, mysteriöser Zeuge, der gerade seinen Hund ausgeführt hatte, sagte aus, er habe Charlie Corcoran bei ihr im Wasser gesehen, obwohl Corcoran, der damals am Anfang seiner Karriere stand, alles abstritt und mehrere andere Zeugen erklärten, sie hätten gemeinsam mit ihm eine Wohltätigkeitsveranstaltung in Santa Barbara besucht. Es kam zu keiner Anklage, und mein Vater, einer der ermittelnden Detectives, wurde drei Monate später unehrenhaft aus dem Polizeidienst entlassen. Der unglaublich gut aussehende Corcoran hatte den Skandal bald vergessen, genoss seinen Erfolg und eine schillernde Karriere mit dreißig, mit vierzig und auch noch bis ins beste Alter hinein.

Natürlich wusste ich von der Geschichte. Sie war der Anfang von dem unerbittlichen Niedergang meines Vaters gewesen, obwohl Ward dies nicht erwähnte, ebenso wenig wie so manches andere interessante Detail. Zum Beispiel: Von diesem mysteriösen Hundebesitzer am Strand besaß mein Vater immerhin eine eidesstattliche und unterschriebene Aussage, während die Zeugen aus Santa Barbara allesamt auf der Gehaltsliste von Corcorans Agenten standen.

Ellen fragte: «Aber du hast doch seinen Rechtsanwälten davon erzählt, oder?»

«Sicher doch, weil ihre Schnüffler es ohnehin herausbekommen hätten.» Die einzige echte Auswirkung auf den Fall Denise Corcoran war dabei allerdings gewesen, dass ich mich gezwungen sah, auf den Beifahrersitz zu rutschen und Drew die Ermittlungen zu überlassen. «Und jetzt treibt das Fernsehen seine Späßchen.»

Ihr Mitleid war aufrichtig. «Es ist nicht fair, Billy. Es ist nicht richtig.»

«Ich weiß. Alles ist total aus dem Gleichgewicht geraten.»

Wieder sah man mich auf dem Schirm, wie ich gerade abstritt, Corcoran etwas anhängen zu wollen. Ich wirkte wütend und defensiv, als ich sagte: «Das ist doch absurd», und dann kam Charlie selbst, mit einem Lächeln und «Kein Kommentar, kein Kommentar, kein Kommentar». Einer seiner Millionen-Dollar-Anwälte, vielleicht sogar derselbe, der Ward das alles eingeflüstert hatte, blickte in die Kamera, machte eine nachdenkliche Pause und erklärte dann: «Wir haben diese alte Sache bisher nicht aufgebracht, um den Prozess sachlich zu halten und auch um Detective McGraths guten Rufes willen. Da sie nun aber ohnehin bekannt geworden ist – na ja, ich will nicht behaupten, dass der Mann unbedingt ein fauler Apfel ist. Ich sage nur, dass diese Erkenntnis ein interessantes

Licht auf die Frage wirft, weshalb die Behörden einen unschuldigen Bürger schikanieren und Unsummen in einem aussichtslosen Prozess verpulvern, den sie niemals gewinnen konnten. Unseligerweise gerät der Sohn eben tatsächlich oft nach dem Vater.»

Die Gewitterwolken wogten und drängten sich am Sepulveda Pass. Mein Dienst-Chevrolet folgte einem Schwall von Regenwasser in den Trichter einer geschwungenen Ausfahrtsrampe hinein, und ich trat gleich wieder aufs Gas, raste den San Vincente hinauf, dann nordwärts Richtung Sunset Boulevard und weiter in die Berge, bis zum Tor einer Villa, deren Adresse ich nur schwer hätte vergessen können. Ein Kameraauge inspizierte mich, als ich mich durch das Rauschen des Regens der knackenden Sprechanlage vorstellte. Fast überraschend ging das Tor auf, und ich fuhr den Kiesweg entlang bis zu einem Carport, unter dem sich vier Cadillacs, fünf BMWs, drei Rolls-Royce und zwei identische rote Ferraris zusammengedrängt vor dem Regen schützten. Corcoran gab eine Party.

Das Haus war schlicht, wunderschön, idyllisch gelegen, mit riesigen Fenstern, aus denen man auf die ganze Stadt bis nach Long Beach hinuntersehen konnte. Stand man weiter hinten beim Pool, erinnerte ich mich, dann war es, als schwebte man über dem ganzen San Fernando Valley. So oder so war man hoch oben über allem. Charlie hatte auch noch eine Ranch in Utah und ein dreistöckiges Apartment in Manhattan mit Blick über den Central Park. Er hielt sich eine Suite in einem der großen Hotels von Beverly Hills, und in den Flughafengaragen von zwölf großen Städten des Landes parkte je eine schwere Triumph, alle mit demselben Schloss. Manchmal verschwand er für mehrere Tage, offenbar um eines seiner Motorräder von St. Louis nach Chicago oder von Denver bis nach New Orleans runter zu fahren, einfach mal Gas zu geben und den Motor singen zu hören.

Vielleicht hatte ich mich verhört, als ich damals am Abend des Mordes hier gewesen war. Vielleicht war mein Ohr nur zu begierig, das zu hören, was es gehört zu haben glaubte, denn es wollte ja, dass Charlie sagte: *«Es ist total mit mir durchgegangen, Mann. Ich hab sie umgebracht.»* Wir können optischen Täuschungen unterliegen, wir können uns beim Ertasten von Dingen über ihre tatsächliche Beschaffenheit irren, und kein Sinn ist so leicht zu betrügen wie unser Gehör; andererseits war ich mir dermaßen sicher gewesen: Dieser Kerl ist schuldig wie die Sünde, ebenso schuldig wie ich.

Während der gesamten Verhandlung hatte ich nie das Gefühl gehabt, es ginge mir um Rache. Ich bemühte mich, ehrlich und rechtschaffen zu agieren, war mir der Verbindung zwischen ihm und meinem Vater durchaus bewusst und hielt mich aus den täglichen Routinedingen dieses Falls sogar taktisch heraus. Jetzt aber entglitt mir meine Sicherheit in dem unglaublichen Heulen und Donnern dieses Gewitters.

Ich dachte an meine Anfänge und daran, wie ich auf dem Rücksitz dieses Porsche Speedster entstanden war, meine Mutter mit reichlich Whiskey abgefüllt. Sie hatte oft gesagt, sie wisse nicht genau, woher ich mein Temperament hätte, von Johnnie Walker Red oder Black Label. Dann musste ich an Ellen und ihren neuen Freund denken. Ich fühlte mich angegriffen. Ich fühlte mich gereizt und zornig. Es war, als versuchten Charlie und seine Leute, mich mit ihrer Macht zu vernichten.

Ich war mir eigentlich nicht sicher, was ich sagen wollte. Vielleicht würde ich gar nichts sagen müssen, dachte ich, weder über den Prozess noch über meinen Vater. Vielleicht würde ihn allein meine Anwesenheit aus dem Konzept bringen, dachte ich. Vielleicht würde ich ihn verprügeln, dachte ich, ihm wehtun oder Schlimmeres. Ich dachte eine Menge Sachen.

An der Tür empfing mich ein Bodyguard, eins sechsundneunzig groß und mit drahtigem Haar, ein sehr behänder Kleiderschrank, der mich ohne viel Sympathie musterte, ehe er eine fette Zigarre hob, die Lippen um den Schaft rollte und aus dem paffenden Zug eine Beleidigung zu machen verstand. «Detective», sagte er. Er hieß Ari Van Duzer. Auch ohne zu wissen, dass er beim Mossad ausgebildet worden war, hätte ich es mir zweimal überlegt, mich mit ihm anzulegen. «Finden Sie nicht, dass Sie ihn jetzt genug belästigt haben?»

«Noch lange nicht.»

«Ich kann Sie nicht reinlassen. Das wissen Sie. Ich muss Sie daher bitten zu gehen – außer natürlich, Sie haben einen Durchsuchungsbefehl. Haben Sie einen?»

Er sprach ganz ruhig, während das Lächeln aus seinen Augen wich und wir einander in der weiten Leere der Eingangshalle gegenüberstanden, er immer noch mit der Zigarre zwischen den Zähnen.

Ellen hatte mich gebeten, keinen Blödsinn anzufangen. Ward würde ja nur ihre Arbeit tun. Was hätte ich denn erwartet? Reporter suchten die Vertraulichkeit, um einen dann zu verraten. Ich hatte gesagt, dass ich nicht auf Ward sauer war.

Auf einem Tisch in der Mitte der Halle sah ich eine einzelne Skulptur: dreißig Zentimeter hoch, ein stehendes Mädchen, das eine Schale hielt; die Figur wirkte schlicht und schön und sie sah antik aus. Ich hob sie hoch, spürte ihre Geschichte und ihre Schönheit in meiner Hand. Ich warf sie an den Füßen durch die Luft und fing sie am Kopf wieder auf. «Wie viel, würden Sie sagen, ist das Ding wert?»

«Weit mehr, als Sie haben», antwortete der Bodyguard und ging erst auf mich zu, trat dann aber zurück. Er glaubte, ich könnte sie tatsächlich kaputtmachen. Und er hatte Recht.

«Was Sie nicht sagen?» Die Statuette hüpfte in meinen Händen, ich packte sie mal beim Fuß, mal beim Kopf; der Hals war erstaunlich kräftig. «Damals wurden solche Sachen wirklich für die Ewigkeit gemacht, was? Nicht wie der Dreck, den man heute so kriegt.» Ich tat so, als würde ich die Statuette fallen lassen, dann jonglierte ich ein bisschen damit. «Hui!»

Zu meiner Linken ging eine Tür auf, und Charlie Corcoran persönlich trat heraus, mit nassem Haar, als käme er aus dem Regen – oder, was wahrscheinlicher war, aus der Dusche. Vielleicht hatte ihn da drin eine Frau erwartet, seine erste Nummer nach sechs Monaten im Gefängnis, obwohl er es sich, Gerüchten zufolge, auch im Knast hatte besorgen lassen; vielleicht hatte er sich gesagt, dass sich alles abwaschen lässt. Er trug ein weißes T-Shirt und eine schwarze Jogginghose, keine Schuhe.

Einen Moment lang sah er mich schweigend an, während er sich den Scheitel mit einem Handtuch massierte. «McGrath, nicht wahr?»

Corcorans Stimme war sein großes Kapital. Ihr gut kalkulierter Einsatz war immer leise und zögerlich, was ihm eine gewisse Scheu und auch Charme verlieh, beides im Gegensatz zu seinen gemeißelten, immer noch fast perfekt wirkenden Zügen. Er war groß für einen Filmstar, gut eins fünfundachtzig, und in Gesellschaft neigte er sich immer leicht vor, in einem entschuldigenden Bemühen um Vertraulichkeit, das gehörte alles zu seiner Rolle. Allein vor dem Spiegel war er vermutlich der reinste Pfau, obwohl ich mir seine Rituale der Einsamkeit immer schwer hatte vorstellen können, schon bevor ich mir sicher gewesen war, dass er seine Frau umgebracht hatte.

«Wie ich sehe, bewundern Sie meine Statuette. Babylonisch. Fünftes Jahrhundert. Vor Christus natürlich.»

«Wirklich?» Ich zog wieder meine Jongliernummer ab. «Meine Frau hat sich genauso eine in der Pier-One-Boutique gekauft. Erzählen Sie mir, wie man sich so fühlt. Wie fühlt es sich an, so wie Sie zu sein?»

«Sie glauben noch immer, ich hätte sie getötet, was?»

«Ich weiß, Sie haben sie getötet.»

«Wie soll ich Ihnen sagen, wie ich mich fühle, wenn Sie schon diese grundlegendste Sache nicht begreifen?»

«Sie haben Sie erschossen, Corcoran. Paff. Wie können Sie mit sich selbst weiterleben?»

«Ganz einfach: weil ich unschuldig bin.»

Einer seiner Freunde erschien in der Tür. «Charlie, alles in Ordnung? Soll ich die Polizei rufen?» Ich erkannte den Rechtsanwalt aus dem Gericht und vom Fernsehen vorhin. «Aha», meinte er. «Na wunderbar. Das *ist* ja die Polizei.»

Ich warf dem Prominentenanwalt die Statuette zu, und er erwischte sie auch, aber nicht gerade wie Sokrates, der lässig eine komplizierte Formulierung von Platon auffängt. Er legte eine gewisse quälende Unsicherheit an den Tag, ja er ließ das Ding sogar fast fallen.

«Es ist vorbei, Corcoran. Ihre Karriere ist aus.»

Er tat, als hörte er mich nicht, und rieb sich stattdessen weiter das Haar trocken. «Und Sie wollen wirklich nicht auf ein Glas Champagner bleiben?»

In diesem Augenblick dachte ich, es sei wohl leichter, mit einem Mord davonzukommen, als gar nicht erst zu morden. Ich versuchte ihm wehzutun, wo ich konnte, und innerlich brüllte ich, weil ich wusste, dass ich ihm niemals etwas anhaben konnte. «Sie sind reich und gerissen, und Sie haben Glück gehabt, aber trotzdem sind Sie fertig. Sie werden sich von dieser Sache nie wieder erholen.»

«Wird sich zeigen», erwiderte Corcoran. «Wenn Sie in der Zwischenzeit dann Ihre Arbeit tun würden?»

«Ich tue meine Arbeit.»

«Keineswegs. Ihre Arbeit wäre es, den Schlächter zu finden, der meine Frau umgelegt hat, aber dafür sind Sie zu faul und arrogant und wohl auch zu inkompetent.»

«Ich werde Sie festnageln, Corcoran, verdammt nochmal!»

«*Festnageln* wollen Sie mich. Und *verdammt nochmal*? Wo

sind wir denn hier? Auf dem Schulhof?» Noch immer massierte er sich mit dem Handtuch den Kopf und wandte sich dann an seinen Bodyguard. Er bewegte sich langsam, wie jemand mit einem Herzproblem. «Ari, bitte kümmere dich um das hier.»

Ich hatte mich noch gar nicht bewegt, da nahm mir ein Faustschlag die Luft und ich flog in den Regen hinaus.

9

Larry Murakami ließ die Tür zu seinem Büro fast immer offen stehen. Er hörte gerne alles mit, was im Dienstraum der Ermittlungsabteilung so vor sich ging, deshalb war mir gleich klar, dass etwas in der Luft lag, als seine Sekretärin sie hinter mir zumachte, ohne dabei auch nur zu lächeln. Larry selbst schaukelte in seinem schwarzen Lederstuhl, die Füße auf eine herausgezogene Schublade gelegt, und warf einen Pingpongball gegen die Wand. Er machte keine Anstalten, sich zu mir umzudrehen. «Hab grade mit dem Bürgermeister geplaudert», sagte er, und der Ball kehrte mit einem harten Klatschen in seine Hand zurück. «Welcher seinerseits freudiger Adressat mehrerer Schreiben von Charlie Corcorans Rechtsvertreter und auch von Mr. Corcoran selbst ist, die darin der Stadt eine Fünf-Millionen-Dollar-Klage wegen Belästigung androhen. Du kannst dir vorstellen, wie beglückt der Bürgermeister darüber war.»

Larry Murakami leitete die Ermittlungsabteilung und war, um aufrichtig zu sein, kein richtiger Ermittler. Er war kühl und reserviert, weder ehrlich noch vertrauenswürdig, ein kleiner Mann mit dunklen Augen, denen wenig entging. Ich mochte ihn gern. Er bildete, um dem schlichteren «motivieren» eine besondere Note zu geben, ein Verb wie «incentivieren». Bei der Beförderung über Drews Kopf hinweg war Larry mein großer Verbündeter gewesen. Er hatte einen Fernseher im Büro, um die Nachrichten zu sehen und, falls er nicht rechtzeitig nach Hause kam, auf keinen Fall die neueste Folge von *Jeopardy!* zu versäumen. Diese Quizshow liebte er, da er normalerweise mehr Antworten wusste als die Kandidaten. Sein Ding war die Politik, obwohl er auch gerne durch die Gänge von Textildiscountern streifte, auf der Suche nach Designerklamotten mit herausgetrennten Etiketten oder – wenn gerade Schlussverkauf war – bei «Fred Segal», mit seinen zwei Teenagertöchtern im Schlepptau. Drei Jahre hintereinander hatte er die Auszeichnung als bestangezogener Detective des Jahres gewonnen. Obwohl ich durchaus begriff, dass unsere Behörde in ihrer komplizierten, labyrinthischen Art ihre Angestellten gerne auf ungewöhnliche Art hervorheben wollte, glaubte ich anfangs, Drew Diamond wollte mich auf den Arm nehmen, als er mir erzählte, dass es so etwas gab. Dabei hing hier gleich dreifach in ebenholzschwarzen Rahmen der Beweis an der Wand, gegen die Larry ohne Schläger Pingpong spielte.

«Das war dumm, Billy – sieht dir gar nicht ähnlich.» Larry war kein großes Licht, aber was er hatte, setzte er geschickt ein. Er aß Käse, kein Fleisch. Er trank Edelmineralwasser und hatte denselben Zahnarzt wie Robert Redford. Von außen sah meine Laufbahn glamouröser aus, aber in Wirklichkeit steckte ich in einem dunklen Tunnel voller Mörder, während er auf offener Straße dahinglitt, in Richtung Gehaltserhöhung und Beförderung. Seine Hand hob sich wieder, wie zum Indianergruß, und schloss sich um den zurückprallenden weißen Fleck. «Das war ja im Grunde nicht mal dein Fall. Es war Drews. Drew hat das verbockt, nicht du.»

«Stimmt. Und jetzt werde ich beschuldigt, dem Kerl was anhängen zu wollen – nur damit seine Geschichte auf dem Titelblatt von *People* nächste Woche noch besser aussieht.»

«Was ist das hier?», fragte er, hielt den Ball hoch und sah mich jetzt zum ersten Mal in unserem Gespräch an, sein breites, hoffnungsfrohes Gesicht schimmerte so sauber, dass es mich an das glänzende Innenleben eines Thunfischs erinnerte. Das dicke schwarze Haar hatte er zu einem pompadourartigen Bürzel aus der Stirn gestrichen.

«Das ist ein Pingpongball, Larry.»

«Es ist Kunststoff rund um Luft. Es ist Struktur. Nimm eins von beiden weg, den Kunststoff oder die Luft, was bleibt dann übrig?»

«Zwei enttäuschte Typen mit 'ner Kelle in der Hand? Komm schon, Larry, was soll der Blödsinn?»

«Keine Struktur mehr. Ohne Struktur bleibt *gar nichts*. Und noch etwas anderes: Ich beneide dich, Billy – nein, nicht lachen, das ist die Wahrheit –, weil du ein Talent hast, eine Gabe. Du kannst verdammt gut sein in dem, was du tust. Es gibt Typen hier in der Abteilung, die nehmen sich deine Mordakten mit nach Hause und studieren sie dort wie Kunstwerke. Aber jetzt hast du Heim und Familie verloren, und dir wird langsam klar, dass du sie nie zurückkriegen wirst, und das macht dich fertig.»

«Toll, Larry, vielen Dank.»

«Die einzige Struktur, die dir bleibt? Das hier.» Er warf mir den Ball zu. «Deine Arbeit. Ohne sie wirst du zerfleddern und kaputtgehen.»

Ich drehte den Ball zwischen den Fingern. «Das ist alles Quatsch, Larry. Du willst nur, dass ich wieder nett bin, damit du gut dastehst und eines Tages für den Kongress kandidieren kannst.»

«Was Charlie Corcoran angeht, das musst du einfach schlucken. Er wird seine Strafe im nächsten Leben bekommen.»

«Ach, wirklich? Das weißt du wohl von irgendeinem Channelling-Medium, oder etwa von Buddha persönlich?»

«Sein Geld hat gesiegt. Sein Ruhm hat gesiegt. Du hast dein Bestes getan, und wenn Drew Diamond oder der Staatsanwalt es verpatzt hat, dann ist das nicht dein Bier. Ich hasse Mord.

Jagt mir eine Gänsehaut runter. Vielleicht habe ich Angst, selbst ermordet zu werden. Was meinst du?»

«Ich glaube, dein Kopf ist wie das Innere dieses Pingpongballs, Larry.»

«Mord verändert alles.»

«Genau», sagte ich. «Weil man danach nämlich tot ist.»

«*Genau.* Deine Akte ist geschlossen, ebenso wie die Akte Corcoran. Weiter zur nächsten. Brutal, aber was soll's?» Er tat so, als würde er in den Aktenordner auf seinem Tisch sehen. «Die Mutter von Ricky Lee Richards, wie hieß die?»

«Mae.»

«Also klär diesen Fall, und nicht erst nächsten Monat. Und halt uns bitte die Medien vom Leib, okay? Diese Reporterin, sollte die dich nicht gern haben? Ihr wart doch mal ein bisschen im Nahkampf miteinander, oder? Mach dich dran, Billy. Gib dein Bestes.» Er warf mir ein dümmliches Grinsen zu, zuckte die Achseln und sah großspurig auf die Uhr, ein dreieckiges Edelstück, dessen schwarzes Zifferblatt zwischen einem lasziven Alligatorarmband perfekt die Zeit angab. Da Moral und Vertrauen so schwer zu finden und so wenig zu sehen waren, setzte Larry auf Sicherheit, wo immer er sie herbekam – und umso besser, wenn sie aus einem schicken Katalog stammte und an irgendeinem Teil seiner Anatomie befestigt werden konnte. «Lass mich gut aussehen. Ich muss in ‹Barney's Beanery› den Kopf schön oben halten können. Okay, Billy?»

Das Stardust lag in der Brooks Avenue, im schlechten Venice, im geheimnisvollen Venice. Wenn man vorbeifuhr, sah man nur ein verlassenes Motel, Türen und Fenster vernagelt und blind, aber drinnen, hinter der rieselnden weißen Gipsfassade und den nassen Pressholzbrettern vor den Fenstern lag eine ganz eigene Welt. Ich parkte den Chevy und schloss ihn gut ab. In dieser Gegend würden sie sogar einen Bullenwagen klauen. Ich hielt einen Regenmantel über den Kopf und setzte die Füße leicht seitlich, während ich vorbei an den Pfützen auf dem Weg rannte, dann lief ich die Treppe hoch, stieß die Tür auf und befand mich plötzlich in totaler Dunkelheit und einer Ekel erregenden Hitze. Obwohl ich damit gerechnet hatte, ließ mich der Gestank nach Scheiße, Urin und süßlich verwesendem Abfall leicht würgen. Das hier war die Hotellobby oder was davon übrig geblieben war, in die nie ein Lichtstrahl drang, weil die niedrige Decke noch intakt war und Berge von verrottendem Müll fast den gesamten Raum füllten. Ein schmaler Pfad führte hinten um eine Ecke, aber wer nicht von ihm wusste, würde niemals hineinfinden. Irgendwie ein ganz schlaues Sicherheitssystem, wenn auch nicht von der Sorte, wie man sie in Bel-Air verwendete. Ich stampfte fest auf, neben mir flitzten die Ratten davon.

Der offene Innenhof kam danach geradezu als Erlösung, obwohl sich hier noch mehr Exkremente, dreckiges Klopapier, Müll, Betonschutt, verdrehte Stahlträger und alte Matratzen stapelten, die im Regen dampften. Ich blickte auf und sah immerhin den Himmel, auch wenn er auf mich herunterpisste.

Dieses verkommene Loch war mal ganz hübsch gewesen, vor zehn Jahren jedenfalls. Aber es hatte zumachen müssen, weil es sich in der Gegend für niemanden lohnte, es zu übernehmen oder auch nur abreißen zu lassen und das Grundstück anders zu verwerten. Die Zimmer lagen auf zwei Stockwerken, nach oben führten zu beiden Seiten Treppen auf einen bedrohlich schmalen Laufsteg. Alle Türen und die noch stehenden Mauern waren mit Graffiti besprüht oder mit Lötlampen angekokelt.

Es lebten immer so etwa fünfzig oder sechzig Personen hier. Manche blieben nur für ein, zwei Nächte, auf der Flucht oder ohne Alternative. Andere schlugen hier ihr Dauerlager auf. Man wollte lieber gar nicht darüber nachdenken, wie tief sie gestürzt oder wie gequält und kaputt ihre Seelen sein mussten. Manche packten es wieder und trieben genug Geld auf, um weiterzuziehen. Andere schafften es nie. Sie wohnten hier, oft jahrelang, bis sie eines Tages plötzlich aufgaben, und dann, nachdem man sie gefunden hatte (das konnte allerdings längere Zeit dauern), schlossen sich die Türen eines rotweißen Notfallwagens hinter ihnen und sie wurden abtransportiert, um Randy Justers Frühmorgenpensum zu erhöhen.

Auf halbem Wege im offenen Korridor des ersten Stocks flog eine Tür auf. Das bleiche, angespannte Gesicht der Frau veränderte sich bei meinem Anblick. «Bulle», sagte sie ausdruckslos. «Scheiße, was für 'ne Ehre.» Sie trug Jeans und ein riesiges weißes T-Shirt, das ihr bis über die Knie schlotterte und vom Regen ausgepeitscht wurde. Hinter ihr auf dem Fußboden sah ich einen Ghettoblaster und einen dieser unwahrscheinlich langen Stiefel aus rotem Kunststoff mit Zwölf-Zentimeter-Absatz, vermutlich Teil ihrer nächtlichen Uniform. Der Blick ihrer angeschwollenen Augen, die verschränkten Arme sagten: *Nada, ich weiß von nix.*

Das war so eine Situation, wie ich sie Drew Diamond niemals hatte begreiflich machen können. Als Cop, der nicht gerade jemanden verhaften musste, würde es für mich doch nur von Vorteil sein, wenn ich dieser Frau mit so viel verbindlichem, byroneskem Charme gegenübertrat, wie ich nur aufbringen konnte. Nachdem ich sie angelächelt, nach ihrem Namen gefragt und vorgeschlagen hatte, sie solle doch wieder aus dem Regen zurück ins Zimmer gehen, behandelte sie mich zwar nicht gerade wie ihren lang vermissten Bruder, aber immerhin wich die unwirsche Feindseligkeit aus ihrem Blick. Sie brachte sogar ein Lächeln zuwege und knallte mir nicht die Tür vor der Nase zu. All das hieß keineswegs, dass ich sie mit Samthandschuhen anfasste – für mich war es eine

Vorleistung für ein andermal, für den nächsten Spielzug, der dann nach meinen Regeln laufen würde.

Ich bin bald nach dem Tod meines Vaters zur Polizei gegangen, allerdings nicht deshalb, weil er selbst Cop gewesen ist. Ich war Idealist. Ich wollte helfen. Ich erinnere mich, wie ich damals das kleine Mädchen zum ersten Mal besuchte – die Kleine, die hatte zusehen müssen, wie ihre Eltern umgebracht worden waren, und dabei die Sprache verloren hatte. Ich hatte ihr einen Teddybär und ein Bilderbuch mitgebracht. Sie hatte beides mit höchst konzentriertem, gebanntem Gesichtsausdruck zwischen den Händen gewendet, hatte die Dinge in ihre Welt übersetzt, und meine Phantasie dabei war naiv und vorhersagbar gewesen: Ich dachte, wenn ich so etwas wie ihr Schicksal nur ein einziges Mal abwenden, wenn ich nur einen Menschen retten konnte, dann wäre es schon wert, Polizist zu sein. Und ich rettete ja auch Menschen, ich tat wirklich Gutes, wann immer es ging; aber für jedes Mal gab es unzählige verpasste Gelegenheiten und unklare Situationen, an denen nicht unbedingt ich oder meine Arbeit schuld waren, sondern einfach der Zustand der Welt, die eben war, wie sie war: hart, mit viel zu vielen Kompromissen und zu vielen Grauschattierungen. Ich sah Schmerz, Demütigung und zerstörte Unschuld. Ich sah viel vom Tod, und dennoch: An diesem Nachmittag, an dem ich nach der Begegnung mit der Latina-Nutte auf dem brüchigen Beton weiterlief, im Regen über den oberen Korridor des Stardust Motel rannte, da spürte ich, wie mich die Energie durchströmte, das Sausen eines Adrenalinschubs. Auf einmal war ich Corcoran geradezu dankbar. Er hatte mir gezeigt, dass ich immer noch entsetzt sein konnte. Mein Herz pochte wie ein Bootskiel, gegen den die Wellen schlagen.

Jack Brewster saß in Unterwäsche auf seinem Bett. Er war ein Schwarzer mit mageren Beinen, Halbglatze und kleinen, stumpfbraunen Augen, die wie Knöpfe wirkten. Er wohnte seit drei Jahren in diesem Zimmer und hatte sich bemüht, ein bisschen Gemütlichkeit zu schaffen. Neben dem Bett standen ein gestreifter Segeltuchstuhl, eine aus dem Sperrmüll gerettete Kommode und ein Ölofen, der stinkenden Qualm ausstieß. An eine Pappwand waren ein paar Schnappschüsse gepinnt, und er besaß sogar eine Schreibmaschine, auf der er vermutlich im Suchsystem seine Briefe ans Sozialamt tippte. Tücher aus weißer Baumwolle verkleideten die schartigen Wände. Das Wasser, das durch die Decke hereindrang, wurde in drei strategisch platzierten weißen Plastikeimern aufgefangen, die früher mal Farbe oder Leim enthalten hatten und jetzt den Rhythmus des fallenden Regens aufnahmen. Er sah mich an und begann ohne Hast, in eine Hose zu steigen. «Weißt du, was Sokrates gesagt hat?»

«Was hat Sokrates gesagt?»

«Keine Ahnung. Hab's vergessen. Wäre sicher ganz hilfreich in dieser Situation.» Sein Husten klang ungesund, wie ein Hund, der in einen Eimer voll Öl bellt. «Weißt du, was ‹Mein Freund Shane› sagt, bevor er stirbt? Ich meine: Weißt du, was der *Schauspieler* Alan Ladd gesagt hat, bevor er starb?»

«Nein, was hat Alan Ladd gesagt?»

«Irgendein Weib fragte ihn, was er in seinem Leben gerne anders gemacht hätte, wenn er könnte. Er hat geantwortet: ‹Alles.› Das gefällt mir, Mann. *Alles.* Willst du dich nur an Ruthie Pump ranschmeißen, oder bist du hier, weil du meine Hilfe brauchst?»

«Ruthie Pump?»

«Die magere Nutte, die da draußen eben so unerwartet freundlich zu dir war.»

«Ach so.»

«Sie ist ein nettes Mädchen. Wir gehen manchmal miteinander spazieren. Nein, nicht was du jetzt denkst. Hast 'ne schlimme Phantasie, Detective. Nein, wir gehen irgendwo einen Hamburger essen. Tommys berühmte Original-Burger. Sie zahlt.»

Zweimal am Tag stellte sich Jack Brewster bei der Heilsarmee drüben in Santa Monica für ein Essen an, wobei er für diese Ausflüge immer einen schwarzen Busfahrer abwartete, einen Bruder, damit er umsonst fahren konnte. Ansonsten schob er seinen Supermarktwagen durch die diversen Viertel von Venice, die finsteren Seitengassen, vorbei an Suppenküchen und den Mexikanern, die vor den Farbengeschäften und Autowerkstätten auf Arbeit warteten. Dann weiter in die Gegend der schicken Restaurants, der Künstlerstudios und der Dachgeschossausbauten für eine halbe Million – Beweis für ein anderes Los Angeles. Er hatte nichts dagegen. Er gehörte keineswegs zu den Allerärmsten der Stadt, und er akzeptierte sein Los. Jack Brewster kannte sich aus. Er hörte sich um. Er war zuverlässig und nicht aus der Ruhe zu bringen. Er hatte zwei Neffen, einer davon saß im Gefängnis; das wusste ich, denn ich hatte ihn da hineingebracht, weil er in einen Überfall verwickelt gewesen war.

«Was weißt du über Mae Richards?»

Er holte tief Luft. «Sie ist ermordet worden.»

«Das hast du gehört?»

«Die Homeboys von ihrem Sohn drehen hier gerade jeden Stein um, weil sie rauskriegen wollen, wer es war. Machen 'ne Menge Stress. Die Leute werden *sehr* unruhig.» Seine Miene drückte eine Mischung aus Schmerz und Verwirrung aus, er zog sich einen Strick als Gürtel durch die Hose, dann sank er wieder aufs Bett. «Angeblich hat jeder, der dem Jungen mal einen noch so kleinen Schaden zugefügt hat, seinen Irrtum am Ende bedauert. Ricky Lee vergisst niemals und vergibt niemals. Mein ist die Rache und die Vergeltung, sagt ja schon der Herrgott.» Er nahm ein Stück Stoff und rieb sich die kahle Stelle auf seinem Schädel. Mit demselben Lappen putzte er dann seine Turnschuhe, ein Paar weiße Nikes, und zog sie ohne Socken an. «Ich glaube, der ist wie du, Detective McGrath. Jemand, an den ich lieber nicht geraten möchte.»

Brewster, der jünger war, als er aussah, hatte ein bisschen Angst vor mir, obwohl er mich fast als einen Freund betrachtete.

«Also, wie war das mit Mae?»

«Nette Frau, wirklich.»

«Woher weißt du das denn?»

«Sie hat mir immer ihre Flaschen und Dosen gegeben, hier und da auch mal 'n Dollar. Ich hab sie in der Kirche gesehen, ich meine davor, reingehen tu ich ja nie. Sie hat viel getan, war sehr aktiv im Viertel hier, manchmal hat sie im Gemeindezentrum Klavier gespielt. Jeder hat sie gern gehabt.»

«Offenbar doch nicht jeder. Komm schon, Jack, hilf mir weiter! Ich brauche irgendwas, so wie du damals was von mir gebraucht hast.» Brewsters Neffe und ein Kumpel hatten den Laden eines Koreaners ausgeraubt; sein Partner hatte der Besitzerin mit einer 9-Millimeter ins Gesicht geschossen. Eine Zeit lang sahen die zwei einer Mordanklage entgegen, deshalb hatte ich den Fall auch bekommen, aber die Ladenbesitzerin war eine zähe Krähe und erholte sich wieder. Die Alarmkamera hatte den gesamten Überfall gefilmt und zeigte, wie Brewsters Neffe seinen Kumpel beschwor, nicht abzudrücken. Ich hatte deshalb beim Staatsanwalt ein gutes Wort für ihn eingelegt. Und da der Junge nun schon in sechs Monaten auf Bewährung freikam, schuldete mir Brewster einen Gefallen.

«Ich hab das von Charlie Corcoran gehört», sagte er. «Wie fühlt man sich da als Polizist?»

«Beschissen.»

Der Regen füllte die Eimer mit seinem stetigen Prasseln, während ich zu Jack Brewsters Schreibmaschine hinüberging. In der Maschine steckte ein eingerolltes Blatt. Was er da tippte, ging doch nicht ans Sozialamt. Es ging um seinen Vater, der in Mexiko gelebt hatte. Ich las: «Allmählich begriff ich, wie sehr er sich von den anderen Menschen unterschied, die ich kannte. Er interessierte sich nur fürs Geldverdienen. Er interessierte sich für Geld, das er *behalten* wollte, was für einen Schwarzen in Amerika ziemlich schwierig ist.»

Er ging dazwischen. «He, guck da nicht rein. Das ist rein privat.»

«Schreibst du da ein Buch oder eine Erzählung? So was in der Art?»

«Geht dich einen Dreck an.»

Ich hob die Hände. «Stimmt ja, stimmt ja. Das geht mich nichts an. Aber jetzt werd mal nicht gleich pampig.» Er knöpfte sich das Hemd zu. «Du warst mit deinem Vater in Mexiko? Interessant, wann war denn das?»

Er sah verlegen zu mir auf. Ich sagte: «Weißt du, mein Vater hatte ein ganz ähnliches Problem. Ich glaube, der hat sein Leben lang schwer gerackert, aber er kam einfach nie richtig hoch. Wenn er mal ein paar Tausender auf der hohen Kante hatte, traf er garantiert einen Buchmacher, der ihm irgendeinen todsicheren Tipp gab, und dann war alles wieder futsch.»

«Dein Vater war Spieler?», fragte Brewster.

«Er war Cop, jedenfalls eine Zeit lang.»

«So ein Cop wie du?»

«Nein, nicht so ein Cop wie ich.» Dessen war ich mir sicher, obwohl ich gar nicht genau wusste, was für eine Sorte Cop mein Vater gewesen war. Ich sagte mir immer, er sei ein guter Cop gewesen. Vielleicht wäre er drangeblieben, wenn er die Chance dazu gehabt hätte. «Hör zu, Jack, du willst ja hier nicht meine Lebensgeschichte hören, und ich hab eigentlich auch kein Interesse, deine zu lesen.» Dann fiel mir Ellens Sandwich ein, das noch in Alufolie gewickelt in meiner Tasche ruhte. «Hier. Hat meine Frau gemacht.»

«Du hast ’ne Frau?»

«Klar doch.»

«Muss ja eine tolerante Lady sein.» Vergnügt faltete er die Alufolie auf seinen Knien auseinander.

«Sie ist echt tolerant. Wir sind geschieden.»

Er lachte laut auf, während er eine Hälfte des Sandwichs in die Hand nahm und ein Stück abbiss. Im Kauen traf er eine Entscheidung. «Ein Weißer hat Mae manchmal zu Hause besucht. Anständig aussehender älterer Typ. Aber ich glaub nicht, dass er zu ihr kam, um über die Bürgerrechtsbewegung oder die neue Martin-Luther-King-Biographie zu quatschen.»

«War sie ihm Geld schuldig?»

«Ich dachte, du bist hier der Detective?»

«Wann ist er gekommen – abends oder tagsüber?»

«Immer verschieden. Er hatte so einen seltsamen Gang – irgendwie arrogant, als hielte er sich für was Besonderes.»

«Hast du je mit ihm geredet?»

«Einmal. Ich steh gerade vor dem Haus, als er in seinem Riesenschlitten vorfährt, also hau ich ihn um Geld für 'ne Tasse Kaffee an. Reicht mir der Typ einen Dollarschein rüber, ohne mich nur anzusehen. ‹Da nehmen Sie, guter Mann›, sagt er zu mir. Hatte irgendwie 'n steifen Akzent, bisschen so wie deiner.»

«Er war Engländer?», fragte ich.

«Scheiße, das weiß ich doch nicht. Hab ihn nicht gefragt. Wieso, *du* bist doch kein Engländer, oder?»

«Halb und halb. Weder Fisch noch Fleisch, noch Bachforelle.»

«*Forelle,* Scheiße, ich mag diesen Dreck nicht.»

«Dieser Mann, der vielleicht Engländer war – seinen Namen kennst du wohl nicht, was?»

«Nein, Detective, keine Ahnung. Aber es war ein reicher Sack, da kannst du sicher sein. Der hat nach Geld gerochen.»

«Und wie oft hast du ihn da gesehen?»

«Hey, hab ich mitgezählt? Mehr als ein paar Mal jedenfalls.»

«Und er war immer allein, dieser Typ?»

«Wieso fragst du?»

«Nur eine Frage.»

Er antwortete mit Bedacht. «Ja, soweit ich mich erinnere, war er allein.»

Ich versuchte, um die Ränder des Lebens dieser Frau herum zu denken. «Was hört man denn so darüber, wie Mae und ihr Sohn miteinander klarkamen?»

«Ihr war es wohl nicht recht, in was für Schweinereien er verwickelt war, aber was sollte sie schon tun? Blut ist eben dicker als Wasser.»

«Und wie steht's mit dir, Jack? Bist du Ricky Lee je begegnet?»

«Noch nie», sagte er, «und hab auch keine Lust drauf. Hab genug von ihm *gehört.*»

Er erinnerte mich daran, was Cataresco mir am Telefon erzählt hatte. «Sie war Musikerin, stimmt's?»

«Stimmt.»

«Hat sie gesungen?»

«Stimmt.»

«Hast du sie mal gehört?»

«Warum sollte ich, Detective?»

«Ich frag doch nur. Gib mir eine Chance, okay? Verschweigst du mir was, Jack? Dir ist doch klar, dass das nicht besonders schlau wäre.»

Er wählte seine Worte jetzt sorgfältig, allerdings mit leisem Spott in der Stimme. «Jawohl, das weiß ich, und nein, ich verschweig dir nichts. Wieso auch? Ich hab dir alles gesagt, was ich weiß. Sie lebte hier im Viertel, sie wurde von jedermann geschätzt, sie tat Gutes. Einmal hat sie sogar eine Theatergruppe für Kinder geleitet, glaube ich. Ihr Sohn hat sich eben auf anderen Gebieten einen Namen gemacht.»

«Und ihr Mann?»

«Gibt's einen?»

«Na, Ricky Lee muss doch einen Vater gehabt haben.»

«Vermutlich, aber davon weiß ich nix.»

«Er war irgendwie auch Musiker. Hat mir jedenfalls Ricky Lee gesagt.»

«Ich hab wirklich keine Ahnung», sagte Jack Brewster und biss nochmal von dem Sandwich ab.

10

Danny Wejahn war der einzige Vermögensberater, dem ich jemals am Tisch gegenübersitzen konnte, ohne am liebsten einschlafen zu wollen, und auch der Einzige seines Standes, der mich so ansah, als hätte ich wenigstens ein Recht aufs Weiterleben. Er war ein Freund von Ted, was vielleicht einiges erklären mag, und er hatte ein Schiff von der Größenklasse eines Trawlers im Yachthafen liegen, das er von der Beute seines letzten Firmenausverkaufs angeschafft hatte. Er war ein stämmiger, gelassener Bartträger, und auf den ersten Blick vermittelte er den Eindruck einer lässigen Nonchalance, so als wäre der Tag noch gar nicht richtig losgegangen, und er rechnete auch nicht damit, dann aber überraschte er einen mit seiner feinen, fixen Nase für Geld oder ein gutes Geschäft. Er redete nicht viel – war eher der geduldige Typ –, doch manchmal überschüttete er mich mit einem leicht vernuschelten Wortschwall. Meist ging es dabei entweder um eine seiner Exfrauen oder um das Single-Dasein, das er zwar bejammerte, aber dennoch genoss, und am Ende ließ er immer ein selbstironisches Grinsen aufblitzen, als hoffte er, ich hätte ihm gar nicht zugehört.

Wir saßen im Café einer Buchhandlung auf der Promenade an der Third Street. Danny hatte sein Schiff für die Dauer des Unwetters sicher im Hafen vertäut, wie er erzählte, und sich ein Zimmer im Georgian Hotel gleich am Strand genommen. Er nippte an einer Portion Yoghurteiscreme. Zum Ausgleich hielt er in der anderen Pranke einen Macadamianusskeks mit einem satten, dunklen Schokoladenüberzug.

«Wie läuft's bei dir?», fragte ich.

«Ein Aufruhr widerstreitender Gefühle.»

«Kommt mir bekannt vor.»

«Ja, hab dich in den Nachrichten gesehen. Du wirktest auf mich – wie soll ich sagen? – gut angezogen. Ansonsten … kein Kommentar.»

Zwei Jugendliche alberten am Nachbartisch herum, der eine hielt dem anderen Daumen und Zeigefinger gegen den Kopf, als wäre es ein Revolver. «Na, und was machste jetzt?», fragte er. «Schlägste mir die Knarre aus der Hand? Willste mich fragen: ‹Was verlangst du?› Komm schon, du hast keine Zeit zum Nachdenken. Also, was willst du tun?»

«Wie ich hörte, hast du Ted gestern erlebt, in der Galerie.»

«Ja, er war mit einer Japanerin da. Sie sah toll aus, wie das Mädchen vor ihr und die davor. Ted kennt keine Zufriedenheit. Das ist wahrscheinlich seine menschlichste und deshalb beste Eigenschaft.»

«Er hat mir erzählt, was los war. Ich soll dir ausrichten, dass er dir was schuldig ist – sogar eine ganze Menge!»

Das Unwetter schlug gegen die Scheiben der Buchhandlung – es klang wie ungedämpfte Tomtoms.

«Du solltest 'ne Lebensversicherung abschließen», sagte Danny.

«Schon versucht. Die wollten mich nicht nehmen.»

«Vielleicht wenn du dich entschließen könntest, ab und zu mal eine Kugelweste anzuziehen?»

«Die Dinger ruinieren mir die Anzüge. Außerdem hab ich ja meistens mit Toten zu tun. Von denen schießt keiner mehr auf mich. Das halte ich schon lange für einen großen Vorteil meiner Branche.»

«Jetzt sei mal ernsthaft, Billy.»

«Denkst du, ich bin's nicht?»

Ich bestellte mir einen Espresso, und wir sprachen über Geld – von dem ich irgendwie nie genug hatte. Selbst wenn ich mal welches bekam, fiel ihm sicher ein schlauer Trick ein, mir wieder zu entwischen. Ich hatte noch nie eine Verabredung absagen müssen, weil mir ein Lunch mit meinem Investmentberater von Merrill-Lynch dazwischenkam. «So sieht's also aus. Ellen geht nach Seattle. Das steht mittlerweile wohl fest. Ich will hier etwas Geld lockermachen, um ihr und Lucy beim Umzug zu helfen.»

«Du hast doch gar nichts zum Lockermachen.»

«Und was ist mit der privaten Rentenversicherung?»

«Die haben wir doch schon zu Geld gemacht, damit du dir die Anzahlung für das Apartment leisten konntest.»

«Scheiße, das hab ich vergessen. Dann verkauf ich die Hütte eben einfach.»

«Die ist weniger wert, als du noch dafür abzahlen musst.»

«Und der Porsche?»

«Jetzt mach dich mal nicht verrückt deswegen, Billy. Ellen wird's schon packen. Sie hat einen neuen Job *und* die Unfallrente von der Polizei. Du solltest dich lieber um dich selbst kümmern.»

«Ich will, dass sie alles bekommen, was noch da ist.»

«Im Augenblick wäre das aber eher peinlich. *So* sieht's nämlich aus.» Er spielte mit den Kekskrümeln herum. «Tut mir Leid, dass ich so taktlos bin, aber das ist die Wahrheit, Billy. Bei dir ist nichts mehr zu holen, egal, ob du tot oder lebendig bist. Warum machst du deine Fehler deswegen nicht lieber gleich im Leben?»

Ich wollte ihn fragen, ob er sich da wirklich sicher sei, ob er sich nicht irre. Ich hatte geglaubt, es gäbe wenigstens irgendwelche Wertgegenstände. Wenn Ellen tatsächlich nach Seattle wollte, dann war es mir ein dringendes Bedürfnis zu helfen, ihr zu zeigen, dass ich noch nützlich sein konnte. Ich empfand Verlegenheit und Scham, während Danny mich mit einem halb tadelnden, halb mitfühlenden Blick musterte. Am Nachbartisch tat gerade einer der Jugendlichen so, als würde er von einer Kugel getroffen, er torkelte nach hinten und fiel dann vornüber, mit rollenden Augen, als wenn sein Kopf gerade um das Gehirn erleichtert worden wäre.

Es war kurz vor vier, als ich den Chevy vor dem Polizeigebäude parkte und durch den Regen zum Hintereingang hineinrannte. Zwei von der Streife standen in der Tür und rauchten verstohlen Zigaretten. Drinnen war Rauchen heutzutage verboten. In dem quadratischen, grell erleuchteten Dienstraum saß nur Cataresco am Tisch unter dem Holzschild mit der qualmenden Pistole. Sie hing am Telefon, vor ihr stand ein Yoghurt mit einem Löffel drin.

Ich hörte meine Nachrichten ab, zuerst aber las ich das Fax mit einer Liste aller Häuser, die Mae Richards' kleiner Putzdienst betreut hatte. Es waren insgesamt dreißig Adressen: eine Menge Telefonate und Beinarbeit. Neben jedem Haus stand eine Buchstabenkombination; zwei- oder dreimal war es MR, vielleicht Leute, zu denen sie selbst gegangen war, oder Kunden, zu denen sie eine persönlichere Beziehung hatte? Es gab noch sechs andere Initialen – Maes Mitarbeiterinnen. Ich fragte mich, was für eine Chefin sie wohl gewesen war. Vielleicht hatte sie ja auch eine Exangestellte umgebracht, die wütend auf sie war? Das passte aber nicht ganz zu dem ungewöhnlichen Hass und Sadismus dieser Tat.

Lucy hatte angerufen, außerdem Randy Juster und Ted und ein Kripobeamter in Denver wegen eines Verdächtigen, der aus unserem Staat geflüchtet war. Cataresco hatte inzwischen aufgelegt und löffelte ihren Yoghurt.

«Diese Reporterin hat angerufen. Gerade vor ein paar Minuten, kurz bevor du reinkamst.»

«Ward?»

«Was ist denn da los? Hast du ihre Mutter beleidigt oder so was?»

«Nicht ganz.»

Ohne etwas zu sagen, rührte sie das Obst in ihrem Yoghurt von unten hoch und sah mich dann auf einmal scharf an, als wollte sie in mein Innerstes blicken.

Ich zuckte die Achseln und überlegte, ob ich Drew Diamond auf dieselbe Frage wohl geantwortet hätte. Ich war nicht sicher, aber irgendwie drängte es mich, es Cataresco zu sagen, um die Erinnerung wieder wach zu rufen. «Wir hatten mal was miteinander, und ich hab Schluss gemacht, war ziemlich heftig.»

«Hab ich gar nicht gewusst. Wann war denn das?»

«Vor fünf Jahren. Hast du mit Lucy selbst geredet?»

«Nein, Drew war am Telefon. Fünf Jahre ist aber eine verdammt lange Zeit, um immer noch sauer zu sein, findest du nicht?»

Ich rief bei der Nummer am Nowita Place an: besetzt. Den Hörer noch in der Hand, sah ich zu Cataresco hinüber. «Hat dich das mit Ward überrascht?»

«Nein, nein … doch, ein bisschen.» Cataresco tippte sich mit dem Rand ihres Plastiklöffels gegen die Zähne. «Die muss einen Haufen Geld verdienen.»

«Ja, vermutlich, inzwischen. Als ich sie damals kennen lernte, fing sie gerade erst an.»

«Sie mag dich ganz offensichtlich immer noch.»

«Jetzt hör schon auf!», sagte ich, weil mir der Gedanke auf den ersten Blick unerhört vorkam, aber ich hatte ja keine Ahnung, was ich Ward bedeutete oder wie sie mich heute sah. Ward brachte mich durcheinander, heute so wie damals. Sie stammte aus Vernon, aus dem Hinterhof Kaliforniens, etwa auf halbem Weg zwischen Los Angeles und San Francisco auf der Interstate 5. Ihr Vater hatte in einem Schlachthaus gearbeitet. Von ihm sprach sie immer dann, wenn sie ausdrücken wollte, wie sehr sie Alkoholiker und Gewalt hasste. Zunächst hatte sie in San Diego studiert, war dann auf die UCLA gewechselt und schließlich bei der *L. A. Times* gelandet – der Anfang ihrer Laufbahn in Richtung des ersehnten Rampenlichts. Ich hatte sie in der ersten Woche ihrer Arbeit bei den Polizeinachrichten kennen gelernt und sofort gemocht, weil sie nicht so tat, als ließe sie alles kalt, was sie dort sah. Sie war naiv, aber beherzt, und sie zensierte ihre Emotionen für niemanden.

«War sie der Grund dafür, dass Ellen und du, dass ihr euch getrennt habt?»

«Einer davon, obwohl ich ihr nichts vorwerfen kann. Das hab ich schon selbst verschissen. Ich begegne dieser Frau, sie ist jung, fröhlich, intelligent. Und schön. Meine Ehe ist an einem ganz bestimmten Punkt angelangt. Rundherum tun es alle anderen auch. Also denke ich: ‹Warum nicht?›»

«Weißt du, Billy, manchmal erstaunst du mich.»

«Du hast gedacht, ich hätte gar kein Sexualleben?»

«Das meine ich nicht.» Sie musterte mich belustigt, ja beinahe ironisch, als wäre sie plötzlich zu meiner klugen, verständnisvollen Schwester geworden. «Du hast echt mehr Schuldgefühle als jeder Typ, den ich kenne und der kein Jude ist.»

Die Zulassungsbehörde faxte uns eine Liste von rund fünfzig Fahrzeugen in Los Angeles, deren Nummer mit den Buchstaben GSG anfing; eines davon, ein 94er Lincoln, graue Limousine, passte recht gut auf die Beschreibung des Wagens, der am Nachmittag des Mordes vor Mae Richards' Haus gesehen worden war. Der Besitzer hieß Richard Francis, er wohnte in Malaga Bay unten in den feinen Palos Verdes Estates. Ein kurzer Griff in den Papierstapel vor mir, und ich sah – mit einem raschen, leichten Schauer der Erregung –, dass dieselbe Adresse auf der Liste der Häuser stand, die Mae Richards' kleine

Firma betreut hatte; es war sogar eine von denen mit den Initialen MR daneben.

Seltsame Verbindungen durchziehen Los Angeles wie Grabenbrüche, und mit den Jahren hatte ich gelernt, dem Zufall weder zu trauen, noch ihn anzuzweifeln. Ich nahm seine hübschen Geschenke immer ganz unvoreingenommen entgegen. Ich betrat den dunklen Wald vorsichtig und mit einem Führer; das heißt, es gibt für jedes Vorgehen Regeln, und wenn der Weg manchmal zu breit und zu leicht aussieht, dann liegt das genau daran, dass er es ist – manchmal.

Immer wieder stieß ich im Laufe einer Ermittlung auf ein größeres Muster, aus Zufall wurde Zusammenhang und manchmal sogar Unvermeidlichkeit. Es war mir so oft passiert. Morde in West Los Angeles und Downtown Los Angeles, massenhaft Morde in South Los Angeles, Morde am Flughafen, Morde auf Yachten, in Restaurants, in Autos, in Lastwagen und auf dem Pier von Venice Beach. Morde, bei denen die Leiche schon jenseits jeder Kenntlichkeit verwest war, und solche, wo das Opfer noch atmete, als ich ankam. Morde mit Schusswaffen, mit dem Messer, durch Erdrosseln, Erschlagen, Ersticken oder Vergiften, Morde mit dem Golfschläger oder siedendem Öl. Die Menschen finden immer neue Wege, einander umzubringen. Anfangs suchte ich oft nach einer Bedeutung für diese Abfolge von Mordszenen, bis mir klar wurde, dass ich selbst diese Verbindung darstellte, dass ich auf einer unendlichen Mordlandschaft wandelte. Lange Zeit dachte ich, ich würde es irgendwann verstehen. Ich dachte, wenn ich nur lange und ausdauernd genug suchte, bekäme ich einmal eine Antwort. Es gab aber nie eine, immer nur den nächsten Fall. Mein Leben wurde durch Morde verknüpft, so wie anderer Leute Leben durch Schnellstraßen, und selbst wenn ich die Mordakten am Ende schloss, verließen sie mich nie.

Die Fahrt hinunter nach Palos Verdes, über Manhattan Beach, Hermosa und Redondo, dauerte mit rund dreißig Kilometern normalerweise etwa eine halbe Stunde, aber diesmal lag ich wegen des Regens von Anfang an schlecht in der Zeit. Am Flughafen verklang der Lärm der Jets, kaum dass sie sich aus den Nebelwolken schälten und in den Schutz der Landebahnen flüchteten, während das Wasser still von ihren Tragflächen abperlte. Wo der Pacific Coast Highway sich landeinwärts nach Long Beach wandte, folgte ich weiter geradeaus den Kurven und Steigungen nach Süden, vorbei an Kirchen, sichtlich luxuriösen Einkaufszentren und Straßenlaternen, die gerade angegangen waren und im strömenden Regen hell und schwammig brannten.

Ich brauchte knapp zwei Stunden für diese dreißig Kilometer. Die ganze Zeit wählte ich Ellens Nummer und hörte immer nur das Besetztzeichen, bis endlich Lucy abnahm. «Hallo, hier ist dein Daddy. Na, was hast du heute so gemacht?»

Sie erzählte mir von ihrem Schultag, lauter Kämpfe und Verschwörungen. Dann fragte sie: «Und, hast du das Abzeichen noch?»

«Mein Polizeiabzeichen?»

«Nein, das Abzeichen auf deiner Stirn, das du gestern nach der Party hattest, genau zwischen den Augen.»

Jetzt kapierte ich. Ted hatte mir seinen Revolver so fest gegen die Stirn gepresst, dass ein Abdruck zurückgeblieben war. «Ist inzwischen weg. Muss eine Allergie oder so was gewesen sein.»

«Ich dachte schon, mit dir passiert irgendwas.»

«Wo hast du denn diese verrückte Idee her?»

«Ich hab Angst, Daddy. Am Ende wirst du ganz anders und magst mich nicht mehr, weil ich mit Mom nach Seattle gehe.»

«Willst du denn dahin?»

Die Frage war unfair. «Ich weiß nicht, na ja. Irgendwie nicht so ganz», meinte sie.

«Ist deine Mutter da?»

«Ja.»

«Kann ich mal mit ihr reden, bitte?»

Es dauerte eine Weile, bis Ellen dranging. Im Hintergrund hörte ich Musik, irgendein spritziges Klavierstück von Bach. Meine Finger krallten sich ins Lenkrad, während ich mir das Handy gegen die Wange presste. An der nächsten Ecke donnerte mir ein roter Sattelschlepper entgegen, er zitterte über die tobende See des Coast Highway heran.

«Billy?», fragte Ellen.

«Du darfst sie mir nicht wegnehmen.»

«Tu das nicht, Billy.»

Der Lastwagen fuhr zu dicht vorbei, ein scharlachroter Blitz.

«Wir hatten doch alles längst geklärt», sagte sie.

«Nichts ist geklärt. Ihr seid noch nicht weg. Der Umzug ist noch nicht passiert. Ich liebe meine Tochter.»

«O Billy», sagte sie, jetzt ganz traurig. «Das weiß ich doch, und sie liebt dich auch. Ich muss dich doch nicht daran erinnern, dass du mit alldem einverstanden warst. Und diese Liebe zwischen euch beiden wird doch auch nicht einfach verschwinden. Sie wird dich immer lieben. Sie wird immer deine Tochter sein. Sie ist stolz auf dich, und ich bin es auch.»

Es wurde langsam dunkel. Der Wagen glitt in einen Cañon inmitten von Zypressen- und Eukalyptuswäldern hinein. Zu meiner Linken sah ich an den Hängen die Häuser anderer Menschen, oder vielmehr die Lichter auf ihren Veranden, die wie orange Jahrmarktslaternen im Regendunst hingen. Schließlich sagte ich: «Manchmal kotzt du mich echt an», aber die Leitung war schon tot. Ich hörte nur noch statisches Knistern.

Ich dachte an Epiktet. «Verlange nicht, dass alles nach deinen Wünschen geschieht, sondern dass alles so geschieht, wie es eben geschieht, und du wirst frei sein.» Schön und gut. Ich kannte die gängigen Weisheiten. Ich hatte die Bücher alle gelesen, aber ich erinnerte mich auch daran, als Lucy noch behaglich im Luxushotel von Ellens Bauch lag und ich auf den grauen Schirm des Ultraschallgeräts starrte, wo ich die vier Herzkammern meiner noch ungeborenen Tochter sah. Vier schwarze Löcher, die mit jedem regelmäßigen, vorhersagbaren Pulsieren des umgebenden Muskels zuckten und sich wie durch einen Zauber bewegten. Weisheit ist das, was wir mit ein wenig Glück den verschlungenen Wurzeln der Vergangenheit entnehmen – damit unser Herz es dann prompt außer Acht lässt und sogleich in die Gegenrichtung aufbricht. Ich war wütend und versuchte, nicht darüber nachzudenken, wie viel Angst ich hatte – nicht vor irgendetwas draußen in der Welt, sondern vor dem, was mit meiner Familie und mit mir passierte.

Ich fand das Haus ohne Probleme, eine wuchtige, zweistöckige Villa über dem Meer, weiß mit grünen Fensterläden; sie beherrschte den Hügel wie ein majestätisches Schiff. Von hier oben schienen die Wellen selbst bei diesem Wetter in sauberen, wohl geordneten Linien gegen den Strand anzurennen, wie auf einem Kupferstich.

Die Eingangshalle war weit und nach oben offen, der Blick ging bis in den Giebel hinauf. Zur Rechten lag eine breite Holztreppe. An den Wänden hing Kunst, helle Sachen in Öl, große Leinwände, und am Treppenabsatz war ein riesiges Fenster eingelassen, gegen das der Regen peitschte. Die hölzernen Dielen schimmerten sandfarben unter der Versiegelung. Gegenüber der Treppe war eine offene Tür, hinter der ich fünf oder sechs Koffer sah, alle schwarz, als bereitete sich gerade jemand zum Aufbruch vor.

Ich war ein Eindringling. Ohne Durchsuchungsbefehl war ich zur unverschlossenen Tür hereingekommen, hatte noch nicht mal geklopft. Ich hatte meine Grenzen überschritten – selbst ein lausiger Rechtsanwalt würde mich deswegen zu Hackfleisch machen, falls ich diesen Burschen je vor Gericht brachte.

Klitschnass wie mein Pizzabote am Vorabend stand ich im Wohnzimmer zwischen den geschickt arrangierten Sofas und Sesseln, den orientalischen Teppichen und den Möbelstücken, die ein leises Aroma von Zitrone und Wachs verströmten. Hier hingen weitere moderne Gemälde an den Wänden, und durch eine Glastür sah ich verschwommen graue Statuen und eine weite, ins Dunkel getauchte Rasenfläche. In einem Kamin aus weißem Marmor waren Holzscheite aufgeschichtet, bereit zum Anzünden. Nirgends lag etwas herum. Fünf oder sechs Kunstbücher klemmten zwischen Bücherstützen – marmorne Pferdeköpfe – auf einem Tisch aus Glas und poliertem Stahl.

Ein Mann kam herein, um die sechzig, groß und aufrecht, mit einer wallenden Silbermähne. Seine fleckige rosa Stirn ragte über tief eingesunkenen Augen auf, die wie Plättchen aus dunkelgrünem Glas wirkten. Gewohnheitstrinker, aber trotzdem immer noch geschmeidig in seinen Bewegungen; er trug ein schwarzes Polohemd, ein weite schwarze Stoffhose und enge Slipper mit schwarzen Seidensocken. Ein langes Goldkettchen mit einem fetten Medaillon baumelte ihm um den Hals.

«Sie sind wohl der Fahrer», sagte er mit englischem Akzent und gepresster Stimme, als spräche er durch eine sehr lange Nase. «Ich habe Sie gar nicht kommen hören.»

Fünf Minuten später glitten wir die Einfahrt hinunter und waren auf dem Weg zum Flughafen. Inzwischen trug Richard Francis einen langen grünen Regenmantel über seinen schicken schwarzen Klamotten, Überschuhe aus Gummi über den Krokohalbschuhen, und ich war beim Einladen seines Gepäcks in den Kofferraum erneut pitschnass geworden.

«Nicht gerade ein eleganter Wagen, was?», bemerkte er und machte es sich bequem. Im Spiegel beobachtete ich, wie er mit spitzen Fingern an den Ärmelfalten des Regenmantels zupfte. «Der vorige Fahrer trug eine Mütze.»

«Tja, ich hab nur meinen Kopf.»

Er lachte nicht. «Wenigstens sind Sie schön pünktlich. Ich nehme die Sechs-Uhr-Maschine nach Las Vegas. Immer vorausgesetzt, es gehen überhaupt noch Flüge ab. Bei dem Unwetter.»

Selbst in der einbrechenden Dunkelheit war die Luft so von Feuchtigkeit gesättigt, dass ihr ein ganz eigenes glitzerndes Leuchten anhaftete. Sie schien fast lebendig zu sein. Von der Raffinerie in Redondo Beach blinkten gelbe und rote Lichter herüber. Die Zwillingsschlote spien Qualm aus, um die dunklen Nebel- und Wolkenbänke noch zu verdichten. Während wir die Tattle-Tale Lounge, die Coco Bakery, einen Laden namens Colored Tile und den Chic 'n' Burger passierten, kam es mir vor, als würden sich überall neue Gebäude über den alten erheben und eine neue Stadt hier gerade Formen annehmen.

«Geschäftsreise?»

«Kongress.»

«Welche Branche?»

«Ich bin Arzt, Geburtshelfer.»

«Sie holen die Babys?»

«Über fünftausend nach dem letzten Stand.»

«Toll, Doc! Und ich wette, Sie erinnern sich an jedes einzelne.»

Ich hielt mit dem Wagen behutsam am Straßenrand. Rote Lichter schimmerten in der Nässe, als hätte man allen Ampeln der Stadt die Kehle aufgeschlitzt. Ich drehte mich zu ihm um und sagte: «Erzählen Sie mir von Mae Richards.»

Er sah mich ausdruckslos an. «Was?»
«Mae Richards.»
Jetzt kehrte der scharfe Blick zurück. «Wer sind Sie?»
«Kriminalpolizei.» Ich hakte meine Marke vom Gürtel ab und hielt sie ihm nach hinten. «Billy McGrath. Ich leite die Mordkommission im Abschnitt Ocean.»
Es war, als hätte ich ihm ins Gesicht geschlagen. Als der Schock vorüber war, geriet er in Panik, fummelte an der Tür und dem Schließknopf herum, konnte aber seine Hände nicht recht unter Kontrolle bringen. «Halten Sie an. Ich will aussteigen.»
Ich wies darauf hin, dass der Wagen bereits stand, mitten in einem eindrucksvollen Platzregen auf dem Pacific Coast Highway. Wir würden ja ohnehin nirgends hinfahren.
«Das ist empörend. Das ist ein Skandal!»
Er schäumte vor Wut, und ich fand sogar, er hatte Recht. Selbst Drew Diamond wäre verblüfft über mich gewesen, und der hatte zu einer Zeit bei der Polizei angefangen, als es noch durchaus akzeptabel war, einem beliebigen Individuum zur Begrüßung ein paar Ohrfeigen zu verpassen. «Reden Sie. Mae Richards.»
«Ich kenne niemanden dieses Namens.»
Die spontane Lüge überraschte mich, und auch er sah den Fehler ein. Er sank auf dem Sitz zusammen. Am liebsten wäre er abgehauen. Der Schweiß stand ihm in kleinen Tröpfchen auf den Schläfen. Ihm war klar, dass er etwas sagen musste.
«O mein Gott. Was ist mit ihr passiert?»
«Das sollen Sie mir erzählen», sagte ich.
Sein Kopf wandte sich hierhin und dahin. Ich hatte ihn festgenagelt. «Sie wurde gestern Nachmittag ermordet. Jemand hat ihr durchs Auge geschossen. Ein Steckschuss, das heißt, die Kugel drang ihr ins Gehirn und trat nicht wieder aus.»
«Seien Sie nicht absurd. Das ist doch lächerlich. Sie lügen»,

erwiderte er und saß jetzt ganz still, nur die Augen zwinkerten. «Ich begreife das nicht, bitte.» Er senkte den Kopf, und als er wieder aufsah, hatte er sich ein paar frische Flecken auf die zarte, gereizte Haut seiner Stirn gekratzt. «Ich bin völlig durcheinander. Sie sind gar kein Polizist. Das Ganze ist ein grausamer Scherz, nicht wahr?»

Ich reichte ihm mein Handy, kritzelte eine Nummer auf einen Notizblock und riss die Seite ab. «Rufen Sie da an. Die werden meine Identität bestätigen.»

Das Telefon funktionierte aber nicht, also schwang ich den Chevy herum und fuhr zu einem Schnellrestaurant auf der anderen Straßenseite. Er hastete hinein, um zu telefonieren, während ich die Scheibenwischer im Schnellgang laufen ließ, um ihn noch halbwegs im Blick zu behalten. Nicht dass ich jetzt noch annahm, er würde mir davonrennen. Er war zwar reichlich verunsichert, aber klug genug, um zu wissen, dass er damit einen großen Fehler begehen würde.

Vielleicht ist Francis mein Täter, dachte ich, andererseits war es für Gewissheit sicherlich noch zu früh. Ich würde abwarten und ihn beobachten. Und auf der Hut sein. Selbst wenn er nicht mein Mann war, könnte er bewaffnet sein. Ich versuchte nicht, seine Gedanken zu lesen. Schon vor langer Zeit hatte ich gelernt, wie nutzlos und zugleich gefährlich das war. Es bestand immer die Wahrscheinlichkeit, dass man sich irrte, und außerdem ist das Eindringen in die Gedanken eines Mörders so ähnlich, als wenn man ein brennendes Haus betritt. Mörder sind im Grunde relativ normale Zeitgenossen, die urplötzlich in eine verzweifelte Situation geraten. Und danach werden sie in den meisten Fällen zerfressen von dem Wissen darüber, was sie getan haben. Es lebt in ihnen wie eine Made. Einmal ist mir einer ins Revier hereinmarschiert, um ein Verbrechen zu gestehen, das er zwanzig Jahre zuvor begangen hatte. Eine eigenartige Geschichte: Der Mann hatte seinen Bruder erdrosselt und irgendwo in den Hügeln vergraben. Später kaufte er das Grundstück und baute ein Haus darauf, weil er nicht mit dem Gedanken leben konnte, jemand anders könnte dasselbe tun und dabei womöglich auf die Leiche stoßen. Mit der Zeit war er absolut davon überzeugt, er werde eines Tages nach Hause kommen und dort säße sein Bruder, der frisch und munter auf ihn wartete, sodass er am Ende gar nicht mehr ausgehen konnte. Er schloss sich in diesem Haus ein, bis zu dem Moment, an dem er sich zum Gang zur Polizei zwang. «Der Kerl ist da drin», sagte er. «Wenn Sie reingehen, wird er Sie anspringen wie ein Bandit. Passen Sie bloß auf.»

Andererseits gibt es Typen wie Ricky Lee, die durchaus mit dem Wissen um ihre Taten leben können, nicht unbedingt weil ihnen das gefällt, sondern weil es ein logischer Teil ihrer moralisch verfallenen und vermutlich vorbestimmten Welt ist, in der einer den anderen frisst; sie sagen sich, das Leben ist eben hart, das gehört zum Geschäft. Dann gibt's die, denen es Spaß macht. Und schließlich solche wie Corcoran, die nie damit gerechnet haben, etwas über die schrecklichen, heftigen Augenblicke des Lebens zu erfahren, dann aber herausfinden – ja, was? Dass man mit der Hilfe von genügend Glück und einigen Anwälten sogar im Inneren des brennenden Hauses leben kann. Ich hoffte, Corcoran hatte ein paar Narben oder diese Made in seinem Inneren, die dort sitzen und wachsen würde. Sicher war ich mir nicht. Es kam darauf an, wie leicht es ihm fiel, mit sich selbst ganz allein zu sein. Oft telefonierte er ja. Oder er saß in einem Flugzeug oder hinter seinem Fahrer im Wagen. Mal suchte er eine Viertelstunde lang Schrifttypen für seine Visitenkarten aus. Mal drehte er einen Film, und da betrat er wieder eine völlig andere Welt. Dann wieder kam er vielleicht mitten in der Nacht unangemeldet bei einem Freund vorbei, und das war kein Problem, schließlich war er ja *Charlie.*

Aber es musste auch Zeiten geben, in denen er ganz allein

war. Vielleicht las er, aber das Buch würde ihn langweilen. Die Nachrichten wären zu deprimierend. Und er brächte auch nicht die Energie auf, sich ein Video reinzuziehen oder allein in seinem Privatkino zu sitzen. Was dann, wenn der einzige Gast die eigene schwankende Selbstachtung ist?

Francis stieg wieder ein, brachte frische Luft und den Duft des Regens mit. Seine Gesichtshaut hatte einiges von der gestressten Röte verloren. Er setzte eine geradlinige, gelassene Miene auf. «Hören Sie, guter Mann», sagte er und ließ mich damit wissen, wie interessiert er daran war, alles aufzuklären. «Sie haben – mir ja einen schönen Schrecken eingejagt. Und wie ich von Ihrem Vorgesetzten hörte, von Lieutenant …» – er sprach das Wort auf britische Weise aus: Lef-tenant –, «also, der sagte mir …»

«Sie meinen Larry?»

«Ja. Nette Stimme, japanischer Name.»

«Murakami.»

«Genau. Er sagte mir, dass Ihr Verhalten von vorhin keineswegs den Vorschriften entspricht.»

«Wirklich? Ich wette, dabei hat er ein paar Pingpongbälle zermalmt.» Ich zog den heraus, den ich in der Tasche hatte. «Spielen Sie? Amerikanisch *ping*, englisch *pong*?»

Francis blieb ernst. «Er war etwas durcheinander, so wie ich, aber er bestätigte mir Ihre Identität. Sagte sogar, dass Sie sein bester Mann seien und dass ich Ihnen natürlich auf jede erdenkliche Weise helfen solle.»

«Was ist mit Ihrem Flug?»

«Fällt aus, alter Junge. Verdammte Yankees. 'tschuldigung.»

Als er ausgestiegen war, hatte er wütend und verängstigt, ja angeschlagen gewirkt, aber zurück kam er mit der lächelnden Glätte eines Filmdoktors, voll des coolen Selbstvertrauens, das er vermutlich im Kreißsaal an den Tag legte. Sein zerknittertes Grinsen sollte wohl gewinnend sein, und das war es sogar, aber ich nahm mir innerlich dennoch vor, zu überprüfen, ob dieser Flug wirklich abgesagt worden war. Außerdem fragte ich mich, mit wem außer Murakami er wohl noch gesprochen hatte.

11

Das Dienstmädchen, eine Latina, brachte ein Tablett herein, und ich beobachtete Francis, der ihr zusah, wie sie Tee in grüne Schalen von Suppentellergröße goss und uns Kekse hinstellte, die kreisförmig auf einer Platte ausgelegt waren. Als sie weg war und die Tür wie aus einer kaum spürbaren Ablehnung heraus geschlossen hatte, erhob er sich, reichte mir eine Tasse und hielt einen brennenden langen Splitter unter die Holzscheite in dem Kamin aus weißem Marmor. Er wartete, einen Fuß auf die Metallstange gestellt, bis die Anzünder Feuer fingen und das Holz zu knistern und knacken begann. Seine Stimme klang ruhig und sehr sachlich. «Ich kenne Mae Richards seit – ach, seit fast dreißig Jahren. Ich habe sie von ihren beiden Söhnen entbunden: zuerst kam Henry, das war der, der später ermordet wurde, dann Ricky Lee. Damals wusste ich noch nicht allzu viel über sie. Sie war eine Patientin, sonst nichts; schwer, sie als etwas anderes zu sehen. Manchmal kam sie zu mir in die Praxis, und etwa um diese Zeit fing auch ihre Karriere als Sängerin an.»

«Erzählen Sie mir darüber ein bisschen.»

«Sie hat zwei Platten gemacht, die meisten Lieder selbst geschrieben. Sie war wahnsinnig gut. Ihr Mann hatte Trompete gespielt. Ursprünglich waren sie gemeinsam ins Musikbusiness eingestiegen. Nur war sie etwas schneller unterwegs.»

«Was ist aus ihm geworden?»

«Er spielte keine Rolle mehr, als Mae und ich zusammen waren. Sie hat nie von ihm reden wollen.»

«Zusammen?»

«Ja, Mae und ich waren ein Paar. Wie ich sehe, überrascht Sie das. Wirklich, sie war sehr talentiert. Ich wünschte, Sie hätten sie mal hören können.»

«Wie ist das passiert? Dass Sie ein Paar wurden, meine ich.»

«Es war auf Henrys Begräbnis. Sie haben ja sicher schon eine Menge Tote gesehen, Detective, aber vor dem Leichnam von jemandem zu stehen, den man auf die Welt gebracht hat – das ist schrecklich. So etwas dürfte eigentlich nicht geschehen. Für Mae war es natürlich eine schlimme Zeit. Sie hatte bald danach einen Nervenzusammenbruch. Bei der Beerdigung war sie teilnahmslos wie ein Stein. Aber ich wusste, sie würde es nicht mehr lange aushalten.»

Seine Tasse klirrte auf der Untertasse, als er sie abstellte. Mit zitternden Händen strich er sich das Haar nach hinten und schwieg ein, zwei Minuten, wobei er in das jetzt munter lodernde Feuer starrte.

«Ich weiß nicht, ob ich darüber sprechen kann.» Er schniefte etwas verlegen und senkte das Gesicht in die Hände. Seine Halskette war aus Gold, wie ich angenommen hatte, doch der Anhänger war ein gefasster Stein, ein Diamant. «Im Moment kann ich mich gar nicht erinnern, wie sie aussah. Ist das nicht entsetzlich?» Er hob den Kopf wieder, hielt aber die Augen fest zugekniffen. «Da. Hab sie wieder.»

Resigniert und traurig erzählte er mir von ihrer Beziehung, dabei unterbrach er sich des öfteren, um an seinem Tee zu nippen oder sich vom Feuer etwas Hoffnung zu holen. «Mein Gedächtnis ist wie ein Sieb. Weil ich immer noch so viel arbeite. Ich habe sie geliebt. Sie haben keine Ahnung, wie sehr. Ich hätte sie auch geheiratet, wenn es nach mir gegangen wäre, bloß sie wollte nicht. Hat mir im Laufe der Jahre mehr als einen Korb gegeben. Aber wir hatten es trotzdem schön miteinander. Die Sache wurde nie langweilig, vielleicht weil wir uns mit der Zeit nur noch zweimal im Monat trafen. Meistens fuhren wir zusammen irgendwohin. Während der Zeit, die ich sie kannte, war ich mit zwei anderen Frauen verheiratet, ohne für sie je dieselbe Leidenschaft empfunden zu haben wie für Mae. Tut mir Leid, wenn das etwas dekadent klingt.»

«Wann haben Sie sie zuletzt gesehen?»

«Vor einem Monat, auch in Las Vegas. Wir waren übers Wochenende verreist und haben uns ein paar Shows angesehen.»

«Und gestern haben Sie sie nicht besucht?»

Im Kamin zischte laut ein Holzscheit. «Ich hab's versucht, aber das wissen Sie doch längst, oder?»

«Wieso glauben Sie das?»

Er war wieder ganz weltgewandt. «Na, jemand muss wohl meinen Wagen gesehen haben. Anders kann ich mir gar nicht vorstellen, wie Sie auf mich gekommen sind. Mae und ich waren immer sehr vorsichtig, sehr diskret.»

«Warum eigentlich?»

«Ach, das war auch wieder ihre Idee. Sie sagte, so wäre es aufregender für sie. Sie wird ihre Gründe gehabt haben. Vielleicht schämte sie sich meinetwegen: ein langweiliger Weißer als Liebhaber.»

«Sie haben sie also gestern nicht gesehen?»

«Nein, sie war nicht zu Hause.»

Ich hatte nicht den Eindruck, dass er log, aber ich versuchte, in meiner Einschätzung neutral zu bleiben. Ich sah mir die Kunst an, die bei ihm an den Wänden hing – abstrakte Arrangements von Farben, so gar nichts Gegenständliches, vermutlich alles Originale. Die Bücher, die zwischen den Pferdeköpfen klemmten, waren über Picasso, Jackson Pollock, Miró. Ich hätte Ted gut gebrauchen können, um mir zu sagen, ob Francis klug investiert hatte. Höchstwahrscheinlich war er ein paar Millionen Dollar schwer. Wenn er Mae Richards umgebracht hatte, dann nicht wegen ihrer Ersparnisse.

«Hatten Sie in letzter Zeit Streit? Irgendwelche Meinungsverschiedenheiten?»

«Nicht im Geringsten.»

«Wann waren Sie gestern bei ihr?»

«Gegen zwei, halb drei. Genauer weiß ich's nicht mehr.»

«Und danach?»

«Bin ich hierher zurückgefahren. Ach nein, das stimmt nicht ganz. Wir haben einen Abstecher zum Yachthafen gemacht, weil ich sehen wollte, ob mein Boot bei dem Sturm Schaden genommen hatte. Es war aber alles in Ordnung.»

«Wir?»

«Sagte ich das nicht? Ich hatte einen Angestellten dabei, einen früheren Studenten von mir, der mir manchmal ein wenig zur Hand geht.»

«Nein, Sir, das haben Sie nicht gesagt. Sein Name?»

«Radek Gatti.» Er buchstabierte es für mich: «R-A-D-E-K G-A-T-T-I. Ich gebe Ihnen seine Nummer.»

«Und der war gestern den ganzen Nachmittag mit Ihnen zusammen?»

Er stand auf und lehnte sich wieder gegen den Kamin. Im Schein der glühenden Scheite waren seine Augen tiefe rote Löcher, von Tränen geflutet. «Wie ist sie gestorben? Wer hat sie getötet? Es war Zufall, nicht wahr? Es muss irgendein dummer Zufall gewesen sein. Ganz unvorhergesehen.» Er starrte mich an, den Kopf schief gelegt, und ließ die Fingerknöchel knacken. «Ich habe sie geliebt», sagte er mit bebender Stimme. «Ich habe sie wirklich geliebt. Nein, ich liebe sie noch immer.»

Ich hatte keine Lust, nach Hause zu fahren, also kurvte ich den Hügel von Palos Verdes weiter hinauf und dachte mir, ich könnte über den Hawthorne Boulevard in die Stadt zurückkommen und vielleicht beim Revier in der 77th Street anhalten; von dem Sergeant, der heute dort Nachtdienst schob, wusste ich, dass er mit Ricky Lee Richards auf die High School gegangen war. Ich wollte jetzt noch nicht mit der Arbeit aufhören, und müde war ich auch nicht; das war einer der ersehnten Momente, wenn ein Fall mich packte und davonriss wie einen Wellenreiter.

Der Wind hatte gedreht, deshalb peitschte der Regen nun, als ich südwärts fuhr, von hinten auf mich herab, als würden Diamanten aus Wasser über meine Schulter auf die Straße vor mir geschleudert, wo sie aufprallten oder zurückschlugen und sich am Ende mit der Flut verbanden. Durch die trübe Nacht erleuchteten die Scheinwerfer meines Chevy sekundenlang das Schild zur Wayfarer's Chapel. Ich war schon an der Biegung vorbeigefahren und auf dem Weg zur Ecke Hawthorne und 77th, als ich das Lenkrad herumriss und noch einmal zurückfuhr. Jetzt kam mir der Regen mit tausend Nadeln entgegen, während die Abzweigung und die dunkle, steile Rampe dahinter, die zum Parkplatz der Kapelle hinaufführte, mir wie ein Wasserfall entgegenkam, den ich bezwingen musste. Einmal blieb der Chevy kurz hängen, und ich dachte schon, ich würde den Hügel hinuntergespült. Dann aber schaffte ich es über das Hindernis, einen herabgefallenen Ast, der von den Rädern zermalmt wurde und in Splittern davonstob.

Der Souvenirladen war geschlossen, aber die Kapelle war offen, ein fast gänzlich aus Glas erbauter Komplex, strahlend wie ein Leuchtturm, innen aber ganz leer und still. Davor standen zu beiden Seiten sehr dicht gepflanzte Redwoods, sodass es aussah, als bildeten die Bäume selbst die Wände. Am anderen Ende, hinter dem Altar, war ein gewaltiges rundes Fenster, gegen das der Regen mit ungestümer Wucht prasselte. Ein weiterer Ast fiel herab und schlug mit Laub, Zweigen und totem Holz gegen das Glas, prallte aber ab.

Das erste Zuhause, an das ich mich erinnere, muss in Santa

Monica gewesen sein, wo meine Eltern einen Bungalow auf der 11th Street hatten, zwischen California und Montana Avenue. Ich habe kein richtiges Bild mehr von dem Haus im Kopf, nur den Eindruck von einer kleinen quadratischen Rasenfläche, gesäumt von Palmenbäumen und großen Strelitzien, wo ich auf einer Reisedecke sitze und spiele. Später in England wohnten meine Mutter und ich immer in kleinen, zugigen Wohnungen oder in Pensionen, wo über dem Klo Zettel mit komplizierten Anweisungen in meist grauenhafter Orthographie klebten. Damals war sie noch Schauspielerin und nahm jede Rolle, die sie kriegen konnte. Ich weiß noch, wie ich einmal mit heftigem Durchfall, den ich von einem besonders scharfen Curry bei einem Inder oberhalb vom Alhambra Theatre in Bradford hatte, auf dem Klo saß und *Mad* las. Sie tupfte sich gerade eine Fettschminke auf die Wangen und fragte mich im Umdrehen, wie es meinem Bauch ginge. Ihr Gesicht dabei war eine derart triste, tragische Maske, dass ich in Tränen ausbrach. Darauf lachte sie, nahm mich in die Arme und versprach mir, dass alles gut würde.

Inmitten der Verzweiflung des Daseins hegen wir immer ein paar Erinnerungen, und einige meiner besten sind mit diesem Ort verbunden, der von Frank Lloyd Wright entworfenen Wayfarer's Chapel, wo Ellen und ich an einem schönen, sonnigen, windigen Nachmittag im Mai getraut worden waren, so frisch und strahlend, wie es sich für Kalifornien gehörte. Sie war den Mittelgang fast entlanggerannt, und zwar nicht zu Mendelssohns Hochzeitsmarsch, sondern zu einer munteren, rasanten Passage aus einem Klavierkonzert von Brahms, das sie liebte, ihre Füße bewegten sich auf die Worte zu, die in Gold in die drei Betonstufen zum Altar hinauf eingraviert waren – UNSER VATER, DER DU BIST IM HIMMEL – und die ich jetzt mit plötzlicher Deprimiertheit betrachtete. Nichts von dem, was ich tat, hinterließ irgendeine größere Wirkung. Ich verlor gerade Frau und Tochter. Ich war müde und wurde von Mordakten gepeinigt. Meine Arbeit, die lange Zeit jene Krücke gewesen war, mit der ich mich hypnotisiert und mir die Welt vom Leib gehalten hatte, erschien mir jetzt als Selbstbetrug – ein verpatzter, verbitterter und auch dummer Versuch, die Vergangenheit wieder zu beleben und die Wunden irgendwie zu heilen.

Reflexion hat immer etwas Gefährliches. Viel besser und leichter ist es da, oben auf dem Surfbrett zu stehen, mittendrin im Fluss der Ereignisse, ohne nachzudenken auf die Küste zuzurasen, und dennoch muss man es auch können, sonst kommt man nicht ans Ziel; trotzdem fand ich es auf einmal ziemlich schwierig, die Frage nach Mae Richards' Mörder ernst zu nehmen. Vielleicht war es Francis, vielleicht auch nicht – er hatte jedenfalls eine gute Geschichte gehabt. Den Mord traute ich ihm noch zu, aber nicht die Verstümmelungen danach.

Der Regen prasselte von allen Seiten auf die Kapelle herunter. Meine Füße machten kein Geräusch, als ich aus der Bank trat und den Gang entlangschritt, auf die Türen zu, die im Wind ständig aufschwangen und dann durch den Luftzug wieder zugeschlagen wurden. Die Deckenpaneele über mir sahen aus wie weiche Schäfchenwolken. Als ich den Blick wieder senkte, saß er plötzlich dort, eine dunkle, massige Gestalt, einen Arm über die Lehne der Kirchenbank drapiert. Er war nicht alt, etwa Mitte dreißig, doch tiefe Furchen zeichneten sein Gesicht und zogen sich die Wangen hinauf, von den Winkeln seines ernsten Mundes hinunter sowie quer über die Stirn, unter der mich verkniffene Augen neben einer dolchartigen Nase musterten. Sein Haar steckte unter einer bauschigen schwarzen Mütze, auf der ein paar Regentropfen glitzerten; ansonsten schien er erbärmlich schlecht gegen das Unwetter ausgerüstet zu sein, denn er trug Cowboystiefel, eine schwarze Jeans und ein hauchdünnes schwarzes Seidenhemd, das am Hals offen stand und noch recht trocken aussah. Dann fiel mir der Mantel auf, der gefaltet neben ihm auf der Bank lag. Wann hatte er dazu die Zeit gehabt? Und überhaupt, wieso hatte ich ihn nicht gehört? Der Mann musste mehr als nur einen leisen Schritt haben. «Radek Gatti», sagte er, dabei stand er auf und schlug mit einem spöttischen Salut die Hacken zusammen. Seine Zähne waren weiß und kurz, wie Grabsteine. Er hatte ganz außergewöhnliche Augen, von blassblauer Farbe, wie Ausschnitte eines frostigen Winterhimmels. Ich glaubte, er wäre gekommen, um mich hier zu töten.

«Hey, guter Mann, lassen Sie das Gewehr stecken. Ich bin unbewaffnet, ehrlich. Ich sollte vielleicht mal was erklären, immerhin wirke ich hier wohl ein bisschen auffällig.» Er hatte einen harten Akzent, als wäre er nicht sicher, ob er die Sprache liebkosen oder erdrosseln sollte. «Ich war gerade auf dem Weg zu meinem lieben Freund und Arbeitgeber, Dr. Francis, und als ich anrief, um ihn von meinem Kommen zu benachrichtigen, da sagte er, dass er soeben mit dem Polizisten geredet hat, der sich auch mit mir unterhalten will, und was sehe ich da genau in dem Moment: Ein ziviler Polizei-Chevrolet rauscht durch das Tor zu seinem Anwesen hinaus. Also zähle ich natürlich zwei und zwei zusammen und folge Ihnen hierher. Keine Hexerei, nur das hier» – plötzlich zog er etwas Schwarzes aus der Jacke und hielt es in der Hand. «Irgendein Schriftsteller hat mal gesagt: Los Angeles, das sind sechsunddreißig Vororte auf der Suche nach einem Pappbecher oder so ähnlich. Na, inzwischen gibt's ein Zentrum, das hier.» Er schwenkte das Handy wie eine Fahne und steckte es wieder ein. Außerdem hatte er eine Aktentasche dabei, ein schön genähtes Stück aus Schweins- und Veloursleder, die jetzt vom Regen gesprenkelt war. «Ist eben L. A.»

«Haben Sie was dagegen, wenn wir das draußen bereden?»

«Und ob. Scheiße, da draußen stürmt der tropische Monsun!» Sein wacher Blick huschte über die Decke der Kapelle, das Kreuz und die Umrisse eines sturmgepeitschten Baums im Rahmen des kreisrunden Glasfensters dahinter. «Aha, aha, ich hab schon begriffen. Das hier ist der besondere Platz für Sie. Haben Sie hier vielleicht geheiratet?» Er steckte sich eine kecke Strähne zurück unter die Mütze und schob deren Schirm sorgfältig mit beiden Handflächen zurecht. «Ich hab sie umgebracht, wenn Sie's wissen wollen. Ja, ich habe sie getötet.» Er ließ die Hände sinken und hielt sie mir gekreuzt entgegen. «Handschellen?»

«Wie haben Sie sie getötet?»

«Erschossen, piff-paff! Natürlich habe ich sie *nicht* getötet.» Die Hände fuhren wieder hoch. «Ich hätte dieser alten Lady nicht das Haar krümmen können. Und ebenso wenig Richard, der ist ein großartiger Arzt, der sie außerdem noch geliebt hat mit gewaltiger Leidenschaft. Ich bin hier, um Ihnen das zu sagen. Er ist unschuldig. Ich war gestern den ganzen Nachmittag mit ihm zusammen.»

Ich holte meinen Notizblock heraus. «Wie heißen Sie?»

«Radek Tadeusz Gatti, geboren in Krakau in Polen, aber wann, das geht Sie einen Dreck an.»

«Adresse und Telefonnummer?»

Er spuckte sie widerwillig aus. Er wohnte unten am Yachthafen, gar nicht weit von meiner Bude entfernt.

«Wann waren Sie also gestern Nachmittag beim Haus von Mae Richards?»

«Aha, das ist jetzt wohl das Verhör. Ricky Lee Richards, den sollten Sie sich mal vornehmen. Fragen Sie ihn nach dem Geld, das er in Maes Haus versteckt hatte.»

«Sie kennen Ricky Lee?»

«No, Sir. Aber ich weiß von ihm. Tut doch jeder, oder?»

«Sie sind ihm begegnet?»

«Nein, garantiert hundertprozentig nicht.»

«Wie war das mit Mae? Wie gut haben Sie die gekannt?»

«Nicht allzu gut, nur über Richard, wissen Sie? Ich hab die beiden manchmal zusammen irgendwohin gefahren.»

«Haben Sie sie auch mal allein getroffen?»

Es war, als hätte ich im Sturm den falschen Kurs gewählt. Sein Blick wurde scharf und aggressiv. «Manchmal. Klar. Geht Sie das was an?»

«Und wie kam es, dass Sie gestern Nachmittag gemeinsam zu ihr rausgefahren sind?»

«Richard fährt nicht gerne selber im Regen.» Das brachte er mit einem Achselzucken hervor. «Er stieg allein aus und klopfte an ihre Tür. Sofort danach kam er wieder, eine Minute später, mein Bester. Hab ihn nie aus den Augen verloren. Sie war nicht zu Hause.»

«Und dann?»

«Sind wir zum Yachthafen gefahren, um nach dem Boot zu sehen. Ich wollte mal überprüfen, ob es irgendwelche Schäden unter der Wasserlinie erlitten hat, deshalb zog ich einen Neoprenanzug über und ging baden. Baden Sie gern?»

«Ich mag das Meer sehr, aber ich tauche ungern so richtig ein. Wie heißt denn das Boot?»

«*Little Knell.* ‹Knell› mit K, nicht wie der Name. Pier zweiundzwanzig.»

«K-N-E-L-L?»

«Jawoll.»

«Und was war mit der Wasserlinie?»

«Alles in Butter.»

«Wieso glauben Sie, dass Ricky Lee im Haus seiner Mutter ein Versteck hatte?»

«Diese Lady, sie hatte zwar ein ganz freundliches Gesicht, aber dahinter war sie unehrlich. Sie war nicht die, für die sie sich ausgab. Sie war eine echte falsche Schlange.»

«Und das heißt?»

«Ich weiß nicht, ob ich Ihnen das erzählen sollte, wo Richard doch so in sie verliebt war. Er hat um sie geweint, richtige große Tränen. Also, sie hatte Geheimnisse.»

«Geheimnisse?» Ich prustete vor Lachen. «Sicher doch,

aber die hatten Tut-ench-Amun und Kennedy auch, Mann. Das hilft mir nicht weiter. Geheimnisse? Was meinen Sie damit, *Geheimnisse*? Hören wir jetzt mal mit dem Quatsch auf. Sie wollen mir doch ganz offensichtlich irgendwas erzählen, das Ihren Boss entlastet, also spucken Sie's schon aus.»

«Gut», sagte er grinsend. «Sie haben Temperament, das gefällt mir. Okay, Kater Karlo, Sie wollen zur Sache kommen. Dann also los, aber nicht böse werden auf mich, mein Freund. Ich bin hier nur ein braver Staatsbürger.»

Er klappte die Aktentasche auf und holte ein schwarzes Ledermäppchen mit Reißverschluss hervor. Er zog es auf, und ich sah sechs Fotos, die alle Mae Richards zeigten.

Das erste war im Wohnzimmer des Hauses in Oakwood aufgenommen. Sie trug ein schlichtes weißes Kleid und lachte, hinter ihr sah man, verschwommen und unscharf, die Stereoanlage und die vielen Videorecorder, außerdem eine dicke rote Kerze. Die nächsten beiden zeigten sie auf einer Party, ein Glas Wein in der Hand, oder vermutlich war es Punsch, denn man sah kleine Obststücke darin schwimmen; das vierte war eine Nahaufnahme im Profil, sie allein vor einem grauen Hintergrund, und auf den letzten beiden posierte sie lächelnd im Fahrersitz eines Ferrari, der offensichtlich nicht ihr gehörte. Vier dieser Bilder zeigten sie zusammen mit einer anderen Frau, was an sich natürlich nichts zu bedeuten hatte. Bemerkenswert daran war allerdings, wer diese zweite Frau war: Charlie Corcorans ermordete Ehefrau, Denise Corcoran.

«Wie kommt es, dass ich die noch nie gesehen habe? Wo haben Sie das her?»

«Sie würden mir das doch nicht glauben.»

«Probieren Sie's doch.»

«In der Mülltonne, Kater Karlo. Es ist ganz erstaunlich, was man im Müll so alles finden kann.»

«Was soll das, Radek? Sie sehen mir nicht danach aus, als ob Sie in Abfällen stöbern würden.»

«Ich hatte auf Richard gewartet, also auf Dr. Francis, irgendwann mal draußen vor Maes Haus. Es war gerade Mülltag. Und ich sehe diese Mappe, genau so, wie ich sie Ihnen jetzt gebe, unter dem Deckel der Tonne hervorlugen. Hoppla, denke ich mir, das ist aber ein hübsches Lederetui – komisch, dass jemand so etwas wegschmeißt.»

«Haben Sie die Francis schon mal gezeigt?»

Er schüttelte den Kopf. «*C'est bien simple*», sagte er achselzuckend. «Der Ball ist bei Ihnen. Machen Sie damit, was Sie wollen.»

12

Als ich am nächsten Morgen aufwachte, war mein erster und einziger Gedanke, dass ich Lucy sehen musste. Ich war gereizt und unruhig, hatte überhaupt keine Lust, ins Büro zu gehen. Ich wollte meine Tochter in den Arm nehmen und drücken. Rasch zog ich mich an, schnallte das Holster mit der Beretta um, nahm den Fahrstuhl zur Tiefgarage und stieg in den Porsche. Erst dann sah ich auf die Uhr und merkte, dass es noch nicht mal sieben war. Ich hatte anscheinend kaum geschlafen. Um die Zeit totzuschlagen, wollte ich irgendwo frühstücken gehen und Zeitung lesen, um dann Lucy allein kurz vor halb neun an ihrer Schule abzupassen, bevor sie ihre erste Stunde hatte. Ich aß in einem Laden am Lincoln Boulevard, wo ich bei Pancakes und pochierten Eiern die Fotos betrachtete, die mir Radek Gatti gegeben hatte, und zu ergründen versuchte, weshalb ich sie noch nie gesehen oder auch nur das leiseste Gerücht von irgendeiner Beziehung zwischen Mae Richards und Denise Corcoran gehört hatte. Mordfälle sind ja immer wie eine Art Pilzgeflecht: Man findet über das Opfer alles Mögliche heraus, obwohl es im Falle Denise Corcoran nicht leicht gewesen war. Es hatte fast so ausgesehen, als wäre sie mit zwanzig aus Texas angerauscht gekommen, um ihr Leben hier ganz von vorn zu erfinden. Nach ihrer Hochzeit mit Charlie war natürlich so viel Quatsch über sie geschrieben worden, man hatte sie so häufig in all diesen Talkshows gesehen, dass sogar ihre Legende von den dicken Schichten aus Erfindungen und

Übertreibungen ganz verkrustet war. Trotzdem – Denise und Mae, die Frau des Filmstars und die Gangstermutter? Das überraschte mich doch.

In Teds Büro oberhalb der Softly Gallery war die Tür offen, und beim Betreten fand ich ein wildes Sammelsurium vor: Bilder, die an den Wänden lehnten, unausgepackte Bücherkisten, leere Flaschen und etliche, die noch halb voll waren, mehrere Computer, ein runder Gartentisch mit ein paar Plastikstühlen drum herum, ein Feldbett, auf dem ein zerwühltes Laken und eine Decke lagen, von einem Draht an der Decke hingen Oberhemden, die noch im Zellophan der Wäscherei steckten, und in einer Ecke sah ich einen wirren Kleiderhaufen, umringt von schattenhaften Stapeln alter Vinyl-LPs. Es gab einen riesigen Kühlschrank und eine teure Stereoanlage auf einem Metallregal hinter dem Schreibtisch. Nur Ted war nirgends zu sehen. Das Büro war leer. Einer der Computer war eingeschaltet, auf dem Monitor blubberten ein paar Fische.

Einmal hatte ich Ellen gefragt, wie es für sie gewesen war, als sie angeschossen wurde, als sie blutend zwischen den Glasscherben lag und dachte, sie müsste sterben. Diese Sekunden seien ihr wie eine Ewigkeit vorgekommen, hatte sie gesagt, als könnte sie in dieser Zeit mehrere Leben leben. Am unerträglichsten sei ihr aber ein Gedanke gewesen: Was ist, wenn ich doch nicht sterben muss? Was ist, wenn ich hier wieder rauskomme und weiterlebe? Dann würde ich von da an jeden Moment in ein Jahrhundert verwandeln; ich würde jeden Augenblick zählen und keinen einzigen verlieren wollen.

Es gab ein paar Dinge, die mir einmal wichtig gewesen waren, für die ich sogar mein Leben gegeben hätte: Gerechtigkeit, meine Arbeit so gut wie möglich zu erledigen, einen Fall aufzuklären. Inzwischen waren sie mir manchmal nicht mehr die Kugeln in meiner Beretta wert. In solchen Augenblicken dachte ich, wenn ich nur in meiner Familie alles wieder in

Ordnung bringen könnte, wenn mir das nur gelänge, dann würden die Dinge wieder richtig laufen, die Bäume hätten ihre Blätter wieder, und meine Verfassung würde sich vom Herbst wieder zurück in Frühling verwandeln. Dann könnte ich das neue Leben anfangen, das ohne Fehlentscheidungen. «Aber weißt du, was komisch war?», hatte Ellen dann noch gesagt. «Es ist mir überhaupt nicht gelungen, so zu leben. Am Anfang schon noch – als ich nicht wusste, ob ich durchkommen würde, und wenn, ob ich es dann ertragen könnte. Ich verlor mich selbst aus den Augen und kämpfte einfach wie eine Löwin. Aber später wurde alles Gewohnheit und das Leben zur Routine, zu einer anderen als früher, aber es war doch Routine, mit abgegriffenen Rändern.»

Mir war unwohl, so allein in Teds Junggesellenbude, und als ein Blick auf die Uhr mir zeigte, dass es langsam Zeit wurde, hinterließ ich nur einen Zettel, ich würde seine Hilfe bei etwas brauchen, und klebte ihn auf das blubbernde Maul der Computerfische. Ich wollte von ihm – oder von einem Experten, den er kannte – erfahren, ob diese Fotos von Gatti unter Umständen gefälscht sein könnten. Von meinem Gefühl her hielt ich sie für echt, aber ich wollte sichergehen. Diese Fotos machten mir zu schaffen, auch wenn ich nicht recht wusste, weshalb. Sie ließen mich zu Lucy laufen, wo ich Liebe suchte und die Gewissheit, dass ich immer noch ein guter Mensch war.

Die Carrefour School war eine schicke Adresse in der 26th Street in Santa Monica. Die Gebäude selbst sahen nicht weiter besonders aus, mehrere mit rosa Stuck verzierte Kästen entlang einem grauen Betonspielplatz, dabei waren die meisten Schüler die Kinder von Stars aus Film und Fernsehen, Regisseuren, Agenten und Produzenten, gehörten also zur selbst ernannten Aristokratie der Stadt. Deshalb hatte ich die Schule ja ausgesucht.

Sie besaß keinen Parkplatz, was nur eine ihrer Exzentrizitäten war, also musste ich am Straßenrand stehen bleiben. Als Ellen zum ersten Mal dort war, sah sie sich kurz um und bemerkte sarkastisch, sie sei überrascht, dass die hier keinen Garagenservice in Livree hätten, aber sie kapierte bald, warum ich immer den Porsche nahm, wenn ich zur Schule fuhr.

Lucy kam mit einer Horde anderer Kinder den Korridor entlanggerannt. Ich streckte schon die Arme zur Begrüßung aus, als mir klar wurde, dass hier eine Hetzjagd im Gang war. Sie wirbelte herum, wie ein gestelltes Wild, und stand den anderen gegenüber, ich zählte fünf, alles Jungen. Etwas, das wie weiße Würmer aussah, glitzerte in ihrem Haar. Weitere Spuckeklumpen zierten den Rücken ihres Jeanshemds.

Dem größten der Jungen, Tom Boggs, strömte Blut aus der Nase. Ich war seinem Vater, einem bekannten TV-Serienautor, irgendwann bei einem Elternabend begegnet. Er hatte mir erzählt, wie er in einem der Studios mal an einem Raum vorbeigegangen war, in dem sechs Typen um einen Tisch saßen und sich über die eigenen Scripts vor Lachen fast in die Hosen pissten. «Hee, Boggs, du Arschloch», hatte einer von ihnen gerufen. «Du würdest auch lachen für fünfundzwanzigtausend die Woche.» Aber das wirklich Witzige daran sei, so hatte Boggs weitererzählt, dass er selber fünfzig kassierte.

«Moment mal, Jungs!»

«Dad!», rief Lucy und sah mich voller Liebe und Erleichterung an. Auch in ihrem Gesicht und auf der Vorderseite des Hemdes klebte Spucke.

«Was ist denn hier los?»

Tom Boggs war neun, ein reicher weißer Bubi, aber angezogen wie ein schwarzer Hip-Hopper, die Baseballmütze verkehrtherum, Schlabbershorts und ein T-Shirt, das mindestens fünf Nummern zu groß war. In der Aufmachung ähnelte er Nelson, dem Jungen, den ich vor Maes Haus getroffen hatte, und die Attitüde hatte er von MTV und den Bad-Boys unter den Basketball-Stars. Und dennoch, anders als Nelson würde Tom Boggs in sechs oder sieben Jahren bei ‹Fred Segal› einkaufen und vermutlich immer noch darauf warten, dass das Leben ihm den ersten Schlag ins Gesicht verpasste – was ich in diesem Augenblick recht gern selbst übernommen hätte. Er musterte mich mit einem höhnisch-abschätzigen Blick. «Ich scheiß auf Cops.»

Lucy trommelte mit den Fäusten auf ihn ein. Ehe sie ihm die Nase noch blutiger schlug, schnappte ich sie mir.

«Ich bring dich um!», schrie sie Tom Boggs an.

«Kommt schon, Kinder, hört jetzt auf damit!»

«Mein Alter sagt, Sie sind nur 'n Stück Dreck, und Sie verdienen nichts», sagte Tom Boggs, und die anderen lachten.

«So, hat dein Vater das tatsächlich gesagt? Na, da wird er dann wohl Recht haben.»

«Und Ihr Auto ist ein Schrotthaufen.»

«Und wie!», piepste der Mutigste von den fünfen, bevor ich durch den Auftritt der Direktorin Mrs. Cervantes und ihrer Assistentin gerettet wurde, die die Situation sofort mit klarer, ruhiger Autorität unter Kontrolle brachten, wie ich, der Leiter der Mordkommission, sie in dieser Lage offenbar nicht aufbringen konnte. Die Assistentin trieb die Jungen davon, während Cervantes sich mit einem Kleenex an Lucy zu schaffen machte und die Spucke von Hemd und Haaren abzuputzen versuchte.

Cervantes war eine schlanke Mexikanerin mittleren Alters mit spitzer Nase, deren zartes Äußeres ihren ebenso regen wie zu harten Entschlüssen fähigen Verstand verbarg. Ihr Vater war nach Los Angeles gekommen, weil sie seinen Vater fast auf dem Marktplatz erschossen hätten, zusammen mit Pancho Villa. «Diese Jungen», stöhnte sie und kauerte sich nieder, um Lucy den Rücken trocken zu reiben.

«Falls Sie mal 'ne Waffe brauchen …», sagte ich.

Sie sah mich fragend an.

«Nur ein blöder Witz. Na ja, sozusagen.»

Cervantes hatte selber Kinder, die aber auf eine ganz normale Grundschule gingen, und jetzt fiel mir eine unserer Begegnungen vor etwa einem Jahr ein, als sie mir sagte, sie sei nicht ganz sicher, wie gut sich Lucy auf der Carrefour School würde einfügen können. Ich erinnerte mich auch noch an unser allerserstes Gespräch, als Cervantes mich gefragt hatte, was ich der Schule wohl Gutes tun könnte, falls Lucy aufgenommen würde. Ich hatte gesagt, mir sei nicht ganz klar, wie sie das meinte. Sie hatte 25 000 Dollar gemeint.

Ich sagte, ich würde gern allein mit meiner Tochter sprechen. Den Arm um Lucys Schulter gelegt, führte ich sie in ein leeres Klassenzimmer, wo sie sich in den Lehrerstuhl setzte, die Ellenbogen auf das Pult gestemmt, das Gesicht in die Handflächen gestützt, während ich mir das Hirn zermarterte, um ihr irgendetwas zu erzählen, ein Erlebnis aus meiner eigenen Kindheit vielleicht, das ihr bei dieser Sache helfen könnte. Neben Lucy starrte aus einem Bilderrahmen auf dem Tisch Bobby Kennedys Gesicht hoffnungsfroh zum Fenster und in den Regen hinaus.

«Dad, ist schon in Ordnung», meinte sie. «Ärsche sind das, sonst nix. Tom Boggs hat mich angespuckt, und ich hab ihm dafür eine gedonnert.» Ich wusste nie, wo Lucy das herhatte, diese Gelassenheit. Jedes Mal, wenn ich sie sah, staunte ich darüber, wie Ellen und ich sie zu einer so beharrlich eigenständigen Person erzogen hatten. Sie war so sehr sie selbst, und doch hätte ich sie immer am liebsten in die Arme genommen und beschützt. Ich begriff nie, wie sie auch nur die nächsten Minuten überlebte. Aber sie tat es, immer wieder.

«Dieses Gequatsche über mich und dass dein Dad ein Cop ist und nicht genug Geld verdient … hörst du so was öfter?»

Sie zuckte die Achseln in ihrer jungenhaften Art. «Nein, nicht so oft, nur manchmal eben.»

«Wieso hat er dich angespuckt?»

«Weil er ein Wichser ist.»

Ich lachte laut auf. «Stimmt wahrscheinlich, aber du solltest so was nicht sagen.»

«Du sagst es doch auch.»

«Deswegen bin ich noch lange nicht im Recht.» Ich musste den harten Mann abgeben. In meinen Augen standen Tränen, als ich sie an mich drückte. «Ich möchte nicht, dass du deiner Mutter sagst, was ich dir jetzt sage.»

«Ein Geheimnis?»

«Ein Geheimnis. Du bist *besser* als die. Die können dich alle mal. Am Arsch lecken. Okay?»

Sie sah mich so ernsthaft an, dass mir das Herz wehtat. «Okay, Dad. Sie können mich mal.»

«Ich fahr dich nach Hause.»

«Gleich?»

«Ja, jetzt gleich.»

«Im Porsche? Cool.»

Auf der Fahrt entlang der 26th Street, beim Freeway No. 10, wo vor einem schäbigen Apartmenthaus ein paar kahl geschorene Homeboys verdrießlich im Regen standen, drehte ich mich zu ihr und sagte: «Wie ich höre, hat deine Mutter einen neuen Freund.»

Lucy hielt den Blick in den Schoß gesenkt und spielte mit ihren Zeichenstiften.

«Entschuldige, dass ich dir nicht von ihm erzählt hab.»

Ich nahm die Hände einen Moment lang vom Lenkrad.

«Ach was, kein Problem. Wie ist der Typ denn? Ist er, na ja, so ein richtiger Stecher oder so?»

Darüber musste sie lachen. «Dad!»

«Nein, erzähl's mir ruhig, ich halte das schon aus.»

«Er ist irgendwie langweilig. Ganz okay. Nicht so wie du.»

«Ist er nett?»

«Schon, irgendwie.»

«Du solltest dir Mühe geben, nett zu *ihm* zu sein. Deiner

Mutter zuliebe.» Ich stupste sie liebevoll in die Seite. «Außerdem wird er ja wohl recht bald wieder von der Bildfläche verschwinden. Sobald ihr nach Seattle geht, oder?»

Sie schien sich dessen nicht so sicher zu sein. Wieder fixierte sie ihre Buntstiftschachtel. «Vermutlich.»

Zu Hause am Nowita Place sagte ich zu Ellen, ich wolle Lucy nicht mehr in die Carrefour School gehen lassen, keinen Tag länger. Da die beiden ohnehin in zwei Wochen umziehen würden, mache das ja kaum allzu viel aus, argumentierte ich.

«Wie lange geht das schon so mit der Schikaniererei?»

Ellen hatte ihren Rollstuhl an den Esstisch gefahren. Ich saß ihr gegenüber. Lucy war in ihrem Zimmer und hörte Rockmusik. «Ein Jahr, mehr oder minder. Wir haben darüber geredet.»

«Ein ganzes Jahr? Mein Gott!» Ich hob die Hand zur Stirn. «Und du hast mir nichts davon gesagt?»

«Dir war diese Schule doch immer so wichtig.»

«Weil ich die beste für sie wollte.»

«Es ist ja eine gute Schule.»

Der Papiervogel an der Decke schaukelte und knisterte mit den Flügeln, als ob er sich zu der Musik wiegte, die aus Lucys Zimmer kam – Led Zeppelin, das gleiche Zeug, zu dem ich selber als Teenager herumgehüpft war. Als mein Vater mir nichts hinterlassen hatte, nicht mal die Omega-Armbanduhr, die davor seinem Vater gehört hatte, war ich im Grunde sogar froh gewesen. Wenigstens ist auf diese Weise reiner Tisch, hatte ich gedacht, fest entschlossen, es bei meinen eigenen Kindern besser zu machen.

Ellen sah dem Regen zu, der das Wohnzimmerfenster hinunterströmte.

«Bedauerst du es manchmal, dass wir das zweite Baby nicht gekriegt haben?», fragte ich.

«Nein», sagte sie, ohne sich zu mir umzudrehen, mit einer Schroffheit, die mir zuerst den Atem raubte und mich dann lachen ließ.

«Hey, sei bloß nicht so herzlich zu mir, ja?»

«Zwischen uns lief's damals nicht so gut, wenn ich mich recht entsinne.»

«Es hätte ja auch alles verändern können.»

«Es hätte alles noch schlimmer machen können. Willst du einen Kaffee?»

«Danke nein. Wir hätten es schon geschafft. Wir wären zusammengeblieben.»

«Weiß ich nicht. Ich glaube eher nicht. Auf jeden Fall ist es jetzt zu spät dafür.»

«Wirklich?»

Während sie ihren Kaffee mit einem Bleistiftstummel umrührte, griff ich nach der Brandyflasche auf der Küchenplatte, goss mir einen Schluck ein und kippte ihn runter.

«Bisschen früh am Tag, meinst du nicht?»

Ich dachte an Tom Boggs und daran, wie gern ich diesen reichen dummen Bengel dafür verprügelt hätte, dass er Lucy verletzt hatte.

«Ist deine Kindheit eigentlich weit weg für dich?», fragte ich sie.

«Eine Million Jahre», antwortete Ellen und lächelte jetzt. «Billy, wir können sie nicht vor der Welt beschützen.»

«Aber wir können sie darauf vorbereiten.»

«Natürlich. Darum geht es.»

Das Glas zitterte in meiner Hand, als ich es wieder auf die Arbeitsplatte stellte. «Ich habe vorhin darüber nachgedacht, was du mir damals von deinen Gedanken nach deinem Unfall erzählt hast. Hab ich dir je gesagt, was für eine Heldin du bist? Ich weiß nicht, ob ich deinen Mumm hätte, wenn ich mit so viel Leid und Widrigkeiten konfrontiert werden würde.»

Statt mich anzusehen, starrte Ellen auf den geballten Angriff des Regens gegen die Scheibe. «Du machst mich zu einem besseren Menschen, als ich bin, Billy.»

«Trotz deines neuen Freundes. Wer immer er sein mag.»

Bei diesem Köder biss sie nicht an. Sie schüttelte nur den Kopf. «Dein Großvater hat angerufen.»

«Oh, verdammt.» Ich dachte an den alten kranken Mann in seinem Haus oben in Culver City, wie er sich Football im Fernsehen ansah und seine Waffensammlung putzte. «Dem schulde ich einen Besuch.»

«Er wollte wissen, ob's dir gut geht. Er sorgt sich um dich. Und das tue ich auch.»

13

Ich ging durch die Pfützen über einen Betonweg auf die Veranda zu, wo eine rotweiße Markise ein Vogelhäuschen und eine Windharfe vor dem Regen schützte. Aus dem dunklen Haus drang das Geplapper eines Fernsehers, irgendeine Frühstücks-Talkshow. Auf der anderen Straßenseite, vor Maes Haus, hatte man das gelbe Absperrband entfernt, die Streifenpolizisten waren verschwunden, stattdessen stand da jetzt ein junger Schwarzer im Regen, die Kapuze seines Trainingsanzugs verdeckte das Gesicht fast komplett – höchstwahrscheinlich einer von Ricky Lees Homeboys.

Ob die Frau, die an die Tür kam, für den Tag oder die Nacht gekleidet war, war schwer zu sagen. Louise Szell trug flauschige Hauspantoffeln an den geschwollenen Füßen und ein durchschimmerndes knöchellanges Gewand, das vermutlich ein Nachthemd, möglicherweise aber auch ein altes Ballkleid war. Kleine Glitzerapplikationen funkelten hier und da, ein mutiger Versuch, ebenso wie das schulterlange graue Haar, das dauergewellt und spraygefestigt war. Sie starrte mich aus harten blauen Augen durch eine Stahlbrille an, und ihr Gesicht bemühte sich vergeblich, Wangen und einen Mund anzudeuten, ging aber stattdessen in einer schwabbelnden Masse aus Doppelkinnfalten unter. Ein Plastikröhrchen mit einem Verschluss darauf ragte ihr aus der Kehle. Sie dürfte gerade eine Operation hinter sich gehabt haben.

Wir brachten die übliche Prozedur hinter uns, während sie

erzählte, sie habe schon mit der Polizei gesprochen. Dann entdeckte ich einen weißen Briefumschlag im Schlitz ihres Briefkastens, zog ihn heraus und gab ihn ihr. Das triefende Kuvert kam von der Telefongesellschaft GTE.

Ihre plumpen Finger rissen wütend die Rechnung auf. «Mae ist tot, oder? Ganz egal, wie viel Sie mich fragen, das macht sie auch nicht wieder lebendig. Sind Sie Amerikaner?»

«Ja, Ma'am, das bin ich.»

Das schien sie zu besänftigen. «In dieser Stadt gibt's ja kaum noch Amerikaner», meinte sie und führte mich in ein Wohnzimmer, das nicht nur bemerkenswert wegen der darin herrschenden Dunkelheit war, sondern auch wegen des dicken Flauschteppichs, der diversen Ventilatoren, die einem die Kehle austrockneten und die Luft abdrückten, und des riesigen Fernsehers mit Flachbildschirm weiter hinten, auf dem die Figuren flackerten wie ferne Haifische in einem Aquarium. «*Huffy!*», rief sie und ließ die Telefonrechnung zu Boden fallen. «*Huffy-Marie!*»

Ein kleiner weißer Hund kratzte an der Küchentür, wuselte über den Teppich herbei und sprang neben ihr hoch. Über dem Sofa hingen Poster von Bruce Willis, Schwarzenegger und Stallone. «Meine Bodyguards», sagte sie kokett.

«Ich hatte gehofft, Sie könnten mir vielleicht etwas über diese Bilder erzählen.» Ich kauerte neben dem Sofa nieder, öffnete die Mappe und legte die Fotos langsam vor ihr aus, die sie ausdruckslos und ohne sichtbare Gefühlsregung betrachtete; sie nahm aber auch keine Sekunde den Blick von ihnen. Als ich fertig war und sie wieder weggesteckt hatte, stieß sie einen kolossalen Seufzer aus, als hätte ihr jemand die ganze Luft herausgelassen.

«Hat doch keiner je erfahren sollen.»

Ich sagte nichts dazu. Mein Blick ließ ihr Gesicht jetzt nicht mehr los.

«Mae hat ein ausgeprägtes Mitgefühl gehabt, wissen Sie. Sie

brauchte einen nie fragen, wie's einem geht. Ob jemand schlecht drauf war oder gut gelaunt, hat sie aus zwanzig, dreißig Meter Entfernung auf der Straße gesehen. Und sie wollte diese Kleine beschützen, nicht sich selbst.»

«Denise Corcoran?»

«*Huffy!*», schrie sie den Hund an, der aus dem Zimmer witschen wollte. «Huffy-*Marie*!»

Sie erhob sich gerade, um das Vieh zu verfolgen, da fragte ich: «Sagen Sie, ich sterbe fast vor Durst. Könnte ich vielleicht ein Glas Wasser kriegen?» – mein Vorwand, ihr am Fernseher vorbei zur Spüle und der Küchenzeile zu folgen, wo sie Trockenfutter für den Hund in einen Napf prasseln ließ, dann ein Glas Wasser für mich füllte und sich selbst einen ordentlichen Schluck Supermarktwodka eingoss. Eine Luftblase wackelte durch den Trinkwasserkühler und platzte, während sie mit Märtyrermiene ihren Wodka kippte. «Denise Corcoran», schnaufte sie. «Was für ein Weib.» Mit einem Küchentuch tupfte sie sich pingelig die Lippen trocken. «Na, aber sie hat wohl den Preis dafür gezahlt.»

Ich fragte höflich, ob ich ihr noch einen Wodka einschenken dürfte. Oder sollte ich ihr lieber Tee kochen? Sie wählte die zweite Dosis Alkohol und schüttete sich den Drink brav hinein. «Wie meinen Sie das? Was war sie denn für ein Weib?»

«Kennen Sie die Geschichte über sie und ihren ersten Freund, den sie hatte, lange bevor sie Charlie kennen lernte?»

«Sicher», sagte ich. «Die kennt doch jeder.» Damals in Texas hatte Denise, noch als Teenager, den Basketballstar ihrer High School geheiratet, einen dieser Typen, an deren Jugendruhm man sich noch ein Jahrzehnt später erinnerte. Dabei hatte er inzwischen sogar seinen Job als Verkäufer in der Nachtschicht im Supermarkt verloren, arbeitete irgendwo in einer Kneipe und half gelegentlich auf Baustellen, wenn es welche gab in diesem bettelarmen Ort mitten im Dürregebiet von Texas. Er war zu versoffen fürs Militär gewesen und zu stolz, um Sozialhilfe zu beantragen, also hatte er sich an Denise gerächt, wie zu erwarten war, indem er herumvögelte, sie verprügelte und einmal derartig misshandelte, dass sie ins Krankenhaus musste. Sie machte sich aus dem Staub, als er eines Tages sternhagelvoll mit der Schrotflinte auf den Knien im Schaukelstuhl eingeschlafen war, und nahm den Greyhound bis nach Las Vegas. Dann kam die Scheidung, und drei Jahre der Verwandlung später sank sie in die Arme von Charlie Corcoran – ein amerikanischer Traum.

«Alles Quatsch», sagte Louise Szell. «Jedes Wort eine Lüge. Diesen Basketballspieler hat's nie gegeben.»

Ich schaltete den Wasserkocher ein. Was mich betraf, hatte mir Louise bis jetzt nichts Neues erzählt. Ich hatte ja im Fall Corcoran monatelang ermittelt und auch einmal mit dem Vater von Denise in Austin telefoniert, der keinen Kontakt mehr zu ihr hatte, mir aber die Geschichte über ihre erfundene Vergangenheit erzählte: das reinste Märchen, auf das sie und Charlie sich aber offenbar geeinigt hatten, weil es so hübsch für die Medien klang. Beim Prozess war die Geschichte nicht erwähnt worden, weil sie für keine der Seiten von Nutzen war. «Darf ich?», fragte ich. «Ich hätte selbst gern einen Tee.» Eine matte Kakerlake wanderte apathisch über den Küchentisch.

«Nur zu», sagte sie. «Einen Ehemann hat's schon gegeben, aber der war anständig, nur ist sie ihm trotzdem durchgebrannt», und wie zur Bekräftigung ging sie selbst davon, zurück ins Wohnzimmer, wo sie sich wieder aufs Sofa setzte und in Richtung eines Video-Stapels unter dem Fernseher nickte. Die Brille ließ sie grimmig und verblüfft zugleich aussehen. «Hab mir alle seine Filme aufgenommen.»

«Von Corcoran?»

«Huffy-*Marie*!», rief sie, und der Hund flitzte aus der Küche herbei, um neben ihr Männchen zu machen.

«Weshalb sollte niemand von den Bildern wissen? Haben Sie Angst?»

«Vor wem sollte ich Angst haben?»

«Das sagen *Sie* mir.»

«Ich hab vor niemandem Angst.» Ihre Finger spielten mit den Löckchen am Hals des Hundes. «Da gibt's noch ein Foto, das ich Ihnen zeigen könnte, wenn ich wollte.» Sie beugte sich vor, wie um den Atem anzuhalten, in den Augen noch immer dieser leere, fast betäubte Ausdruck.

«Haben Sie Schmerzen, Louise? Brennt Ihnen die Kehle? Kommen Sie, ich bringe Ihnen noch einen», bot ich an und entwand das leere Glas widerstandslos ihren Händen. In der Küche goss ich ihr den nächsten Wodka ein.

«Sie hat mal zusammen mit Mae unten in diesem kleinen Theater gearbeitet. Sie malte Landschaften auf Bestellung, kleine Jobs in der Art. Denise verstand sich als Künstlerin, wissen Sie?»

«Hab schon gehört.» In einer verborgenen Küchenecke bei den Corcorans, weit weg von Charlies Picassos und Warhol-Zeichnungen, hatte ich ein primitives, aber sehr kraftvolles Gemälde hängen sehen, eine weibliche Figur als dunkle Silhouette vor grauem Hintergrund, bei der der Blick sofort, wie es auch beabsichtigt war, in die Bildmitte gezogen wurde – auf eine brennende Vagina. Drew Diamond hatte etwas verlegen herumgedruckst und dann nur den Kopf geschüttelt: Waren diese Leute denn weich in der Birne, oder was?

«Was ist mit Charlie selbst? Haben Sie den je kennen gelernt oder mal bei Mae gesehen?»

«Was zum Teufel hätte der in diesem Viertel schon verloren?» Mit einem Schluck leerte sie das wieder aufgefüllte Glas. «Er wollte ja nie was mit den Freunden von Denise zu tun haben. Nicht mal mit seinem eigenen Baby.»

«Er und Denise hatten ein Kind?!»

Zehn Minuten und zwei weitere Wodkas später erzählte sie

mir die Geschichte. Denise Corcoran hatte knapp ein Jahr nach ihrer Heirat mit Charlie ein Baby mit Down-Syndrom zur Welt gebracht. Er war dafür gewesen, die Schwangerschaft abzubrechen, Denise wollte das aber nicht, worauf Charlie gesagt hatte, er wolle nichts mit dem Kind zu tun haben. Denise hatte ihm das nicht abgenommen und die Sache durchgezogen, aber er hielt sein Wort – zumindest in dieser Angelegenheit.

Louise reichte mir das versprochene Foto, das sie im Schlafzimmer gehabt hatte. Es zeigte Mae und Denise mit einem süßen kleinen mongoloiden Jungen von etwa drei Jahren. Louise musterte mich durch ihre dicken Brillengläser und nahm offenbar an, sie könnte mir den Rest der Story so vermitteln, wie bei Rabelais der Thaumast dem Panurge die Philosophie erklärt: durch nichts als Grimassieren mit Augen und Mund. Sie war ebenso nervend wie schwatzhaft, und sie genoss die Macht ihres Wissens. Irgendwann musste ich doch fragen: «Und weiter?»

«Na ja», sagte sie und legte sich einen blassen, plumpen Finger auf die Lippen. «Er kam dann zu ihrer Schwiegermutter, der Mutter von diesem Kerl unten in Texas. Charlie zahlte für alles. Und zwar eine hübsche Stange Geld.»

«Wie heißt denn der kleine Junge?»

«Andy. Der Ex von Denise hat ihn drei-, vielleicht viermal hergebracht, ohne dass Charlie davon wusste.»

«Verdammt. Wieso hat Mae von alldem nichts der Polizei erzählt?»

«Für die Polizei hat sie noch weniger Zeit gehabt als für mich, und das ist schon wenig.» Sie hob den Hund mit beiden Händen hoch und drückte ihn an sich. «Huffy-Marie, ob dieser Mann hier wohl rausfinden wird, wer Tante Mae umgebracht hat? Glaubst du das? Du hoffst es jedenfalls, was, Kleines? Aber du hast auch starke Zweifel.»

Ricky Lees Homeboy war wirklich nur ein Junge, ein ziemlich schmales Hemd, der Wind trug die kleine Gestalt fast davon, aber er tat sein Bestes, den harten Mann zu mimen, als ich über die Straße auf ihn zuging. Im Näherkommen merkte ich, dass ich sein Gesicht kannte. Es war der Junge von neulich.

«Hey, Nelson, was tut sich, Alter?»

Darauf grinste er, dann fiel ihm ein, dass er das nicht tun sollte, also setzte er wieder die knallharte Miene auf.

«Tu mir einen Gefallen und geh nach Hause, ja, Nelson?»

Vielleicht würde Nelson es überleben, oder er schaffte es sogar an die Spitze wie Ricky Lee, aber seine Chancen standen schlecht. Für ihn war Ricky Lee so was wie ein Filmstar, ein gefährliches und unerreichbares Ideal. Wahrscheinlich würde er bei dem Versuch sterben, so wie er zu werden; wenn er Glück hatte, endete er im Knast. Ihm fehlte das Bankkonto, um sich sowohl vor uns wie vor den Verletzungen der Straße zu schützen.

Ich kannte hart gesottene Ghettobullen, wirklich abgefeimte Cops aus den Drogeneinheiten, die sich geradezu ein Bein ausgerissen hatten, um Jugendliche wie Nelson zu retten. Sie wussten, dass es Blödsinn war, dass die Jungs schon viel zu tief in dem vorprogrammierten Ablauf drinsteckten, aber sie konnten trotzdem nicht damit aufhören. Sie mussten daran glauben, dass sie wenigstens hier und da einmal etwas verändern konnten; ansonsten bestand ihr Job ja vor allem darin, die Jugendknäste zu füllen und den Reißverschluss von Leichensäcken zuzuziehen.

«Ich geh jetzt in das Haus da rein. Sag Ricky Lee, ich lass ihn schön grüßen, okay?»

Verdutzt und meinem Blick ausweichend blieb Nelson auf seinem Posten, und so ging ich erneut den Gartenweg von Mae Richards' Haus entlang. Ich komme immer gern nach ein paar Tagen an einen Tatort zurück. Beim ersten Mal macht man einen Haufen Fotos und schreibt alles auf, obwohl man weiß, dass das meiste davon überflüssig ist; der Cop-Ausdruck dafür lautet: Man sammelt «Zunixgut». Aber man sichert sich eben ringsherum ab, andernfalls kriegt man bei Gericht unerwartet irgendwas vor die Füße geknallt. Beim zweiten Mal aber, wenn die Plattfüße weg sind, das Haus leer ist und man schon ein bisschen mehr über den Fall weiß, dann hat man Zeit, nach dem verräterischen Detail zu suchen.

Ein Mord ist immer dreckig und real, er wird manchmal geplant und eingefädelt, häufig aber auch nicht, und selbst in den Fällen, wo ein Mord vorsätzlich geschieht, findet sich oft keinerlei Hinweis darauf, es gibt nur die Realität, mit all ihren Zufällen und Widersprüchlichkeiten, viele Tausende von Fakten, die es festzuhalten und in der Mordakte aufzuspießen gilt, ehe man eine Interpretation auch nur versuchen kann. Gelegentlich passiert es auch, dass all dieses Zeug einen behindert und stört, so wie Nippes und Staub in einem Antiquitätenladen, und am Ende übersieht man dann den Schatz. Würde ich auch nur ein einziges Mal wirklich jedes Detail in eine Mordakte eintragen, wäre das sterbenslangweilig und dauerte Monate. Es wäre im wahrsten Sinne des Wortes ein ewiger Indizienprozess.

Aus der Sicht des Polizisten ergibt es natürlich immer eine Geschichte, die meist dieselbe Struktur aufweist: ging dorthin, sah dieses, sprach mit jenem. Der *Nutzen* dieser Geschichte hängt davon ab, ob der Fall gelöst wird. Wenn nicht, ist es nur der Weg in ein Labyrinth ohne Mittelpunkt.

Maes Haus war dunkel und kalt, der Geruch der Feuchtigkeit stieg bereits von den Fundamenten in dem nicht mehr beheizten Holzbau auf. Das Dach hatte einen Schaden, der Regen tropfte von einem Querbalken im Wohnzimmer herab und platschte *patta-patta-pat* auf ein schon völlig durchnässtes und mit Putz übersätes Sofa. In der Küche, wo ihre Leiche gelegen hatte, marschierte eine Ameisenkolonne die Tischplatte hinauf und auf der anderen Seite wieder hinunter, um die süße Erdbeerbeute davonzutragen. Die hatte ich ganz vergessen. Wenn die Leiche abtransportiert und die Spurensicherung fertig ist, lässt man das Chaos eines Tatorts so zurück, wie es ist. Wenigstens war es nicht allzu heiß. Dann gibt es immer ein Fliegenproblem.

Ich überlegte, ob ihr das Haus wohl gehörte. Vermutlich, immerhin wohnte sie schon über zehn Jahre hier; hatte Cataresco das nicht gesagt? Ich erinnerte mich, wie Ellen und ich das Haus am Nowita Place gekauft hatten, knapp über einen Kilometer von hier entfernt. Es war ein erhebendes Gefühl gewesen. Das gehörte nun uns, wir konnten empfangen und rauswerfen, wen wir wollten, kommen und gehen, wie es uns beliebte, uns Pizza liefern lassen und für immer im Bett bleiben.

Ich sah mir ihre CDs an: Ella Fitzgerald, Frank Sinatra, Billie Holiday, Diana Ross, Roberta Flack, Dionne Warwick, Whitney Houston, Charlie Parker, Dizzy Gillespie, Oscar Peterson – jeweils umfassende Sammlungen. Keine Frage, dass die Lady auf diesem Gebiet Geschmack hatte. Bei den Büchern ging es etwas eklektischer zu: drei Bibeln, eine Anthologie mit erhebenden Gedichten, eine New-Age-Anleitung für das Leben ab vierzig, die Biographie von Sidney Poitier und etliche Kochbücher. Sie war in die Kirche gegangen, sie hatte gelesen und Essen zubereitet, sie hatte gearbeitet. Sie hatte ein Verhältnis mit einem reichen Arzt unten in Palos Verdes gehabt. Insgesamt war sie ziemlich aktiv gewesen. Ich dachte über die Geschichte nach, die Radek Gatti mir erzählt hatte: Falls Ricky Lee wirklich so blöd war, hier sein Geld zu verstecken, hätte das schon Grund genug für jemanden sein können, sie umzubringen. Andererseits hatte es weder Anzeichen für einen Einbruch gegeben, noch war das Haus durchwühlt worden, außerdem erklärte ein solches Szenario auch nicht die Misshandlungen.

Draußen jaulte irgendwo eine Autoalarmanlage. Durch das Fenster sah ich, dass der kleine Nelson weg war, möglicherweise ging er jetzt zu Ricky Lee, um Bericht zu erstatten, oder er wich nur dem kurz gewachsenen, dunkelhaarigen Mann aus, der gerade die Straße entlanghastete, das Gesicht von dem hochgeklappten Kragen eines langen schwarzen Regenmantels verdeckt. Louise Szell stand unter dem Schutzdach ihrer Veranda und hielt ihren Hund in den Armen wie ein Baby. Ich konnte mir gut vorstellen, dass Charlie Corcoran Denise dazu gezwungen hatte, ihr behindertes Kind wegzugeben. Er war eitel, arrogant und trotz seiner zurückhaltenden Art intolerant gegenüber Unvollkommenheiten, außerdem war er geradezu gnadenlos in seiner Egozentrik. Während der Verhandlung hatte ich zweimal gesehen, wie er einem seiner Anwälte beinah ins Gesicht sprang, nur weil der bei einer kleinen Verfahrensfrage gepatzt hatte.

Ich sah die übereinander gestapelten Videorecorder an und fragte mich, wozu sie wohl so viele Geräte gebraucht hatte. Es lagen nämlich erstaunlich wenig Videos herum; hier gab es kein Charlie-Corcoran-Gesamtwerk. Im Staub auf dem obersten Recorder fand ich einen Schlüsselbund. Als Cop mag ich Schlüssel schon rein instinktiv. Sie verheißen Spuren, öffnen Türen – zu Garagen, Lagerhäusern, Autos mit Geheimnissen darin, vielleicht sogar zu einem Schließfach.

Es waren insgesamt acht Schlüssel an einem Ring, von dem zwei massiv goldene Anhänger herunterbaumelten, die beiden Theatermasken der Komödie und Tragödie. Eines der goldenen Gesichter auf meiner Handfläche lächelte mich an, das andere zog eine traurige Miene. Zum ersten Mal hatte ich ein solches Paar am Hals eines toten neunzehnjährigen Gangsters in Culver City gesehen, der vor einem Kindergarten erschossen worden war, als er gerade auf seine kleine Tochter gewartet hatte. Komik und Tragik galten viel bei den harten Jungs. Selbst der kleine Nelson verstand bestimmt schon was davon. Auf diese Weise sahen sie ihr Leben: Es war einfach und dramatisch, und nur zu leicht konnte es innerhalb eines Augenblicks von dem einen in das andere umschlagen. Es half ihnen dabei, den Tod nicht als einschneidendes Ereignis im Leben, sondern als unvermeidlichen Teil des Spiels zu sehen. Es passte zu ihrem pathetischen Lebensgefühl.

Ich drehte die kleinen Masken mit dem Finger um. Die Komödie hatte in jeder Wange einen winzigen eingefassten Diamanten, und bei der Tragödie war in die Rückseite der Stirn eine Widmung eingraviert, die so klein war, dass ich sie mir dicht vor die Augen halten musste: «Für Mom von Ricky Lee. Ich habe ihn auch geliebt, und ich werde nie aufhören, dich zu lieben.»

Die musste er ihr beim Tod seines Bruders geschenkt haben. Was hatte er dazu gesagt? Diese zwei Schläger sind längst hinüber, im Einsatz verschollen. Ich fragte mich, ob Ricky Lee selbst abgedrückt hatte, oder vielleicht hatte er ein Messer genommen; nein, die Automatik war die gängige Waffe der Gangster für Hinrichtungen, mit leicht nach unten abgesenkter Hand gehalten, ein affiger Stil, den heutzutage sogar Filmschauspieler nachahmten – dumm und höchstens dann nützlich, wenn das Opfer keine dreißig Zentimeter vor einem im Staub kniete. Kein Cop und kein Soldat würde eine Waffe jemals so halten.

Mae Richards war mitten ins Gesicht geschossen worden, direkt von vorn, auf die gewaltige Distanz von einem Meter. Sie hatte ihren Mörder angesehen, genau wie Denise Corcoran. In beiden Fällen waren die Täter noch frei; sie atmeten, lachten und liebten unbehelligt.

Komödie und Tragödie: Ich drehte die beiden Masken so, dass die Gesichter mir wieder zugewandt waren, und fühlte den unebenen Rand des Goldes an den Fingern. Draußen war das Gejaule der Autoalarmanlage verstummt. Man hörte nur noch das Prasseln des Regens auf dem Dach und gegen die Fenster. Drinnen in der Küche war es so dunkel wie die Nacht. Komödie und Tragödie, Geschichten und Hintergründe, These und Antithese; auf einmal gingen mir ein paar neue Ideen im Kopf herum. Es gibt ja immer zwei Arten, einen Mord zu betrachten. Bei der einen rekonstruiert man das Verbrechen, bohrt sich quasi von diesem Moment der Gewalttätigkeit aus rückwärts in die Vergangenheit hinein. Bei der anderen bedenkt man, dass für den Mörder oder die Mörderin und ihren engsten Kreis der Mord ja nicht das Ende, sondern einen neuen Anfang bedeutet. So was schlägt immer Wellen.

Wir Cops sehen den Schmutz, die Verwüstung, das Durcheinander, doch wir sind auf eigenartige Weise geschützt. Wir brauchen uns nicht damit abzugeben, wie man in dieser Welt leben soll. Wir tun es natürlich doch, aber wir sind eher schlecht darin, weil wir unsere eigene, abgeschottete Welt bewohnen, eine Welt der Gefahr und plötzlichen Anspannung, wo Gut und Böse scharf voneinander abgegrenzt sind, es aber auch höchst unklare Situationen gibt, eine so gewalttätige und andere Welt, dass man meinen möchte, wer in der normalen lebt, könne keinen blassen Schimmer davon haben.

Als Bulle von der Mordkommission ging ich in verschiedene Welten hinein und auch wieder hinaus – ich musste das sogar tun –, aber ich war nur sicher, solange ich in meine eigene Welt heimkehren konnte, in die geschützte Umgebung des Reviers und des Dienstraums, in die sichere Ordnung meiner Mordakten. Sollte ich versuchen, ständig in eine der anderen Welten zu wechseln, beginge ich das, was bei Wittgenstein als eine Verwechslung der Kategorien beschrieben wird.

Zwei Morde: Mae Richards und Denise Corcoran.

Zwei Welten: die des Mörders von Mae und die von Charlie.

Komödie und Tragödie: Als ich die beiden Masken zum Mund hob und damit über meine Lippen strich, um das glatte Gold zu spüren, hatte ich das berauschende Gefühl, als würden verschiedene Sphären unvermutet aufeinander prallen. Ich war erregt, ja ich bebte vor Spannung, als wäre diese Veränderung in meinem Universum dadurch verursacht, dass ich ein Buch aus dem geheimsten, verbotensten Winkel der Bibliothek genommen hatte – ich konnte kaum ruhig bleiben. In meinem Kopf blätterte sich gerade eine Seite um, und ich wusste, was zu tun war.

Mae Richards war ermordet worden, und Charlie Corcoran hatte man von einem Mord freigesprochen, den er garantiert begangen hatte. Zum Zeitpunkt von Maes Tod war er in Haft gewesen, aber ich könnte ihn als Verantwortlichen im Hintergrund hinstellen. Immerhin war ich doch ganz schön clever. Ich hatte meine Ausbildung und meine Auszeichnungen, und niemand würde mir so etwas zutrauen. Das wäre ja das Schöne daran. Und außerdem war es eine so elegante, perfekte Lösung – eine geradezu romanreife Geschichte. Ich würde Corcoran an Ricky Lee ausliefern. Ich würde das Geld nehmen und Ricky Lee davon überzeugen, dass Charlie Corcoran seine Mutter ermordet hatte. Es war perfekt.

Der Regen trommelte noch immer gegen das Dach und die Wände des Hauses. Es war Zeit zum Gehen. Ohne nachzudenken, schob ich mir das Schlüsselbund in die Tasche, während ich die Küche verließ und durch Mae Richards' Wohnzimmer auf die Tür zuging. Ich schloss die Hand um Komödie und Tragödie.

14

Als wir den Hintergrund von Dr. Richard Francis ermittelten, fanden wir heraus, dass er in Southampton geboren war und zuerst in Oxford, dann am Londoner St. Thomas Hospital studiert hatte. Nach Amerika war er Ende der sechziger Jahre gekommen und hatte zuerst in Chicago, später in Los Angeles gearbeitet. Er war ein gebildeter Mann. Er besaß fast so viele Diplome und Titel, wie ich Mordfälle geklärt hatte, und jetzt, da er langsam alt genug war, um sich zur Ruhe zu setzen, wollte er seine Praxis verkaufen. Ihm gehörten eine Wohnung in Manhattan am Riverside Drive, das Haus in Palos Verdes, zwei Mercedes, der Lincoln und die Yacht am Hafen, mit der er nicht sonderlich oft segelte. Er aß in Restaurants, er spielte, wenn auch in Maßen, und ganz offensichtlich war das Interessanteste und Ausgefallenste an ihm diese langjährige Liebesbeziehung zu einer schwarzen Frau mittleren Alters aus Oakwood gewesen. Sie hatten einander unverkennbar sehr gern gemocht. Neben der Leidenschaft musste auch gegenseitige Achtung eine Rolle gespielt haben.

Ich war im Reviergebäude. «Jetzt stehst du seit fünf Minuten vor diesem blöden Getränkeautomaten. Fällt dir wohl sehr schwer? Na, ich werd für dich wählen», sagte Cataresco, drückte mit der flachen Hand einen Knopf und fing die Dose auf, als sie unten herauskullerte. «7-Up. Koffeinfrei», sagte sie, riss die Dose auf und reichte sie mir. «Mist, das war mein Fingernagel.»

«Sieh es mal so: Wenigstens hast du sie nicht mit den Zähnen aufgemacht.»

«Was beschäftigt dich, Billy?», fragte sie und ließ das Grinsen langsam aus ihrem Gesicht verschwinden. Sie lehnte sich gegen den Automaten. «Du bist zerstreut. Darf ich das mal sagen?»

«Klar doch», antwortete ich und nahm einen Schluck Limonade. «Mir geht einiges durch den Kopf. Ellen zieht nach Seattle um.»

«Mit Lucy?» Sie richtete sich auf und runzelte die Stirn. «Schöne Scheiße. Wann denn?»

«In zwei Wochen. Weißt du noch, wie es einem als Kind gegen Ende eines Urlaubs immer so vorkam, als wäre die Zeit nicht mehr real? Man wollte nicht, dass es aufhörte. Und es schien auch so zu sein, nur wusste man genau, dass es sehr wohl aufhören würde. Deshalb konnte man nie so richtig genießen, was man hatte. Man lebte in einer Art vorweggenommener Furcht. In einem Traum. In so einem Zustand befinde ich mich.»

«Du klimperst.»

«Wie bitte?»

«Mit den Schlüsseln in der Tasche. Mein Vater macht das auch die ganze Zeit.»

Cataresco war sechsundzwanzig, ich war vierzig. «So siehst du mich also, Cat? Als Vaterfigur?»

«Deiner Phantasie sind keine Grenzen gesetzt, Billy», erwiderte sie und stemmte die Hand in die Hüfte. «Ehrlich, sag's mir, wenn ich was für dich tun kann. Ich kann den Mae-Richards-Fall auch allein oder mit einem Kollegen bearbeiten. Wie es dir lieber ist. Sag einfach nur Bescheid.»

Ich tat, als würde ich darüber nachdenken. «Nein, das Arbeiten tut mir gut. Es lenkt mich immerhin ab.»

Sie hatte die Bandaufnahme einer Platte von Mae Richards aufgetrieben, und um sie uns vorzuspielen, stellte sie einen

Ghettoblaster mitten auf den großen Tisch in der Mordkommission, direkt unter dem Holzschild mit der rauchenden Pistole. «Sie ist von Phil Spector entdeckt und dann wieder fallen gelassen worden», sagte Cataresco. «So hat's mir ein Freund aus der Musikbranche erzählt.»

«Was du für Freunde hast.»

«Eine alte Flamme von mir.»

Der Song begann etwas verschwommen, mit einem Schlagzeugwirbel, dann Geigenklänge. Am anderen Ende des Tisches sah Drew Diamond auf und nahm eine Tanzpose ein. Tatsächlich war es ein ziemlicher Schmachtfetzen – «Smoke Gets in Your Eyes» –, aber in Mae Richards' Stimme lag Gefühl, eine gewisse Frische, als würde sie etwas längst Vergessenes in Erinnerung rufen, eine wichtige Entdeckung aus der Kindheit. Diamonds kantiges Gesicht wirkte verblüfft. Er nahm ein Streichholz und schob es sich langsam, beinahe versonnen in den Mundwinkel. «Die Stimme fährt ja richtig ein», sagte er.

Die Autopsie hatte die Todesursache bestätigt: Kopfschuss mit einem Kaliber .22. Die Fingerkuppen waren mit einem zweischneidigen Werkzeug abgetrennt worden, vermutlich einer Gartenschere, und die Verbrennungen stammten von einer Zigarre. In einer der Wunden waren Aschereste gewesen. Sowohl in Vagina als auch Anus hatte man Sperma gefunden; sie war vor dem Tod vergewaltigt worden, wie schon der Arzt im Leichenschauhaus vermutet hatte.

«Aber keine Kratzer oder andere Zeichen eines Kampfes», berichtete Cataresco. «Möglicherweise kannte sie den Typen. Vielleicht war es jemand mit einem sexuell motivierten Hass.»

«Vielleicht», sagte ich. «Das könnte sein. Habt ihr eigentlich schon gegessen?»

So etwas hörte Diamond immer gern. Er lachte, klatschte in die Hände, wuchtete seine massige Figur aus dem Stuhl, zog seinen Gürtel zurecht und schob sich den großen .45er ins Holster. «Wohin wollt ihr denn? Ins ‹Friday› oder zu dieser neuen Hähnchenbraterei?»

«Ins ‹Koo-Koo-Roo›? Oder vielleicht mexikanisch. Ach nö, da muss ich nach dem Essen immer so furzen.»

Cataresco sah mich irritiert an und schüttelte den Kopf.

«Was ist los, Cat, keinen Hunger?»

«Ich wünschte mir nur, ihr zwei Jungs könntet euch mal abgewöhnen, die harten Männer zu spielen.»

Ich war noch einmal in der Galerie gewesen, um Ted und seinen Bekannten zu treffen, den Experten, einen massigen Kerl, der ständig geblinzelt und sich wegen seiner Rückenschmerzen auf den Fußboden gelegt hatte. Seiner Meinung nach waren die Fotos von Mae und Denise authentisch, soweit er das beurteilen konnte. Ich überlegte, ob ich in Texas anrufen und mit Denise Corcorans erstem Mann Verbindung aufnehmen sollte, um mit ihm über Mae zu reden. Und ich fragte mich, wie ich Ricky Lee die Idee mit Charlie Corcoran am besten verkaufen sollte. Es war kaum zu erwarten, dass er, wenn ich ihn anriefe und sagte: «Hör zu, es war dieser Filmstar», einfach nur antworten würde: «Hey! Wie blöd von mir, dass ich nicht selbst darauf gekommen bin. Den Arsch mach ich noch heute Nacht fertig. Der Typ ist *tot.*» Ich bildete mir nicht ein, dass er mir die halbe Million einfach schenken würde, das Ganze erforderte Überzeugungsarbeit. Ich bezweifelte nicht, dass ich recht bald im grellsten und unangenehmsten Scheinwerferlicht stehen würde.

Eigentlich durften Mordakten nicht aus dem Büro entfernt werden, aber ich fuhr nochmal zurück ins Revier, nahm die Akte Denise Corcoran aus dem Regal, auf deren Rücken der rote Punkt «ungeklärt» signalisierte, und fuhr damit in ein Café an der Strandpromenade. Es regnete noch immer und es war kalt, die Feuchtigkeit außerhalb des Meeres musste etwa dieselbe wie im Wasser sein. Aus meiner Sitznische sah ich einen Penner an den beschlagenen Fenstern vorbeigehen, er stolperte mal hierhin, mal dorthin, ohne jede Eile. Bei diesem Wetter kam einem die Not der Menschen ohne Obdach noch schlimmer vor.

Ich setzte mich und schlug den Ordner auf. Ich wusste gar nicht genau, was ich dort zu finden erwartete, obwohl mir klar war, wonach ich suchte: nach einer weiteren Verbindung von Denise Corcoran zu Mae Richards. Ich überblätterte die Tatortfotos von dem weggeschossenen Gesicht und betrachtete dann die Bilder genauer, auf denen sie noch lebte, als junge Frau, die blauen Augen humorvoll und doch leicht gelangweilt, oft etwas gereizt; sie hatte damals kräftige Arme vom Gewichtheben gehabt. Ich ging ihren normalen Tagesablauf durch: Fitnessclub, Café, Boutiquen in Brentwood oder Beverly Hills, dann Kino und danach eine Party, eine Premiere oder ein Dinner. Es waren auch Kopien ihrer letzten Kreditkartenabrechnungen dabei. Bestimmt bekam Charlie immer noch Post für sie, die Spur eines Lebens endet nicht mit dem Tod.

Eines Morgens, kurz nachdem wir zusammengezogen waren, hatte mich Ellen am Frühstückstisch in Tränen aufgelöst vorgefunden, in der Hand eine Zeitschrift haltend. Ich hatte das Abo nicht bestellt. Das hatte mein Vater noch in der Woche vor seinem Tod getan. Die Botschaft dahinter lautete: *Für meinen Sohn, von dem ich hoffe, dass er mich eines Tages zum Großvater macht.* Ich war freundlich, aber auch immer hart zu meinem Vater gewesen. Als er noch lebte und ich eine Karriere als Akademiker oder als Künstler anstrebte, hatte ich ihn immer ziemlich brutal als Versager eingestuft, denn so kam er mir eben vor: gescheitert, viel zu oft betrunken, viel zu lange am Lenkrad und mit so geringen Einkünften, dass er mich ständig um einen Fünfziger oder Hunderter anschnorrte.

Draußen, jenseits der schützenden Fenster, war das Meer eine tobende Fläche aus weißen Kämmen und schwarzen Tälern, die gegen den Strand und die Pfosten des Piers von Santa Monica antobten und sich dort brachen. Ich wärmte mir die Hände an der Kaffeetasse und blätterte die Seiten der Mordakte um.

Zum Teil besteht die Polizistenrolle darin, Ordnung zu schaffen – Schicksale nicht zu flicken, sondern zu zeigen, wie die Niederlagen zustande gekommen sind, und das Durcheinander zu sortieren, wenn das Chaos hereinbricht. Im Fall Corcoran hatte ich versagt. Es war nicht ganz meine Schuld gewesen, aber ich hatte meinen Anteil daran, und ich hasste den Kerl. Ich wollte das Geld nicht für mich, sondern für Ellen und Lucy. Ich wünschte mir ihre Achtung und ihre Liebe, aber erkaufen wollte ich sie mir eigentlich nicht. Ich hatte nicht vor, sie wissen zu lassen, woher dieser warme Regen kam. Mir war klar, dass ich mir dafür noch einen guten Plan ausdenken musste. Und während mich einerseits der Hass rücksichtslos antrieb, riet mir die Liebe andererseits, es ruhig anzugehen, die Sache geschickt und richtig zu tun.

Mein Verbindungsglied fand ich in jenen Teilen der Akte, die sich mit den Aktivitäten von Denise und Charlie am letzten Tag ihres Lebens befassten. Es war eine Kleinigkeit, aber sie sprang mir jetzt ins Auge. Im Laufe dieses Tages hatte Charlie einen Gastauftritt abgesagt, den er bei irgendeinem Theater-Workshop hätte machen sollen.

Von einem Telefon im Café rief ich Louise Szell an und hörte ihren Hund im Hintergrund kläffen. «Louise, hier ist Detective McGrath. Ich wollte Sie etwas wegen dieser Theatergruppe fragen, bei der Mae mitgemacht hat. Wie hieß die eigentlich genau?»

«*The Powerhouse*», sagte sie keuchend und hustend, dann drehte sie den Kopf vom Hörer weg und brüllte: «*Huffy-Marie!*» Ihre Stimme kam wieder, leiser und klarer jetzt. «Die

Bühne ist auf dem Abbot Kinney Boulevard, Ecke Westminster.»

«Danke.»

«Wissen Sie schon, wer's war, der diesen grässlichen Mord begangen hat?»

«Vielleicht, Ma'am», sagte ich. «Vielleicht. Aber keine Sorge, jemand wird dafür bezahlen. Grüßen Sie die Bodyguards von mir.»

Das Powerhouse war ein würfelförmiger einstöckiger Ziegelbau mit einer grünen Tür. Davor stand ein Schwarzer mit Pferdeschwanz, unbeeindruckt von dem Regen, aber vielleicht schob er auch gar nicht Wache. Er war dunkel gekleidet und trank gierig aus einer Flasche mit Mineralwasser. Er sah eigentlich nicht aus wie einer von Ricky Lees Jungs, aber sicher war ich mir auch nicht. Er achtete nicht auf mich, als ich das Gebäude betrat, aus dem die Klänge einer E-Gitarre drangen, schnittig gespielt, die Akkorde stießen hart in die umgebenden Beats des Sturms hinein. Im Innern war es dunkel. Ich blieb eine Zeit lang still stehen und ließ meine Augen sich an das Zwielicht gewöhnen, bis ich die Umrisse der Bühne in der Mitte des nicht sehr großen dunklen, leeren Saales ausmachen konnte. Ein Bühnenscheinwerfer hing an Drähten von der Decke herab, und rechts davon, neben einem Stapel billiger Stühle, erkannte ich die Umrisse einer Tür.

Bevor ich hineinging, klopfte ich, wartete aber die Reaktion nicht ab. Das Licht brannte, eine einzelne nackte Glühbirne, und darunter saß auf einem Stuhl eine Schwarze mit der elektrischen Gitarre, die ich gehört hatte. Sie trug das Haar kurz, ihre übereinander geschlagenen Beine waren lang und sehr hübsch. Ich blieb an der Tür des kleinen Raumes stehen und wartete, dass sie mich bemerkte, aber sie spielte einfach weiter, schlug ihre Akkorde an. Es gab wenig Mobiliar: Schreibtisch, Papierkorb, ein Aktenschrank aus Metall. Es sah fast aus wie ein Wartezimmer. Als die Frau endlich aufsah, war sie nicht überrascht. Jedenfalls wirkte sie weder erschreckt noch ärgerlich. Ihre Haut hatte die Farbe von Vollmilchschokolade; sie war offensichtlich ein Mischlingskind, mit smaragdgrünen Augen, und ihre tiefe Stimme klang gelassen, so als würde sie mit jedem so sprechen. «Warten Sie 'n Moment? Da gibt's Kaffee.»

Ich sah die blubbernde Kaffeemaschine, goss mir eine Tasse ein und beobachtete die Frau, bis sie fertig gespielt hatte und bereit war, mit mir zu sprechen.

Ich sagte, ich würde gerne über Mae Richards reden.

«Sind Sie 'n Cop?»

Zum Beweis zeigte ich brav meine Marke vor.

«Sie hatte in letzter Zeit nicht mehr allzu viel mit dem Theater zu tun. Ihr Name steht noch immer in manchen Rundbriefen, aber sie war mehr so eine Art Galionsfigur für uns.»

«Und wieso zog sie sich zurück?»

«Weiß ich nicht. Es war ihre Entscheidung. Sie hatte immer viel zu tun.»

«Haben Sie sie gemocht?»

«Klar doch.» Sie sah mich unverwandt an. «Nur ein paar ihrer Freunde mochte ich nicht.»

«Welche denn?»

«Die Weißen.»

Sie schlug die Beine auseinander, und ich nippte an dem Kaffee, der nach Teer schmeckte. Ich sagte: «Wie Denise Corcoran zum Beispiel? Sollte die nicht mal ihren Mann für einen Auftritt hierher bringen?»

«Ja, da war Mae schrecklich enttäuscht. Waren wir alle. Für die Veranstaltung hatten wir schon Wochen vorher Broschüren verschickt. Es wäre eine Menge Geld für uns drin gewesen. Dieser Schwätzer. Dieser beschissene, überhebliche, arrogante Filmarsch! Ach ja, und als wäre das noch nicht genug –

er meinte dann, er wolle uns was spenden, was er aber nie getan hat. Dem würde ich gerne die Haut von seinem elenden weißen Arsch abziehen.»

«Wirklich?»

«Sollte ich wohl lieber nicht sagen, wo Sie 'n Cop sind?»

«Ja, lassen wir das. Was hört man denn so, wer sie getötet hat?»

Sie zuckte die Achseln, gab sich gleichgültig, eine starke, attraktive, eigensinnige Frau. «Hab sie ein paar Mal mit einem älteren Weißen zusammen gesehen. Der war offensichtlich ganz verrückt nach ihr.»

«Und Mae?»

«Schwer zu sagen. Sie schien ihn eher zu ignorieren, aber so war sie eben manchmal, als wenn sie wirklich der Star wäre, der sie immer hatte sein wollen. Wieso interessieren Sie sich so dafür, dass Charlie Corcoran zu uns kommen wollte?»

«Das weiß ich selbst noch nicht so genau.» Ich erklärte ihr nicht, dass ich damals, bei den Ermittlungen zum Mord an Denise, mit einer von Corcorans Assistentinnen über den abgesagten Auftritt gesprochen hatte. Die schon etwas ältere Assistentin arbeitete seit zwanzig Jahren für Charlie und war mit all seinen guten Eigenschaften und Fehlern hinlänglich vertraut. In ihrem Büro, das mit Plakaten sämtlicher seiner Filme dekoriert war, erzählte sie mir, er werde jeden Tag an die hundert Mal um solche Auftritte gebeten. Und sie sei unter anderem dafür angestellt worden, diesen Leuten ihre Bitten abzuschlagen. Manchmal allerdings mischte sich Charlie ein und sagte einen Termin zu, aus einer reinen Laune heraus. Später aber ärgerte er sich jedes Mal darüber und ließ sie dann wieder absagen, wie auch in diesem Fall. Damals war mir eine Rückfrage beim Powerhouse unnötig erschienen.

Die Schwarze mit der Gitarre beobachtete mich stumm.

«Kennen Sie Ricky Lee?»

«Kennen Sie ihn?», fragte sie so unbeteiligt, dass ich mir alles Mögliche dazu denken konnte: Vielleicht hatte sie den Kerl noch nie zu Gesicht bekommen, genauso gut könnte sie ihn aber auch täglich treffen.

«Ich dachte, der würde eine Organisation wie diese hier mit Vergnügen unterstützen. Wozu dann noch Filmstars?»

«Die bringen bessere Publicity.»

«Vielleicht seh ich Sie ja bei Maes Beerdigung.»

«Vielleicht.»

«Wie heißen Sie eigentlich?»

«Wollen Sie sich mit mir verabreden?»

Ich lachte. «Sie sind echt tough.»

«Musste ich schon immer sein.»

«Und warum das?»

«Weshalb interessieren Sie sich so für Charlie Corcoran?»

Seinerzeit hatte es keinerlei Hinweis gegeben, dass Denise selbst in die Vorbereitungen für den Auftritt im Powerhouse verwickelt oder über Charlies Verhalten dabei verärgert gewesen sein könnte, und auch jetzt deutete nichts darauf hin, dass er Mae persönlich begegnet war oder auch nur mit ihr telefoniert hatte. Einstweilen hatte er einfach nur in letzter Minute entschieden, einen Termin zu streichen, den er nur deshalb zugesagt hatte, um seine nervende Frau zufrieden zu stellen. Nichts von alldem bedeutete zwingend, dass Mae irgendetwas über den Mord an Denise gewusst hatte. Trotzdem war ich aufgekratzt und erregt über diesen Beweis, dass es eine Beziehung zwischen den Corcorans und Mae Richards gab, die über diese rätselhaften Fotos hinausging. In einem normalen Fall wäre das eine interessante, aber nicht weiter aufregende Spur gewesen, eine bisher nicht erforschte, weil unbemerkte und wohl auch unbedeutende Verbindung, die es nunmehr zu verfolgen galt. So wie ich die Sache anging, sah der Hinweis aber eher aus wie eine Fügung des Schicksals – mehr als eine glückliche Chance: Es war der Durchbruch.

Sie legte die Gitarre jetzt flach auf die Oberschenkel und

beugte sich zu mir vor, auf den Lippen die Ahnung eines Lächelns. Wer konnte wissen, womit und mit wem sie zu tun hatte? Ich hatte seit langem gelernt, die Geheimnisse und Überraschungen, die der menschliche Charakter in sich barg, zu respektieren. «Eventuell muss ich nochmal wiederkommen und mit Ihnen reden.»

«Die Tür steht jederzeit offen», sagte sie. «Das gilt für Cops nicht immer. Und ich heiße Renata, wenn Sie schon fragen.»

15

Diesmal begleitete mich in Charlie Corcorans Haus ein modisch gekleideter Assistent von Mitte zwanzig nach hinten in einen der neueren Anbauten, einen Glas-Beton-Komplex mit Spitzgiebel, der fast so hoch und luftig war wie eine Kirche. Hier stellte Corcoran den Großteil seiner Kunstsammlung aus. Zweifellos kam er oft her, um seinem Geld und seinem guten Geschmack die Ehre zu erweisen. Der Assistent berührte mich am Ellenbogen und fragte, ob ich gern einen Cappuccino hätte. Inzwischen schwamm ich innerlich schon in Kaffee, aber ich dachte mir, hier schmeckte er bestimmt besser. Gerne, sagte ich etwas geistesabwesend. Ich war zu überwältigt von den Bildern an der Wand, Sachen von Picasso, Warhol und Rauschenberg, die sogar ich erkannte, aber wirklich in die Augen sprang mir ein anderes Gemälde: ein Schiff im Trockendock, das gerade repariert wurde. Es war in einem gebrochenen, zerrissenen Stil gehalten, als hätte der Maler die Leinwand in Fetzen gerissen und dann in einer Art qualvollem Liebesdienst wieder zusammengefügt; die Farben waren Grau-, Blau- und düstere Brauntöne, dennoch kam ein Effekt von Munterkeit und Hoffnung zustande.

«Darauf ist Charlie echt stolz.» Der Assistent stand plötzlich neben mir. «Er hat es 1985 für zehntausend Dollar gekauft. Inzwischen brächte es sicher mehr als eine Dreiviertelmillion. Wirklich.» Er reichte mir die dampfende Tasse, die er auf einem winzigen Untertässchen balancierte. «Er hat einen Blick für wahre Werte.»

Der Regen peitschte gegen die gut abgedichteten Dachfenster. Schatten glitten und huschten schemenhaft über die Wände und Bilder. Während ich den Blick von einem Meisterwerk zum nächsten schweifen ließ und auf meinen dampfenden Kaffee blies, um ihn abzukühlen, versuchte ich mir den eigenartig freundlichen Empfang zu erklären. Diesmal erwartete mich kein Leibwächter, kein grienender Rechtsanwalt auf dem Sprung, kein zurechtweisender Schlag in den Bauch. Der Assistent in seinem Anzug war mehr als höflich. Er schleimte geradezu herum. So ganz kapierte ich das nicht. Ich sah mich nach einem Platz um, wo ich die Tasse abstellen könnte, fand aber nichts. Der Assistent nahm sie mir ab.

«Er hat vermutlich jemanden, der ihn bei diesen Dingen berät, der ihm sagt, wann er was kaufen oder verkaufen soll?»

«Schon, aber meistens gibt ihm am Ende Charlie selbst die Tipps.» Er beugte sich zu mir vor und flüsterte: «Einmal hat er einen wirklich *wunderbaren* Artikel über Diego Rivera verfasst. Aber er ist zu bescheiden, um das vor anderen Leuten zu erzählen.»

Noch ehe die Einzelheiten über Corcorans unerwartete literarische Begabung erhellt werden konnten, fiel mein Blick auf Charlie höchstpersönlich, der allein in der Tür am anderen Ende der Galerie stand. Er sah amüsiert und mit leicht zusammengekniffenen Augen zu uns herüber, er blinzelte ein wenig, so als könnte er sich nicht ganz erinnern, wer wir eigentlich waren, oder gäbe sich zumindest ernsthaft Mühe, diesen Eindruck zu vermitteln. Er war braun gebrannt. Er war irgendwo in der Sonne gewesen und hatte abgenommen. Selbst in einem schwarzen Hausmantel aus Baumwolle und formlosen schwarzen Schlabberhosen wirkte er makellos; seine Bewegungen waren lockerer, sportlicher als bei unserer letzten Begegnung, als wäre er nicht nur mit dem Freispruch, sondern auch noch mit der ewigen Jugend belohnt worden. Er war tatsächlich der Gott, den Amerika sich wünschte.

«Sie sehen sich mein Schiff an.» Er sprach so leise und zurückhaltend, dass ich mich automatisch vorbeugte. «Verzerrte Perspektive oder Schönheit, was würden Sie sagen? Eine Frage, über die sich ein Mann definieren kann.»

«Mir gefällt es.»

«Bravo.» Er klatschte in die Hände, einmal – eine Geste, die ironisch gemeint sein mochte oder nicht. Bei Charlie war das schwer zu sagen. Und er machte auch keine Anstalten, näher zu kommen. Als sein Assistent auf ihn zuging, wurde mir klar, dass man von mir erwartete, ihm zu folgen. Es war wie bei Hunden: Charlie legte hier fest, wer der Herrscher über das Territorium, die Situation war.

Ich schlenderte auf seine wartend ausgestreckte Hand zu.

«McGrath. Ich hatte von Ihnen eher einen Brief oder ein Fax erwartet.»

Charlie zog es vor, dass man sich mit seinen Anliegen schriftlich an ihn wandte; auf diese Weise würden die Worte zum Beweismittel. Er selbst dagegen erteilte seine Äußerungen nur mündlich, denn so ließen sie sich später immer noch abstreiten. Allerdings fragte ich mich, weshalb ich ihm Briefe oder Faxe hätte senden sollen.

«Freut mich, dass Sie gekommen sind. Gefällt mir. Die persönliche Note.»

Da der Konvoi nun versammelt war, mit Flaggschiff Charlie als Vorhut, wanderten wir wieder in die Mitte des Raumes, wobei der anonyme Assistent sich zurückfallen ließ und dann verschwand. Mit jedem von Charlies Schritten und jedem scheuen, jungenhaften Grinsen, das er mir zuwarf, spürte ich die gewaltige Energie in seinem Wunsch zu manipulieren.

Er fragte: «Und?»

Ich begegnete seinem abwartenden Blick mit Achselzucken.

«Sie kommen doch, um sich zu entschuldigen. Hab ich Recht?»

Ich überlegte, wie er wohl auf diese Idee kam.

«Ich habe meine Forderung über den Bürgermeister geltend gemacht. Wir sind gute Freunde. Er erwähnte später, dass er schon mit Ihrem Chef geredet hätte. Weshalb wären Sie sonst hier?»

Allmählich begriff ich. Murakami dürfte eine derartige Zusage gegeben haben, sich dann aber bald klar geworden sein, dass ihm der Mut fehlte, diese Anweisung auch an mich weiterzuleiten. Vermutlich hatte er gedacht, ich würde es sowieso nie tun. Da hatte er auch Recht, und jetzt, da ich inmitten von Charlie Corcorans millionenschwerer Sammlung stand, sah ich die Ironie der ganzen Situation, wobei mein Amüsement durchaus auch mit der Gewissheit verknüpft war, dass ich diesem fiesen eitlen Gockel demnächst einen Termin beim großen Agenten im Himmel besorgen würde. Ich sagte: «Ich habe mich wirklich danebenbenommen, Sir. Bitte nehmen Sie meine Entschuldigung an.»

«Sehen Sie. Ist doch gar nicht so schwer. Man kann sich an alles gewöhnen, wenn man nur das rechte Maß an Unterwerfung aufbringt. Steht alles bei Jung.»

«Jung? Den Kerl überprüfe ich dann besser mal.»

Sein Lächeln war für einen Augenblick so breit wie der Wilshire Boulevard, dann wich es wieder einem zaghaften Zucken um den Mund herum, und der Assistent kehrte zurück mit einer rot gebundenen Opfergabe in der Hand, einem Filmscript. Er sagte mit gepresster Stimme: «Das hier ist gerade von Mike gekommen.»

«Gut», sagte Charlie. «Und was ist mit dieser anderen Sache?»

Der Assistent zögerte. «Er meint, es gäbe ein Problem mit dem Honorar.»

Charlie schien aufrichtig belustigt. «Wirklich?» Er wandte sich an mich. «Immer verlangen alle so viel Geld. Schlimm.» Seine nächsten Sätze gingen an den Assistenten, waren aber auch an mich gerichtet. Wie eine Spinne fing er in den Winkeln seines Hirns jede Menge Fliegen zugleich ein. «Sagen Sie ihm Folgendes: Ich drücke die erste Ziffer der Nummer von Warner Brothers, und jedes Mal, wenn er mir zehn neue Seiten liefert, drücke ich die nächste Ziffer.»

Schon war der Assistent verschwunden, und Charlie fuchtelte mit dem Script herum. «Sie wollen, dass ich den Präsidenten spiele. Was sagt man dazu?»

Er mimte jetzt wieder den schüchternen, verspielten, zögerlichen und etwas verlorenen kleinen Jungen. Charlie war das reinste Wunder, wirklich, eine Art umgekehrter Marcel Proust. Es war, als besäße er kein Gedächtnis, als hätte er aus seinem Gewissen getilgt, dass er sein Kind ignoriert und seine unbequeme Frau vernichtet hatte. Ich fragte mich, wo er diese Instinkte und seine Fähigkeit zum Vergessen herhaben mochte. Sie machten ihn zum geborenen Mörder.

«Ich glaube, Sie würden einen tollen Präsidenten abgeben.»

Er starrte mich an, als gäbe es gar keinen anderen Menschen auf der Welt – der Blick eines Verführers, der dennoch von mir erwartete, dass ich auch das Flirten selbst übernahm. «Ach ja?»

«Die Menschen werden Sie lieben.»

Kurzfristig schien er verstimmt, so als wäre ich zu weit gegangen – immerhin pinkelte ich ihn gerade quasi an. «Na ja, so stell ich mir das jedenfalls vor, vielleicht täusche ich mich ja auch. Ich kenne Ihre Branche doch gar nicht», sagte ich, und sein abwesender Blick zum Fenster hinaus zeigte mir, dass ich ihn in jene beruhigende Sackgasse zurückgeleitet hatte, in der ihn Millionen Leser der Boulevardpresse innig liebten. In seiner Vorstellung war ich einfach zu ihm gekommen und hatte getan, was ich tun musste. Noch ein paar Sekunden, und er würde seinen Assistenten rufen, um mich freundlich rauszuwerfen.

«Da wäre noch etwas, Mr. Corcoran.»

Er musterte mich ohne Neugier. Mir war klar, dass ich es klug angehen musste, so als würde ich den Mord an seiner Frau auf einmal unter einem anderen Aspekt untersuchen, als hätte ich ihm seine Version abgekauft und ermittelte jetzt genau in der Richtung, die er wollte. «Was sagt Ihnen der Name *Powerhouse Theater*?»

Er runzelte die Stirn. «Gar nichts.»

Vielleicht stimmte das sogar. «Es war der Tag, an dem Ihre Frau ermordet wurde. Sie sollten dort eine Vorstellung geben. Dann haben Sie aber abgesagt.»

Sein Lächeln wirkte reumütig. «So was kommt öfter vor.»

«Eine gewisse Mae Richards, die in diesem Theater mitgearbeitet hat, wurde ebenfalls ermordet.»

Er zuckte nicht mit der Wimper. «Das tut mir wirklich Leid zu hören.»

«Offenbar war diese Mae eine Freundin Ihrer Frau. Ich wüsste gern, ob Sie ihr jemals begegnet sind.»

«Nein, nie. Den Namen habe ich nie gehört.»

«Eine Schwarze. Schon etwas älter. Sängerin.»

Er legte die Stirn in Falten und dachte lange nach. Im Geschäft bestand sein Trick darin, immer ganz geradlinig zu erscheinen, und das hier war ganz ohne Zweifel geschäftlich. «Worauf sind Sie aus, McGrath?»

«Ich versuche die Wahrheit herauszufinden. Das hier ist eine Spur wie jede andere.»

«Sie meinen, wer diese Frau umgebracht hat, könnte auch etwas mit dem Mord an Denise zu tun haben?»

«Das wage ich noch nicht zu behaupten.»

Er schürzte die Lippen, suchte nach tief abgespeicherten Details und erklärte dann: «Ich würde Ihnen ja gerne helfen. Aber wie gesagt – Denise hat nie von dieser Frau geredet.»

«Haben Sie sich damals gestritten, weil Sie da nicht hingehen wollten?»

«Ganz bestimmt nicht.» Nur geringfügig aus der Fassung

gebracht, wandte er sich an seinen Assistenten, der wieder aufgetaucht war. «Ach, Robert. Erinnerst du dich an diese Theatertruppe, wo wir an dem Tag, als Denise … Sollten wir denen nicht irgendwas schicken?»

«Ja, ein Foto.»

Charlie ließ theatralisch den Kopf sinken. «Was ist da schief gelaufen?»

Es vergingen mehrere Sekunden, in denen dem lächelnden Assistenten Robert allmählich dämmerte, dass er, ganz egal, was nun passiert war, in den sauren Apfel beißen musste. «Ich hab's vermasselt. Tut mir Leid, Charlie.»

Charlie schnalzte mit der Zunge und warf den Kopf hoch, als müsste er sein Temperament heftig zügeln. Dann seufzte er, wieder so eine John-Barrymore-Geste. «Ach, geht schon in Ordnung. Aber ich finde, wir sollten das jetzt doch erledigen, oder?»

Sie steckten die Köpfe zusammen, Charlie zischte etwas, es wurde kurz laut, dann gingen sie hinaus. Ich weiß nicht warum, aber ich amüsierte mich. Das Ganze war witzig. Ich wanderte zwischen den Bildern an den Wänden herum, bis ich wieder vor diesem verrückten Schiff im Trockendock stand. In Los Angeles war Kunst sowohl Statussymbol als auch, möglicherweise jedenfalls, eine Methode zum schnellen Geldverdienen. Man konnte sich eines ausgezeichneten ästhetischen Sachverstandes rühmen und zugleich haufenweise Kohle abräumen. Kein Wunder, dass es in diesem Bereich so viele Verbrecher gab. Natürlich brauchte man dafür zunächst einmal Kapital – und eine sichere Marktkenntnis.

Robert kam zurück und sagte: «Charlie hat noch ein Gespräch. Er bat mich ausdrücklich, Ihnen für Ihr Kommen zu danken. Wirklich. Er ist Ihnen sehr verbunden dafür.»

Zum ersten Mal registrierte ich seine Erscheinung und sein Auftreten. Er hatte kurzes gewelltes Haar, sein Gesicht war klein und schmal, der Mund etwas zu groß dafür, mit schiefen weißen Zähnen. Er trug eine John-Lennon-Brille, und seine Augen erinnerten einen daran, dass es eine ständige Versuchung des Menschen ist, zu anderen gemein zu sein. Er war ein netter Kerl, aber er lauerte auf seine Chance. Wahrscheinlich steckte er so voller finsterer Pläne und Intrigen wie der gesamte Hofstaat des Caligula. Wenn Charlie nicht in der Stadt war, lungerte er sicher im Haus herum und spielte «Was wäre wenn». Vielleicht wagte er sogar eine Runde im Drehstuhl seines Chefs. Ich spekulierte nur. Er wusste natürlich, dass ihn sein Job demütigte, aber in fünfzehn Jahren könnte er Leiter eines Studios sein und seine eigenen Eliteschulabsolventen zum Erniedrigen haben. Das war dann *sein* Spiel.

Er hielt ein in Silber gerahmtes Foto in der Hand. «Die meisten lassen wir drucken. Er hat einfach nicht die Zeit dafür. Aber dieses hier hat Charlie sogar selbst signiert. Sehen Sie nur, die Widmung.»

Ich war total verblüfft, ließ mir das Ding aber widerstandslos aufnötigen. Ich hielt es ins Licht vom Fenster und las: *Meinen treuen Freunden und Kollegen vom Powerhouse.* Besonders gefiel mir das «treu». Das klang sehr nach Charlie. «Und es wurde nie abgeschickt?»

«Nein. Damals hatte er es noch nicht signiert.» In zärtlichem Flüsterton fuhr er fort: «Es ist ein Albtraum, Charlie zu irgendetwas zu bringen, selbst wenn es Sachen sind, die er versprochen hat. Dennoch liebe und bewundere ich natürlich niemanden mehr als ihn.»

«Wie schön.» Es war ein wirklich gutes Foto: Charlie in einem dunklen Hemd, den Blick leicht nach unten gerichtet, sehr charismatisch und zugleich bescheiden. «Und was soll ich jetzt damit anfangen?»

«Charlie lässt fragen, ob Sie dafür sorgen würden, dass es seine Empfänger erreicht. Es ist ein Original von Herb Ritts. Wahrscheinlich um die fünftausend Dollar wert.»

Ich fuhr weg, den gewundenen Cañon hinunter, und dachte darüber nach, was ich eigentlich von Charlie hielt. Ich kannte kein größeres Arschloch als ihn. Er war ein arroganter Fatzke, aber wenigstens war er *charmant* dabei. Er war witzig. Er war clever. Er ging lässig mit seinem unglaublich guten Aussehen um. Wenn er wollte, besaß er eine Geschmeidigkeit, die einem sofort ein besseres Selbstwertgefühl vermittelte. Ich erinnerte mich an eine Geschichte, die ich gehört hatte, als wir gegen ihn ermittelten. Erzählt worden war sie mir von einer hübschen jungen Engländerin, die ihre aristokratische Herkunft einsetzte, um mit berühmten Männern zu schlafen. Sie hatte mir geschildert, wie sie in New York einmal Charlie zusammen mit Mick Jagger ein Restaurant hatte betreten sehen. Die beiden hätten gelacht, sich prima amüsiert und völlig ignoriert, was sie sehr wohl wussten – dass alle Blicke auf ihnen lagen. Die Luft habe vor Sex nur so geknistert. «Diese Leute werden nicht ohne Grund zu Stars», hatte sie gesagt.

Dreißig Minuten oder länger fuhr ich im Regen in Oakwood herum, die California hinunter, rechts in die 6th Street, links auf den Broadway, rechts in die 4th, rechts in die Indiana, rechts in die 7th, dann wieder zurück zur California und weiter in die Santa Clara.

Endlich fand ich Jack Brewster. Er stand auf Zehenspitzen in einer Seitengasse der Westminster, klappte mit einer Hand den Deckel eines Müllcontainers hoch, um mit der anderen, in der er eine Taschenlampe hielt, darin herumzustöbern. Seinen Einkaufswagen hatte er heute nicht dabei. Er trug eine schwarze Plastiktasche über der Schulter, in der aber nichts drin zu sein schien. Ich wartete ein paar Sekunden, ehe er den Porsche hörte und meine Windschutzscheibe im jähen Schein seiner Taschenlampe wie Tausende von Diamanten funkelte.

Ich lehnte mich hinüber und öffnete ihm die Beifahrertür. «Gehen wir einen Happen essen?» Er wirkte nicht gerade enthusiastisch, aber ein solches Angebot konnte er nicht ausschlagen. «Bist eingeladen. Tommys berühmte Original-Burger?»

Das heiterte ihn auf, er erinnerte sich und grinste, als er sich zum Wagen herunterbeugte. Er trug eine schwarze Wollmütze und ein schmuddeliges weißes Halstuch, sein durchnässter Billigmantel war mit einer Schnur um die Hüfte zugebunden. «Meine Freundin, die kleine Nutte, die du letztes Mal bei mir getroffen hast, Ruthie Pump, die sagt, sie kann die Seele eines Menschen an der Form seines Schattens erkennen. Sie kann sehen, ob einer gut oder böse ist. Manche Leute, sagt sie, haben Schatten wie Ambosse oder Bucklige oder Kröten. Aber wie sie dich gesehen hat, Detective McGrath, da hat sie's mit der Angst gekriegt, weil du nämlich gar keinen Schatten hattest.»

«Sehr witzig», sagte ich. «Bei dem Regen. Natürlich hab ich da keinen Schatten.»

Während wir die California Richtung Lincoln Boulevard entlangfuhren, platschte er mit den Füßen in der Pfütze vor dem Sitz herum und hielt seine schwarze Plastiktasche eng an die Brust gepresst. «Bist du irgendwie nervös, Jack?»

«Ich? Nein», sagte er. «Bin bloß nicht gewöhnt, in so einem Auto zu sitzen. Angenehme Straßenlage.»

«Findest du wirklich?»

«Sicher, würde doch jeder sagen. Französisches Auto?»

«Aus Deutschland.»

«Ja, klar», sagte er und nickte heftig, dabei spähte er aus dem Fenster auf meiner Seite. «Die können solche Maschinen bauen.»

In Tommys Burger-Laden gingen wir zu einem Fensterplatz, er schüttelte die Tropfen von seinem Mantel und fragte dann: «Du zahlst?»

«Nein.»

«Scheiße, McGrath, ich bin total pleite.»

«Wayne O'Donnell zahlt. Kennst du Wayne?»

In seinen Augen flackerte Angst auf, als fürchtete er, ich wolle ihn in irgendetwas hineinziehen.

«Nein, glaube nicht.»

«Wayne war sechzehn, spielte auf der Verteidigungsposition im Footballteam der Santa Monica High School, ein Junge mit einer goldenen Zukunft. Einmal nach einem wichtigen Spiel ist er hier was essen gegangen, und irgendein kleiner Punk aus einem anderen Viertel kommt reinmarschiert und will beweisen, dass er der Größte ist. Angefangen hat's mit Beschimpfungen, dann Herumgeschubse, dann wieder Schimpfworte. Der andere Knabe hatte sich einen Revolver hinten in die Jeans gesteckt. Und zu guter Letzt lag Wayne mit dem Gesicht in einer Riesenportion Chicken-Nuggets, ein Stück seines Hinterkopfs war weg, und der andere kriegte lebenslänglich. Und du und ich, wir profitieren jetzt davon, Jack, weil ich seit damals zu Tommy kommen und seine recht anständigen Hamburger, seine berühmten Hühnerbeine und die wahrhaft exzellenten Pommes vollkommen gratis essen kann.»

Jack wurde etwas wütend auf mich. «Hängt dir das denn nie zum Hals raus, McGrath? Die ganze Scheiße, in der du da immer herumlatschst?»

Draußen auf dem Pico Boulevard war ein Gully verstopft. Die Pfützen flossen ineinander, sodass die ganze Straße zu einem schimmernden See wurde, in den der unaufhörliche Regen kleine Pockennarben kerbte. Ein blauer Santa-Monica-Bus zog behutsam hindurch und ließ mit allen Rädern Wasserfontänen hochspritzen. Auf der anderen Straßenseite, auf einem Gebrauchtwagengelände, standen ganze Reihen von BMWs und Daimler aneinander gekettet, um den Wassermassen zu widerstehen. Ich dachte über Corcorans Gelassenheit nach, seine selbstgefällige Sicherheit und die Leichtfertigkeit in seiner Annahme, mit einem Autogrammfoto lasse sich alles wieder gutmachen. Es war einfach atemberaubend. Er glaubte, die Grundfesten seines Glücks wären vor jedem Sturm sicher. Vielleicht hatte ich damals schlecht gehört, den erschütterten Ausdruck in seinem Blick falsch verstanden. Vielleicht war er ja doch unschuldig. Doch ich glaubte das nicht, ebenso wenig wie ich glaubte, dass er mit dem Mord an Mae Richards etwas zu tun hatte. Aber die eine Tat hatte er begangen, und ich würde ihm die Rechnung für die andere schicken, um so die Geschichte auszugleichen und das Gewitter auf Charlie niedergehen zu lassen.

Jacks Cheeseburger kam. Er zerteilte ihn mit seinen kräftigen, knochigen Fingern und verputzte ihn mit ein paar Bissen.

«Ich bin nicht hergekommen, um mit dir meine charakterlichen Eigenschaften zu erörtern, Jack», sagte ich.

«Ach was?», gab er zurück.

«Ich möchte, dass du mir einen Gefallen tust. Einen großen Gefallen.»

Er wischte sich das Fett von den Fingern und warf die verschmierte Serviette elegant in Richtung Mülleimer. Er sah mich jetzt verschlagen an, sagte aber nichts, während ich das Mäppchen mit den Fotos herausnahm und ihm die sechs Aufnahmen zur Begutachtung vorlegte.

Die zerkaute Portion seines Cheeseburgers vollführte einen Salto im Mund. Er sagte: «Das ist doch die Frau dieses Filmstars, oder? Zusammen mit Mae?»

«Die waren befreundet.»

«Erzähl doch keinen Quatsch hier.»

«Das stimmt, Jack. Und jetzt solltest du dir noch etwas ansehen.»

Ich zeigte ihm das gerahmte Foto, das mir Charlie Corcorans Assistent vor knapp einer Stunde gegeben hatte.

«Was soll das?»

«Ist von Herb Ritts.»

«Und wer ist das?»

«Das ist Charlie Corcoran.»

Er hustete und prustete, hielt sich die Hand vor den Mund. «Das war mir schon klar», sagte er.

«Er steht hinter dem Mord an Mae.»

Jack strich sich schweigend übers Gesicht und versuchte, meinen bohrenden Blick zu ignorieren. Endlich redete er: «Wie kommst du darauf?»

«Ich möchte, dass du zu einem von Ricky Lees Leuten gehst und ihm erzählst, was du gesehen hast.»

Er explodierte geradezu und stieß sich vom Tisch weg.

«Scheiße, Mann, ich hab *überhaupt nichts* gesehen!»

«Du hast mir nicht zugehört, Jack. Dein Gedächtnis funktioniert nicht richtig. Es spielt dir Streiche. Denn du hast doch draußen vor Maes Haus etwas im Müll gefunden. Und wenn man dich fragt, was es war, dann sagst du: Eine Zeitung mit einer Story über den Prozess gegen diesen Filmstar, Charlie Corcoran. Das Foto in dem Artikel zeigte im Hintergrund einen Typen, einen großen Bodyguard, der das Haar *en brosse* trug. Das ist so eine ganz kurze Bürstenfrisur, wie sie die Marines haben.»

«Ich weiß, was das heißt.»

«Dann sagst du, diesen Burschen hättest du am Tag des Mordes vor Maes Haus gesehen. Du sagst, dass er irgendwas auf der Schulter getragen hat, ein Paket oder so. Und du hättest diese Geschichte auch schon der Polizei erzählt, aber der wäre das egal gewesen, und jetzt hättest du überlegt, ob sich Ricky Lee Richards vielleicht mehr dafür interessieren würde. Und zwar willst du wissen, ob diese Information zum Beispiel zweihundert Eier wert ist. Natürlich sagst du nicht, dass du diese Unterhaltung mit mir hattest.»

«Natürlich sag ich das nicht, weil ich das auf keinen Fall mache. Ich leg mich doch nicht mit Ricky Lee Richards an. Glaubst du, ich hab den Verstand verloren?»

Ich sah aus dem Fenster, wo sich wieder ein Bus durch den Regen pflügte, dann starrte ich Jack direkt ins Gesicht. «Ich hoffe, deinem Neffen gefällt sein Aufenthalt als Gast des Staates Kalifornien. Die Aussetzung zur Bewährung kann er nämlich vergessen. Und du solltest dir überlegen, aus dem Stardust auszuziehen – oder vielleicht noch besser ganz aus Venice wegzugehen. Denn falls du mich in dieser Sache hängen lässt, Jack, dann erzähle ich überall herum, dass du mir seit langem gegen Geld Leute auslieferst.»

Ich schob die Fotos alle wieder in die Ledermappe und sagte: «Kann mir kaum vorstellen, dass das deinem Ruf auf der Straße besonders gut tut. Aber möglicherweise irre ich mich da. Was meinst *du* dazu?»

«Du bluffst doch.»

«Fordere mich lieber nicht heraus.»

Er beugte sich zu mir herüber und spuckte mir beim Reden winzige Krümel seiner Pommes frites ins Gesicht. «Mann, ich schäme mich wirklich dafür, dass ich geglaubt habe, du wärst anders als die Bullen-Arschlöcher, die ich sonst noch kenne. Ich soll mich umlegen lassen für dich.»

Ich grinste. «Jetzt werden wir mal nicht melodramatisch, Jack. Nur du und ich wissen, dass die ganze Geschichte gelogen ist, und ich verspreche dir, ich erzähl's sicher nicht. Ricky Lee kriegt das nie raus. Und selbst wenn, wäre er dir noch dankbar. Denn du hilfst mir, den Typen zu erwischen, der Mae hat ermorden lassen. Es war nämlich wirklich Charlie Corcoran.»

«*Scheiße*», sagte er, dieser erfahrene alte Mann der Straße. Sein Knie wippte nervös auf und ab, er kniff die Augen zusammen und schüttelte den Kopf. «Ich weiß nicht, Mann.»

«Ich will nicht dein Feind sein, Jack. Du musst mir vertrauen. So einfach ist das.» Ich beugte mich vor und berührte seine Hand, die voller Altersflecken war.

«Die Leute fürchten sich vor diesem Kerl, McGrath. Der

lässt Typen einfach abknallen. Nur weil sie sich was zuflüstern.»

«Nun gibt es auch Leute, die sich vor mir fürchten. Ich knall dich natürlich nicht ab, und ich stifte auch niemanden dazu an. Ich würde lediglich verlauten lassen, dass dein Wohlbefinden mir nicht mehr länger am Herzen liegt. Das ist fast wie eine Art Experiment.»

Er sagte nichts, also lächelte ich.

«Brauchst keine Angst zu haben, Jack. Scheiße, Mann, komm schon, ich bin dein Kumpel, und glaub nicht, ich wäre so schlaff, dass Ricky Lee irgendwas mit dir anstellen könnte, ohne dass er es mit mir zu tun kriegen würde. Okay? Ich werd mich um dich kümmern. Erzähl einfach nur deine Geschichte und tu's überzeugend. Dezent muss es sein, so als ob du gar nicht genau wüsstest, ob es wichtig ist.»

Er sah mich mit einem Anflug von Panik und regelrecht traurig an, als hätte ich ihn enttäuscht.

Ich versuchte es mit noch einem Lächeln. «Du musst dich entscheiden, wo du stehst, Jack. Bist du auf meiner Seite? Oder bei den Bösen?»

Seine Miene änderte sich nicht. «Oh, ich bin auf deiner Seite, Detective.»

16

Die Kapelle war ein schlichter Schrägdachbau. Betonstreben erhoben sich zu beiden Seiten vor einer dreieckigen Plattenglasfassade, in der Mitte befand sich eine gläserne Doppeltür. Sie war proper wie eine Kuckucksuhr, wie ein kleines Stück Schweiz, nur an die Ecke 7th Street und Broadway verpflanzt. Während ich die Stufen hinaufging, blickte ich mich um und sah die überschwemmte Grünfläche des Spielplatzes von Oakwood. Auf dem Kirchengelände ragten zwei Kreuze auf, das eine weitaus größer als das andere; beide waren mit einem Lautsprecher bestückt, der feierliche Bach-Musik in der Umgebung verbreitete. Immer noch drängten sich Autos auf den Parkplatz, die Menschen schoben sich die Stufen hoch, sogar ein paar Fernsehteams waren angerückt. Ich entdeckte Ward Jenssen, aber nicht bevor sie mich auch sah, nur diesmal kam sie von selbst herüber, unter einem lilagrün gestreiften Golfschirm. Wir stellten uns unter das überdachte Portal.

«Ich wollte mich wegen neulich entschuldigen. Dieses Interview gleich nach der Meldung über den Corcoran-Prozess kam zu schroff rüber. Tut mir Leid.»

«Schon gut.» Ich suchte die Menge nach Ricky Lee ab.

«Ich will nicht deine Feindin sein, Billy.»

«Wieso denn nicht? Wir haben es doch recht lustig dabei.» Ich sah Zed, den Kameramann, der in einer Kapuzenjacke an einem der Übertragungswagen lehnte. Ich hob die Hand und winkte ihm zu.

Ward fragte: «Bist du ganz allein hier?»

Ich nickte. Ich hatte Cataresco gesagt, sie müsse nicht mitkommen und mit mir Flagge zeigen; sie könne sich ruhig um ihre eigenen Fälle kümmern, obwohl ich natürlich aus gutem Grund gewollt hatte, dass niemand sonst aus meiner Abteilung anwesend war.

Ward zitterte leicht. «Ich hasse es, über Begräbnisse zu berichten. Da fühle ich mich immer wie die übelste Schnüfflerin. Du hast wenigstens eine Funktion hier. Du wirst rauskriegen, wer diese Frau ermordet hat, und alle werden dir dafür dankbar sein, auch wenn's keiner über die Lippen bringt. Bei mir aber wissen alle, dass ich nur wegen des schmierigen Nervenkitzels da bin – wobei ich nicht behaupten kann, den selbst zu verspüren.»

Trauergäste näherten sich und verhakten sich mit ihren Regenschirmen ineinander. Ich sah Richard Francis, im blauen Nadelstreifenanzug, weißen Hemd, mit schwarzer Krawatte, einen Regenmantel über den Arm gefaltet, was seine gepflegte, korrekte Erscheinung noch betonte. Er kam eilig die Stufen hinauf und warf mir einen sorgenschweren Blick zu, ehe er durch die offene Glastür ins Innere der Kapelle verschwand.

«Wer ist denn der Cary-Grant-Verschnitt?»

«Maes Arzt. Er hat sie von ihren beiden Söhnen entbunden.»

«Diese Frau war echt beliebt, was? Sie war eine Institution. Sie hatte Energie. Sieh dir all die Leute hier an. Das müssen doch an die zweihundert sein.»

«Leicht.»

«Glaubst du, bei dir kämen auch so viele?»

«Ist mir eigentlich egal.»

«Ach was, Billy. Es würde dir sehr wohl etwas bedeuten. Du möchtest von den Menschen, die dir wichtig sind, auch geliebt und geachtet werden.»

«Vielleicht.»

«Ich erinnere mich noch, als mein Vater beerdigt wurde. Was für ein Tag! Fünf Leute sind gekommen, davon einer aus Versehen, ein kleiner Kerl mit einem Abzeichen des Marine Corps am Revers. Oder vielleicht war der nur wegen des Essens da. Sollte eigentlich keine Rolle spielen, was? Tut es aber doch! Es muss wohl der Gedanke sein, dass es möglich ist, auf diese Weise eine sichtbare Zuneigung zu erhalten, sie wirklich zu verdienen und zu wissen, dass man diese Menschen irgendwie bewegt hat. Und wenn nicht, wenn einem das nicht gelungen ist, dann ist das traurig. Wie eine Reporterin auf einem Begräbnis.»

Ich hatte vergessen, wie sie war, wenn sie die Deckung fallen ließ. Sie war weicher; es lag eine tastende Zärtlichkeit in der Art, wie sie die Welt sah. Sie fuhr fort: «Oder andere unpassende Dinge. Wie ein Pariser mit guten Manieren. Oder ein Araber, der nicht steinreich ist. Oder jemand, der mich feuern lassen will, damit er mir Obst ins Krankenhaus bringen kann.»

«Worum geht es dir eigentlich, Ward? Was willst du von mir? Ich kapier das nicht ganz.»

«Ganz einfach. Ich möchte dich wieder sehen. Das würde mich sehr glücklich machen.»

«*Was* würde dich glücklich machen?»

«Ach, ich weiß nicht. Mal sehen. Sex am Nachmittag.»

«Flirten bei diesem Wetter, Ward?»

«Im Regen ist es am schönsten, Billy.»

Ein Toyota Land Cruiser bog um die Ecke und blieb mitten auf der Straße mit laufendem Motor stehen. Ein zweiter folgte ihm. Zwei von Ricky Lees Bodyguards sprangen aus dem ersten Wagen heraus und öffneten die hinteren Türen des zweiten. Nur Ricky Lee stieg aus. Er schüttelte den Kopf in Richtung seiner Leute und ging die Stufen zur Kapelle allein hinauf. Sein Bart war frisch gestutzt. Schwarze Perlen aus Ebenholz baumelten von den Enden seiner sauber getrieselten Dreadlocks. Ich versuchte, kurz seinen Blick aufzufangen, hatte aber kein Glück. Er wurde vor dem Portal sofort von Freunden, Verwandten und Trauergästen umringt und schien niemanden wahrzunehmen. Er war in seinem Kummer dickköpfig und muskulös, unbeirrbar. Der finsteren, zornigen Laune entnahm ich, dass seine eigenen Nachforschungen erfolglos verlaufen waren. In seiner Branche waren Wachsamkeit, Geduld und Timing das Wichtigste. Er musste wissen, wann man sich zurückhalten und wann man handeln musste, manchmal auch sehr brutal. Aber das hier mit seiner Mutter war etwas anderes. Ich spürte seine Verwirrung und Frustration. Gleichzeitig wusste ich, dass er ein Vulkan war. Früher oder später würde er über irgendjemandem voll ausbrechen. Es war sicherlich besser, mir einzureden, dass es nicht bei mir passieren konnte.

Ein kleines Mädchen rannte von drinnen auf ihn zu. «Daddy!»

Ward Jenssen flüsterte: «Der hat eine Tochter?»

«Wusste ich auch nicht.»

Das hatte nirgends in den Akten gestanden. Kein Wunder: Ricky Lee hätte diese Tatsache schon selbst bei einer Verhaftung erwähnen müssen, sonst wäre wohl niemand darauf gekommen. Er posaunte die Einzelheiten seines Privatlebens ja nicht gerade in die Welt hinaus.

Das kleine Mädchen hatte die großen Augen des Vaters. Sie war sechs oder sieben, ein paar Jahre jünger als Lucy. In ihrem schwarzen Samtkleidchen, mit blitzblanken schwarzen Lackschuhen und schwarzen Schleifen im Haar klammerte sie sich an seine Hände, während er sie mit beiden Armen hochhob und sich gegen die Schulter drückte, als wäre sie die Erlösung. Ich fragte mich, warum kein Foto von ihr auf Maes Tisch gestanden hatte, neben dem von Ricky Lee mit dem Tennisschläger aus glücklicheren Zeiten. Vielleicht hatte ich es übersehen, aber das glaubte ich nicht.

Eine laute Frauenstimme ertönte direkt hinter uns aus dem Inneren der Kapelle. «Angie, komm zu Mommy! Angie!»

Etwas am Klang der Stimme ließ mich aufhorchen. Im Umdrehen konnte ich das Gesicht der Frau zuerst in dem Gewühle und Durcheinander der Menge nicht erkennen, dann aber sah ich sie. Es war Renata, die Frau, die ich im Powerhouse getroffen hatte, jetzt allerdings war sie ganz in Schwarz gekleidet. Sie beugte ihren kräftigen, langen Oberkörper vor, um ihre Tochter zu sich zu holen. Auch wenn sie nichts mehr mit Ricky Lees Leben zu tun haben wollte, war sie doch die Mutter seines Kindes. Die Blicke, die sie wechselten, waren daher keineswegs neutral. Sie lächelte, er nicht, dafür küsste er das Mädchen auf die Wange und setzte es behutsam wieder auf den Boden. Es rannte zur Mutter zurück und klammerte sich an deren Beine.

Ich wusste nicht, was diese Verbindung bedeutete, eventuell gar nichts, aber jetzt wusste ich, was ich mit Charlie Corcorans persönlich signiertem Herb Ritts anfangen würde.

Ward fragte: «Wer ist die Frau?»

«Komm, ich muss jetzt reingehen.»

«Und ich muss hier draußen bleiben. Um euch alle zu erwischen, wenn ihr rauskommt.» Sie zuckte die Achseln. «Ist mein Job.»

«Brauchst du mir nicht zu erzählen.»

«Bist du immer noch sauer auf mich?»

«War ich doch nie.»

«Sag das nicht. Denn dann hätte ich schlecht gearbeitet. Ruf mich an, ja? Oder ich ruf dich an.»

Die Kapelle war gerammelt voll. Diese Menschen lebten alle mit dem gewaltsamen Tod. Jedes Mal wenn ein Polizeihubschrauber über dem Viertel kreiste oder wenn einer ihrer Jungen sich beim Heimkommen verspätete, mussten sie sich Sorgen machen. So viele Gangster starben, so viele und so schnell, dass sie Begräbnisse gewöhnt waren. Die Älteren unter ihnen kamen normalerweise, um ihre Kinder zu beerdigen, die Jüngeren, um sich von Freunden und Kameraden zu verabschieden. Und weil Mae eine echte Ausnahme war, eine respektierte, ältere und beliebte Frau, wurde die Tragödie nach außen hin umso stärker zelebriert. Es war, als wäre man beim Begräbnis eines kleinen Kindes, das versehentlich bei einer Schießerei getroffen worden war. Solche Dinge durften einfach nicht passieren. Der Schmerz trat offen zutage und war laut.

Der Sarg stand ganz vorne, eine schimmernde Kiste mit Messinggriffen, die von den Blumen fast zugedeckt wurde. Einer nach dem anderen trat vor, um ihn zu berühren. Manche hielten inne und sagten ein kurzes Gebet oder hegten vielleicht eine Erinnerung, während andere gesenkten Blickes gleich zurückkamen. Es regnete in Oakwood.

Ricky Lee, der sich in der vordersten Bank hingesetzt hatte, weinte nicht. Er saß reglos da. Sein Gesicht zeigte keine Bewegung. Ein-, zweimal wackelten seine Dreadlocks, schwangen hin und her, als er zu seiner Tochter hinübersah. Seine blonde Freundin verspätete sich und glitt auf den Platz neben ihm. Sie wirkte nervös, grinste erst und setzte dann eine traurige Miene auf, kam erst langsam in die Rolle hinein, aber vielleicht war das auch einfach ihr normaler Auftritt. Ricky Lees Blick durchbohrte sie kurz mit gleißender Wut, dann verwandelte sich sein Gesicht wieder in die steinerne Maske zurück.

Den Pfarrer hatte ich schon mal in der Gegend gesehen. Er fuhr einen bronzefarbenen Cadillac und war Mitte fünfzig, schmal, adrett und mit leichter Glatze, mit steifen grauen Löckchen, die fast büschelartig an seinen Schläfen in den absurd üppigen Backenbart hineinwuchsen. Wer sonntags an der Kapelle vorbeifuhr, hörte seine Donnerstimme bis auf die Straße hinaus.

Er nahm die Brille ab, rieb sich die Augen und seufzte. Eine Sekunde schien er erschöpft davon, das Ganze zu begreifen und immer Erklärungen und Trost finden zu müssen. «Im finsteren Tal lauern die Schatten des Todes, es lauern die Raubtiere», sagte er. «Aber du bist bei uns, Herr. Dein Stecken und Stab trösten uns. Wir werden bleiben im Hause des Herrn immerdar.» Lautsprecher brummten und knisterten, ehe sie zum Leben erwachten und die Stimme von Mae Richards aus ihnen erklang.

Zwei Frauen in Maes Alter weinten, stöhnten und klammerten sich aneinander. In der Stimme des Pfarrers lagen Tränen. Er leitete seine Gemeinde nun in einen pulsierenden Trauergesang: «Unser Vater, der du bist im Himmel, geheiligt werde dein Name ...»

Ricky Lees Lippen bewegten sich nicht. Unsere Blicke begegneten sich über den Köpfen der Gemeinde hinweg und hielten einander fest. Ich glaubte zu wissen, was in seinem hochkonzentrierten Schädel vorging. Er dachte: Ich habe das Geld, mit Geld lässt sich alles kaufen, und dieser McGrath ist gut, der ist angeblich der Beste. Wenn meine Jungs nichts rauskriegen und er schon, na sicher bezahl ich ihn dafür; das ist wichtig, es geht um meine Familie, meine Mutter, ich muss mich selbst um die Sache kümmern.

Ich nickte Ricky Lee beinahe liebenswürdig zu, so leicht wie eine Lüge, und nach dem Gottesdienst schob ich ihm eine Nummer zu, die ich auf einem alten Zettel notiert hatte. Es war ein Münztelefon in einem Restaurant in Culver City. Nachdem Ellen sich von mir getrennt hatte, war ich eine Zeit lang mit einer Frau zusammen gewesen, die als Kostümbildnerin im Sony/Columbia-Studio arbeitete, und wir hatten ein paar Mal dort zu Mittag gegessen. Es war ein Italiener, nichts Besonderes, einer von hundert ganz ähnlichen Läden in der Stadt: weiße Tischtücher mit Chiantiflaschen drauf, schaurige gelbe Farbe an den Wänden. Wär's eine Wohnung gewesen, würde man meinen, der Mieter müsste sich selbst hassen – aber es war keine Wohnung.

Ich kam ein bisschen zu früh. Ich suchte mir einen Tisch am Fenster aus, bestellte einen Kaffee und sah zu, wie der Regen auf das verlassene Jugendstil-Kino gegenüber herunterprasselte. Der Kartenschalter des Kinos hatte zu beiden Seiten goldene Flügel, wie eine Zauberkappe, mit der man fliegen konnte. Auf dem Dach war ein spitzer Turm, der im feuchten Nebel völlig verschwand. Der Kellner tauchte mit meinem Kaffee neben mir auf, und ich verrührte die Magermilch mit sanften Bewegungen meines Löffels. Ich war mir gar nicht so sicher, ob Ricky Lee anrufen würde. Ich war mir auch nicht ganz klar darüber, ob ich das eigentlich wollte.

Ich dachte an die zwei Männer, die ich in meinem Leben getötet hatte. Das erste Mal war es eine unschöne Selbstverteidigung gewesen, bei einer Hausdurchsuchung mit gezückter Waffe ganz am Anfang meiner Cop-Karriere. Ein Typ war mit der Pistole in der Hand von oben auf mich draufgefallen. Wir hatten auf dem Fußboden gerangelt, dann hatte ich meine Waffe an seinen Körper gebracht und zweimal abgedrückt. Das Zittern, als die Kugeln seinen Körper durchbohrten, hatte mich zweifeln lassen, wer hier eigentlich erschossen wurde. Kurzfristig blendete mich etwas Heißes, das mir ins Gesicht spritzte. Ich versuchte, unter ihm freizukommen, aber es gelang mir nicht, und selbst als er erschlaffte, als sein volles Gewicht auf meiner Brust lastete, floss das Blut immer noch weiter. Eine Kugel hatte die Lunge perforiert.

Sie fuhren mich nach Hause, ohne mich mit irgendwem reden zu lassen. Ich war immer noch blutverschmiert, als Ellen die Tür öffnete. Sie sagte kein Wort. Sie führte mich nur ins Bad, zog mich aus und stellte mich unter die Dusche.

Wenn ein Beamter im Dienst jemanden erschießt, dann geht man bei der Polizei davon aus, dass er dies höchstwahrscheinlich nach Dienstvorschrift getan hat, und deshalb wird die Angelegenheit zunächst nicht durch die Mordkommission, sondern von der Abteilung für Schusswaffengebrauch bei Polizeieinsätzen untersucht. So kann man sich erst mal zu Hause beim Warten beruhigen – oder eine plausible Geschichte zusammenbasteln. Von außen betrachtet, scheint das ungerecht; und manchmal ist es das auch. Andererseits ähneln die Typen in dieser Abteilung denen von der Internen Ermittlung: Verständnisvoll und versöhnlich sind die nicht.

Wir sprachen den Vorfall durch, und sie schrieben ihr Gutachten für das Polizeigericht. Mein tödlicher Schuss wurde dort für berechtigt befunden, aber ich war noch Monate danach völlig aufgewühlt. Oft wachte ich mitten in der Nacht auf, atemlos und um mich schlagend, da spürte ich wieder, wie schwer er war und wie sein Leben sich in einem Schwall über mich ergoss.

Was beim zweiten Mal passiert war, vor etwa einem Jahr, darüber hatten sich der Typ von der Drogenfahndung und der FBI-Mann am Tag von Mae Richards' Obduktion im Leichenschauhaus unterhalten. Der Verdächtige hieß Farber. Er war im Revier Rampart verhaftet worden, man hatte ihm Handschellen angelegt, aber dann hatte der Detective sich zum Schuhebinden niedergekniet und dem Mann die Chance zum Abhauen gegeben. Eine Suche in der ganzen Stadt wurde ausgelöst, weil Farber schon wegen zwei Morden gesessen hatte und in mehreren weiteren Fällen verdächtigt wurde. Er war Mitte zwanzig und gehörte zur Latino-Mafia, zu den harten Jungs von Salvatore Maratrucha, und er war ein eiskalter Killer gewesen, seitdem er zwölf war. Wir hatten einen Tipp bekommen, dass er sich in einem Apartment auf dem Palms Boulevard versteckt hielt. Drew Diamond ging als Erster hinein, aber gefunden habe ich ihn dann, wie er mit einer Mac10-Maschinenpistole in der Hand gerade hinten zum Schlafzimmerfenster hinauskletterte. Ich rief ihm zu: «Bleib stehen!» Er tat es nicht. Ich befahl ihm, die Waffe wegzuwerfen; er schwenkte sie zu mir herum. Ich hatte keine Angst. Ich gab den Schuss ab, als wäre ich wieder Teenager und es stünde nicht mehr auf dem Spiel als die Zukunft von ein paar Coladosen, die auf irgendeiner Mauer in England aufgebaut waren.

Diesmal wurde ich von einem ehrfürchtigen jungen Streifenpolizisten nach Hause gefahren, der mir immer wieder heimliche Seitenblicke zuwarf. Er konnte es nicht fassen, dass er mit so einem Helden im selben Auto saß. Am liebsten hätte ich ihn geohrfeigt für diesen Blödsinn. Ich rief Ellen aus meiner Wohnung am Hafen an, und sie fragte mich, was ich empfände. «Nicht viel», sagte ich. Ob ich rüberkommen wolle? «Nein, das geht schon. Gib Lucy einen Kuss von mir.» Diesmal kamen keine Träume, allerdings fingen kurz danach meine Depressionen an. Farber war nicht der Grund, aber der Auslöser. Nach dem Verlust von Ellen und Lucy, nach dem Verlust meines Herzens und von allem, was gut in mir gewesen war, und mit der wachsenden Langeweile bei meiner Arbeit, die unweigerlich folgte, fand ich allmählich, ich hätte nicht mehr Recht auf ein Weiterleben als der Mörder, den ich getötet hatte. Es war, als hätte ich gelebt und geliebt, dann alles verpatzt und am Ende die Tür zugeschlagen.

Das Münztelefon war hinten neben dem Männerklo in einer ruhigen Ecke. Als es klingelte, stellte ich sachte meine Tasse ab und bedeutete dem Kellner, ich würde schon rangehen.

«McGrath», sagte Ricky Lee. «Sie wollten mit mir reden?»

Das schwarze Brett über dem Telefon war mit Flyern und Zetteln für leere Wohnungen und Schauspielklassen bestückt. Ein Sprayer hatte sein Tag auf der Seitenwand verewigt, ein paar gekrakelte Buchstaben liefen in den Farbspielen auf und ab: JOKER.

«Ich habe verstanden, was du meinst, Ricky Lee, offenbar hat jeder Mensch seinen Preis. Aber meiner ist nicht fünfhunderttausend. Ich will eine Million. Eine Million Dollar.»

«Du kannst mich mal.»

«Du willst von mir, dass ich zwanzig ehrenvolle Jahre hinter mir lasse, in denen ich den Kopf aus dem Dreck rausgehalten habe. Ich verhandle da gar nicht. Ich hätte einen Namen für dich: Ich weiß, wer deine Mutter getötet hat. Also liegt die Sache jetzt in deiner Hand. Eine Million. Du kannst die Chance nutzen oder eben nicht. Was willst du tun?»

«Ich werde das Riesenarschloch umbringen, das meine Mutter getötet hat.»

«Dann nimmst du meinen Vorschlag also an?»

Er schwieg einen Moment, ehe er antwortete: «Ich höre dir zu, was immer du mir zu erzählen hast.»

«Bring das Geld her!»

«Hey, ich muss deine Story erst mal überprüfen.»

«Keine Chance, Ricky Lee. Ich stehe kurz davor, meine Ermittlungen gegen den Täter zu beenden. Ich habe einen Zeugen, der einen seiner Bodyguards vor dem Haus deiner Mutter gesehen hat, eine Stunde bevor die Leiche gefunden wurde. Meine Mordakte ist fast komplett, und bevor ich dir auch nur die erste Seite daraus vorlese, will ich mein Geld sehen.»

Sein Zorn löste den Abstand zwischen uns auf. «Okay, du kriegst es.»

Auf dem Rückweg nach Venice kaufte ich ein großes Kuvert, steckte das signierte Foto von Charlie Corcoran hinein und warf es in den Briefkasten des Powerhouse Theater, ohne einen Brief hineinzulegen, den Umschlag zu beschriften oder auch nur zuzukleben. Ich dachte mir, wenn Jack Brewster seine Geschichte einem von Ricky Lees Homeboys erzählte und dann noch vielleicht das Foto Ricky Lee auf diesem zweiten Weg erreichte, wäre es umso besser. Alles war genau durchdacht, ich legte falsche Spuren, konturierte meine Version, schrieb meine eigene Akte.

17

Im Polizeirevier schrillten die Telefone. Eine Tür schlug so laut zu, als knallte sie direkt in meinem Kopf. Natürlich war es möglich, dass Ricky Lee, auch wenn er der Zahlung von einer Million zugestimmt hatte, es sich noch anders überlegte und dagegen entschied. Darauf war ich gefasst. Dann würde ich von dem Treffen, das wir für den nächsten Tag vereinbart hatten, einfach ohne Geld wieder abziehen. Aber ich war vor die Wahl gestellt worden, und nun hatte ich entsprechend meinen Entschluss getroffen, hatte die Schwelle übertreten, was mir niemand, sogar ich selbst nicht, je zugetraut hätte. Ich verspürte Erregung, Angst und jenen elektrisch aufgeladenen Nervenkitzel, den man als Kind kennt, wenn man etwas Verbotenes zum ersten Mal tut.

«Zwei Typen waren hier für dich», sagte Cataresco. «Einer von der Drogenfahndung und einer vom FBI. Sahen aus wie zwei von den sieben Zwergen, nur dass der eine echt groß war. Der andere hatte einen Pferdeschwanz und war so hübsch und eitel, dass er offenbar glaubte, ich würde mich gleich mit ihm verabreden. Na, von wegen. Weißt du, was dieser erbärmliche blonde Zwerg meinte? Der sagt doch glatt zu mir: ‹Sind Sie lesbisch, Cataresco? Hey, hab kein Problem damit, echt. Ich finde es toll, dass heutzutage Schwule und Lesben bei der Polizei eine Chance bekommen.›»

«Und was hast du geantwortet?»

«Ich hab ihm gesagt, wenn er starken Frauen gegenüber

unbedingt mit der typischen Phantasie des unsicheren Heteromackers reagieren müsste, dann hätte ich nichts dagegen. Außerdem hab ich ihm den Rat gegeben, dass er für lange Haare schon etwas zu alt sei. Was meinst du, Billy? Hältst du mich für 'ne Lesbe?»

«Also, wenn du schon fragst: nein. Ganz bestimmt nicht. Komisch, ich hab diesen DEA-Typen gar nicht *so* klein in Erinnerung. Gibt's bei den Bundesbehörden denn nicht Vorschriften über eine Mindestkörpergröße?»

Wir saßen im Dienstraum, ich an meinem Schreibtisch, die Hände hinter dem Kopf verschränkt, vor dem Schrank mit den Mordakten, dessen Türen verschlossen waren. Catasresco saß mir gegenüber, kaute Kaugummi und stützte die Ellenbogen auf die Tischkante. Larry Murakamis Pingpongball ruhte noch in dem Becher, wo ich ihn abgelegt hatte. Ich nahm ihn heraus und ließ ihn ein paar Mal vom Boden aufspringen.

«Und was wollten die zwei, abgesehen von deinem Wohlwollen?»

«Sie stellten einen Haufen Fragen wegen Ricky Lee.»

«Und?»

«Ich hab ihnen gesagt, soweit wir wüssten, sei es keineswegs sicher, dass er überhaupt etwas mit dem Tod seiner Mutter zu tun habe.»

«Braves Mädchen. Halten wir diese Schnüffler aus der Sache raus.»

Sie starrte mich an, grinste und schob sich einen neuen Kaugummi in den Mund. Sie freute sich über irgendwas, noch etwas anderes.

«Was ist?»

«Willst du raten?»

«Ich bin nicht so gut im Raten.»

«Ach ja, dein Ding sind ja die Intuitionen. Ist das übrigens nicht eher was für Frauen?»

«Ich hab einen guten Draht zu meinen weiblichen Anteilen, Cataresco. Das weißt du doch.»

«Erinnerst du dich an den Müllsack?»

«Der in Maes Haus auf dem Boden lag, obwohl eine ganze Rolle davon an der Wand hing? Ja, ich erinnere mich. Den hatte wohl jemand mitgebracht.»

«Wie sich herausstellte, war eine Produktionsnummer drauf. Und zwar wurde das Ding irgendwann vor zwei bis drei Monaten in einem Staples-Drogeriemarkt verkauft. Und rate mal, wo?» Sie hob die Hände mit den klar lackierten Nägeln in die Höhe. «Schon gut, schon gut, du magst ja nicht raten.»

«Long Beach.»

«Hallo, du bist ja richtig gut. Stimmt genau. In Long Beach. Und damit nicht allzu weit weg von …»

«Palos Verdes und dem Haus von Dr. Richard Francis.»

«Der außerdem einmal wöchentlich im Long Beach Memorial Hospital praktiziert.» Der Boden bebte leicht, wie in einem Fieberschauer. «Hast du das auch gespürt?»

«War nur ein kleines, eine Erinnerung daran, dass wir in Los Angeles auf einer tektonischen Bruchlinie leben, falls wir das vergessen haben sollten. Wir waren gerade bei Francis.»

«Wie gesagt: Der Müllsack kam aus einem Staples-Laden auf dem Long Beach Boulevard.»

Ihr Blick war erwartungsvoll und wissbegierig, so wie auch ich in der Schule die Lehrer angesehen hatte, die ich bewunderte. Deshalb war sie zum Ocean-Revier gekommen. Ich war der Beste in der Stadt. Ich würde ihr beibringen, wie man eine Mordakte so messerscharf und kugelsicher zusammenstellte, dass in zehn Jahren andere Anfänger voller Ehrfurcht darin blätterten.

Ich sagte langsam: «Das mit dem Müllsack ist gut. Der Müllsack gefällt mir.»

«Sehen wir uns an, was wir haben. Er und Mae hatten ein

Verhältnis. Daraus ergeben sich schon mal eine ganze Reihe von möglichen Motiven.»

«Kann sein.»

Sie zählte die Punkte an ihren schlanken Fingern ab. «Er war am Nachmittag des Mordes bei ihrem Haus, damit hätten wir räumliche Nähe und Gelegenheit.»

«Kann sein. Und was spricht dagegen?»

«Na, du hast dir den Mann gehörig vorgeknöpft, und er hat nichts ausgespuckt.»

«Also, selbst wenn er es war, und ich sage nicht, dass ich das glaube, müssten wir noch wesentlich mehr gegen ihn haben, ehe ich riskieren würde, wieder rauszufahren oder ihn vorzuladen, um weiteren Druck auf ihn auszuüben. Er war heute beim Begräbnis. Und er trauerte, das war offenkundig. Wahrscheinlich wusste er, dass ihn dort niemand allzu gern gesehen hat.»

«Würdest du hingehen, wenn du sie umgebracht hättest?»

«Wo ist Drew eigentlich?»

«Muss ein Geschenk kaufen.»

«Ein Geschenk? Ich fasse es ja nicht. Weihnachten ist doch längst vorbei.»

«Was glaubst du, Billy?»

«Worüber?»

«Über Francis. Ist er so kaltblütig?»

Ich sagte, ich sei mir da nicht sicher. Ich konnte ihr nicht sagen, was ich gerade mit Ricky Lee und Corcoran vorhatte, Mann, *das* war erst mal kaltblütig. Mein eigenes Leben war nicht gefährdet. Es war keine Sache, die im Affekt des Augenblicks geschah, sondern eher eine Art lange geplanter Anschlag. Wie aus der Ferne gesteuert. Charlies Leiche würde nicht wie ein Sack Zement auf mir liegen und mich mit Blut besudeln. Im Grunde machte es das noch viel schlimmer.

Cataresco erhob sich vom Stuhl und streckte sich. Sie kam zu meiner Seite des Schreibtisches herum und starrte auf die

Mordakte Mae Richards, blätterte ein paar Seiten um, suchte nach einem Hinweis.

«Sag mir mal, was *du* glaubst.»

«Ich glaube, Francis hat sie umgebracht», antwortete sie.

«Wenn irgendein Verteidiger dich das so früh in den Ermittlungen sagen hört, kannst du den Fall gleich vergessen.»

«Ich weiß, ich sollte keine voreiligen Schlüsse aus dem geringen Beweismaterial ziehen. Aber was hast du mir mal gesagt? Dass es okay ist, einem Gefühl zu folgen, dass vage Ahnungen ganz in Ordnung sind, solange man sich nur klar ist, dass die anderen nicht unbedingt auch davon überzeugt sein müssen. Und deshalb muss man eben einfach doppelt so viel Beweise sammeln. Ich will mit diesem Burschen reden. Darf ich?»

Ich rutschte auf meinem Stuhl herum und rollte den glatten Pingpongball zwischen den Fingern hin und her. «Ich halte das nicht für eine so gute Idee. Noch nicht.»

Sie stieß mit dem Kopf nach vorn. «O Mann, irgendwas ist total faul an der Sache. Ich hab so ein komisches Gefühl. Er war es, da bin ich mir sicher.»

Nach dem zweiten Drink in der Circle Bar sah ich zum Fernseher hoch und dachte einen Moment lang daran, Ward Jenssen anzurufen. Es liefen gerade die Nachrichten. Ihre Visitenkarte, auf der sie hinten ihre Privatnummer draufgekritzelt hatte, steckte in meiner Brieftasche; also schob ich mich an einem mürrischen Rocker mit eingeschlagenen Zähnen vorbei, dann an einem Spinner mit langen Haaren, die unter seiner Baseballmütze hervorstanden wie Engelsflügel, und hatte schon beim Telefon hinten an der Theke die Hand am Hörer, als ich stattdessen beschloss, lieber Ellen und Lucy zu besuchen.

Der Parkplatz sah aus wie eine Landkarte von Minnesota, lauter Seen. Ich tapste vorsichtig dazwischen herum, um trockene Füße zu behalten, und dachte dabei über Cataresco nach. Ich wusste, was in ihrem Kopf vorging. Sie würde diesen Fall nicht einfach vergessen. Ich musste äußerst vorsichtig sein und aufpassen, dass sie ihn nicht am Ende löste und mich damit ins Grab brachte, denn wenn ich eine Million von Ricky Lee einsteckte und später durch Catarescos Eifer dazu gezwungen wurde, vor Gericht einen anderen Täter zu präsentieren, dann würde er mich besuchen kommen, und zwar mit seiner berüchtigten schlechten Laune. Ich überlegte, ob ich, selbst wenn ich mit absoluter Sicherheit wüsste, dass Francis der Mörder von Mae Richards war und sogar noch sein freiwilliges Geständnis vor Zeugen in der Hand hätte, ebenfalls bereit wäre, ihn an Ricky Lee auszuliefern. Wahrscheinlich nicht. Jeden beliebigen Täter wollte ich offenbar nicht für Geld töten lassen.

Was ich tat, war unrecht. Da gab es nichts zu entschuldigen. Ich konnte mich nicht einmal auf Charlie Corcorans Wertlosigkeit als Staatsbürger berufen. Er schuf Tausende von Arbeitsplätzen. Etliche Millionen mussten in ihn verliebt sein, zudem war Denise Corcoran nicht gerade ein Engel gewesen. Als ich darüber nachdachte, wurde mir etwas unwohl bei dem Gedanken, Gott zu spielen, Corcoran auszuliefern und Ricky Lee die Sache erledigen zu lassen, so wie ein Trainer den Spielplan für seinen Quarterback entwirft: *Jetzt geh und mach sie fertig!* Obwohl es für mich natürlich um etwas anderes ging. Ich sah darin eine Art planbare Gerechtigkeit, mit der es eine Disharmonie zu korrigieren, einen schrecklichen Justizirrtum zu tilgen galt; und dann waren da noch das Feuer und die Erregung meiner ganz persönlichen Gefühle – mein Zorn auf Charlie, meine beklemmende Geldnot.

Ich wusste, dass der Tod zehntausend verschiedene Pforten kennt, durch die der Mensch seinen Abgang machen kann, doch da saß ich nun und entwarf ein ganz eigenes Szenario, extra für Corcoran. Die Erfahrung sagte mir, dass solche Pforten manchmal tückische Scharniere haben: sie können zurückschlagen und einen selbst treffen. Es war riskant, Catarescu und Diamond waren nicht blöd, und ich wollte sie für dumm verkaufen.

Meine Hand lag auf der Autotür, als ich den Kerl aus der Bar sah, er hatte einen wilden Blick drauf, und in den abstehenden Flügeln seines Haars funkelten Regentropfen. Er war völlig besoffen, torkelte in seinen Stiefeln umher und hatte ein Messer in der Hand, eine matte, kurze Klinge. «Ist 'n Überfall», sagte er. «Was sagste dazu? Gib mir dein Geld, Arschloch.» Dann ging er auf mich los, sein Körper samt Messer wurde von einem Zucken nach vorne gerissen, aber so langsam und vorhersehbar, dass ich einfach beiseite trat und er beinahe hinfiel. Stolpernd und fluchend fuchtelte er mit seiner Waffe in der Luft herum.

«Ich halte das für keine besonders gute Idee. Erstens bin ich ein Cop. Zweitens hab ich das hier», sagte ich und schlug meine Jacke zurück, um ihm die Beretta zu zeigen.

«O Scheiße, Mann», stöhnte er und ließ das Messer sinken, als wäre die Szene typisch für sein Leben, für die Gemeinheit der Welt. «Ist denn das zu fassen?»

«Weißt du, was passiert, wenn du so weitermachst? Entweder legt dich einer um und ich seh dich demnächst auf einem Stahltisch im Leichenschauhaus, oder du legst selbst einen um, und dann gehörst du mir. Ich werde dich *besitzen*, Alter.»

«Ich weiß ja, Mann», sagte er, stampfte mit dem Stiefel auf und warf den Haarschopf herum, «ich bin so fertig.» Dieser Gedanke kam ihm, als hätte er ihn noch nie gehabt, was eine echte Erleuchtung nach sich zu ziehen schien, die ihn prompt seinen Kurs und seine Taktik ändern ließ. «Wie wär's denn dann, wenn du mir was borgst?»

«Nein, aber ich schenk dir fünf Dollar. In Ordnung?»

Er grinste und zeigte ein irres Gebiss. «*Bandidos desperados.*»

«Klingt wie echt schlechtes Spanisch», sagte ich und reichte ihm den Schein. «Hey, mir ist es hier zu nass, okay?»

Lachend fuhr ich davon, schlug auf das Lenkrad des Porsche und fragte mich: Wie deutlich musst du eigentlich noch gewarnt werden? Was ich da tat, war genau das Falsche. Als professioneller Kenner von Mord und Totschlag wusste ich, was selbst mit den besten und einfachsten Plänen geschah – sie gehen alle schief. Der Typ, den du ausrauben willst, ist von der Polizei. Der Fahrer des Fluchtautos hat Streit mit der Freundin und verspätet sich deshalb. Weil die Pistole nicht funktioniert, wird ein Baseballschläger gepackt und auch verwendet, der Täter wäscht und säubert ihn ordentlich, aber ein einzelnes Haar von ihm bleibt in einem kleinen Spalt der Lackierung zurück. Ein Bote vom Paketdienst klopft unerwartet an der Tür mit einer Eilsendung Vitamine für die soeben im Schlafzimmer massakrierte Frau, was den Täter erst nach Bargeld suchen lässt und dann nach einem Kugelschreiber, weil der des Paketboten nicht schreibt, und was fällt beim Herumwühlen unbemerkt zu Boden, während er zwei Zwanzigdollarscheine aus dem Portemonnaie zieht? Ausgerechnet eine seiner Visitenkarten! Ich hab's selbst erlebt. Ich hatte diese Karte in der Hand.

Das Haus am Nowita Place war ein Leuchtturm in der Nacht, goldenes Licht strömte aus jedem Fenster. Als ich den schlammigen Weg entlangrannte, hörte ich Gelächter und eine Sinfonie von Mahler, die mich pathetisch daran erinnerte, dass es zu Ende war. Ich blieb an der Tür stehen, klopfte und hörte das Lachen verstummen, bevor ich eintrat.

«Hallo, allerseits», rief ich, als ich in der Tür stand und mit den Füßen aufstampfte, und im selben Moment kam ich mir wie ein Idiot vor. Sie saßen zu sechst um den Tisch, auf dem Kerzen brannten. Die Gäste kannte ich alle. «Hallo, Rachel. Hallo, Tom.» Rachel hatte mehrere kleine Independent-Filme produziert, Tom war ein bekannter Architekt in Venice, der eine Reihe von bislang noch unbewohnten Sechsecken aus

Glas auf den Abbot Kinney Boulevard gestellt hatte. Das andere Paar waren James und Becky, an deren Berufe ich mich nicht mehr erinnerte, obwohl ich noch wusste, dass sie einen Sohn hatten, John, einen fröhlichen Zweijährigen mit einem riesigen Kopf. Der fünfte Gast war Drew Diamond. Er saß Ellen gegenüber am Kopf des Tisches, auf meinem einstigen Stammplatz. Er stellte rasch sein Glas ab und erhob sich, wobei er meinem Blick auswich.

«Ich gehe wohl besser», sagte er, und ich bekam auf einmal einen ganz anderen Drew zu Gesicht, einen verlegenen und unbeholfenen Kerl, der dennoch versuchte, das Richtige zu tun – nicht meinetwegen, sondern Ellen zuliebe. «Oder möchtest du, dass ich bleibe?»

«Bleib», antwortete Ellen, hob die Hand und sah mich an. «Billy», sagte sie in resigniertem Ton, der gezwungen ruhig klang. «Ist es dringend?»

In meinem Inneren schnappte etwas. «Dringend? Keine Ahnung. Sag du's mir. Was geht hier vor?»

«Abendessen. Sieht man das nicht?»

«Wirklich?»

«Müssen wir das jetzt bereden?», fragte sie, blickte die anderen an und zuckte entschuldigend mit den Achseln.

«Ich will es aber jetzt bereden. Sofort.»

«Billy», sagte sie flehend.

Diese Sache ging nur sie und mich etwas an, niemanden sonst. Als Rachel und Tom einen Blick wechselten, hätte ich sie am liebsten mit meinem Zorn betäubt. Ich spürte, dass ich zitterte. Das Beste wäre es, zu gehen. Es wäre klug, keine Szene zu machen. «Entschuldigt mich, Leute», sagte ich. Ohne auf Ellens flammenden Blick zu achten, ging ich an ihrem Stuhl vorbei durch das Wohnzimmer, den dunklen Korridor entlang bis zu Lucys Schlafzimmer, wo ich die Tür zumachte und mich so fest dagegenlehnte, dass mein Hinterkopf ihren dort aufgehängten Mantel berührte.

Die papierdünnen Wände des Hauses ließen mich unfreiwillig die Unterhaltung belauschen, die im Wohnzimmer allmählich wieder in Gang kam. Ein Messer klapperte, jemand hustete und im Hintergrund lief diese Schicksalsmusik. Drew sagte, es sei schon spät und er wolle jetzt gehen, worauf Ellen meinte, er dürfe noch nicht und das komme gar nicht infrage.

Drew und Ellen: mein Zorn zerrann zu Ungläubigkeit. Wie hatte ich dermaßen blind sein können, um so etwas nicht zu merken? War er nett zu ihr? War er witzig? Hatte ich tatsächlich so vieles von dem übersehen können, was an dem Mann interessant war? Ellen und *Drew*? War er gut im Bett? Waren sie schon im Bett *gewesen*? O Gott.

Eine Nachttischlampe erhellte den leeren Raum und warf einen goldenen Schein auf Lucys Zeichnungen, ihr Skateboard, ihre Brad-Pitt-Poster, den Teddybären mit dem schlaffen Kopf, den ich am Tag ihrer Geburt gekauft hatte. Alles hier fühlte sich weich und beruhigend an, vertraut eben. An den Wänden hingen Karten von Afrika und Europa. Einer dieser Apple-Computer stand auf ihrem Schreibtisch, der sanft leuchtende Bildschirm zeigte schon wieder Fische, die Luftblasen ausstießen. Auf dem Boden lag ein gestreifter Baumwollteppich, den wir mal bei einem Ausflug nach Ensenada gekauft hatten. Ich sah ein Aquarell von den San Gabriel Mountains, das sie selbst gemalt hatte, die Berge waren geheimnisvoll und noch schneebedeckt. An einer Pinnwand hingen Postkarten von ihren Lieblingsgemälden, und die Decke, das kannte ich noch nicht, war mit Sternen bemalt, fünfzackige Goldspritzer auf einem blau-lila Hintergrund.

Es war ein Zimmer zum Zurückziehen, das Spiegelbild – so sagte ich mir gern – eines kleinen Mädchens mit einem wunderbaren, ausgeglichenen Innenleben. Ich erinnerte mich, wie eine der Lehrerinnen in der Carrefour School die Kinder einen Aufsatz darüber schreiben ließ, was sie später einmal tun wollten, wenn sie erwachsen wären. Lucy hatte geschrieben, sie beabsichtige, im Museum of Modern Art auszustellen, Holland zu besuchen und sich alle Galerien dort gründlich anzusehen, auf Teneriffa Wasserski zu laufen, mit ihren Pinseln auf einem Ozeandampfer um die Welt zu fahren und irgendwo in den Tropen unter Palmen am Strand zu liegen und Kokosmilch zu schlürfen wie Gauguin. Alle Achtung, hatte die Lehrerin gesagt, aber wird dein Daddy dir das alles bezahlen können? Lucy war an jenem Tag mit derselben Frage zu mir gekommen. Sie wollte nur wissen, wie die Sache stand. «Ist schon okay, falls du es nicht kannst, das macht nichts», hatte sie gesagt. «Dann muss ich es eben hier geschehen lassen.» Dabei hatte sie sich an den Kopf getippt.

Aus dem anderen Raum hörte ich jetzt Stühle scharren, das Geräusch von Schritten, Dankesworte und Verabschiedungen. Es hatte eine Weile gedauert, aber mein Auftritt war peinlich genug gewesen, um sie zum Gehen zu bringen. Ich wurde rot im Gesicht. So benahm man sich einfach nicht. Ellen sagte zu James und Becky: «Also, wenn ihr Lucy und mich am Mittwoch zum Babysitten braucht, ruft einfach an, ja? Wir machen es gern. Und wir treffen uns nochmal, bevor wir abfahren!» Drew ging als Letzter, ließ die anderen hinaus und fragte Ellen dann, ob bestimmt alles in Ordnung sei. Sein Tonfall war liebevoll, zärtlich, ohne Druck. Ellen sagte: «Kein Problem, ehrlich. Ruf mich an.» Sie küssten sich.

Kurz darauf kam sie in ihrem Rollstuhl hereingefahren und zog die Tür zu, ein leises Klicken und dann ein etwas lauteres, eine knappe Kombination von Klängen, die für mich – als ich selbst in diesem Haus gewohnt hatte und Lucy ins Bett brachte oder in unserem eigenen Bett auf der anderen Seite des Korridors lag und darauf wartete, dass Ellen aus Lucys Zimmer zurückkam – Familie bedeutete, mein Heim.

«Du hast mir meine Party verdorben.»

«Tut mir Leid. Tut. Mir. Leid.»

«Ist schon gut, ich mach eine neue.» Beim Lächeln zogen

sich ihre Augen zusammen, und in den Winkeln entstanden kleine Fältchen. Ellen hatte das großartigste Lächeln, so als wäre sie von einer Ladung Glück in den Bauch getroffen worden. Dies hier war nur eine Ahnung davon.

Sie tat ihr Bestes, um ruhig zu bleiben. Ich fragte: «Wo ist Lucy?»

«Sie schläft bei ihrer Freundin. Dominique. Du weißt schon, die Kleine, deren Eltern aus Frankreich kommen.»

«Ich vermute, Drew wollte auch bei seiner Freundin schlafen?»

«Du hast kein Recht, das zu fragen.»

«Ich weiß. Ich frage trotzdem: Vögelst du mit ihm?»

Sie wartete und sah mir prüfend in die Augen, ehe sie antwortete: «Ja, tu ich.»

«Aha, das wäre also das», sagte ich und sank auf dem Stuhl vor Lucys Computer zusammen, nicht verärgert, sondern erschöpft, entleert und fühlte mich wie ausgelutscht. Ich wollte nicht daran denken. Dann fiel mir ein, wie Drew sich irgendwann an einem Tatort ein Brot geschmiert hatte, und ich wurde von neuem wütend. «Du und Drew? Soll das ein Witz sein? Der Typ hat doch keinerlei Mitgefühl. Das ist ein Verlierer. Scheiße, Ellen, der Kerl hört Pauly Shore.»

«Du weißt überhaupt nichts von ihm, Billy. Du hast ihn beiseite gestoßen und versuchst zu vergessen, dass er mal dein Freund war. Er ist überhaupt nicht so, wie du denkst. Drew ist kein Verlierer. Und er braucht mich.»

«Das tue ich auch.» Die Worte waren laut genug, um die Luft zum Erstarren zu bringen. «Es tut weh.»

«Wir haben alle unsere Schmerzen.»

Ich stand lachend auf und lehnte den Kopf an die Pinnwand, gegen all die Kunstpostkarten. Ich fragte mich, weshalb ich mich nur Ellen gegenüber so offenbarte, dem einzigen Menschen, der meine Bluffs garantiert durchschauen würde. Sie war das Publikum meiner besten und schlimmsten Auftritte, war bei den ausgelassenen Tänzen mit Lucy durch die Zimmer dabei gewesen, hatte mich Geschirr und Mobiliar zerschmettern sehen oder wenn mir ein Mord die Tränen in die Augen getrieben hatte. Sie sagte einmal: «Ich habe deinen Code geknackt», und vielleicht hatte sie Recht. Manchmal hatte sich unsere Ehe wie Krieg angefühlt, ein Kampf bis aufs Messer, aber immerhin war es ein Kampf voller Leben gewesen.

«Als ich reinkam und ihr alle da gesessen habt, da hab ich eigentlich keinen von euch gesehen. Ich bekam einen Einblick in das Chaos meiner eigenen Seele. Ich hätte ihn töten können, Ellen, und dich auch. Das erschreckt mich, es *entsetzt* mich, dass ich dich noch mehr verletzen könnte. Mein Gott, du weißt doch, dass ich dich liebe.»

Mit geschlossenen Augen schüttelte sie den Kopf, das Licht schimmerte golden auf den kastanienbraunen Spitzen ihres Haars, und sie sagte: «Das darfst du nicht sagen.»

«Warum nicht?»

«Ich mache mir Sorgen um dich, Billy. Ich empfinde mehr Respekt und Bewunderung für dich, als du denkst.»

«Und irgendwann, vielleicht nicht jetzt oder in den nächsten paar Wochen, aber irgendwann werden wir wieder zusammenkommen.»

Sie sprach leise, aber ohne zu lächeln. «Ach, Billy.»

«Sieh mal, ich weiß, dass du nach Seattle gehst und dass es in letzter Zeit eher unwahrscheinlich schien; aber wir werden wieder zusammen sein, eines Tages, wir drei, oder? Ist das nicht unvermeidlich?»

Als Ellen herüberkam, meine Hand ergriff und drückte – ein trauriger Druck, der Trost verleihen sollte –, wurde mir zum ersten Mal klar, wie sehr ich auf diesen verborgenen Hoffnungsschimmer vertraut hatte und wie verloren ich war. Ich würde sie niemals wiederbekommen, und während ich noch mit dieser Einsicht kämpfte, zitterte ihre Hand in meiner. Sie sagte: «Ich bin siebenunddreißig, Billy. Eine allein stehende Frau. Und ein Krüppel. Ich werde nie mehr am Strand oder im Griffith Park spazieren gehen. Ich kann nie mehr selbst mit dem Auto die Küste nach Crescent City runterfahren. Ich werde nie wieder in den Redwoods stehen und die Erde unter meinen Füßen spüren, während der Wind in den Bäumen flüstert. Wenn ich in ein Restaurant gehe, muss ich mir von jemandem auf die Toilette helfen lassen. Glaub mir, das ist eine Eigenschaft, die nur wenige Männer attraktiv finden. Ich werde niemals in die wildeste Wildnis mit Drew oder dir oder sonst wem gehen, wandern oder angeln und Lucy dabei in meinen Armen herumwirbeln. Im Bett bin ich nicht gerade ein Energiebündel. Ich werde nie mehr bei Point Dume schwimmen gehen, weil ich das jetzt nur noch in ruhigem Wasser kann. Ich brauche ihn, Billy. Das ist die Wahrheit.»

Ihr angespannter Körper zuckte unter ihrem Weinen und Schluchzen. «Ich wünsche mir diesen neuen Anfang so sehr, aber woher soll ich wissen, ob es auch wirklich funktioniert? Ich schaffe das nicht allein», sagte sie. «Ich habe Angst, Billy.»

18

Ricky Lee saß im Rose-Café und lächelte nicht. Er war nervös und fahrig, denn er musste sich um eine notwendige, aber unerfreuliche Sache kümmern. Er musterte mich völlig ausdrucks- und humorlos und sagte: «Männerklo. Du wirst erwartet.» Als ich mich umdrehte und an der Theke mit ihren fauchenden Espressomaschinen vorbeiging, spürte ich seinen Blick in meinem Rücken, in ihm brannte der Wunsch nach Rache.

Einer seiner Jungs war tatsächlich schon da, ein Typ in schwarzen Schlabberhosen. Er starrte in den Spiegel und schob sich mit dem rechten Zeigefinger ein gerötetes Augenlid nach unten, als ob irgendetwas damit nicht stimmte. Er drehte sich zu mir herum und setzte eine Drahtbrille auf – aalglatt, anders als normale Bodyguards. Er wirkte mehr wie ein Buchhalter als ein mit einer Uzi bewaffneter Kleiderschrank, und er knallte mir eine schwarze Sporttasche hin. Er zog den Reißverschluss auf und legte einen Haufen Hundertdollarscheine frei, gebündelt und säuberlich gestapelt, sodass ich nicht einmal die Hand bis zum Boden schieben, geschweige denn zu zählen anfangen konnte. «Das hier sind fünfhunderttausend. Die kriegst du jetzt gleich, nach deinem Gespräch mit Ricky Lee – *falls* er mit dir zufrieden ist. Die andere Hälfte kriegst du, wenn der Typ tot ist.»

«Das war nicht die Abmachung.»

«Das ist *unsere* Abmachung», sagte er, zog den Reißverschluss wieder zu, ging raus und ließ mich mit meinem

Schwanz in der Hand zurück, sodass ich beim Pinkeln überlegen durfte, ob ich wegen dieser kleinen Kraftprobe einen Aufstand machen sollte. Ich tat es nicht, weil ich Angst hatte, Zeit zu verlieren. Ich machte mir Sorgen, Cataresco könnte etwas in der Hand haben, von dem ich nichts wusste, und würde den Fall in Kürze hinter meinem Rücken lösen. Wegen Ellen und Drew war ich immer noch wie gelähmt, hatte Angst wegen Lucy, aber ansonsten – so sagte ich zu mir, während ich die Hände an einem Papiertuch abtrocknete und meinen Anzug zurechtzog, als ginge ich zu einem Vorstellungsgespräch, was ja irgendwie auch stimmte – war ich Herr der Lage.

Ricky Lee wartete, als ich zurückkam, er saß schon an einem der hohen, unbequemen Tische. Wegen des Regens war es im «Rose» ziemlich leer. Neben dem Buchhaltertyp, der an einem anderen Tisch Platz genommen hatte und in *Forbes* blätterte, während die Geldtasche sicher zwischen seinen Stiefeln ruhte, hatte Ricky Lee nur einen einzigen Typen von seiner üblichen Kriegertruppe mitgebracht, zweifellos seinen Vertrauten, eine imposante Figur, die von mir abgewandt in der Nähe der Tür saß; der Kragen seines ledernen Trenchcoats war um seinen Hals hochgeschlagen, der so breit war wie bei vielen Leuten der Rücken. Der Kerl war so riesig, dass es einen Moment dauerte, bevor ich Ricky Lees dritten Gefährten bemerkte, einen schokoladefarbenen Pitbull-Terrier, dessen unheilvolle Schnauze sich in mein Hosenbein bohrte.

«Yo, Luther!», sagte Ricky Lee. «Beiß den Cop nicht. Noch nicht.»

Er fütterte den Hund mit einem abgebrochenen Stück Himbeercroissant. Es war nicht ganz die Situation, die ich mir für mein Angebot ausgemalt hatte. Ich begann: «Deine Mutter wurde von einem Mann namens Charlie Corcoran ermordet. Von dem wirst du ja schon gehört haben. Er war im Gefängnis, als es passierte, aber der Schuss wurde von einem seiner Männer abgegeben.»

Obwohl Ricky Lee die Hand gelassen zu der schleckenden Zunge seines Hundes hinabbaumeln ließ, bekam ich jetzt seine volle Aufmerksamkeit. «Das ist doch Quatsch!»

«Charlie Corcoran», sagte ich. «Er war es.»

Er zog eine verächtliche Grimasse. «Du hasst dieses Arschloch», sagte er. «Schließlich seh ich fern. Du willst ihm doch bloß eine Falle stellen.»

So weit war seine Reaktion ganz wie erwartet. «Tja, in dieser Frage dürftest du mit dem ermittelnden Staatsanwalt zufällig mal gleicher Meinung sein. Stimmt schon, dass zwischen Charlie und mir nicht gerade die große Liebe herrscht. Aber es stimmt auch, dass er jemanden angeheuert hat, deine Mutter zu vergewaltigen und ihr dann einen Kopfschuss zu verpassen.»

Er gab keinen Ton von sich, doch seine Hände bebten jetzt leicht und seine Augen zuckten, als ob dahinter zwei Kontinente, einer eisig starr, der andere glühend heiß, miteinander kollidierten, während er sich überlegte, ob er mich an der Kehle packen sollte.

«Ich tu mein Bestes, Material für eine Verurteilung zu sammeln, aber der Erfolg ist eher unwahrscheinlich. Der Typ hat's geschafft, dass jeder so denkt wie du: Die Cops wollen ihn bloß quälen. Na ja, irgendwie hat er da ja auch Recht. Und ich bin bei dieser Jagd sein spezieller Plagegeist, der total versessen darauf ist, diesen Wichser zur Strecke zu bringen. Er hat deine Mutter umgelegt, Mann, und da stellt sich die Frage: Was wirst du unternehmen? Denn ich vermute stark, der Staatsanwalt geht damit nicht vor Gericht. Wenn man ihn nicht mal des Mordes an seiner Frau überführen konnte, welche Chance haben wir dann bei einem Nobody wie deiner Mutter, einer schon etwas älteren schwarzen Frau, deren Sohn ein stadtbekannter Gangster ist? Entschuldige, ich nenne nur die Fakten, so wie sie der Staatsanwalt garantiert betrachten wird. Natürlich könnte er auch darauf bauen, dass ihm der Fall politisch nützen würde. Aber verlass dich besser nicht darauf.»

Zum ersten Mal spürte ich wirklich, wie gefährlich Ricky Lee war. Er hielt den Arm erhoben, gab seinem Soldaten an der Tür ein Zeichen. Ich drehte mich lieber nicht um. Falls ich Ricky Lee am Ende nicht überzeugte, würde er mich wohl umlegen lassen. Vielleicht machte sich der Typ an der Tür gerade fertig, um mir in den Rücken zu schießen.

Das war kein Kindergeburtstag. Ich ging aufs Ganze, und ich war entschlossen, es mit Willenskraft und Schlauheit durchzuziehen, mich nur auf mein Köpfchen zu verlassen, während ich lächelnd sagte: «Dieser Staatsanwalt ist einer, der gerne sein Gebiss herumzeigt, wenn du verstehst, was ich meine. Der interessiert sich nur dann für tote Schwarze in Oakwood, wenn sie seiner Zahnpflege nützen. Und deine Mutter genügt diesen Ansprüchen nicht ganz.»

Ich wusste nicht, ob Jack Brewster bereits mit einem von Ricky Lees Leuten geredet hatte oder ob die Nachricht davon ihn persönlich schon erreicht hatte. Wenn beides zutraf, könnte mir das meine Aufgabe erleichtern; wenn nicht, würde Ricky Lee die Bestätigung eben später bekommen. Es machte nicht allzu viel Unterschied, solange nur beide Versionen zusammenpassten.

Keine Kugel hatte mich bis jetzt durchbohrt. Niemand hatte sich abrupt oder heftig bewegt, auch wenn Ricky Lee aussah, als würde er am liebsten um sich schlagen. Sein brennender Blick verlagerte sich von dem Typ an der Tür und legte sich wieder auf mich.

«Ich hab einen Zeugen, der hat Corcorans Bodyguard beim Haus deiner Mutter am Tag ihrer Ermordung gesehen. Er trug irgendwas hinein, ein Paket oder einen großen Sack oder so was. Und dieser Bodyguard war beim Militär, das ist ein kräftiger Bursche. Der könnte deine Mutter ohne weiteres hochheben.»

Ricky Lee entspannte sich etwas. Sein Blick ließ mein Gesicht los und wanderte zur Tür, die im Wind schwang. «Ja, hab schon was gehört von diesem Bodyguard.»

Gut, dachte ich, brav gemacht, Jack. Ein feiner Kerl, der mir ergeben war.

«Das Ganze kam so», sagte ich. «Denise und Charlie Corcoran bekamen ein Baby mit Down-Syndrom. Er wollte, dass sie es abtreiben ließ, aber sie war dagegen, dafür musste sie den Jungen bei ihrer ehemaligen Schwiegermutter in Texas verschwinden lassen. Es ist eine widerliche Geschichte, eine von der Sorte, die seinen Ruf hätte beschädigen oder gar ruinieren können. Aber er kam mit der Schwiegermutter ins Geschäft, und er dachte, Denise würde sich mit der Zeit auch damit abfinden. Aber das tat sie nicht. Sie konnte nicht damit leben. Dass sie überhaupt mitgemacht hatte, zerriss sie innerlich. All diese Dinge hatten sich gerade ereignet, als sie deine Mutter kennen lernte. Das lief damals über dieses Theater. Na, und Mae muss wohl ein großes Herz gehabt haben, denn der Kleine von Denise kam öfter nach Los Angeles und durfte deine Mutter dann immer bei ihr zu Hause besuchen.»

Ricky Lee sah auf die sechs Fotos, die ich aus der Mappe genommen hatte. Ich bewegte nicht den Kopf, zuckte mit keinem Muskel.

«Denise wollte sich dafür irgendwie bei Mae bedanken, also überredete sie ihren Mann, bei einer Fundraising-Veranstaltung des Theaters aufzutreten. Hätte eine Menge Spenden bedeutet. Aber an dem Tag ließ Charlie ihnen von jemandem ausrichten, dass er es doch nicht schaffen werde. Er sei leider berühmt und viel beschäftigt und habe deshalb seine Termine durcheinander gebracht, es täte ihm schrecklich Leid. Hier, da ist ein Bild von deiner Mom mit Denise und dem kleinen Jungen, dem Baby mit dem Down-Syndrom.» Ich legte ihm den Schnappschuss hin, den ich von Louise Szell hatte, und Ricky Lee beugte den Kopf darüber. Ich hatte vor, diese Sache wie ein umgekehrtes Verhör aufzuziehen: Zwar übernahm ausnahmsweise ich das Reden, aber ich bemühte mich trotzdem um eine ähnliche Einstellung – geschäftsmäßig, ruhig und bedacht darauf, nicht so zu erscheinen, als wollte ich ihn einfangen oder über den Tisch ziehen. «Tja, aber sie hatten das im Theater seit Wochen angekündigt. Es war eine Riesensache, und Mae hatte keine Lust, das einfach so hinzunehmen. Also rief sie Denise an. Denise sagte, sie und Charlie hätten deshalb Streit gehabt. Hier, willst du mal diese Protokolle der Telefongesellschaft sehen?»

Ich zeigte ihm ein paar von den Unterlagen, die ich routinemäßig von der Telefongesellschaft angefordert hatte. Gleich auf der ersten Seite fand sich, gelb unterstrichen, der Anruf von Corcorans Büro beim Theater am Tag des Todes seiner Frau. «Und das hier ist der Ausdruck für deine Mutter. Sie rief bei einer von Corcorans Geheimnummern an. Er lässt sie alle paar Monate ändern. Siehst du, da?» Die Nummer, auf die ich zeigte, war der Anschluss einer chemischen Reinigung in der Montana Avenue, aber ich konnte wohl mit ziemlicher Sicherheit davon ausgehen, dass Ricky Lee das nicht wusste; und es war auch unwahrscheinlich, dass er alle oder auch nur eine einzige von Charlies richtigen Telefonnummern kannte.

Es war noch immer sehr gefährlich. Ich war mir die ganze Zeit bewusst, dass der Monolith an der Tür auf meinen Rücken zielte, während Ricky Lee wegsah und leicht nickte, als wollte er sagen: *Sicher, na klar.* «Und was hat das alles damit zu tun, dass meine Mutter tot ist?»

«Corcorans Leute sagten, sie würden ein signiertes Foto oder so was schicken, irgendwas Wertvolles, das sie versteigern könnten.»

«Ja, davon hab ich auch schon gehört.» Aus seiner schwarzen Jacke zog er das Foto heraus, das von Herb Ritts; es war nicht mehr im Rahmen, sondern in der Mitte zusammengefaltet. Er strich es auf dem Tisch glatt.

«Wo hast du das her? In Maes Haus war es nicht.»

Er zuckte die Achseln. «Außerdem hab ich gehört, dass du meine Frau besucht hast. Meine Exfrau.»

«Das hat sie dir erzählt?»

Er gab keine Antwort.

«Da wusste ich noch nicht mal, dass du verheiratet warst. Steckt das Leben nicht voller Überraschungen? Ich hab deine kleine Tochter gesehen. Beim Begräbnis. Sie ist richtig süß. Du kannst stolz auf sie sein.»

«Sie ist mein kleiner Engel. Hast du Kinder, McGrath?»

«Eins. Auch ein Mädchen.»

«Ah ja, stimmt. Ich glaube, das wusste ich.» Seine Stimme klang träge und gleichgültig, während seine wachsamen Augen nach einem Sinn suchten, erst auf dem Foto von Charlie Corcoran, der sein Filmstarlächeln aufgesetzt hatte, dann in meinem Gesicht. Sein Blick ließ mich nicht los. Ich war der Gefangene dieses Blickes, der vorstieß und sich in mein Innerstes bohrte, mich ermahnte, nie etwas für selbstverständlich zu halten. Er war ein cleverer Typ, besaß einen klaren Kopf mit geschärften Instinkten von all den Jahren, die er bei seinen Geschäften davongekommen war. Es war fast, als ob er mich beschnüffelte, so wie sich sein Hund vorher für mein Hosenbein und die Haut darunter interessiert hatte. Ricky Lee nahm Maß, um zuzubeißen.

«Du wirst mir das etwas näher erklären müssen. Da hätten wir also ein Foto. Ich begreif immer noch nicht, wieso er deshalb meine Mom umgebracht haben sollte.»

«An jenem Abend kam sie bei ihm zu Hause vorbei, um sich das Foto abzuholen.»

Seine Rückfrage kam blitzschnell: «Das hat dir Corcoran erzählt?»

Jetzt betrat ich unbekanntes Land, es gab keinen Plan

mehr, an dem ich mich orientieren konnte. «Wenn du's wissen willst: ja.» Ricky Lee konnte das unmöglich nachprüfen, aber zufrieden war er trotzdem nicht.

«Sonst noch was?»

«Sie sah dort etwas, das sie nicht hätte sehen sollen. Das hat mir Corcoran natürlich nicht erzählt. Er sagte mir aber, dass sie bei ihm war, das Foto von seinem Assistenten bekam und wieder ging. Er hatte Angst, dass sie zu viel wusste, wegen des Kindes und wegen des Mordes. Und deshalb hat er sie umlegen lassen.»

«Woher willst du wissen, dass sie was gesehen hat?»

«Weil sie's jemandem erzählt hat. Sie hatte Schiss.»

«Wem hat sie das erzählt?»

«Du weißt doch, dass ich dir das nicht sagen kann.»

«Derselbe Typ, der seinen Bodyguard erkannt hat?»

Ich verhielt mich vollkommen ruhig. Drüben an der Theke gab es ein Klappern und Zischen, als eine Latina einen Espresso aufkochte. Ich dachte mir, wie gut es war, dass Jack Brewster seine Geschichte schon erzählt hatte. Das machte es leichter, ihn noch weiter mit einzubeziehen. «Ja, ich glaube, ich kann's dir wohl sagen: Es war derselbe. Er kannte deine Mutter. Hat sie gern gehabt.»

Ricky Lee rutschte auf dem Stuhl herum und starrte aus dem Fenster. Der Eisladen gegenüber schimmerte in pastellfarbenem Neon. Die Reflexionen ergossen sich über das Straßenpflaster. Etwas von dem Blei, das er in seinem kompakten, drahtigen Körper trug, arbeitete vielleicht gerade in ihm und schickte elektrische Botschaften an sein Gehirn. Ganz wichtig dabei war, dass ich genau wusste, wie gern er mir glauben wollte. Seine Homeboys waren herumgerannt, hatten in den Straßen gefragt und kein Wort gehört, keine Spur gefunden, bis auf die eine, die von mir gelegt worden war. Er suchte fieberhaft nach einer Antwort. Im Augenblick war die Lösung des Mordes an Mae sein innigster Wunsch.

«Ich werd ihn nächste Woche verhaften. Ob ich genug Beweise habe, um den Fall durchzukriegen? Tja, sicher bin ich mir nicht: vielleicht ja, vielleicht auch nein. Wie gesagt, der Staatsanwalt will, dass ich's lasse. Aber das mach ich nicht. Ist nicht mein Stil. Also schlag ich bald los. Das gibt dir etwas Zeit zum Handeln, aber nicht allzu viel, denn wenn ich erst mal zupacke, dann gehört er mir, dann ist er geliefert. Ich hol ihn mir, weil ich genau weiß, dass er's war – er hat deine Mutter töten lassen. Tu ich's nicht, wird er wieder mal davonkommen, so wie beim letzten Mal, nur diesmal ist es keine Weiße, sondern eine Schwarze.»

Langsam, mit der Beherrschtheit und Eleganz eines Sportlers, beugte er sich hinunter, um seinem Hund noch ein Stück Croissant zu verabreichen, und dann sah er mich mit wütendem Blick und gebleckten Zähnen an, es war das Gesicht eines Jägers, des Räubers, der schon alle anderen im Teich gefressen hatte. «Verarschst du mich hier?»

«Andererseits», sagte ich sehr schnell, mit rasendem Puls, aber ruhiger Stimme, «vielleicht willst du ihn dir ja auch gar nicht selber holen. Das ist nicht irgendein kleiner Dealer in Culver City. Corcoran ist ein Furcht einflößender, mächtiger Mann. Guter Freund des Präsidenten. Es war ein grauenhaftes Verbrechen, Ricky Lee. Sie haben es so hingekriegt, dass es aussah wie eine Sexgeschichte.»

Ein Lichtblitz ließ seine Augen blutrünstig aufleuchten. «Er ist tot», sagte er und sah mich an wie ein Stück Beute, das den Blick nicht erwidern konnte. Der Pitbull hob den Kopf und ließ eine rosa Zunge heraushängen, mit der er seinem Herrn die Hand leckte. «Der Typ ist tot. Meine Freundin, die kennt sich mit so was aus, sie hat gesagt, das Foto da ist von 'nem berühmten Kerl in New York gemacht worden. Das Ding wär sogar einiges wert, meint sie. Klar, jetzt ist es wohl im Arsch, aber ich werd's dem Schwein sowieso auf die Stirn nageln, wenn ich ihn erst mal umgelegt hab.»

Sie ließen die Tasche in der zweiten Kabine des Männerklos zurück, immer noch voll gestopft mit dem Geld. Ich atmete tief durch und jubelte innerlich, trug die Tasche zum Waschbecken und spritzte mir einen erfrischenden Schwall Wasser ins Gesicht. In dem grell erleuchteten Spiegel war mir mein Ausdruck ebenso vertraut wie fremd. Meine Haut leuchtete wie eine blanke Münze. Ich hatte Ricky Lee erzählt, dass Corcoran jeden Donnerstag in «Nick's Bar and Grill» auf dem Abbot Kinney Boulevard zu Abend aß, eine alte Routine, die er zumal während der Verhandlung wieder belebt hatte, wodurch er demonstrierte, dass in der wunderbaren Welt des Charlie Corcoran alles wie gewohnt ablief. Ricky Lee hatte gesagt, er würde mich wissen lassen, wann der Schlag erfolgen sollte. «Hey, hey», murmelte ich und wandte mich von dem Spiegel ab.

Als ich herauskam, war Ricky Lee samt seinem Hund Luther verschwunden, und auch von dem hünenhaften Bodyguard und der aalglatten Brillenschlange war nichts mehr zu sehen. Vom Münztelefon aus rief ich beim Dienst habenden Sergeant an und fragte, ob es Nachrichten für mich gäbe. Ich sagte ihm, ich hätte gerade im «Rose» einen Kaffee getrunken und würde jetzt weiterfahren, begann also schon damit, meine Spuren zu verwischen und die Geschichte zu entschärfen für den Fall, dass sie mich irgendwann einholen sollte. Wenn ich schon so einen riskanten Zug wagte, und ich hatte ihn gewagt, dann wollte ich ihn auch richtig machen.

Draußen pfiff der Wind in plötzlichen, harten Böen. Einen Moment lang ließ der Regen nach, und der Parkplatz lag völlig still und friedlich da, grau wie ein Panzer, ehe der Regen wieder mit tausend glitzernden Nadeln darüber herfiel. Schon in der kurzen Zeit, die ich zu meinem Porsche brauchte, war ich pitschnass. Ich fummelte mit dem Schlüssel herum, riss die Tür auf, stellte die Geldtasche kurz auf meinen Sitz und wollte sie gerade auf die Beifahrerseite hinüberstoßen, als ich

Drew Diamond dort sitzen sah. Er hatte einen steifen Tweedhut auf dem Kopf, eine ungeöffnete Flasche Johnnie Walker in der Hand, und seine in edles Tuch gehüllten Beine standen zu beiden Seiten der Pfütze im Fußraum. Er wirkte recht munter und voll nervöser Erwartung, wie er so dasaß, seine glatt rasierten Wangen verströmten einen Hauch von Limetten-Aftershave.

Das war's dann, dachte ich, schon aufgeflogen. Es ist vorbei, bevor es anfängt. So weit also meine Laufbahn als Verbrecher, ich war verwundert und auch verärgert. «Drew», sagte ich, «woher zum Teufel wusstest du, wo ich bin? Und wie, verdammt nochmal, bist du in mein Auto reingekommen?»

Er wedelte entschuldigend mit der Hand in Richtung Zündung. «Ellen hat mir mal erzählt, dass du deinen Ersatzschlüssel unter der Tür an der Fahrerseite angeklebt hast.» Drew war nicht zynisch wie vor ein paar Tagen, sondern wie ein Mann, der plötzlich über das Leben staunen konnte. «Tut mir Leid. Ein Wunder, dass das Klebeband nicht abgeht bei dem Regen.»

«Ist ein gutes Klebeband, wasserfest. Und grün.»

«Los», sagte er und packte die Tasche. «Komm rein, raus aus dem Regen.» Er versuchte sie unter das Rückfenster zu klemmen, aber weil sie dort nicht hinpasste, drehte er sie einfach um und legte sie sich auf den Schoß, wobei ich die Banknotenbündel rutschen und rascheln hörte. «Wusste gar nicht, dass du trainieren gehst.»

«Manchmal.» Ich stieg ein und zog die Tür zu. Ich beugte mich über seine Knie und drückte dabei die Tasche und das Geld platt, während ich eine Papierrolle aus dem Handschuhfach zog. Ich riss ein paar Blätter ab und tupfte mir Haare und Gesicht trocken. «Wie hat es mit dir und Ellen angefangen? Was war das mit dem Autoschlüssel? Erzähl schon, Drew, das interessiert mich wirklich. Und was hat dir Ellen sonst noch so für Geheimnisse über mich erzählt?»

«Jetzt geh nicht auf mich los, Billy, ja? Ich fühl mich ohnehin schon beschissen genug. In San Diego war das, glaube ich, da hab ich mal bei einem Mietwagen die Schlüssel stecken lassen und die Tür zugeworfen. Da hat sie erzählt, wie schlau du bist, wie weitsichtig, als wüsste ich das nicht längst.»

«In San Diego?»

«Wir waren da mit Lucy im Zoo.»

«O Gott», sagte ich, während das Papiertuch in meinen Fingern zu Brei wurde. Wenn Drew wirklich hier war, um mich auffliegen zu lassen, warum war er dann nicht selbstgefällig und großspurig, und wieso stand nicht alles voller Streifenwagen und Polizisten? Stattdessen war da nur der Regen und ein höchst unsicherer Drew mit seiner ungeöffneten Whiskeyflasche. Ich sagte: «Hab auch gerade soziale Kontakte gepflegt: Ich komme vom Kaffeetrinken mit Ricky Lee Richards.»

«Sag bloß», erwiderte er.

Darauf folgte ein angespanntes Schweigen, was die Chance auf eine lockere Unterhaltung eher unwahrscheinlich werden ließ.

«Bist ja ziemlich schwer aufzutreiben dieser Tage. Ich hab dich heute die ganze Zeit gesucht.»

«Wie hast du mich überhaupt gefunden?»

Er hob seinen Hintern an und drückte die Tasche mit dem Ellenbogen gegen die Tür, während er die Johnnie-Walker-Flasche mit den Knien einklemmte und den Verschluss aufdrehte. Das Innere des Wagens wurde von einem warmen Duft nach Whiskey erfüllt.

Er fragte: «Willst du ’n Schluck?»

«Ich dachte, du willst aufhören mit dem Zeug.»

«Machen wir mal eine Ausnahme.»

Der erste Schluck rann mir die Kehle hinab und wärmte meinen Bauch. Mir wurde klar, dass alles in Ordnung war. Er wusste offenbar nichts von dem Geld. «Danke.»

«Tut mir echt Leid wegen gestern Abend, Billy», sagte er. «Ich wollte dir das schon seit Wochen erzählen, aber Ellen war dagegen. Sie war sich nicht sicher. Meinetwegen, nehme ich an.»

Ein Lastwagen rauschte auf der Electric Avenue vorbei und ließ ein Bukett aus wilden Fontänen aufstieben. Der Porsche, vom Kielwasser erfasst, schwankte wie ein Schaukelstuhl. Ich hoffte nur, Drew würde sich beeilen und bald aussteigen, bevor er auf die Idee kam, in die Tasche zu sehen.

«Wie viel hast du für den Wagen bezahlt?»

«Fünfzehn.»

«Ja, Ellen meinte auch, es war ein schlechter Deal. Entschuldige, *entschuldige.*» Er schüttelte den Kopf, wie um zu sagen, dass er solche gefühlsmäßig heiklen Situationen nicht gewohnt sei. «Das war damals eine Beschlagnahmung, oder?»

«Stimmt, ich schulde dem ersten Besitzer immer noch die Hälfte.»

«Wie viel Versicherung?»

«Neunhundertfünfzig, ziemlich heftig.»

«Du hast hier ein Leck, hinter dem Handschuhfach. Ich würde deine Tasche ja da hinstellen, aber es ist so nass.»

«Ach, mach nur, wenn's dir zu schwer ist.» Er reagierte nicht. «Wie bist du denn nun mit Ellen zusammengekommen?»

Er nahm einen vorsichtigen, fast schon diskreten Schluck aus der Whiskeyflasche und richtete den Blick nach oben, wo der Regen aufs Dach prasselte. «Hörst du manchmal Radio?»

«Klar, Drew. Ich hör oft Radio.»

«Auch die Klassiksender?»

«Kommt schon vor», sagte ich und fragte mich, wo das hinführen sollte.

«Na ja. Also. Tja.» Er nahm noch einen Schluck, etwas hastiger jetzt, offenbar zur Stärkung. «Da läuft manchmal Werbung für ‹Perfect Strings›. So 'ne Art Treffpunkt. Man setzt sich rein, es gibt was zu trinken. Kein harter Alkohol natürlich, nur Wein.»

«Klar, nur Wein.»

«Man knabbert was, probiert einen feinen Chardonnay und hört dazu klassische Musik.» Er nickte vor sich hin, Drew der Träumer, den jetzt die Erinnerung zurücktrug. «Ist auf dem Pico Boulevard», sagte er, als würde das alles erklären.

«Lass mich das zusammenfassen: Du hast Ellen zufällig in einem Single-Club für Klassikliebhaber getroffen? O Mann, das ist ja brüllend komisch. O Mann …» Ich wollte lachen, brachte aber nur einen Seufzer heraus bei dem Gedanken an Ellen, die mit dem Rollstuhl irgendwohin fuhr, wo man Mozart spielte, damit sie mit ein paar fremden Leuten reden konnte.

«Sie war nur einmal da. Der ganze Club ist von ihrer verrückten Freundin gegründet worden.»

«Megan?»

«Ja, die Esoterikerin.»

«Und du, Drew? Was hast du denn da gemacht, im ‹Perfect Strings›?»

Er sah kurz aus dem Fenster, versetzte sich wieder zurück an jenen Tag. Seufzend sagte er: «Das war während des Corcoran-Prozesses. Gleich nach meiner Aussage. Weißt du noch, wie mir dieser Dreckskerl von Anwalt im Zeugenstand eine Lobotomie verpasst hat? Da war ich echt ganz unten. Mann, ich war kaum noch vorhanden.» Er blickte mich scharf an, sein massiges, mächtiges Gesicht war vor Schmerz zerfurcht. «Hast du schon mal an Selbstmord gedacht, Billy?»

«Manchmal.»

«Ich war dicht dran damals. Ich wollte nach Hause fahren, einen Brief für meine Tochter schreiben, mich voll kiffen. Und mir dann die Kanone in den Mund stecken. Ich war so müde, total gerädert von der ganzen Plackerei. Und dann hörte ich diesen Werbespot im Radio.» Er schüttelte den Kopf. «Ach, was soll's, dachte ich. Wenigstens nochmal was Lustiges erleben, bevor ich Schluss mache, nicht? Und da war sie. Hab sie gleich beim Reinkommen als Erstes gesehen. Als hätte sie jemand dort hingesetzt, um mich zu retten. Sie kam zu mir heran, strich sich das Haar aus den Augen und sprach darüber, wie wir uns Jahre zuvor mal getroffen hätten.»

«Du warst gerade dabei, deiner Tochter beizubringen, wie man einen angeschnittenen Ball schlägt.»

«Ja, das wusste Ellen auch noch.» Er drehte den Kopf, wieder etwas verlegen, und berührte eine Hautstelle, die vom zu heftigen Klingeneinsatz beim Rasieren rot und wund gescheuert war. «Ich selber erinnere mich gar nicht mehr an den Tag. Aber sie war eine ziemlich fähige Baseballspielerin, meine Kleine.»

«Wo ist sie eigentlich jetzt?»

«Auf dem College. Oben in Santa Cruz. Sie wird dann Jura studieren. Ist das zu fassen?» Er nickte stolz. «Sie ist echt 'n tolles Mädchen. Erstaunlich, dass sie das alles gepackt hat.»

«Ihr hattet immer ein ziemlich gutes Verhältnis, stimmt's?»

Er fasste sich an den Hut, dann kratzte er unsicher an einem abstehenden Haarbüschel. «Und du hast dich also mit Ricky Lee getroffen? Worum ging's denn da?»

«Er überlegt sich, nach Paris zu gehen, um einen Roman zu schreiben.»

Mit der freien Hand klatschte er auf die Sporttasche, um zu zeigen, dass er den Witz kapiert hatte. «Und nennen will er ihn *Auf der Suche nach der verschissenen Zeit,* was? Verdammt, Billy, wir waren doch mal gute Freunde.»

Langsam hatte ich weniger davor Angst, dass Drew das Geld entdeckte, als vor der Aussicht, auf eine seiner Angeltouren eingeladen zu werden.

«Was ist da passiert?», fragte er.

«Unsere Karrieren, der Job.»

«Du hast mich verarscht, Billy», sagte er – nicht ärgerlich, sondern mit einem gelassenen, beinahe entrückten Lächeln.

«Verarscht hast du dich selbst.»

«Da hast du wohl Recht.» Er seufzte und hob die Flasche zum Mund, ließ sie aber wieder sinken, ohne zu trinken, dann schraubte er den rot-goldenen Verschluss wieder darauf. «Weißt du, ich hab keine Lust mehr auf diesen Whiskey. Willst du was?»

«Danke, danke nein. Jedenfalls gehöre ich nicht zur neuen Generation. Für die steht Cataresco.»

Drew hörte gar nicht richtig zu. Er schob die Tasche herum, kratzte sich an der Brust und klopfte sanft auf seinen Schmerbauch, als wollte er ihn von nun an nur noch mit sorgsam ausgesuchtem Essen und Trinken füllen, nach einem guten und exzellent ausgeführten Plan, ja als fühlte er sich wie ein neuer Mensch. «Weißt du, ich dachte, ich wär schon jenseits von gut und böse. Wenn du mir gesagt hättest: ‹Es gibt Menschen, die sind nicht mehr zu retten. Das sind einfach böse alte Bären, denen man hier und da mal einen Schlag mit 'ner Eisenstange verpassen muss›, ich hätte gemeint: ‹Genau. Das bin ich. Ich bin dieser Bär.› Ich dachte, ich wäre am Ende. Ich dachte, es wär zu spät, alles aus. Und dann kam noch das andere dazu, aber lassen wir das jetzt. Jedenfalls: Weißt du, was Ellen damals zu mir sagte?»

«Nein, was?»

Er wiegte grinsend den Kopf, vergnügt und verwundert bei der Erinnerung daran. «Sie sagte: ‹Es ist nie zu spät. Du kannst noch mit deinem letzten Atemzug neu anfangen.› Ist das nicht unglaublich?»

«Klingt ganz nach Ellen.»

«Ja, wirklich, nicht wahr?» Er sprach leise, beinahe ehrfürchtig, und ich musste mich hinüberbeugen, um die Worte beim Hämmern des Regens zu hören. «Ich hätte es dir früher erzählen sollen. Es war nicht richtig, dass du es so erfahren musstest. Ich liebe sie. Das wollte ich dir sagen.» Er sah sich mit leiser Panik um, weil ihm einfiel, dass er dabei eigentlich auf Holz klopfen sollte. «Sie versucht mich zu heilen. Und ich liebe sie, ja wirklich. Was will man mehr?»

Nach diesen Worten floh er praktisch, indem er die Tür aufriss und hinaussprang, um dann aber noch einmal den jetzt mit dem Tweedhut bedeckten Kopf hereinzustecken und zu sagen: «Bis später.» Dann war er weg, knallte die Tür derart vehement zu, dass der Wagen eine volle Minute lang schaukelte, während ich mir die Anzeichen der letzten Monate vor Augen führte. Alles war jetzt ganz deutlich: Da war sein wieder erwachter beruflicher Ehrgeiz. Dann sein Entschluss, mit dem Trinken aufzuhören. Und schließlich die schicken Klamotten, die auch nicht mehr nach Zigarettenqualm stanken.

Ich zweifelte nicht an Ellens Fähigkeiten, bei so ziemlich jedem eine wundersame Verwandlung zu bewirken, aber wieso Drew, und wieso gerade jetzt? Er schien stolz und glücklich zu sein, und ich beneidete ihn, was etwas Neues war, obwohl ich nicht so sicher war, ob es mir gefiel, dass er etwas von meinen hart verdienten zwei halben Millionen abbekam, von denen ich bis jetzt erst eine hatte. Andererseits, warum denn nicht? Herzlichen Glückwunsch, wenn Ellen es so wollte und sie in Sicherheit waren.

Der Regen prasselte weiter auf das Wagendach. Ich drehte den Zündschlüssel, und der Porsche erwachte zu hochtourigem Leben. Ich löste die Handbremse, sah auf den Beifahrersitz, und auf einmal wich alle Atemluft aus mir: Der Sitz war leer. Panisch beugte ich mich vor und fummelte mit der Hand im Fußraum herum: ebenfalls leer. Die Tasche war weg, samt dem Geld darin. «Drew!», schrie ich und wischte über die beschlagene Windschutzscheibe, um ihm nachzusehen. «Scheiße, Drew!»

Die Tür ging auf, und da war er wieder, brachte das Unwetter herein, er hielt sich mit einer Hand den Hut fest, mit der anderen schob er die Tasche zurück auf den Beifahrersitz. «Tut mir gleich nochmal Leid, Billy. Weiß gar nicht, was ich mir dabei gedacht hab. Ich hab total vergessen, dass ich das Ding hier beim Aussteigen noch in der Hand hatte. Wenn das so weitergeht, brauch ich langsam eine Gehirnoperation. Ich seh dich morgen im Büro, ja? Bis dann also.»

Zurück auf die Electric Avenue, Richtung Oakwood, ich atmete tief durch, bis mein Herz wieder ruhiger ging. Vorbei an der alten Bibliothek, deren Mauern von Einschüssen beschädigt waren, was sie im Regen unerwartet massiv wirken ließ. Im Sommer hatte ich früher oft mit Lucy auf dem Rasen gesessen und ihr Kinderbücher vorgelesen.

Es fuhr mir jemand nach, ein großer schwarzer Geländewagen, und als ich in den Palms Boulevard einbog, kamen mir seine starken Scheinwerfer hinterher. Ich bog am Lincoln rechts ein, und die Scheinwerfer wurden noch greller in meinem Rückspiegel. Inzwischen war ich leicht nervös und fragte mich: Werde ich hier etwa verfolgt? Ich stieg aufs Gas und erwischte gerade noch eine gelbe Ampel am Venice Boulevard, damit hängte ich ihn ab. Während ich weiter Richtung Washington Street fuhr, sah ich mehrmals in den Spiegel. Er war weg. Wahrscheinlich hatte ich nur phantasiert. Das Geld ruhte sicher eingebettet in meiner schwarzen Nylontasche.

Ich wollte sie ursprünglich in der Gepäckaufbewahrung am Flughafen oder einem Schließfach der Union Station deponieren, aber das war zu kompliziert, und ich wollte das Bargeld ja jederzeit zur Hand haben, weil ich nicht vorhatte, es allzu lange zu behalten.

Auf dem Parkplatz unseres Reviers wurden gerade zwei Streifenwagen aufgetankt, auf dem Weg in die Nachtschicht. Ich parkte vor der Hintertür, schlenderte die Stufen hinauf, vorbei an der Snackbar, der Sporthalle und rief laut: «Hallo!», ehe ich den Männerumkleideraum betrat. Niemand antwortete, der Raum war leer, und ich fand auch den Spind, den ich suchte, am Ende der zweiten Reihe rechts, Nummer 17c. Der letzte Eigentümer war ein achtundzwanzigjähriger Anfänger gewesen, Koreaner, seinen Namen wusste ich nicht mehr. Er hatte Eheprobleme gehabt, dann war da ein unklarer Vorfall, der von der Abteilung für Interne Ermittlungen untersucht wurde, und eines Nachmittags, als sein Toyota im Berufsverkehr den Geist aufgab, war er ausgestiegen, auf den Mittelstreifen gegangen und hatte sich in den Mund geschossen.

Sein Spind hatte eine unansehnliche Beule, die all die uniformierten Polizisten, die jeden Tag daran vorbeihasteten, vermutlich nie bemerkten, als könnte allein das Nichtbeachten dieses Spindes einen magisch vor einem vergleichbaren Schicksal bewahren. Die meisten Cops sind abergläubisch. Es konnte ein Jahr oder länger dauern, bevor irgendwer auf die Idee käme, diesen speziellen Spind zu benutzen. Dann würden sie ihn einem ahnungslosen Neuling zuweisen und dabei herumwitzeln: «Hey, und pass auf, dass *du* dir nicht die Knarre ins Maul schiebst, Kleiner, denn … *hier spukt's.*» Komik war eben nur eine Frage des Augenblicks. Jeder Mensch vergisst, sogar manche Mörder, oder wenn sie sich doch mal erinnern, werten sie ihre Handlungen in Begriffen von Stolz oder Eitelkeit, nicht als Gewissensprobleme. Ich fragte mich, wie sich wohl Charlie Corcoran fühlte. Vielleicht hatte er sich eingeredet, dass die Sache mit Denise nie passiert war. Nun, bald würde er an sie erinnert werden.

Der Schlüssel ließ sich anfangs schwer umdrehen, lag aber dann in meiner Hand und gesellte sich zu den übrigen an Mae Richards' Schlüsselring, neben den goldenen Masken.

19

Eine Zeit lang passierte gar nichts. Ich fuhr ins Büro und wieder nach Hause, bestellte mir jede Menge vom Pizzaservice. Weder rief Ricky Lee an, noch wurde ich zu einem Tatort gerufen, um die Leiche von Charlie Corcoran zu identifizieren. Im Polizeirevier war die Luft so feucht, dass die Seiten der Mordakte von Mae Richards sich allmählich unter meinen Fingern einrollten, während ich Querverweise zwischen den Tatortbeschreibungen, Leichenschauprotokollen und Inventarlisten herstellte und mir Kopien aller Zeugenbefragungen und der Beschreibung der Wunden an Mae Richards' Körper machte, zusammen mit dem Gutachten des Coroners über die Herkunft dieser Verletzungen. Je gründlicher ich meinen Job tat, je mehr Informationen ich ansammelte und je mehr Zeit seit dem Mord verging, desto verwirrender würde der Fall für jeden werden, der sich später hineinknien wollte, und als sich die Chance bot, Cataresco für ein paar Tage loszuwerden, griff ich sofort zu: Die Polizei in Denver hatte einen Verdächtigen geschnappt, der vor ein paar Monaten aus Kalifornien geflüchtet war. Ich sagte ihr, sie solle dort hinfliegen, den Mann verhören und dann zurückbringen.

«Flieg noch heute los. Und nimm dir Zeit», sagte ich. «Das Verhör sollte gründlich geführt werden.»

Cataresco sah mich über den Tisch hinweg an, weder verärgert noch misstrauisch. Die Sache war nicht ungewöhnlich, und wie jeder andere verreiste sie gern. Nachdem sie eine

Viertelstunde lang telefoniert hatte, sprang sie allerdings abrupt auf, fuhr sich mit der Hand durchs Haar und sagte: «Weißt du noch, dass Francis dir damals erzählt hat, sein Flug nach Las Vegas sei wegen des Unwetters gestrichen worden? Also, ich hab gerade die Fluglinien angerufen, jede einzelne – natürlich hat's damals viele Verspätungen gegeben, aber kein einziger Flug wurde abgesagt.»

Ich war vorsichtig, aber weiterhin fest entschlossen, Cataresco aus dem Weg zu schaffen. «Interessant», erwiderte ich. «Obwohl er natürlich wegen all dieser Verspätungen beschlossen haben könnte, doch nicht zu fliegen. Für einen Wichtigtuer wie den ist das vielleicht schon so gut wie eine Stornierung, eine unakzeptable Behinderung seiner Pläne.»

Als Cataresco weg war, holte ich mir einen Kaffee, blätterte in den Cartoons der *L. A. Times* und hoffte darauf, wieder zur Ruhe und in meine alte Routine zu kommen. Es ging aber nicht. Immerhin bestand ja die Möglichkeit, dass Francis, wenn er Mae tatsächlich getötet hatte, inzwischen so nervös und panisch war, dass er in irgendein Polizeirevier hineinmarschierte, um ein Geständnis abzulegen. Eine gute Stunde lang plagte mich die Vorstellung dermaßen, dass ich bei jedem Aufblicken von Gary Larsons «The Far Side» Francis beinahe im Schein der grellen Neonröhren vor mir stehen sah und daneben Ricky Lee, der sagte: «Du hast mich *verarscht*, Mann.»

Wie ich so allein im Büro saß, erwog ich sogar den Gedanken, sofort nochmal nach Palos Verdes rauszufahren und Francis zu raten, sich unbedingt aus Los Angeles davonzumachen und irgendwo unterzutauchen, bis die Lage wieder ruhiger war. Komm, komm!, sagte ich mir; das ist doch Unsinn – kein Grund, gleich die Alarmglocken läuten zu lassen. Ich brauchte ja nur herauszukriegen, in welcher Verfassung der Mann war, sonst nichts, also drückte ich sieben Tasten auf meinem Telefon, und er ging auch gleich dran. «Dr. Francis?

Hallo, hier Billy McGrath. Entschuldigen Sie die Störung. Hören Sie, ich hab da noch eine Frage. Es klingt fast etwas verrückt. Einfach sehr weit hergeholt. Aber haben Sie jemals Denise Corcoran kennen gelernt?»

Sein Schweigen schien mir beinahe dankbar. Dann sagte er: «Wie erstaunlich.»

«Was meinen Sie?»

«Sie bringen mich in die Klemme, moralisch, meine ich.»

Ich sagte nichts dazu und dachte über moralische Klemmen nach.

«Ich bin Denise nur bei einer einzigen Gelegenheit begegnet.»

Ich war gar nicht sicher, warum ich es sagte: «Sie haben ihr Baby zur Welt gebracht. Den Jungen mit dem Down-Syndrom.»

«Woher um alles in der Welt wissen Sie das?»

«Ist mir gerade eben klar geworden.»

«Sie und Mae waren gut befreundet. Ich hatte beiden versprochen, dass ich niemals darüber sprechen würde, aber da sie nun beide tot sind, bin ich davon wohl entbunden.»

«So hat der Tod doch mal was Nützliches. Was wissen Sie über die Fotos?»

«Fotos? Von wem?»

«Von Denise und Mae.»

«Ich habe nie welche gesehen», sagte er fast beleidigt. «Mae war immer ziemlich geheimniskrämerisch mit ihrem Privatleben. Es gibt also Fotos?»

«Ja, genau. Gezeigt hat sie mir übrigens ausgerechnet Ihr Freund oder Angestellter, Radek Gatti.»

«Wie erstaunlich.» Ganz der coole Engländer, der eine überraschende Entdeckung im Dschungel macht. «Das wusste ich nicht.»

Ich ließ ihm das durchgehen. «Gehen wir mal etwas zurück. Was passierte, nachdem der Junge geboren wurde?»

«Denise verließ das Krankenhaus so schnell wie möglich, und ich habe sie nie wieder gesehen. Ich wusste schon, dass ihr Sohn sie öfter besuchen kam und dass sie sich dann bei Mae trafen. Aber das war immer ein Riesengeheimnis.»

«Wegen Charlie?»

Jetzt ließ er eine Bombe platzen. «Der war natürlich nicht der Vater. Das war ein anderer, auch nicht der erste Ehemann von Denise. Sie war schon ein ziemliches Phänomen.» Seine Stimme klang hoffnungsvoll. «Und Sie meinen, das alles hat irgendwas mit Maes Tod zu tun?»

«Kann ich nicht sagen. Vielleicht. Warten Sie ab. Ich melde mich wieder.»

Beim Auflegen war ich beruhigt. Francis klang nicht wie jemand, der in Panik geraten und meine Pläne durchkreuzen würde. Mehr als alles andere war ich inzwischen fasziniert von diesem außergewöhnlichen Fall voller Überraschungen. Aber weil ich nicht zu viel darüber nachdenken und mich damit aufhalten wollte, machte ich noch einen Anruf, um zu sehen, ob Ted in seiner Galerie war, dann ging ich einen Stock höher in den Umkleideraum. Im Korridor brannte kein Licht, aber unter der Tür zur Cafeteria schimmerte ein heller Streifen, man hörte lautes Gelächter und eine Vorabend-Talkshow aus dem Fernseher. Der Umkleideraum war ruhig und völlig leer. Die Nachmittagsschicht war unterwegs und würde erst Stunden später zurück sein.

Ich sah in alle Richtungen, um sicherzugehen, dass wirklich niemand da war, ehe ich den Schlüssel umdrehte. Er klemmte ein wenig, genau wie vorher, sodass ich den Griff etwas zu fest zog, und als die Tür dann aufging, flog die Tasche heraus, schlug mir gegen die Brust und fiel auf die Bank und dann mit einem dumpfen Krachen zu Boden. Ich blieb reglos stehen und zählte meine Herzschläge. Das einzige Geräusch war das gedämpfte Brabbeln des Fernsehers. Ich hob die Tasche wieder auf und traf beim Hinausgehen auf einen uniformierten Kollegen, den bulligen Kubaner mit dem Hundeblick, dem ich auch am Abend des Mordes an Mae Richards begegnet war, als Ricky Lee im Verhörzimmer gesessen hatte.

«Sir», grüßte er mich und griff nach seiner Smith & Wesson in dem Schnellzieh-Holster, das schien eine Art Tick zu sein. Irgendwie war er offenbar ein nervöser Typ. «Habe gerade meiner Rekrutin im Fernsehzimmer bei ihren Berichten geholfen.»

«Ist sie hübsch?»

«Jawohl, Sir, und auch eine sehr viel versprechende Polizeibeamtin.»

«Na wunderbar.» Ich musste mir die Marke an seiner Brust nochmals ansehen. «Gute Arbeit, Campes. Gute Nacht dann.»

Ich ließ ihn stehen, noch etwas verwirrter dreinblickend als sonst. Ich schlenderte die Stufen wieder hinunter, trug meine Tasche mit einem Gefühl schwindliger Erregung, ging hinaus und fuhr davon, den Culver und den Jefferson Boulevard entlang, bis ich durch den mäßigen Verkehr zum Yachthafen und nach Venice kam. Der Regen hatte nachgelassen und dem Nebel Platz gemacht. Gebäude tauchten auf und nahmen nur sekundenlang Gestalt an, bevor sie dem Scheinwerferlicht des Porsche wieder entflohen und in den Schwaden verschwanden. Die Straße war voller Schlaglöcher, wo das Wasser die Schotterfundamente unterspült hatte und der Asphalt eingesunken war wie ein Tortenboden. Das gesamte tiefer gelegene Gebiet der Ballona Wetlands war jetzt ein See, mit Inselchen aus melancholischen Palmen und kleinen Büscheln Pampasgras darin. Auch die Bäume selbst waren pitschnass. An der Kreuzung am Washington Boulevard fiel ein feuchter Palmwedel klatschend vor das Auto. Ein ferner Schuss verlor seine Schärfe in dem dämpfenden Nebel. Die Brücke über den Linnie Canal war weggespült worden. Alles hatte eine schaurige, sumpfige Schönheit an sich, höchst unwirklich.

Die Lichter der Softly Gallery schimmerten trübe durch

den Dunst auf der Windward Avenue, wo ich hinter Teds schwarzem Saab parkte und die Tasche hinter mir aus dem Auto wuchtete. Es war etwa halb sechs, ein ruhiger Abend. Das Tosen des Meeres wurde dadurch noch verstärkt und wirkte näher als sonst, als hätte der Nebel den Pazifik angestiftet, sich aufzubäumen und die Möglichkeit zu erwägen, gleich ganz Venice wegzuspülen wie einen zusammengekehrten Haufen wertlosen Mülls.

Die Galerie selbst war noch geöffnet, aber beinahe leer bis auf ein trendiges Grunge-Pärchen, den Angestellten beim Eingang, der mich kannte und angrinste, und einen einsamen Wächter, der sich ausruhte, die Beine auf zwei Metallstühlen ausgestreckt. Ich sprang eilig die Stufen zu Teds Büro hinauf, in den Armen noch immer die Tasche.

Ted saß am Schreibtisch, graues Gesicht, dicke Tränensäcke unter den Augen, zerzaust und ungepflegt, aber hellwach und nüchtern. Er warf seine rosa geränderte Brille vor sich auf die Platte, lehnte sich im Sessel zurück, streifte die Kopfhörer seines Walkmans von den Ohren zum Hals hinunter und lächelte mir zur Begrüßung freundlich zu. Er hielt ein Exemplar von *Art Monthly* in die Höhe. «Ich mach gerade meine Hausaufgaben. Hat aber Zeit. Lass mich dich nur eines fragen: Ist Los Angeles bereit für zwei Prachtjungs wie Ted Softly und seinen alten Kumpel Billy McGrath? Ist dies die Nacht, in der wir herumziehen und uns einen ansaufen, oder was?»

«Eher oder was.»

Er bemerkte die Tasche. «Willst du verreisen?»

«Nicht direkt», sagte ich und stellte die Tasche ab.

«Du wirkst sehr ernsthaft. Also, *mon vieux*, was läuft?» Das Telefon klingelte, und nach kurzem Zögern griff er danach, neigte den Kopf vertraulich zum Hörer hin, während er auf dem Sessel hin und her schaukelte. «Nein, nein, das war mein letztes Wort», sagte er und legte auf. Er zwinkerte mir grinsend zu und meinte: «Das letzte bis zum nächsten Wort natürlich. Also, was kann ich für dich tun, mein Freund?»

Ich setzte mich, stand wieder auf, durchmaß das Zimmer, etwas aufgeregt, weil ich das hier richtig vortragen wollte. Im Moment rechnete ich noch damit, auch die zweite halbe Million von Ricky Lee zu bekommen. Ich wollte Ted einstweilen überlassen, was ich schon hatte, und wenn ich später den Rest bekam, würde ich danke schön sagen und es ihm auch noch bringen. «Angenommen, ich hätte hier fünfhunderttausend Dollar.»

Ted pflanzte sich die Brille flink wieder auf. «Bis jetzt gefällt mir das.»

«Könntest du ein Bild für mich kaufen, das in zehn Jahren so an die fünf- bis zehnmal so viel wert ist?»

«So was ist ja immer ein Risiko, das weißt du. Aber doch, mit meinem Riecher auf dem Gebiet könnte ich das schon machen. Halbe Million heute, zwei Komma fünf in zehn Jahren. Da fallen mir gleich mehrere Künstler ein, in die ich genügend Vertrauen für so was hätte.»

«Okay. Jetzt eine schwierigere Frage. Denk mal zwölf bis fünfzehn Jahre zurück, als wir uns kennen gelernt haben … wäre ein Bild von irgendeinem dieser Fünfhunderttausender-Künstler damals für, na sagen wir, rund zehntausend zu haben gewesen?»

Ted schaukelte auf seinem Sessel und kaute am Kabel seines Walkmans. «Eigentlich die leichtere Frage. Das ist ja bereits Geschichte und nicht Madame Zukunft. Die Antwort ist: Nicht nur eines. Ein paar von den Malern kenn ich sogar persönlich. Was soll das Ganze?»

Ich nahm ein Buch in die Hand, legte es wieder weg, berührte den Korken einer Champagnerflasche, die im Kühler ruhte, streifte unruhig durchs Zimmer, mal mit dem Rücken zu Ted, mal sah ich ihn direkt an, und erklärte dabei, was ich wollte. Er sollte für mich zwei Bilder zu je 250 000 Dollar kaufen. Eins mit Eigentümernachweis auf Lucy, das andere auf Ellens Namen. Diese Papiere müssten besagen, dass die Kunstwerke schon vor einiger Zeit, so vor zehn, elf Jahren für zehntausend das Stück erworben worden wären, und zwar nicht von mir, sondern von ihm selbst.

Er hob eine buschige, rötliche Augenbraue. «Wieso würdest du denn so was machen wollen?»

«Unwichtig. Die Frage ist: *Lässt* es sich machen – und würdest du das tun?»

Er zuckte leise lächelnd die Achseln, vorsichtig, und bildete eine Pyramide aus den Fingern. «Ja, klar, das lässt sich hinkriegen. Ist ein bisschen illegal, aber ich könnte das schon machen. Ich müsste etwas am Echtheitszertifikat und am Kaufvertrag drehen. Aber so was kommt schon mal vor.» Er klatschte in die Hände und schaukelte jetzt wieder. «Scheiße, ich weiß noch was viel Besseres. Es geht doch darum – korrigier mich, wenn ich falsch liege –: Ich kaufe heute ein Bild für zweihundertfünfzigtausend und besorge einen Zettel, auf dem steht, dass es irgendwann vor etlichen Jahren für nur zehntausend gekauft wurde.»

«Sagen wir, zu Lucys Geburt, vor elf Jahren. Genau, so meinte ich das.»

«Dann funktioniert das noch viel einfacher. Ich könnte mich an ein paar befreundete Künstler wenden, von denen ich weiß, dass sie Bilder von etwa diesem Wert besitzen, die sie damals nicht verkauft haben. Ich schiebe ihnen cash was rüber und kriege ein Stück Papier, auf dem steht, dass sie's mir vor elf Jahren für einen Pappenstiel verkauft haben. Ich könnte mir eine ganze Reihe von steuerlichen Gründen vorstellen, weshalb sie bei der Idee geradezu ausflippen würden.»

«Wie gesagt, es muss total klar sein, dass die ursprünglichen zwanzig Scheine von dir kamen. Wenn Ellen es wissen will, sag ihr, du musstest deine Schulden bei mir bezahlen. Ich hätte dich beim Pokern geschlagen. Nein, das würde sie dir nicht abkaufen.» Als ich zum Fenster ging und in den Nebel hinausstarrte, fiel mir der Abend ein, an dem ich mit Lucy von hier weggefahren war, den Abdruck von Teds Mündung auf meiner Stirn eingeprägt. «Sagen wir, du warst mir was schuldig, wegen irgendeiner Sache mit den Bullen, die ich für dich gedreht hatte, aber du willst nicht mehr drüber reden. Weil's zu persönlich ist.»

«Hey, ich bin dir *echt* noch was schuldig.»

«Dann sag ihr das eben. Sag ihr, du wolltest dich bei mir bedanken, und ich hätte gesagt, nein, wennschon, dann mach's für jemand anderen, wenn du dich so tief in meiner Schuld fühlst, dann tu's für Lucy und Ellen. Erzähl ihr, wir hätten vereinbart, du würdest die Bilder bei Lucys Geburt kaufen, aber übergeben wolltest du sie uns erst, wenn sie wirklich was wert wären.» Ich griff nach der Champagnerflasche und sagte grinsend, ich hätte keinerlei Zweifel, dass Ted sie überzeugen könnte. Er war ein Meister der verbalen Schaumschlägerei, vor allem bei Frauen. «Zeig deine schöne Seele von ihrer besten Seite.»

Ted nahm mir die Flasche ab, zog den Korken mit geübter Eleganz und einem gedämpften Plop heraus und goss uns zwei Gläser ein. «Mir gefällt der Plan. Er klingt witzig, Billy, wirklich. Ein Superplan. Da gibt's nur einen Haken: Ich habe die zwanzigtausend nicht, die wir damals dafür gebraucht hätten, geschweige denn die halbe Million, die es heute kostet.» Er ließ den Kopf sinken, dadurch wurden die Ringe unter seinen Augen noch dunkler. «Echt beschissen.»

Lachend legte ich ihm den Arm um die Schulter, während ich mir den Champagner die Kehle herunterlaufen ließ. «Hast du etwa geglaubt, ich lasse dich das auch noch bezahlen? Hey, ich will nur deine Freundschaft, deinen Sachverstand und deine gelegentliche Neigung zur Ruchlosigkeit.» Ich stellte mein leeres Glas ab, hob die Tasche vom Boden auf und wuchtete sie auf den Schreibtisch, dann zog ich mit einer siegesgewissen Geste den Reißverschluss auf. «Scheiße, Ted, ich *hab* das Geld doch!»

Er beugte sich vor, sah hinein und unterdrückte ein wahnwitziges nervöses Kichern. «Du hast da drin eine halbe Million Dollar?»

«Klar doch», sagte ich, selbst ein wenig überdreht. «Hey, mir kommt gerade eine Idee.» Ich griff hinein, um drei Hundertdollarscheine aus ihrer Gummibandage zu befreien. Ich hatte soeben beschlossen, Lucy diese erlesenen Buntstifte zu kaufen. «Fast eine halbe Million, ganz knapp eine halbe Million», sagte ich, aber aus demselben verrückten Impuls überlegte ich es mir noch einmal und schob die drei Hunderter wieder zurück. «Ich will diesen Deal nicht verhexen.» Ich machte die Tasche wieder zu und versetzte ihr einen freundschaftlichen Klaps zum Abschied.

Ted pfiff durch die Zähne und rieb sich mit einem Hemdzipfel die Brille sauber. «Ich bin beeindruckt.»

«Nicht nötig. Ich vertraue dir mein Leben an. Eigentlich sogar noch etwas weit Wichtigeres: Ich vertraue dir meine Familie an. Mach jetzt keine Fehler. Egal, was passiert, selbst wenn ich sterben sollte – nein, Ruhe jetzt, selbst wenn ich sterben sollte –, kriegen Ellen und Lucy diese Bilder und erfahren nie was über die Hintergründe.»

Ted zuckte die Achseln und setzte sich die Brille wieder auf. «Alles klar, alter Junge.»

Wir schüttelten uns die Hände, und ich fuhr durch den Nebel nach Westwood davon, wo ich es gerade noch vor Ladenschluss zu dem Künstlerbedarfsladen schaffte. Ich schrieb ihnen einen Scheck aus, der mein Konto auf null setzen würde, und sah zu, wie sie das Sandelholzetui in schickes Silberpapier verpackten, dann fuhr ich kurz zurück zum Nowita Place, wo ich das Geschenk kurzerhand an der Vordertür anlehnte. Ich drückte die Klingel und fuhr ohne eine Nachricht zu hinterlassen davon.

Diesmal ließ Larry Murakami die Tür zu seinem Büro offen, als er mich hereinbestellte, was ich als gutes Zeichen deutete. Über dem Smoking mit Fliege strahlte mich sein rosa Gesicht an. «Billy», sagte er, «ich wollte dir sagen, dass ich deine Aktion mit Charlie Corcoran wirklich clever fand.»

«Welche Aktion, Larry?»

«Na, dass du dich entschuldigt hast. Wirklich genial. Ich hab mich das nicht mal vorzuschlagen getraut, als seine Leute mit dieser Forderung kamen. Zu Cataresco hab ich nur gesagt: ‹Das würde McGrath nie machen.› Übrigens weiß ich nicht mal, wie du überhaupt darauf gekommen bist. Hast du deinen ganz privaten Maulwurf irgendwo im Büro des Bürgermeisters?» Er schüttelte drohend den Zeigefinger, grinste dabei immer noch und öffnete einen Knopf seiner Smokingjacke. «Aber du bist drauf gekommen, und darüber bin ich wirklich froh! Den Typ hast du ja total incentiviert. Jetzt hat er mich nach Phoenix auf ein Golfturnier in zwei Wochen eingeladen.»

«Na, dann reservier dir mal bald ein Hotelzimmer.»

«Ja, sicher, mach ich», sagte er und schlug die Jacke zur Seite, um mir seine Hosen vorzuführen. «Armani. Gefällt's dir?»

«Toll, wirklich todschick.»

«Gestern gekauft, bei Fred Segal. Gehst du da auch manchmal shoppen?»

«Ich bin nur ein einfacher Bulle von der Mordkommission, Larry. Außerdem fehlt mir dazu das nötige Kleingeld.»

Larry war bewusst unbescheiden. «Die Garderobe macht was aus», sagte er mit amüsiertem Achselzucken, ein Mann, der vorankam und für den das Vorankommen zur lebensnotwendigen, niemals langweiligen Gewohnheit geworden war. Larry besaß einen speziellen Instinkt, der ihm sagte, ob Menschen, die er kennen lernte, irgendwie einflussreich waren – dann stieg er sofort in seinen schicken Anzug, oder in diesem Fall den Smoking, und dazu kamen dann noch der gepflegte Plauderton, kleine Schmeicheleien und gutes Zureden und die diskrete, aber durchaus spürbare Bitte um einen Gefallen. Es gelang ihm tatsächlich, mit diesem Verhalten nicht einmal Anstoß zu erregen. Ich hatte ihn schon Bürgermeister, Filmstars und so manchen Senator bezaubern sehen, einmal sogar die Frau des Präsidenten, die in einer kugelsicheren Weste zu einer inszenierten Drogenrazzia herangekarrt worden war. «Das hier solltest du mal lesen.»

Er reichte mir einen maschinegeschriebenen Brief, den ich kurz überflog und dann nochmal genauer las. Es war Drew Diamonds Kündigung. «Drew hört auf?»

«Mit Wirkung ab nächstem Monat. Du wirkst unglücklich. Ich dachte, du wärst froh darüber. Das wolltest du doch, oder?» Seine Miene war jetzt sehr ernst und ungehalten, er sah mich scharf an. «Raus mit den Dinosauriern. Läuft doch alles nach Plan, den Eindruck hab ich jedenfalls. Bitte sag es mir, falls du die Dinge anders siehst.»

Mir fiel ein, was Drew nach seiner ersten Begegnung mit Murakami zu mir gesagt hatte. Er fragte mich, ob Larry überhaupt Ahnung hätte. Ob der wohl am Tatort mithelfen würde? War er in der Lage, einen Bleistift anzuspitzen? Na ja, das vielleicht. «Das kommt sehr plötzlich. Ich bin überrascht.»

«Anscheinend hat man ihm eine Stelle beim Justizministerium angeboten.» Er beugte sich vor und ordnete ein paar Papiere in seinem Aktenkoffer. «In Seattle.»

«Seattle?»

Wieder musterte er mich prüfend. «Wird dir sein Schritt dadurch begreiflicher?»

«Ein bisschen.»

«Deine Nummer zwei wird dann natürlich Cataresco, klar?»

«Sicher.»

«Dann ist ja alles in Butter.» Seine Zähne blitzten haifischartig auf, und als er seinen Aktenkoffer zuschnappen ließ, versuchte ich mir Drew und Ellen gemeinsam in Seattle vorzustellen, wie sie in irgendeinem Café am Wasser miteinander turtelten. Das Witzige war, dass es mir keineswegs so unglaublich vorkam. Wie hatte sie doch zu ihm gesagt? Du kannst noch mit deinem letzten Atemzug neu anfangen.

«Cataresco ist also zurück aus Denver?»

«Ja, seit heute Vormittag.»

«Sie ist eine gute Polizistin, was?» Er konnte ein Lächeln nicht unterdrücken, wie ein Fürst, der sein Wohlwollen ausdrückte. Er wurde geschäftig hinter seinem Schreibtisch, schob Papiere und Stifte zurecht, beförderte einen seiner geliebten Pingpongbälle in hohem Bogen in einen Eimer auf dem Fußboden. Das Telefon läutete, und er warf einen beinahe tadelnden Blick darauf, ehe er abhob, als wollte er zunächst jede karriereschädigende Information abwenden. «Murakami», sagte er, den Hörer unters Kinn geklemmt, drehte sich dann zur Wand, um etwas in seinem Kalender zu notieren, und schwang wieder herum. «Ja, der ist hier.»

Ich nahm ihm den Hörer ab.

«Yo, McGrath», sagte Ricky Lee. «Wie läuft's so?»

«Rauf und runter.»

«Kannst du reden?»

Larry musterte mich mit seinem fürstlichen Lächeln und fragte sich, was da in seinem Reich vorging.

«Klar doch.»

«Dachte mir, so ist es am sichersten für dich. Sogar die Polizei würde sich's wohl zweimal überlegen, bevor sie die eigenen Telefone anzapft – kannst du mir folgen?»

«Na, bestens.» Ich grinste Larry an, der inzwischen seine Fliege zurechtzupfte.

«Heute Abend ist es so weit. Nach dem Essen. Da passiert's.»

«Hervorragend, ausgezeichnet», sagte ich und verfiel damit in Larrysprech. Seine Pingpongkelle ruhte auf dem Schreibtisch, schräg angewinkelt über einem Ball.

«Auf dem Nachhauseweg wird der Dreckskerl eine Fahrkarte zu einem ganz besonderen Ziel überreicht kriegen.»

«Ja, großartig.»

«Ich überlege mir, ob ich dem Typen vielleicht in aller Öffentlichkeit den Kopf wegpuste.»

Mir war klar, dass ich jetzt aufpassen musste. «Könnte kompliziert werden.»

«Am liebsten hätte ich's im Fernsehen», sagte er. «Das müsste *gewaltige* Schlagzeilen machen.»

Larry gestikulierte im Hintergrund und zeigte auf seine Uhr. Er musste in wenigen Minuten weg.

«Also dann, morgen, Rose-Café, die gleiche Zeit. Dann reden wir über Football», sagte ich und legte auf.

«Ein Informant?», fragte Larry.

«Ja», gab ich zurück und zwinkerte ihm zu. Ich konnte nicht richtig glauben, dass das Warten nun vorbei sein sollte.

«Hervorragend, hervorragend», sagte Larry. «Was die Menschen einander nur antun. All diese *Gewalt*. Wie halten die das nur aus?»

«Ich weiß es auch nicht, Larry, ich weiß es wirklich nicht.»

Er erhob sich, die Armani-Smokingjacke zurückgeschlagen, die Hände in die Hüften gestemmt und zwei senkrechte Denkerfalten auf der Stirn, die sich in die wächserne, fast fischige Haut gruben, während er einen Augenblick lang über dieses Problem des Mordens ernsthaft besorgt zu sein schien. «Na, wenn du es herausfindest, dann sag's mir bitte.» Larrys Lächeln, das nun wieder rund um seine nachgeweißten Zähne aufblitzte, besaß etwas Provisorisches, etwa so wie ein Stempelabdruck auf einem Schwamm.

20

Nick's Bar and Grill an der Ecke Abbot Kinney Boulevard und California Avenue wurde durch eine dicke Hecke vor der Straße geschützt, es war ein Restaurant, das ich zwar kannte, aber noch nie besucht hatte. Als ich dem Parkplatzwächter die Schlüssel gab, zeigte ich ihm meine Marke und bat ihn, den Porsche in der Nähe abzustellen, da ich ihn möglicherweise sehr schnell brauchen würde. Ein magerer schwarzer Zuhältertyp auf der anderen Straßenseite taxierte mich mit der ganzen voll gedröhnten Lässigkeit, die er aufbringen konnte, sein Gesichtsausdruck enthielt zu drei Vierteln Hass und zu einem Viertel Neugier. Vielleicht stand er dort Schmiere, obwohl ich bezweifelte, dass Ricky Lee dafür jemanden nehmen würde, der so auffällig und so weggetreten war. Der Typ stand dort, nein, er schwankte vielmehr, und musterte die unerreichbare andere Seite, die da in ihren Fünfzigtausend-Dollar-Autos anrauschte. In der Abendluft hing der schwere Duft von Jasmin.

Auf der Terrasse hüllten sich große Laternen in schimmernde Nebelhauben. Drinnen war das Licht gedämpft und golden, man hörte sanften Gläserklang zur Begleitung einer rauchigen französischen Sängerstimme von einer CD. Ein knisterndes, knackendes Feuer im Kamin verströmte den Duft von brennendem Kiefernholz. Der Raum hatte eine niedrige Decke, die Tischtücher waren gestärkt, und an einer Wand hingen scharf konturierte Schwarzweißfotos – Porträtaufnahmen, aber nicht von Prominenten, sondern die wettergegerbten Gesichter von Farmern, Bauern, Landstreichern. Einem hing ein Mäuseschwanz aus dem Mund. Eine schwarze Skulptur im Stil des russischen Konstruktivismus trennte den Raum in zwei Hälften. Die Empfangschefin trug eine samtene Baskenmütze und einen Wildleder-Minirock, der fünfundzwanzig Zentimeter über den Knien aufhörte, und als sie vor mir zu meinem Tisch ging, sah es aus, als balancierte sie Stahlkugeln oben zwischen ihren bedeckten Oberschenkeln.

Vor dem Kaminfeuer war eine Party von etlichen Jungfilmstars im Gange, sie lachten und tranken und glaubten wohl, unsterblich zu sein. Eine einsame Kerze flackerte tapfer auf einem Geburtstagskuchen aus Schokolade, während die davor sitzende junge Frau kurz innehielt, das glänzende schwarze Haar nach hinten strich, das ihr vor die Augen zu fallen drohte, sich dann leicht vorbeugte und die Flamme ausblies. Als sie den Kopf wieder hob und das Haar zurückwarf, fing sie meinen Blick auf, was mich irritierte, obwohl ich nicht genau wusste, weshalb. Erst als sie den Kopf senkte und leicht zur Seite sah, gewannen ihre Züge beinahe mechanisch an Kontur, wie zusammengeschobene Teile in einem Puzzle, und wurden zu einem Gesicht, das ich erkannte. Ich winkte und fühlte mich gleich darauf lächerlich, als mir klar wurde, warum ich es kannte: Sie war ja eine Schauspielerin, ein aufsteigendes Sternchen. Jemand schob ihr ein Messer in die Hand, und sie schnitt den Kuchen mit breitem Lächeln an.

Ward Jenssen trug ein ärmelloses schwarzes Kleid, vorne hochgeschlossen, hinten tief ausgeschnitten, keine Ohrringe oder sonstigen Schmuck. Ihr blondes Haar war in seinem üblichen Zustand von kunstvollem Wirrwarr, und sie hatte schon mal eine Flasche Chardonnay bestellt, deren grüner Hals aus einem Eiskübel ragte. Ich hatte sie im allerletzten Moment angerufen und darauf bestanden, dass sie eine Verabredung absagte und stattdessen mit mir ausging. Sie blickte auf, lächelte und schien sich dann, da sie meine Anmaßung wohl ebenso empörend wie schmeichelhaft gefunden hatte, nicht ganz sicher, ob sie wütend auf mich sein sollte. «Ich staune», sagte sie, als ich mich gesetzt hatte, und ihr Lächeln war wieder da. «Hätte nicht gedacht, dass du einen Laden wie diesen hier magst.»

«Die Frau da drüben, die Schauspielerin, wer ist das?»

Sie musste gar nicht hinsehen. «Shane Dartle.»

«Ich hab sie in einem Film gesehen, den meine Tochter mal auf Video geliehen hatte. Wen spielte sie noch gleich? An das Ende kann ich mich auch nicht mehr genau erinnern.»

«Da muss sie ja einen gewaltigen Eindruck bei dir hinterlassen haben.»

«Tja, ich bin eben mehr der tatsachenorientierte Typ.»

Sie lachte. «Wie geht's Lucy?»

«Du weißt noch, wie sie heißt?»

«Sicher, wieso denn nicht?»

«Ihr geht's gut, wirklich gut. Ich weiß nicht, was ich ohne sie machen würde. Willst du eigentlich mal Kinder haben?»

«Ich warte noch auf den richtigen Typen.»

«Da muss es doch eine Million Kandidaten geben, die alle auf deine Küsse am Nachmittag warten.»

«Bist du etwa im Dienst, Billy?»

«Bin ich doch immer, oder?»

«Klingt ja ermüdend.»

«Ein Mord ist wie eine tickende Uhr. Die meisten werden innerhalb einer Woche gelöst. Bis dahin ist natürlich schon wieder der nächste passiert, oder mehrere.»

«Und die älteren Fälle?»

«Die Spuren auf dem Pfad werden breitgetrampelt», sagte ich. Das Ganze war purer Wahnsinn. Ich hatte nicht widerstehen können und musste einfach herkommen, auch wenn ich wusste, dass es unklug war. Ich sollte lieber in einem Kino in Santa Monica sitzen, einen oder zwei Filme sehen und dann nach Hause gehen, um einzuschlafen und beim Aufwachen die Nachricht von Charlie Corcorans Tod, wenn sie denn käme, mit benommenem Staunen zu vernehmen. Stattdessen saß ich hier, in Corcorans Lieblingsrestaurant, mit einer Reporterin, die mir durchaus schaden konnte, und beobachtete das von mir inszenierte Drama aus der ersten Reihe.

«Logisch und bequem, wie ich bin, mag ich die Geschlossenheit. Einen gelösten Fall. Eine Mordakte mit gelbem Punkt auf dem Rücken, damit ich sie in den Schrank schließen und zufrieden sein kann.»

«Du bist nicht bequem.»

«Vielleicht.»

«Aber du willst mir hier irgendwas vormachen.»

«Ach so? War mir noch gar nicht bewusst.»

«O doch. Du gibst dich cool und witzig und so von deinem Beruf besessen, dass es schon langweilig ...»

«Hey, besten Dank.»

«Ich glaube, du bist viel komplizierter, als du vorgibst.»

«Ich glaube, du bist mir heute zu geistreich. Bestellen wir lieber was.»

Es war jetzt Viertel nach neun. Ich wollte nicht über die Variablen nachdenken, es gab zu viele davon, so vieles konnte schief laufen, obwohl natürlich nichts schief laufen würde. Es konnte zwar, aber es würde nicht, es *konnte* nur. Das sagte mir die Logik. Corcoran könnte seinen Tisch abbestellen; weiß der Himmel, der Kerl hatte vermutlich jede Menge gesellschaftlicher Termine, selbst wenn der Donnerstagabend bei «Rick's» mehr war als reine Routine, sondern schon Teil seines Mythos. Auch Ricky Lee könnte sich umentscheiden und im letzten Moment einen anderen Abend auswählen. Vielleicht verpfuschen seine Jungs die Sache auch oder sie wurden auf dem Weg von irgendeiner Schlägerei aufgehalten. Ganz anders als Corcoran lebten diese Typen ja die meiste

Zeit über nach einem sehr öden Zeitplan – herumhängen, herumfahren, ein Video reinziehen, eine Braut flachlegen, bisschen Dope rauchen, noch ein Video, wieder herumhängen, Auto fahren, Dope, bis dann plötzlich ihr Leben explodierte: jemanden aus dem Auto heraus abknallen, ein Raubüberfall, ein Koksdeal in Long Beach, ein Zusammenstoß mit einer anderen Gang und dann der Vergeltungsschlag – Blut musste fließen, gleich heute, sofort –, oder die Gewalt traf sie von außen. Ricky Lee hatte wahrscheinlich einen festen Partner, einen ganz harten Hund, dem er genügend vertraute, um so eine Aktion mit ihm durchzuziehen.

Ward betrachtete mich jetzt mit einem anderen Lächeln, nicht belustigt und auch nicht wirklich zärtlich, sie beugte sich leicht vor und sprach im Flüsterton, als wollte sie uns beide in ein fremdes Land entführen, in dem wir noch niemals waren. «Ich kenne deine Geheimnisse, Billy McGrath.»

Ein Kellner in Schwarz glitt vorbei.

«Wirklich?»

«Ich kenne alle deine Geheimnisse.»

«Das will ich doch nicht hoffen.»

Sie erzählte, sie hätte sich nach unserer Begegnung damals, nach unserer Affäre, große Mühe gegeben, herauszufinden, wer ich eigentlich wirklich war.

«Diese Frage stellen sich viele Menschen selber.»

«Dein Großvater war auch Cop.»

«Ist er immer noch, in seiner Phantasie. Er ist jetzt sechsundachtzig, ganz frisch und munter.»

«Er war einer der ganz Großen, stimmt's? Verteilte Kopfnüsse und Arschtritte rechts und links, und er half Chief Parker damals in den Fünfzigern, innerhalb der Polizei so richtig aufzuräumen.»

«Das war allerdings auch nötig. Mein Großvater fuhr den Chief morgens zur Arbeit, trank ab vier Uhr nachmittags Whiskey mit ihm und warf ihn abends wieder ins Bett. Und *dann* begann für ihn die Polizeiarbeit. Er fing mit jedem eine Keilerei an und arbeitete sechzehn Stunden täglich. Und er merkte es nie, wenn er mal verloren hatte.»

«Und dein Vater – der war eher faul und feige?»

«Das würde ich so nicht sagen. Er hat hart gearbeitet, nur hat er sich bei keiner Arbeit je wirklich engagiert. Er wurde Polizist, weil mein Großvater das so wollte. Er war ein echter Südkalifornier, weißt du, im Wasser wie ein Seehund. Hätte viel lieber Sportler werden wollen. Dafür war er wie geschaffen. Aber immerhin ist er ja bis zum Rang eines Detective raufgesurft, und das ist gar nicht so leicht.»

«Er wurde ermordet, oder?»

Auf einmal sah ich die Symmetrie von Shane Dartles Gesicht auseinander fallen – nicht wieder zu erkennen. Ich hatte das Gefühl, als hätte ich eine Ohrfeige bekommen. Vielleicht hält man deshalb die andere Wange hin – damit man geschlagen wird. Als ich den Mund öffnete, hatte ich die Sprache verloren, konnte mich nur räuspern. Ich nahm einen Schluck Wasser und erinnerte mich, dass ich, als mein Vater umkam, gerade in Westwood im Kino war. Danach hatte ich einen Spaziergang in der samtigen Nachtluft von Los Angeles unternommen, ohne zu ahnen, dass in Kürze mein Leben einen anderen Verlauf nehmen würde. Ein Chevrolet der Polizei parkte vor meinem Apartmenthaus, die Türen weit aufgeklappt wie Flügel, der Hausmeister stand im Hof und starrte mich mit erregter, beinahe boshafter Neugierde an, ein Ausdruck, den ich mit der Zeit noch oft sehen sollte, denn in jedem von uns lauert das heimliche Bedürfnis, zu dem blutverschmierten Autowrack auf dem Freeway hinüberzuschielen. Später an diesem Abend ging ich meinen Großvater besuchen. Er sagte kein Wort, sondern verschwand im Wohnzimmer und drehte den Fernseher lauter, sodass ich allein den Sinn in diesem Ereignis suchen musste. Es ergab keinen Sinn. Ich wollte die Dinge richtig stellen, aber es gelang mir nicht.

Ich spielte eine Rolle, auf die ich mich nicht verstand. Ich spürte, wie ich zusammenbrach.

Ward musterte mich über den Tisch hinweg mit aufrichtiger Besorgnis und Anteilnahme. «Es tut mir Leid», sagte sie. «Ich wollte dir nicht wehtun.»

Ich brachte ein Grinsen zustande. «Hey, schon gut, so schlimm ist es auch wieder nicht. Du hast mich überrumpelt, das ist alles. Schon okay. Dass du dich mit meiner Geschichte befasst hast, sollte mir wohl sogar schmeicheln. Was dieser Tod für mich bedeutete, das versuche ich heute noch zu ergründen.»

Der Kellner rettete mich, denn er kam unsere Bestellung aufnehmen, und danach sah ich mich im Restaurant um, betrachtete die Fotos, die Stahlskulpturen und die schönen Menschen. «Nett hier.»

Ward beugte sich zu mir, die Luft zwischen uns war berauscht vom Moschusduft ihres Parfüms. «Niemand kommt hierher, um sich zu amüsieren», sagte sie im spöttischen Flüsterton, als wären sie und ich die Einzigen, die die Wahrheit über diese verdorbene, gefallene Welt kannten. «Es ist ein Bazar, auf dem wir alle um ein mögliches Weiterkommen feilschen. Jeder hat Angst. Mit jedem Blick wird man taxiert. Hinter jedem Wort stehen dieselben Fragen: Was kannst du für mich tun? Was werde ich eventuell dafür tun müssen, und ist es das wert? Gerade jetzt redet Shane Dartle über diesen tollen jungen Regisseur, in dessen nächstem Film sie sich eine Rolle erhofft. Siehst du, wie sie die Augen schließt? Das soll signalisieren, dass weder ihr noch sonst wem ein Urteil über diese göttliche Kreatur zusteht. Möge der Himmel verhüten, dass irgendjemand in dieser Stadt mal sagt, was er wirklich denkt. Jeder ist Schauspieler, auch wenn er's nicht ist.» Sie ließ für einen Moment ihren Blick über den gesamten Raum schweifen. «Wenn man vom Teufel spricht – da kommt gerade Charlie Corcoran rein.»

Er hatte einen dunklen Regenmantel lässig über die Schulter geworfen und trug ein elegantes naturweißes Hemd, das lose über die Hose hing. Mit den Fingerspitzen hielt er die Tür auf; er musste eine Menge Zeit fürs Kämmen aufgewendet haben, damit sein Haar diesen zerzausten Look bekam. Er hoffte, erwartete und fürchtete vielleicht sogar, dass die Leute ihn anstarrten; noch viel mehr Angst hatte er natürlich davor, dass sie es nicht täten. Er hielt die Tür noch eine halbe Sekunde lang auf, legte eine fast unmerkliche Pause ein, dann kam er mit perfektem Film-Timing herein, lächelte, winkte und machte «Komme-gleich-zu-euch-rüber»-Gesten in Richtung der Geburtstagsfeier, ehe er auf unseren Tisch zusteuerte.

«Ach du Schreck», flüsterte Ward, während sie seinen kaiserlichen Marsch durch das Restaurant verfolgte, «das wird jetzt peinlich.»

«Gar kein Problem», sagte ich, schob meinen Stuhl zurück, stand auf und streckte die Hand aus. «Mr. Corcoran, hallo, wie nett, Sie hier zu sehen. Setzen Sie sich zu uns?»

Charlie blies sich auf wie ein Kugelfisch, absurd zufrieden mit sich selbst, und sagte mit dieser bekannten jungenhaften Zögerlichkeit: «Na gut, danke, nur ganz kurz, wenn ich nicht störe.» Er setzte sich, griff nach einem Brötchen, brach ein Stück ab und schob es sich in den Mund. «Ward, ich bin überrascht, erfreut, ja *entzückt*, dich hier zu sehen. Darf ich?» Er nahm ihr Weinglas, nippte daran und sagte: «Mmh. Far niente. Einfach köstlich. Von Gott gekeltert», dann richtete er die volle Wucht seines Charmes auf mich. «Detective McGrath. Ich muss sagen, ich freue mich sehr, Sie hier zu treffen. Ward hat mir nie erzählt, dass Sie beide so gut befreundet sind.»

«Na, sie hat eben ihre Geheimnisse.»

Er grinste, der große schüchterne Herzensbrecher. «Deshalb lieben wir sie ja.»

Ich schloss mich seinem Geplänkel an. «Ach, Sie lieben sie auch?»

«Früher mal, nein, immer noch. Ich liebe sie alle. Ich bin der letzte Romantiker. Fragen Sie mal meine fünf Ehefrauen. Oder waren es sechs?»

Ward, die uns mit wachem Blick beobachtete, brach in Gelächter aus. «Charlie! Du bist einfach unmöglich.»

«Stimmt, da hast du Recht.»

Sie sah von einem zum anderen. «Seit wann seid ihr zwei so gute Freunde?»

Charlie grinste, lehnte sich zurück, maß seine Wirkung ab, gab sich lässig und großzügig: «Darf ich? Bin ich unmöglich? Kann ich es ihr erzählen?»

«Klar, kein Problem, nur zu, Mr. Corcoran.»

«Billy – darf ich Billy sagen?»

«Na sicher doch.»

«Detective McGrath, *Billy*, hat gute Manieren bewiesen und ist zu mir nach Hause gekommen, um sich zu entschuldigen.»

Nun sah uns Ward scharf an. «Wofür denn?»

«Sagen wir mal», erwiderte Charlie Corcoran mit seinem Verführerlächeln, «er hat sich dafür entschuldigt, dass er seinen Fall etwas *zu* entschlossen verfolgt hat.»

«Ganz genau», sagte ich zu Ward. «Ich lag echt daneben.»

«Ist das nicht schön?», fragte Charlie. «Nichts ist schwerer für einen Mann, als öffentlich zuzugeben, dass er sich geirrt hat. Vor allem für einen Mann wie Billy McGrath. Ich sag das nicht nur so. Ich kenne Sie, weil meine Rechtsanwälte hart daran gearbeitet haben, Sie kennen zu lernen. Sie sind der Beste von allen. Und das bedeutet, dass sie selbstbewusst sind, vielleicht sogar ein bisschen arrogant. Das müssen Sie einfach sein. Deshalb mein Dank. Mein *chapeau* ist gelüpft, wie es sich gehört.»

Danach zog er eine Riesenshow ab, erhob sich grinsend und sagte fröhlich mit einem Atemstoß: *«Tja!»* Er sah sich im Restaurant um, murmelte einen Abschiedsgruß und bahnte sich den Weg zu Shane Dartles Tisch, wo ihn die Jungstars mit Blicken begrüßten, die puren Neid, bei manchen aber auch ein mühsam erzwungenes Desinteresse ausdrückten. Nicht jedoch Shane Dartle, die ihm die Arme um den Hals schlang und ausrief: «Charlie!»

Ward sah belustigt zu. Ich fragte: «Habt ihr beide mal was miteinander gehabt?»

«Nein», sagte sie, während ihre Augen noch immer auf Charlie ruhten, dann glitt ihr Blick wieder zu mir hin. «Ich bin ungern Teil eines Harems. Aber es war witzig, wie wir uns kennen gelernt haben. Ich traf ihn vor ein paar Jahren auf einer Party, er fragte mich dies und das, so kamen wir ins Gespräch, und ich erzählte ihm, dass ich gerade wegen allem Möglichen etwas durcheinander sei. Darauf meinte er: ‹Ich weiß mehr als jeder Therapeut hier in der Stadt. Immerhin war ich schon bei fast allen. Also such dir nicht anderswo Hilfe. Ruf mich an.› Und das tat ich dann auch.»

«Er hat dir geholfen?»

«Seine Karrieretipps waren enorm nützlich. Du hast ja keine Ahnung, wie erstaunlich es ist, dass er sich schon derart lange an der Spitze hält. So was ist kein Zufall. Dazu gehört manische Hingabe. Und Schläue. Und Rücksichtslosigkeit.» Sie meinte, das Problem sei nur, dass Charlie bei anderen immer nach einer Schwäche suchte, damit er sich dann sicher fühlen konnte. «Diese ganze Zurückhaltung ist nur aufgesetzt. Jeder, der Charlie nahe kommt, verliert Federn. Er neigt dazu, einen zu rupfen.»

«Wenn man Glück hat.» Ich konnte nicht widerstehen. «Anderen verpasst er einen Kopfschuss.»

«Davon ist er freigesprochen worden.»

«Allerdings, ich erinnere mich.»

«Er ist gern mit Frauen zusammen, vor allem wenn sie jung und hübsch sind, und er kommt mit allen Frauen gut aus, auch wenn er ihnen ständig klarmachen muss, dass er klüger und cooler ist und besser aussehend sowieso. Aber jeder Mann ist sein Rivale», sagte sie. «Er macht dich wütend, nicht? Er reizt dich. Etwas an ihm macht dich geradezu verrückt.»

«Du hast doch gerade gesehen, was für dicke Freunde wir sind.»

«Ich hab mich schon gewundert, warum du hier essen wolltest. Sollte ich mitkriegen, dass du dich mit Charlie versöhnt hast?»

«Nein, nicht direkt.»

«Du bist nicht mehr sauer auf ihn?»

«Bin's nie gewesen. Ich habe nur eine Zeit lang geglaubt, dass er seine Frau umgebracht hat.»

«Und du hast deine Ansicht geändert?»

«Mir ist klar geworden, dass ich mir nur schade, wenn ich darüber weiter nachdenke.»

«Du hast beschlossen, die Sache ruhen zu lassen.»

«Sozusagen.»

Während des Essens erzählte ich ihr von Ellen und Lucy und dem Umzug nach Seattle. Ob ich Charlie den Tod meines Vaters vorwarf? Nein. Er war einfach Teil des Unglücks, das meinen Vater verfolgt hatte – angefangen hatte all das ja schon, bevor Charlie sich in sein Leben einmischte, und es ging eben noch weiter. Manche Menschen haben einfach Pech, das ist alles. Charlie dagegen schien niemals etwas Schreckliches oder Enttäuschendes zu erleben. Der Ehering, den er immer noch trug, funkelte in diesem Moment an seiner linken Hand, und er lauschte den Worten von Shane Dartle, als verzauberte sie soeben die ganze Welt für ihn und teilte ihm die wichtigste Nachricht seines Lebens mit.

«Ich will dir mal was sagen», begann Ward. «Ich glaube durchaus, dass er zu einem Mord fähig ist. Damit meine ich nicht, dass er Denise umgebracht hat, nur dass ich ihm so etwas zutrauen würde.»

«Ahnst du etwa was?»

«Wenn du so willst, ja.»

«Wie du was über mich und Charlie und meinen Vater geahnt hast?»

«Billy, ich gebe doch nicht vor, alles zu wissen. Ich berichte nur ehrlich über die Fakten, wie sie sich mir darstellen. Der ganze Fall war ein Witz. Das ist uns beiden doch sonnenklar. Seine Anwälte haben die Polizeiermittlungen aufgefressen und die Arbeit der Staatsanwaltschaft geschluckt, danach haben sie sich umgesehen und gefragt: ‹Wann kommt denn nun die Vorspeise?›»

Mir wurde bewusst, dass ich ihn tatsächlich hasste. Ich hasste das hoffnungsfrohe Lächeln in seinen Augen und seinen weichen, wulstigen, aufgeblasenen Mund. Ich hasste seine Arroganz und seine herablassende Art. Mir fiel das Bild von Denise Corcoran ein, ihr zerschmetterter Kopf, das vom Schmerz elektrisierte Gesicht, und ich freute mich weiterhin, dass er sterben würde, und darüber, dass ich das wusste, dass zur Abwechslung einmal ich die Trümpfe in der Hand hielt und ihm gnadenlos überlegen war. Ich freute mich, dass Charlie nach dem heutigen Abend keine gerissenen Filmgeschäfte mehr durchziehen würde. Es würde seine letzte Rumba sein.

Außerdem war Los Angeles, wie Charlie wohl wusste, eine höchst pragmatische Stadt. Man musste herauskriegen, wie man herum- und vorankam. Geld an sich war nichts Schlimmes, und ich war kein schlechter Mensch. Aber Charlie Corcoran war einer. Ich versuchte nur, für meine Familie zu sorgen. Zwar hatte ich nicht viel für den Marlon-Brando-Mafia-Quatsch übrig, andererseits: Was war ein Mann schon wert, wenn er seine Familie nicht über die Runden brachte? Was ich tat, war absolut falsch, und ich wusste es, aber ich hielt diesen Mann für einen Mörder, und sein Tod würde den Menschen helfen, die ich liebte und die ich verloren hatte.

«Weshalb bist du zur Polizei gegangen, nachdem dein Vater ermordet wurde?»

«Ich litt an Schuldgefühlen. Was er gedacht und getan hatte, war mir nie besonders wichtig erschienen.»

«Trotzdem hast du ihn gern gemocht, oder?»

«Ich weiß nicht. Ich habe ihn nicht sehr gut gekannt. Respektieren konnte ich ihn bestimmt nicht. Aber ich habe ihm fast alles nachgesehen, weil er stolz auf mich war. Obwohl das nicht ganz reicht, oder?»

«Ich weiß auch nicht. Was hat er sich denn für dich gewünscht?»

«Ich glaube, er wollte, dass ich wieder zurück nach England gehe. Weil er selbst nie zum Establishment gehörte, hätte er mich gerne dort gesehen.»

«Du bist doch auch nach England gegangen.»

«Aber nicht in seinem Sinne. Er wollte, dass ich Rechtsanwalt, Bankier oder so etwas werde. Etwas Richtiges eben.»

«Und das bist du jetzt nicht?»

Ich winkte unserem Kellner, der weiter vorne einer Kollegin, der baskenbemützten Empfangschefin, dabei assistierte, einen Regenmantel von einem Haken über dem Kamin zu holen und Charlie Corcoran hineinzuhelfen, wobei die beiden ihm den teuren Stoff sanft über die Schultern drapierten. Mir wurde klar, dass ich auch aus diesem Grund gekommen war: Dies war meine letzte Chance, die Sache aufzuhalten. Ich könnte zu ihm hinübergehen, ihn am Arm ergreifen und sagen: «Hör mal, ich glaube, du solltest dich lieber von mir nach Hause fahren lassen.»

Charlie zögerte, trat von einem Fuß auf den anderen und scharrte mit der Schuhspitze auf dem Boden herum, immer noch die Verlegenheitsnummer, dabei begutachtete er unverhohlen die Beine der Empfangschefin, sah ihr ins Gesicht, in die Augen. «Wo haben Sie nur diese todschicke Baskenmütze her? Ist die von ‹Agnes B.›?» Er grinste und hob die Hand zu einem schüchternen Winken in den Saal, ohne irgendwen speziell anzusehen, da er selbstverständlich annahm, dass die Augen der meisten Gäste auf ihm lagen – was auch der Fall war. Jetzt war der letzte Moment, ihn zurückzurufen, meine letzte Gelegenheit. Ich unternahm nichts, und dann war er fort, sein Abgang eine ebensolche Show wie der Auftritt.

Ich sah nicht auf die Uhr, weil Ward nicht bemerken sollte, wie wichtig mir Charlie war. Und egal, wie viele Ängste oder Skrupel ich eben noch verspürt hatte, sie waren jetzt weg. Es ist vorbei, zu spät, sagte ich mir. Ich empfand einen Kitzel, einen Rausch der Macht und auch einen Schauder, den ich unterdrücken musste: die Furcht, dass ich damit auch einen Teil von mir selbst umbrachte. Noch heute wünsche ich mir manchmal, ich wäre ihm in den Nebel hinterhergerannt, denn ich glaube, dies war der Moment, an dem meine Schuldgefühle am stärksten hervortraten, dabei war in Wirklichkeit alles längst nicht mehr aufzuhalten. Die Ereignisse nahmen ihren Lauf, die Bombe war kurz davor, hochzugehen.

«Bist du eifersüchtig auf ihn?»

Die Frage überraschte mich. «Auf Charlie? Nein.»

«Was man auch über Leute wie ihn und seine Branche denkt, in dieser Stadt hat das alles höchst reale Bedeutung: Geld, Ruhm und Einfluss. Da kann ein Witz hart wie eine Betonmauer sein. Hübsche Zähne und ein Filmstarlächeln können einen Senator stürzen – oder sie befördern ihren Besitzer in die Machtelite einer Gegend, wo man vor gar nicht so langer Zeit nur Zitronen angebaut hat. Macht dich das nicht wütend?»

In Gedanken war ich bei Corcoran in seinem Wagen. Vielleicht saß er in einem der Ferrari, was Ricky Lee sicher riesig freuen würde. Wer konnte der Lust widerstehen, diesen schönen roten Lack mit Kugeln zu durchsieben? Ich fragte mich, welche Waffen seine Jungs wohl verwenden würden – Pumpguns vermutlich, und am End würde ihm Ricky Lee die 9-Millimeter an den Kopf halten, für den Gnadenschuss. Ich überlegte, was Charlie dabei verspüren mochte. Wut, Angst, Panik? Was würde ihm durch den Kopf gehen? Unter Druck kann man in ein paar Sekunden eine Menge denken, und das Gehirn arbeitet ja auch während des Sterbens noch weiter.

«Ich frage mich oft, was mein Vater wohl als Letztes gedacht hat, was ihm durch den Sinn ging, als er starb? Klar, das hat auch seine egozentrischen Aspekte – ob er wohl *an mich* gedacht hat? Du bist verantwortlich dafür, dass es mich gibt, Dad, du hast mich mit erschaffen, also sollte ich auch irgendwie bei dir sein, wenn deine Existenz erlischt.» Ich zuckte die Achseln. «Oder erinnerte er sich an seine erste Begegnung mit meiner Mutter, an einen schönen Tag im Dodger-Stadion, oder dachte er an den gläsernen Briefbeschwerer auf dem Teppich, der so nahe und doch so schrecklich weit entfernt dalag?»

Der Tod meines Vaters war kein Geheimnis, keinesfalls, aber allgemein bekannt war die Geschichte auch nicht gerade. Ich plauderte sie jedenfalls nicht in den Kneipen herum. Ellen und ich hatten sie oft genug durchgekaut, und jetzt vertraute ich sie Ward an. In seinen letzten zwei Jahren hatte mein Vater ein kleines Geschäft gehabt, ein Reisebüro auf der Manchester Avenue, und wir waren inzwischen irgendwie befreundet, obwohl wir wenig gemeinsam hatten und uns nicht mal viel miteinander stritten. Als ich ihn näher kennen lernte, staunte ich darüber, wie er jemals hatte Cop sein können. Er war der geborene Verkäufer, echt ein Ass. Manchmal fuhr er nebenbei Taxi, wenn ihm langweilig war oder die Umsätze nachließen, aber immer nur, weil er Lust dazu hatte. Stille war ihm unerträglich. In seiner Wohnung lief immer der Fernseher oder das Radio. Er ging gern in Bars. Das hielt ihn bei Laune. Er kam nie zur Ruhe, war immer auf Achse, ständig auf Trab, allzeit bereit für ein Bier oder eine Spritztour.

Eines Abends hatte er bis spät im Büro zu tun gehabt, als

ein Kerl reinkam und ihn mit der Waffe zwang, den Tresor zu öffnen. Für die Blanko-Reiseschecks oder die vielen Flugtickets darin interessierte er sich nicht. Er wollte nur Bargeld. Es waren 29 Dollar drin. Mein Vater musste sich auf den Boden legen, und der Mann knebelte ihn und schlang ihm eine Nylonschnur um Kehle und Füße, dann rannte er die Manchester Avenue runter zu seinem Auto, das vor dem Supermarkt geparkt stand. Mein Vater erdrosselte sich selbst bei dem Versuch, über den Fußboden zum Telefon zu gelangen. Noch heute wache ich nachts auf, weil ich keine Luft kriege; ich stelle mir vor, dass ich es bin, der da auf ein Telefon zukriecht, das unerreichbar ist.

«Und deshalb bin ich Cop geworden. Von Anfang an war mir klar: Mordkommission. Immer nur Mörder. Ich studierte die Bücher, die wissenschaftlichen Abhandlungen. Was trieb solche Leute an? Wie fühlte man sich in diesen schrecklichen, intensiven Augenblicken? Ich wollte den Hinterbliebenen helfen, den geliebten Menschen, den Familien. Mir wurde nämlich klar, wie sehr es mir geholfen hatte, dass der Mörder meines Vaters gefasst worden war. Ich würde Gerechtigkeit und Vergeltung üben. Schicksale bereinigen. Edle, wertvolle Vorsätze. Tja, die Arbeit ist immer noch okay, nur ich hab mich davon innerlich verabschiedet.»

Ich dachte, ich hätte nach dem Tod meines Vaters Kummer kennen gelernt, und in der Zeit nach Ellens Unfall auch das Gefühl der Depression, aber was ich in den letzten Monaten durchmachte, war etwas anderes. Diesmal spürte ich es nicht ständig, aber es war doch immer da und wartete darauf, mir die Tür einzutreten. Und wenn es kam, dann war es wie ein Sturm, sowohl innerlich als auch äußerlich. Ich wollte leben, aber ich wurde zerrissen und gehetzt von einer Stimme, die mir befahl: «Stirb, stirb!»

Ward griff über den Tisch hinweg nach meiner Hand. «Komm mit zu mir nach Hause, Billy. Gehen wir. Jetzt gleich.»

Mein Piepser ging los, eine schrillende Explosion am Gürtelbund.

Ward hielt noch immer meine Finger fest. «Verdammt», sagte sie. «Musst du jetzt weg?»

«Vielleicht.» Ich sah auf die Uhr: 23.20. «Ich werd's ja gleich wissen.»

Die Telefonzelle war hinten. Von dort hatte ich einen Überblick über das ganze Restaurant. Ward hielt den rechten Ellenbogen auf den Tisch gestützt, ihre Stirn ruhte in der Handfläche der umgedrehten rechten Hand. Das Kaminfeuer knisterte und knackte. Einer der Männer von Shane Dartles Tisch, noch so ein Gesicht, das ich kannte, ein Fernsehschauspieler mit Ziegenbärtchen und langen Haaren, rempelte mich auf dem Weg zum Männerklo an der Schulter an.

«Ah, McGrath, der Leichenfledderer», grüßte mich der Dienst habende Sergeant. «Sieht aus, als hätten wir was für Sie.» Er sagte, Cataresco sei schon am Tatort, auch Diamond habe man angepiepst, aber Cataresco habe gemeint, ich solle direkt hinkommen, weil die Sache seltsam sei.

«Hat sie gesagt, weshalb?»

«Nur dass es ein dickes Ding ist.»

Ich ging in die Toilette, um mir die Hände zu waschen. Der bärtige junge Schauspieler stand dort, schüttelte seinen Schwanz ab, schob ihn in die Hose zurück und rückte den Gürtel zurecht. Er zuckte die Achseln und warf den Kopf nach hinten, wie um zu sagen: *Ist das nicht alles ein Witz, dieses beschissene Leben?*

«Für dich vielleicht, Kumpel», sagte ich, aber er kapierte nicht. Mein Gesicht im Spiegel wirkte nervös und besorgt. Ich klatschte mir kaltes Wasser auf Wangen und Hals.

«Ich komme mit», sagte Ward, und als ich erwiderte, dass ich das für keine besonders gute Idee hielt, wies sie mich darauf hin, dass ihr Sender inzwischen sicher auch schon von dem Mord erfahren haben dürfte, also würde sie ohnehin dort aufkreuzen, mit oder ohne meine Hilfe. «Ich bin jetzt wieder Reporterin, nicht mehr deine Freundin», warnte sie mich.

Zwei Minuten später saßen wir im Porsche, und sie hielt mir ihren kleinen Recorder vor den Mund. «Du fährst ja sehr behutsam», sagte sie.

«Ich bin vorsichtig», sagte ich. «Außerdem wird der Typ, zu dem ich unterwegs bin, mir kaum weglaufen.»

«Was empfindest du jetzt gerade?»

«Man muss das so sehen: Ich bin in einem Wald, der ist sehr dicht und dunkel, und jeder Baum, an dem ich vorbeigehe – es gibt da eine Menge Bäume –, jeder dieser Bäume ist eine mögliche Spur, und alle Blätter, die ich in all den Bäumen über mir rascheln höre – jedes dieser Blätter ist eine Information, die mir weiterhelfen könnte, es aber eher nicht tun wird, trotzdem muss ich auf jedes einzelne lauschen. So viele Informationen, das verwirrt einen leicht. Und wie finde ich den richtigen Weg? Ich seh auf den Kompass, logisch. Das ist Routine, so hab ich's gelernt. Ich benutze meine Werkzeuge.»

Etwas enttäuscht schob sie die Lippe vor – die Standardmethode ließ nur wenig Dramatik erwarten.

«Aber manchmal …»

«Manchmal?»

«*Manchmal* …»

«Manchmal?» Sie hing am Haken. «Red weiter.»

«Manchmal weiß ich schon gleich von Anfang an, was los ist.»

Am Ende des Eckhauses an der Main Street war ein riesiger mechanischer Clown angebracht. Er grinste, nickte und schwenkte die Beine hinter mir, als ich rechts in die Rose Avenue einbog und aus dem Nebel vor mir rote und gelbe Blinklichter auf den Dächern von drei Polizeiwagen auftauchten, die vor einem der Absteigemotels eine Barrikade quer über die Straße bildeten. Ein Hubschrauber dröhnte in der Luft und ließ seinen Suchscheinwerfer einen engen Kreis ziehen, ein Streifenpolizist stand hinter dem Umleitungsschild, winkte mit der Taschenlampe die Autos vorbei und ließ mich durch, nachdem ich ihm meine Marke gezeigt hatte. Ich fragte mich, wieso sie gleich die ganze Straße absperren mussten. Und warum Ricky Lee die Aktion so nahe beim Restaurant durchgezogen hatte, noch dazu in meinem Revier. Um mich auf Trab zu halten vielleicht oder um mich zu erinnern, dass er hier die Regeln bestimmte. Ganz egal, was passierte, ich konnte nicht mit dem Finger auf ihn zeigen.

Ich ging routinemäßig vor und parkte etwas abseits, um den Tatort still und leise, auf meine Weise zu betreten. Ich schlenderte auf die gelben Absperrbänder zu, die Polizeimarke über die Jackentasche geklappt, damit ich nicht zu reden brauchte, bemühte mich sehr um ein ganz normales Verhalten und fand es wesentlich leichter als erwartet, im Moment jedenfalls noch, mit dem Wissen fertig zu werden, dass ich diesen Fall selbst ins Rollen gebracht hatte. Zugleich hatte ich ein Gefühl der Entfremdung, als gäbe es auf einmal zwei Billys. Aha, dachte ich, da bin ich also ein Cop, ich spiele hier den Cop, aber innerlich weiß ich genau, dass ich mich schon verhalte wie ein Gangster.

Ein Polizist, den ich nicht kannte, kam in einem schwarzen Regenmantel auf mich zu, ergriff meinen Arm und führte mich zu Cataresco. Sie stand auf dem Randstein unter einem großen rotweißen Schirm, obwohl es gar nicht mehr regnete, in einem schwarzen Lederanzug, ziemlich sexy, und mit etwas unförmigen Sporttretern, in die sie vermutlich aus etwas eleganterem Schuhwerk geschlüpft war. «Du musst es schon im Voraus gewusst haben. Hätte nicht gedacht, dass du Vorahnungen hast, Cat», sagte ich. «Weil du ganz in Schwarz bist.»

«Du wirst es nicht glauben, aber ich war gerade mit meiner

Mom auf der Fahrt zum Nuart-Kino, zur Spätvorstellung der *Rocky Horror Picture Show*. Jetzt zieh kein Gesicht, Billy, sie ist eben in den Sechzigern aufgewachsen.»

«Also, was haben wir hier?»

Cataresco trat näher, ihr Grinsen blitzte durch den Nebel, der Notizblock war aufgeklappt. «Rock *and* Roll. Wirklich ein Schauspiel», sagte sie, dann aber wechselte ihr Ausdruck, als sie Ward Jenssen erblickte. «Aha, die Schnepfe vom Fernsehen. Was macht die denn hier?»

«Sie ist mit mir hier.»

Cataresco runzelte verständnislos die Stirn.

«Das geht in Ordnung, okay?»

«Wenn du meinst», sagte sie, und ihre Geste zeigte deutlich, dass sie später eine Erklärung verlangte. «Also. Unser Opfer liegt gleich da vorn.» Sie nickte dorthin, wo sechs bis sieben Uniformierte eine Absperrkette bildeten und sich wie Maden um den Leichnam des Ermordeten scharten. Einer von ihnen, ein großer Kerl mit kantigem Bürstenschnitt, fing meinen Blick auf und wartete ab, was ich wohl jetzt tun würde, Billy McGrath, der Magier der Mordkommission. Über uns wurde das Knattern des Hubschraubers lauter, ja ohrenbetäubend, der Lärm wuchs mir buchstäblich über den Kopf, dann verschwand er wieder. Cataresco sprach weiter: «Und dann auch dort drüben, auf der anderen Straßenseite.»

«Eine Doppelnummer?»

«Dasselbe Opfer.»

Es dauerte kurz, bis ich begriff. «Er ist in zwei Teilen.»

«Bingo», sagte Cataresco.

«Ach du Scheiße.»

«Das ist mal sicher.» Cataresco wickelte einen Kaugummi aus und schob ihn sich in den Mund, ohne ihren verächtlichen Blick von Ward Jenssen zu nehmen. «Jedenfalls ist das hier auch fürs Fernsehen zu schlimm. Irgendwer hat den Typen in zwei Hälften geschnitten, mit einer Kettensäge, würde ich vermuten. Und dann haben sie die Rose Avenue zwischen ihn gelegt. Die ganze Straße ist voller Ketchup.»

Ward, die mitten im Geschehen stand, wirkte ganz locker. Sie war so etwas gewohnt. «Das Blut, der Tod – macht Ihnen so was denn gar nichts aus?»

«Sie meinen, weil ich 'ne Frau bin?»

«Nein. Für mich gehören Sie ganz normal zur Polizei. Ich meine, weil Sie ein Mensch sind.»

«Na ja, manchmal», sagte Cataresco wütend. «Zumindest tu ich nicht so, als wäre das alles so eine Art Walt Disney.»

«Ich versuche nur, die Wahrheit zu berichten.»

Schwer zu sagen, ob Cataresco lachte oder abfällig schnaubte. «Die Wahrheit? Mann, ihr Fernsehleute seid ja wirklich nachsichtig mit euch selbst. So ein Schwachsinn.»

Sie hatte noch nichts über die Identität des Opfers erzählt. «Das reicht jetzt», sagte ich. «Hört mit dem Gezeter auf. Was wissen wir?»

Cataresco sagte: «Männlicher Unbekannter, keine Papiere. Keine Zeugen. Der Kassierer in der Arco-Tankstelle da drüben sagt, er sah einen schwarzen Geländewagen die Rose Avenue runterfahren, der anhielt und dann wieder umdrehte. Aber er hat nicht weiter drauf geachtet. Könnte nicht sagen, ob eventuell etwas aus dem Auto geworfen wurde.»

«Ich geh am besten mal rüber und seh mir die Leiche an.»

«Viel zu sehen ist da nicht mehr», sagte Cataresco. «Ein obdachloser Afro-Amerikaner.»

Ich überquerte mit gesenktem Kopf die Straße. Ein Wort: Afro-Amerikaner. Ich muss leicht geschwankt haben.

In der Luft lag ein scharfer Gestank nach Urin, vom Nebel festgehalten, und dazu mischte sich jetzt, als ich ein weiteres Grüppchen von Streifenpolizisten beiseite schob, die sich um die zweite Hälfte des Toten scharten, der Geruch nach Scheiße und Innereien. Anders als sonst hatte ich kein Problem, einen Namen, ein Menschenleben mit dem Anblick zu verbinden, der sich mir da bot, mit diesem von innen nach außen gekehrten Sack. Spitze Knochenteile ragten aus dem Fleisch heraus. Die Arme wirkten unnatürlich lang, wie sie zu beiden Seiten des abgetrennten Torsos herunterhingen. Die Augen waren noch geöffnet.

Ein kleines Düsenflugzeug heulte über uns wie ein stiller Dinosaurier, im Nebel waren nicht einmal die Lichter zu sehen. Cataresco trat neben mich. «Billy, was ist los? Hast du diesen Mann gekannt?»

«Allerdings.» Sein leblos starrender Blick hatte entweder gar nichts oder zu viel zu sagen. Der Mund war mit silberfarbenem Isolierband verklebt. Das Band war an einem Ende gezahnt und hatte sich unterhalb der Koteletten vom Stoppelbart abgelöst. Ich beugte mich hinunter und schloss ihm behutsam die Augen. «Er heißt Jack Brewster.»

21

Der Rest dieser Nacht verging wie im Fieber. Ich rannte wortlos zu meinem Porsche und bemühte mich verzweifelt zu durchschauen, was da ablief, versuchte nachzudenken und sagte zu mir: *Denk nach!* Was war geschehen? Warum? Was war schief gelaufen? Alles kam mir verschwommen vor, lag rätselhaft im Nebel. Der metallene Türgriff war warm wie Blut in meiner Hand. Jack Brewster war tot, dabei hätte es Corcoran sein sollen. Da ich sie beide kannte – ja die einzige Verbindung zwischen diesen zwei Seelen war, denn ich hatte Jack Brewster in die Geschichte hineingezogen –, sagte mir ein kleiner Mann im Ohr, dass hier an meine Tür geklopft wurde. Doch in meinem Entsetzen klammerte ich mich an die Hoffnung, dass es ein Zufall war und Corcoran auch nicht mehr lebte, dass sie ihn erwischt hatten und dass gar keine Verbindung bestand zwischen Ricky Lee und dem, was ich eben gesehen hatte, zwischen Jacks Tod und meinem Plan. Das musste ich herausfinden.

Ich fuhr die fünf kurzen Blocks zu den blinden Fenstern des Stardust Motel und ging mit gezogener Waffe allein hinein, ein wenig erstaunt darüber, sie für etwas anderes in der Hand zu halten als zum Putzen oder zum Routinezielschießen. Die Füße taten mir weh, meine Schienbeine fühlten sich an wie aufgesplittert, und sogar um Mitternacht war der Gestank in der Lobby des Stardust drückend und lähmend. Der Strahl meiner Taschenlampe erfasste zwei flüchtende Ratten und die Ränder eines wüsten Müllhaufens. Jemand brüllte

«Die Bullen!», und ich fuhr zusammen, schaltete die Lampe aus. Durchsuchungen waren sie hier zu jeder Uhrzeit gewöhnt. Tatendurstige Polizeiausbilder nahmen ihre Rekruten zum taktischen Training ins Stardust mit. Über mir entfernten sich eilige Schritte, und das waren keine Ratten, sondern Menschen, dann breitete sich die Stille wieder aus. Ich schob mich aus der Lobby in die kühlere Luft des Hofes und sah ein Licht oben im ersten Stock, dessen Helligkeit einen Teil des offenen Korridors und ein paar Meter des verbogenen Geländers erkennen ließ, bevor die Umgebung im Nebel verschwamm.

Eine andere Stimme sagte: *«Hat jemand die Bullen gehört? Scheiße, Mann, hier sind keine Bullen!»* Ich hatte nicht mal ein Funkgerät dabei. Das Licht ging aus und ich stand wieder allein in der Dunkelheit, einsam aufragend wie auf einem pechschwarzen freien Feld. Ich schaltete meine Lampe wieder an und sagte mir, es wäre ganz schlau, sie auf Armeslänge von mir wegzuhalten, falls jemand Lust bekommen würde, auf mich zu schießen. Dann huschte ich zur Ecke des Hofes hinüber, die bröckligen Betonstufen hoch, die vom Regen noch glatt und schlüpfrig waren, den offenen Korridor entlang, vorbei an Mauern, von denen die Farbe abblätterte, und Türen, die zerkratzt und mit Graffiti beschmiert waren.

Jack Brewsters Zimmer war das reinste Chaos. Die Farbeimer, die unter den Lecks im Dach gestanden hatten, waren umgekippt worden. Ich watete durch zentimetertiefes Wasser und stieß mit dem Fuß gegen etwas Hartes, Jacks Schreibmaschine, die umgestürzt in einem Haufen loser Tasten lag. Daneben sah ich im Licht der Taschenlampe Papierschnipsel und ein zerrissenes Polaroidfoto. Die Wandbehänge aus Baumwolle waren zerfetzt, die Matratze hatten sie aufgeschlitzt und den Ölofen umgeworfen, woher auch der stechende Gestank rührte. Ich ließ mich auf Hände und Knie nieder und sammelte so viele von den Foto- und Papierschnipseln auf wie möglich. Die meisten zerfielen und blieben als klebrige Masse an meinen Fingern hängen, andere aber konnte ich in die Tasche schieben und erhoffte mir einen Hinweis von ihnen. «Was ist nur passiert, Jack?» Von den feucht glitzernden Wänden tropfte es.

Vielleicht war er hier oben umgebracht und dann auf der Straße abgeladen worden, aber es war nirgends Blut zu sehen. Wenn nicht hier, wo dann? Einen Menschen entzweizuschneiden, das war mehr als nur Mord – es war dreckig, laut, es war die Tat von jemandem, der es genoss oder der gefühllos war oder der ein sehr deutliches Zeichen setzen wollte. Ich schob das Bild von ihm weg, wie er da auf dem Gehsteig lag, ein Mann, der noch an diesem Abend gelebt, gezetert, gegessen hatte. Vielleicht hatte er auf dieser Schreibmaschine getippt. Dann war jemand hereingekommen. Hatte ihm den Mund verklebt. Hatte ihn in zwei Hälften zersägt.

Das sollte mich aufwecken.

An der Wand bewegte sich etwas, und ich zuckte zurück vor dieser menschenähnlichen Gestalt, es war eins von Jacks Hemden, das auf einer Leine hing, oder nicht einmal das, wurde mir dann klar, nur der Schatten des Hemdes, den ich einen Moment lang betrachtete, bevor ich auf dem Absatz kehrtmachte und über den Korridor rannte, um gegen die Tür zu trommeln, vor der ich mit Jacks Freundin geredet hatte, mit Ruthie Pump, der Nutte.

Eine gelangweilte Männerstimme sagte: «Ruhe, du Arsch!»

Von weiter unten im Stardust brüllte jemand: «Selber Ruhe, du Arsch da oben! Ich muss morgen früh arbeiten.»

Ich drückte mich flach an die Wand neben der Tür und klopfte nochmal. «Hier ist die Polizei. Lassen Sie mich *sofort* rein, sonst schieße ich die Scheißtür hier auf!»

Ein Licht ging an – es war dasselbe Licht wie vorhin –, und die Tür öffnete sich einen Spalt weit. Die Männerstimme sagte: «Hast du ’ne Hundemarke, Cop?»

Ruthies Zuhälter war ein großer, breiter Schwarzer mit nacktem Oberkörper, die Arme mit Tätowierungen zugepflastert. Er hatte schulterlanges Haar, das bartlose Gesicht war so von Akne zerfressen, dass es an verbrannte Pizza erinnerte, und er war jung, höchstens neunzehn. Auch am Hals war er tätowiert.

Viel schwerer ließ sich Ruthies Alter schätzen. Sie mochte zweiundzwanzig, dreiundzwanzig sein, aber sie wirkte müde und uralt; ich hatte schon Sechzigjährige in Brentwood gesehen, die sich ein besseres Aussehen leisten konnten. Sie saß im Bett, gelangweilt und das Hirn vom Crack zerfressen, zog die Knie an die Brust, dann die Bettdecke bis zum Kinn hinauf und rollte sich mit dem Gesicht zur Wand.

Eine Petroleumlampe in der Ecke tauchte alles in ein schummriges gelbes Licht. Die Schatten tanzten. In einer leeren Bierflasche vor dem Bett kokelten drei, vier Räucherstäbchen, ihr beißender Duft mischte sich mit dem fauligen Grundgestank des Stardust, überdeckte ihn aber nicht ganz. Der Ghettoblaster stand auf mehreren ungeöffneten Pappkartons: fabrikneue Elektronikgeräte – von dem Zuhälter selbst geklaut oder Hehlerware. Er hatte ein paar Rigipsplatten an die Wände genagelt und gestrichen, und auf dem Fußboden knisterte eine Plastikfolie. Es gab sogar einen Anflug von Innendekoration: ein Madonna-Poster und noch eins mit dem mexikanischen Fußballteam.

«Wo ist dein Durchsuchungsbefehl, Cop?» Das Riesenbaby lispelte, lauter formlose Luftblasen, oder der Junge versuchte Mike Tyson nachzumachen. Sein Deal mit dem Mädchen war vermutlich die übliche Sklaverei. Sie vögelte andere Männer oder noch was anderes und gab ihm das Geld, dafür hielt er die Typen davon ab, sie zu verprügeln, und versorgte sie mit Drogen. Vielleicht schlug er selbst sie nicht, obwohl ich das bezweifelte.

«Durchsuchungsbefehl hab ich keinen. Wie heißt du?»

«Mariquito.»

«Ich nenn dich Zuhälter, Zuhälter.»

Mit seiner Kinderstimme sagte er: «Arschloch.»

Mein Schatten zuckte, als ich auf den Jungen losging und ihn gegen die Wand warf, während Ruthie kreischte: «Tu ihm nichts!»

Ich drehte mich mit dem Rücken zur Wand und schob ihm meine 9-Millimeter ins Ohr.

«Bitte, tu ihm nichts!»

«Ruthie, jetzt halt schon dein Maul. Dieser Cop wird *überhaupt* nichts tun.»

«Ja, er quatscht nur», sagte sie und zog die Bettdecke noch höher.

Ich schlug ihm den Lauf gegen die Ohrmuschel. «Ruthie – reden will ich nur mit dir», sagte ich, «und ich erklär dir mal, wie's läuft. Dein lieber Freund hier greift soeben einen Polizisten tätlich an. Ich weiß, ich weiß, das ist ganz böse von mir, aber wem werden sie wohl glauben, Ruthie – euch oder mir? Und ich wette, wenn ich nur ein bisschen hier herumstöbere, finde ich auch noch eine versteckte Schusswaffe. Dann hängst du auch mit drin. Alle beide: Verschwörung zum Mord an einem Polizisten im Einsatz.»

«Blödsinn. Interessiert uns alles gar nicht.»

«Mit dir rede ich nicht, Zuhälter. Und dann gibt's noch die zweite Möglichkeit. Sag mir, ob du Jack heute gesehen hast. Sag mir, wann und wo. Sag mir, was Jack vorhatte und worüber ihr geredet habt.»

«Das hier ist Nötigung, Mann. Das melde ich deiner Dienstaufsicht.»

«Na, los doch.» Ich schlug ihm den Lauf der Waffe in die Zähne. «Auf die Knie.»

Er kauerte nieder, zwischen den gespreizten Oberschenkeln troff ihm ein dickes Rinnsal aus Schleim und Blut aus dem Mund.

«Vielleicht interessierst du dich doch dafür. Vielleicht interessiert dich der nächste Teil dieses Spielchens, da niete ich dich nämlich um.»

«Scheiße, Mann», sagte er mit einem verräterischen Zittern in der Stimme.

«Kapiert ihr beide jetzt endlich? Ich puste diesem Abschaum hier den Kopf weg, Ruthie, wenn du mir nicht erzählst, was ich wissen will, und zwar sofort. Ich zähle bis fünf. Eins-zwei-drei.»

«*Hey!*»

«Vier.»

«Scheiße, sag's ihm, Ruthie, sag es dem Arsch doch.»

«Was soll ich ihm denn sagen?»

«Sag dem Typ, was er hören will, aber *tu es endlich*!»

Ihre Knie arbeiteten unter der Decke. «Da war so 'n Typ.»

«Was für ein Typ?»

«Na, so ein Typ, heute Abend. Hab ihn mit Jack irgendwie da auf der Straße gesehen.»

«Wann?»

«So vor drei Stunden.»

«Wer war es, Ruthie? Hast du ihn erkannt?»

Sie schüttelte den Kopf, verängstigt; sie wollte es mir nicht sagen.

«Wer war der Mann, Ruthie? Ich muss das wissen.»

«Ich kann nicht, kann den Namen nicht sagen.»

Schon das Entsichern der Pistole klang wie ein Schuss. «Ruthie! Ich knall ihn ab. Ich würde es sogar gern tun.»

Noch ein letztes Zögern, in dem sie die Wahrscheinlichkeiten gegeneinander abzuwägen versuchte und nachdachte, wie ihre Aussage ihre Zukunft beeinflussen könnte. Sie warf den Kopf herum; es war schwer, und sie flüsterte es in Richtung Wand: «Tookie.»

«Tookie Cross?»

Sie nickte.

Ich musste wohl wieder leicht geschwankt haben und wischte mir die Stirn mit der Hand ab, die die Pistole hielt. Ich sagte «Scheiße» und lehnte den Kopf gegen die muffig riechende Rigipswand. Vor drei Jahren waren Tookie Cross und zwei weitere Gangster aus dem Gerichtsgebäude von Santa Monica geflohen, wo sie wegen bewaffneten Raubüberfalls unter Anklage standen, sie waren einfach zusammen zur Tür hinausgestürmt, ehe die Justizbeamten ihre Waffen hatten ziehen können. Seitdem hatte ihn niemand gesehen noch von ihm gehört, wenn auch Gerüchte seinen Namen mit Überfällen und Rachemorden im Drogenmilieu von Mexiko bis Montana in Verbindung brachten. In früheren Zeiten war er Ricky Lees zweiter Mann gewesen, ein Killer. War das Tookie Cross im Rose-Café gewesen? Vielleicht. Ich versuchte das alles zusammenzukriegen.

Ruthie fragte: «Was ist denn los? Ist was mit Jack passiert?»

«Tut mir Leid, Ruthie, aber er ist tot. Wir sprechen später darüber, okay?»

«Er ist tot. Mein Freund ist tot?»

Sie drehte sich von der Wand weg, ich sah ihr verwirrtes Gesicht und dachte daran, was mir Jack mit breitem Grinsen in dem Burgerlokal damals erzählt hatte: dass Ruthie Pump die Seele eines Menschen an der Form seines Schattens erkennen konnte. Ein wilder Gedanke, wie mein Schatten wohl jetzt gerade aussah? Ich war bereit gewesen, Jack in dieses üble, gefährliche Spiel hineinzuziehen, und jetzt hatten sie ihn ermordet. Für seinen Tod war ich verantwortlich. Ich fühlte mich schuldig und elend. Mir wurde übel. Ich rannte hinaus, um zu kotzen. Wie ein dunkler Hauch würde diese Sache mich für den Rest meines Lebens verfolgen – falls es überhaupt noch einen Rest meines Lebens gab. Womöglich hatte es sich Ricky Lee genau so gedacht: Jack Brewster umlegen, um mal einen Anfang zu machen und Billy McGrath eine Scheißangst einzujagen, bevor er mit ihm selbst abrechnete. Ich war ein toter Mann, außer ich erledigte ihn als Erster oder verschwand aus der Stadt, was keine Alternative war, weil er sich dann an meine Familie halten würde. Ruthie Pump hatte sich wieder abgewandt, um die Schatten an der Wand zu betrachten, und ich hatte einen grässlichen Gedanken: Vielleicht hatte er sie schon aufgesucht. Er wusste wahrscheinlich, wo sie wohnten, oder konnte es problemlos herausfinden. Ich hatte eine Vision von Lucy, wie sie im Bett lag, die Augen weit aufgerissen, das Kissen mit Blut und Knochensplittern besudelt.

Im Haus am Nowita Place war alles dunkel. Die Tür war zu, aber ich wusste, wo Ellen einmal einen Schlüssel versteckt hatte, er war mit Klebeband unter einer hinteren Querstrebe des verschlossenen Gartentors befestigt. Ich langte hinüber, tastete kurz herum, fand den Schlüssel und riss ihn ab.

Die Tür schwang lautlos auf, und ich trat in die Dunkelheit hinein, die Pistole gezogen und an meine Seite gepresst. Auf einmal wurde ich geblendet, und eine Stimme sagte: «Lass die Waffe fallen, Arschloch, und leg dich auf den Boden, aber *ganz langsam*!»

Ich musste fast lachen, wurde von einer warmen Welle der Erleichterung durchflutet. «Du bist okay. Gott sei Dank.»

«Billy?», fragte sie verwirrt, und vor meinen Augen blitzte ein orangefarbenes Feuerwerk, als sie die Taschenlampe senkte. «Was tust du denn hier?»

«Wo ist Lucy?»

«Sie schläft.»

«Bist du sicher?»

«Billy, was ist los?»

«Bist du *sicher*?»

«Natürlich. Ich hab kurz zu ihr reingeschaut, als du da draußen herumgelärmt hast. Um Himmels willen, Billy, ich hätte dich erschießen können.»

Sie hielt noch immer die Waffe fest, eine Smith & Wesson,

die wir einmal zusammen bei «Pistol Pete» in Redondo Beach gekauft hatten; komisch, wie einem solche Details plötzlich wieder in den Sinn kommen.

«Ich bringe euch jetzt in ein Hotel. Und dann möchte ich, dass ihr morgen früh den ersten Flug nach Seattle nehmt. Frag nicht, warum. Da ist eine üble Sache im Gange. Ich muss einfach wissen, dass ihr beide sicher seid.»

Sie zeigte keine Überraschung. Wir hatten solchen Ärger schon früher einmal gehabt, als sie in der Innenrevision war und gegen einen Motorradcop ermittelte, der zwei Frauen wegen einer Tempoübertretung auf dem Freeway angehalten und dann vergewaltigt und ermordet hatte. Während der Untersuchungen hatte er gedroht, sie und ihre Familie umzubringen. Wir wohnten damals einen Monat lang in einem Hotel in Ventura County, bis der Fall abgeschlossen und der Kerl hinter Gittern war. «Nimm nur das Nötigste mit. Den Rest können wir später regeln. Hör zu, das ist kein Spaß. Gehen wir, schnell.»

Sie fragte: «Es ist was richtig Schlimmes, oder?»

«Ich weiß nicht. Möglicherweise. Komm jetzt!»

Während Ellen eine Tasche packte, klopfte ich leise an Lucys Tür und ging hinein, um sie zu wecken, rüttelte sanft ihre Schulter und flüsterte: «Lucy, ich bin's, Dad. Komm!» Ich klappte den Rollstuhl zusammen und verstaute ihn im Porsche. Ellen hinaus in die Nacht zu tragen war eine eigenartige Erinnerung an früher, die Bilder von glücklicheren Tagen zurückbrachte. Sie lag wieder in meinen Armen, inzwischen wütend und gereizt, da jetzt die Überraschung über mein plötzliches Auftauchen langsam nachließ, aber sie drückte mir doch die Wange gegen die Brust, während Lucy abenteuerlustig samt Schultasche und Skizzenblocks auf den Rücksitz kletterte, in der Hand das neue Set mit Zeichenstiften, das ich ihr gekauft hatte.

Ich sah in den Spiegel, nahm den Lincoln Boulevard in

südlicher Richtung und fuhr langsam durch Venice, dann schneller durch Marina del Rey, über die immer noch überfluteten Ballona Wetlands durch Westchester zum Flughafen raus, dabei vergewisserte ich mich immer wieder, dass wir nicht verfolgt wurden. Es beruhigte mich, auch wenn es die Schuldgefühle und schmerzlichen Vorwürfe nicht beseitigte, die in meiner Brust rumorten. Ich selbst hatte die Bedrohung herbeigeführt, vor der ich sie jetzt zu beschützen versuchte.

Lucy war wieder eingeschlafen. Ich fragte: «Wo ist Drew? Ist er zu einem Tatort gerufen worden?»

«Er ist gegangen, kurz bevor du kamst. Wer ist da ermordet worden, Billy? Worum geht es bei alldem?»

«Ich weiß es nicht, ich kenne nicht die ganze Geschichte», mehr sagte ich nicht. Um ein Uhr früh war die Lobby des Hilton ein Dschungel, in dem sich eine ganze Armee hätte verstecken können. Jetzt hielt ich die schlafende Lucy über der Schulter, während ich die Anmeldung ausfüllte. Die gläserne Fahrstuhlkabine offerierte Werbung für Karibikkreuzfahrten und das Filet Mignon in «Chris's Steak House» und später, beim Hinauffahren in den sechzehnten Stock, einen Panoramablick auf die Küste bis weit nach Malibu und Point Dume im Norden, denn der Nebel war etwas aufgerissen und bekam von den Lichtern, die durch seine Wattedecke hindurchstießen, gespenstische helle Flecken. Auf dem Flughafen landete keine Maschine. Kein Flugzeug erhob sich von den Rollbahnen. Nur der Tower ragte über allem auf, ein erhobenes Lichtsignal.

Das Zimmer hatte zwei Betten, riesige Lampen, Hotelkunst an den Wänden und einen beigefarbenen Teppich, dessen Flor der Staubsauger sauber nach rechts gekämmt hatte. Nachdem ich Lucy die speckigen Turnschuhe ausgezogen, das hintere Bett aufgeschlagen und sie hineingesteckt hatte, setzte ich mich auf das andere und schloss einen Moment lang die Augen, als ich die kühle Berührung von Ellens Fingern spürte. Sie sagte leise: «Du solltest dich ausruhen. Hör mal ein paar Stunden lang mit allem auf.»

Ich lehnte die Wange gegen ihre tröstende Hand. Genau das wollte ich tun, dableiben und mich ausruhen, aber Jack Brewster war tot, und irgendwie konnte ich nicht recht glauben, dass Ricky Lee schlief. Ich raunte: «Weißt du noch, als wir damals auf der Kreuzfahrt waren und die Herde Wale an uns vorbei nach Norden zog, diese schimmernden Rücken im Meer?»

«Kann mich gut daran erinnern.»

Ich schüttelte den Kopf. «Mann, das war ein Bild.» Dann schlug ich die Augen auf und sagte: «Ich geh jetzt besser. Ich rufe morgen früh an und versuche auch, zum Flughafen zu kommen. Aber selbst wenn ich nicht da sein sollte, setzt ihr euch trotzdem beide in die Maschine. Versprochen?»

«Ich dachte, du willst nicht, dass wir nach Seattle gehen?»

«Keine Witze jetzt, Ellen. Versprich's mir einfach, okay?» Lucy drehte sich im Schlaf herum und stieß einen sanften Seufzer aus, als ich ihr die Wange küsste und über die Stirn strich. «Lass sie nicht aus den Augen.»

«Du weißt, dass ich das nicht tue.»

«Ja, das weiß ich. Du hast deine Waffe? Und ich werde Drew sagen, wo du bist, ja?» Mein Piepser ging wieder los, während sie nickte. Es war das Revier. «Ich rufe besser an.»

Sie hielt mich zurück. «Ich wollte dir noch was sagen, etwas, das du wissen solltest.» Sie drehte sich um und sah nach, ob Lucy immer noch fest schlief. «Als ich es damals herausgefunden habe, als ich diesen Ausdruck in deinen Augen sah …» Sie seufzte und stockte kurz. «Als ich erfuhr, dass du diese Affäre mit Ward hattest, da wollte ich dich in der Hölle brennen sehen, Billy, ich wollte dich lebendig gehäutet sehen. Schlangen und Skorpione sollten dir das Hirn zerfressen. Du hattest mich verraten. Entehrt. Und *gedemütigt*. Ich weiß noch, wie ich in der ersten Nacht wach lag und dachte: ‹*Mein*

Mann hat so was getan?› Da hab ich ein Loch in die Badezimmerwand geschlagen.»

Ich erinnerte mich, dass ich den Beweis dafür am nächsten Tag gesehen hatte. Es war ein mächtiges Loch in der Rigipswand gewesen. Danach hatte sie mich rausgeworfen, für diese und mehrere weitere Nächte. Ich hatte im Auto geschlafen.

«Ich malte mir damals aus, welche schlimmen Sachen dir passieren sollten. Ich sah dich tot in deinem Wagen liegen. Oder auf der Straße verbluten. Aber stattdessen ist mir etwas passiert. Man hat auf mich geschossen.»

Draußen auf dem Korridor klappte irgendwo eine Tür, dann sank das Hotel in seine wachsame nächtliche Stille zurück.

«Ich benutzte meine Wut. Sie gab mir den Willen, stark zu sein, deshalb hielt ich sie am Leben. Ich sagte dir zwar, ich hätte dir verziehen, und manchmal glaubte ich das auch, aber dann bogen meine Gedanken um eine Ecke, und plötzlich sprang mich die Wut wieder an. ‹Ich bin verdammt nochmal zornig, und er fühlt sich *zu Recht* schuldig.› Ich sah gar keinen Grund, warum ich dir jemals verzeihen sollte. Ich weiß, dass ich der Mittelpunkt deines Lebens war, sogar jetzt noch bin, nach unserer Scheidung, und das gefiel mir auch ganz gut. Zuerst wollte ich dich bestrafen. Dann wurde mir klar, dass ich Angst davor hatte, nicht mehr das zu sein, was ich für dich war.»

«Du wirst es immer sein.»

Sie schüttelte den Kopf, als hätte ich nicht begriffen. «Du bist immer mein Sicherheitsnetz gewesen, und das war falsch. Vergeben habe ich dir am Ende um meinetwillen. Drew hat es mir gezeigt. Und jetzt musst du endlich aufhören, so hart zu dir zu sein.»

Wir saßen immer noch nebeneinander auf dem Bett, in unserem Rücken der leise Rhythmus von Lucys Atem, während draußen eine Sirene aufheulte und in die Nacht hinein klagte. Lucy wälzte sich im Schlaf. «Es war meine Schuld», sagte ich. «All das wäre niemals passiert, wenn ich nicht mit Ward geschlafen hätte.»

«Weißt du was? Das stimmt und auch wieder nicht. All das wäre nie passiert, wenn ich nicht geboren worden wäre. Und weißt du noch was? Ich bin trotzdem froh. Ich kann mit dir nicht über Philosophie diskutieren, aber eines sag ich dir: Es ist mein Leben und meine Verantwortung. Ich habe meine eigenen Entscheidungen getroffen. Ich hab dich gewählt, und ich hab dich wieder weggeschickt. Jetzt musst du dir jemand anderen suchen, Billy. Ich habe das getan. Zum Teufel mit der Wut und den Schuldgefühlen.»

Sie machte keine Anstalten, mich zu küssen, und sie winkte auch nicht, aber ihr Blick ließ mich nicht los, als ich die Tür schloss. Ich spürte ihn immer noch auf mir, während ich den schummrigen, stillen Flur entlangging, sich die Fahrstuhltüren schlossen, ich wieder in den dicken Nebel am Boden eintauchte, und als ich auf die Straße hinaustrat, die zu dieser späten Stunde verlassen dalag, bis auf ein einsames gelbes Taxi, das auf der Fahrt zum Flughafen langsam vorbeiglitt.

Der Dienst habende Sergeant hob erst beim zehnten oder elften Klingeln ab, und es war schwer zu sagen, ob er so benommen klang, weil er gelangweilt oder verschlafen oder einfach schon zu viele Jahre im Dienst war. Ich stellte mir das Gesicht zu dieser Einstellung vor. Er hatte einen dicken runden Kopf wie ein Luftballon. Normalerweise ging er Streife am Strand, knurrte etwas über die Gefahren und das unberechenbare Verhalten von Menschenmassen, und am Sonntagabend um fünf Uhr bei Sonnenuntergang sagte er Sachen wie: «Siehst du, jetzt verwandeln sich die Penner in Gangster.» Er stand kurz vor der Pensionierung, danach wollte er ein bisschen malen, was ihm, wie er sagte, nebenbei genug Zeit geben würde, seine Diplomarbeit in Soziologie abzuschließen. «Eine Frau hat dauernd versucht, Sie zu erreichen.»

«Wer?»

«Sie hat hier schon drei-, viermal angerufen. Sie haben ’ne Verehrerin», sagte er und gähnte. «Der reinste Don Juan.»

«Jetzt klopfen Sie keine Sprüche.»

«Also, es war so: Sie meinte, Sie würden schon Bescheid wissen, wenn ich sage, dass sie die Gitarristin ist. Die *Gitarristin*? Ich sage Ihnen, Detective, die Welt ist echt voll von lauter Verrückten und Bescheuerten. Vielleicht ist sie auch von Ufos entführt worden und war mit einem Außerirdischen im Bett.»

Renata Richards wohnte nicht in Venice, sondern in einem Bungalow drei Blocks weit weg vom Meer, zwischen Manhattan Beach und Hermosa. Auf ihrer Mülltonne stolzierte ein Kater, der bei meinem Kommen ängstlich im Nebel verschwand. Sie öffnete die Tür sofort, als hätte sie mich erwartet, und wir musterten einander sekundenlang in verwirrtem Schweigen – ihr Gesicht kam mir seltsam vertraut vor, wie ein Lieblingsfoto, das ich verloren und nun wieder gefunden hatte. Sie kam gerade aus der Dusche, das kurze Haar war noch feucht, sie trug ein weißes T-Shirt, eine kurze Jogginghose und keine Schuhe an den Füßen dieser endlos langen Beine. Sie bot mir eine Tasse Kaffee mit zu viel Milch drin an, die ich trotzdem annahm, und dabei sah ich, dass irgendetwas in ihrem Leben drei lange parallele Narben von Brand- oder Schnittwunden auf ihrer rechten Wange hinterlassen hatte – die Seite, die sie auffällig von mir abwandte. Ihre Fingernägel waren bis zum Anschlag abgekaut. Sie kam gleich zur Sache und sagte, Ricky Lee sei am Abend bei ihr gewesen.

«Wann war das?»

«Gegen sieben. Er erzählte irgendwas davon, dass Charlie Corcoran Mae umgebracht hätte. Angeblich sei Mae damals zu Corcoran ins Haus gekommen, in der Nacht, als Denise ermordet wurde und er nicht zum Theater gekommen war.»

«Und was haben Sie gesagt?»

«Ich hab ihm gesagt, dass er da auf der falschen Fährte ist. Woher konnte er so eine verrückte Geschichte nur haben?»

Ich musste kurz warten, bis mein Herz sich wieder beruhigte. «Das weiß ich auch nicht.»

«An dem Abend war ich mit Mae zusammen. Wir haben uns einen Film angesehen. Und sie ist nicht mal in die Nähe von Charlie Corcoran oder seiner Frau gekommen.»

Ich versuchte ganz ruhig zu klingen, obwohl sich mir die Brust zusammenschnürte. «Und wie hat Ricky Lee darauf reagiert?»

«Er sagte gar nichts.»

«Und das bedeutet?»

«Dass irgendwer Riesenärger kriegt.» Ihre grünen Augen blitzten kurz wie die ihres Exmannes auf, das reinste Feuerwerk. Sie sagte, sie habe das ihr ganzes Leben lang gesehen. Wie andere Menschen einander wehtaten, getötet wurden und töteten. Manche fanden die Kraft, davon wegzukommen, so wie sie. Andere, die die Angst gelähmt hatte, blieben dabei, bis ihre Seelen verwelkt, vertrocknet, zerfallen waren. Und dann gab es auch noch die, die sich von dem Chaos und der Wut ernährten, ja die das geradezu aufsogen und dann wieder ausspuckten, um sich selbst ein eigenes Leben zu schaffen – und damit vielleicht ein anderes auslöschten. «Und da passt Ricky Lee rein. Den will man nicht in der Nähe haben, wenn er so drauf ist.»

«Sie haben den Kerl ja geheiratet. Sie sollten es wohl besser wissen als sonst irgendjemand.»

«Ich hab ihn geheiratet, als ich schwanger wurde. Geschlafen hab ich mit ihm, weil ich sechzehn war und weil er nett und höflich zu mir war, einfach anders als die anderen.»

«Na, das ist er ganz bestimmt.» Durch das Fenster sah ich auf ihren Garten hinaus, auf einen Rasen und einen Drahtzaun, hinter dem ein betonierter Gehweg zum nicht direkt sichtbaren Meer hinunterführte. Der Weg war leer. Nirgends

Verkehr, kein Ton zu hören, bis auf das Donnern der Wellen, das durch den aufreißenden Nebel verstärkt und weit herangetragen wurde. Im Schlaf war die Bevölkerung von Los Angeles eine große glückliche Familie. In ein paar Stunden würden sie aufwachen und wieder darangehen, einander zu betrügen und zu ermorden. Mein Entsetzen wich erneut einer sturen Entschlossenheit, diese Sache aufzuklären. Ricky Lee war also hier gewesen, hatte sich Renatas Kommentar angehört und den Schluss gezogen, dass meine Geschichte, die Geschichte, die ich Rickys Leuten von Jack Brewster hatte erzählen lassen, Mumpitz war. Danach hatte er sich auf die Suche nach Brewster gemacht.

Sie sagte: «Ich hoffe, Sie halten das nicht für Zeitverschwendung. Aber glauben Sie mir, ich kenne ihn, wenn er so ist. Da geht alles in Flammen auf, was er berührt.»

«Sie verschwenden meine Zeit nicht.»

Ich fragte mich, wo Ricky Lee im Moment war, versuchte ihn mit jeder Faser meines Körpers zu erspüren. Es musste einen Platz geben, da war ich sicher, wo er Jack hingebracht hatte, um ihn zu verhören, zu foltern und am Ende zu töten. Solche Dinge erledigte man nicht im Freien. So was machte viel Lärm und Dreck. «Wo ist Ihre kleine Tochter?»

«Die schläft», sagte sie. «Wieso fragen Sie?»

«Nur so. Haben Sie Mae gut gekannt?»

«Jedenfalls besser, als Ricky Lee sie kannte.»

«Sie hatten beide was übrig für Musik, oder?»

«Das stimmt.»

«Ja, meine Frau auch. Was wissen Sie, das mir helfen könnte herauszufinden, wer sie umgebracht hat?»

«Sie war ein guter Mensch.»

«Ich behaupte ja nichts anderes.»

Renata beobachtete mich wachsam, sie überlegte, ob sie mir vertrauen konnte. Sie war ganz unverhüllt sie selbst: mit ein paar Narben, aber gefasst, stark, eine junge Künstlerin, verletzt, scheu und sensibel. «Ich hab das Gefühl, irgendwer hat sie in was reingezogen. Wie oder in was, weiß ich auch nicht, aber diese vielen Videogeräte, die bei ihr herumstanden. Hab sie einmal danach gefragt, und sie sagte: ‹Ach, die sind gar nix.› Na, *gar nix* waren die bestimmt nicht.»

Das Haus besaß eine luftige, fröhliche Atmosphäre, so wie bei Ellen. Bücher. Spielzeug und andere Kindersachen. Es war sauber, aber nicht zu ordentlich. Gitarren lehnten mit ihren schmalen Hälsen an den Wänden, in der Ecke ruhte auf einem Gestell ein Saxophon, die Öffnung wie ein weiter Mund in den Raum gähnend, dahinter ein Stuhl, als wartete es nur auf den Richtigen, der Platz nahm und losspielte. «Wie sind Sie aus der Ehe rausgekommen?»

«Nur mit Schwierigkeiten», sagte sie. «Hören Sie, Sie sind ’n Cop, ich weiß genau, was Sie denken: ‹Da haben wir also diese Lady hier, die wohnt in einer netten Gegend in einem netten Haus, das ist doch todsicher mit Drogenkohle gekauft.› Dann will ich Ihnen mal was sagen, Mister. Das stimmt nicht. Ich habe für das alles hier keinen Cent von Ricky Lee gekriegt. Er zahlt mir Unterhalt für mein Kind, und sonst nehm ich nichts von ihm.»

Sie erzählte von Ricky Lee, seiner Vergangenheit, seiner Herkunft und darüber, wie sein Leben nach dem Mord an seinem Bruder eine abrupte Wendung genommen hatte. Das habe ihm hart zugesetzt, seitdem sei er für immer im Gangsterleben drin.

«Na, und ich bin dann raus. Mehr werd ich dazu nicht sagen. Die Probleme in unserer Beziehung gehen Sie einen Dreck an.»

Ricky Lee hatte danach seinen Weg gemacht, gar nicht so sehr auf der Jagd nach Erfolg, eher sogar erstaunt über die Entdeckung, dass er ein Händchen, ein Talent, ja eine geniale Begabung für organisiertes Verbrechen und das Ausüben körperlicher Gewalt besaß. Als Ergebnis hatte er seine Mutter in den letzten Jahren nur sehr selten besucht. Von der Liebesaffäre mit Richard Francis hatte er nicht mal gewusst.

Renata sagte: «Aber heute Abend hat er gefragt: ‹Wer war dieser alte weiße Knacker?› Er wollte wissen, wieso der beim Begräbnis war.»

«Haben Sie's ihm gesagt?»

«Nein. Aber er wird es rausfinden.»

Während der ganzen Befragung hatte ich den Gedanken an Jack verdrängt und zu vergessen versucht; sonst hätte ich gar nicht funktionieren können. Jetzt sah ich, dass die Sache immer höhere Wellen schlug.

Ich rief im Haus von Francis in Palos Verdes an, wo mir der Anrufbeantworter eine andere Nummer gab, die vom St. Augustine's Hospital in Long Beach, wo die Vermittlung es für mich in seinem Behandlungszimmer versuchte, aber es ging niemand ran; immerhin meinte man, er sei irgendwo im Haus. Mein zweiter Anruf beim Polizeirevier von Long Beach war weniger erfolgreich. Nachdem ich erklärt hatte, wer ich war, und den Sergeant vom Nachtdienst gebeten hatte, zwei Männer ins Krankenhaus zu schicken, um nach Francis zu sehen, wartete ich minutenlang, bis er überhaupt jemanden auftreiben konnte. Im Hintergrund hörte ich das Knattern und Quäken des Polizeifunks, der Neuigkeiten von Überfällen, Messerstechereien, Einbrüchen, Schusswechseln mit Todesopfern brachte. Ich legte mir den Hörer einen Moment lang gegen die Brust, weil mich Renata mit seltsamer Miene musterte. In ihren Augen funkelte etwas. Ich fragte: «Was ist?»

Dann war der Sergeant in Long Beach wieder dran und sagte, er tue ja sein Bestes, könne mir aber nichts garantieren. Sie hätten gerade eine Wahnsinnsnacht: mehrere Morde und eine Explosion bei der alten Marinebasis, Verdacht auf Brandstiftung. Ich solle lieber selbst rüberfahren.

Bevor ich aufbrach, sagte Renata, sie wolle mich noch etwas fragen. Sie lehnte sich gegen die Wand, einen Fuß über den anderen gekreuzt, und griff nach einer der Gitarren, die sie sich an den Bauch drückte. Als Kind sei sie im Krankenhaus gewesen, sagte sie, und später in einem Pflegeheim, weil sie nicht habe sprechen können. Sie erinnerte sich, wie sie manchmal ein Weißer dort besucht hatte. Warum, das wisse sie eigentlich gar nicht. «Und als Sie damals ins Powerhouse reingekommen sind, hatte ich ein ganz komisches Gefühl. Es war, als ob sich eine Tür in der Wand auftat und eine Musik erklang, die ich seit Jahren nicht gehört hatte. Das waren Sie, stimmt's? Sie sind dieser Mann damals gewesen.»

Ich wusste nicht, ob ich mich niedergeschmettert oder glücklich fühlen sollte. Ihr Gesichtsausdruck war abwartend und fragend, aber in ihrer Stimme lag etwas Besonderes, ein versonnenes Hoffen und auch Traurigkeit.

«Haben Sie meine Eltern gekannt?»

«Nein.»

«Sie wurden ermordet, oder? Das haben sie mir in dem Heim erzählt. Mehr konnte ich aber nie darüber rausfinden.»

«Sie erinnern sich nicht mehr?»

Sie schüttelte den Kopf. «Nein.»

Das war ein Segen, und ich hatte nicht vor, das verdrängte Entsetzen wieder hervorzuwühlen, obwohl meine eigenen Erinnerungen jetzt massiv in mir hochstiegen: der geschockte Blick des an den Stuhl gebundenen kleinen Mädchens, wie sie stumm blieb, auch als der Knebel entfernt wurde, der Fußboden voller Blut und Knochensplitter, die herumliegenden Stücke Fleisch, der erstickende Gestank, der einzeln daliegende weiße Arm, spindeldürr wie bei einem Junkie, wie die Gehirnmasse an meinem Schuh geklebt hatte und schließlich das Versprechen, das ich an jenem Tag abgelegt und nicht gehalten hatte. «Ich habe ein schlechtes Gewissen», sagte ich. «So oft habe ich an Sie gedacht. Jahrelang habe ich mich ausgebrannt gefühlt, weil ich aufgehört habe, Sie zu besuchen.»

«Das weiß ich gar nicht mehr. Ich erinnere mich nur daran, wie Sie waren. Jung und hoffnungsvoll in einem schlecht sitzenden schwarzen Anzug, Sie haben mir Sachen mitgebracht und sich mit den Händen auf den Knien zu mir vorgebeugt, um mir eine Geschichte zu erzählen. Ich hab mir oft vorgestellt, Sie seien mein Vater. Eines Tages würden Sie mich abholen, und wir würden zusammen in einem Blockhaus irgendwo in den Bergen wohnen.»

Ich hatte Tränen in den Augen.

«Alles in Ordnung?»

«Ist schon gut», sagte ich. «Das ist verrückt, tut mir Leid. Sie haben also die ganze Zeit über gut von mir gedacht?» Als ich sie ansah, hatte ich den schaurigen Gedanken, die Vorsehung sei an mir interessiert, habe mich hier festgenagelt und irgendetwas, mein Schicksal zum Beispiel, werde in diesem Moment gerade geformt. Ich war auf einmal im Inneren einer Maschine, die ich selbst angeworfen hatte.

Sie legte die Gitarre beiseite und grinste, während ich mir die Finger in die Augen presste. «Ich muss jetzt gehen.»

«Yeah», sagte sie. «Das musst du wohl.»

Nach dieser plötzlichen Vertrautheit wussten wir nicht recht, wie wir uns verabschieden sollten. So viele Fragen wollte ich ihr noch stellen, aber es blieb keine Zeit. Die Stille war vom Dröhnen des Kühlschranks erfüllt und vom fernen Donnern des Meeres, das tief in meinem Blut widerhallte. «Also, danke.»

«Kein Problem. Komm mal wieder vorbei. Lass uns Freunde sein.»

Wir fielen in eine etwas ungelenke Umarmung, und ich fuhr glücklich, aufgeregt und außer Atem davon, denn mir war etwas begegnet, das ich seit langem verloren geglaubt und nun in einem plötzlichen Lichtstrahl wieder entdeckt hatte.

22

Es war nach drei, und in der kurzfristig aufgeklarten Nacht war es plötzlich sehr still geworden. Es ging kein Wind mehr. Der jetzt wieder sichtbare Mond spannte über dem Meer eine Brücke zu mir herüber; sie schwankte und kräuselte sich, ein silbernes Lebensband auf den sich ewig verändernden Wellen. Ich trieb den Porsche in vollem Tempo die Küstenstraße entlang, raste an billigen Motels, schmierigen Kneipen, blitzblanken neuen Einkaufsgalerien, Antiquitätenläden und Waffengeschäften vorbei. Die im Rauch funkelnden Lichter der Raffinerie von Redondo Beach wirkten jetzt nicht mehr wie eine flackernde Szenerie aus einem deutschen Expressionistenfilm, sondern wie ein Wald aus Rohren und aufragenden Stahlträgern.

Der Weg führte mich wieder an der Wayfarer's Chapel vorbei, aber diesmal machte ich keinen Abstecher. Wie kitschig von uns, dort zu heiraten, als wenn diese hübsche Geste irgendwie in unserem Leben fortwirken könnte. Es hatte damit zu tun, dass wir damals jung waren, Mitte zwanzig, ein Alter, in dem jede Handlung, jede Entscheidung noch den Hauch der Unwiederbringlichkeit hat und deshalb perfekt sein muss. Auch meine Wünsche waren damals glasklar gewesen: meine Frau zu lieben, und zwar für immer, und – als mein Vater tot war – der beste Ermittler der Mordkommission in der ganzen Stadt zu werden.

Der helle Mond war von einem Hof umgeben. Ich kam noch immer rasch voran, kurvte durch Schlamm und Geröll, übergelaufene Gullys, wich umgestürzten Bäumen aus, die durch das wochenlange Schlechtwetter in ganz Rancho Palos Verdes entwurzelt worden waren, fuhr vorbei an Portuguese Bend und den unzähligen Häuschen aus weißem Beton, die über der Steilküste aufgereiht standen, aber ich war nicht mehr derselbe Mann wie noch vor zwölf Stunden. Ich war wacher, klarer, voller Scham und Schmerz, wenn ich an Jack Brewster dachte, doch es waren wenigstens Empfindungen. Ich verspürte Schock und Angst und Neugier.

Dieses Geschenk hatte mir Renata gemacht, so schien es mir in meinem Hochgefühl, während der Porsche nach Long Beach rauschte. Und das stimmt auch immer noch, obwohl ich etwas hinzufügen möchte. Das Bild in meiner Erinnerung ist das eines Mannes, der sich vom Eis befreit und der einen Moment lang nicht die Schatten um ihn herum und in sich bemerkt, die Ungeheuer, die im erwärmten Wasser nach oben gleiten.

Das St. Augustine's Hospital am Ende der Magnolia Avenue war so hoch wie ein Hotel, eine leuchtende Bienenwabe mit Springbrunnen im Vorhof. Ich parkte direkt davor, in der roten Zone, und sagte dem Wachmann, ich sei von der Polizei. Er lächelte nicht mal. Die schwach erleuchtete Lobby war leer. Da das St. Augustine's keine Notaufnahme hatte, wurde es nachts sehr still, so wie in allen Krankenhäusern, selbst den geschäftigsten, die sich dann ein wenig verwandeln und es sich unter dem gestärkten weißen Kittel bequemer machen. Das Personal dünnt etwas aus, und die teppichbezogenen, lautlosen Korridore liegen im matten Schein stromsparender Leuchtstoffröhren. In diesen Augenblicken spürt man den Zauber dieser Orte: neutrale Plätze, Wartezimmer, in die das Leben hineinkommt und plötzlich kurz außer Kraft tritt, ehe der Tod – oder auch das Leben – wieder davongerissen wird.

Im sechsten Stock stieg ich aus, wandte mich nach rechts

in den dämmrigen Frieden der Säuglingsstation und ging einen Korridor mit grauem Teppich entlang, der meine Schritte schluckte und kein Echo zurückwarf; nur mein Spiegelbild, ebenso tröstlich wie gespenstisch, folgte mir in den Fenstern, die alle auf einer Seite lagen. Draußen dümpelten unter mir ganze Flotten von vertäuten Segelyachten auf der Dünung des Pazifik, und die flutlichtbeleuchteten Dreifachdecks eines ankernden Ozeandampfers erhoben sich in den Nachthimmel. Weit draußen vor dem Hafen blinkten die fernen Lichter von Catalina Island wie eine Perlenkette.

Die bebrillte Nachtschwester war ein Drache an Effizienz. Die Taschen ihres weißen Mantels, eng zugeknöpft über dem wagnerianischen Busen, strotzten wie Patronengürtel von Bleistiften, Thermometern, Kugelschreibern. Ihre Augen versanken tief in den Höhlen, als ich ihr sagte, ich sei Polizist und suche nach Dr. Francis.

«Wirklich?», fragte sie.

Ich zeigte ihr meine Marke, und sie griff ohne große Eile zum Telefon. Wen immer sie anrief, er war nicht da. Sie verlangte nochmals meine Polizeimarke und schniefte. Widerwillig enthüllte sie mir, dass Dr. Francis tatsächlich gerade Dienst hatte.

«Warum, glauben Sie wohl, bin ich hier?»

Sie klickte ein paar Mal mit dem Kugelschreiber in der Hand, als ob sie eine Waffe entsicherte. «Versuchen Sie's im Kreißsaal sieben.»

Er war nicht da, also steckte ich bei allen übrigen Entbindungssälen den Kopf zur Tür hinein und versuchte es auch auf dem Klo. Kein Glück, daher marschierte ich einen weiteren verlassenen, geräuschlosen Korridor entlang. Dieser führte abwärts in einen Innenhof und dann im rechten Winkel zu einem anderen, noch dunkleren Gang, wo eine Schwester, die sich an einem Becken die Hände einseifte, mir sagte, sie habe Francis in der Frühgeburtenstation gesehen, erste Tür rechts, und falls ich reinwollte, sollte ich mich besser auch waschen. Das tat ich, hatte nun scharf und sauber riechende Hände und stieß mit dem Ellenbogen die Tür auf, hinter der mich ein kleiner, warmer, gebärmutterartiger Raum empfing. Im schummrigen Licht schlummerten Neugeborene in Brutkästen, schlangenartige Schläuche in den winzigen Nasenlöchern. Hier war Francis auch nicht. Eine Frau saß in einem Schaukelstuhl, auf den Armen ein wie ein Burrito eingewickeltes Kind, und flüsterte, er sei vor wenigen Minuten angepiepst worden. Sie glaubte, er mache einen Krankenbesuch.

Der dunkle Gang war leer. Ich bog um die Ecke und ging wieder hinauf, um mein Glück ein zweites Mal mit der Drachenschwester zu versuchen, als Francis auftauchte. Er kam vom Ende des Korridors auf die Fahrstühle zu, das helle Fenster der Säuglingsstation direkt hinter sich. Bei ihm waren drei Kerle, zwei hielten ihn an den Ellenbogen gepackt, für ein freundschaftliches Geleit schien es etwas zu fest zu sein. Der dritte marschierte hinterher, ein kleiner pfirsichgesichtiger Junge, der mir bekannt vorkam, wie er so hin und her tänzelte in seinen Basketballtretern, deren Schnürsenkel nicht zugebunden waren. Das war der halbstarke Nelson, der längst im Bett sein sollte. Wenn sie ihn zu einer Aktion wie dieser mitnahmen, musste das wohl zu seiner Initiation gehören. Er hielt den Blick auf seine Turnschuhe gesenkt. Für ihn war jetzt keine Zeit. Die anderen zwei waren echt harte Typen. Der linke war lang und spindeldürr, mit Augen wie ein Weihnachtsbaum, aber der andere, Tookie Cross, fiel noch wesentlich mehr auf. Groß und breit gebaut wie ein Kühlschrank, war Tookie trotzdem flink und behände, ein echter Sportler, mit schicken schwarzen Hosen und dem Clip eines Pagers in der rechten Tasche. Jung war er nicht mehr, obwohl sein Alter sich schwer schätzen ließ. Er war ausdruckslos wie ein Fels und trug ein schwarzes T-Shirt, das vorne in Frakturschrift mit AUFTRAG 187 bedruckt war. Wie ein Pfleger wirkte er schwerlich. Paragraph 187 steht im kalifornischen Strafrecht für Mord.

Sie holten Francis von hier weg, um ihn zu Ricky Lee zu bringen, für ein paar Fragen und wahrscheinlich noch einiges mehr. Es gab keinen Zweifel darüber, was ich tun musste, und ich hatte Glück, denn sie warteten jetzt unter dem Licht vor den Aufzügen, und ich kam aus dem Dunkel auf sie zu. «Entschuldigen Sie bitte, meine Herren», sagte ich. «Ich muss kurz mit Dr. Francis reden.»

Ich sah Francis nicht einmal an, sondern lächelte den dünneren der beiden Gangster an, der verschlagen zu Tookie hinübersah und in boshaftem Tonfall sagte: «Der ist gerade beschäftigt.»

«Na, trotzdem wird er einen Moment Zeit für mich haben müssen.»

«Sicherlich, das wird nur eine Sekunde dauern», sagte Francis, seine glasigen grünen Augen leuchteten hoffnungsfroh unter der angespannten Stirn und der silbernen Schmachtlocke.

«Halt's Maul!», sagte Tookie Cross und sah Francis mit einem Blick an, wie ich ihn auch von Ricky Lee zugeworfen bekommen hatte, als ich das Bestechungsgeld annahm – es war der Blick auf einen Mann, dessen Leben gerade den Bach runtergeht. Der dürre Kerl griff währenddessen mit der Hand hinter sich, nach einem Messer höchstwahrscheinlich, und ohne nachzudenken, sprang ich vor und schlug ihm voll gegen die Brust. Er fiel auf den Arsch; dann war die Beretta in meiner Hand und zeigte auf das Gesicht von Tookie Cross.

«Auftrag eins-acht-sieben», sagte ich.

«Scheißkerl», sagte er, weder erschrocken noch erschüttert, noch erbost, aber immerhin schenkte er mir nun all seine Aufmerksamkeit, so wie er Hundescheiße betrachten würde, die ihm in den Profilsohlen seiner Nikes klebte.

Eine rote Lampe über dem Fahrstuhl ging an, eine Glocke

machte ping, und die Türen öffneten sich empfangsbereit. Ich ergriff Francis bei der Schulter, stieß ihn hinein und ließ dabei das steinerne Gesicht von Tookie Cross keine Sekunde aus den Augen, der sich während meines Rückzugs in die Kabine regelrecht dem Lauf meiner Waffe entgegenbeugte, ohne die Füße zu bewegen, aber so, als könnte sein Blick allein die Luft zwischen uns verbrennen und mich in Flammen aufgehen lassen. Endlich glitten die Fahrstuhltüren wieder zu, eine wirksame, wenn auch nicht endgültige Barriere, und schon war ich zusammen mit Francis auf dem Weg nach unten.

«Haben Sie Mae Richards umgebracht?» Mir waren jetzt die Formalitäten für das Einbringen der Klage vor Gericht egal. Ich wollte nur die Wahrheit wissen. «Haben Sie sie getötet?»

Francis machte einen wütenden Schritt auf meine Ecke zu, in der ich etwas entnervt lehnte. «Wie können Sie das *wagen*?»

«Hier ist der falsche Ort, um den beleidigten Engländer zu spielen. Ich frage Sie nur dasselbe, was die Typen eben von Ihnen wissen wollten, nur wären die weniger höflich dabei. Ihr Leben ist in Gefahr und meines deswegen auch, darum muss ich jetzt die ganze Geschichte erfahren.» Ich packte ihn am Handgelenk, sodass er mir in die Augen sehen musste. «Erzählen Sie's.»

Sein Blick blieb fest. Er zögerte kein bisschen. «Nein», sagte er, «ich habe sie nicht getötet», und ich glaubte dieser wütenden Ernsthaftigkeit, die direkt aus dem Herzen kam. Er sagte die Wahrheit. «Wer sind diese Männer? Ich verstehe das alles nicht. Was wollten die von mir?»

«Das wissen Sie nicht?»

«Nein.»

«Und Sie können's auch nicht erraten?»

«Detective, hören Sie auf mit diesen Spielchen!»

«Warum denn – wenn Sie mich doch auch verarscht haben?»

Mein Magen machte einen Hüpfer, als der Fahrstuhl im Erdgeschoss abrupt abbremste. Die leere Lobby tat sich vor den aufgleitenden Türen auf, und ich trat hinaus, die Pistole seitlich herabhängend, aber jederzeit bereit. Vielleicht hatte Tookie Cross hier unten Leute, die längst über Handy alarmiert waren. Ich zweifelte nicht daran, dass er uns folgen würde. Als ich an der abgedunkelten Apotheke und einem geschlossenen Souvenirkiosk vorbeihastete, Francis zu meiner Rechten und etwas hinterherhängend, sah ich den Wachmann, der die Füße hochgelegt und die Nase in einem Taschenbuch hatte.

«Wählen Sie den Notruf», wies ich ihn an. «Sagen Sie denen, wo Sie sind. Sagen Sie, dass hier ein Polizeibeamter in Schwierigkeiten ist.» Jetzt erst kam ich darauf, dass Francis seinen Wagen höchstwahrscheinlich in einer der Tiefgaragen geparkt hatte. Wir hätten mit dem Lift direkt hinunterfahren sollen. Zu spät: wir würden meinen nehmen müssen.

Als ich den Porsche die Auffahrt hinunterlenkte, um den Springbrunnen herum, der aus farbigen Strahlen eine Hochzeitstorte wachsen ließ, sah ich im Rückspiegel die beiden Gangster aus dem Krankenhaus gerannt kommen, der kleine Nelson immer hinterher. Tookie Cross blieb stehen, sein Kopf fuhr herum, er entdeckte uns und machte kehrt, winkte einem Toyota-Geländewagen zu, los, los, dessen Scheinwerfer grell aufleuchteten, während er die Rampe auf der anderen Seite des Springbrunnens hinunterkurvte. Ich raste auf die Straße hinaus, nach rechts, einfach weil es leichter ging, inzwischen hing ich schon am Telefon und rief 911 an, um der Vermittlung zu sagen, ich sei Detective Billy McGrath, Mordkommission Ocean, Dienstnummer 1458, und bräuchte dringend Verstärkung, da ich von bewaffneten Verdächtigen verfolgt wurde, in einem schwarzen Toyota Land Cruiser mit getönten Scheiben und blitzenden Chromfelgen. Ich war auf dem Ocean Boulevard und fuhr in hohem Tempo nach Süden, vorbei am Kongresszentrum, erwischte gerade noch eine Ampel, als sie von Gelb auf Rot sprang, und bog dann links in den Long Beach Boulevard ein.

Francis drehte sich plötzlich um und spähte durch das Rückfenster. AUFTRAG 187: das war garantiert kein leerer Spruch. Ich trat aufs Gas und jagte den Porsche ein paar Blocks lang bis hundert hinauf, dann warf ich das Lenkrad herum, um die Fourth Street zu nehmen, und fuhr zwei Blocks weit nach Süden, ehe ich links in die Elm Street einbog. Dort bremste ich sanft ab, rollte in eine Seitengasse und schaltete das Licht aus. Wir standen allein neben einem leeren Parkplatz, durchaus ungeschützt, aber im dunklen Schatten eines zweistöckigen Ziegelbaus.

«Ich glaube, wir haben sie abgehängt», sagte Francis.

«Vielleicht.»

«Die Fußmatte hier unten ist nass.»

«Das tut mir echt Leid. Sie haben mich angelogen. Als wir das erste Mal miteinander geredet haben, in Ihrem Wagen. Sie haben mir erzählt, Ihr Flug sei abgesagt worden. Das war gelogen. Warum wohl?»

Er war geradezu beflissen aufrichtig. «Das hätte ich nicht tun dürfen. Aber die Nachricht von dem Mord an Mae, das kam so aus heiterem Himmel – das war alles zu viel für mich. Ich wollte allein sein. Ich hab die Fluglinie damals gar nicht angerufen, und Ihnen habe ich eine dumme Lüge erzählt. In dem Moment schien es mir die richtige Entscheidung zu sein.»

«Und mit wem haben Sie dann telefoniert?»

«Mit Radek.»

«Der Pole?»

«Mein Assistent.»

Die Seitenstraßen von Long Beach lagen jetzt, um halb

fünf nach der Uhr am Armaturenbrett, still und verlassen da. Aus weiter Ferne erklang Musik, eine späte Jam-Session in irgendeinem Jazzclub. Ich starrte auf ein Schild der Bank of America. Darüber, im ersten Stock des Ziegelbaus, saß ein Latinotyp in einem ärmellosen Hemd mit baumelnden Beinen auf dem Fensterbrett und rauchte eine Zigarette. Er hatte uns nicht gesehen. Er starrte zum Mond hinauf. Eine scheppernde Glocke verkündete die Ankunft der Blue-Line-Trolleybahn aus Downtown am Long Beach Boulevard, und aus der Ferne kam das jetzt beruhigende Heulen einer Polizeisirene. Mir war klar gewesen, dass es nicht lange dauern konnte. Bald würden noch mehr da sein. Bei so einer Gelegenheit würde jeder Cop in der Stadt, und aus Long Beach sowieso, dem Ruf eines Kollegen in Not folgen. Pech, wenn man ein ganz normaler Zivilist war, der zur selben Zeit Probleme in seiner Nachbarschaft hatte – aber ich gehörte eben zur Familie.

Noch während ich darüber nachdachte, was Francis mir gerade gesagt hatte, hörte ich das Wummern, das herannahende Donnern eines Rap-Songs, einen immer lauter werdenden Lärm, der mir die Brust so zuschnürte, bis mein Herz schmerzte. Ich fuhr auf dem Sitz herum und wurde plötzlich von einem Scheinwerfer geblendet, der mich mit Fernlicht aus fünfzig Metern Entfernung erfasste. Etwas knallte, aus heiterem Himmel krachte etwas an meinen Wagen. Francis schrie auf und schlug die Hand vor den Mund. Der Seitenspiegel auf der Beifahrerseite war weg. Er war explodiert. Ich sah fliegendes Glas, zu Boden fallende Scherben, so feine Splitter, dass sie wie schwerelos durch die Luft schwebten. Den Schuss hatte ich nicht einmal gehört.

Ich trat aufs Gas, der Porsche machte einen Satz nach vorn, der uns bis ans Ende der Seitengasse brachte und kreischend nach rechts in den Long Beach Boulevard einbiegen ließ, wo ich nicht auf die Bremse trat, sondern voll eine rote Ampel überfuhr und es gerade noch vor der lärmend herankommenden Trolleybahn schaffte. Ich hatte einen guten Blick auf den Fahrer, der hoch oben in der hellen Glaskupppel seiner Bahn saß, mit einer Baseballmütze der San Diego Chargers auf dem Kopf und dem Ausdruck erstarrter Angst im Gesicht. «Schon gut, schon gut», rief ich, während ich die Third Richtung Pine Street nahm.

«Verdammt knapp war das», murmelte Francis. Dann stieß er, plötzlich wütend geworden, einen Schrei aus: «Scheiße, die haben auf mich geschossen!»

Die meisten Cops, vor allem die in den Streifenwagen, leben nur für so was: Endlich dürfen sie Warnlicht und Sirene anwerfen und mit achtzig über dem Tempolimit dorthin rasen, wo die Action stattfindet. Sie fuchteln mit den Armen, machen Feuerwehrgeräusche und schreien: «Los, nieten wir ein paar von den Schweinen um!» Mein Fall war das nie so richtig gewesen. Ich fuhr links in den Ocean Boulevard, dann nach rechts, und einen Moment lang sah ich durch die Palmen noch einmal die schimmernde Bienenwabe des Krankenhauses.

Ich dachte, ich hätte sie abgehängt, aber bei Terminal Island waren sie wieder da, zwischen den Silos und den rußgeschwärzten Hafengleisen, wo sich der Gestank nach brennendem Gummi und Rauch miteinander paarte. «Ich sehe sie, etwa drei Blocks hinter uns!», rief Francis, der mit fast professionellem Interesse durch das Rückfenster starrte, oder vielleicht war ihm schon alles egal. Ich fühlte mich ganz ruhig im Kopf, was ganz und gar nicht zu meinem rasenden Herzklopfen passte.

Auf der anderen Seite fuhr ein Bus langsam vorbei. In den Docks standen zum Beladen, Entladen und Instandsetzen der Schiffe hoch aufragende Kräne, alle hell erleuchtet, prähistorische Raubtiere mit glühenden Augen an Beinen und Bäuchen, dürre Skelette, die jederzeit mit den spitzen Mäulern zustoßen und ihre Beute fressen konnten. Die Lichter im

Rückspiegel kamen näher. Ich hörte das wütende Toben der Rapmusik lauter werden, wie Donnergrollen in den Kulissen. Wir waren geliefert, eine Schießerei konnten wir unmöglich gewinnen. Sie würden uns beide umlegen. Vielleicht sollten wir versuchen, es zu den Werften zu schaffen, um dort eventuell Hilfe zu bekommen. Ich sagte Francis, er solle noch einmal den Notruf probieren, dann hörte ich Sirenen und sah wieder voller Hoffnung in den Rückspiegel, wo jetzt zwei Streifenwagen mit rotierenden Lichtern hinter dem Land Cruiser auftauchten. Unsere Verfolger saßen nun plötzlich selbst in der Falle und reagierten darauf, indem sie noch schneller fuhren, denn jetzt hatten wir die Oberhand – und das in einem Ausmaß, das ich gar nicht erwartet hatte: Ich raste vor ihnen über die Vincent Thomas Bridge, unter mir das Glitzern und Funkeln des Hafenbeckens und die traumhafte Nachtlandschaft der Dockanlagen, und lockte sie geradewegs in eine Straßensperre am anderen Brückenende. Die schwarzweißen Streifenwagen standen in einer Dreierreihe quer über der Fahrbahn nach Norden. Sie mussten einen Hubschrauber in der Luft gehabt haben, der die letzte Phase der Verfolgungsjagd beobachtet hatte, denn die Polizisten auf der Brücke waren schon einsatzbereit, sie kauerten auf dem Boden, mit beiden Händen die Automatik haltend, oder lehnten sich gegen die geöffneten Türen ihrer Wagen, um besser über die Läufe ihrer Pumpguns zielen zu können. Ich zählte zwanzig bis dreißig angespannte, vom Adrenalin bleiche Gesichter.

Der Land Cruiser blieb einige hundert Meter vor ihnen auf der Brücke stehen. Die Lichter gingen aus, aber der Wagen erzitterte weiter vom ohrenzerreißenden Wummern der Musik, die jetzt über die Brücke hallte und die Nachtluft erstarren ließ. Sie waren umzingelt. Sie mussten aufgeben, schlicht aus Mangel an Alternativen. Nicht dass ihre Aussichten allzu schrecklich waren: Sie würden verhaftet und angezeigt werden, und nach ein paar Stunden hätten Ricky Lees Anwälte sie wieder rausgeholt. Reden würden sie bestimmt nicht. Ich wusste, dass ich in dieser Hinsicht keine Sorgen zu haben brauchte, also blieb die Frage, mit wie wenig Erklärungen ich selbst in meinem garantiert bevorstehenden Zwiegespräch mit den Cops von Long Beach davonkommen konnte. Ich versuchte mich zu erinnern, ob ich einen der Detectives von dort kannte. Ich beschloss, mir den kleinen Nelson in einem Verhörzimmer vorzuknöpfen, ihm mächtig Angst einzujagen und ihn dann nach Hause zu seiner Mutter zu bringen. Währenddessen saß Francis neben mir, er lachte, schlug sich auf die Schenkel und trampelte mit den Füßen. «Verdammt nochmal, wir haben's geschafft!» Er hob die Finger mit gespreiztem Mittel- und Zeigefinger, die höhnische Geste der siegreichen englischen Armbrustschützen vor Azincourt. «Scheiß auf euch, ihr Ärsche. Wir sind hier, und ihr seid dort.» Er kicherte. «Und wie findet ihr *das*?»

Ein Cop mit drei Streifen, Typ Sergeant bei der Marineinfanterie, dessen Nacken breiter als sein Kopf war, stellte sich wuchtig vor der Straßensperre auf, voll arroganten Mutes, der Lauf seiner Schrotflinte ruhte an seiner Hüfte. Durch ein Megaphon, das er in der anderen Hand hielt, verkündete er, die Insassen des Geländewagens sollten nun ihr Fahrzeug verlassen, dabei die Hände in die Luft heben und sich mit dem Gesicht nach unten auf die Brücke legen. Irgendwie vermittelte er dabei, dass es ihm nicht viel ausmachen würde, falls sie dem nicht Folge leisteten. Auf diese Weise würden er und seine Leute ein paar Magazine leer schießen können, oder wohl eher ein paar hundert. Er sagte, er werde bis fünf zählen, aber die Jungs im Land Cruiser warteten nicht einmal bis eins, sondern warfen den Wagen herum und rasten wieder zurück, in die falsche Richtung und direkt auf die suchenden Scheinwerfer der beiden Streifenwagen zu, die uns bei Terminal Island erlöst hatten.

Ich starrte verdattert durch die Windschutzscheibe und fuhr dann hinterher, obwohl ich sie unmöglich einholen konnte. Sie hatten bereits hundertsechzig oder so drauf, als sie die zwei Polizeiwagen erreichten und kurz vor ihnen scharf nach rechts auswichen, um den Mittelstreifen aus Beton zu überspringen. Sie prallten aber von der Kante ab und machten einen trudelnden Satz in die Luft. Man sah die weißen Scheinwerfer des Land Cruiser aufblitzen, dann die roten Rücklichter, noch einmal leuchtete es grellweiß, und schließlich krachte der Wagen durch den hohen Stahlgitterzaun, der die Brücke begrenzte. Die Lichter waren verschwunden.

23

Danach wurde das Ganze zu einem Tatort wie jeder andere, mit der üblichen etwas ziellosen Hektik und allem, was so dazugehörte: noch mehr Polizisten, gelbes Absperrband, zwei dröhnende Helikopter, die über dem Schauplatz ihre Kreise zogen. Ich nahm Francis beiseite und instruierte ihn mehr oder minder dahingehend, dass ich das Reden übernehmen würde. «Ganz wie Sie es für richtig halten», sagte er und schien die Idee zu mögen. «Sie haben mir das Leben gerettet.»

Den Detective aus Long Beach kannte ich noch aus meiner Zeit beim South Bureau, ein großer, leicht gebeugter Kerl mit Stirnglatze namens Humbolt Raffi, der soff wie ein Loch und seine Ehefrauen durchzog wie Gänge bei einem chinesischen Festessen. «Hey, Billy. Lange her. Was läuft hier?»

Ich überlegte mir gut, was und wie viel ich von der Wahrheit erzählen sollte, ohne Ricky Lees Namen ins Spiel zu bringen, denn diese Trophäe wollte ich Raffi einstweilen nicht gleich überlassen, solange es möglich war, dass er die Akte über den Vorfall am liebsten gleich wieder schließen würde, immerhin war es ja ein Autounfall, kein Mord. Die Jungs in dem Toyota seien ein paar üble Burschen gewesen, erläuterte ich, und hätten versucht, den Zeugen in einem Mordfall zu entführen, der in meinem Revier passiert war. Ich sei aber vor ihnen da gewesen, und so sei es zu der wilden Jagd gekommen.

«Worauf sie baden gegangen sind», sagte er und starrte

ohne großes Interesse durch das Loch in der Brücke. Raffi war mehrere hundert Alimentezahlungen hoch darüber erhaben, von etwas überrascht zu sein. Vielleicht würde ihn eine Invasion von Außerirdischen aufrütteln, obwohl selbst das keineswegs sicher war. Tief unter uns wurden Containerschiffe, dünn wie Bleistifte, im märchenhaften Licht der Hafenlampen beladen, und wie ein kleiner leuchtender Punkt schnitt sich eine Polizeibarkasse von Smith Island her einen Weg durch das Wasser, um nach Überlebenden zu suchen. Allerdings dürfte sie der Aufprall schon vor dem Versinken im eiskalten Wasser des Kanals getötet haben. Mit derselben gelangweilten Näselstimme wie vorher sagte Raffi: «Sobald's hell wird, schicken wir Taucher runter. Hast du nicht mal von hier oben einen Springer zurückgerissen?»

«Ist Jahre her.» Ich dachte an das Babygesicht Nelson. Bestimmt hatte er Tookie Cross mit bettelndem Blick angesehen: Nimm mich mit, nimm mich mit! Sein ganzes kurzes Leben hindurch hatte er zu Typen wie Tookie bewundernd aufgeschaut und tolle Geschichten über sie gehört. Er hatte vom Gangsterleben geträumt wie ein streunender Hund von einem Knochen. Meine Stimmung sank plötzlich ins Bodenlose, als mir klar wurde, dass das alles gewesen war, was er gehabt hatte. «Oh, Scheiße, *Scheiße*!»

«Ja, ich weiß», sagte Humbolt Raffi. Er kratzte sich die kahle Stelle am Kopf und rieb sie dann liebevoll. «Wie geht's Ellen?»

«Wir sind geschieden.»

«Allerhand», sagte er kopfschüttelnd. «Glaubst du, sie nimmt mich stattdessen? Aha, da kommen ja schon die Aasgeier.»

Ein weißer Übertragungswagen kam herangefahren. Die Beifahrertür glitt auf und Ward sah hinaus. Sie hatte sich zu Hause umgezogen oder jedenfalls von irgendwo neue Sachen besorgt. In Jeans, Stiefeln und schwarzer Lederweste mit einer schwarzen Lederjacke darüber sprang sie aus dem Wagen und sah sich um, nahm die Szene in sich auf, bis sie mich entdeckte und mit ihrem Blick förmlich aufsog. In diesem Moment, bei meiner Müdigkeit und dem Glück, noch am Leben zu sein, empfand ich Wärme und Dankbarkeit für ihr Interesse, das ich nicht nur für rein beruflich hielt. «Billy», sagte sie und griff nach meiner Hand. «Alles in Ordnung?»

Ich ließ die Hand nicht los. Ich sagte, es gehe mir gut.

«Wir haben beim Sender über Polizeifunk von der Sache erfahren. Erzählst du mir mal, was hier los war?»

«Wer will das wissen? Du oder die Reporterin?»

«Ist es hier passiert?» Sie lehnte sich über das Brückengeländer, fuhr zurück und atmete scharf ein, als bliebe ihr vor lauter Schwindel die Luft weg. «Das hättest auch du sein können.»

«Ja, möglich.» Mir wurde klar, dass ich wegen meiner verwirrten, tief eingebrannten Sehnsucht nach Ellen immer nur um die Frauen herumgeflattert war, ein kurzer Flirt, ein bisschen Spaß, durchaus von ihnen angezogen und nicht ängstlich, aber ich hatte nie wirklich jemandem nahe kommen wollen. «Komm. Gehen wir weg von hier.»

Sie verzog das Gesicht. «Oh, Billy, das geht nicht. Ich muss diese Story machen. Treffen wir uns später bei mir zu Hause.» Sie drückte meine Hand. «Oder bleib hier und warte auf mich.» Dann versuchte sie einen Witz: «Oder gib mir ein Interview.»

«Darauf verzichte ich lieber.»

«Dann treffen wir uns bei mir. Okay? Bitte!»

«Und jetzt willst du nicht mitkommen?»

«Ich kann nicht. Das weißt du. Komm schon, Billy, ich muss auch arbeiten. Sei nicht so verdammt stolz. Warte eine Weile. Das bringt dich doch nicht um.»

Ich starrte einen Moment lang zum Hafen hinunter, auf die hufeisenförmige Anlage der Piers und die Stahlkräne, die wie Gerüste aus dem tiefen Wald des Hafens aufragten. «Gute Nacht», sagte ich und ging über die Brücke zu Francis, der dort ganz allein stand. Bei ihm zu Hause sei es nicht sicher, bemerkte ich, und ich würde dafür sorgen, dass ihn die Jungs aus Long Beach in ein Hotel verfrachteten. «Nur bis die Sache sich beruhigt hat», sagte ich. «Wir bleiben in Verbindung. Gehen Sie nicht ohne Begleitung weg. Und reden Sie mit niemandem.» Ich bat Humbolt Raffi, sich um ihn zu kümmern und ihn vor allem nicht den Reportern in die Hände fallen zu lassen.

«Wird mir ein Vergnügen sein», sagte er. «Übrigens hab ich eben mit einem Kollegen geredet, der in einem der beiden Wagen auf der Brücke war. Der meint, in dem Toyota saßen nur zwei böse Jungs.»

«Unmöglich», sagte ich. Tookie Cross, Nelson, der hagere Kerl, und dann muss noch ein Fahrer dabei gewesen sein. «Die waren mindestens zu viert.»

«Wahrscheinlich hast du Recht. Wir ziehen sie später raus, dann können wir ja bald durchzählen. Was sind schon ein paar Arschlöcher mehr oder weniger unter Freunden?»

«Bis bald mal wieder, Humbolt.»

«Ja, vielleicht haben wir dann beide eine neue Frau. Ach, was wär das Leben ohne Hoffnung?»

Als ich nordwärts davonfuhr, ohne zurückzublicken, vorbei an noch mehr Streifenwagen, die jetzt mit aufgeblendeten Scheinwerfern zum Tatort rollten, wurde mir plötzlich übel, weil ich an Nelson denken musste und an die Männer, die da durch die Brücke gekracht waren. Schuldgefühle empfand ich keine. Ich hatte sie nicht darum gebeten, uns zu verfolgen. Trotzdem waren vier Leben ausgelöscht worden, die vor kurzem noch so voller Kraft gewesen waren, voll sprühender Energie, Gewalt und – in Nelsons Fall – voll Unschuld. Diese Runde hatte ich gewonnen, ich lebte noch, aber einen Augenblick lang gefiel mir der Gedanke gar nicht so sehr.

Ward hatte ich es auch nicht gerade leicht gemacht. Zu erwarten, dass sie mein wieder erwachtes romantisches Verlangen in exakt dem Moment aufnahm und erwiderte, in dem ich es artikulierte, dass sie auf der Stelle ihren Job hinwarf und mit mir ins Bett hüpfte, nur weil ich endlich auf diese Idee gekommen war, das war wohl etwas unangemessen, wie ich jetzt begriff. So rationalisierte ich meine Enttäuschung und das Gefühl der Zurückweisung. Ich würde sie anrufen, aber nicht heute Nacht oder vielmehr nicht heute Morgen, denn der Himmel im Osten über der Stadt ließ die Dämmerung jetzt zumindest schon erahnen. Was ich am allermeisten wollte in diesem Augenblick, in dem ich die Ausfahrtsrampe auf die Front Street hinunterfegte, das war Schlaf, wenigstens ein paar Stunden lang ausruhen, ehe ich mit Ricky Lees nächstem Schachzug konfrontiert wurde. Ich wusste, er würde einen vorbereiten und ich sollte besser auf der Hut sein; andernfalls würde er mein einziges kostbares Leben einfach wegwischen.

Der Mond hing tief am Himmel, sein regloses Frühlingslicht schien auf San Pedro herab, versilberte den Hafen, die barbarisch nickenden Ölförderpumpen und den Asphalt der leeren Straßen. Obwohl ich den Tod von Jack Brewster und Nelson und meine eigene Verantwortung dafür bereute, war ich den alles zermalmenden Kiefern der Maschine entkommen, für diese Nacht immerhin. Ich war erschöpft, aber nicht mehr wütend, nicht mal auf Ward.

Zu meiner Linken tauchte etwas Dunkles auf, ein schwarzer Geländewagen, der auf der anderen Straßenseite gewendet hatte und jetzt hinter mir herfuhr. Irgendetwas nagte an mir, eine innere Unruhe oder etwas, das ich vergessen hatte. Ich war nicht sicher, was es war. Eigentlich hatte ich zu Hause bei Charlie Corcoran anrufen wollen, um seine Stimme zu hören und zu kontrollieren, ob ihn Ricky Lee nicht am Ende doch erledigt hatte. Das war es aber nicht. Die Vorfälle und der Verlauf dieser Nacht waren wohl Gegenbeweis genug. Er lebte noch, da war ich sicher.

An der nächsten Ampel schloss der schwarze Wagen neben mir auf, die getönten Scheiben ließen keinen Blick ins Innere zu. Ein Toyota Land Cruiser, dachte ich noch, dann wurde es grün, der schwarze Wagen bog scharf ab und stellte sich vor mir quer, sodass ich auf die Bremse treten musste, um einen Zusammenstoß zu vermeiden.

Es hatte einen zweiten schwarzen Toyota gegeben. Mir waren im Laufe der letzten Tage mindestens zwei untergekommen, und offenbar waren auch in Long Beach heute Nacht beide unterwegs gewesen. Der eine lag jetzt auf dem Grund des East Basin Channel und wurde von der Tiefenströmung hin und her geworfen. Dieser hier dagegen dürfte einen Haken über den Harbor Scenic Drive und die Küstenschnellstraße geschlagen haben und auf dem Freeway nach San Pedro wieder hereingekommen sein. Ich legte den Rückwärtsgang ein, um noch schnell umzukehren, aber das war aussichtslos. Der Fluchtweg wurde mir durch einen 1970er Cadillac abgeschnitten, ein unpraktisches Schiff von Automobil, das aber für diesen Zweck, als Straßensperre oder Rammbock, hervorragend geeignet war und dem nun vier riesige Kerle entstiegen, jeder mit einer Pumpgun bewaffnet.

Der eine hielt den kurzen Kolben ganz lässig, sodass der nach unten zeigende Lauf wie ein Pendel den Takt seiner näher kommenden Schritte schlug, zwei von ihnen pressten sich die Waffe schräg vor die Brust, während der vierte direkt auf meinen Kopf zielte und den Ausdruck eines tollwütigen Hundes aufgesetzt hatte.

Ich wandte mich ab, wollte seinem starren Blick nicht begegnen und sah in Richtung Land Cruiser, ohne mich zu bewegen oder nach meiner Pistole zu greifen, falls diese baumlangen Burschen nervöse Finger hatten, doch ich spürte, wie mir eine leise Furcht den Rücken auf und ab kribbelte.

Von meinem Sitz aus sah ich zu, wie eine große, vertraute Gestalt sich von dem Beifahrersitz des Toyota herunterließ und über die Straße regelrecht auf mich zutänzelte; er hatte keine Waffe, nur eine knüppeldicke Pranke, mit der er sich jetzt die Brust kratzte, auf der sein schwarzes T-Shirt verkündete: AUFTRAG 187. Dahinter kletterte Nelson aus dem Wagen, die Schnürsenkel seiner Nikes waren immer noch nicht zugebunden.

Nelson lebte also, aber ehe diese Erkenntnis Gelegenheit dazu bekam, sich in Erleichterung oder Freude zu verwandeln, hatte ich Tookie Cross vor mir, der sich jetzt mit dem vollendeten Gehabe eines Motorradcops zu meinem offenen Fahrerfenster herabbeugte. «Wenn Sie bitte aus Ihrem Fahrzeug aussteigen würden?»

Ich stieg aus, ging wie auf Eierschalen und machte mich im Geiste mit der Möglichkeit vertraut, in Kürze zu sterben, eine Aussicht, die den Menschen rings um mich nicht das Geringste auszumachen schien – die ausdruckslosen Gesichter von Tookies Schergen ließen ahnen, dass sie auf Befehl oder beim leisesten Anzeichen von Widerstand sofort schießen würden, eventuell auch noch eher.

Tookie fragte: «Wo ist Francis?»

«Da kann ich dir nicht helfen.»

«Kannst du oder willst du nicht?»

«Such's dir aus.» Ich rief zu Nelson hinüber: «Hey, Nelson, du bist in schlechter Gesellschaft.» Er stand gegen den Toyota gelehnt, und weil er inzwischen etwas erlebt und seine Bluttaufe überstanden hatte, starrte er mich ungerührt an, eine halbwegs glaubhafte Imitation des knallharten Typs.

Tookie trat näher heran und ragte nun wie ein Berg über mir auf. «Ich wüsste so viele Gründe, dich umzunieten», raunte er. «Erstens bist du ein Cop. Zweitens ein verlogener Dreckskerl. Drittens ist dein Auto eine beschissene Rostlaube.

Viertens würd's mir Spaß machen zuzusehen, wenn dein Kopf aufplatzt wie 'ne Wassermelone. Fünftens hätte ich gerne eine Polizei-Beretta. Sechstens bin ich echt enttäuscht über deinen Klamottengeschmack. Seit wann hast du bloß dieses Hemd nicht mehr gewechselt, Alter? Siebentens mag ich nicht, wie du mich ansiehst. Achtens nur so zum Spaß. Neuntens, um dir deine Hundemarke abzunehmen und damit einen kleinen Dealer zu filzen. Zehntens, weil ich voll drauf bin vom Schnellfahren vorhin. Das macht mich immer absolut high. Davon jucken meine Narben, Mann! Elftens hältst du dich für verdammt schlau. Zwölftens und am allerwichtigsten, deinetwegen sind meine Jungs eben draufgegangen. Jeder dieser Gründe, jeder einzelne, würde normalerweise schon ausreichen, die schreien mich regelrecht alle an, ich sollte dir endlich das Licht auspusten. Andererseits, was spricht dafür, dass du weiterlebst? Nur eins: Mein Boss will sich morgen mit dir treffen, wie ausgemacht. Er nimmt solche Verabredungen sehr ernst. Natürlich könnte ich lügen und erzählen, dass einem meiner Homeboys in seiner Unerfahrenheit was durchgegangen ist, dass der Abzug bei seiner Wumme etwas zu locker saß. Aber er würde mich wahrscheinlich dafür umlegen. Er wird ungern von Menschen enttäuscht.»

«Ja, Ricky Lee», sagte ich. «So ein netter Kerl.»

Den Schlag in den Bauch sah ich nicht einmal kommen. Er nahm die Rechte dafür und drehte sich leicht nach links dabei, bewegte kaum den Körper, aber die Faust fuhr mir fast bis ins Rückgrat, und während meine Knie weich wurden, bemerkte ich, dass auf einmal eine Schrotflinte klatschend in seinen Händen landete, die ihm einer seiner Jungs zugeworfen hatte. Mit einer zweiten sehr sparsamen Bewegung zog er mir den Kolben explosionsartig über den Kopf, während der nächste Hammerschlag mich voll in den Rücken traf, was mich zu Boden gehen ließ.

Total groggy sah ich zu, wie das Blut aus meiner Platzwunde am Kopf auf das glänzende Pflaster spritzte, und hörte ihn noch sagen: «Also bis morgen dann. Komm nicht zu spät zum Festschmaus.» Ich hob stöhnend den Kopf, aber da erwischte mich der nächste Schlag. Diesmal verspürte ich keinen Schmerz mehr. Ein grelles Licht wurde noch greller, dann gab es einen kurzen, blitzartigen Stich, und ich wurde in traumloses Dunkel getragen.

Ich schien wieder in einem Auto zu sitzen, aber nicht im Porsche, dafür auf der Beifahrerseite. Wieder hatte ich ein grelles Licht im Gesicht, daher schloss ich die Augen und blinzelte nur durch die Scheibe. Es war heller Tag. Ein Wagen raste vorbei, zu nahe, eine Detonation, dann noch einer. Ich war auf dem Freeway, aber ich fuhr nicht selbst. Ich drehte den Kopf ein Stück, ganz vorsichtig. Es tat weh, also bewegte ich ihn lieber nicht mehr und konzentrierte mich stattdessen darauf, mir zusammenzureimen, was eigentlich passiert war. Ich erinnerte mich noch an das Krankenhaus, an die Brücke, an meinen Ärger über Ward. Die ganze linke Seite meines Gesichts fühlte sich taub an. War ich beim Zahnarzt gewesen? Das kam mir nicht sehr wahrscheinlich vor.

Jemand sagte mit fremdem Akzent: «Sie sind ein sehr glücklicher Mann, Detective. Die hätten Sie auch töten können. O ja. Ganz leicht. So leicht wie das.» Er schnippte mit den Fingern, viel zu nahe an meinem Kopf.

«Lassen Sie das!»

Radek Gatti, der Laufbursche des Doktors, der Kerl, der mir die verhängnisvollen Fotos von Denise Corcoran und Mae Richards zugespielt hatte, fuhr in seiner malträtierten, aber sehr sprudligen Ausdrucksweise fort, über Los Angeles zu reden. «Das ist wie eine Stammesgesellschaft. Es gibt da den Kellnerstamm und den Arbeiterstamm. Dann gibt's noch den Gangsterstamm – o ja, ich weiß, den kennen Sie gut. Manche jagen nach Filmverträgen oder nach alten Ladys mit gelifteten Falten im Gesicht aus Brentwood oder Beverly Hills. Ist das nicht grotesk, ja? Manche wollen nach Seelen fischen, andere verkaufen ihre Seele, die sie haben, für zehn Prozent.»

Den Kopf nach hinten gelegt, die Augen geschlossen, machte ich es mir im warmen, etwas muffig riechenden Leder des Sitzes bequem. Ich war müde, ich wollte dösen. Er hatte zwei goldene Ringe im rechten Ohr, und sein Haar steckte jetzt unter einer anderen schwarzen Mütze. «Was soll das, Radek? Sind Sie mir gefolgt?»

«Mein Vater, wissen Sie, hat viele Jahre lang Füllfedern repariert. Er gehörte also zum Füllfederstamm. Das war sein Metier. Die Macht der Feder, ja! Er sagte, dass die Montblanc nicht mehr richtig gerade war seit dem Krieg, dem Zweiten *Welt*krieg. Warum? Keine Ahnung. Ich halte sie immer noch für die beste, die allerbeste – obwohl, die feinste Parker-51, die mit der verdeckten Spitze, das war auch eine feine Feder! Damit kann man wirklich schreiben!»

«Was ist mit Ihnen, Radek? Bei welchem Stamm sind Sie?»

«Ich fische nach Millionen. Ich lege meine Netze nach Millionen aus.» Gatti wandte den Blick einen Moment von der Fahrbahn und musterte mich, er lächelte, aber nur mit dem Mund. Seine magnetischen Augen hatten das Lächeln nicht gelernt.

Er fuhr mit halsbrecherischer Lässigkeit, scherte aus und wieder ein, nur die rechte Hand umspielte das Lenkrad, die Linke hing aus dem Fenster und fing die kühle Brise vom Meer auf. Ich hatte mich vorhin geirrt, dies war nicht der Freeway. Wir fuhren auf dem Coast Highway in nördlicher Richtung. Und das Tageslicht war auch gar nicht so grell, obwohl es meinen Augen wehtat. Tatsächlich war das Licht eher trübe. Der Himmel war bedeckt, und meine Aussicht war nur noch ein unerfülltes Versprechen von Klarheit.

«Ich frage mich nicht, wo ich stehe. Ich handle. Wer immer nur in die gerade Richtung geht, der ist ein Dummkopf. Es gibt Gesetze, ja, aber nicht so ewas wie – Prinzipien. Ist das das richtige Wort? Ja. Also keine Prinzipien. Nur Bedürfnisse. Nur Wünsche. Nur Begierden. Und das wichtigste Gesetz heißt sowieso Zweckmäßigkeit. Meinen Sie nicht auch, Detective? Wir leben in einer Zeit von Lug und Betrug. Sehen Sie nur ganz nach oben. Warum sollte ich anders sein als der Präsident?» Er hob beide Hände vom Lenkrad und ließ sie krachend wieder fallen. «Ich bin nur ein kleiner Flüchtling aus Polen.»

Langsam drehte ich den Kopf zur Seite, der Schmerz war diesmal weniger stechend, auch wenn mir schwindlig war, als bewegte sich die übrige Welt gar nicht, nur mein Kopf war ein Feuerrad, das sich spotzend und fauchend drehte. Ein Stadtbus flitzte vorbei, dann sah ich einen Penner, der sich mit seinem Einkaufswagen am Bordstein abmühte; einen Moment lang hielt ich ihn für Jack Brewster, bis mir alles wieder einfiel. Palmen erhoben sich auf beiden Seiten mit ihren wippenden und schimmernden Wedeln. Einfamilienhäuser verschanzten sich hinter Maschendrahtzäunen und schützenden Stahlgittern vor den Fenstern. «Tja, Los Angeles», sagte er. «Möchte gern Mozart sein, ist aber Bartók. Wo soll ich Sie hinbringen? In Ihre Wohnung? Zum Haus von Ihrer Frau? Ich war auch mal verheiratet. Sie ist nach einer Woche unglücklich geworden. Rief ihre Freundinnen aus der Telefonzelle an und erzählte: ‹Er will zu viel Sex!›»

Fünkchen von Bewusstsein begannen in mir zu arbeiten, wie wachsame Mieter, die ein Wohnhaus mit zweifelhafter Statik untersuchen. «Warum haben Sie mir die Fotos gegeben, Radek?»

«Hören Sie, ich habe vorgestern Nacht mit einer japanischen Tänzerin gevögelt. Phantastisch!» Wir hielten an einer roten Ampel und sahen einen Bodybuilding-Typ, einen Kerl in ausgebeulten Trainingssachen, von einem Jeep davonschlendern, den seine Freundin, eine ziemlich kecke Blondine mit Schmollmund, gerade parkte. «Hey, sehen Sie sich die beiden an», sagte Gatti. «Wenn die's miteinander treiben, ist das wie eine Episode aus der griechischen Mythologie. Die Frau verwandelt sich glatt in einen Baum.»

Ich hörte ihm angestrengt zu, mein Kopf schmerzte rasend. «Wie spät ist es?»

Er hob die linke Hand vom Lenkrad, zeigte seine gebräunten, eckigen, sehr kräftig aussehenden Finger und sah seitlich auf die Uhr. «Es ist acht.»

«Morgens?»

Sein Lachen klang übermütig. «Ja, morgens. Die haben Sie ordentlich aufgemischt, was?»

«Wohin bringen Sie mich?»

«Wo immer Sie hinwollen. Ich bin ein guter Samariter. Oder haben Sie das noch nicht gemerkt?»

Sein Gesicht war zerfurcht und hager, wie aus Stein gemeißelt, mit einem Muttermal an der Oberlippe; unter der Mütze lugte eine üppige Locke von etwas zu schwarzem Haar hervor, und seine außergewöhnlich hellblauen Augen erinnerten an blitzendes Eis, an brutale polnische Winter, vor denen er vermutlich nach Kalifornien geflüchtet war. Wie ein guter Samariter sah er ganz bestimmt nicht aus. «Ich muss zu meinem Wagen zurück.»

«Keine Chance, alter Junge. Den haben sie mitgenommen, die bösen Männer mit den Schrotflinten. Ich denke mir, dass sie etwas damit vorhaben.»

Eine riesige schwarze Welle kam auf mich zu. Ich war noch nicht klar genug im Kopf, um ihr auszuweichen, daher ließ ich mich wieder hinabgleiten, murmelte nur noch eine Adresse, ehe ich wieder in die Bewusstlosigkeit zurückgerissen wurde.

Ward war gründlich. Es brannte, als sie die Watte, die sie in Wasserstoffperoxid getaucht hatte, sanft auf meine Wange, den Mund und die aufgeplatzte Haut über dem Auge tupfte. «Halt doch still», sagte sie, «du bist wie ein Baby.» Ich saß mit gespreizten Beinen auf einem Hocker in dem kühlen, nach Talkum duftenden Luxusbadezimmer ihrer Wohnung in der Coldwater Cañon Avenue, das so viel hübscher war als mein ganzes Apartment, dass ich mich schon deswegen schwach fühlen musste. Sie sagte: «Du musst doch häufig Blut sehen.»

«Normalerweise aber nicht mein eigenes.»

Als ich bei ihr ankam, war sie erst seit etwa einer halben Stunde zu Hause. Sie lag schon im Bett und öffnete mir die Tür in einem grauen T-Shirt, barfuß und ohne Make-up. Mein Anblick erschreckte sie, und sie wollte mich gleich für eine Untersuchung in eine Notaufnahme schleppen. «Du hast wohl gegen einen Lastwagen verloren», sagte sie. «Wahrscheinlich hast du auch eine Gehirnerschütterung.»

Dafür sei jetzt keine Zeit, wandte ich ein und wollte ihr Telefon benutzen, um Ellen und Lucy im Hilton am Flughafen anzurufen, wo sie jetzt frühstücken würden; Ellen war sicher skeptisch nach einer Nacht in einem fremden Hotelbett und überlegte sich, ob sie wirklich nach Seattle fliegen sollte. Ellen sei schließlich auch mal Polizistin gewesen, meinte Ward; also könne sie schon für sich sorgen, ganz egal, was passierte.

Sie warf einen blutigen Wattebausch weg, riss die neue Packung mit den Zähnen auf und schüttete einen Berg Tupfer auf die Ablage des Marmorwaschbeckens. «Ich frage mich, wie du einen ganz normalen Tag überstehst, so wie du lebst. Oh! Tut mir Leid», sagte sie und versuchte die Wattefasern möglichst behutsam abzuziehen, die sich an meiner Wange zusammen mit Haar und Hautfetzen, Blut und Dreck zu einem eingetrockneten Grind verklebt hatten. «Wie geht's jetzt?»

Ich betrachtete mein schmerzverzerrtes Gesicht im Spiegel und hörte Sirenen, das lang gezogene Jaulen eines Feuerwehrwagens, der den Cañon hinunterjagte. «Ging mir schon besser.»

«Du solltest mal schlafen.»

«Ich bin zum Mittag verabredet.»

«Das lässt dir ein paar Stunden Zeit. Wer hat dir das bloß angetan? Müssen die denn nicht aufhören, sobald du sagst, dass du bei der Polizei bist?»

«Bitte bring mich nicht zum Lachen. Das tut so weh. Ich nehm dich nächstes Mal mit, dann kannst du's ihnen ja sagen.»

«Warum macht jemand so was mit dir, Billy? Ich frage dich das als Freundin, nicht als Reporterin. Bist du in Schwierigkeiten? Ich möchte dir so gern helfen.»

In meinem Augenwinkel pulsierte ein Gefäß. Meine Zunge tastete im Mund herum, ein Forscher, der gerade ein blutiges Loch entdeckte, wo früher einmal zwei Zähne gewesen waren. Hatte ich sie verschluckt? Ich konnte mich nicht erinnern, sie ausgespuckt zu haben. Wards schwarzweiße Badezimmerkacheln wirbelten rasend schnell um mich herum, deshalb schloss ich die Augen, bis der Schwindelanfall vorüberging. Meine Lippen fühlten sich an wie dicke Gummireifen.

Ward rieb mir ein Antibiotikum in die Platzwunden, dabei war ihr Gesicht ganz nahe vor meinem, ihr Atem strich mir über die Wimpern. Sie brachte mir einen Brandy.

«Ist das vernünftig?»

«Ich bin keine Ärztin, Billy. Ich tue nur mein Bestes.»

«Denk ja nicht, dass ich das nicht zu schätzen wüsste.»

«Trink schon.»

Der Alkohol wärmte mir das Blut und ließ mich erahnen, dass ich noch lebte.

«Vielleicht solltest du die Dosis reduzieren», sagte sie.

«Welche Dosis?»

«An Action. Das scheint dir nicht so gut zu bekommen.»

«Danke für dieses Vertrauensvotum.»

«Gern geschehen.» Wir küssten uns behutsam. «Und? Wie war das?»

«Gar nicht so übel. Wirklich.» Die Berührung mit meinem Gesicht hatte ihre Wange mit etwas Blut beschmiert; sie wischte es mit der Hand ab und führte sie dann an ihre Zunge.

«Du machst Sachen, Billy. Und du schmeckst nach Blei.»

«Erzähl mir davon.»

Sie nahm mich mit nach oben. Ihr Schlafzimmer war hell und luftig. Eine Spiegeltür führte in ein weiteres Bad hinter dem riesigen Bett, aus dem ich sie herausgeklingelt hatte. Daneben lag eine offene *Newsweek* auf dem Boden. Auf dem Nachttisch sah ich eine Lesebrille und eine Flasche Mineralwasser. Sie strich geschäftig das Bettzeug glatt und zog dann die Vorhänge auf. Eines der Fenster war zu, das andere stand einen Spalt weit offen, sodass ein leichter Windhauch hereindrang und die Seiten der Zeitschrift aufblätterte. Hinten im Garten wiegte sich eine Reihe von Zypressen im Wind.

Sie fragte: «Bist du sicher, dass du das willst?»

«Ja, ich will das.»

Damals hatten wir uns immer hektisch geliebt, mit einer Flasche Wein im Hotelzimmer. Es waren Stunden der Lust gewesen, die immer auch gesteigert und überschattet von Schuldgefühlen waren.

Sie knöpfte mir das blutbefleckte Hemd auf und schob mir zärtlich einen Finger durch die dichten Locken meines Brusthaars. Sie zog mir die Hose herunter, und meine Gürtelschnalle knallte scheppernd auf den Boden. Ihre Lippen streiften über meine Brust, meinen Nacken, und dann war ihr Mund auf meinem Mund, diesmal fester, ihre Hände packten meine nackten Schultern und drückten mich sanft auf das Bett, bevor sie aus ihrem T-Shirt schlüpfte. Ward hatte lange

Beine, ihre Brüste waren voll und rund, obwohl meine Hände ihre schlanke Taille leicht umfassen konnten.

Die Liebe ist, wie man sagt, eine gefährliche Sache, ihre Berührung kann brennen, und an diesem Morgen versengten ihre Finger mein Fleisch. Ich kühlte mich, indem ich die Jugend von ihren Brüsten saugte, ihre langen Schenkel küsste, die Säfte kostete, die zwischen ihnen flossen. Ich konnte nicht glauben, dass ich sie noch einmal so anfassen durfte. Ihre Haut war sanft und seidenweich, sie roch noch nach Schlaf und leinenen Laken.

Wir tranken noch ein Glas Brandy und ließen unsere Münder miteinander spielen. Sie ergriff meinen Schwanz behutsam mit den Fingern. Er wuchs begierig unter den fordernden Bewegungen ihrer Zunge, dem neckenden Zwicken ihrer Zähne, dem sanften Gewicht ihres Körpers, als sie sich über mir niederließ, ihre Knie auf dem Bett auseinander schob und mich in sich aufnahm. Sie lächelte und erhob sich ein wenig, ließ meinen Schwanz dabei fast los, und senkte sich dann herab, sodass sie mich wieder tief in sich umschloss.

Mein Körper brannte und bebte.

«Das habe ich mir schon so lange gewünscht», flüsterte sie. «Ich möchte wieder und immer wieder mit dir vögeln.»

«Mit dem Gedanken könnte ich leben», sagte ich und zog ihren Kopf zu mir herunter, küsste durstig die Nässe von ihrer festen Kehle, strich die Haare beiseite, die die Erregung ihr in die Augen hatte fallen lassen. Ich leckte den Schweiß von ihren Brüsten, während sie zärtlich meine Eier streichelte. Wards Augen glänzten feucht, ihre Lippen waren geschwollen, und sie trieb mich weiter. Sie blickte mich an, nicht so, als sähe sie mich wirklich, sondern als hätte sie, auf dem Weg zum Höhepunkt, ein zweites Ich für sich gefunden.

Dann kam sie, ihr Atem schrie in meinem Ohr, und wenige Minuten später schmolz ich in ihr. Sie nickte mit dem Kopf, immer noch schwer atmend; ohne sich zu bewegen, behielt sie mich weiter in sich. Dann lag sie auf meiner Brust, wir lächelten uns an, und die frische Luft brachte mir mein Bewusstsein zurück, wo immer es sich versteckt haben mochte. Die Zypressen draußen murmelten, während Wards Kopf auf meinem pochenden Herzen auf und nieder sank.

24

Ellen war wütend, wütend darüber, dass ich sie überhaupt zum Flughafen verschleppt hatte, und doppelt wütend, weil ich zehn Minuten zu spät kam, noch dazu mit einem Gesicht, das zur Hälfte wie Hackfleisch aussah, und dreifach wütend, weil ich damit Lucy zum Weinen brachte, die sich mir mit Tränen in den Augen an die Brust warf. «Daddy, du bist ja verletzt!»

«Schhh!», machte ich. «Lucy, mach dir keine Sorgen. Ich bin hingeflogen und hab mir die Backe aufgeschrammt. Du weißt doch, wie ungeschickt ich manchmal bin.»

Sie hielt die Arme fest um meine Hüfte geschlungen.

«Bist du okay? Ganz bestimmt? Ich hasse das, wenn du Narben im Gesicht kriegst.»

«Das passiert eben manchmal, Schätzchen. Macht aber nichts.»

Ellen wühlte in ihrem Portemonnaie und sagte zu Lucy: «Willst du dir eine Pizza holen? Wie wär's mit *Quattro Formaggi*? Für mich nur ein Soda bitte.»

«Lass mich doch gehen», sagte ich.

«Schon gut, Billy. Okay? So, Große, hier ist ein Zwanziger.»

Wir saßen im Restaurant Wolfgang Puck, Abflugebene, Terminal zwei, um uns wuselten Menschen herum, telefonierten, blätterten in Zeitschriften, kauten Kaugummi oder tranken etwas, die Füße auf Koffer hochgelegt. Das Leben fühlte sich an, als hetzte es mich irgendwohin, aber nicht hierher, nicht zu dieser kurzen Pause vor der Abreise meiner Familie in eine andere Stadt. Es war blöd, aber es kam mir so vor, als würde ich für immer auf Wiedersehen sagen, und ich wusste, ich durfte sie beide das nicht spüren lassen.

Nachdem Ellen mit mir einen Tisch gefunden hatte, rollte sie näher heran und flüsterte mir zu, sie werde sich nichts befehlen oder in irgendetwas hineinziehen lassen. «Das Ganze ist doch eine Schmierenkomödie, Billy. Wenn es wirklich so schlimm wäre, wie du sagst, wieso lässt du uns dann nicht von einem Haufen Kollegen beschützen? Hast du Angst, weil der Täter auch ein Polizist ist? Oder geht's da um etwas, das du selbst verbockt hast?»

Das waren harte Fragen, die ich am liebsten gar nicht zu beantworten versucht hätte. Aber sie ließ mir keine Chance.

«Ich habe heute Morgen mit Drew gesprochen. Er sagt, er habe keine Ahnung. Er weiß nur, dass letzte Nacht irgendein Straßenpenner ermordet wurde, den du ganz gut kanntest.»

«Das war Jack Brewster», sagte ich und beobachtete Lucy an der Imbisstheke, sah zu, wie sie sich bückte und angestrengt die Speisekarte studierte. Brauchte sie eine Brille? Mir fiel ein, dass Jack ihr vor Jahren einmal eine Rose mitgebracht hatte, abgepflückt in einem Garten in der Nachbarschaft. Er war den Weg entlanggekommen wie ein Ritter, der seiner Herzensdame Tribut zollt.

«So ein Schwarzer? Hat der uns nicht mal zu Hause besucht?»

«Genau der.» Auf der anderen Seite des Gangs bemühte sich ein Schuhputzer, einen gelangweilten Geschäftsmann dazu zu bringen, sich die Wildlederschuhe putzen zu lassen. «Er ist in zwei Stücke gesägt worden, buchstäblich. Ich mache keine Witze.»

«Wer würde denn so was tun?»

«Ich weiß, wer es war, und deshalb müsst ihr hier weg. Ich weiß, wie unglaublich unbequem das ist und dass du auf hundertachtzig bist. Ich weiß das, und es tut mir Leid, ehrlich.

Aber ich ziehe hier keine Show ab. Ich muss einfach wissen, dass ihr beide in Sicherheit seid.»

«Gibt's denn keinen sicheren Ort in L. A.? Wie wär's denn bei meinen Eltern?»

«Betrachte es doch mal so: Könntest du nicht ein paar Tage da oben sogar ganz gut gebrauchen?»

«Vielleicht schon», gab sie widerwillig zu. «Und wo sollen wir wohnen?»

«Du kannst die Lage dort peilen, ein Apartment für euch suchen. Geht in irgendein Hotel. Nimm das beste. Ich zahle es. Ruf mich aber an und sag mir, wo ihr seid.»

«Vielleicht», sagte sie und drehte sich weg, um nach Lucy zu sehen. Ellens braunes Haar war etwas grauer geworden, wie ich sah, was sie reifer wirken ließ, dann fuhr sie auf einmal wieder herum und packte mein Handgelenk mit einem Griff, der so fest war wie ein Vorwurf. «Wer hat dich zusammengeschlagen, Billy?» In ihre Stimme mischte sich jetzt ein zärtlicher Ton, aber sie war immer noch wütend. «Wag es ja nicht, zu sterben. Tu uns das nicht an.»

«Hab ich auch nicht vor.»

«Gut», sagte sie etwas spröde.

«Das hab ich hinter mir.»

Sie ging darüber hinweg, wahrscheinlich weil sie mir nicht recht glaubte.

«Eigentlich fühle ich mich so gut wie lange nicht mehr.» Ich zuckte die Achseln. «Nenn es den Optimismus des Wahnsinns.»

Lucy kam mit zwei Pizzas, einer Portion Pommes frites und dem Sodawasser zurück. Sie betropfte die Pommes sorgfältig mit Ketchup aus einer Packung, die sie mit den Zähnen aufriss, was mich einen Moment lang in Wards Badezimmer zurückversetzte.

«Was ist denn so lustig?», fragte Ellen, die mein Grinsen bemerkte.

«Ich freu mich zwar auf diese Pizza», antwortete ich und bediente mich, während Lucy das Ketchup-Ritual bei ihrem Stück Pizza wiederholte, «aber ich frag mich, wie ich das Ding essen soll.» Ich fragte, wie ihr die Nacht im Hilton gefallen habe. «Das *Hilton*, hey! Klingt total schick.»

Sie fragte: «Wer malt eigentlich diese Bilder in den Hotelzimmern, Daddy?»

«Ja, schräg, was?» Ein Stück Kruste bohrte sich in das weiche Fleisch auf der linken Gaumenseite, wo ich früher einen Zahn gehabt hatte. Als mein Mund sich erneut mit Blut füllte, das ich schlucken musste, wurde mir klar, dass die Idee mit der Pizza nicht so gut gewesen war. «Ich glaube, die lassen sie alle in einer Fabrik in Arizona produzieren und bezahlen dann irgendwelche Leute dafür, dass sie ihre Namen druntersetzen. Das ist die einzig mögliche Erklärung.»

Ellen lächelte nicht. Lucy fragte: «Mom, wie lange werden wir in Seattle bleiben?»

Ellen sah mich fragend an.

«Ein paar Tage. Mehr nicht. Wird Riesenspaß machen.»

«Regnet es da oben nicht andauernd?»

«Da gibt's jede Menge Galerien. Hunderte. Wirklich gute.»

Auf einmal wollte ich ihnen von meinem Geschenk erzählen, überlegte mir schon die beste Version der Geschichte von Ted und den Bildern, die ich vor so langer Zeit gekauft hatte und von denen sie noch gar nichts wussten. Aber ich unterdrückte meinen Einfall, denn mir war klar, dass es besser war, wenn sie von alldem keine Ahnung hatten, bis Gras über die Sache gewachsen war – was ja bald passieren konnte, so oder so. Ricky Lee wartete auf mich und plante seinen nächsten Zug. Auf dem Weg zum Flughafen hatte ich die Gründe für und gegen ein Treffen mit ihm abgewogen. Einmal ging es dabei um meine Ehre, etwas blöd, aber so etwas zählte nun einmal, und andererseits: Wenn ich nicht hinging, würde er mich trotzdem aufspüren. Lange konnte ich ihm nicht ausweichen, nicht ohne selbst die Stadt zu verlassen. Außerdem glaubte ich noch immer, ich könnte ungeschoren davonkommen; die Situation war beherrschbar. Natürlich war der Einsatz erhöht worden. Jack Brewster war von Ricky Lee und seinen Leuten nur mittendurch gesägt worden. Ich mochte gar nicht nachdenken, in wie viele Stücke sie mich zerteilen würden. Aber wenn er meinen sofortigen Tod wollte, warum dann nicht letzte Nacht, in San Pedro, durch Tookie?

«Wie schmeckt die Pizza?», fragte ich Lucy, während ich prüfend über den Gang und in den Nebensaal spähte, ob dort irgendetwas vorging. Ellen folgte meinem Blick vom Schuhputzer zum Flugschalter, zu den Telefonen, den Sicherheitsschleusen und den Frauen mit ihren fiependen Metalldetektor-Zauberstäben, an denen wir auf dem Weg in die Abflughalle selbst vorbeigegangen waren.

«Stimmt etwas nicht?»

«Nein, nein.»

«Du wirkst so nervös.»

«Ich bin müde, Ellen. Ich hab seit ein paar Tagen nicht geschlafen.» So ähnlich war es uns damals auch gegangen, in den schlechten Zeiten, als uns der Kontakt fehlte und alles irgendwie danebenging, so als hätten wir uns kurz mal nicht angesehen und wären einander beim nächsten Blick auf einmal völlig fremd geworden. Ich hätte ihr gerne von Ward erzählt, aber mir wurde klar, dass sie möglicherweise nicht ganz in der Stimmung war, um sich über meine Erlösung zu freuen.

«Wird Daddy etwa verfolgt?», wollte Lucy aufgeregt und erneut ein wenig in Angst um mich wissen. «Geht es darum bei dem Ganzen hier?»

«Nein, Schätzchen, es ist was ganz anderes.»

Eine Frau ging von einem Telefon weg, auf dem sie eine Limonadendose stehen ließ, ein Mann hob ein quengelndes Kleinkind hoch, ein Paar lachte und umarmte sich im offensichtlichen Glück der jungen Liebe; sie alle machten hier eine

Pause, ehe sie einen weiteren Sprung in die rätselhafte Erfahrung ihres jeweiligen Lebens taten. Mir kam der Gedanke, dass sie alle nach der rationalen Beurteilung der Wahrscheinlichkeiten wesentlich bessere Aussichten hatten als ich, die nächsten achtundvierzig Stunden zu überstehen, aber das hing von mir ab. Wenigstens war Nelson noch am Leben und verrottete nicht auf dem Grund des Hafenbeckens. Das erschien mir wie ein Segen. Ward war noch so ein Segen. «Mir ist was Verrücktes passiert. Weißt du noch, die Kleine, die stumm wurde, weil sie den Tod ihrer Eltern mit ansehen musste?»

Ellen dachte kurz nach. «Du hast sie öfter besucht.»

«Genau die.» Warum hatte ich damit aufgehört? Ich hatte mir gesagt: Man kann sich nicht um jeden kümmern. Mir war nicht bewusst geworden, dass einem auch Loyalität Stärke und Glück verleihen kann. Jetzt hatte ich eine zweite Chance bekommen. Ein dunkler Strich auf der Landkarte des Mordes hatte sich in Gold verwandelt. «Ich hab sie wieder getroffen.»

«Wann?»

«Gestern Abend. Sie hat Ricky Lee Richards geheiratet. Ist das nicht ein Ding? Inzwischen sind sie geschieden, aber sie hat eine kleine Tochter von ihm.» Ich spielte mit einer Papierhülse herum, einem langen, schmalen Pfeffertütchen. «Sie hat ihre Stimme wieder gefunden, alles okay. Aber das Tollste war, dass sie sich noch an mich erinnert hat. Das fühlte sich an wie Weihnachten.»

Ellen nickte, sie war zu nervös, um das nachvollziehen zu können, ihr rechtes Auge war etwas größer und runder als das linke, als hätte sie etwas Schreckliches, Entsetzliches beobachtet oder einfach nur zu viel gesehen, zu hart gearbeitet und könnte sich nicht mehr entspannen. Sie war ausgelaugt, hatte momentan kein Interesse für meine Geschichten von Licht und Finsternis. Ich dachte daran, wie wir uns jahrelang gestritten hatten, all diese kleinen Zankereien wegen irgendwelcher Banalitäten und Nichtigkeiten, die uns durch wahre

Stürme und Wirbelwinde, durch Willenskämpfe um Leben und Tod geführt hatten, die wundersamerweise nie in Handgreiflichkeiten ausgeartet waren. Ich dachte an die Monate, die Jahre, die wir überstanden hatten, die ganze Zeit hindurch ohne Sicherheitsnetz, und dennoch hatten wir es nicht geschafft. Die ganze Sache hier lief nicht so, wie ich wollte. Irgendwie hatte ich auf einen großen Abschied, einen symbolischen Schluss gehofft.

Ich blickte auf und sah, wie Drew Diamond, ohne seinen Tweedhut, hinter der Personenkontrolle mit einer zusammengerollten *Los Angeles Times* winkte. Er trug hellbraune leichte Hosen, bequeme braune Schuhe und einen blauen Kaschmirblazer, eine modische Erscheinung, an sich nichts Ungewöhnliches bei ihm, aber plötzlich war alles perfekt aufeinander abgestimmt – vermutlich ein weiterer Aspekt von Ellens Einfluss.

«Hey, da drüben steht Drew», sagte ich und setzte im Flüsterton hinzu: «Er geht wie ein Mann, der genau weiß, wie ein Mann geht.» Während ich mir Pizzakruste in den Mund stopfte und dabei mit einer Grimasse einen Schmerz ausdrückte, den ich durchaus auch fühlte, bekam ich die erwünschte Reaktion: ein Lachen von Lucy und einen bissigen Blick mit herausgestreckter Zunge von Ellen. «Komm, tut mir Leid», sagte ich und kaute auf dem Teig herum. «Das sollte keine Stichelei sein. Wirklich nicht.»

Drew kam herüber, hielt mir die Hand hin und bemerkte, der Wetterwechsel sei vielleicht ein gutes Omen. Ellen sah lächelnd zu ihm auf. «Wie's aussieht, fliegen wir jetzt nach Seattle», sagte sie fröhlich.

«Wenn Billy das für nötig hält», sagte er, «dann finde ich, ihr solltet es tun – keine Frage.»

«Glaubst du wirklich?»

«Auf alle Fälle.»

Ich brauchte auf einmal frische Luft und fragte mich, wie

lange ich wohl brauchen würde, mich daran zu gewöhnen, dass Ellen Drew mit dem gleichen offenen, vertrauensvollen Blick ansah, den sie früher mir geschenkt hatte. Vielleicht gewöhnte ich mich ja nie daran, obwohl ich diesen Bullterrier von Mann inzwischen, wenn auch widerwillig, so bewunderte wie noch nie – dafür, dass er immerhin den Versuch machte, seine Dämonen auszutreiben. Konnte ein Mensch dem Ruf von Tapferkeit und Schönheit folgen, dann war nicht alles verloren.

Als wir vom Restaurant zum Abflugschalter hinübergingen, hatte Lucy schon ihr aufgeregtes Fliegergesicht aufgesetzt. Sie liebte Flugreisen. Es gab einen Moment gleich nach dem Start, sagte sie, da schwenkte die 767 übers Meer ab, und wenn sie einen Fenstersitz hatte, konnte sie runterschauen und den Venice Pier sehen, sich vorstellen, wo unser Haus lag, oder es sogar orten, und dann wusste sie, dass alles okay war.

Der Flug war schon zum Boarding aufgerufen, also mussten sie gleich los. Es geschah alles sehr schnell. Ellen küsste zuerst mich, dann Drew und verschwand, von einem Angestellten geschoben, den Gang entlang. Lucy ging ihr hinterher, rannte aber dann zurück, drängte sich gegen den Menschenstrom, um mir noch einmal um den Hals zu fallen und zu sagen: «Ich liebe dich, Dad.» Danach war auch sie fort, stürmte in ihrer eifrigen, leicht geduckten vertrauten Haltung vorwärts, dabei hielt sie ihr Zeichenstiftset aus Sandelholz dicht an sich gepresst.

Drew und ich standen einen Moment lang schweigend da, während sich die übrigen Passagiere mit ihren gelben Bordkarten vorwärts schoben. «Bist du mit dem Porsche hier?», fragte er und wiegte sich in seinen englischen Lederschuhen.

«Der Porsche ist mir abhanden gekommen», sagte ich. Ich hatte mir Wards Zweitwagen ausgeliehen, ihr Spielzeug, einen weißen Alfa Romeo, in dem ich mich an diesem sonnigen Morgen zu dick und zu alt gefühlt hatte, hinter dem Lenkrad absurd eingeklemmt, wie ein großspuriger Typ, der nur Lacher provozierte. «Er wurde mir geklaut.»

Drew nickte geistesabwesend und sog die Luft ein, als wollte er sagen: Na klar doch, Billy lässt sich seinen Porsche klauen. Trotz seiner schicken Erscheinung, wo er sich doch für diesen Anlass extra herausgeputzt hatte, wirkte er jetzt angespannt und ein bisschen erschöpft. Er fragte: «Was ist los, Billy? Was zum Teufel soll das alles?»

Ich zögerte, verzog das Gesicht – wie ich hoffte – zu einem Lächeln, und seine fleischigen Hände ließen sich auf meinen Schultern nieder. «Ich kapier das nicht. Mae Richards und Jack Brewster. Versteh mich nicht falsch, das waren sicher wunderbare Menschen, aber von außen gesehen sind es doch nur zwei Tote mehr in Oakwood, und trotzdem *evakuierst* du hier deine Familie. Weswegen? Weil Ricky Lee was damit zu tun hat? Bedroht der Kerl dich, Billy? Hat er was gegen dich in der Hand? Denn wenn das nicht der Fall ist, begreif ich überhaupt nichts mehr! Und wenn doch, wenn er was gegen dich hat, wenn hier irgendein wirklich großes Ding läuft, warum erfahr ich dann nichts davon? Ich arbeite immer noch mit dir zusammen, verdammt! Wenn du in der Scheiße sitzt, dann will ich das wissen.»

«Hör mal, Drew, ich kann nicht darüber reden.»

Er packte fester zu. «Blödsinn», sagte er. «Blödsinn.»

Was konnte ich ihm erzählen? Ich wusste nicht, was Drew zu glauben bereit war, er war ein so grober Klotz, aber doch nicht ganz ohne Sensibilität, er hatte Alarmglocken, die ganz unerwartet anschlugen. Mir fiel eine unglaubliche Lüge ein. Ich erzählte ihm, Megan, Ellens Medium, habe mich angerufen und darauf bestanden, Ellen und Lucy für diese Woche aus Los Angeles fern zu halten.

Er nahm die Hände von meinen Schultern, drehte sich weg und stampfte mit dem Fuß auf. «Scheiße!», sagte er. «Diese Frau macht mich noch verrückt.»

«Mich auch.»

Er schwieg einen Moment lang. «Warum hat sie es Ellen nicht selbst gesagt?»

«Sie wollte nicht, dass sie durchdreht. Das hat sie lieber mir überlassen. Kannst du das fassen?»

«Nur zu gut, verdammt», sagte er langsam. «Weißt du noch, wie irgendwer sie damals bei diesem Serienmörderfall zu Hilfe gerufen hat? Das war Kaplan, oder?»

«Ich erinnere mich nicht mehr.»

Er stampfte nochmal mit dem Fuß auf. «Was für ein Scheißtag!»

«Erzähl mal, was war denn los?»

«Ich hatte vorhin eine Besprechung mit Murakami.»

«O Mann, was hat der denn von dir gewollt?»

«Mein Blut wollte er», sagte Drew. «Er mimte den erschütterten Empfänger eines Anrufs von der Abteilung für Interne Ermittlungen.»

«Was?»

«Die haben ihm erzählt, ein hochrangiger Detective im Ocean-Revier hätte Geld genommen, richtig große Sache, also mehrere *hunderttausend* Dollar. Oder auch eine Million. Und Larry war der Meinung, dass ich dieser Detective bin.»

Ich verzog keine Miene. Ich sah nicht zu der Frau am Schalter der Southwest Airlines hinüber, deren Lächeln wie auf dem Gesicht festgetackert war. Stattdessen ließ ich den Blick auf Drew ruhen, der jetzt die Hände hob und sich damit durchs Haar fuhr. Ich sagte: «Das ist doch lächerlich.»

«Es ist totale Scheiße!» Er schrie es beinahe, dann drehte er sich entschuldigend um und lüftete den Hut vor einer Frau, die gerade auf dem Gang vorbeikam und ziemlich schockiert wirkte. «Entschuldigen Sie vielmals.» Mit leiser Stimme redete er weiter auf mich ein: «Natürlich ist das lächerlich. Ich war fuchsteufelswild, obwohl ich Larry für einen derartigen Opportunisten halte, dass er wahrscheinlich den Bürgermeister um Erlaubnis fragt, wenn er sich morgens die Zähne putzt. Ich bin eben ein guter Sündenbock. Das ist alles. Larry, dieser verdammte Larry! Was für ein Riesenarschloch. *Scheiße*, was glaubt der denn, wer er ist? Er denkt anscheinend, da gäbe es irgendeine finstere Voodoo-Verbindung zwischen dieser Information und der Tatsache, dass ich die Mordkommission verlasse und nach Seattle gehe. Und all das nur wegen eines bescheuerten Telefonats von der Internen Ermittlung.» Er bückte sich und ging aggressiv und wütend daran, sich die Schnürsenkel zuzubinden, dabei sah ich die kleine .38er, seine Notfallausrüstung, die er am Fußgelenk trug. Ich wusste, dass er noch ein Wurfmesser im Gürtel hatte, außerdem vier Ersatzmagazine für seine .45er, zwei in jeder Jackentasche. Drew war stärker bewaffnet als die Siebente Kavallerie. Er erhob sich, strich sich die Hose glatt, richtete seine Krawatte und schob das Kinn vor, während ich diese letzte Wendung der Ereignisse zu begreifen versuchte.

Durchaus möglich, dass es gar nichts mit mir zu tun hatte. Andauernd riefen Zivilisten die Interne Ermittlung an und bezichtigten irgendwelche Cops der Korruption oder des Amtsmissbrauchs. Da die Dienstaufsicht verpflichtet war, jede einzelne Beschwerde zu verfolgen, kamen viele Hinweise von den Gangstern und Gaunern selbst, die damit Verwirrung stifteten und Ablenkungsmanöver veranstalteten.

Aber wie die Dinge liefen, *musste* es einfach mit mir zu tun haben. Irgendwer hatte da ein Riesensignal aufgestellt, und der gute Larry war selbstgefällig – oder hinterhältig – genug gewesen, es falsch zu verstehen. Die ganze Situation war unerfreulich, emotional total aufgeheizt und, wie Drew meinte, ein gigantischer Schlamassel.

«Früher gab's noch so was wie Loyalität», sagte er. «Wenn die Loyalität flöten geht, fallen die Kollegen durch den Rost, nix als Pisse im Wind. Heutzutage nimmt man bei der Polizei ja sogar von Charlie Manson Anzeigen entgegen. Ständig kriege ich was aufs Dach, und trotzdem erwartet man von mir, dass ich Raketen zum Mond baue. Und deshalb steige ich aus.»

Er sprach von den alten Zeiten, den achtziger Jahren. «Erinnerst du dich an diesen Kerl in Compton?»

«Deion Connolly?»

«Genau, der Typ mit den goldenen Wasserhähnen im Badezimmer.» Connollys Eltern hatten einen Laden für Gebrauchtmöbel gehabt, wo er das Geld aus seinen eigenen Geschäften waschen konnte, dem Drogenhandel. Irgendwann hatte er einen Acht-Häuser-Block gekauft, alles abreißen lassen und einen gigantischen Bau hingepflanzt, der als das San Simeon von Compton bekannt wurde, als Hearst Castle von South-Central. Deion, der mit mehr Gold herumprotzte als Ivana Trump, fuhr einen 87er Mustang, ein restauriertes grünweißes 57er Chevy Cabrio und einen Ferrari Testarossa, der so sauber und blank poliert war, dass Deion einmal einen Hamburger auf die Haube geklatscht und Drew dazu eingeladen hatte, ihn zu essen. «Also, das war noch einer, den man verstehen konnte, der sagte: ‹Klar bin ich ein Gauner. Krieg mich doch, wenn du kannst.› Heute denken Leute wie Larry anscheinend, dass man Cops und Gangster nicht mehr unterscheiden kann. Es geht doch alles den Bach runter.»

Genau wie ich, dachte ich und sah auf die Uhr. Ich lavierte und trickste auch nur herum.

Drew sagte: «Es ist schon eine verdammt kaputte Welt geworden. Was ist eigentlich aus dem alten Deion geworden? Haben wir den je geschnappt?»

«Irgendjemand hat ihm achtmal ins Gesicht geschossen.»

In Drews Augen blitzte wieder Verärgerung auf. «Ich bin ein alter Knacker, Billy. Das hab ich nicht nötig. Ich verlange Respekt. Ich habe mir Respekt *verdient*. Und ich begreif's einfach nicht. Wir sind Arbeitstiere, du und ich. Mit Politik sollte unser Job nichts zu tun haben. Und mit Geld ebenso wenig.

Mit Recht und Unrecht, mit dem Gesetz, damit sollte er was zu tun haben. Früher hat uns das System verteidigt, heute wirft es uns den Wölfen vor.» Er schüttelte langsam den Kopf, dann nickte er grinsend einer anderen Gruppe von Fluggästen zu, die auf ihre Reise in die Zukunft losmarschierte. Er sah mich an und suchte Verständnis, Erklärungen. In seinem Blick las ich nichts anderes, es gab keine Anzeichen dafür, dass er mich verdächtigte. «Ein Kerl, der sich bestechen lässt? Mit dem wollte ich nichts zu tun haben. Auf den würde ich nicht mal pissen, wenn er brennt.»

Ich beschloss, kurz im Revier vorbeizusehen, weil es merkwürdig, ja verdächtig aussehen würde, wenn ich das nicht täte. Bestimmt herrschten dort große Aufregung und ein wildes Durcheinander wegen der Neuigkeit aus der Internen Ermittlung, denn wie alle guten Stammesangehörigen lieben es Cops, zu lästern und andere in den Dreck zu ziehen, und sie genießen den Gedanken an eine Säuberungsaktion. Außerdem war ich neugierig, ob und wie viel Humbolt Raffi über die Sache in Long Beach ausgeplaudert hatte. Ich musste mich einfach wieder zeigen, ganz ruhig und als Herr der Lage.

Nachdem Drew seinen Hut wieder aufgesetzt hatte und wütend in Richtung der Rolltreppen davongestürmt war, rief ich die Softly Gallery vom Flughafen aus an, bevor ich direkt hinfuhr. Ein Mitarbeiter teilte mir mit, Ted sei nicht in der Stadt und unerreichbar. Mein erster Gedanke war, dass Ted entweder gerade meine halbe Million ausgab oder damit untergetaucht war, um sich nie wieder zu melden – ein Risiko, dessen ich mir bewusst gewesen war. Er hatte keine Nummer hinterlassen. Sein Mitarbeiter sagte mit einem gewissen Stolz, als wäre dies ein amüsanter und sogar lobenswerter Charakterzug seines Chefs, er habe keine Ahnung, wo Ted gelandet sei, geographisch gesehen, er wusste nicht mal den Bundesstaat, geschweige denn eine genaue Adresse. Ted war ausgeflogen. Er konnte in New York sein oder auf Hawaii oder in Nova Scotia, niemand wusste es. Die Tickets hatte er bar bezahlt und sich seitdem nicht mehr in der Galerie gemeldet; für die nächsten Tage rechnete auch niemand damit.

Cataresco saß an meinem Schreibtisch vor den handgeschreinerten lackierten Aktenschränken und telefonierte von *meinem* Telefon aus, in der Hand eine aufgeschlagene Mordakte. Sie wirkte professionell, selbstsicher, sexy und legte gerade ohne Eile den Hörer auf. Sie starrte mich an, den Mund in gespieltem Staunen weit geöffnet, und sagte: «Billy, ist ja echt anständig von dir, dass du kommst. Auweia, was ist denn mit deinem Gesicht passiert?»

«Cat, kann ich bitte meinen Stuhl zurückhaben?»

«Ent*schuldige*!», sagte sie, stand auf und strich sich die Jeans glatt. «Ich hatte bisher den Eindruck, dass ich auch zu dieser Mordkommission gehöre. Trotz der Tatsache, dass der Chef, mein Partner, nicht mehr mit mir redet.»

«Ich rede mit überhaupt niemandem.»

«Ach, das ist ja toll.» Sie schob sich auf die andere Seite des Schreibtisches, schleifte dabei die Mordakte mit und griff dann nach ihrem koffeinfreien Kaffee. «Wo bist du gestern Abend hingegangen, Billy? Mit wem wolltest du reden? Was ist nur los mit dir?» Mit einem patzigen, spöttischen Tonfall fragte sie: «Und wo ist dein Sinn für Timing, Billy? Ein Mord ist wie eine tickende Uhr. Das sagst du doch immer. Weißt du noch?»

Ich erwiderte, dass die Uhr in diesem Fall geradezu dröhnte.

«Was soll denn das heißen?»

Ich sah kurz zu der hölzernen Pistole auf und fragte grinsend: «Was gibt's sonst noch? Neuigkeiten?»

«Zwei Typen aus Culver City sind heute früh zusammengeschossen worden.»

«Wo?»

«Vor dem Blockbuster-Videoverleih. Lincoln Boulevard.»

«Tot?»

«Der eine ja. Der andere liegt in der Notaufnahme. Sie meinen, er schafft's wahrscheinlich nicht.»

«Scheiße.»

«Über den Kerl, der gestern Abend zersägt worden ist, hab ich null rausgekriegt.»

«Wirklich nicht?»

«Und die von der Internen Ermittlung scheinen zu glauben, dass einer aus unserer Mitte eine halbe Million Bestechungsgeld genommen hat. Abgesehen davon war's ein ganz normaler Tag.»

«Wie hat denn Larry auf die Bestechungssache reagiert?»

«Total hektisch.»

«Wahrscheinlich begreift er nicht, warum man das Geld nicht ihm angeboten hat.»

Darüber konnte sie nicht lachen. Während sie einen Bleistift spitzte, sah sie weiter in die Mordakte, die vor ihr lag.

«Ich kapier das nicht, Billy. Wir haben immer gut zusammengearbeitet. Und plötzlich läuft alles – entschuldige bitte – total beschissen. Lauter Kleinigkeiten, aber es summiert sich so einiges. Du schickst mich nach Colorado. Du redest mir den Mae-Richards-Fall aus. Du scheinst gar nicht mehr daran interessiert zu sein, ihn zu lösen. Und jetzt das. Das ist doch so 'ne Nur-für-Jungs-Scheiße. Du willst mich nicht mit dabeihaben, weil ich eine Frau bin.»

«Daran liegt es nicht.»

Sie nippte an ihrem Kaffee. Erst sah sie wütend aus, dann trotzig und dann wieder wütend. Sie beugte sich vor, hübsch und proper, um die Abfälle vom Bleistiftspitzen in der Handfläche zu sammeln. Ihr Blick und ihre Stimme durchbohrten mich, nicht gerade hasserfüllt, aber auch nicht unbedingt zaghaft. Sie würde bestimmt nicht aufgeben. «Nein, natürlich nicht. Kein bisschen schlechtes Gewissen, was, Billy? Ganz reine Weste hat er, der Detective McGrath. Er ist schließlich viel zu weise und vollkommen, um je einen Fehler zu machen.»

Sie sah mich an, als wüsste sie etwas, das ich nicht wusste, und einen wahnwitzigen Moment lang dachte ich, sie hätte es erraten. Nur wie? Ich erinnerte mich an das Gespräch mit Ricky Lee, an die Bandaufnahme, die ich von dem Bestechungsversuch gemacht hatte. Aber die hatte ich zerstört, sie konnte nichts davon wissen.

Dann sagte sie: «Ich glaube, ich muss mit Larry darüber reden.» Ihre Miene wurde sanfter, sie wollte mir noch eine Chance geben. «Lieber würde ich allerdings mit dir reden. Also: was ist mit deinem Gesicht passiert? Das muss ja ganz schön wehtun.»

«Mach doch. Halt ein Schwätzchen mit Larry.»

«Das werde ich auch», sagte sie in ihren Kaffee und schien dabei ihren Ehrgeiz gegen ihre Verletztheit abzuwägen.

25

Die kühle Luft war frisch und trügerisch klar, ein salziger Wind pfiff aus Norden über die Main Street, rüttelte an den Palmen und ließ die rotschwarzen Werbebanner für das Sinfonieorchester, die von den Laternen hingen, knattern: LOS ANGELES – HÖREN SIE SICH DAS AN! Es war Spätnachmittag, kurz nach fünf, und das Licht ließ schon nach. Die Sonne wurde von den horizontalen Streifen einer purpurroten Zirruswolke zerschnitten. Der grellrote Anstrich des Fire Engine House Restaurant wurde dunkler, gerann regelrecht im zunehmenden Zwielicht. Ich saß im Rose-Café und sah durch das Fenster, wie ein blauer Santa-Monica-Bus stehen blieb und zwei Fahrgäste entließ: eine ganz in Weiß gekleidete alte Lady, die eine Jackie-Kennedy-Sonnenbrille aufgesetzt hatte, und einen schlaksigen Jungen mit einem Fahrrad auf der Schulter. Auf der anderen Straßenseite wartete ein Bodybuilder an der Ampel, sein Körper war so gedrungen und muskulös, dass ihm wie bei einem Pavian die Arme seitlich abstanden, als spürten seine Rippen, dass die geringste Berührung dieser Fäuste furchtbaren Schaden anrichten konnte. Mir fiel Radek Gattis Scherz über das Pärchen und die griechische Mythologie ein. Er besaß klassische Bildung und Witz obendrein, dieser kurz gewachsene Pole, und im Strafregister fand sich nichts über ihn. Das hatte ich im Büro überprüft.

Ich rief in Long Beach bei Humbolt Raffi an, um zu erfahren, wo er Richard Francis versteckt hatte, dann setzte ich mich mit ihm in Verbindung. Radek sei eine ruhelose Seele, sagte Francis, der sei immer in Bewegung. Ein eigenes Haus oder eine Wohnung besaß er nicht, sondern wohnte meist im Gästehaus von Francis oder auf dem Segelboot, aber auch bei anderen Bekannten, wo immer er für ein, zwei Monate ein Bett auftreiben konnte. Francis ging es gut, er litt noch nicht an Langeweile, jener bisweilen tödlichen Krankheit von Leuten in Sicherheitsgewahrsam, und ich sagte ihm, er solle im Haus bleiben und niemanden anrufen. Mich zu kennen schien langsam gefährlich zu werden, gemessen an der Zahl der Menschen, die deswegen schon die Flucht hatten ergreifen müssen.

Der Bodybuilder überquerte die Straße mit unbeholfen pendelnden Armen, und Ricky Lee schob sich auf den Stuhl neben mir. Er trug eine Pilotenbrille mit solidem Silbergestell, eine schwarze Jeansjacke mit abgerissenen Ärmeln, mehrere ineinander verdrehte goldene Panzerketten und eine aus unzähligen verschiedenfarbigen Wildlederstücken genähte Mütze, die er keck übers rechte Auge gezogen hatte. Ich konnte nicht sagen, woher er gekommen war. Die Straße hatte ich im Auge gehabt, von dort konnte er also nicht gekommen sein. Ich war wohl kurz unaufmerksam gewesen, und er hatte sich von hinten angeschlichen, auf leisen Sohlen wie ein Raubtier. Er sagte kein Wort, bedachte mich nur mit der winzigen Andeutung eines Nickens. Er bestellte ein Stück Torte, das er gierig verschlang, er kaute mit offenem Mund und wischte sich mit dem Zeigefinger die Sahne von den Lippen. Seine knochigen nackten Arme waren voller Narben, die wohl von Brandwunden und vielen Schnitten herrührten. An der Schulter hatte er einen verheilten Einschuss, um dessen rosa Wundränder die Buchstaben O-U-T-L-A-W tätowiert waren. Sein Schweigen war kalt und bedrohlich, eine Herausforderung. Endlich sagte er: «Ich hab den Rest von deinem Geld dabei.»

Mein Herz vollführte einen Satz, einen jähen Salto. War das ein Witz? Dem gleich eine gezogene Waffe folgen würde, ein Schuss in den Kopf? Ich riss die Augen weit auf. «Gut», sagte ich, «das ist gut.»

Ricky Lee nickte, leckte sich die Sahne vom Finger und sah an mir vorbei zur Theke. «Magst du Schlagsahne? Mann, ich könnte das Zeug den ganzen Tag lang fressen. Schlecht fürs Herz angeblich, sagen sie doch immer, was? Mmm-*mmmm*. Immer her mit dem Zucker. Rüber mit dem Scheiß-Cholesterin. Ich hau mir den Dreck rein. Ja, her damit. Bring's zu Daddy.» Er nahm die Brille ab, hielt sie behutsam an den schmalen silbernen Bügeln, legte sie vorsichtig auf den Tisch, strich sich den Bart und warf mir dann plötzlich einen Blick zu, aus dem eine unbändige Feindseligkeit sprach. «Eine Zeit lang bin ich ziemlich wütend auf dich gewesen, McGrath. Ich hab zu meinen Leuten gesagt: ‹Dieser Scheißcop, der verarscht mich, der will mir einen reinwürgen, der besorgt's mir von hinten.› Und so war's ja auch, irgendwie jedenfalls, dein Schwanz war schon *halb drin*. Weißt du, ich hab rausgefunden, dass meine Mutter nie in Charlie Corcorans Haus war, egal, was du mir erzählt hast. Da hast du mich angelogen. Oder vielleicht hast du ja nur spekuliert, hast versucht, dir selber was zusammenzureimen. Wie auch immer, es war nicht so, und es war ein Fehler von dir, mir den Quatsch zu erzählen, deshalb tut's mir auch nicht weiter Leid, dass Tookie und die Jungs dir eine Abreibung verpasst haben. Übrigens, wie geht's deinem Gesicht? Mann, sieht ja schlimm aus. Das sieht *übel* aus, Mann.»

«Ich werd's überleben.»

«Wollen wir mal keine komplett übereilten Schlüsse ziehen», sagte er und ließ den Diamanten in seinem Zahn aufblitzen. «Letzte Nacht hatte ich schon beschlossen, dich auf irgendeine besondere Weise umzubringen, die etwas aussagen würde. Das hätte einen Sinn gehabt, kapierst du, was ich dir sage?»

Ich kapierte.

«Und dann hab ich rausgekriegt, dass du mir doch die Wahrheit gesagt hast. Charlie Corcoran hat meine Mutter tatsächlich ermordet. Also, wie gesagt, ich hab dein Geld draußen im Wagen.»

«Und wodurch ist für dich Licht in die Sache gekommen?»

Draußen vor dem Zebrastreifen parkte ein Rolls-Royce-Cabrio, gelb und frisch umgerüstet. Ricky Lee sagte: «Ein Typ hat mir das hier zugespielt.» Er griff in die Tasche und warf mir etwas Klirrendes hin, einen Schlüsselring. Die Zwillingsmasken Komödie und Tragödie lagen vor mir auf dem Tisch und sahen mich an. Ich nahm die Masken in die Hand, betrachtete die zwei Diamanten in den Wangen der Komödie und den eingravierten Text auf der Rückseite des Tragödienkopfs. Die Worte, die Ricky Lee seiner Mutter zum Tod seines Bruders zu sagen gehabt hatte, und ich musste mich zusammenreißen, nicht instinktiv in die Tasche zu greifen, wo dieser Schlüsselring eigentlich ruhen sollte. Ich zupfte an meinem Kragen und zog das Jackett enger um mich, als verspürte ich etwas Zugluft von der Tür her, und stellte dabei fest, dass ich die Anhänger tatsächlich nicht mehr besaß. Ich konnte mich nicht erinnern, wann ich sie zum letzten Mal gesehen, zum letzten Mal berührt hatte – irgendwann am Vortag.

«Die hab ich meiner Mutter geschenkt, als mein Bruder gestorben ist.» Seine leicht vorstehenden Augen richteten sich auf mich, ein neuer Ansatz, fragend, neugierig. «Hast du ihn gekannt?»

«Glaub ich nicht.»

«Als er neunzehn war, hat er mir gesagt, er fühlt sich wie vierzig. Damals hab ich nicht begriffen, was er meinte. Die haben ihm ein Bajonett in die Gedärme gebohrt und dann den Schädel weggeblasen.» Er sprach ganz ruhig, schien aber aufgewühlt von dieser Erinnerung zu sein, dieser Ahnung von der eigenen Zukunft und dem eigenen Leben. Er hatte herumgewütet, das Schicksal angenommen und auch manipuliert, er hatte geschuftet, Pläne geschmiedet, Lust empfunden, er hatte getötet, nur um am Ende wieder wüten zu müssen. Seit Jahren lebte er mit der Selbstdisziplin und den Affekten, die das Gangsterdasein mit sich brachte, so dicht dran an all der Spannung, und es war ein Wunder, dass sein Kopf noch nicht explodiert war – aber eines Tages würde er explodieren oder irgendwer würde ihn wegpusten.

«Wieso hörst du nicht einfach auf?»

«Scheiße, und dann? Soll ich nach Tahiti gehen?»

«Ich meine das ernst. Das Geld dazu hast du – du könntest ein legales Leben führen.»

«Denkst du, ich weiß das nicht? Denkst du, ich würde das nicht probieren? Verdammt, McGrath. Diese Scheiße, ich sag dir, die hängt mir immer wieder nach. Die ist einfach da. Muss ich dir das erzählen?»

Ich sagte mir, dass das Gesicht vor mir, falls es nicht überhaupt eine Illusion war, einen Aspekt von Ricky Lee darstellte, über den länger nachzudenken äußerst gefährlich sein könnte. Vorige Nacht hatte er veranlasst, meinen Freund Jack Brewster zu foltern und zu töten. Für mich würde er ohne zu zögern dasselbe anordnen.

Irgendwie war der Schlüsselring seiner Mutter mit diesen Zwillingsgesichtern von Komödie und Tragödie aus meiner Tasche in seine Hand gelangt. Ich musste jetzt improvisieren, ihn dazu bringen, mir etwas zu erzählen.

«Also Corcorans Mann hat diesen Schlüsselring aus dem Haus deiner Mutter mitgenommen? War es so? Was für ein Idiot.»

«So ein junger Typ kam zu mir, der arbeitet eigentlich für Corcoran, und sagte mir, dass meine Mutter Charlie in der Nacht besucht hat, als seine Frau fertig gemacht wurde. Meine Mom hat den Anhänger angeblich dort vergessen. Und der

Junge fand, ich sollte ihn zurückhaben. Er meinte, er würde mir ja vielleicht was bedeuten.»

«War das so ein schlaues Kerlchen mit Brille? Sieht aus, als wäre er dazu geboren, Leute zu fragen, ob sie noch Cappuccino wollen?»

«Genau, das ist der Junge.»

«Den kenn ich.»

Ricky Lees Augen hellten sich auf. «Hey, ich hatte gerade 'ne gute Idee: Vielleicht sollte der Typ die Belohnung kriegen.» Lachend betrachtete er mein Gesicht, seine Schultern hüpften auf und nieder. «Keine Sorge, Cop. Du kriegst dein Geld ja.»

«Ist Corcoran schon tot?»

«Man kümmert sich um ihn. Bist du bereit?»

Ich öffnete die Tür, sah prüfend nach links über die Straße und ging in die Dämmerung hinaus. Von dem Bodybuilder war nichts zu sehen. Der Acht-Meter-Clown an der Ecke des Gebäudes am Ende der Main Street zuckte wie immer langsam und etwas ungelenk mit den Beinen. Als ich in die andere Richtung sah, stand dort Tookie Cross vor den Zeitungsständern, schwang eine schwarze Ledertasche in der einen Hand und hörte Charlie Corcoran zu, der gerade mit den Händen eine Bemerkung unterstrich, den Zeigefinger hob und Tookie an die Schulter tippte. Hinter mir knallte die Tür zu, und einen Block weiter sprang ein Motor an und dröhnte heran – der schon vertraute Toyota Land Cruiser rollte auf uns zu, die Scheinwerfer voll aufgeblendet.

Ich rührte keinen Gesichtsmuskel, obwohl mir klar war, dass Ricky Lee alles gesehen hatte: Schock und Unsicherheit, die mir wie ein Schlag durchs Rückgrat gefahren waren, so wie ein Blitz in einen Baum, und die fast sofortige Wiederkehr meiner Selbstbeherrschung, meine rasenden Gedanken. «Hallo, Corcoran», sagte ich. «Wie kommen Sie in diese Gegend hier?»

Corcoran trug Jeans, abgewetzte Cowboystiefel und eine

beigefarbene Jacke aus zerknittertem Leinen, die gut zu seinem Eben-erst-aufgestanden-Wuschelhaar passte, und sah zu mir herüber, in seinem gebräunten Gesicht die gewohnte Arroganz und gute Laune. «Mr. Cross hier und ich unterhalten uns gerade über den *Ödipus* von Sophokles.»

«Hätte gar nicht gedacht, dass er das Stück kennt.»

«Theater-AG 1990, Soledad Prison», erklärte Tookie.

«Der Held vernichtet sich selbst», sagte Charlie. «Wie der Detective, der einen Verbrecher aufspürt und identifiziert – und dann stellt sich heraus, er ist es selbst. Er ist schuldig, auch wenn er's noch gar nicht weiß. Eine Falle wartet auf ihn, und sie steht kurz vor dem Zuschnappen.»

«So ein Mist, was?», sagte Tookie.

«In dem Stück geht es nicht so sehr um das Schicksal, sondern um den Schrecken des Unbekannten, um die Zukunft, die wir nicht beherrschen können», sagte Charlie, der sich richtig zu amüsieren schien, sein Mund erstrahlte in einem Lächeln so weiß wie ein winterlicher Skihang. Mit einem Seitenblick fing er den verdutzten Blick einer vorbeijoggenden Frau auf. Ich fragte mich, weshalb er wohl allein war. Typen wie Charlie Corcoran gingen nirgends ohne Begleitung hin. Oder sie verabredeten sich auf eigenem Territorium.

Der Fahrer, einer aus der baumlangen Truppe, war aus dem Toyota ausgestiegen, nickte Ricky Lee kurz zu und ging auf die andere Seite der Electric Avenue. Den Motor ließ er laufen. Hinter mir sagte Ricky Lee: «Fahren wir doch alle zusammen in einem Wagen.»

«Charlie Corcoran, das ist Ricky Lee Richards», stellte Tookie die beiden vor.

«Klar», sagte Charlie mit neugieriger Miene. Er suchte in seinen geistigen Akten und überlegte, warum ihm Ricky Lees Name etwas sagen müsste. Ich fragte mich, warum er das überlegte und wie sie ihn überhaupt hergelockt hatten. «Das Stück ist ja uralt», redete Charlie einfach weiter, wie im Taumel seiner Begegnung mit diesen interessanten fremden Leuten, «aber der Autor stellte schon damals die Frage: Gibt es einen größeren Plan, oder besitzt der Mensch totale Freiheit, und im letzteren Fall ist es egal, was er tut, denn dann ergibt *nichts* einen Sinn. Ödipus suchte nach der Wahrheit über die Welt und über sich selbst. Und er fand sie auch, er fand den größeren Plan, und der fraß ihn dann auf wie die Spinne die Fliege. Aber die Suche danach machte ihn groß.»

«Yeah», feixte Ricky Lee und entspannte die Lippen zu einem Lächeln. Die hintere Tür auf der Beifahrerseite des am Randstein tuckernden Land Cruiser stand offen, sodass man die blutrot gepolsterten Sitze sehen konnte. «Sollen wir dann?»

Letztlich fuhren wir nur ein paar Blocks weiter südwärts auf der Electric Avenue, obwohl wir zuerst auf der Rose nach Osten fuhren und bei den gelben Absperrbändern vorbeikamen, die auf beiden Straßenseiten die Fundorte von Jack Brewster markierten. Über uns flog mit einem einzigen herabstürzenden Donnern ein Jet hinweg, wie ein Gähnen, das den ganzen Himmel verschluckte. Tookie saß am Steuer, ich vorne neben ihm, Ricky Lee und Corcoran hinten sagten kein Wort. Der Toyota ordnete sich in den Berufsverkehr auf dem Lincoln Boulevard ein, bog dann nach rechts in eine müllübersäte Seitenstraße namens Flower Avenue und verscheuchte einen schnüffelnden Köter, als er die Seventh zur Indiana Avenue runterraste. Tookie beherrschte den Wagen mühelos, er saß zurückgelehnt, nur eine Hand am Lenkrad, die andere steckte in seiner Jacke, ruhte dort vermutlich auf dem Kolben einer Waffe, während er uns dorthin brachte, wo entweder Corcoran oder ich getötet werden sollten, oder vielleicht auch wir beide zusammen. Ich fragte mich, ob Ricky Lee und Corcoran irgendwie unter einer Decke steckten. Vielleicht war Ricky Lee zu ihm gegangen und hatte einfach gesagt: «Hey, so und so sieht's aus. Wie lautet deine Version der

Geschichte?» Wahrscheinlich war das allerdings nicht. Corcoran hätte anders darauf reagiert und wäre sicher nicht auf diese Fahrt mitgekommen. Hätte Van Duzer geschickt. Einen seiner Senatoren angerufen. Nein, er war irgendwie übertölpelt worden.

Wir hatten einen großen Bogen geschlagen und kamen jetzt wieder zur Electric, wo wir links einbogen und an einem Wandgemälde vorbeifuhren, einer gelben Hand, in der ein überdimensionales grünes Eis steckte; darüber hing ein Schild SPIEL UND SPASS KARNEVALAUSRÜSTUNG. Gleich daneben lag VENICE BEACH AUTOKAROSSERIEN, verschanzt hinter einem schwarzen Stahlgitterzaun mit Stacheldraht obendrauf, und als der Toyota durch ein Maschendraht-Rolltor auf den Platz fuhr, bemerkte ich, dass die beiden Grundstücke zusammengelegt worden waren. Zwei sehr neu aussehende Mercedes-Modelle standen auf Rampen aufgebockt, die Originallackierung bis aufs Metall heruntergeflämmt, höchstwahrscheinlich geklaute Wagen, die hier ausgeschlachtet wurden, um die Einzelteile wieder zu verkaufen. Die Lampen eines Autoskooters vom Jahrmarkt starrten wie Augen unter einem Stapel mit alten Waschbecken und meterlangen verbogenen Rohren hervor. Dahinter sah man durch einen falschen Mauerbogen auf einen weiteren stacheldrahtbewehrten Stahlzaun und die Rückseite einer Reklametafel, die mit den Graffiti einer Gang verziert war. Der Vorderteil des Platzes wurde von einer zwölf Meter hohen Harlekinmaske dominiert, auch wieder die Figur der Komödie, mit langer Nase, hervorquellenden blutunterlaufenen Augen und buschigen grünen, fast heckenartigen Brauen.

«Was ist das hier? War wohl mal ein Studio, wie?», sagte Corcoran und reckte den Hals, um besser aus dem Fenster sehen zu können. «Irgendeine Independent-Produktion. Vielleicht ist das ja der alte Laden von Roger Corman.»

«Ja, früher haben sie hier mal Filme gedreht», sagte Ricky

Lee. «Passt ganz gut, denn genau hier wirst du sterben, Arschloch.»

Innerhalb weniger Sekunden zeigte Corcorans Gesicht zuerst Schock, dann Angst und schließlich Verlegenheit über sein unmännliches Entsetzen. Falls er schauspielerte, hätte er den Ausdruck so subtiler, schneller Gefühlsnuancen nicht besser und rascher wechseln können. Aber es war keine Vorstellung, auch wenn er nach dem ersten Schrecken darauf spekulierte, dass Ricky Lee nur gescherzt hatte. Er probierte ein Grinsen, schneeweiße Zähne wie zuvor, doch er wirkte jetzt in seiner Großspurigkeit angekratzt und etwas verstört. Er sah mich an und suchte Hoffnung und Ermutigung, seine Selbstsicherheit war schwer erschüttert. «Diese Typen hier», sagte er und ließ es locker klingen, «wer sind die eigentlich?»

«Wir zwei beide?», fragte Tookie Cross und beugte seine massige Gestalt über das Lenkrad vor, wobei er mich nie aus den Augen ließ, mich geradezu herausforderte, etwas zu unternehmen. «Nur zwei Clowns. Und jetzt raus aus dem Wagen.»

Sie brachten uns ins Innere der Karosseriewerkstatt, in eine Aluminiumhalle, wo es stark nach Öl und Benzin stank, außerdem hing der Ekel erregende Geruch von Flugzeugtreibstoff in der Luft. Der Jumbo, der eben so tief geflogen war, musste in einem Notfall seine Tanks entleert haben. Ganz Venice roch, als würde es sofort explodieren, wenn man nur ein Streichholz in die Luft hielte. Sie trieben uns zwischen zwei Lastwagen, stießen uns ganz nach hinten vor ein paar leere Tonnen, die laut schepperten, als Corcoran gegen sie torkelte.

Corcoran hustete. Sein Mund arbeitete.

Ricky Lee griff hinter seinen Rücken in den Gürtel und zog einen Revolver hervor. Er ging vor uns auf und ab und wandte sich von einem zum anderen, während Tookie gegen die Ladefläche eines der LKWs gelehnt stand und eine abgesägte Schrotflinte aus der Jacke zog.

«Ich werde dir ins Maul pissen, wenn du deinen letzten Atemzug tust, du arroganter Wichser», sage Ricky Lee, der zwar aufgebracht, unruhig und erregt war, aber den Kopf gesenkt hatte, als hielte er ein Plädoyer vor Gericht. Er sprach nicht wirklich zu mir oder zu Corcoran. Er vermied den Blickkontakt, steigerte sich in ein Gefühl hinein, um sich dorthin zu bringen, wo niemand anders auf der Welt existierte, nichts als sein Zorn und sein Willen. «Du wirst darum betteln, dass dir die Lichter ausgehen. Mann, ich werde dich fertig machen, du Sack voll Kacke, du weißes Arschloch.»

Corcoran begriff immer noch nicht, wie tief er in der Scheiße saß. «Das ist doch alles ein Gag, oder?» Die Leuchtstoffröhren in den Dachsparren tauchten alles in knisterndes, beißend blaues Licht. «Was ist hier bloß los? Helfen Sie mir doch, McGrath!»

Die schwarze Tasche rutschte über den Fußboden auf meine Füße zu. Tookie Cross sagte: «Da ist der Rest von deinem Geld drin, Detective. Danke sehr.»

Corcoran sah von mir zu ihm und wieder zurück, dann begriff er endlich. «Ach, McGrath steckt dahinter, stimmt's? Er will meinen Tod. Er glaubt, ich hab meine Frau umgebracht.» Beruhigt hielt er inne, weil er verstand. Er glaubte, nun könne er sich mit Vernunft und Verhandlungsgeschick hier wieder herauslavieren. Vielleicht gelang es ihm sogar. Ich wusste es nicht. Er sah zu Boden; dann veränderte sich seine Miene und er ging zum Angriff über. Eins musste ich Charlie lassen, er versuchte es immerhin. «Um wie viel geht's hier? Ich verdopple den Betrag.» Sein Blick wanderte zu der Geldtasche, dann kam ihm eine neue Idee. «Oder lässt euch McGrath irgendein dickes Ding durchgehen? So was kann ich auch deichseln. Ich hab Freunde. Ich hab Macht. Ich kann euch helfen, Jungs.»

«Zu spät, Charlie», sagte Tookie Cross, in dessen riesiger Faust die kurze Flinte wie ein Zahnstocher wirkte.

«Was hab ich getan? Wo sind die Beweise?» Corcorans Augen waren weit aufgerissen, die Beine aneinander gepresst. Er breitete die Arme aus. «Tookie. Wir sind doch Kumpel. Wir haben uns eben noch gut unterhalten, Gemeinsamkeiten gefunden. Du willst das hier doch gar nicht.»

Allein hätte Tookie vielleicht sogar nachgegeben, aber er war nicht allein – da war auch noch Ricky Lee, der sich jetzt wieder umdrehte, er hielt den Kopf gesenkt und explodierte fast vor Wut, die schwarze Weste war wie ein Panzer, die Waffe hing locker an der Seite herunter. «Genug», sagte er.

«Wie viel wollt ihr von mir?», fragte Corcoran und versuchte es mit dem breiten, charmanten Lächeln, aber Ricky Lee hatte nichts dafür übrig.

«Halt's Maul, Arschloch.» Seine Dreadlocks zitterten vor Wut, er starrte ihn an und sagte: «Du dachtest, du könntest meine Mutter umlegen lassen und ungestraft davonkommen? Hältst du mich für blöd? Du musst ja total bescheuert sein. Du bist *fertig*, du bist jetzt *fertig*, absolut *fertig*, du dämlicher Scheißer.»

Corcoran wollte gerade protestieren: «Deine Mutter?», da zog ihm Tookie einen Sack über den Kopf, und Ricky Lee reichte mir seinen Revolver, klatschte mir den Griff hart und schwer in die Hand.

«Das gehörte nicht zu unserer Abmachung», sagte ich.

«Jetzt aber schon, du Arsch. Bring's zu Ende. Erschieß den Wichser. Tu es jetzt!»

«Okay», sagte ich und hob die Waffe. «Ich tu es jetzt.»

Jung hat einmal gesagt, die Persönlichkeit sei die höchste Verwirklichung der eingeborenen Eigenart des besonderen lebenden Wesens. Sie sei die Tat des höchsten Lebensmutes, der absoluten Bejahung des individuell Seienden. Damit meinte er vermutlich, dass man früher oder später an seine eigenen Grenzen vordringen muss. Ich weiß nicht recht, aber in dem spannungsgeladenen Augenblick, als ich den Revolver von

Ricky Lee nahm, verspürte ich einen verzweifelten Willen zum Leben, ich wollte weiterhin die einfachsten und banalsten Dinge tun können – in einer Zeitung blättern, die Druckerschwärze riechen, eine Straße entlangschlendern und irgendwo einen Kaffee trinken. Und um all das auch in Zukunft genießen zu können, musste ich nur die Waffe an Charlie Corcorans Ohr halten und abdrücken. Ein Schuss, und ich wäre frei, könnte mit dem restlichen Geld nach Hause gehen. Dennoch regte sich eine innere Stimme und sagte: «Nein, das ist nicht der wahre Billy McGrath. Wo ist er? Hier ist er. Tu das nicht, mach was anderes, etwas Verrücktes.»

Nicht dass ich an Gott glaubte oder Angst vor dem Jüngsten Gericht hatte. Es war ja durchaus in meinem Interesse, Corcoran den Schädel wegzupusten, aber als ich jetzt den Lauf gegen den bebenden Rand des Sackes schob, wusste ich, dass ich es nicht durchziehen würde. Gestern Abend war ich bereit gewesen, Corcoran von Ricky Lee umbringen zu lassen – für Geld, für meine Familie und weil ich ihn für einen Mörder hielt. Aber heute Abend war ich nicht bereit, ihn selbst umzubringen. In der Zwischenzeit hatte mein Gewissen gemeutert. Das kam etwas ungelegen.

Ricky Lees wütende Augen beobachteten mich angespannt und wachsam. Noch ahnte er es nicht, aber er hatte mich an meine innere Grenze getrieben. In ein paar Sekunden würde ihm das klar werden, er würde Tookie ein Signal geben, der darauf den Lauf der Schrotflinte heben würde, die jetzt an seinem Oberschenkel ruhte, und wir würden beide tot sein, Charlie und ich; das wäre dann der Lohn dafür, dass ich unbedingt meine menschliche Seite hervorkramen musste. Ich sollte ihn töten, andernfalls wäre ich selbst weg und keine Hilfe mehr für Ellen, Lucy, Ward, irgendwen. Aber mein Gewissen hatte mir seine Zähne und Klauen gezeigt, dieses Pfadfinderwesen, das keinen blassen Schimmer hatte, in was es mich damit hineinritt. Den Revolver in der Hand, überlegte ich, ob ich eine Chance gegen die anderen zwei besaß. Vielleicht konnte ich Tookie erwischen, bevor er seine Flinte hob, aber höchstwahrscheinlich würde er noch einen Schuss abgeben können, selbst wenn ich ihn gut traf, und die Streuung aus diesem abgesägten Monster war bestimmt sehr weit und verheerend. Und dann war da noch Ricky Lee. Allzu hoch schätzte ich meine Chancen nicht ein, sie alle beide zu kriegen; immerhin, möglich war es – und dass sie mir diese Chance überhaupt gaben, erstaunte mich. Indem ich das abwog und mich in Ricky Lees Lage versetzte, überlegte ich, warum er mir seine Waffe gegeben hatte, um den Job zu erledigen, und dann begriff ich: Es war keine Kugel in der ersten Kammer. Obwohl ich am Gewicht der .357er spürte, dass sie geladen war, erriet ich es: Er hatte die erste Kammer leer gelassen, um Corcoran noch mehr zu quälen, wenn ich den Abzug drückte, um sich selbst mehr Zeit zu verschaffen und mir einen kleinen Schock zu versetzen, falls ich irgendwelche Tricks versuchte. Ich konnte das nur *raten*. Es war zwar eine Frage, wo das Raten nicht viel brachte, aber mehr war eben nicht drin. Ich würde Charlie sicher nicht erschießen. Aber dann würden sie *mich* erschießen. An meine eigene Waffe kam ich unmöglich heran; ich war nicht gerade ein Typ wie Wyatt Earp. Der Revolverheld war immer mein Großvater gewesen. Aber ich musste das Risiko eingehen. Wie Heraklit schon sagte: Alles fließt.

«Okay», sagte ich. «Das wär's dann. Sag gute Nacht, Charlie.»

Ich nahm die Waffe von seinem Kopf weg, sah kurz Tookie Cross an, hielt sie mir an die eigene Schläfe und drückte ab. Das leere Klicken krachte zwischen meinen Ohren. Ich warf mich nach vorn, packte Ricky Lee mit einer Hand am Hemd und stieß ihm mit der anderen den Revolver unter das Kinn, bohrte den Lauf tief in seinen fleischigen Hals. Die bunte Wildledermütze fiel zu Boden.

«Scheiße», sagte Tookie Cross mit offenem Mund, die Schrotflinte erst auf halbmast. «Du verrücktes Arschloch.»

«Vorsicht, Tookie», sagte ich. «Drück ab, und der Kopf von deinem Boss klebt an der Decke. Danach können wir zwei die Sache zwischen uns ausmachen.»

«Hör nicht auf ihn, Took», sagte Ricky Lee. «Knall den Hollywoodwichser ab.» Seine Augen blitzten irre auf, aber er hatte ein Problem: Ich wusste genau, Tookie würde nicht einmal im Traum riskieren, dass ich vielleicht doch abdrückte.

Ich sagte: «Los doch, Tookie. Machen wir's.»

Draußen, auf der einen Seite der Electric Avenue, war alles still und tot, während aus der anderen Richtung das schrille Tosen der Main Street kam, das Leben von Venice, der lärmende Krach des Verkehrs, ein singender Penner, das Rumpeln und Klappern eines Busses, der in der MTA-Station Gas gab.

Er senkte die Schrotflinte.

«Schön vorsichtig auf den Boden legen.»

Das tat er.

«Jetzt schieb sie langsam mit dem Fuß zu mir rüber.»

Der stählerne Lauf scharrte über den Fußboden.

Ich bemühte mich, ruhig zu bleiben, und versuchte, alles ganz glatt und einfach durchzuziehen. «Okay, Charlie, du darfst jetzt gucken. Zieh den Sack runter.»

Ich stieß Ricky Lee zu Tookie hinüber. Die beiden rempelten gegeneinander, oder vielmehr prallte Ricky Lee von Tookies breiter Brust ab; er richtete sich langsam und bedächtig wieder auf. Ich tastete beide nach weiteren Waffen ab: nichts.

«Warum machst du das, McGrath?», fragte Ricky Lee, leicht verwirrt, aber erschreckend gelassen.

Ich trat etwas zurück, hob die Schrotflinte auf und schob mir Ricky Lees Magnum hinten in den Hosenbund. «Weil der Typ deine Mutter gar nicht getötet hat.»

Es war ganz still. Ricky Lees Blick hätte die Luft in Brand setzen können.

«Scheiße, Mann», sagte Tookie Cross.

«Ich hab von Anfang an gelogen, hab dir 'ne Geschichte erzählt. Tut mir Leid.»

Ich lotste uns langsam aus der Halle, im Vorbeigehen hob ich die verlockend schwere schwarze Tasche auf. In der einen Hand die Schrotflinte, in der anderen das Geld, schob ich Corcoran auf den Toyota Land Cruiser zu. Er blinzelte im Licht, prustete und spuckte Fusseln aus.

Hinter dem Autoskooter führte eine Holztreppe in ein dunkles Bürozimmer. Niemand sonst war auf dem Gelände, und offenbar befanden sich alle verfügbaren Waffen nun in meinem Besitz; ich prüfte die Zündung des Toyota – der Schlüssel steckte. Ich sagte zu Charlie: «Du fährst.»

«Ich?», fragte er.

«Mach schon, Charlie, ich muss die Typen hier im Auge behalten.»

Ricky Lee und Tookie hoben noch immer die Hände, wenn auch etwas nachlässig. Sie waren uns aus der Werkstatt gefolgt und warteten jetzt am Eingang, während Corcoran den Motor anließ.

«Das da hab ich nicht verdient», sagte ich und stieß Ricky Lee die Tasche hin, der sie vor seinen Füßen liegen ließ. Ich hatte nicht mal hineingesehen. Sie hätte genauso gut voller Zeitungspapier sein können, obwohl ich das bezweifelte. Zu Ricky Lees Rechter sah die Harlekinmaske auf uns herab. «Den Rest behalte ich, weil du meinen Freund auf dem Gewissen hast.»

Ricky Lee sah mich ruhig an. «Du bist ein toter Mann», sagte er mit bedrohlicher Überzeugung.

«Noch nicht, Alter», sagte ich, stieg in den Land Cruiser, warf die Tür zu und sah in Charlies Gesicht, der mich ratlos anstarrte. «Was ist denn?»

«Das Tor ist zu.»

«Fahr einfach durch, Charlie!»

Der Maschendrahtzaun flog auf uns zu, zerfetzte und knirschte unter den Rädern, dann war er hinter uns, etwas Metall ratterte noch mit, und Charlie bog scharf nach rechts, seine Schulter bohrte sich fast in meine, als er den Land Cruiser wieder auf die Electric Avenue brachte.

Plötzlich klirrte das Rückfenster des Wagens und zerbrach in tausend Stücke. Ich drehte mich um, hörte jemanden schreien – es war Charlie – und sah einen der langen Schläger, der in der Rose Avenue ausgestiegen war, mit gespreizten Beinen mitten auf der Straße stehen, eine Schrotflinte in der Hand. Er musste wohl draußen Wache gehalten haben. Ich rief: «Nach links, Charlie, da vorne in die Brooks!», und wir bogen gerade ein, als die nächste Schrotladung wie Hagel gegen die Seite des Wagens prasselte. Dann waren wir außer Sichtweite.

Charlie war nicht stark verletzt. Er hatte eine blutende Schramme am Hals und eine tiefere Wunde in der Wange. Beides war aber nicht so schlimm, obwohl sein Jackett ruiniert war, die rechte Schulter war von Glassplittern oder ein paar Schrotkugeln zerfetzt, und das Futter quoll heraus. Er hatte Glück gehabt. Ebenso gut hätte er ein Auge verlieren können.

26

Inzwischen war es dunkel, der Himmel wie ein Zelt über den Lichtern der Stadt, die in der samtigen Schwärze der Berge versanken. Soweit ich es sehen konnte, wurden wir nicht verfolgt, aber ich drehte mich immer wieder um. Durch das offene Fenster spürte ich den eisigen Hauch der nächsten kalten Nebelwand herannahen.

Aus Charlies Wunde sickerte Blut. Er sah starr nach vorn, konzentrierte sich voller Energie und Aufmerksamkeit auf die roten Rücklichter des Mercedes, der vor uns fuhr. Ein Schild vor einer Kirche fragte: WO WERDEN SIE DIE EWIGKEIT VERBRINGEN? SONNTAG 14.00 UHR.

«Wir sollten dich wohl in ein Krankenhaus bringen.»

In Panik sah er kurz in den Spiegel. «Nein, ich bin schon okay. Sie haben mich nur am Flügel erwischt.» Er sprach dabei mehr zu sich selbst, als gefiele ihm dieser Gedanke: am *Flügel* erwischt.

«Wenigstens sollten wir dir das sauber machen.»

Vor uns näherte sich mit wackelnden Tragflächen ein Kleinflugzeug dem Santa Monica Airport, der Pilot saß allein in dem erleuchteten Aquarium seiner Kanzel und setzte zur Landung an. Ich fragte: «Was hast du dir bloß gedacht, dich mit diesen Typen zu treffen? Hast du Gehirnfieber oder was?»

Er war leicht hysterisch, aber er hatte sich im Griff und erklärte, eine Frau in seiner Produktionsfirma auf der Montana Avenue habe den Anruf eines Mannes bekommen, der behauptete, er sei vom Ocean-Revier und Detective McGrath müsse ihn am Nachmittag unbedingt im Büro sprechen. Das war gegen Mittag gewesen. Der Termin war für sechs Uhr abends. Eine halbe Stunde davor kam dann noch ein Anruf: Detective McGrath habe dringend zu einem Mord in die Rose Avenue fahren müssen, ob es ihm etwas ausmachte, ihn stattdessen dort zu treffen?

Corcoran sagte: «Ich dachte mir: ‹Hey, vielleicht hat irgendwer Arnold Schwarzenegger im Rose-Café umgenietet.› Ach was, war nur ein Scherz. Aber ich dachte, es wäre okay.» Eine Assistentin hatte ihn nach Venice rübergefahren, wo Tookie auf ihn wartete, der ihm als einer seiner größten Fans entgegengetreten war, sodass Corcoran die Frau wieder ins Büro zurückgeschickt hatte. «Was soll's? Soweit ich wusste, sollte ich der Polizei irgendwie helfen. Klar hab ich angenommen, dass das sicher war. Offensichtlich eine ziemlich naive Annahme. Und wenn ich nicht hingegangen wäre?»

«Hätten sie dich irgendwo anders geschnappt. Wo war denn dieser Van Duzer, dein Bodyguard?»

«Der bewacht heute Simon Peres. Kennst du Simon? Na, wohl nicht.» Stirnrunzelnd fuhr er mit der Hand übers Lenkrad und sagte, eines verstehe er immer noch nicht ganz: Ricky Lee Richards habe ihn also einen Kopf kürzer machen wollen, weil er dachte, dass er seine Mutter umgebracht hätte – so weit könne er folgen. «Aber wie kam er denn auf diese Idee? Und was hast du damit zu tun?»

«Ich hab dich reingeritten, Charlie. Ich hab dich an sie verkauft.»

«Dachte ich mir's doch.» Er kniff die Augen zusammen und fuhr durch den nachlassenden Berufsverkehr. «Wie viel hast du dafür gekriegt?»

«Eine Million.»

Er nickte und schob die Lippen etwas vor. «So viel?»

«Die zweite Hälfte hab ich ja nicht genommen.»

«Ja, hab ich gesehen. Das war Wahnsinn. Solche Beträge findet man nicht einfach auf der Straße, selbst hier in Amerika nicht.»

«Danke, Charlie. Ich werd mir das merken.»

Ward war nicht zu Hause, obwohl wir uns für sieben verabredet hatten. Ich machte in der Küche ein Sandwich zurecht, während Charlie im unteren Badezimmer seine Wunden auswusch und reinigte. Ein Handtuch um den Hals geschlungen, kam er in die Küche zurück und lehnte sich in den Türrahmen. «Du und Ward, seid ihr jetzt zusammen?»

«Könnte man so sagen.»

«Du Glückspilz. Kennst du sie von früher?»

«Ist schon 'ne Weile her.»

«Sie kann sehr gut das Geschäftliche vom Privatleben trennen, selbst wenn es ineinander übergeht. Anders als du.»

«Willst du Senf oder Mayonnaise, Charlie?»

«Hab keinen Hunger.» Er rieb sich das Kinn mit dem Handtuch trocken und sagte ganz sachlich: «Du hast also Geld genommen. Du wolltest mich umlegen lassen. Ich könnte dich jetzt vernichten.»

Ich sah ihn groß an und gab ihm einen Teller. «Möglich. Ich esse jetzt mein Sandwich. Die Frage ist – was willst du jetzt unternehmen?»

Ihm wurde anscheinend gerade wieder bewusst, was passiert war. Er hob die Hände und schrie mich an: «Glaubst du, du könntest Gott spielen? Du arroganter Drecksack!»

Ich fauchte zurück: «Arrogant? Du kannst mich mal, Charlie.»

Er verzog keine Miene. Er setzte sich hin, stand wieder auf, sprach kein Wort. In seinem ganzen Erwachsenenleben hatte er ein Ritual daraus gemacht, seine Geheimnisse für sich zu behalten, und ich hatte ihn nun schon zweimal mit gestreckten Waffen und total ratlos erlebt – einmal beim Tod von Denise und dann heute Abend, in dieser Werkstatt, wo die Luft kurz vorm Explodieren gewesen war. Der Gedanke konnte ihm unmöglich angenehm sein. Normalerweise stellte er sich als so mysteriös dar, dass überhaupt nie die Frage aufkam, wer die Show kontrollierte.

Er spielte mit einer Mahagonistatuette auf dem Beistelltisch, betastete den hölzernen Bauch mit den Fingern. Er wollte wissen, wie ich Ricky Lee und Tookie ausgetrickst hatte, also erzählte ich es ihm. «Du hast dir selbst den Revolver an den Kopf gehalten? Das war aber – wie soll ich sagen? – ziemlich mutig.»

«Scheiße, allerdings», sagte ich und zuckte mit den Achseln.

Charlie schwieg einen Moment und strich über den runden Bauch der Statuette. «Ich kam an dem Abend damals nach Hause, und Denise war total durchgedreht», sagte er. «Ich hatte den Termin in diesem Theater abgesagt, weil ich zu einem frühen Abendessen mit einem Freund musste, einem bekannten Regisseur. Ich kam gegen halb acht zurück. Sie war besoffen. Ich hab überhaupt nicht begriffen, weshalb sie wütend war. Das ganze Haus stank nach Gin. Sie hatte schon mehrere Gläser kaputtgeschlagen. Es fielen ein paar heftige Worte. Ich weiß nicht mehr genau, was. Dann rief ich Van Duzer an, damit er rüberkam und mir half, sie zu beruhigen. Ich versuche jetzt aufrichtig zu sein. Ehrlich gesagt, jagte sie mir Angst ein, wenn sie so war. Sie zerriss sich die Kleider. Sie schrie herum und sagte eine Menge Sachen, die ich gar nicht verstand. Ihre ganze Wut kam heraus, als hätte sich alles in ihr aufgestaut – Grund genug hab ich ihr ja immer gegeben, ich will nicht behaupten, dass ich ein Heiliger war. Dann ging sie mit einem Messer auf mich los und fing an, die Stühle und das Sofa aufzuschlitzen. Sie nahm eine Wodkaflasche beim Hals und knallte sie in den Fernseher. Dauernd redete sie von ihrem Baby, diesem kleinen Mongoloiden, dem Jungen, der nicht von mir war, und dass sie ihn ins Theater hätte mitnehmen wollen an diesem Abend, dass sie ihn extra aus Texas hergeholt hätte, damit er mich mal sehen könnte. Scheiße, davon hatte ich ja keine Ahnung gehabt. Ich wusste doch nicht, dass ihr das so wichtig war. Sie heulte. Und sie sagte: ‹Ich möchte sterben.› Auf einmal lag da eine Knarre, der kleine Derringer mit dem Perlmuttgriff, den ich ihr mal geschenkt hatte. Sie sagte: ‹Los, du Arschloch. Mach meinem Elend schon ein Ende. Sonst tu ich es selber.› Ich versuchte ihr das Ding zu entwinden. Woher sollte ich wissen, dass es losgehen würde? Ich schwöre, ich hab's nicht gewollt. Die Kugel ging ihr mitten ins Auge. Dann lag sie auf dem Boden, und das ganze Blut kam aus ihrem Kopf raus.»

Er starrte die Statuette an und sprach ganz leise, sah ab und zu auf seine Schuhe, aber meinen Blick mied er. Er nuschelte nicht und spielte auch keine seiner Rollen, da war kein Theater dabei.

«Dann tauchte Van Duzer auf. Ich erzählte ihm, was los war. Sie lag einfach da, blutete immer noch. Es dauerte eine Ewigkeit, bis es aufhörte. Van Duzer blieb ganz cool. Er sagte: ‹Charlie, du hast folgende Möglichkeiten.› Ich könnte die Wahrheit sagen, eine Anklage wegen Totschlag oder gar wegen Mord riskieren und versuchen, die Medien einigermaßen zu steuern, wenn vor Gericht der ganze Schlamassel herauskäme. Dass man mir die Geschichte mit dem Selbstmord glaubte, dafür sah er keine Chance. Die Waffe war aus zu großer Entfernung abgefeuert worden. ‹Oder du behältst die Nerven, setzt alles auf eine Karte, und höchstwahrscheinlich gehst du als freier Mann davon›, sagte er. Auf jeden Fall dürfte ich jetzt keine Panik bekommen. Es war niemand sonst im Haus gewesen. Du kennst ja den Mulholland Drive: Kein Mensch würde den Schuss gehört haben. Wir hatten also Zeit. ‹Die Zeit kann ein guter Freund sein.› Das sagte er. Ich rief von Van Duzers Handy aus meinen Agenten an, meinen PR-Mann. Und wir entwarfen gemeinsam einen Plan.»

Ich sah überrascht zu ihm auf, als ich das hörte: Sie hatten das in einer Art Konferenzschaltung besprochen?

«Van Duzer brachte mich ins Bad und schrubbte mir die Hände. Er stellte mich unter die Dusche und nahm mir die Sachen weg, die ich angehabt hatte – nicht dass ich da irgendwo Blut sah, aber trotzdem. Dann schickte er mich raus und sagte: ‹Bleib mindestens drei Stunden lang weg, und wenn du zurückkommst, dann vergiss, dass du schon mal da warst. Ruf die Polizei an und erzähl ihnen, es ist was Furchtbares passiert. Deine Frau ist tot, und du glaubst, jemand hat sie ermordet.› Er sagte, ich solle nach Beverly Hills runterfahren, jemanden treffen oder ins Kino gehen. Und das hab ich auch getan. Ich dachte mir: ‹Schließlich hab ich sie ja nicht umgebracht. Es war nicht meine Schuld.› Ich war durcheinander und hatte wahnsinnige Angst. Also ließ ich ihn für mich denken. Hättest du's nicht genauso gemacht?»

«Kann ich dir ein Glas Wasser bringen, Charlie?» Ich wollte nicht die Atmosphäre zerstören, aber ich musste einen Moment lang allein sein. In der Küche drehte ich den fest zugedrehten Hahn auf und spritzte mir kaltes Wasser in den Nacken und ins Gesicht, dann füllte ich zwei Gläser. Ich beugte mich über das Becken, das Wasser lief noch, als ich Charlie hinter mir hereinkommen und die Kühlschranktür aufgehen hörte.

Er fragte: «Was denkst du, McGrath?»

«Ich denke gar nichts, Charlie.»

Er nickte und biss in eine Erdbeere aus dem Kühlschrank. Bei der Frage dachte er sich auch nichts. Er war ein bisschen durcheinander, nicht ganz er selbst. «Du hättest es nicht genauso gemacht, was?»

«Ach, Charlie, ich weiß nicht. Nach dem, was heute zwischen uns gelaufen ist, hab ich kein Recht, über dich zu urteilen.» Er nahm das Glas Wasser entgegen. «Ich möchte aber noch den Rest der Geschichte hören.»

Wir machten es uns wieder in Wards Wohnzimmer bequem, das voll war mit Tischchen, Kunstbüchern, Art-déco-Lampen und Westernstühlen aus poliertem Massivholz, die nach Bienenwachs dufteten. Charlie saß wieder vor der kleinen Statuette, nahm einen Schluck Wasser und stellte das Glas ab. «Als ich zum zweiten Mal nach Hause kam, war es nach Mitternacht, und ich bekam einen Riesenschreck: Ihre Leiche lag jetzt ganz anders, so wie du sie dann gefunden hast. Außerdem hatte Van Duzer ihr die zweite Kugel aus dem Derringer in die Wange gefeuert. Er hatte das getan, damit ich für den Anruf bei der Polizei auch ehrlich entsetzt und schockiert wirkte. Das war ihm gelungen.»

«Was war eigentlich sein Interesse dabei? Erpressung?»

«Du verstehst das nicht. Wenn du Leute wie Ari Van Duzer anstellst, dann bekommst du diesen Service. Den besten. Die kümmern sich um *alles*. So was kriegt man für Geld.»

«Aber was ist dann schief gegangen, Charlie? Du hättest doch den Notruf wählen und auf uns warten sollen, hättest mir nur erzählen müssen, dass du beim Nachhausekommen deine Frau tot aufgefunden hast, dass du nicht mehr darüber weißt und auch lieber keine weiteren Aussagen ohne deinen Anwalt machen möchtest. So hätte es doch laufen sollen?»

Mir fielen jetzt die vielen kleinen Dinge ein, jene irritierenden Details, die mich damals am Tatort so gestört hatten – nicht weil sie nicht ins Bild passten, sondern weil sie so *gut* hineinpassten. Die ganze Zeit regte sich in meinem Hinterkopf der schleichende Verdacht, dass in diesem speziellen Stück jemand die Requisiten umgestellt hatte, aber ich konnte nichts definitiv erkennen; wenn, dann musste es ein Experte gewesen sein. «Normalerweise hätten wir niemals genug für eine Anklage in der Hand gehabt. Warum hast du gesagt, du hättest sie umgebracht? Warum hast du mir das erzählt?»

Seine Finger spielten mit dem Sockel der Statuette. «Es lag an dir, Billy.»

«An mir? Versteh ich nicht.»

«Ich zuerst auch nicht, als du plötzlich reinkamst. Da bin ich auf einmal fünfunddreißig Jahre zurückversetzt worden. Du hast ausgesehen wie dein Vater. Die Ähnlichkeit war verblüffend. Wie du dastandest, die Beine auseinander und die Hände in den Taschen. In dem Moment war ich so verwirrt, dass ich nicht mehr wusste, wo ich war. Als hätte ich ein Gespenst gesehen.»

Ich wäre am liebsten aufgestanden, befahl aber meinen Beinen, sich nicht zu bewegen, während ich nach Luft schnappte. Los Angeles ist eine riesengroße Stadt, aber mit einem Mord befindet man sich oft allein in einer ganz kleinen, chaotischen Welt. Manche Fälle sind so eng verschlungen wie Knoten. Es ist schwierig, herauszufinden, wo sie anfangen und aufhören, wie weit sie zurückreichen oder wie groß die Wellen sind, die sie schlagen können. So etwas kann leicht das Denken infizieren. Ein Mörder-Bulle gewöhnt sich häufig zu sehr an dieses Gefühl, dass alles in derselben Suppe brodelt, sodass er richtig überrascht ist, wenn er jemandem begegnet, der nicht in seinen aktuellen Mordfall verwickelt ist.

«Ich hab deinen Vater nur dieses eine Mal gesehen.»

«Erzähl mir davon.»

Er nippte an seinem Wasser. Dann fragte er: «Erinnerst du dich an das erste Mal, wo du verliebt warst? Ich meine nicht deine erste Freundin oder deinen ersten Fick, sondern als du zum ersten Mal mit jemandem zusammen warst und dir klar wurde, dass sich dein Leben für immer ändern würde, wenn diese Frau plötzlich nicht mehr da wäre, dass du mit ihr ein Stück von dir selbst verlieren würdest?»

In meinem Leben war das Ellen, obwohl ich gerade zu träumen begann, dass Ward mein Puzzle vervollständigen, mir mein altes Ich zurückgeben könnte.

«Es war in New York. Im Oktober. Ich hatte gerade das College hingeschmissen und versuchte einen Start als Schauspieler. Die meisten Leute glauben, ich wär schon berühmt auf die Welt gekommen; diesen Eindruck hab ich sicher auch gefördert, aber so war es dann doch nicht. Ich komme aus dem Nichts. Damals hab ich mich zwar immer selbstbewusst gegeben, aber ich war ein Einzelgänger. Sie war ein paar Jahre älter als ich. Sie holte mich aus meinem Schneckenhaus. Es dauerte nur eine Stunde, da wusste ich, dass sie es war, auf die ich mein ganzes Leben lang gewartet hatte.»

Er sagte, ihre direkte Art habe ihn verwirrt und aufgetaut. Sie fand, er habe die Augen eines Herzensbrechers. Sie gab ihm eine Ohrfeige und küsste dann seine Handfläche, als hätte er sich selbst geschlagen. Sie war psychisch etwas labil, brachte ihm mal Leidenschaft, mal Bosheit, niemals aber Gleichgültigkeit entgegen. Wenn sie etwas wollte, verfolgte sie ihren Wunsch mit der ganzen Macht ihres Charmes. In diesem Fall wollte sie ihn, und dafür half sie ihm weiter, stellte ihn vielen Leuten vor: Regisseuren, ihren Freunden vom Method Acting. Sie war halb große Schwester, halb hypnotisches Medium, teilweise auch ein sexueller Dämon, und während des Jahres, in dem sie zusammen waren, nahm sie ihn an die Hand und führte ihn nach Hollywood, zum Film.

«Sie hatte einen Mann, einen mächtigen Produzenten. Der war in Europa – ich glaube, er arbeitete mit Fellini –, und wir wohnten in seinem Haus in Malibu. Eigentlich durfte ich nicht dort sein, logisch. Einmal waren wir beide stoned. Es war dunkel, und sie wollte im Meer baden. Ich versuchte sie davon abzuhalten, rannte am Strand auf und ab, bis ich ihr dann hinterherschwamm. Ich tauchte immer wieder. Aber sie war weg.»

Er war total abgekämpft und in Panik gewesen, immer noch in klitschnassen Jeans und Pullover, und hatte nicht die Polizei gerufen. Stattdessen rannte er den Coast Highway hinauf, hielt ein Auto an und ließ sich, ohne zu wissen, was er tat, nach Santa Monica bringen. Von einer Bar aus rief er seinen

Agenten an, der aus Beverly Hills herunterkam, um ihn abzuholen und zu beschützen. Sie hatten eine Geschichte erfunden: Er sei an diesem Abend gar nicht in der Stadt gewesen, sondern habe im Haus des Agenten bei Santa Barbara übernachtet.

Während er diese Augenblicke beschrieb, den Tod zweier Frauen, der namenlosen Geliebten und der anderen, Denise, von der er zumindest ebenso besessen gewesen sein dürfte – diese zwei Frauen, bei deren Tod er die Hauptrolle gespielt hatte –, verlor seine Stimme den gewohnten sanften Beiklang, die unmittelbare Vertraulichkeit. Sogar die Worte ließen mich an einen geschockten Grabenkämpfer denken. Sie kamen aus verbrannter Erde. Im selben Augenblick hatte ich das Gefühl, dass der Mann sich noch viel weiter jenseits der Scham- und Schuldgefühle befand, die an mir wegen meiner eigenen Fehltritte nagten. Er war klüger, härter, skrupelloser, der vollkommenere Amerikaner – man konnte es sich aussuchen –, zugleich innerlich viel kaputter. Ich verstand jetzt seine Angst, seine Wachsamkeit, jene ambivalente Haltung, die schon immer sein Image ausmachte – das Gefühl, die Rolle des Charlie Corcoran würde er nur zu gern jemand anderem überlassen. Charlie benötigte seine gesamte Energie dafür, sich selbst witzig zu finden und nicht vor dem Entsetzen zu kapitulieren, das er zweifellos verspürte. Er war ein trauriger, einsamer, furchtsamer Mann, ein schal gewordenes Glas Champagner. Vor den schrecklichsten Momenten seines Lebens hatte er jedes Mal davonlaufen können. Er war nie dazu gezwungen worden, die eigene schlechteste Meinung von sich näher zu betrachten.

Er fuhr fort: «Dann gab's da einen Detective, der irgendwie rausbekam, dass die Frau, die zwei Wochen später und dreißig Kilometer weiter südlich angeschwemmt wurde, vorher eine Affäre mit einem aufstrebenden jungen Schauspieler namens Charlie Corcoran gehabt hatte. Er kam mich deshalb besuchen. Ich erinnere mich noch an diesen Riesenkerl in seinem oberschicken Jackett. Du hast wirklich große Ähnlichkeit mit ihm, Billy. Er fuhr einen Porsche, einen orangefarbenen Speedster, bei dem ich mich wunderte, wie er ihn sich leisten konnte. Und er stellte ein paar peinliche Fragen. Er drohte mir sehr lästig zu werden. Also hat sich mein Manager um ihn gekümmert. Das waren damals noch Manager. Mein Pressefritze. Meine Leute eben. Keine Ahnung, wie. Dass dein Vater entlassen wurde, hab ich gar nicht gewusst. Hab's erst vor ein paar Monaten erfahren, beim Prozess, von meinen Rechtsanwälten. Einmal ist mir bei einem Gebrauchtwagenhändler ein Typ begegnet, der ihm ähnelte. Ich glaube, das war auf dem Santa Monica Boulevard. Unsere Blicke streiften sich nur ganz kurz.»

Er zuckte die Achseln und legte seufzend die Hände auf die Knie. «Das war's.»

Draußen fuhr ein Wagen vorbei, die Lichter tanzten den Cañon hinauf, während Charlie wieder die dickbäuchige Statuette aufhob, zwischen den Fingern drehte und am Holz schnupperte. «Ist die aus der Türkei? Da muss Botero seine Ideen herhaben.» Es schien ihm vom Erzählen dieser Geschichten fast schwindlig geworden zu sein. Jetzt war er fertig und kam wieder runter, wie ein Astronaut, dem die Erde viel zu schnell entgegenrast. «Fragst du dich, wie ich eigentlich mit mir leben kann?»

«Nein, Charlie, das tue ich nicht.»

Früher einmal glaubte ich an die feste Struktur der Ereignisse. Wenn nur genug Zeit vorhanden und man mit einem klaren Kopf, Geduld sowie genügend Möglichkeiten ausgestattet war, konnte man bis ins Zentrum von etwas Vergangenem vordringen. Seit einer Weile aber war mir klar, dass die Lösung eines Mordfalls viel Arbeit und eine Portion Glück erforderte, vor allem aber ging es darum, was man *beweisen* konnte. Wie Bischof Berkeley schon sagte, man muss den

Baum im Hof ständig ansehen, um sich davon zu überzeugen, dass er immer noch da ist. Die Wirklichkeit ist eine schwierige Sache. Fakten können lügen. Rechtschaffenheit ist relativ, jeder hat seine Gründe, und es gibt immer mildernde Umstände. So gesehen, könnte man argumentieren, dass eigentlich nie irgendwer sich wirklich etwas vorzuwerfen hätte. Ich war zu vertraut mit den Abläufen meines eigenen Schuldbewusstseins, um das zu glauben, aber mit der Schuld ist es wie mit Gift – es erwischt nicht jedes Ungeziefer auf die gleiche Art.

«Ich hab momentan andere Probleme.»

Da war ja immer noch mein Fall, die Arbeit – ganz zu schweigen davon, dass ich Ricky Lee irgendwie daran hindern musste, mir das Hirn wegzupusten. Aber wenn wirklich etwas im Busch war, dann betraf das ausschließlich mich. Jetzt steckte nur noch mein Hals in der Schlinge. Das war das Positive, die gute Seite.

Ich sagte, ich müsse ihm ein paar Fragen stellen. «Wie heißt dein Assistent, der junge Mann in deinem Haus, der mit der Brille?»

«Robert?»

«Traust du ihm?»

«Weswegen?»

«Könnte er dich reingelegt haben?»

«Nicht mit Absicht. Ich habe mehr Geld und Macht als diese Typen. Ich kann ihm einfach mehr bieten. Und außerdem hast *du* mich reingelegt.»

«Nein, nicht vorhin. Ich hatte keine Ahnung, dass du dort sein würdest, bis ich aus dem Rose-Café rauskam und dich mit Tookie Cross quatschen sah. Aber Robert hat mit Ricky Lee geredet.»

«Wirklich?»

Ihm zu erzählen, wie ich Ricky Lee davon überzeugt hatte, dass Charlie seine Mutter auf dem Gewissen hatte, war gar nicht so schwierig wie erwartet, nicht nach all dem, was Charlie mir anvertraut hatte, und jedenfalls weit einfacher, als sich diesen Plan überhaupt auszudenken. Charlie hörte mir ungerührt zu, ging dabei auf und ab, zog Wards Bücher heraus, sah sich die Bilder an den Wänden an. Er besaß die Gabe, jeden Raum so auszufüllen, als wäre es seiner. Ich erzählte ihm nichts über das Kunstwerk, das Ted in meinem Auftrag für Ellen und Lucy kaufen sollte. Das behielt ich schön für mich und erklärte ihm nur, Ricky Lee sei auf eine Lücke in meiner Geschichte gestoßen – das mit Mae Richards, die angeblich in der Nacht des Mordes an Denise zu Charlie gekommen war –, aber Robert hatte offenbar vor wenigen Stunden diese Widersprüche übertüncht und Ricky Lee aus irgendeinem Grunde erzählt, dass es doch stimmte.

«Warum sollte er so was tun?»

Ich zuckte die Achseln. «Sag du's mir.»

«Wo hat Ward ihr Telefon?»

«Im Arbeitszimmer.»

Kaum war er weg, klingelte es schon. Charlie musste seinen Mann mit einem Spezialcode angepiept haben, einer Ziffer, die man an die Telefonnummer anfügt. Als er zurückkam, sagte er: «Er ist im Restaurant. Sein Essen kam gerade. Ich hab ihm gesagt, er bräuchte gar nicht erst anzufangen. In zwanzig Minuten müsste er hier sein.»

Ich dachte über Charlies Geschichte nach und war ganz sicher, dass er mir die Wahrheit gesagt hatte, soweit er sie noch wusste, was allerdings meinem Vater wenig half – der war lange tot und begraben. Rehabilitierung hat wenig Wert, wenn man schon zu Staub zerfallen ist.

Letzten Endes war mir klar, dass ich ihm den Tod meines Vaters nicht vorwerfen konnte. Zwar hatte er den Anstoß für die Kausalitätenkette gegeben, aber es gehörten einfach noch zu viele andere Ereignisse dazu. Mein Vater hatte sein eigenes Sorgenbündel mit sich herumgeschleppt, in dem Charlie Corcoran nur eines von vielen Gepäckstücken gewesen war, wenn auch ein wichtiges.

«Es tut mir Leid, dass dein Vater ermordet wurde», sagte Charlie leise und traf damit genau meine Gedanken. «Er wird wohl zwischen die Räder geraten sein. So was kommt vor.»

Darin lag eine gewisse Wahrheit. Mein Vater wusste zwar über das Räderwerk Bescheid, aber nicht, wie man ihm entkommen konnte. Das Leben hatte ihn zermalmt. Und nun hatte ich meinen eigenen Plan in Gang gesetzt, von dem das große Räderwerk eine Zeit lang lahm gelegt worden war, aber es lief bereits wieder an, donnerte dahin, und auch wenn ich ihm immer noch einen knappen Schritt voraus war, konnte ich mir nicht vorgaukeln – so wie Charlie es tat, so wie Charlie es tun musste, wenn er überhaupt einen ganz normalen Tag halbwegs intakt überstehen wollte –, dass alles in Ordnung war. Nichts war in Ordnung.

Charlie ging in die Küche und kam mit einer Erdbeere wieder zurück. Er steckte sie in den Mund, grinste und verzog das Gesicht, da war sie wieder, seine kokette jungenhafte Schüchternheit. «Dann haben die also wirklich erwartet, dass du mich umlegst?»

Ich nickte.

«Und dich hätten sie dann auch umgenietet?»

«Ohne mit der Wimper zu zucken.»

«Dann hast du mir das Leben gerettet.»

«Mach keine große Nummer draus, Charlie.»

«Verdammt!», sagte er und genoss selbstverliebt den Gedanken: «Ich war in eine Schießerei verwickelt.»

27

Es klopfte an der Tür, ein scharfes, selbstsicheres Tock-tock-tock, und Robert kam herein, die kurzen Locken ganz feucht vom Nebel, die Augen leuchteten hell hinter den runden Brillengläsern. «Wo ist Charlie?», fragte er. «Was ist denn eigentlich los?» Ich hatte ihm eigentlich erst mal einen Drink und einen Stuhl anbieten wollen, ehe wir zur Sache kamen, aber Charlie übernahm die Initiative.

«Robert», sagte er und zeigte auf seine Wange. Die Schramme eine Verletzung zu nennen wäre wahrlich übertrieben gewesen. «Ich habe heute eine Kugel für dich eingefangen.»

Roberts ehrgeiziger Blick wurde jetzt verwirrt, er sah mich fragend an – was ging hier vor?

«Deinetwegen wäre ich heute fast gestorben. Kannst du dir vorstellen, was das bedeutet hätte? Für die Medien, für das ganze Land?»

Robert sperrte verdattert den Mund weit auf, sodass man ein Stück Spinat sah, das zwischen zwei kurzen Vorderzähnen hängen geblieben war. «Charlie, ich …»

«Halt's Maul. Du erinnerst dich an Detective McGrath?»

Er brachte ein Nicken zustande.

«Du wirst jetzt jede seiner Fragen beantworten. Wenn du auch nur zögerst, werde ich dafür sorgen, dass du in der Filmbranche nie wieder Arbeit findest. Wenn deine Antworten nicht zufrieden stellend sind, wirst du überhaupt keine Arbeit mehr finden. Verdammt, Mann, vielleicht sorge ich so oder so dafür. Also bitte, sei schön brav.»

Weniger forsch, sogar ein wenig eingeschüchtert, senkte Robert jetzt den Kopf. «Ich verstehe nicht ganz.»

«Robert», sagte ich, «warum nehmen Sie nicht Platz?»

Er setzte sich auf den Rand von Wards weißem Sofa, stellte die Beine auseinander und hielt die Hände zwischen den Knien gefaltet. «Wem gehört eigentlich das Haus hier?», fragte er, wobei sein rechtes Bein auf und ab wippte. «Nette Hütte.»

«Woher kommen Sie, Robert?»

Er sah mich beinahe erstaunt an, als hätte er das schon vergessen. «Aus Victorville. Draußen in der Wüste.»

«Ich kenn's. War einmal dort.» Ich erinnerte mich an ein staubiges Kaff und dreiundvierzig Grad im Schatten morgens um zehn. Es war ein Wildwest-Nirgendwo, außer man hieß zufällig Roy Rogers und sie hatten das Ortsmuseum nach einem benannt, oder es gehörte einem eine der großen Ranches, aber irgendwie bezweifelte ich, dass Roberts Familie zu den erfolgreichen Viehzüchtern zählte. «Was arbeitet Ihr Vater?»

«Der hat ein Schuhgeschäft.»

«Sie sind aufs College gegangen?»

«Ja, UCLA.»

«Haben fertig studiert und es recht weit gebracht. Ihre Familie dürfte stolz auf Sie sein.»

«Denke schon», erwiderte er mit einem Achselzucken und einem bescheidenen Lächeln; er war ein gut aussehender Junge, wenn er die coole Politur aus seinem Blick nahm.

Charlie lehnte gegen ein Bücherregal, einen Fuß über den anderen gekreuzt. Er hatte eine Flasche Pellegrino gefunden, aus der er direkt trank.

Ich sagte: «Robert. Streiten Sie es nicht ab, denn ich weiß, dass es stimmt. Sie haben sich heute mit Ricky Lee Richards getroffen. Warum?»

Sein Blick irrte durch den Raum. «Ich musste ihm etwas bringen.»

«Einen Schlüsselring, stimmt's? Mit zwei goldenen Masken dran.»

Seine Augen sprangen ihm fast aus dem Kopf. «Woher wissen Sie das?»

Wäre ich besser gelaunt und für Spielchen aufgelegt gewesen, hätte ich ihm geantwortet, dass es mein Job sei, solche Sachen zu wissen. «Warum haben Sie ihm das Ding gebracht?»

«Seine Mutter hatte es mal in Charlies Haus liegen lassen. Dir hab ich das nie erzählt, Charlie, weil es der Abend war, an dem Denise gestorben ist. Wirklich, ich hatte das total vergessen.»

Als ich dann wegen Mae und dem Powerhouse Theater Fragen gestellt hätte, sagte er, da sei es ihm wieder eingefallen.

«Aus den Zeitungsberichten hatte ich mir zusammengereimt, dass sie die Mutter von Ricky Lee Richards sein musste.»

Grinsend fragte ich: «Und da dachten Sie sich, er hätte das gute Stück sicher gern zurück.»

«Eine der Masken war mit Brillanten besetzt. Ich dachte mir, die ist bestimmt wertvoll.»

«Und vielleicht dachten Sie auch: ‹Hey, dieser Typ ist ein stadtbekannter Gangster. Ich treff mich mal mit ihm und red ein paar Takte, vielleicht kann ich irgendwas davon in einem Drehbuch verwenden›, was?»

«So ähnlich, ja.» Kurz flackerte Panik in seinen Augen auf. «Ich hätte dir das Material natürlich vorher gezeigt, Charlie, bestimmt!»

«Fassen wir mal zusammen», sagte ich. «Dieser Schlüsselring war die ganze Zeit seit dem Abend, als Denise starb, in Charlies Haus. Und Mae hat sich bis zu ihrer Ermordung nie bei Ihnen gemeldet, um ihn zurückzuverlangen?»

Stirnrunzelnd überlegte er sich lange die Antwort. «Nein, Sir», sagte er. «Ich glaube nicht.»

«Das ist doch Quatsch!»

Seine Stimme wurde schrill, klang alarmiert. «Es ist die Wahrheit.»

«Ach, Robert, Robert, Sie enttäuschen mich. Das ist wirklich Blödsinn. Es kann einfach nicht sein. Und ich sag Ihnen auch, warum. Das Ding war bis gestern in meiner Jackentasche.»

Sein Blick hetzte von mir zu Charlie, der gelassen Mineralwasser aus der grünen Flasche in sich hineinkippte.

«Sagen Sie mir die Wahrheit.»

Er starrte auf seine Füße, wo stahlblaue Socken in den schwarzen Wildlederschuhen verschwanden.

«Robert, wissen Sie, was Jung und William James über die menschliche Persönlichkeit zu sagen hatten? Nein? Also, im Prinzip war das lauter tiefgründiges Zeug, dessen Kern auf Folgendes hinausläuft: Sie sitzen in der Scheiße.»

Er wollte schon grinsen, aber mein Blick verbot ihm das.

«Entweder Sie erzählen mir jetzt sofort die Wahrheit, oder Charlie hier wird für den Ruin Ihrer Karriere sorgen, und ich schick Sie in den Knast, wegen Beihilfe zum Mord. Sind Sie jemals in einem Gefängnis gewesen, Robert? Nett ist es da nicht.»

Es wurde ganz still, bis auf die Laute des gurgelnden Kühlschranks in der Küche. Er schüttelte den Kopf, starrte immer noch auf seine Füße und sagte zaghaft: «Er wird mich fertig machen.»

Ich wollte noch nicht nachfragen, wer ihn fertig machen würde. Stattdessen beschwichtigte ich ihn: «Er wird Sie nicht fertig machen, Robert. Und wissen Sie, warum nicht? Weil ich das nicht zulassen werde, und ich bin der König in diesem Dschungel. Also, wer hat Ihnen den Schlüsselring gegeben, damit Sie ihn zu Ricky Lee bringen? Vor wem haben Sie Angst?»

Er sah zu Charlie auf, warf mir einen ängstlichen Blick zu und betrachtete dann lieber wieder seine Schuhe. «Radek», sagte er leise.

«Radek Gatti?»

«Ja.»

«Woher kennen Sie den?»

Er seufzte.

«Kommen Sie schon. Es führt kein Weg zurück.»

Er erklärte, dass ihm Radek geholfen habe, den Job bei Charlie überhaupt zu bekommen.

«Wie ging denn das?»

«Er kannte Denise.»

«Mehr, ich brauche mehr. Ich brauche die ganze Story.»

«Hören Sie, das ist schon lange her. Das war eine ganz normale Sache.»

«Erzähl's ihm», sagte Charlie ganz ruhig, weder leise noch laut. «Erzähl ihm alles.»

«Da gibt's nicht viel zu erzählen. Wirklich. Er gehörte zu ihrem Bekanntenkreis, lauter gute Freunde, die ihr treu ergeben waren. Du warst ja oft nicht da, bei einem Dreh oder auf der Ranch oder in New York.»

«Sprich zu McGrath.»

«Wie haben Sie ihn kennen gelernt?», fragte ich.

Es war in einem Fitnessclub gewesen, wo Robert kurz nach seinem Abgang vom College öfter trainieren war. Er hatte gehofft, dort ein paar wichtige Leute kennen zu lernen. Und dann kam er mit diesem komischen kleinen Polen ins Gespräch, der sagte, er könne ihm vielleicht helfen – und es dann auch wirklich tat.

«Waren Sie ihm irgendwas schuldig?»

«Immerhin hat er bei Denise ein gutes Wort für mich eingelegt.»

«Wann war das?»

«Vor drei, vier Jahren.»

«Und hatten Sie seitdem irgendwas mit Gatti zu tun?»

«Ganz selten. Ich kann mich nicht erinnern, wann ich ihn vorher das letzte Mal gesehen habe, bis er dann heute Morgen aufgetaucht ist.»

«Sie sind zu einem gefährlichen Verbrecher gegangen, dessen Mutter vor kurzem ermordet wurde, und haben ihm eine Lüge über Ihren höchst einflussreichen Chef erzählt, nur weil dieser Polacke einen Gefallen von Ihnen eingefordert hat? Das kann ich nicht glauben, Robert, wirklich nicht.»

Er nahm die Brille ab und fuhr sich mit den feuchten Händen im Gesicht herum.

«Womit hat er Sie unter Druck gesetzt? Los. Raus damit.»

«Erzähl's ihm, Robert», sagte Charlie.

«Ich kann nicht.»

Wieder eine knisternde Pause.

Charlie seufzte und legte den Kopf schief. «Was Robert dir nicht sagen will: Er hat mit meiner Frau geschlafen.»

«O Gott, das wusstest du?» Roberts Hände zitterten.

«Bis eben noch nicht.» Charlie wandte sich ab und nahm ein Buch aus dem Regal, einen dicken Kunstband, den er aufschlug und durchblätterte.

Robert war unschlüssig, wie es weitergehen sollte. Er schwitzte. «Es ist vor drei Jahren passiert. Und heute kam Gatti zu mir. Er wollte es dir erzählen. Der Typ kann einem Angst einjagen. Als hätte er überhaupt keine Gefühle. Also machte ich, was er von mir wollte. Ich ging zu Ricky Lee Richards. Ich wollte dich schützen, Charlie.»

«Ich bin dir für deine Bemühungen sehr dankbar», bemerkte Charlie mit herablassendem Lächeln, als wollte er sagen: Weißt du, das ist mir alles ziemlich egal. Seine Miene zeigte weder Wut noch Überraschung. Seine Emotionen und seine weiteren Absichten ließen sich kaum erraten, als er eine neue Seite in dem Buch aufschlug.

Robert, der sich nun von seinem schlechten Gewissen erleichtert hatte, hielt mittlerweile die Hände vor das Gesicht geschlagen und schluchzte. Mir fiel ein, dass Drew Diamond mal erzählt hatte, wie sie in den goldenen Zeiten bei der Polizei Mordverdächtige oft dazu gebracht hatten, sich vor dem Verhör auszuziehen, wobei die Theorie darin bestand, dass es verdammt schwer ist, nicht sein Herz auszuschütten, wenn man nackt vor zwei, drei hartgesottenen Bullen von der Mordkommission sitzt, die einem den Qualm ihrer Zigaretten und billigen Zigarren immer in Richtung Genitalien paffen. Roberts Schultern zuckten. Ich hatte diesem Jungen vor seinem Gott die Hosen runtergelassen – einem Gott, den er verehrte und vermutlich zugleich verabscheute.

Ich fragte mich, wie Gatti wohl darauf gekommen war, dass er und Denise miteinander geschlafen hatten. Vielleicht hatte Robert damit geprahlt: «Hey, ich hab Charlies Frau gevögelt, und hier die wunden Stellen an meinen Knien, die sind vom Teppich.» Vielleicht war das unfair von mir, aber der Bursche hatte etwas Bescheuertes an sich.

Kurz vor zehn klopfte es erneut an der Tür. Diesmal war es Ari Van Duzer, den Charlie offenbar auch von Wards Arbeitszimmer aus angerufen hatte und der jetzt wortlos an mir vorbeirauschte; er trug einen schwarzen Smoking, dazu eine Fliege und blitzblanke Lackschuhe, auf denen er seine wuchtige Figur mit der flinken Wendigkeit eines Bodenturners – oder eines Meuchelmörders – bewegte. «McGrath», sagte er, scheinbar ohne die Lippen zu bewegen, während er alle Ecken des Raumes inspizierte. Zwischen seinen fleischigen Lippen qualmte eine halb gerauchte Zigarre. Van Duzer hatte ein Diplom in Psychologie von der USC, Grundbesitz in Manhattan und Manhattan Beach und verdiente höchstwahrscheinlich eine Million im Jahr. Ich fragte mich, welche zusätzlichen Bonbons er seit dem Freispruch von Charlie wohl noch genießen durfte. Ich fand es schwierig, diesen kultivierten, klugen Menschen, der gerade in die Tasche griff, um eine Goldbrille mit Halbmondgläsern aufzusetzen, mit dem eiskalten Troubleshooter in Einklang zu bringen, der die Leiche von Denise herumgezerrt und ihr noch eine zweite Kugel verpasst hatte. Mir war klar, dass ich gar nicht davon zu träumen brauchte, ihn zu verhaften, dennoch fragte ich mich, wie er wohl die Waffe losgeworden war. Da sprach der Vollkommenheitsfanatiker in mir.

«Wie geht's Mr. Peres?», fragte Charlie.

«Gut», sagte Van Duzer. «Und dir, Charlie?»

Charlie wusste, dass er vor einigen Stunden unbekanntes Territorium betreten hatte, das wirkliche, ganz gewöhnliche Leben mit all seinen ernsten Gefahren und Risiken. Jetzt, mit Van Duzers Eintreffen, wechselte er wieder in seine vertrautere Welt, die geheim und sicher war. Er antwortete: «Weißt du, ich bin mir da nicht ganz sicher.»

«Was macht Robert hier?»

Charlie zuckte die Achseln, und Van Duzer bohrte nicht weiter.

Ich sagte: «Ich möchte Sie etwas fragen. Über einen Mann namens Radek Gatti.»

Corcoran starrte aus dem Fenster und sagte: «Das geht in Ordnung, Ari. Red ruhig.»

Van Duzer konnte sich nicht recht entscheiden, ob er amüsiert, neugierig oder gequält dreinschauen sollte. «Radek Gatti?», fragte er. «O Mann. Das wird ja die reinste Zeitreise ... Bleibt das unter uns?»

«Kann ich nicht versprechen.»

«Erzähl's ihm trotzdem», sagte Corcoran. «So kurz und drastisch, wie du willst.»

Van Duzers Blick erhellte sich und er sagte, jetzt sogar irgendwie interessiert: «Tja, Radek war eines der braven Hündchen von Denise, jedenfalls eine Zeit lang. Dann fand ich raus, dass er vielleicht etwas zu gefährlich war, also hab ich ihn sehr plötzlich aus ihrem Leben entfernt.»

«Und was war da?»

Er sah nicht mal zu Charlie hinüber. Da er einmal grünes Licht bekommen hatte, zog er es eben durch. «Als sie einmal abends nach Hause kam, sah sie ziemlich mitgenommen aus. Blaue Flecken an Armen und Beinen, aufgeplatzte Lippe. Charlie war gerade nicht in der Stadt. Sie wollte mir nicht erzählen, wer es gewesen war. Ich dachte mir aber: Gatti. Also hab ich ihn kurz aufgesucht, um ihm ein bisschen Angst einzujagen.»

«War er wütend deshalb?»

«Total cool ist er geblieben. Er sagte: ‹Ich wette, Sie bringen mich mit bloßen Händen um.›»

«Haben Sie ihn durchgecheckt?»

Van Duzer grinste, ohne dass sich in den massigen Falten seines Gesichts auch nur ein Muskel rührte. Der Effekt war beunruhigend. Sein Kopf hatte die Form einer Frucht, einer pockennarbigen Wassermelone, aber der Körper darunter stemmte seit zwanzig Jahren täglich Gewichte. «Geboren in Warschau Ende der fünfziger Jahre. Vater Arzt, ist an Krebs gestorben, als Radek noch klein war. Studierte an einer der Warschauer Unis Filmregie, schmiss das aber hin, als seine Mutter starb. 1981 kam er nach Los Angeles, diesmal Medizinstudium, an der UCLA. Warum er das nicht fertig gemacht hat, weiß ich nicht. Der Typ hatte schon immer Schwierigkeiten, etwas zu Ende zu bringen. Denise traf er 1992 in einem UCLA-Wahlkursus für Fotografie. Besondere Kennzeichen: energisch und gewaltbereit. Spricht neben Polnisch und Englisch noch Französisch und Deutsch. Intelligent, impulsiv, eingebildet. Gefährlich? Potenziell ja. Ein bisschen der Typ mit einem unguten Riecher für gute Gelegenheiten.»

«Haben Sie ihn danach je wieder gesehen?»

«Nein.»

«Sie wussten, dass er Denise für diesen Job Robert empfohlen hat?»

«Das war schon eine Weile vorher gewesen, und da ich Robert für zuverlässig befunden hatte und er gute Arbeit leistete, wäre es unfair gewesen, ihm daraus einen Strick zu drehen.»

«Und Denise und Robert?»

Van Duzer zuckte die breiten Schultern und gab mir damit zu verstehen, dass er alles wusste, während Corcoran geistesabwesend Robert beobachtete, der aufmerksam zuhörte und sich dabei über das Kinn strich und seine Koteletten befingerte, ein unsicheres Lächeln auf den Lippen, immer noch in der Hoffnung, er könnte sich noch einmal einschmeicheln, zurück in seinen Job, sein Leben, als wäre die Bekräftigung seines Ehrgeizes und seines Eifers letzten Endes eine ebenso nützliche Eigenschaft wie für Charlie der eigene Charme. Es tat ein bisschen weh, dabei zuzusehen, wie Robert diese Gratwanderung vollführte.

«Vielen Dank», sagte ich zu Van Duzer. Er wusste mehr über Charlies Leben als Charlie selbst. Sein Job war es, jeden Spinner abzuchecken, der je Charlies Weg kreuzte. Und Spinner gab es genug, die meisten allerdings nicht annähernd so eindrucksvoll, einfallsreich und bedrohlich wie Gatti. «Wollen wir hoffen, dass wir uns nicht so bald wieder begegnen», sagte ich, woraufhin er einen raschen Blick aus der Tiefe seiner Augenhöhlen auf Charlie warf, in dem die Frage lag, was hier wohl noch alles ausgeplaudert worden war.

Charlie reagierte nicht und sah sich fast überrascht in Wards Wohnzimmer um, als fände er sich auf einmal unerwartet in einem seltsamen Labor oder auf einer Bühne wieder. Als er fragte, ob ich fertig sei, sagte ich: «Denke schon», und er nickte, ohne zu lächeln, nahm bereits seine normale geschäftige Routine wieder auf. Er sagte zu Robert, sie würden sich am nächsten Vormittag unterhalten, und Robert lächelte, zugleich ängstlich und begierig, nur ja alles richtig zu machen.

Als Robert gegangen war, bat Charlie Van Duzer, ihn mitzunehmen, aber ehe er zur Tür hinaustrat, wandte er sich zu mir um. «Mein Vater war Lehrer, hier im San Fernando Valley.»

Ich notierte mir diese Information für die Mordakte von Denise.

«Der hat sich total verrückt gemacht, so sehr hatte er seine Arbeit im Kopf. Schon als ich klein war, kam er mir alt vor. Er war so rücksichtslos gegen sich selbst. Immer schenkte er seine Zeit anderen Menschen, blöden Schulprojekten und Ausflügen. Als Erwachsener dachte ich: ‹Alter, das ist nichts für dich.› Das Leben kann es einem durch so viele Fallstricke und Fettnäpfchen schwer machen, dass ich mir sagte: ‹Nimm's leicht, bleib an der Oberfläche, lass das Leben für *dich* arbeiten.› Und das ist mir ganz gut gelungen, meistens jedenfalls.» Er grinste und zeigte ein makelloses Gebiss. «Aber da meint man, über die Oberfläche zu gleiten, und auf einmal tut sich das Leben vor einem auf. Und verschlingt einen. Keiner von uns ist dagegen gefeit.»

Ich konnte das gut nachempfinden, und ich war überzeugt, dass unser gemeinsames Erlebnis dieses Gefühl hatte wachsen lassen. Trotzdem wusste ich auch, dass wir verschieden waren. Schon morgen würde er wieder obenauf sein. «Ich versteh schon, was du meinst, Charlie. Aber manche von uns sind eben sicherer als andere.»

Draußen war der Nebel dichter geworden und trug einen Geruch wie nach uringetränkten Nieren heran. Van Duzer und Robert waren schon vorausgegangen, weiter vorn hörte man Autotüren aufgehen und wieder zuknallen, Motoren sprangen an, und alle Geräusche drangen gedämpft herüber, schwebten in der Luft. Charlie machte kurze, zaghafte Schritte auf den nassen Platten aus Angst vor dem Ausrutschen, sodass ich einen Moment lang an meinen Vater denken musste, plötzlich wirkte er so verletzlich und ich ergriff seinen Arm, um ihn zu stützen. Natürlich war Charlie nicht mein Vater und auch nicht so wie ich, sondern eine ganz andere Sorte Mensch, unerschrocken und ohne böse Absichten, der aber dennoch auf der Treppe zum Ruhm über die Leichen anderer gegangen war.

Charlie blieb stehen und lächelte, er wirkte jetzt wieder jugendlich und wendig. Er wollte etwas sagen, hielt dann aber inne. Er hatte den Kopf und das Gesicht eines Träumers. Er war verliebt in die erstaunliche Vorstellung dessen, was aus ihm geworden war, und zugleich verwirrte sie ihn. In seiner vertraulichen Art sagte er: «Weißt du, ich glaube, du hast dich in Tookie geirrt. Der hätte mir nichts Ernstes antun können. Er ist ein ehrlicher Bewunderer meiner Arbeit.» Und dann war Charlie weg, ging vorsichtig in dem Nebel davon.

28

Als ich wieder drinnen war, erschauerte ich leicht in der Wärme des Hauses, stieß einen großen Seufzer aus und nahm mir dann ein Bier. Ich zog den Verschluss auf und schlenderte ins Arbeitszimmer, um von dort meinen Anrufbeantworter abzuhören. Ich hatte Hunger, weil noch gar keine Gelegenheit gewesen war, das Sandwich zu essen, das ich mir irgendwann gemacht hatte. Also ging ich in die Küche hinüber und nahm es mir, dazu ein paar Erdbeeren aus der fast noch vollen Schale im Kühlschrank. Ich kaute langsam, genoss das Essen und trank in kleinen Schlucken mein Bier, und dann rief ich Ellen an, die mir die Nummer ihres Hotels in Seattle hinterlassen hatte.

«Billy, ich hab mir solche Sorgen gemacht», sagte sie. «Gott sei Dank, dass du dich meldest. Eben habe ich mit Drew telefoniert und der sagte, dass er dich seit dem Treffen auf dem Flughafen nicht mehr gesehen hat. Wie geht's dir?»

«Ich bin noch da.»

«Und? Ist das gut, ja?»

«Die Sache war etwas haarig. Aber es ist alles okay.»

«Willst du darüber reden? Lucy schläft schon.»

«Wie geht's ihr? Wie sieht sie jetzt gerade aus? Beschreib sie mir.»

«Sie ist im Bett. Sie liegt auf der Seite, das Gesicht zu mir, ihre Haare sind ein bisschen verwuschelt vom Duschen. Und sie schnarcht, unsere kleine Süße.»

Ich lachte und es fühlte sich an, als fiele eine Last von mir.

Irgendwie war mir jetzt wohler, da ich das von Denise Corcoran und meinem Vater wusste.

«Sie hält noch immer dieses blöde Buntstiftset in der Hand.»

«Wenn sie aufwacht, sag ihr, dass ich sie lieb hab.»

«Werd ich machen.»

«Ich hör jetzt besser auf.»

Ellen atmete tief ein. «Billy, eines solltest du wissen: Ich weiß, dass du alles richtig machen möchtest. Tut mir Leid, dass ich so 'n Stress gemacht hab wegen der Reise hierher.»

«Ach was. Es war unverschämt, das einfach von dir zu verlangen.»

«Aber wohl auch notwendig.»

«Danke.» Es wurde still, warme Gefühle erreichten mich über die Leitung. «Du, ich rufe morgen früh wieder an.»

«Schlaf mal ein bisschen. Pass auf dich auf.»

Ich ging ins leere Wohnzimmer, wo ich mein Spiegelbild über die dunklen Scheiben des Erkerfensters wandern sah. Die hölzerne Statuette lag auf dem Tisch. Das Buch über Robert Longo, in dem Charlie geblättert hatte, stand noch so da, wie er es aus der Hand gelegt hatte, im mittleren Fach des Regals gegen ein paar andere Bücher gelehnt, mit dem Umschlag nach vorn. Darüber hing ein Foto von Ward in Shorts und einem karierten Hemd, lächelnd und in die Sonne blinzelnd, es dürfte irgendwo in einem sehr trockenen Hochland gemacht worden sein, vielleicht in der Mojave-Wüste; darunter lag der zerdrückte grüne Stern eines Erdbeerstiels. Im Bauch spürte ich wieder ein leises Kribbeln.

Ich rief beim Fernsehsender an und wurde auf die Warteschleife gelegt. Dann meldete sich ein Produktionsassistent und sagte, soweit er wisse, sei Ward nach Hause gegangen, obwohl es ebenso gut möglich sein könnte, dass sie mit Zed an irgendeiner Story arbeitete. Das machten sie öfter so.

Aus dem Arbeitszimmer rief ich ihren Pieper an.

Ich erinnerte mich an Charlies Kommentar darüber, wie Ward Karriere und Privatleben handhabte. Damals hatten sie und ich die potenziellen Konflikte zwischen meinen oft geheimen Polizeieinsätzen einerseits und ihrem Recherchebedürfnis als Reporterin andererseits eigentlich recht gut in den Griff bekommen. Es hatte funktioniert, weil wir so taten, als würden wir einander nicht kennen, und jeder ging seiner Arbeit nach, ohne von dem anderen irgendeinen Gefallen zu erwarten. Es war interessant, darüber zu spekulieren, wie wir wohl in Zukunft damit umgehen würden, falls dafür eine Chance bestand.

Mir war klar, dass ich mir stattdessen lieber über Radek Gatti und seine Pläne Gedanken machen müsste, und auch über Ricky Lee Richards. Um Ricky Lee zu stoppen, dachte ich mir, sollte ich ihn einfach wegen des Mordes an Jack Brewster hochnehmen und mich der peinlichen – und wahren – Geschichte stellen, die er dann erzählen würde. Aber ich fühlte mich vom Essen und vom Bier etwas lahm und war momentan zu benebelt, um klar zu denken. Ich musste mich erst mal frisch machen.

Während ich unter der Dusche stand, hörte ich das Telefon im Schlafzimmer klingeln und stolperte patschnass hinüber, nackt und mit eingeseiftem Hintern. Ich erwartete und hoffte, dass es Ward war. Es war Radek Gatti.

«Detective McGrath», sagte er. «Wo haben Sie wohl das Geld versteckt? In Ihrer Wohnung? O nein, das bezweifle ich. Sie sind doch wesentlich kühner und – *subtiler*? Ist das das richtige Wort? Sie verstecken es auf dem Revier, ja? Un*glaub*lich!»

«Ich habe überhaupt keine Ahnung, wovon Sie da reden», erwiderte ich. Mir wurde übel. Er musste es gewesen sein, der die Interne Ermittlung informiert hatte.

«Jetzt denken Sie: ‹Aha, der schlimme Radek, er hat also diese Horrorgeschichte an die Interne Ermittlung weitererzählt.› Und das stimmt auch, ich habe das getan, und beim nächsten Mal werde ich noch viel mehr ausplaudern. Ich werde denen Ihren Namen sagen und alle die hübschen Details von Ihrem Deal mit Mr. Richards. Hören Sie das – ich esse.» Er schmatzte. «Ich habe mir gerade eine schöne Portion gemacht. Mit Eiscreme.»

Ich überlegte, wie er mich hier gefunden hatte. Woher kannte er Wards Nummer? Meine Übelkeit verwandelte sich in einen engen Knoten im Bauch. «Hören Sie, Radek, das ist ja alles höchst faszinierend. Aber auf mich wirkt das wie ein Märchen in einer fremden Sprache. Es sagt mir nämlich nicht das Geringste.» Wie ich so in Wards Schlafzimmer stand und mir ein anderes Foto ansah – diesmal war Ward in einem Abendkleid und nahm einen Preis entgegen –, hatte ich eine Eingebung. «Diese Bilder von Denise und Mae, die Sie mir gegeben haben. Sie sagten, Sie haben die im Müll gefunden?»

«Stimmt genau.»

«Aber gemacht haben Sie sie selbst, oder?»

Es war kurz still. Er schmatzte eine Weile weiter, ehe er wieder mit seiner stockenden Stakkatostimme loslegte, seine Wortwahl zeugte von hektischer, fieberhafter Erregung. «Sie sind erschreckend gut, Sie wissen das? Sehr gefährlich als Detective. O ja. Mit Ihnen erlebt man echte Abenteuer. Aber Sie sitzen in einem verlorenen Ballon, Genosse. Weil ich nämlich weiß, dass Ricky Lee Richards für Sie dieses arrogante Arschloch von Charlie Corcoran für eine Million um die Ecke gebracht hat.»

Als ich mich in dem langen Spiegel sah, den Ward gegenüber dem Bett hatte, fiel mir auf, dass ich nackt war. Gatti glaubte also, Corcoran sei tot. Warum? Weil er Robert hingeschickt hatte, um meine Geschichte zu bestätigen, und das hätte Corcorans Tod besiegeln müssen.

Er fuhr fort: «Ich hab Sie bei diesem Bemühen sogar in beträchtlichem Maß unterstützt. Und zwar für die schöne Summe von, sagen wir die ganze Million?»

Ich sagte ihm nicht, dass ich nur fünfhunderttausend genommen hatte und man an dieses Vermögen gar nicht mehr herankam. «Ich habe überhaupt kein Geld, Radek. So einfach ist das.»

«Dann wollen Sie also, dass ich diese Heldensage erzähle? Gangster bietet Bestechungsgeld. Polizist nimmt es. Unschuldiger Mensch stirbt. Filmstar wird ermordet. O nein, das wollen Sie nicht.»

«Los doch, Radek. Sie können's ja probieren. Ich freue mich schon, wie alle lachen werden.»

Ich rätselte immer noch, wie er mich in Wards Haus aufgespürt haben konnte. Dann fiel mit ein, dass ich sie von hier aus angepiepst hatte, und endlich fiel der Groschen.

Er sagte: «Ich halte nur Asse in der Hand. Hören Sie.»

Nach kurzer Pause war eine andere Stimme dran und fragte: «Billy? Wer ist diese Ratte?»

«Ward? Bist du okay? Wo seid ihr?»

«Billy ...»

Sie hatte Angst, zeigte sie aber nicht. Unterhalb meiner zugeschnürten Kehle nagte mir etwas an Herz und Leber. Ich wollte sprechen, wollte ihr sagen, sie solle sich keine Sorgen machen, ich würde mich um alles kümmern, aber einen Augenblick lang, jetzt da mir klar geworden war, dass er sie in der Gewalt hatte, brachte ich kein Wort heraus.

Gatti war wieder dran. «Sehen Sie?», fragte er. «Jetzt ist alles klar. Alles ganz einfach. Keine Irrwege mehr. Die Spinnweben sind wie weggeblasen. Wir können also weiter.»

«Sie kriegen das Geld.»

«Natürlich kriege ich es. Ich kriege es jetzt gleich.»

Ich erinnerte mich daran, dass er ja dachte, ich hätte die volle Million, und sagte: «Es ist in einem Bankschließfach.»

«Aber die Banken waren doch geschlossen, als Sie Ricky Lee an dem Nachmittag getroffen haben.»

«Die zweite Hälfte hat er mir erst heute gegeben. Die hab

ich weggeschlossen. Ich werde wohl gegen Mittag alles zusammenhaben.»

Das gefiel ihm offenbar gar nicht. «Ich werde Sie anrufen, morgen um zwölf Uhr dreißig. Keine Tricks. Seien Sie schnell. Ihre Freundin ist sehr schön.»

«Ich will nochmal mit ihr reden.»

Die Leitung war tot.

In einer Ecke des Zimmers stand ein polierter Holztisch mit einem Laptop darauf, außerdem ein Stapel grüner Notizbücher und ein Becher mit gespitzten Bleistiften. Gleich daneben war ein Kamin, Papier und Holzscheite warteten darauf, angezündet zu werden. Dies war Wards Zufluchtsort. Ich zitterte, die Wassertropfen fühlten sich kalt auf der Haut an, ich sah wieder in den Spiegel. Der Stolz, den ich empfand, weil ich meine Figur in Form gehalten hatte, erschien auf einmal nur noch eitel und nutzlos. Ich zog Menschen nahe an mich heran, und es endete immer damit, dass sie verletzt wurden. Als Mann hatte ich sogar dabei versagt, diejenige zu beschützen, die ich liebte. Ich war nichts wert.

Aus der Dusche im Badezimmer drang das Geräusch des immer noch laufenden Wassers. Beim Hinausklettern hatte ich den Hahn angelassen. Schon dieser Moment schien tagelang zurückzuliegen statt weniger Minuten. Die Notwendigkeit, dass ich mich bewegen musste, um ihn abzudrehen, neutralisierte meine Angst, den Schmerz und das Selbstmitleid, das ich empfand. Es gab ohnehin keine andere Chance, als weiterzumachen, vorwärts zu gehen, zur Not auch nur mit blinder Hoffnung, wenn dies das einzig verfügbare Opiat war. Ich trocknete mich ab, zog mir Shorts, Hose und Hemd an. Angekleidet ging ich nach unten.

Jetzt begriff ich auf einmal, was mich irritiert hatte.

Beim Öffnen des Kühlschranks sah ich die im obersten Fach längs reingeschobene Schale mit Erdbeeren, lose mit Plastikfolie abgedeckt, die von der Feuchtigkeit beschlagen und trüb geworden war. Auch am Tatort von Mae Richards' Ermordung hatte es Erdbeeren gegeben. Eine Fruchtfliege, die ihre Eier in eine der Beeren gelegt hatte, war unter der Folie hervorgekrochen und träge herausgeflogen, um mir in der warmen Küche Gesellschaft zu leisten.

Ich rief Humbolt Raffi an. Inzwischen saß ich wieder in Wards Arbeitszimmer, wo sich in dem ansonsten dunklen Raum ein kleiner See aus warmem Licht über den Schreibtisch ergoss.

«Wie geht's deinem Schützling?»

Raffi nuschelte etwas mit vollem Mund. Offenbar hatten alle Hunger.

«Was isst du da, Humbolt?»

«Irgendwas Thailändisches. Grauenhaft. Zum Mittagessen hatten wir Pizza. Ich glaube, der gute Doktor lebt nicht gerade auf Diät.»

«Und wie läuft's so?»

«Ruhig.»

«Kann ich mal mit ihm reden?»

«Hör mal, Billy», sagte er. «Ist doch alles okay, oder?»

«Wie meinst du das?»

«Na, ich hatte Drew Diamond am Telefon, der hat mich gefragt, ob ich weiß, was mit dir los ist.»

«Nur der übliche Scheiß, Humbolt. Ich versuch die anderen zu erwischen, bevor die mich erwischen.»

«Ein schöner Grundsatz, den meine Exweiber offenbar alle besser kapiert haben als ich», sagte Raffi mit einem verdrossenen Seufzen. «Hier hast du ihn.»

Francis kam an den Apparat.

«Sie haben gestern Abend telefoniert.» Ich hatte weder Zeit noch Lust auf Förmlichkeiten. «Und zwar mit Gatti, oder? Worüber haben Sie gesprochen?»

Er sagte, er habe Gatti kurz berichtet, was passiert war und dass er damit rechnete, ein paar Tage lang unterzutauchen. «Ich habe ihm erzählt, dass ich mit Ihnen auf der Vincent Thomas Bridge war und dort zugesehen habe, wie meine Möchtegernmörder im Meer versunken sind.»

«Und wo war er da?»

«In seinem Wagen. In einem *meiner* Wagen. Er sagte, er sei ganz in der Nähe. Wenn ich wolle, könne er vorbeikommen und mich abholen. Ich sagte ihm, das sei nicht nötig.»

«Wieso war er denn in der Nähe?»

Er zögerte kurz und meinte dann, er wisse es nicht.

Auf Wards Schreibtisch bändigte eine Briefklammer einen wilden Papierstapel. Als ich mich vorbeugte und das Ding umdrehte, sah ich, dass sich in diesem Stapel auch ein Scheck der *L. A. Times* befand, außerdem ein kleines Schild mit der Aufschrift DER ERSTE SCHRITT ZUM PULITZERPREIS? Jetzt begriff ich, warum Gatti nach dem Zusammenstoß mit Tookie in San Pedro meine Überreste aufgesammelt hatte. Mir wurde klar, dass er meine Taschen durchsucht und Maes Schlüssel gefunden haben musste, die er ja offensichtlich auch sehr geschickt eingesetzt hatte. Nur eines verstand ich nicht: Wie kam er überhaupt darauf, dass hier Geld für ihn zu holen war? Wie hatte er von meinem Deal mit Ricky Lee erfahren?

Ich fragte Francis: «Haben Sie heute schon mit ihm geredet?»

«Nein.»

«Wen haben Sie dann angerufen?»

«Meine Praxis. Es gab mehrere Termine und Untersuchungen abzusagen oder zu verlegen.»

Ich drehte die Briefklammer um. Ich wollte, dass Ward die Chance bekäme, den Pulitzerpreis zu gewinnen. Langsam begriff ich, dass alles, was sich seit dem Tod von Mae Richards ereignet hatte, nicht einfach nur Zufälligkeiten wie in einem beliebigen anderen Mordfall waren. Es war mein Schicksal. Bis vor wenigen Tagen noch hatte ich das Gefühl gehabt, mein

Durchhaltevermögen sei angesichts meines verloren gegangenen Selbstvertrauens an seine Grenzen gestoßen. Ein einziger Vorfall, ein Tropfen nur hätte das Fass überlaufen lassen und mich in den Selbstmord treiben können. Aber dann inszenierte ich ein Drama und versuchte auch noch ein Rätsel zu lösen und hatte mir so die Gründe zum Handeln und zum Weiterleben verschafft. Und nun sah ich, dass ich möglicherweise an einem noch viel düstereren Ort als zuvor enden könnte, falls ich nicht bis ins Zentrum dieser Geschichte vordringen würde – und Ward wieder zurückbekäme. Sobald ich nach diesem schrecklichen Augenblick im Bad und dem Gespräch mit Radek aufgelegt hatte, verspürte ich nicht mehr die Neigung aufzugeben. Niemand außer Ellen wusste, wie stur und unbeugsam ich sein konnte. Gleichzeitig musste ich mir auch eingestehen, dass ich diese Sache verbockt hatte. Ich unterdrückte einen Anflug von Panik.

Mir fiel ein, dass Francis gesagt hatte, Gatti besäße keine eigene Wohnung und nutzte immer irgendwen aus. Man kidnappte nicht eine bekannte Fernsehjournalistin und brachte sie im nächstbesten Motel im San Fernando Valley unter. Dafür fiel Ward viel zu sehr auf. Ich fragte: «Wissen Sie, wo Gatti jetzt ist? Irgendwo bei Ihnen zu Hause?»

«Vielleicht im Gästehaus. Wollen Sie die Nummer?»

Aber selbst wenn Gatti mich in der Hand zu haben glaubte, musste er vorausgesehen haben, dass ich an diese Möglichkeit dachte. Das Gästehaus war einfach zu offensichtlich. «Und was ist mit Ihrem Boot?»

«Ja, da schläft er auch manchmal. Ist es dringend? Warum müssen Sie denn auf einmal unbedingt mit ihm sprechen?»

«Wie heißt Ihr Boot nochmal?»

«*Little Knell.*»

Am Tag als Mae starb, hatte Francis sie besuchen wollen. Gatti hatte ihn gefahren. Danach war er in einen Taucheranzug geschlüpft und hatte die Unterseite des Boots überprüft.

Warum gab mir das zu denken? Dann hatte er Francis nach Hause gebracht, eine gemächliche Fahrt durch den Regen nach Palos Verdes hinüber.

Ludwig Wittgenstein entwickelte vielleicht aus Angst vor seinen eigenen Ideen nie eine umfassende Philosophie, ein Gedankengebäude, mit dem er die Welt hätte erklären können, so wie etwa Kant. Er traute dem eigenen Geist nicht. Als Detective wäre er selbst immer sein erster Verdächtiger gewesen. Und doch war sein Geist kühn. Seine Aussagen waren wie Pfeile, scharfe Schüsse auf die Wahrheit.

Ich schaukelte auf dem Stuhl in Wards Arbeitszimmer, nahm mir einen Notizblock vom Schreibtisch, griff nach einem angespitzen Bleistift aus einem der Behälter und sagte zu Francis: «Wegen Mae. Helfen Sie mir auf die Sprünge: An dem Tag, als sie starb, bei diesem Unwetter, als Sie zu ihr rübergefahren sind, sind Sie da in ihrem Haus gewesen?»

«Nein.»

Ich fragte mich, ob sie zu diesem Zeitpunkt nicht bereits tot gewesen sein könnte. Und ich hatte Angst um Ward und versuchte, mir keine Sorgen wegen Ricky Lee zu machen oder darüber, weshalb Drew Diamond bei Humbolt Raffi angerufen hatte und was genau nach meinem Weggehen im Revier beredet worden war. Ich konnte mir schwer vorstellen, dass Larry Murakami mich noch immer als seinen Musterschüler betrachtete. Tatsächlich bezweifelte ich stark, dass die gesamte Mordkommission momentan allzu glücklich über mich war. Von dort konnte ich wohl keine Hilfe erwarten – nicht jetzt mitten in der Nacht und nicht bei all den Erklärungen, die meine Bitte um Unterstützung erfordert hätte.

«An jenem Nachmittag … wo hat Gatti Sie da abgeholt?» Auf dem Block notierte ich: RADEK – SCHNELL, IMPULSIV, CLEVER. Dann umrandete ich die Wörter mit hingekrakelten Zickzacklinien und enger werdenden Kreisen. Er gehörte zu den Menschen, die ruhig einmal stolpern konnten, sich aber gleich wieder aufrappelten, ohne im Geringsten eine Belastung des Gewissens zu verspüren. Darin war er wie ein Tier, anders als Ricky Lee.

Francis antwortete: «Davor war ich im Daniel Freeman Hospital. Er holte mich ab, und wir fuhren von dort direkt zu Mae.»

Radek hätte also ohne weiteres vorher dort sein können.

Einstein sagte einmal, dass Theorien und Geschichten wie Anzüge auf einer Kleiderstange seien. Man muss sie anprobieren, bis man denjenigen findet, der passt. Und während sich die Umstände ändern, muss ihnen auch die Theorie, die Geschichte darin folgen. Manche Anzüge können vielleicht schon jahrelang direkt vor einem hängen, ohne dass sie einem auffallen.

«Wessen Einfall war es eigentlich, nach dem Boot zu sehen?»

«Ach, das weiß ich gar nicht mehr. Radeks, glaube ich.»

Vielleicht hatte er dort die Mordwaffe versteckt. Er war sie nicht gleich am Tatort losgeworden, in irgendeinem Mülleimer, weil er ebenso gründlich wie schnell vorging; er hatte immer einen Plan. Später hätte er die .22er ins Meer werfen können, irgendwo draußen in der Santa Monica Bay. Vielleicht hatte er Mae auch auf dem Schiff umgebracht, im Unwetter, womöglich sogar auf hoher See. Aber wozu hatte er dann das Boot nochmal untersucht? In diesem Fall hätte er ja die Waffe nicht mehr zu verstecken brauchen; sie wäre längst auf dem Boden des Meeres gewesen.

«Wie groß ist eigentlich Ihr Boot?»

«Weiß ich nicht. Groß genug jedenfalls.»

«Ein Segelboot?»

«Nein.»

«Hätte man damit während der Stürme in der letzten Zeit rausfahren können?»

«Selbstverständlich. Ich hab damit schon mal den Atlantik überquert. Aber wer sollte das tun wollen?»

«Radek.» Ich hatte beschlossen, dass es Zeit war, die Bombe platzen zu lassen. «Er hat Mae Richards ermordet.» Die Leitung knisterte in die Stille hinein, während ich auf dem Stuhl schaukelte und noch ein bisschen auf meinem Block herumkritzelte. «Dr. Francis?»

«Das ist doch lächerlich. Weshalb glauben Sie das?»

«Wegen der Erdbeeren.»

Gatti war hier gewesen, und auch bei Mae.

«Verstehe ich nicht.»

«Was verbindet Radek mit Erdbeeren?»

«Na, er mag sie schrecklich gern. Erinnern ihn angeblich an seine Mutter. Aber was zum Teufel hat das mit Mae zu tun?»

«Er hat sie umgebracht, glauben Sie mir.»

«Ach, das ist doch absurd.» Sein erste wütende Reaktion verwandelte sich bald in Erstaunen und Verwirrung. «Weshalb sollte er das tun? Was wäre sein Motiv gewesen?»

«Das sagen Sie mir.»

«Sie sind immer miteinander ausgekommen. Allzu gut haben sie sich gar nicht gekannt.»

«Ich vermute, sie kannten sich besser, als Sie dachten.»

«Radek?», fragte er, jetzt völlig fassungslos.

«Ich kann das einfach nicht glauben. Er ist kein Mörder. Er ist ehrlich, liest Bücher, hat Menschenkenntnis. Eigentlich fand ich immer, er sollte Dichter oder Filmemacher sein. Ich vertraue ihm. Er ist ein guter Junge.»

Ich wollte ihm nicht sagen, von wie vielen Eltern, Geschwistern, Söhnen, Töchtern, Ehemännern und -frauen, Freunden und sogar Feinden ich diese oder ähnliche Worte schon gehört hatte. Die Frau des Pakistani, der seinen eigenen Sohn in über sechshundert Teile zerstückelt hatte, weigerte sich zum Beispiel zu glauben, dass ihr Göttergatte auch nur lügen, geschweige denn eine so grausame Tat verübt haben könnte. Bedauernswert der Mensch, den keiner für unschuldig hält.

Gatti bezog seine Energie aus einer Welt, für die er zugleich brennende Verachtung empfand. Er war faszinierend, Unheil bringend und talentiert. Ein Teil von ihm musste Francis wohl auch hassen, überlegte ich, weil Radek schlauer und gewandter war und dennoch den Untergebenen des angeseheneren Mannes spielen musste. Vor zwanzig Jahren hatte er vielleicht Flugblätter gedruckt und war bei Demonstrationen mitmarschiert, um die Sowjets aus Krakau zu vertreiben. Jetzt aber war er in Los Angeles, wo er sich Geschichten für starke Nerven ausdachte, und dann verwirklichte er seine Ideen an echten Figuren. «Vor ein paar Minuten, als ich Sie fragte, warum Radek so schnell in San Pedro war, da wollten Sie es mir nicht sagen. Weshalb nicht?»

«Hören Sie, das ist nicht so einfach.» Er zögerte wiederum. «Denken Sie wirklich, er hat sie ermordet?»

Ich antwortete nicht darauf.

Er schluckte, schniefte und seufzte vor Verlegenheit, ehe er mit leiser Stimme erklärte, Radek habe ihm vor zwei Jahren ein Geschäft vorgeschlagen – außerhalb ihrer sonstigen Vereinbarungen. Radek hatte versprochen, sich um alle Einzelheiten zu kümmern. «Import-Export», sagte Francis. «Von Pharmazeutika.»

Sie brachten zweitklassige Antibiotika aus Polen ins Land und verkauften sie etwas unter dem Preis für Spitzenpräparate an Kliniken in ganz Kalifornien, und Francis nutzte seine Kontakte zum Großeinkauf rezeptpflichtiger Medikamente, die wiederum im früheren Ostblock einen hübschen Profit einbrachten – wenn diese Geschichte durchsickerte, hinterließ sie garantiert einen hässlichen Fleck auf dem Ruf von Dr. Francis.

Er sagte: «Wir haben ein Lagerhaus unten in San Pedro. Ein Riesengebäude, viel größer, als wir eigentlich brauchen, aber die Hafenbehörde hat mehr oder weniger darum gebettelt, dass wir es ihnen abnehmen. Radek ist da oft. Er sagt, er mag die Stille dort. Ich weiß nicht einmal, wie er den vielen Platz überhaupt nutzt; ich war nur einmal da.»

Er sagte, Radek habe noch diverse andere Sachen zum Lagern dorthin gebracht. «Angeblich will er noch ein zweites Geschäft aufziehen. Oder die Halle als Location für Filme vermieten. Er ist immer voll neuer Ideen. Das können Sie doch nicht wirklich ernst meinen, dass er Mae umgebracht haben soll? Sie hielt ihn immer für einen harmlosen Witzbold.»

Ich stellte mir das Hafengebiet von San Pedro vor. Mit seiner labyrinthischen Topographie, den fußballfeldgroßen LKW-Parkplätzen, den spaghettiartigen Netzen aus Eisenbahngleisen, den stinkenden, rauchspeienden Raffinerien, den Lagerhäusern und Piers mit riesigen Schiffen, die wie aus dem Nichts auftauchten und zwischen den Fabrikhallen dahinglitten, wirkte San Pedro insgesamt irgendwie verlassen und Furcht einflößend, trotz des Verkehrs und der stetigen Betriebsamkeit. Es war ein ganz eigener Kontinent, monströs und gleichgültig, ein richtiger industrieller Dschungel brodelte da unter der Vincent Thomas Bridge, deren Schwindel erregende Höhe ich inzwischen nur allzu gut kannte. Ein perfektes Versteck war es, ein düsterer Platz, den Menschen nicht wohlgesinnt. Ich fürchtete mich da unten immer ein wenig. Auch letzte Nacht bei der Verfolgungsjagd. Und auch damals, als ich den Selbstmörder zurückgerissen hatte. Es war ein Ort, an dem ich vielleicht sterben könnte.

«Wo ist das genau?»

«Pier fünfzig», antwortete Francis.

«Bleiben Sie, wo Sie sind», sagte ich. «Ich melde mich morgen.»

Nach dem Gespräch mit Francis rief ich meinen Freund Danny Wejahn an, den Vermögensberater mit dem Schiff, und bat ihn, über Funk den Hafenmeister von San Pedro zu erreichen, um herauszufinden, ob in dieser Nacht ein Boot namens *Little Knell* eingelaufen sei. Während ich auf Dannys

Rückruf wartete, wuchtete ich mich aus dem Stuhl, um mich zu strecken. Ich wandte mich ab vom Schreibtisch und dem See aus dem warmen gelben Licht, der auf der Platte wogte, und trat in eine dunkle Ecke des von Bücherregalen umgebenen Arbeitszimmers. Mir war durchaus bewusst, wie viel und auch wie wenig ich tun konnte, wie viel Arbeit vor mir lag und welche Anstrengungen das noch erforderte. Selbst wenn ich durchhielt, war ich mir nicht ganz sicher, dass mein Plan funktionieren würde.

Falls Danny mir jetzt mitteilte, dass die *Little Knell* in San Pedro eingelaufen war, dann wusste ich auch, wo Ward steckte. Sie da rauszuholen war ein anderes Problem. Schon einmal hatte ich in dieser Sache etwas vorschnell agiert. Vielleicht hatte es keine bessere Möglichkeit gegeben, vielleicht wäre auch etwas anderes schief gelaufen, aber ich hatte diese eine schicksalsschwere Lüge ausgesprochen – dass Mae Richards in der Nacht des Mordes an Denise im Haus der Corcorans gewesen war –, und seitdem hatten die Dinge zu brodeln und zu kochen angefangen. Es gab einfach keinen Spielraum für irgendeinen Flüchtigkeitsfehler. Andererseits würde mich die Zeit besiegen, falls ich nicht bald loslegte. Ricky Lee machte mir Druck, genau wie Cataresco, Diamond und die Dienstaufsicht, ganz zu schweigen von Gatti selbst und auch Charlie Corcoran, der aus einer Laune heraus seine Meinung ändern und die Geschichte überall herausposaunen könnte. So wie mein Vater lernte ich jetzt, dass es von Bedeutung ist, was man macht – dass Handlungen ihre Konsequenzen haben, ob sie nun richtig oder falsch sind. Am nächsten Morgen würde ich entweder tot sein – oder am Leben und in allen möglichen Schwierigkeiten stecken.

Das Telefon klingelte, und es war Danny, der mir sagte: «Das Boot ist tatsächlich eingelaufen. Ist gegen neun Uhr bei Angel's Gate durchgekommen.» Ich redete eine Weile mit Danny und erzählte ihm, er müsse mir einen Gefallen tun, dann erledigte ich noch einen Anruf, bevor ich aus der Ruhe von Wards Arbeitszimmer in die Nacht und den Nebel hinausging, wo der stickige Geruch nach Nieren bis an den Himmel stieß und einem alle Sinne lähmte.

29 Mein Großvater hätte nie zugegeben, dass er Angst vor dem Einschlafen hatte, und vielleicht stimmte das ja auch gar nicht. Er blieb meistens die ganze Nacht wach und nickte erst im Morgengrauen ein. Jetzt öffnete er mir die Tür in Pantoffeln, ausgebeulten Hosen und einem verwaschenen schwarzgelben Rugby-Sweatshirt. Er sprach mit brummiger Stimme, bewegte sich mit der langsamen, klapprigen Entschlossenheit der Planwagen, die seine Großeltern in den vierziger Jahren des 19. Jahrhunderts nach Kalifornien gebracht hatten. Möglicherweise war es aber auch nur der Whiskey. «Wie geht's, Billy?»

«Ganz gut. Ich hab nicht allzu viel Zeit.»

«War das schon mal anders? Komm auf einen Schluck rein.»

Mein Großvater war ein knorriger alter Mann mit riesigen Händen, die ständig zitterten, und einem zerstörten Gesicht, das immerzu nickte. Fünfzehn Jahre Parkinson hatten nicht viel von ihm übrig gelassen, aber er war ein stabiles Modell. Der ergrauende Schnurrbart und die blitzblauen Augen bewahrten die Ordnung in seinem verwüsteten Gesicht.

In seinem Wohnzimmer lief der Fernseher, der Ton war leise gedreht. Er gab mir ein Glas Johnnie Walker in die Hand und drückte dann meine Finger. Leicht schwankend wegen der verloren gegangenen Kontrolle über die Muskulatur, nicht wegen des Alkohols – saufen konnte er immer noch wie ein Hafenarbeiter –, steuerte er auf das Kissenasyl seines Sessels zu.

Vor drei Monaten hatte ihn jemand vom Pflegedienst mit gebrochenem Handgelenk auf dem Boden vorgefunden. Eine Schwester kam jeden Tag, machte sauber, stellte ihm seine Arzneimittel hin und flehte ihn dauernd an, sich wieder im Krankenhaus aufnehmen zu lassen. Davon wollte er aber nichts wissen, und er war im Grunde auch noch nicht so am Ende, dass er nicht mehr klarkam. Richtige Angst jagte ihm nur die Tatsache ein, dass er allmählich wirr im Kopf wurde.

Ich erzählte ihm, dass ich großen Ärger am Hals hatte.

«Mach sie fertig!»

«Glaub mir, Großvater, das habe ich auch vor. Aber falls es mir nicht gelingt, möchte ich, dass du etwas für mich tust.»

Ich sagte, er solle Ellen und Lucy ausrichten, dass ich für sie gesorgt hätte, so gut ich konnte. Damit handelte ich mir einen scharfen, kritischen Blick ein.

«Da ist noch was anderes. Ich weiß nicht, ob das wichtig ist oder warum es das sein sollte, weil es mittlerweile einfach keine Bedeutung mehr hat, aber du solltest es trotzdem wissen. Ich habe heute Abend mit Charlie Corcoran geredet, und der hat mir erzählt, dass mein Vater all die Jahre hindurch Recht hatte: Charlie war dabei, als diese Frau in Malibu damals ertrunken ist.»

Ich beobachtete ihn, während ich das sagte, denn ich war mir nicht sicher, ob ich ihm damit nicht gerade eine Portion Gift verabreichte.

Er umklammerte die Sessellehne mit seinen riesigen hageren Fäusten, die Knöchel wurden ganz weiß bei der Anstrengung, den widerspenstigen Körper in Richtung Bar zu bewegen. Er hasste es, sich helfen zu lassen, aber ich nahm dennoch seinen Arm, richtete ihn auf und sagte: «Lass mal, Großvater. Den gieß ich dir ein.»

«Danke, mein Junge», sagte er, hob das Glas an die zitternden Lippen und leerte es mit einem einzigen turbulenten Schwung. Das Trinken fiel ihm schwer, aber es war eine der wenigen Freuden, die ihm noch geblieben waren. Er aß nicht mehr allzu viel. «Und? Wirst du jetzt wirklich diesen Wagen kaufen?»

«Was meinst du, Großvater? Das kapier ich jetzt nicht ganz.»

«Ich sagte: Wirst du jetzt tatsächlich losziehen und dir diesen Wagen kaufen?»

Er starrte mich an, sein Stirnrunzeln wirkte ungeduldig und gereizt, während ich versuchte, darauf zu kommen, was er meinte. «Was für einen Wagen? Ich bin nicht sicher, dass ich weiß, wovon du da sprichst.»

«Dieses blöde italienische Ding.»

Jetzt begriff ich.

In dem Jahr, als mein Vater gestorben war, hatte er sich einmal an Großvater gewandt, um sich von ihm Geld für einen Lancia-Zweisitzer zu leihen, einen hübschen silbernen Spielzeugflitzer, über den mein Großvater wenig Gutes zu sagen gehabt hatte. Für den kriegst du doch nie Ersatzteile, sagte er meinem Vater, in sechs Monaten oder noch eher geht die Karre sowieso kaputt, und überhaupt ist das ein rostiger Scheißhaufen. Ich war damals jung gewesen, noch voller Selbstvertrauen und mit meinen eigenen Träumen im Kopf, deshalb hatte ich Dad zugeredet: Mach es trotzdem, das wird toll, das macht was her. Großvater hatte den Kopf geschüttelt, aber dennoch den Scheck ausgestellt, und eine Woche später schüttelte er noch immer den Kopf, als die italienische Schleuder, wie mein Vater den Lancia getauft hatte, ihr Getriebe über die gesamte Manchester Avenue verstreute. Die Karosserie war auf Ziegelsteinen aufgebockt, als er umgebracht wurde.

Großvaters Hände zitterten, die Augen glänzten feucht vor

Kummer und Zorn, als er sagte: «Mach schon, kauf dir die Karre, wenn du's tun musst. Auf mich hörst du ja ohnehin nicht, zum Teufel!»

Ich ergriff ihn sanft an den Schultern und wartete, bis sein irrender Blick sich wieder auf mich richtete. «Ich bin Billy, Großvater. Ich bin nicht mein Vater, sondern Billy!»

Was er in seinen Erinnerungen auch gerade gesehen hatte – das listig grinsende Gesicht seines Sohnes, das defekte Auto in der Werkstatt –, es verblasste jetzt. Er schnellte zurück ins Hier und Jetzt. «Billy? Bist du das, Billy?»

«Genau, ich bin's. Billy.»

Er stampfte mit seinem Pantoffel auf den Teppich. Er sah beschämt zu Boden, wie ein kleiner Junge. «Ich hasse es, wenn dieser Mist passiert. Ver*flucht* nochmal!»

«Ich weiß, Großvater. Ist schon gut.» Ich packte ihn weiter unten am Ellenbogen und führte ihn zurück zum Sessel, machte es ihm zwischen den Kissen und raschelnden Zeitungen bequem. Ein Hubschrauber flog ziemlich niedrig über uns hinweg, während ich ihm noch einen Drink eingoss. Im Fernseher flimmerte lautlos ein alter Schwarzweißstreifen mit Bogart. Ich sah nicht lange genug hin, um herauszufinden, ob er in diesem Film den Guten oder den Bösen spielte.

Mein Großvater sagte: «Also hat er die ganze Zeit Recht gehabt. Wirklich erstaunlich.» Er schüttelte kichernd den Kopf. «Aber du hast Probleme, Billy. Hast du das nicht vorhin gesagt? So was passiert jedem mal, Junge. Wir haben das alle schon durchgemacht. Lass dir deswegen keine grauen Haare wachsen. Du brauchst Geld. Oder soll ich deinen Boss anrufen?»

«Nein, Großvater», sagte ich und hielt ihm das Glas hin. Mein Besuch hatte nicht nur sentimentale Gründe. «Ich brauche Waffen.»

Ich ging wieder auf die Straße hinaus. Nachdem ich den Land Cruiser hinten beladen hatte, setzte ich mich auf den Fahrersitz und zupfte nach einem kurzen Blick in den Spiegel den Hemdkragen und den nach Mottenpulver riechenden Mantel zurecht, den mir mein Großvater aufgenötigt hatte, und meine wilde Frisur. Ich fühlte mich erfrischt und fuhr Richtung Venice los, dabei sagte ich laut zu mir: «Okay, okay, jetzt haben wir bald ein Uhr morgens. Renata Richards erwartet mich. Pass auf, pass nur auf. Konzentriere dich.»

Ich parkte ein paar Blocks weit weg, damit niemand den Wagen erkannte, und ging zu Fuß durch das neblige Oakwood. Renata kam mir auf den Stufen vor Mae Richards' Vordertür entgegen. Sie trug einen schwarzen Ledertrenchcoat, dazu eine Trainingshose und Turnschuhe, eine rote Wollmütze saß neckisch auf ihrem Stoppelhaar. Sie sagte: «Du hast ja witzige Vorstellungen davon, wie man eine Lady amüsiert.» Sie sah auf die Uhr. «Und du kommst zu spät.»

Ich rückte unter dem Mantel meine Schultern zurecht. «Musste erst einen alten Bekannten besuchen; tut mir Leid», sagte ich. «Hast du jemanden gefunden, der auf deine kleine Tochter aufpasst?»

«Sicher doch. Du weißt ja, wie einfach es ist, nach Mitternacht noch einen Babysitter zu kriegen.» Dann wurde sie etwas weicher, lächelte nicht gerade, war aber lockerer. «Nein, in Wahrheit war's kein Problem. Meine Freundin von nebenan ist rübergekommen. Deine Tochter heißt Lucy, oder? Wie geht's ihr?»

«Alles in Ordnung. Ich hoffe doch, sie schläft und träumt was Schönes.»

Ihr Schlüssel passte, aber die Tür war vom Regen und der fehlenden Benutzung ein wenig verzogen, und ich musste mich fest mit der Schulter dagegen werfen, bevor sie sich erst einen Spalt weit öffnete und dann in voller Breite über den Teppich schabte.

Die Luft, die mir entgegenschlug, war feucht, muffig, ja geradezu faulig, wie gelangweilt vom tagelangen Eingesperrtsein und begierig darauf, zu entweichen und Kehle und Knochen anzugreifen. Renata hustete bereits und hielt sich die Hand vor den Mund. Ich hatte von meinem Großvater eine Taschenlampe mitgenommen, aber der Strom war noch nicht abgeschaltet. Ich machte eine Lampe an und hörte Renatas Stimme hinter mir: «Ach du meine Güte!»

Maes Haus war völlig verwüstet. In der Mitte des Teppichs hatte sich eine größere Pfütze angesammelt, in der Zigarettenkippen und eine Crackpfeife schwammen. Irgendein Penner musste eingebrochen sein, um sich hier voll zu dröhnen. Es roch schwach nach Urin.

Teile von braunem Putz waren von der Decke gefallen und bildeten nun kleine Häufchen auf dem Boden, als hätten sich Maulwürfe nach oben gegraben, um den anderen Lebewesen zu entkommen, die da unter den Dielenbrettern umherhuschten. Zwischen den Familienfotos auf dem Glastischchen hatte eine fette schwarze Witwe ihr Netz gespannt. Über dem Kamin sah mich Jesus etwas schief an. Die CDs und die Videorecorder waren alle noch da, was mich überraschte. Vielleicht hatte der Crackpenner herausgefunden, wessen Haus das war, und daraufhin beschlossen, lieber nicht zurückzukommen.

Als Odysseus in die Unterwelt hinabstieg, tobten die Seelen, die er traf, vor Wut darüber, dass sie sich an diesem Ort wieder fanden, brutal den Körpern entrissen, die sie einst so ruhmreich bewohnt hatten. Unglücklich und noch immer geschockt, redeten sie sinnlos auf ihn ein. Selbst der Tapferste unter ihnen jammerte der Freude hinterher, die ihm das Leben einmal bedeutet hatte, und sagte, er käme lieber als Sklave zurück, als dort unten König über all diese Toten zu sein.

Es ist immer schlimm, nach einem Mord an den verlassenen Tatort zurückzugehen. Man wird jedes Mal neu konfrontiert mit der brutalen Endgültigkeit durch den Verlust eines Lebens. Wenn dieses Haus Maes Seele war, dann schrie diese Seele.

Renata war stumm vor Entsetzen, sie wanderte traurig mit ihren Erinnerungen im Haus umher, hob ein Bild auf, das zu Boden gefallen war, rückte den Christus über dem Kamin gerade. Schließlich fragte sie: «Wieso hat sich Ricky Lee um nichts hier gekümmert?»

«Ich glaube, er will sich an alles erinnern können. Aufräumen wird er danach.»

«Wonach?»

Ich antwortete nicht darauf.

In der Küche waren alle Hinweise auf die Erdbeeren verschwunden. Das Obst wäre sowieso längst verrottet oder von den Ameisen davongetragen worden, aber ich hätte immerhin erwartet, die Plastikschale zu finden. Sie lag nicht auf der Arbeitsplatte. Sie war nicht im Müll.

Es gibt Momente, die sind zu intensiv, zu kompliziert, um einfach so erlebt zu werden, während sie passieren. Ein Mord ist sicherlich so ein Moment. Danach, wenn man in Gedanken das Bild wieder wachruft, können durch Angst und Schuldgefühle seltsame Details anfangen zu stören. Ich kannte einmal einen Typ, der einen Schuh vermisste und überzeugt war, dass er ihn irgendwie am Tatort vergessen hatte. Als er deswegen noch einmal zurückkam, fand er ihn zu seinem Erstaunen nicht. Er wurde nicht gefasst, aber dieser verlorene Schuh machte ihm richtig zu schaffen. Irgendwann stellte er sich der Polizei und fragte mich, ob ich den Schuh hätte. Dann legte er ein Geständnis ab.

Gatti besaß diese Art Nerven nicht. Seine Phantasie war sprunghaft und behände, aber sie war an die Leine gelegt, bellte nur auf seinen Befehl. Wenn er zurückkommen würde, dann nicht aus Angst, eine Spur hinterlassen zu haben, sondern weil er nach etwas suchte, das er beim ersten Mal nicht gefunden hatte. Vielleicht hatte er die Kippen und die Pfeife weggeworfen und auf den Teppich gepinkelt.

Er hatte mir die Fotos von Denise und Mae zugespielt, um mich von der Spur abzulenken. Höchstwahrscheinlich hatte er sonst gar nichts anderes vorgehabt. Dass ich in den Corcoran-Prozess verwickelt und über den Ausgang enttäuscht war, durfte als allgemein bekannt gelten, aber er hätte kaum erraten können, wie weit ich tatsächlich gehen würde. Oder war mein Gesicht ein solch offenes Buch, waren die Versalien meines Hasses so deutlich darin eingeprägt gewesen?

Francis hatte gesagt, Mae habe Radek für harmlos gehalten, für einen kleinen polnischen Witzbold. Ich fragte mich, ob sie ihm das wohl je ins Gesicht gesagt hatte. Radek hätte vermutlich gelächelt, grinsend «Ja, ja» gesagt, doch innerlich hätte er gekocht.

Er war ein Clown, das schon, aber ein Clown, der hinter dem Geld her war, ein gefährlicher, ein aufrührerischer Clown. Er hatte es gehasst, sie spazieren zu fahren. Ob er sie mal angemacht hatte? Vielleicht hatte er sie nur umgebracht, um ihr zu zeigen, was er tun konnte, um zu beweisen, dass er die Macht dazu besaß, wie ein Kind, das einem Frosch die Beine abschneidet. Ihm musste klar gewesen sein, dass sein Plan, genau wie meiner, bis zum Wahnsinn gefährlich war. Zweifellos gehörte das sogar mit dazu.

Es musste noch etwas anderes sein, irgendeine tiefere Verbindung zwischen ihm und Mae und Denise.

Ich erinnerte mich daran, wie ich zum ersten Mal in dieser Küche war und das erschöpfte Läuten jener fernen Kirchenglocke hörte. Ich dachte an Mae Richards, wie sie auf dem Boden gelegen hatte, das eine Auge ganz zerfetzt. Dann dachte ich an Denise Corcoran und an ihr zerschossenes Gesicht. Ich musste an Ward denken, und noch ein Bild stieg unwillkürlich in mir auf: Gatti beim Abschneiden von Maes Fingerspitzen. Der ganze Hass, der darin lag, diese Wut. Ich erschauderte.

Gerade wollte ich wieder zu Renata ins Wohnzimmer gehen, da hörte ich draußen das Tor und die Schritte, das Geräusch von zwei Füßen, die sich auf dem Pfad näherten. Sie blieben stehen. Er schöpft Verdacht, überlegte ich und huschte rasch zurück in die Küche; er hätte kaum so lange überlebt, wenn er dauernd allein spätnachts in irgendwelche Häuser einfach so hineinwanderte. Dann ging die Tür auf, die Masken der Komödie und Tragödie baumelten vom Schloss herunter, und mir wurde klar, dass er gerade seine Taschen durchsucht hatte, nach den Schlüsseln, die er erst seit kurzem wieder zurückhatte.

«Ich rate dir nur, dass das hier auch was bringt, Renata», sagte Ricky Lee, in dessen Tonfall sowohl Ärger mitschwang als auch die erschöpfte Einsicht des Exehemanns, dass sie nun mal das Recht hatte, ihn herumzuschicken. Die zwei waren verheiratet gewesen, hatten sich voneinander entfernt, aber sie waren immer noch verbunden im Geiste, wenn auch nicht im Herzen, durch das Kind, das zwischen ihnen stand. Er wusste nicht, worum es hier ging. Ich hatte ihr nur gesagt, sie solle ihn herbestellen. Hatte sie mit ihm spielen lassen, so wie Ellen immer mit mir spielte.

Er trug einen schwarzen Anzug und ein weißes Seidenhemd, das am Kragen von einem walnussgroßen Goldklunker zusammengehalten wurde. Auf die Enttäuschung, dass ich Charlies Gehirnmasse nicht auf dem Boden dieser Werkshalle verteilt hatte, dürfte er also reagiert haben, indem er sich schick angezogen und ein Restaurant besucht hatte. Vielleicht hatte er auch später noch etwas vor. Jedenfalls nahm ich nicht an, dass er in diesem Aufzug bei sich zu Hause sein nächstes großes Ding plante. Ich wartete noch einen Moment in der Küche und trat dann heraus. «Und nochmal ein Hallo», sagte ich. «Muss unsere Nacht sein.»

Eine Sekunde lang brach er total ein. Er sah Renata an, weil er zunächst vermutete, sie habe ihn in eine Falle gelockt, um ihn hier verhaften zu lassen, oder noch Schlimmeres. Der Gedanke machte ihm sichtlich zu schaffen, dann aber, als keine Uniformen aus den Schränken oder hinter der Schlafzimmertür hervorstürzten und ich weder eine Waffe in der Hand hatte noch nach meinem Schulterhalfter griff, kam er ebenso rasch zu dem Schluss, dass er sicher war; irgendetwas anderes ging hier vor. Seine Miene wurde zu einer Wand, gegen die man endlos hätte anrennen können. «Scheiße, was macht der denn hier?»

«Hör dir an, was er zu sagen hat.»

«Was ist los?»

«Hör zu, was dir der Mann zu sagen hat.»

«Die Worte hatte ich schon verstanden, Renata. Was zum Teufel läuft da zwischen dir und ihm?»

«Er ist ein alter Freund.»

«Hör ich ja zum ersten Mal.»

«Ach, muss ich dir jede Einzelheit aus meinem Privatleben mitteilen? In der Scheidungsurkunde steht davon aber nichts.»

«Was soll die ganze Scheiße hier?»

«Wie gesagt, hör ihm erst mal zu.»

Ich sagte zu Ricky Lee, dass ich wüsste, wer seine Mutter ermordet hatte.

Er lachte und sagte dann richtig giftig: «Ich scheiß auf dich, McGrath.» Er schüttelte seine Dreadlocks, eher eine nervöse als eine bewusste Handlung, ein Ausdruck seiner Wut. «Du bist total kaputt, Mann.»

«Hör zu, ich will dir hier nicht groß was erzählen. Ich bin auf dem Weg, um mir diesen Kerl zu holen. Eigentlich rechne ich auch nicht gerade damit, dass du mir glaubst.»

«Mir ist das scheißegal, womit du rechnest. Ich hab genug davon, dir zuzuhören.»

«Ich brauche deine Hilfe.»

«Meine Hilfe? Du bist mit meinem Geld weg, du Arschloch. Und jetzt willst du mich mit irgendwas anderem reinreiten. Du bist am Arsch, Mann. Das weiß ich jedenfalls genau. Und das ist das *Ende* von deiner Geschichte.»

«Du wirst ihn niemals finden. Du wirst die Straße entlanggehen. In deinem Auto herumfahren. Und immer wirst du dich fragen: Ist das der Kerl? Oder der da? Er hat meiner Mutter die Finger abgeschnitten. Er hat sie vergewaltigt.»

Er zögerte, ließ den Blick durch das verwüstete Haus schweifen. Dann erfassten seine Augen wieder mich.

Ich fragte: «Was willst du? Was willst du wirklich, Ricky Lee? Willst du mich? Bitte, hier bin ich. Willst du den Mörder deiner Mutter? Dann komm mit mir. Ich liefere dir den Typen, und ich werde immer noch da sein. Mich kriegst du obendrauf noch als Geschenk. Hör zu, ich mache hier keine Spielchen. Hätte ich *dich* erwischen wollen, dann wärst du jetzt tot. Du hast mir gehört, als du hier reinmarschiert bist.»

Sein Blick wanderte über das Sofa, den Kamin, den abbröckelnden Putz und den stinkenden Dreck auf dem Teppich. Er sah sich die Porträtfotos auf dem Tischchen an, die CDs, die Videorecorder. Er sah auf die Vorhänge und auf das Fenster, wo eine Fliege ihre hektische Spätabendpatrouille absolvierte. Er sah drei seiner alten Tennistrophäen, die in einem Eckschränkchen ihren Ehrenplatz hatten. Ich fragte mich, wie es wohl zwischen ihm und Renata gewesen war. Kein Wunder, dass ihre Ehe nicht funktioniert hatte, wenn für ihn Familienleben in erster Linie Rache hieß. Doch mir wurde klar, dass dieser Gedanke unfair war. Es hatte auch eine Zeit gegeben, als er und sein Bruder hier als Jungen mit Mae gelebt hatten. Da mussten sie glücklich gewesen sein.

Er hatte überlebt und war weitergekommen, indem er der harten Welt, in der er sich wieder fand, ins Gesicht schlug, indem er immer als Erster Gewalt anwandte, wenn es nötig wurde, und brutaler als die anderen war. Dabei halfen ihm Mut und Glück, Täuschung und Tricks und im Prinzip die Überzeugung, dass niemand außer ihm auf der Welt existierte.

«Scheiße», sagte Ricky Lee kopfschüttelnd und legte eine Hand auf die Vitrinentür in der Ecke. «Was ist mit dir, Renata? Wer passt denn auf unseren kleinen Engel auf?»

Renata lehnte in der Küchentür. Sie hatte mich angestarrt, dabei die Narben auf der Wange betastet und sich offenbar gefragt, was für ein Mensch ich geworden war. Ich hatte ihr gesagt, dass ich dieses Zusammentreffen brauchte. Dass jemand, der mir wichtig war, in großer Gefahr schwebte. Beides stimmte aufs Wort, und doch veranstaltete ich hier eine Kraftprobe mit Ricky Lee. Von solchen Spielchen hatte sie vermutlich fürs ganze Leben genug. Diese große und entschlossene, außerordentlich schöne Frau, die nicht mehr zu ihm gehörte, wandte sich jetzt zu ihm um und antwortete kühl: «Meine Freundin Elizabeth, die von nebenan. Erinnerst du dich an sie? Sie ist Lehrerin in der Schule am Manhattan Beach Boulevard.»

Er nickte und dachte nach, hörte gar nicht zu. Er trat ans Fenster und sah in den Nebel hinaus. Ich fragte mich, ob er tatsächlich allein gekommen war. Ich hatte seine Trauer gegen ihn eingesetzt, so wie Radek meine Verzweiflung ausgenutzt hatte, aber Ricky Lee war nicht zu unterschätzen. Diesen Fehler beging ich nicht. Auch wenn ich ihn in diese Sache hier gerade hineinzog, so war er doch noch in genügend andere Dinge verwickelt, führte seinen eigenen Krieg mit der Welt. Wer wusste schon, was wirklich in ihm vorging? Sein Verlangen nach Kontrolle und Aktionen war viel zu heftig, um völlig von der Trauer überlagert zu werden – er wurde dadurch nur beängstigender und sein Verhalten unvorhersagbarer.

«Also», sagte Ricky Lee. «Wo ist dieser Dreckskerl?»

«In San Pedro.»

«Gehen wir», sagte er. «Und eins sag ich dir, wenn ich deinen Tod will, dann lebst du schon nicht mehr.»

30

Ich hörte ein Nebelhorn tuten. Ich hörte das stete Tuckern der beiden Cummins-Dieselmotoren, die unter meinen Füßen vibrierten, und das statische Krachen und das Stimmengewirr von der Brücke, wo Danny am Funkgerät herumdrehte. Ich hörte eine Welle gegen den Bug klatschen, die Gischt schlug an die Bullaugen der Kajüte. Ich hörte das Scheppern und Klappern von Feuerwaffen: Tookie Cross überprüfte die Hardware. Einiges im Arsenal meines Großvaters war recht alt gewesen, er hatte aber auch eine Menge erstaunlich neuer Sachen gehabt. Er war immer gern auf der Höhe der Technik, zumindest in dieser Hinsicht, und ich hatte mir eine 9-mm-Glock mit siebzehn Schuss im Magazin, ein Kalaschnikow-Sturmgewehr und eine Uzi-Maschinenpistole mitgenommen, die Tookie soeben streichelte und liebkoste, als wäre sie ein junger Hund.

Tookie hatte nichts übrig fürs Meer. «Nigger stehn nicht auf Segeln», hatte er geknurrt, als er hörte, wohin es ging. «Nigger stehn nicht auf Braunwerden, Nigger stehn nicht auf Skifahren, und schon gar nicht stehn Nigger auf Segeln.» Er hatte die ganze Zeit draußen vor dem Haus von Mae Richards gewartet, und als ich Renata zu ihrem Wagen brachte, war er aufgetaucht, gewaltige Nebelschwaden vor sich herscheuchend.

Während der Land Cruiser aus Venice zum Hafen hinunterfuhr, hatte ich die Situation erläutert. «Er gehört euch», sagte ich, «aber zuerst muss klar sein, dass meine Freundin in

Sicherheit ist.» Ricky Lee hatte dazu nichts gesagt. Er hatte nicht einmal genickt oder den Kopf bewegt, für Abmachungen hatte er nichts mehr übrig. Vermutlich bestand seine Strategie darin, dass er mich Tookie überlassen wollte, während er seine Rache an Radek nahm. Was mit Ward war, so hoffte ich, kümmerte ihn überhaupt nicht.

Ricky Lee wanderte unruhig in der Kajüte herum. Für ihn war dieses Schiff, ein Grand-Banks-Trawler aus Glasfaser, den Danny von einem bankrotten Rockstar erstanden hatte, nichts als ein tuckerndes Gefängnis in einer Dunstwolke. Er konnte es kaum abwarten, dass es vorbei war. Tookies Laune hatte sich schlagartig gebessert, als sein Blick auf die Knarren fiel. Er hatte sich mit seiner gesamten Energie darauf konzentriert. Sie wirkten auf ihn wie eine Droge. Er war leicht benommen davon.

Immer noch mit geschlossenen Augen fragte ich: «Wie war das nun mit Jack Brewster? Wieso musstest du den umbringen?»

Der Motor dröhnte stetig weiter. Wieder brandete eine Welle gegen den Bug und versprühte ihre schwindende Wucht über die Breitseite des Schiffs. Ich hatte mich gefragt, ob vielleicht am Ende Gatti der Mörder von Jack Brewster war, ob er Jack womöglich nach dessen Unterredung mit Ricky Lees Leuten erwischt hatte, denn so hätte er sich auch die Sache mit mir und dem Geld zusammenreimen können. Ricky Lee machte diese Theorie zunichte, indem er sagte: «Er ist jetzt eben tot. Was soll ich dir sagen? Aber zäh war er schon, der alte Knacker. Ist voll bei seiner Geschichte geblieben. Verpfiffen hat er dich nicht.»

Als ich endlich die Augen aufschlug, sah ich Ricky Lee gebückt auf der Kajütentreppe stehen, die zu Dannys kleiner Kammer hinabführte, während Tookie das Magazin in den Kolben der Glock steckte und mit dem Handballen klatschend zuschob. Tookie stand leicht vorgebeugt da, den Kopf gesenkt wie ein Bluthund, spähte er den Lauf entlang. Inzwischen empfand er nicht mehr nur Geringschätzung für mich: Er begann, mich zu hassen, weil ich das seelische Gleichgewicht seines Chefs bedrohte.

«Warst du dabei, als er starb?»

Ricky Lees Achselzucken entnahm ich, dass die Antwort nein hieß.

«Ich aber», sagte Tookie. «Der Typ war vielleicht schrill. Bettelte darum, nicht sterben zu müssen. Dauernd hat er gekreischt: ‹Ich sag die Wahrheit, ich sag die Wahrheit!› Du hast uns verarscht, Bulle, dafür ist er jetzt erledigt.»

«Sein Tod geht auf meine Rechnung», sagte Ricky Lee. «Hast du damit ein Problem?»

Das hatte ich, ganz gewiss, allerdings hielt ich mich damit zurück, ihnen das zu zeigen. In bestimmten Situationen ist es letztlich ganz egal, ob man Recht oder Unrecht hat. Moral, Gesetz und Sühne, das alles kommt erst später, wenn man zunächst mal gewinnen muss. «Ich bin ebenso verantwortlich für seinen Tod wie du.»

«Du hältst also die Schnauze?», fragte Tookie.

«Muss ich wohl.»

«Scheiße, Mann, allerdings», sagte er.

«Erzähl mir von diesem Typ», sagte Ricky Lee. «Kenn ich den? Wie ist er so?»

«Er ist ein kleiner Pole. Arbeitet für Francis, aber deine Mutter kannte er durch Denise Corcoran. Der Kerl hat seine Finger insgesamt in zu vielen Torten stecken.»

Ricky Lee zog seine Jacke enger um sich. «Wie sieht er aus?»

«Klein, dunkel, viele Falten im Gesicht und mit einem Blick, als ob er das letzte Mal vor hundert Jahren so etwas wie eine Gefühlsregung empfunden hat.»

Stirnrunzelnd und seinen Bart befingernd nickte Ricky Lee: «Ja, ich glaube, den hab ich schon mal gesehen.»

«Irgendwo in der Nähe des Hauses?»

«Vielleicht. Bin nicht sicher. Ist er ein Bulle?»

«Nein, ist er nicht. Wieso glaubst du das?»

Ricky Lee zuckte die Achseln, und Tookie, der jetzt den nächsten Lauf blank wischte, sagte: «Weil Bullen genauso solche Verbrecher und Gangster sind wie wir.»

«Du würdest dich erinnern, wenn du je mit ihm geredet hättest. Der quasselt wie ein Wasserfall. Starker Akzent. Seine Sätze klingen wie durch den Wolf gedreht.»

Ricky Lee fragte: «Und was will er von dir?»

«Dein Geld.»

Sein Blick schoss herüber. «Wenn du deine Freundin zurückwillst, wieso gibst du's dem Scheißer dann nicht einfach?»

«Er denkt, ich hätte auch die zweite Hälfte. Er denkt, Charlie wäre tot.»

Eine Minute oder länger blieb es still, während Ricky Lee über den komplizierten Knoten nachdachte, der uns verband. Vielleicht wusste er in diesem Moment auch gar nicht genau, ob er ihn überhaupt entwirren wollte. Dann fragte er: «Wie hast du eigentlich rausgekriegt, dass ich die erste Kammer leer gelassen hab? Kannst du so gut Gewichte schätzen?»

«Ich hab geraten. Dachte mir, du wärst wohl doch zu clever, mir einen voll geladenen .357er Colt zu überlassen. Ich hätte doch sicher Zeit gehabt, mindestens auf einen von euch beiden zu schießen.»

«Du gottverdammtes Arschgesicht», sagte Tookie Cross, der jetzt die Kalaschnikow tätschelte. Aus seinen riesigen Pranken prasselten Patronen auf den Kajütentisch.

«Hattest du irgendwas Persönliches mit Charlie Corcoran laufen?», fragte Ricky Lee.

«Ist eine lange Geschichte.»

«Ach ja? Dann langweil uns bloß nicht», raunzte Tookie.

Ich zuckte die Achseln und sagte, ich wolle mal raufgehen,

und trat auf die fünf Stufen zu, die zur Kommandobrücke führten. Oben stand Danny am Ruder, in dicksohligen Schuhen, dunklen Wollhosen und einer knielangen gefütterten Skijacke mit Pelzkapuze, wie gebannt auf den grün leuchtenden Radarschirm starrend, dessen rotierender Strahl einen Schatten zu unserer Linken offenbarte: Land. Er zeigte mit dem Kinn auf den Monitor. «Das ist Point Fermin. Wir machen ganz gute Fahrt mit der Strömung von Norden her. Sollte nicht mehr lange dauern.»

Er kannte Pier 50. Er lag am Nordende des Wendebeckens, meinte er, einer weit offenen Wasserfläche mitten im Hafen, in der auch die großen Schiffe manövrieren konnten. «Früher mal haben am Pier 50 die Kreuzfahrtdampfer angelegt. Ein gigantisches Gelände. Die Mannschaften haben dort geschlafen. Jetzt nutzt ihn seit Jahren keiner mehr.»

Ich sagte ihm, nachdem er uns drei an Land abgesetzt hätte, solle er sofort umkehren und wieder nordwärts fahren.

«Willst du nicht, dass ich in der Nähe bleibe?»

«Diese Sache könnte sich so oder so entwickeln. Besser, du bist schön weit weg.»

«Na, wie wär's damit: Ich warte im Westbecken auf euch, das ist dahinten auf der anderen Seite der Gleise.» Er zeigte auf die Seekarte unter einer Plastikfolie, die er neben dem Ruder liegen hatte. «Pier 146. Dort werde ich sein.»

«Bist du sicher?» Ich grinste und legte ihm leicht die Hand auf die Schulter. «Danke, Danny.»

«Hey, kein Problem. Du und deine Familie, ihr solltet mal wieder abends mit mir rausfahren, wenn's mehr Spaß macht als jetzt.»

Ich versuchte es mir vorzustellen. In einer klaren Nacht konnte man wahrscheinlich von der Santa Monica Bay bis nach Pasadena hinauf sehen. Das goldene Band des Sunset Boulevard würde sich dreißig Kilometer weit dahinschlängeln. Die Stadt wäre wie von innen nach außen gekehrt, würde wieder strahlend und erneuert wirken. «Dazu hätte ich schon mal Lust», sagte ich.

Ich ging zum Bug, vor uns war nichts als Nebel. Ich konnte gerade fünf Meter weit sehen. Die Wellen brachen sich am Rumpf und spritzten mir Gischt ins Gesicht, die tutenden Signalhörner klangen jetzt etwas näher. Ein lauter Ton, dicht darauf folgte ein zweiter, dann verschluckten die Stille und der Nebel wieder alles.

Ich sah oder phantasierte, wie mehrere dunkle Flecken über die Meeresoberfläche zogen: Pelikane auf dem Heimweg. Hier in der Nähe waren Ellen, Lucy und ich damals mit dem Boot draußen gewesen. Die Sonne hatte geschienen, ein wunderbarer Tag. Wir hatten Tümmler, Delphine und Fliegende Fische gesehen und auf dem Rückweg nach San Pedro noch eine Herde von Walen.

Los Angeles war schon ein seltsamer Ort, um ein Kind großzuziehen. Seattle würde vermutlich besser, sicherer sein. Im Augenblick erschienen mir das Glück und die Vorfreude darauf, dass ich sie dort vielleicht sogar einmal mit Ward besuchen könnte, größer zu sein als alles, was ich überhaupt vom Leben erwarten durfte. Seit dem Mord an Mae Richards hatte sich viel getan bei mir. Ich hatte mich vor und zurück bewegt. Mir ging Charlie Corcoran durch den Kopf, und selbst bei meiner momentanen Erschöpfung konnte ich nicht gutheißen, was er getan hatte, doch immerhin begriff ich es jetzt; und wer war ich schon, darüber zu urteilen? Ich dachte an Jack Brewster und sinnierte schmerzvoll über Freundschaft und Loyalität. Ich dachte an Radek und Ricky Lee und Ward und daran, was die nächste halbe Stunde wohl bringen mochte. Eine ruhige Gewissheit sagte mir, dass der Höhepunkt nahe war. Ich wünschte mir sehr, dass endlich alles vorbei wäre, und dankbarerweise kühlte der Nebel meine Ungeduld; er mahnte mich, behutsam vorzugehen, keine falschen Schritte zu unternehmen, am Leben zu bleiben.

Ein Licht glomm im Nebel auf und verschwand wieder. Zwei Signalhornstöße, so nahe, dass sie mir praktisch direkt in die Ohren dröhnten, dann war das Licht wieder da und schwenkte herum, weil unser Schiff jetzt Kurs nach backbord nahm. Offenbar waren wir kurz vor Angel's Gate, der Einfahrt nach San Pedro vom Meer aus, und das bedeutete, dass unsichtbar im Dunst, aber direkt vor mir, die Hafenmauer liegen musste.

Als wir die Lichtquelle umrundeten, ließ die Brandung auf einmal nach. Kurz darauf tuckerten wir ruhig jenseits der Wellenbrecher dahin, und die See um uns war nur noch eine lang gezogene, gemütliche, flache Dünung. Ricky Lee und Tookie, die ebenfalls spürten, dass wir das Ziel gleich erreichen würden, waren zur Brücke heraufgekommen. Tookie war offensichtlich richtig froh; er hüpfte leicht auf und ab, er konnte schon das Land riechen.

Wir zogen an grellen Scheinwerfern und spotzenden Schloten vorbei, backbord kam ein Kraftwerk in Sicht. Über uns war der rote Stern am Funkmast oben auf dem San Pedro Hill, und ein paar Öltanks, die kurz glatt und grau schimmernd auftauchten, ehe der Nebel sie wieder verschlang. Ein Warnton erscholl aus dem Dunst, sehr laut, und plötzlich ragte der Bug eines riesigen Frachters über uns auf, der die Fahrrinne in entgegengesetzter Richtung teilte, Positionslampen bebten, die Maschinen wummerten einen Moment lang sehr nahe, ehe wir verdattert und schaukelnd in seinem Kielwasser zurückblieben.

Tookie, dem das Grinsen vergangen war, verschwand wieder nach unten, während Ricky Lee ihm hinterherlachte. «Hey, Took-man, du feiger Arsch. Was hast du bloß für ein Ding mit dem Wasser laufen? Angst vorm Badengehen?»

Eine Perlenkette aus Lichtern hoch oben im Nebel zeigte mir an, dass wir unter der Vincent Thomas Bridge durchfuhren. An dieser Stelle hatte die Wasserpolizei am Morgen nach den Überresten des Land Cruiser gesucht, der von der Brücke gefallen war. Ich fragte mich, ob Ricky Lee auch wusste, wo wir waren, sagte aber nichts. Danny spähte nach vorn, lehnte den massigen Körper gegen das Ruder und sagte, wir seien gleich bei Pier 50. Ich bat ihn, noch ein Stück weiter zu fahren, durch das Becken des East Channel, damit ich mir erst das Gebäude ansehen konnte. Auf unserer Seite war alles dunkel, eine Anlegestelle endete an einer eingestürzten Mauer, dahinter lagen ein paar Türen. Wir glitten an einer schönen alten, achtzig Fuß langen Holzyacht vorbei, die, voll ausgestattet und mit einem langen Funkmast versehen, sanft im Wasser schaukelte, und Danny sagte: «Ja, das ist die *Little Knell.* Eines der schönsten Boote im ganzen Land.» Dann kam der rostzerfressene, unbeleuchtete Rumpf eines Baggerschiffs in Sicht, hinter dem die Lagerhalle aufragte, zwei Stockwerke hoch und rund zweihundert Meter lang, alle Fenster dunkel; während wir weitertrieben, sah ich, dass die meisten der Holztüren durch stählerne Rollgitter ersetzt worden waren. Man sah keine Graffiti, und hier waren die Ziegelmauern auch solide, trotzdem verströmte der Ort eine starke Atmosphäre von Armut und Verzweiflung. Nur ganz am hinteren Ende gab es Anzeichen von Leben – in drei oder vier der Fenster brannte Licht, dahinter huschten Schatten.

31

Der Strahl der Taschenlampe erfasste einen riesigen leeren Raum, der übersät war mit Schutt, wohl die frühere Eingangshalle, gekachelter Boden und ein Treppenaufgang in der Mitte, der breit und weiß in eine ominöse Dunkelheit führte. Ich hörte davonhuschende Ratten und von draußen das leise zweifache Tuten des Leuchtturms von Angel's Gate. Es roch nach Ozon und Ziegelstaub, aber nicht nach Feuchtigkeit. Die Wände waren stabil, auch wenn die Farbe abblätterte. Einige Fensterscheiben hatten Sprünge, aber keine war kaputt. Als vor zwanzig, dreißig Jahren die großen Kreuzfahrtschiffe hier angedockt hatten, musste es ein prachtvoller Raum gewesen sein. Selbst in dem elenden Zustand bewahrte er sich einen Rest von Klasse, einen beeindruckenden Glanz. Seit Jahren hatte niemand mehr diesen speziellen Eingang benutzt. Meine Schuhe hinterließen Spuren im Staub.

Ricky Lee war dicht hinter mir, das Sturmgewehr in der Hand, die Pistole vorne in den Hosenbund geschoben. Danny hatte uns beide direkt vor dem Gebäude abgesetzt, an dem kaputten Landungssteg, nachdem wir Tookie bei dem Baggerschiff herausgelassen hatten – er hatte vorgeschlagen, dass wir uns mal länger unterhalten sollten, wenn all das vorbei wäre. «Immer angenommen, dass du die akuteren Probleme hier überlebst», hatte er gesagt. Und zu Ricky Lee: «Bis dann, Mann.»

Am Ende der Treppe fanden wir einen dunklen Türbogen

ohne Tür, so schmal in die Mauer eingelassen, dass er wie der Eingang zu einem Grab wirkte. Wir gingen hindurch, so leise wie möglich auf dem knirschenden Schutt, und kamen in einen langen geraden Korridor mit weiteren blinden Türöffnungen, die ich anfangs nur durch leise Veränderungen der Luftströmung erspürte, dann erfasste meine Taschenlampe einen leeren Schlafraum, eine Männertoilette (Pinkelrinne noch intakt) und ein Bad, in dem alle Armaturen abgeschraubt auf einem blinkenden Haufen lagen. Der Korridor selbst war eng und schmal, aber wesentlich wärmer als die Eingangshalle. Hinter mir hörte ich Ricky Lees Schritte, den hektischen Rhythmus seines Atems. Von weiter vorn drang dumpf ein lauter werdendes Geräusch an mein Ohr. «Ein Generator», flüsterte Ricky Lee. «Irgendjemand ist hier zu Hause.»

Der Korridor ging wieder zu einem Treppenaufgang, der uns diesmal hinunterführte, zurück auf Bodenhöhe und in einen weiteren riesigen Raum, überwältigend und gewaltig, aber auch durchaus sauber und aufgeräumt – wenn auch keineswegs leer. Die Taschenlampe erfasste einen Planwagen, wie ihn mein Urgroßvater gefahren haben mochte, die Tragflächen und die Nase eines halb zerlegten Flugzeugs, einen liebevoll restaurierten alten Chevrolet, einen ebenso alten Buick, einen aufgebockten Ford Thunderbird, noch einen Planwagen, ein zweites Flugzeug, einen Doppeldecker – diese Maschine war komplett –, einen dritten Planwagen, dann einen vierten und einen fünften.

Es dauerte vielleicht zehn Minuten, bis wir zum anderen Ende gelangten. Ricky Lee murmelte die ganze Zeit kopfschüttelnd vor sich hin: «Ich glaub diese Scheiße einfach nicht.» Es war dunkel, wir liefen hier völlig ungeschützt herum und warteten nur auf die Wucht des Einschlags einer Pistolenkugel in unser Fleisch. Auf dem Boden lagen Werkzeug und Segelplanen verstreut herum. Dann kamen noch mehr Autos und Planwagen. Es gab dort sogar eine vollständige

Bowlinganlage mit drei Bahnen, die Kugeln säuberlich zu Pyramiden zusammengestellt. Wie gesagt, der Raum war riesig, von der Größe einer Flugzeughalle. Es mochte einmal ein Ballsaal gewesen sein, vielleicht hatte Radek auch ein paar Zwischenwände entfernt. Aus den Oberlichtern zehn bis fünfzehn Meter über uns drängte sich die Finsternis herein. Entlang der linken Wand zog sich ein stählerner Laufsteg mit einer Metalltreppe am hinteren Ende. In einer Ecke waren Kartons mit polnischer Aufschrift gestapelt. Die Medikamente, wie ich annahm. Alles Übrige war wohl Material für Radeks Geschäft mit den Filmausstattungen. Das Zeug musste mehrere hunderttausend Dollar wert sein. Mir wäre fast das Herz in die Hose gerutscht, als ich auf einmal sich bewegende Lichter sah, eine schwarze Wand, die an den Fenstern vorüberglitt. Erst dachte ich kurz, meine Augen spielten mir einen Streich, und blieb mit rasendem Pulsschlag reglos stehen; aber die schwarze Wand bewegte sich gleichmäßig weiter wie ein Vorhang, der zurückgezogen wurde. Es war ein Schiff, wurde mir klar, das draußen auf dem Kanal, der entlang der rechten Seite des Gebäudes verlief, aufs Meer hinausfuhr.

Endlich waren wir am anderen Ende und standen vor einer geschlossenen Tür. Dahinter glaubte ich Bewegungen und den fernen Hall von Stimmen zu hören. Ricky Lee postierte sich hinter der einen Seite des Eingangs, ich hinter der anderen, dann griff ich nach der Klinke, schob die Tür vorsichtig auf und trat rasch hindurch, die Beretta im Anschlag in der Hand.

Hier brannte Licht, eine flackernde Neonröhre, die mit Draht an der Decke befestigt war, und rechts von uns war ein zweiter Raum, ein Schlafraum, der nach frischer Farbe roch und mit einem festen grauen Material ausgelegt war, das meine Schritte federn ließ – das Zeug war höchstwahrscheinlich abriebfest, feuerfest, schimmelfest; es würde mich vielleicht überleben.

Der Schlafraum war leer. Mein Herz pochte, ich schwitzte, hatte einen trockenen Mund, meine Gedärme fühlten sich an wie eine zähe Flüssigkeit, und ich spürte wieder einmal, wie sehr ich Durchsuchungen mit gezogener Waffe hasste. Die Nerven sind angespannt wie Drähte. Jeder leere Raum bringt eine neue Enttäuschung und die Illusion von Sicherheit, die aber jederzeit brutal zerstört werden kann. Die Luft fühlt sich irgendwie dick an. Man muss sie zerteilen und hindurchwaten, ständig mit der Waffe in die Runde zielen, wie man es im taktischen Training lernt, wie man es im Kino sieht. Und jedes Mal denkt man: Heute könnte der Tag sein.

Ich dachte daran, wie Ellen angeschossen wurde. So viele Male hatte ich mir Vorwürfe gemacht, dass ich nicht dort gewesen war, hatte mir ausgemalt, ich hätte die Zeit anhalten, eine neue Art von Uhr, einen anderen Lauf der Geschichte erfinden können. Ebenso hatte ich mir die vielen verschiedenen Szenarien vorgestellt, die möglich gewesen wären, hätte ich nicht mit Ward geschlafen – oder Ellen es nicht herausgefunden. Es gab so viele Varianten, aber nur eine hatte Realität angenommen, nur eine war Wirklichkeit geworden: Ellen, blutend auf dem Boden liegend, mit einem langen Glassplitter in der Wirbelsäule, und ein neues Leben, das von da an für uns beide begann, sie als Krüppel, während ich zum herrischen Takt meiner Schuldgefühle marschierte. Egal, wie man es betrachtete – mit dem größeren Wissen, das man im Nachhinein hat, mit mehr Einsicht und Erfahrung oder mit Klugheit und Weisheit –, ich trug auf jeden Fall Schuld. Egal, wie oft ich am Schorf der späteren Ereignisse kratzte – da war ihr Sieg über die widrigen Umstände, mein eigener Niedergang –, die Wunde war immer frisch und nässte. Bertrand Russell hat einmal gesagt, jeder sei dazu verflucht, irgendwann rebellisch zu werden. Vielleicht ist es gar kein Fluch, sondern etwas Sinnvolles. So oder so, damals war Ellens Moment gewesen. Sie wurde zum Handeln gezwungen, ich dagegen hatte zugelassen, dass ich versauerte.

Ich war jetzt wieder in dem Korridor, wo über mir die Leuchtstoffröhre surrte und knisterte, kurz flackerte und dann Ricky Lees Gesicht mit einem unmenschlich blauen Schein aufleuchten ließ. Er war nervös, bewaffnet und gereizt, aber die Kalaschnikow hielt er sich fast zärtlich vor die Brust. Die andere Waffe steckte in seinem Gürtel wie ein Schmuckstück. Die Angst drang mir bis in die Knochen. Ein zweites Licht war zu sehen, das gleichmäßig brannte, etwa zwanzig Meter weiter vor uns. Vom Gang selbst war dahinter etwa noch ebenso viel zu sehen, bevor er sich in der Dunkelheit verlor.

Ich zählte acht Türöffnungen auf jeder Seite, manche davon offenbar von innen erleuchtet, andere nicht. Der nächste Raum zur Linken war leer. Gegenüber stand in der Ecke eine Duschkabine – auch hier niemand zu sehen. Aus dem Brausekopf tropfte Wasser, das trommelnd auf den hohlen Boden der Wanne schlug.

Wir prüften noch drei weitere Räume, dann ertönten plötzlich Stimmen ganz in der Nähe, irgendwo innerhalb dieses Labyrinths. Der Gesprächsinhalt ließ sich nur erahnen, die Stimmung allerdings war unverkennbar: Zwei Männer stritten und schrien einander an. Ricky Lee bezog wieder still auf der einen Seite des Eingangs Position, während ich die andere einnahm. Unvermittelt fielen die beiden Stimmen in leises Gemurmel zurück und verstummten dann ganz, als hätten sie kurz eine elektrische Störung in der Luft verspürt, dann aber fingen sie wieder an.

Richard Francis klang nervös und erregt, als er sagte: «Du hast mir garantiert, dass es keine Probleme geben würde. Du wolltest nur meinen Namen verwenden. Und ich würde darin nicht verwickelt werden. Aber jetzt ist es doch passiert!»

Radek Gatti sprach etwas zu laut, um den Tonfall beschwichtigend zu nennen. «Richard, mein Freund, mein *Arbeitgeber,* sorg dich doch nicht um Kleinigkeiten. *Pffft.* Wo liegt dein Problem?»

«McGrath weiß, was hier los ist.»

Sein Lachen wirkte körperlos, geradezu hysterisch. «McGrath? Ach ja. Ich werde mir Sorgen machen über ihn, okay. Aber du mach dir keine. Hör zu, Richard, hier läuft alles glatt, es ist alles in Ordnung. Wir tun doch nichts Illegales hier. Wir sind ehrliche Geschäftsleute, ein wenig unmoralisch vielleicht, ein wenig *zweifelhaft*, sonst nichts. Du solltest es als Entwicklungshilfe für Polen betrachten. Und genügen die Medikamente nicht den Normen? Natürlich genügen sie, gewiss doch.»

Ricky Lee sah etwas verwirrt aus und nickte mir fragend zu. Ich hob den Finger an die Lippen und bedeutete ihm, er solle schweigen, während Francis weitersprach, keineswegs beruhigt, besänftigt oder eingelullt, wie Radek es wohl beabsichtigt hatte. «Da ist doch noch etwas anderes», sagte er argwöhnisch, ja angstvoll.

«Nichts anderes», sagte Gatti mit bestimmtem Ton. «Keine Fragen mehr. Was sollte sonst noch sein?»

Das Schweigen nagte an der Luft. Schließlich räusperte sich Francis und sagte: «McGrath meint, du hättest Mae umgebracht.» Er klang den Tränen nahe. «Er sagt, du hast sie ermordet.»

«Das sagt McGrath? So eine *Kacke.* McGrath sagt das? Wann hast du mit dem geredet? Dieses dreckige Arschgesicht von Schwanzlutscher. Das ist Quatsch. Du glaubst das etwa? Du glaubst ihm mehr als mir?»

Ich spürte, wie Francis zurückwich, überrascht von diesem Ausbruch. «Du bist loyal, du bist mein Freund, ich traue dir.»

«Warum also versuchst du mich mit dieser Kacke zu verarschen? Das ist nicht richtig, Richard.»

«Ich wollte doch nur mal fragen, nichts weiter.»

«Du wolltest nur mal fragen. *Du* wolltest *mich* was fragen. Scheiße.»

Francis fing an, über den Tag zu sprechen, an dem Mae gestorben war, wie Gatti ihn vom Krankenhaus abgeholt und zu ihrem Haus gefahren hatte. «Du warst in einer komischen Stimmung. Das hab ich dir damals auch gesagt. Du warst unruhig, ganz aufgeregt. Dauernd hast du mit den Fingern geschnippt und auf das Lenkrad geschlagen. Und du hast pausenlos geredet. Über die Wall Street, über Politik, über Football, über schwarze Löcher im All. Ich weiß nicht, worüber noch alles. Und dann wolltest du unbedingt zum Boot.»

«Findest du das komisch? Du hältst das für einen großen Witz? Ich hatte eben eine seltsame Laune. Vielleicht war es wegen etwas, das ich gegessen hatte. Vielleicht war es eine Magenverstimmung.» Gattis Stimme bebte, sie schwankte schon am Rande zur Gewalttätigkeit. «Das waren diese beschissenen Muscheln, die ich zum Mittagessen in diesem Restaurant hatte, weißt du, auf dem Abbot Kinney Boulevard. Oder waren das Scampi? Nein, Muscheln.»

«Hast du sie an diesem Tag besucht?»

Radek flehte ihn jetzt beinahe an. «Warum fragst du mich das? Das ist eine Beleidigung. Jeder beleidigt mich. Armer Radek. Niemand zollt ihm Respekt. Er ist so klein und aus einem fremden Land. Jeder glaubt, er kann ihn anspucken. Na schön. Los, mein Freund, wende du dich auch noch gegen mich.»

«Hast du sie besucht?»

Es folgte eine eigenartige Pause, eine provozierende, gefährliche Stille. «Ich hab sie besucht, ja», sagte er mit ruhiger Stimme, seufzte kurz und ließ dann eine ungeahnte innere Energiequelle aufbrechen. Das beunruhigende Gefühl, das Gatti schon immer in mir wachgerufen hatte, war eine seichte, flüchtige Laune im Vergleich zu dem, was ich jetzt empfand. Dieser Typ stand kurz davor, Feuer zu speien und die Wände in Brand zu setzen. «Ja, allerdings, ich habe sie besucht. Und weißt du was? Scheiße, Mann, ich hab die Braut umgelegt. Aber nicht bevor ich ihr noch meinen Schwanz ins

Maul gesteckt hab. Nicht bevor ich sie in den Arsch gefickt hab.»

Gatti war zermürbt und zu diesem Geständnis verleitet worden, aber nun genoss er es, Francis zu provozieren, ihn anzustecken und herauszufordern, ihn wissen zu lassen, in wessen Händen die wahre Macht hier lag; er kostete diese Verkehrung der üblichen Ordnung der Dinge spürbar aus. «Ich bin in ihrem Loch gekommen. Wie gefällt dir das? Na? Gefällt dir das, du beschissener, arroganter Medizinerarsch? Was willst du jetzt machen, Mister Millionär? Werden deine Doktortitel hereinmarschieren und dir helfen? Alle die süßen Krankenschwestern und kleinen Doktorjungs, die dich für so klug und würdevoll halten? Ich hab deine Freundin gefickt. Ich hab sie umgebracht. Ich hab ihr die Finger abgeschnitten.»

Francis schwieg wie betäubt, aber ich sah, dass Ricky Lees Augen vor Wut brannten. Er umfasste das Gewehr fester, hielt den Kopf völlig reglos, doch seine Schultern zitterten vor lauter Anstrengung, sich ruhig zu verhalten. Es musste jede Sekunde losgehen.

«Ich hab sie gehasst, diese dumme, protzige Schlampe. Fast wie meine Mutter, so sehr. Und du hättest sehen sollen, was mit meiner Mutter passiert ist. Klein Radek hat sie in den Müll gestopft, wo sie hingehört. Klein Radek hat ihr den Kopf abgeschnitten. Jetzt töte ich dich vielleicht. Was sagst du dazu, mein Freund? Bist immer sehr erfolgreich, nein? Und wird das helfen, dass du der Gefahr entgehst? Ich glaube das nicht, mein Bester. Und ich brauche nicht einmal eine Pistole. Ich werde dich mit meinen Zähnen töten.»

Ich sprang zuerst hinein, Ricky Lee dicht auf meinen Fersen. Wir erwarteten, Gatti und Francis direkt vor uns zu haben, stattdessen standen wir im nächsten leeren Raum, wieder mit einem dieser Teppiche aus Stahlwolle. Ich fuhr nach rechts herum, vor mir ein Türbogen. Zwei dieser Eingänge waren miteinander zu einem verbunden worden, und da sah ich nun Francis, auf den Knien, praktisch blind von dem Blut, das aus der Wunde über seinem Auge strömte, wo Gatti ihn gebissen hatte. Gatti selbst sah ich noch ganz kurz, wie er hinter dem Bogen verschwand und zu der Tür auf der anderen Seite rannte, zu dem Fluchtweg des dahinter liegenden Korridors.

Ricky Lee war als Erster in dem Gang, jagte ihm eine knatternde Salve aus seiner Kalaschnikow hinterher, aber Gatti war weg, wahrscheinlich war er in einem Raum auf der anderen Seite verschwunden, oder er hatte sogar die Dunkelheit am Ende des Korridors erreicht. «Dieses Arschloch», sagte Ricky Lee und nahm die Verfolgung auf, indem er nach links aus dem Korridor in den nächsten erleuchteten Raum flitzte, während ich die andere Richtung einschlug, um nach Francis zu sehen, der sich zitternd und benommen ein blutiges Taschentuch gegen den Kopf hielt.

Mir blieb keine Zeit zu fragen, wie es ihm ging. Er war am Leben, er würde durchkommen. Ich packte seine Schultern. «Radek hält eine Frau hier fest. Eine Freundin von mir.» Haben Sie sie gesehen?»

Er war immer noch zu durcheinander.

«Sind Sie schon lange hier?»

Er schüttelte den Kopf, wobei das Blut spritzte. «Nicht lange. Viertelstunde.»

«Haben Sie irgendwen gesehen, seit Sie hier sind? Außer Radek. Kommen Sie, Richard! Ich muss das wissen.»

«Niemand, niemand, nur Radek.» Seine Augen leuchteten kurz auf, eigenartig hoffnungsvoll, während ihm das Blut weiter das Gesicht hinabrann, dann fuhr er entsetzt auf, erschrocken vom nahen Knattern der Kalaschnikow, dem eine traumhaft rauschende Stille und danach drei Schüsse aus einer anderen Waffe folgten, einer nach dem anderen, drei harte, knallende Entladungen.

Ich rannte in den Korridor, unter den Neonröhren hindurch, die mich in das Dunkel am anderen Ende lockten. Ich wurde langsamer, drückte mich dicht an die Wand, schob mich mit der Schulter an ihr entlang, dabei hielt ich die Glock mit beiden Händen ausgestreckt vor mir. Mein Magen ballte sich als harte Kugel unter der Kehle zusammen, während meine Füße zwei Betonstufen ertasteten, die ich in meiner Erregung nicht einmal ansah, sondern einfach betrat.

Wenige Meter hinter der Tür fand ich Ricky Lee. Er lag da, als hätte man ihn einfach weggeworfen und gegen das Rad von einem der Autos aus Gattis Automuseum geschleudert. Ricky Lees eines Bein war in einem bizarren Winkel nach hinten verdreht. Ich hatte drei Schüsse gehört, sah aber nur zwei Wunden: eine in der rechten Brust, die andere war das saubere Loch mitten in seiner Kehle, wo sich das protestierende Fleisch um den Einschusskanal herum aufgeworfen hatte. Die rechte Hand ruhte ausgestreckt auf dem Trittbrett des Wagens. Als ich ihm den Puls fühlte – schwach, aber vorhanden –, strichen meine Finger über eine klaffende Wunde in seiner Handfläche, die dritte Verletzung, nur ein Kratzer. Er hustete halb erstickt, und ich holte ihm etwas aus dem Rachen heraus. Radek hatte sich die Zeit genommen, das walnussgroße Goldnugget von Ricky Lees Halskette abzureißen und es ihm in den Mund zu stopfen.

Ich erinnere mich noch an das erste Mal, als jemand vor meinen Augen starb. Es war nachts, im MacArthur Park, wo der Mann unter einem Eukalyptusbaum lag, der abartig stank, als hätten hundert Pferde dagegengepisst. Es war ein obdachloser Penner gewesen. Seine Augen schimmerten feucht und starrten ins Leere, irgendwo ins Jenseits des Himmels, dann hatte sich diese Feuchte in einen starren Glanz verhärtet, und was immer er da ansah, verschwand oder verwandelte sich in eine andere Vision. Das ist die Wirklichkeit, war mir klar geworden, genau so geschieht es. Es gibt diese kurzen letzten Augenblicke, in denen Erinnerungen, Gedanken, Träume, Impulse, der ganze brodelnde Stoff des Lebens ein letztes Mal aufblühen will, ehe das Bewusstsein erlischt. Die Menschen begehen den Fehler, den Tod allzu leichtfertig zu nehmen; sie glauben, das passiere ohnehin jedem, es sei natürlich, keine große Sache, und es werde ihnen schon gut gehen dabei. Hübsche Theorie – bis man selber stirbt.

Ricky Lees ausgeprägte Augen hatten schon diesen Blick in die Ferne. Ich drückte ihm die Hand und fühlte einen ganz leisen Gegendruck. Sein gepresster, rasselnder Atem und die schwache Stimme kamen schon von einem anderen Tier in seinem Innern, das gerne ausbrechen wollte.

«Tookie?», flüsterte er. «Hey, Took, Mann, hast du dieses Erkältungszeug für meine Kleine besorgt? Sie ist erkältet, Mann. Du musst Renata das Zeug bringen.»

«Ich bin nicht Tookie», sagte ich. «Ich bin McGrath. Hör zu, hör mir zu.» Ich versuchte, seinen Blick auf mich zu lenken. «Du bist jung, du bist kräftig. Du kannst es schaffen.»

Ich ging den Korridor zurück zu Francis, der noch im grellen Licht des leeren Raums kauerte. Er hatte sich nicht bewegt, zuckte aber zusammen, als ich seinen Arm ergriff. «Kommen Sie und tun Sie Ihre Arbeit», sagte ich.

Ricky Lees Gesichtsausdruck werde ich nie vergessen. Er legte erstaunt die Stirn in Falten und wandte sich matt zu mir um, immer noch stirnrunzelnd, als wollte er gern die Beleidigung mit mir teilen, die er empfand, als dieser alte weiße Knacker ihm das Hemd aufriss und seine Brust befingerte.

Ich sagte: «Halt durch. Wir bringen dich auf eine Intensivstation.»

«Hey, ich bin blind, Mann», murmelte Ricky Lee, auf dessen Lippen blutige Bläschen blubberten. «Ich kann nichts sehen.»

Francis schüttelte den Kopf, es hatte keinen Sinn.

Ich verstärkte meinen Griff um Ricky Lees Hand. «Blödsinn. Ich hab schon Typen gesehen, die waren schlimmer zerschossen und haben's auch überstanden», sagte ich. «Schön atmen. Tief durchatmen. Sieh mir in die Augen. Sieh mich an.»

«Ich muss, ich muss», sagte Ricky Lee, die Worte schafften es kaum noch über seine Lippen. «Ich muss sie finden … McGrath, bist du das?» Sein Blick wurde trüb. «O Scheiße, ich sterbe. Du hast mich verarscht, Mann. Wo ist sie? Wer kümmert sich …» Der Tod schnitt ihm das Wort ab.

32

Diesmal erfasste der Strahl meiner Taschenlampe einen leeren Betonboden und wurde dann von den verdunkelten Fenstern reflektiert, die entlang der Rückseite des Gebäudes verliefen. Das Licht erhellte sauber gestapelte braune Pappkartons, zwei weitere Autos und noch einen dieser Planwagen. Man hörte das klagende Tuten eines fernen Nebelhorns. Über der Fensterreihe erhob sich ein schmutziges erstes Stockwerk, vor dem ein eiserner Portalkran montiert war. Wir befanden uns jetzt in einer weiteren leeren Halle, ähnlich der, durch die Ricky Lee und ich vorher gekommen waren. Da und dort lagen Gegenstände herum, manche groß, manche klein, verstreut wie durcheinander liegende Spielzeugwürfel auf dem unordentlichen Tisch eines Riesen. Vor dem Fenster ertönten Rufe und erneut Schüsse, dann hatte ich wieder das Gefühl, dass ein Schatten über alles kroch, als auf dem Kanal ein weiteres großes Schiff vorbeizog. Die nasskalte Luft krallte, bohrte sich in die Wärme meiner Haut. Ich hörte meinen Atem und mein langsamer werdendes Herzklopfen. Es war eine nette Nacht, in der mein Freund Randy im Leichenschauhaus eine Sonderschicht würde einlegen dürfen.

Ich schwenkte den Lichtstrahl nach links hinten in die Ecke, wo er neben einer funkelnden Werkbank und einer umgekippten Flasche eine scharfe Betonkante erfasste, hinter der eine Türöffnung zu einer dunklen Treppe führte. Sobald ich den Raum durchquert hatte, stieg ich hinauf, es waren an die zwanzig Stufen, zweimal ging es nach rechts, die Taschenlampe huschte über Leimfarbe und rostige Eisengeländer, bis ich vor einer schweren Holztür stand, unter der ein Lichtschimmer hervordrang. Die Tür war verschlossen.

Mein erster Tritt wurde mir mit einem rasenden Schmerz vergolten, der vom Fußknöchel zum Schienbein und Knie hinaufraste. Beim zweiten und dritten Versuch quietschte und krachte die Tür, begann nachzugeben, splitterte in den Angeln und flog dann auf. Das Schloss fiel zu Boden, und vor mir hatte ich einen kleinen Jungen, ungefähr vier Jahre alt, der mich ebenso grimmig wie perplex anstarrte. Er stand nur etwa fünf Meter von mir entfernt, zeigte keine Angst, aber keuchte und kicherte über das, was ich mit dieser Tür angestellt hatte, dabei wackelte sein runder Kopf hin und her. Die Haut über den Augen hatte Falten, die seine Lider schwer wirken ließen. Die Stirn wölbte sich unter dicken Strähnen des dunklen Haars. Er hatte nichts von Denise Corcoran im Gesicht, und das hätte ich auch nicht erwartet, aber ich erkannte ihn von dem Foto, das mir Louise Szell gezeigt hatte. Es war der kleine Junge von Denise, das Kind mit dem Down-Syndrom. Ich konnte kaum sprechen oder einen klaren Gedanken fassen. «Hallo, Kleiner», sagte ich schließlich mit leiser Stimme, die unwirklich und verwundert klang.

Der Raum hatte eine fünfeckige Form, er wirkte kahl, aber nicht ungemütlich. Es gab einen weichen Teppich auf dem Boden, ein Sofa, einen Flipper, einen Kühlschrank. Dann Lampen, Stühle und einen Heizstrahler, der die Luft erwärmte. Zu beiden Seiten waren Fenster, durch die der Nebel zu sehen war, der jetzt noch dichter wurde, da die Dämmerung ihm allmählich Substanz verlieh. Der Junge rührte sich nicht. Er starrte auf die Pistole in meiner herabhängenden Hand, während er seinen Kopf immer noch hin und her wiegte.

Eine Stimme hinter mir sagte: «Hallo, Billy. Ich bin froh, dass du beschlossen hast, hier vorbeizukommen.»

Ward stand neben der Tür, durch die ich nur Sekunden zuvor hereingestürmt war. In der Hand hielt sie, ebenso lose herabbaumelnd wie meine Automatic, ein Stuhlbein, mit dem sie vermutlich den erwarteten Eindringling ohne zu zögern bewusstlos geschlagen hätte. Sie lehnte sich gegen die Wand, stieß hörbar den Atem aus und fuhr sich mit den Händen durchs Haar, so dass sich einige Büschel davon nahezu unwirsch aufstellten. Ihr schwarzer Kaschmirblazer war eingestaubt und schmutzig, mit einem langen Riss in der Schulternaht. Ihre Nase war leicht gerötet, und der Ausdruck in den verweinten Augen verhärtete sich jetzt von Erleichterung zu Ärger.

«Geht's dir gut?»

«Na sicher. Ich bin gefesselt, geknebelt und in einen Kofferraum gestopft worden. Man hat mich gekidnappt, verdammt nochmal. Warum? Was ist hier los, Billy?»

«Darüber kann ich jetzt nicht reden.»

«Du Arschloch!»

«Ich muss dich hier rausbringen.»

«Ich rühre mich keinen Zentimeter ohne den Kleinen. Andy, komm zu mir, Liebling.»

Der Junge war unsicher und blieb stehen. Er lächelte immer noch und hielt den Mund geöffnet, aber es kam kein Ton heraus. Ward warf das Stuhlbein weg, das über den Teppich rollte, und kam herüber, schloss ihn in die Arme und strich über sein dickes Wuschelhaar. «Alles in Ordnung, Liebling. Wir gehen jetzt mit diesem Mann woandershin. Er ist ein Freund, und deshalb wird alles gut.»

«Kennst du den Jungen?»

«Erst seit heute Abend. Erst seit ich in sein Zimmer gesperrt wurde.»

«Was macht er hier?»

Sie schien überrascht, dass ich das nicht wusste. Sie nahm mich beiseite und flüsterte: «Wie heißt er noch? Der Kerl, der mich hierher verschleppt hat?»

«Radek Gatti.»

«Radek, genau. Andy ist sein Sohn.»

«Was?»

«Pech für Andy.»

«Radek ist der Vater?»

Der Kleine sang leise vor sich hin, schaukelte auf den Fußballen, schwang seinen riesigen Kopf und wedelte mit den Armen. Er wirkte älter, als er war, geradezu gravitätisch, voll von eingesperrten Gedanken und sanften Gefühlen, die einfach heraussprudeln mussten. Louise Szell hatte geglaubt, Charlie Corcoran wäre der Vater des Kindes von Denise. Francis hatte das verneint, ohne eine Alternative zu nennen. Aber dass es Gatti sein könnte, hätte ich nie vermutet.

Ward sagte: «Du bist doch sicher mit einer Armee von Polizisten angerückt, stimmt's? Die kümmern sich jetzt um alles. Sie räumen hier auf, damit wir endlich verschwinden können. Ich habe Hunger. Ist nicht längst Zeit zum Frühstücken? Ich könnte ein Pferd verdrücken. Obwohl mir Pancakes lieber wären.» Die Finger der linken Hand zwirbelten in ihrem Haar. «Der ganze Krach vorhin, das waren doch die Cops, oder? Waren das deine Leute?»

«Nicht direkt.»

«Wie – nicht direkt?»

Ich erzählte ihr, dass ich vom Wasser aus gekommen war, zusammen mit Ricky Lee Richards, den Gatti inzwischen erschossen hatte, und einem zweiten Gangster, der mich eigentlich am liebsten umbringen wollte. Und dass unser einziger Verbündeter hier ein Arzt war, der aber unter Schock stand und eine üble Kopfwunde hatte, außerdem gab es noch den Freund draußen bei einem Boot, das wir aber erst noch erreichen mussten.

«Du meinst, du bist praktisch allein hierher gekommen?»

«So ziemlich.»

«Also stimmt es, was der Typ gesagt hat: Du hast dich bestechen lassen.»

«Du warst dabei, als Gatti anrief?»

«Willst du sagen, du hast kein Bestechungsgeld genommen?»

«Doch, ich hab's genommen.»

«Und Charlie Corcoran ist jetzt tot?»

«Das denkt Gatti. Aber Charlie ist okay.»

Der Junge kuschelte sich an ihr Bein. Draußen wurde es langsam hell, obwohl ich noch nicht die fernen Raffinerien oder die Schiffe sehen konnte, die ihre Nebelhörner über das düstere Meer ertönen ließen. «Du hast Geld von Ricky Lee Richards genommen, also wieso soll ich dir das jetzt glauben? Woher weiß ich, dass Corcoran nicht in irgendeinem Straßengraben liegt, auf dem Grund des Meeres oder in einem Flugzeug, von wo er demnächst in Einzelstücken über der Wüste abgeworfen wird? Wie kann ich dir überhaupt noch vertrauen? Wie es aussieht, gehörst du ja wohl zu den Bösen.» Ihre weit geöffneten Augen musterten mich scharf und fragend. «Aber du bist immerhin hier. Warum?»

Ich trat verlegen von einem Fuß auf den anderen und wollte sagen: «Ich bin dich holen gekommen.» Als Geschichte, die wir später unseren Enkeln erzählen könnten, falls wir glücklich überlebten und tatsächlich Enkelkinder hätten, wäre all das natürlich großartig. Als tatsächliche Erlebnisse waren diese Momente anders: Sie kamen unglaublich schnell, waren Furcht erregend und von einer Größenordnung, dass der Verstand ihr Wesen nur vage erfassen konnte, bevor er vom nächsten Ereignis überrascht wurde. Unter diesen Umständen konnte ich es nicht aussprechen. Ich konnte ihr die Wahrheit nicht sagen. Jedenfalls tat ich es nicht. Ich streckte die Hand aus, um ihr die Wange zu streicheln.

«Aha», sagte sie und fixierte mich dabei die ganze Zeit.

Nun lief alles sehr rasch ab. Ich ging aus dem fünfeckigen Raum hinaus, lief die Treppe schnell, aber vorsichtig hinunter und blieb dann wachsam lauschend einen Moment lang stehen. Es fielen keine Schüsse. Kein Rascheln, keine Bewegung war zu hören. Ich sah auch niemanden, also ging ich wieder hinauf und kam mit Ward und dem Jungen zurück. Wir schlichen uns zu einem von Radeks Autos, das auf Ziegelsteinen aufgebockt war und nirgendwohin fahren würde, und ich sagte ihnen, sie sollten sich auf dem Rücksitz verstecken.

In diesem Augenblick kam Francis herüber, die Augenbraue durch die Bisswunde verunstaltet, aber sie blutete jetzt wenigstens nicht mehr. Sein Hemd war zerrissen und blutbefleckt, und er wirkte immer noch etwas wacklig. Ich dachte daran, wie ich mir damals Ricky Lees Revolver an den Kopf gehalten und abgedrückt hatte und wie mein Körper vor der Zerstörung zurückgeschreckt war – oder vielmehr, er hatte sich wie im Protest aufgebäumt, als könnte er ebenso gut wie mein Verstand eine Entscheidung treffen und eine bessere, heiterere Geographie für meine fünf Sinne verlangen als die gewalttätige Landschaft, in der ich tagtäglich lebte. Beide Situationen waren ganz anders als jener Abend in der Gemäldegalerie von Ted Softly, wo ich zum Sterben im Prinzip durchaus bereit gewesen war. Jetzt hatte ich Angst vor dem Tod. Das war nicht nur gut. Manchmal beseelt einen die tollkühne Missachtung der Gefahr mit einer geradezu körperhaften Klarheit und Gnade, dann wird sie sogar zu einem nützlichen Mittel der Selbsterhaltung. Immer war das auch nicht so, obwohl zögerliches Vorgehen einen ebenso gut umbringen konnte wie das Gegenteil.

Francis war Gatti unten noch einmal begegnet. «Er hatte eine Waffe. Er sah völlig wahnsinnig aus, packte mich am Hemd und drohte mir. Er sagte etwas von einem Jungen. Ich solle mich um den Jungen kümmern, und er werde sich wieder melden. Ergibt das einen Sinn für Sie?»

«Ein bisschen. Wo ist Gatti jetzt?»

«Weiß nicht», sagte er mit einem Kopfschütteln. «Draußen, nehme ich an.»

Mir war klar, dass ich Gatti nicht einfach entkommen lassen konnte. Ich musste ihn festnehmen, ihn für den Mord an Mae einbuchten und die damit verbundenen Konsequenzen riskieren. Wenn er irgendwann in einem Verhörzimmer alles erzählte, dann war das eben Pech.

Ricky Lees Gesicht war mit einem weißen Tuch zugedeckt. «Das Mindeste, was ich tun konnte», murmelte Francis. «Die arme Mae. Er war so ein winziges Ding, als er geboren wurde. Ich sagte ihr damals, sie würde ihn nie durchbringen. Aber da haben sie mich beide widerlegt. Er war immer ein Kämpfer.»

Ich nahm Ricky Lee die Magnum mit dem silbernen Lauf ab, die noch in seinem Gürtel steckte, der Kolben heiß von seiner schwindenden Wärme, und gab meine eigene Waffe, die Beretta, an Ward weiter, zeigte ihr, wie man sie entsicherte, und sagte, sie werde sie höchstwahrscheinlich nicht benutzen müssen.

Dann ging ich mit den dreien auf der linken Seite des Gebäudes entlang bis zum hinteren Ende, wo ich ein Fenster öffnete, durch das ich hindurchschlüpfte und ihnen dann, nachdem ich überprüft hatte, dass alles in Ordnung war, ebenfalls hinaushalf. Innerhalb weniger Minuten hatten wir mehrere Eisenbahnwaggons, einen LKW-Parkplatz und die vernagelten Fenster eines verfallenen Cafés hinter uns gelassen und Dannys Boot im Westbecken erreicht. Ich brachte sie alle sicher an Deck und wollte zurückgehen.

Ward fragte: «Du kommst nicht mit uns?»

Ich wollte so vieles sagen, mein Bedauern ausdrücken, weil ich sie hier hineingezogen hatte, sie um Vergebung bitten.

«Weißt du, ich muss das hier wirklich noch zu Ende bringen.»

Man hörte ferne Schüsse, kurze, harte Geräusche, und sie begegnete meinem entschuldigenden Blick mit einem Lächeln, dessen nachdenkliche Nüchternheit keinen Hinweis auf ihre wahren Gefühle zuließ, und barg den Kopf des Jungen in den Armen.

Ich fragte: «Kann ich später zu dir kommen?»

«Das möchte ich dir geraten haben», sagte sie, dann war ich allein, rannte zurück zum Schauplatz. Ich hörte nur das Geräusch meines Atems und meine Schritte.

Die Nacht war einem düsteren, kalten Morgen gewichen. Die Sonne war unsichtbar. Durch die Dunstschwaden des Tiefnebels erkannte ich vage den Rumpf des Baggerschiffs, schwarz und solide, mit weißen Buchstaben auf der Seite, die den Heimathafen verkündeten: St. Louis. Das Dock war gepflastert, und meine Schritte hallten auf den Steinen, während das Meer grau und verdrießlich gegen den Schiffsrumpf klatschte. Als ich aufsah, konnte ich den Bogen der Vincent Thomas Bridge ausmachen, über die sich gerade die Frühschicht schob, die Scheinwerfer der Autos tränten verschwommen durch den Nebel. In der Ferne stieß einer der großen Dampfer seine doppelten Warntöne aus. Wesentlich näher war das plötzliche Tuckern und Spotzen der Motoren eines viel kleineren Schiffes. Ich rannte jetzt, Ricky Lees Waffe vor mir haltend, dann sah ich die weißen Konturen von Francis' Boot, die Worte *Little Knell* bildeten einen sorgsamen Halbkreis auf dem Heck; es legte gerade ab. Ich hätte beinahe den Sprung versucht, glaubte es noch zum Deck hinüberzuschaffen, doch ich hielt mich zurück, weil mein Körper mir sagte, dass die Entfernung schon zu weit war.

Ich starrte auf das Kielwasser, das unter den Schrauben der Yacht brodelte und wogte, und ich wusste, er war weg, er war mir entkommen, ich war zu spät dran, obwohl ich die dunkle, massige Gestalt auf der Brücke sehen konnte, die zu mir herumfuhr. Er winkt mir, dachte ich, dieser Dreckskerl freut sich noch – bis es plötzlich dreimal knallte. Die Schüsse zerrissen die kalte Morgenluft, und ich warf mich instinktiv nach vorn, obwohl ich bereits hörte, wie die Querschläger wirkungslos von den Steinen hinter mir abprallten. Gatti feuerte noch zweimal, und ich gab selbst einen Schuss ab, für den ich genau zielte, die Ellenbogen auf die Pflastersteine aufgestützt, bevor der Nebel die *Little Knell* einhüllte. Ich sah den hohen Funkmast Adieu winken und hörte nur noch den sich entfernenden Motor einen Moment lang seltsam laut, dann plötzlich war es still.

Ich erhob mich, eher wütend als fassungslos, und ich schmeckte Blut, denn ich hatte mir auf die Zunge gebissen, als ich zu Boden gegangen war. Ich wischte mir die Hände an dem Mantel meines Großvaters ab, dann erklang unerwartet eine gepresste Stimme aus dem Nebel: «Sie wollen ins Wasser? Sie wollen *schwimmen*? Dann Vorsicht. Es gibt hier gefährliche Strömungen. Kann sie überallhin mitreißen. Ich sehe diese nette Kanone, die Sie da halten, mein Freund. Wirklich hübsch. Und jetzt ins Wasser damit. Sie werfen sie schön zu den vielen anderen Schätzen, die da unten verrotten und verrosten.»

Die Magnum flog ins Meer, klatschte auf und verschwand in den gurgelnden Wogen.

«Gut. Sehr schön. Jetzt drehen Sie sich um.»

Radek Gatti stand etwa fünf Meter entfernt, die gestiefelten Füße fest auf dem Boden verankert, die Kalaschnikow, die ich zuletzt in Ricky Lees Händen gesehen hatte, lässig auf dem angewinkelten Ellenbogen ruhend. «Da auf dem Boot, da ist dieser große Schwarze. Sie hätten sich nicht sorgen müssen, wirklich. Er kann nicht schießen, was sein Pulver wert ist, nicht auf diese Entfernung jedenfalls. Aus der Nähe, ja: bumm! Schießt er einem den Kopf weg, kein Problem. Denkt gar nicht weiter drüber nach. Wie heißt er übrigens?»

«Tookie Cross.»

«Ein harter Bursche. Ich glaube, er ist mir böse, weil ich seinen Boss umgelegt hab, wissen Sie, und er versuchte mich abzuknallen wie ein Karnickel oder so was, also schieße ich zurück. Treffe ihn zweimal. Und trotzdem schafft er es bis zum Boot.» Er sah zerknirscht hinaus auf das Wendebecken hinter mir. «Wunderschönes Boot. Vielleicht kriege ich es zurück. Was meinen Sie?»

Er spielte noch immer den Clown, den armen verfolgten Polen, und jetzt deutete er mit dem Lauf des Sturmgewehrs auf mich. «Und was ist los bei Ihnen, häh? Sie bringen mir endlich mein Geld? Natürlich nicht. Sie versuchen Radek auszutricksen. Sie böser Bursche. Sie kommen hierher mit diesen Typen, wollen Ihre Freundin suchen.» Er zeterte auf einmal herum, trat einen Schritt vor, dann wieder zurück und rieb sich die Stirn mit der freien Hand. «Sie sind entschlossen, alles kaputtzumachen, ja?» Sein Gesicht war gerötet und mit Blut befleckt. «Es wäre alles ganz leicht gewesen. Ricky Lee legt Charlie um. Sie nehmen das Cash, ich nehme die Kleine. Sie geben mir Cash, dafür kriegen Sie die Kleine zurück. Niemand hat ein Problem. Also wieso machen Sie alles kaputt? Jetzt muss ich vielleicht beide umlegen, Sie und die Kleine dazu. Wirklich eine Schande. Sie ist doch ganz nett. Meinen Sie, sie würde mich heiraten? Vielleicht mache ich ihr den Hof.» Er sah verdattert auf. «Natürlich! Sie haben Charlie gar nicht umgelegt. Was ist los gewesen? Haben Sie einen Herzanfall bekommen? Einen Anfall von Übelkeit oder was?»

Ich fragte ihn, wie er von meiner Abmachung mit Ricky Lee überhaupt erfahren hatte.

Sein Gesichtsausdruck blieb unbewegt. Er schüttelte den Kopf, in den Augen dieses wilde Grinsen. «Nein, nein, nein», sagte er. «Ich gebe doch nicht meine Geheimnisse preis.»

Ich sagte, dass ich ihn in diesem Fall wegen Mordes an Mae Richards festnehmen müsse.

«Sicher doch. Und jetzt lesen Sie mir gleich meine Rechte vor. Scheiß drauf, Mann. Ich scheiß auf dich.»

«Weshalb haben Sie sie getötet? Was hat sie getan, das Sie so sehr durchdrehen ließ, Radek? Oder war es nur aus Spaß?»

«Sie halten mich wohl für einen Psycho-Fall?» Er sprach leise und ruhig, ganz gefasst. «Sie glauben, ich wär verrückt? Ich bin schlau. Ich bin clever. Ich schlage euch alle.»

«Vielleicht, mag ja sein», sagte ich. «Aber was bringt Ihnen das schon. Wenn Sie mich erschießen, kriegen Sie das Geld ja auch nicht, Sie kriegen gar nichts.»

«Aber ich komme mit einem Mord davon», sagte er, jetzt wieder mit lauterer Stimme. «Und ich genieße diesen Zustand, das ist so sexy. Liegt ein großes Hochgefühl darin. So etwas sollte man sich bewahren. Manchmal ist es ganz gut, die Wut in sich zu zügeln, so als wenn man sich gegen einen Sack voll Schlangen drückt. Und dann lasse ich die Schlangen manchmal raus. Sie zischen. Sie stoßen zu. Und ich bin so tief in mir drinnen wie niemals zuvor, inzwischen tun die Schlangen ihre Arbeit. Da draußen, der große Bananenfrachter! Warum malen sie Schiffe immer nur weiß an? Was glauben Sie? Das muss doch ganz schnell schmutzig werden?»

Hinter mir hörte ich das Stampfen und Klopfen riesiger Dieselmaschinen, während Radek über meine Schulter starrte. Ich überlegte, ob dies der richtige Moment war, den Griff nach meiner Ersatzknarre zu riskieren, einer kleinen .38er, die mir mein Großvater an den Fußknöchel geschnallt hatte. Mein Magen machte einen Satz, als mein Verstand, der gerade die Hand in Aktion treten lassen wollte, mich warnte, dass Radek viel zu wachsam war, viel zu konzentriert und bereit zum Zurückschlagen. Ich fragte ihn: «Hat Mae das von Ihnen und Ihrem Sohn gewusst?»

«Warum sagen Sie das?»

«Ich hab Ihren Sohn da drin gesehen. Reizender kleiner Junge. Was ist passiert, Radek, nachdem Denise gestorben ist? Hat Mae versucht, Ihnen Ihre Verantwortung klarzumachen? Waren Sie so wütend auf Corcoran, dass Sie geglaubt haben,

Sie könnten mich dazu bringen, ihn zu töten? Da hatten Sie sogar beinahe Recht.»

Sein Blick huschte eilig umher, denn ihm wurde klar, dass er unbedingt herausfinden musste, was ich alles erfahren hatte, während er Ricky Lee getötet hatte und beinahe auch mit Tookie Cross fertig geworden war. «Sie sind ein cleveres Kerlchen», sagte er. «Ich habe das immer gewusst. Wo ist mein Sohn?»

«Er ist in Sicherheit. Die anderen auch. Wo sie sind, das kriegen Sie nie raus. Es ist niemand übrig, den Sie noch töten könnten, Radek. Was wollen Sie jetzt machen?»

Er steigerte sich in eine erneute Raserei, tat einen Schritt nach vorn und schrie. Seine Spucke spritzte mir ins Gesicht, während der Gewehrlauf sich in meine Brust bohrte. «Geben Sie ihn mir. Sagen Sie, wo er ist, oder ich bringe Sie um, Arschloch!» Seine Augen glitzerten ungeduldig, erfüllt von wahnwitziger, mordgieriger Wut. «Sie sagen es mir jetzt.»

«Erschießen Sie mich, und Sie werden's gar nicht erfahren. Vielleicht finden Sie ihn ja nie. Warum haben Sie Mae ermordet?»

«Weil sie einfach nicht aufhören konnte. Sie hat mich immer angesehen mit ihren vorwurfsvollen Augen und mich gefragt, was ich wohl für ein Vater bin. Sie hat mich für wertlos gehalten. Sie hat entdeckt, dass ich meinen Sohn gefunden hatte und dabei war, ihn von den Eltern von Denise zurückzubekommen.» Er trat zurück, mehrere Schritte auf den Steinplatten, streckte den linken Arm aus und zielte mit dem Gewehr ganz ruhig auf mich. «Und jetzt puste ich deinen Arsch ins Meer.»

«Das glaube ich nicht», sagte eine andere Stimme. «Werfen Sie die Waffe weg!»

Gatti fuhr herum und feuerte eine blinde Salve in den Nebel hinein. Ich zog die .38er aus dem Knöchelhalfter heraus und erwischte ihn zweimal in der Brust, während ihn ein

Schuss von rechts zur Seite warf. Er flog mit dem Gesicht voran zu Boden, die Kalaschnikow immer noch fest umklammernd, und dann schlenderte Drew Diamond aus dem Nebel heran, seinen Colt in der Hand, und bohrte die Spitze eines schicken Halbschuhs in den bereits reglosen Körper. Drews Augen waren vor Müdigkeit ganz rosa und verschwollen. «Hallo, Billy», sagte er. «Lange Nacht. Wie wär's mit 'ner Tasse Kaffee?»

33

Drei Tage waren vergangen.

Vor dem Weggehen hatte ich mich genauestens vorbereitet und tausendmal überlegt, was ich nun tragen sollte. Ich hatte einen Anzug gewählt. «Nein», sagte ich dann, «da werden sie denken, ich gehe auf ein Begräbnis.» Ich hatte einen anderen probiert und mir gesagt: «Verdammt, jetzt seh ich aus wie John Travolta.» Am Ende hatte ich mich für Jeans, ein Hemd und einen schwarzen Blazer entschieden und hatte dann ungeduldig hin und her gehend auf den Lift gewartet, der sich mit rotem Blinklicht und einem Glockenklang ankündigte, ehe er mich in rasanter Fahrt in den Keller brachte.

In der Tiefgarage war es trostlos. Das Regenwasser, das sich nach dem Unwetter zu Pfützen und Seen angesammelt hatte, war voller Öl, Limodosen und Kippen. Die nasskalte Luft fuhr einem in die Knochen, und die spotzenden Leuchtstoffröhren über mir flackerten, als wollten sie den Geist aufgeben. Ich umging gerade eine der größeren Pfützen, immer darauf bedacht, mir die Schuhe nicht nass zu machen, und wollte zu meinem Porsche, der ganz hinten stand, da trat Drew Diamond hinter einem Betonpfeiler hervor. Er hatte offensichtlich auf mich gewartet. Drew selbst war piekfein gekleidet und wie üblich bis an die Zähne bewaffnet, der Colt hinterließ eine Ausbuchtung unterhalb des Ärmels einer schicken Tweedjacke mit Fischgrätmuster.

Er sagte: «Ich dachte mir, wir fahren gemeinsam hin.»

«Dürfen wir überhaupt miteinander reden?»

«Scheiß auf die Vorschriften», erwiderte er mit hungrigem Grinsen und bleckte seine Haifischzähne.

Aufgetrieben hatte er mich in jener Nacht über Humbolt Raffi, der auf die Suche nach Francis gegangen war, nachdem dieser sich aus dem Versteck davongemacht hatte. Drew war als Erster da gewesen, gefolgt von ganzen Horden der uniformierten Kavallerie aus Long Beach. Wir hatten beide die Regeln gekannt. Wir hatten kein Wort gesagt, weder zueinander noch zu irgendwem sonst, und das hatte auch niemand anders erwartet.

Ich hatte die Geschichte einigermaßen verwässert, als der Typ von der Abteilung Schusswaffengebrauch bei Polizeieinsätzen am nächsten Tag kam, erzählte ihm nur, was ich für notwendig hielt. Ich ließ alles aus, was mit Ricky Lee zu tun hatte, und sagte, ich hätte keine Ahnung, weshalb er auch in der Lagerhalle gewesen sei. Ich könne mir nur vorstellen, dass er ebenfalls dem Mörder seiner Mutter auf der Spur gewesen war. Auch Tookie Cross war tot: Er hatte endlich einen Gegner gefunden, der stärker war als er, und zwar nur wenige Minuten nachdem er am Pier abgelegt hatte – einen Bananenfrachter mit Kurs auf Südamerika. Die *Little Knell* war explodiert und innerhalb von Sekunden gesunken, mit Tookie an Bord.

Drew öffnete mir die Beifahrertür seines Jaguars und tänzelte dann auf die andere Seite herum. Er grinste mich über das Wagendach hinweg an, und ich fragte mich, was wohl bei *seiner* Befragung durch den Ermittler der Dienstaufsicht herausgekommen war. Ich hatte bisher darauf verzichtet, zurück aufs Revier zu gehen. Cataresco war Dienst habende Leiterin der Mordkommission, eine vorübergehende Beförderung, auf die sie gedrängt hatte und in der sie sich zweifellos mit lässiger Kompetenz bewährte. Murakami incentivierte die Abteilung noch grimmiger als sonst, wie ich gehört hatte, spielte mit seiner Pingpongkelle und war sich keineswegs sicher, ob nun alles vorbei war oder ob die Kacke erst noch richtig zu dampfen anfing.

Drew fuhr zügig, er bediente den Schalthebel des Jaguar mit geübter Hand und fädelte uns in den Spätnachmittagsverkehr auf dem Admiralty Way ein. Die Sonne schien schon den ganzen Tag und legte tausend schimmernde Silberteppiche über den dunklen Ozean. Viele kleinere Boote waren gerade auf dem Heimweg in den Yachthafen, sie schaukelten munter auf den Wellen, und der immer noch kräftige Wind ließ ihre prächtigen Segel anschwellen. Im Norden der Bucht, hinter der an einen dösenden Dinosaurier erinnernden Landzunge, ballten sich wieder dunkle Wolken über den Bergen zusammen.

«Das wird dir gefallen heute», sagte er und reckte den Hals, als wir vor der *Killer Shrimp* an einem unsicheren Radfahrer vorbeifuhren. «Bin nämlich seit kurzem bei der Internen Ermittlung. Stimmt schon, ist nur für ein Weilchen – seit ich bei der Beförderung in der Mordkommission übergangen wurde und mich für diese Sache in Seattle beworben habe. Und weißt du, auf wen sie mich ursprünglich angesetzt hatten? Auf Larry Murakami, diesen Schleimer. Wie's aussieht, hat er sich eine Rolex zu viel geleistet. Also fragte man sich allmählich: ‹Woher kriegt Mr. Murakami wohl seine Scheinchen?› Allerdings musste ich zähneknirschend feststellen, dass der alte Larry so rein ist wie das Innere seiner beschissenen Pingpongbälle. Ein schamloses, aber leider auch absolut tadelloses Arschloch. Und ich war auch einigermaßen überrascht, als ich herausfand, dass ich eigentlich wohl besser dich ins Visier hätte nehmen sollen. Was hast du dazu zu sagen?»

Ich sagte gar nichts.

«Keine Antwort?» Drew ließ sein Lächeln aufblitzen. «Also, ich weiß nicht, wie's mit dir ist, Billy, aber ich will sie *einkassieren*, die korrupten Cops.»

Drew brachte den Jaguar vor einem Laden an der Kreuzung Pacific Avenue zum Stehen. Direkt vor uns sah ich das Flimmern des Meeres, eingekesselt und abgezirkelt von den Gebäuden zu beiden Seiten der Windward Avenue.

Dann zog er die nächste Überraschung aus der Tasche, eine Tonbandkassette, die er ins Autoradio schob. Es knisterte, zischte und krachte, eine ganze Sinfonie der Verzerrung, aber dennoch ließen sich die beiden Stimmen erkennen – meine eigene und die von Ricky Lee –, und auch die Bedingungen, zu denen das Bestechungsgeld angeboten wurde, waren klar zu hören, als sie nun in den Türlautsprechern des Jaguars erklangen.

«Fünfhunderttausend? Scheiße, Billy, das ist verdammt viel Kohle. Hast du's genommen?»

Ich hatte keine Antwort parat. Ich war mir sicher gewesen, die Innereien dieses Bandes herausgerissen zu haben, hatte selbst gesehen, wie der Sturm sie davongeweht hatte. Ein flatterndes Stückchen war kurz an meinem Wohnungsfenster kleben geblieben. «Wo hast du das her?»

«Lag irgendwo in Gattis Lagerhaus in San Pedro herum.»

Ein Penner ging vor dem Wagen über die Straße, sein zerfetzter Mantel flatterte ihm um die Knöchel. Er wandte sich zu mir um, beinahe grimmig, während über uns ein Jet hinwegdonnerte und die Luft zum Beben brachte. Meine Gedanken wurden zu jener ersten Nacht dieses Falles zurückgerissen. Ich war mit Ricky Lee im Verhörzimmer gewesen. Dann war ich zum Vordereingang des Reviergebäudes hinausgestürmt, wo mich Ward und dieser Zed, ihr Kameraheini im T-Shirt, abgefangen hatten. Ich war dann noch einmal zurückgehetzt, um die Kassette einzustecken, die ich danach nicht mehr aus der Hand gegeben hatte, bis ich bei mir zu Hause war. Daraus musste ich schließen, dass das Band, das ich zerschnitten hatte, offensichtlich nicht das war, auf dem ich meine Unterhaltung mit Ricky Lee festgehalten hatte. Jemand hatte die Kassetten vertauscht.

Der Penner fuchtelte mit der Hand in Richtung Himmel, er wollte etwas mitteilen oder vielleicht nur gegen den Lärm des Jumbos protestieren, und ich dachte an den kubanischen Streifenpolizisten, den Ex-Footballstar mit dem sechsschüssigen Revolver. Vielleicht hatte der sich das Band geschnappt und dann an Gatti weitergegeben. Dann stellte ich mir das Hundegesicht des Kubaners vor und verwarf den Gedanken wieder. Es musste eine andere Erklärung geben.

Der Penner zitterte, raffte seinen Mantel um sich, und in diesem Moment durchzuckte mich die Erinnerung. Ich hatte auf dem Rückweg im Korridor fast jemanden gerammt, der aus der Richtung des Männerklos gekommen war, eine huschende, dunkle Gestalt. Damals hatte ich angenommen, es sei einer der Jungs von der Sitten-Frühschicht, aber es war Gatti gewesen, das wurde mir nun klar. Der Kerl hatte doch tatsächlich im Polizeirevier herumgeschnüffelt. Er dürfte gesehen haben, wie Ricky Lee hinausging, dann war er ins Verhörzimmer geschlüpft und hatte die Kassette eingesteckt. Enorm dreist, dieser Gatti. Los Angeles musste ihm grenzenlos vorgekommen sein, ein jungfräuliches Terrain, auf dem er nach Belieben spielen und herumtollen konnte. Er hatte mich die ganze Zeit vor sich hergetrieben.

Der Penner erschauerte nochmal und schlurfte davon, während Drew nachfragte: «Komm schon, Billy, hast du das Scheißgeld nun genommen oder nicht?»

Die Welt war mir noch nie ganz einfach erschienen. Ich sah die Dinge nicht nur im scharfen Schwarzweißkontrast. Ich war eben kein Eiferer, wie Drew einer war. Ich glaubte nicht, dass der Mensch entweder gut oder schlecht ist, eher schon, dass jeder Mensch einer Reise ähnelt, die gewiss irgendwann ihr Ende findet – vielleicht auch ein abruptes und unvorhergesehenes, völlig zufälliges Ende, und die ganze Zeit tastet man sich durch den Nebel, sucht seinen Weg. Ich dachte zu viel nach. Ich stöberte herum und betrachtete die Dinge von allen Seiten, eine Angewohnheit, die einen großartigen Bullen in Sachen Mord aus mir gemacht hatte. Dennoch hatte Drew mich gerettet. Er verdiente eine klare Antwort.

«Ja, Drew, ich habe das Geld genommen.»

Er schlug mit der Faust gegen das Lenkrad. «Ich hab's gewusst. Scheiße. Warum, Billy? Das war so *dumm* von dir.»

«Es war falsch, Drew. Aber ob es dumm war, weiß ich nicht.»

Wieder zog er das Ding mit der Faust ab. «Verflucht nochmal, Billy. Hast du denn nichts gelernt? Raus aus meinem Wagen!»

«Hör zu, Drew, ich habe gebrannt, du hast mich angepisst und damit das Feuer gelöscht. Ich bin dir dankbar, und mir ist klar, dass ich jetzt stinke. Damit werde ich wohl lernen müssen zu leben, ganz egal, was noch passiert.»

«Los, raus aus meinem Wagen, Scheiße nochmal. Ich fahre nicht mit dir.» Doch als Drew aufsah, bemerkte er, dass wir schon vor der Galerie standen. «Ach, verdammt», sagte er, und sein kraftvolles, eckiges Gesicht verlor alle Spannung.

Ted Softly stand gleich hinter der Tür, seine langen, frisch gewaschenen Haare glänzten, der dunkle Anzug war sauber und gebügelt. Er trug eine quer gestreifte Seidenkrawatte, und seine rosa geränderte Brille wirkte noch größer als sonst in seinem Gesicht, als hätte er ein paar Pfunde auf einem Gesundheitstrip verloren – der aber nur von kurzer Dauer gewesen sein konnte, denn er hielt in der einen Hand ein Glas Champagner, die andere lag auf der nackten Schulter von Holly. Ich wusste ihren Namen noch, die exotische Schönheit aus Japan, die mit der gleichen Selbstsicherheit wie damals auf ihren hohen Absätzen balancierte, allerdings trug sie heute andere Schuhe. «Ich muss mich noch wegen neulich bei Ihnen entschuldigen», sagte sie. «Die ganze Geschichte mit Ted und dem Revolver. Wir waren alle schrecklich fertig an dem Abend.»

«Nicht so schlimm», erwiderte ich und sah Drew nach, der sich auf der Suche nach Ellen und Lucy durch die Menge schob.

«Sie waren großartig», sagte sie. «Sie haben mir das Leben gerettet.»

«Das klingt etwas zu dramatisch. Ted hätte ja doch nicht abgedrückt.»

«Hey!», schaltete sich Ted ein, das Champagnerglas an den Lippen. «Vielleicht doch. Ich bin ein gefährlicher Bursche.»

«Sicher», sagte ich. «Wie du meinst.»

«Mein gefährlicher Bursche», schnurrte Holly und schmiegte sich an ihn. «Der mich heiraten will.»

«Wirklich?», fragte ich und war selbst überrascht, wie aufrichtig ich mich darüber freute. Wieso nicht? Ist einen Versuch wert, dachte ich. «Dann viel Glück für euch beide.»

«Tja, was soll man machen?», meinte Ted verschmitzt. «Los, komm. Ich bring dich zu deiner Investition.»

Mein Mund öffnete sich und ein Vögelchen flog hinaus – das war mein Herz –, als ich Lucy mit dem Rücken zu mir vor den beiden Bildern stehen sah. Ich beobachtete sie, wie sie von einem zum anderen ging, sich in der für sie typischen Haltung ein Stück vorbeugte, den Kopf schüchtern und schildkrötenhaft zwischen den Schultern eingezogen, während sie zu den Bildern aufblickte, voller Staunen und Verwunderung. Das erste zeigte zwei Gestalten in einem Boot, einen Steuermann und ein kleines Mädchen. Sie fuhren durch einen Wald, der ebenso farbenfroh, überfüllt und bedrohlich war wie Los Angeles. Das kanuartige Gefährt war aus einem rötlichen Material in der Farbe von Ziegelstaub zusammengeschustert. Es wirkte weder stabil noch seetauglich, wie es so durch die wilde Strömung schaukelte, und im Vorbeifahren wurde es von allen Seiten von Tigern, Wölfen, Löwen und Schakalen beäugt, ganz zu schweigen von diversen finsteren menschlichen Gestalten, die urbanen Glamour und Jazz in das Bild einbrachten. Der Steuermann, ein behelmter Krieger, bot immerhin ein Stückchen Hoffnung, die vielleicht törichte Möglichkeit eines Weges nach vorn. Stark und furchtlos deutete er mit dem Arm zum Horizont, verwies Bedrohungen und Panik in ihre Schranken.

Dieses surrealistische Gemälde war klein und trug keinen Titel, erzählte aber zweifelsfrei die Geschichte von einer titanischen Herausforderung, während das andere, *Venice Beach*, schlicht und abstrakt war, eine riesige Leinwand, etwa fünf mal drei Meter, eine Komposition aus Quadraten, Rechtecken und Parallelogrammen in einer nahezu endlosen Reihe von Blaunuancen, die alle davonzustieben und den Rahmen zu sprengen drohten, letztlich aber doch von einem goldgelben Balken in Schach gehalten wurden, der sich entlang dem oberen Rand erstreckte wie eine Sanddüne. Das Bild verführte einen mit seiner irgendwie friedvollen Mischung von Ordnung und Chaos. Es sagte: «Spring hinein und schwimm!» Ich trat hinter Lucy, legte sanft die Hände auf ihre vorgebeugten Schultern und spürte einen Moment lang Ekstase, das gänzliche Vergessen aller Sorgen, von allem, was mit Vergangenheit und Zukunft zu tun hatte, als wäre ich im Inneren eines warmen Strandhauses und würde für immer dort leben und durch ein großes Fenster aufs Meer hinausblicken. In dieser Sekunde erwachte etwas Besseres, das in mir steckte und voller Freude und Jugendlichkeit war.

«Hey, Dad», sagte sie und lehnte sich in meine Arme zurück, während ich die Augen schloss und den Moment tief in mein Gedächtnis eingrub.

Ich hörte Ellens behutsame Stimme. «Hallo, Billy.»

Ich musste erst das Gleichgewicht wieder finden, ehe ich mich umwandte und in diese hellgrünen Augen blickte, die mich wie immer taxierten. «Du siehst toll aus», sagte ich, und es stimmte. «Erzähl mir was von Seattle.»

«Zuerst erzählst du mir was über diese Bilder.»

Lucy mischte sich fröhlich ein: «Dad brauchst du gar nicht zu fragen. Der versteht nichts von Kunst.»

Ellen bat Lucy, ob sie wohl schnell nach oben gehen und ihre Handtasche holen könne. Sie sah Lucy nach, die sich ihren Weg durch die Menge bahnte, mal nach links, mal nach rechts wandte, dann blickte sie mich fragend an. «Hast du irgendwas gesagt?»

Am Vortag hatte ich Ted bei Ellen anrufen lassen. Er hatte ihr die Geschichte erzählt, dass ich angeblich vor zehn Jahren mal zwanzigtausend für zwei Bilder auf den Tisch gelegt hätte, die inzwischen einen Haufen Geld wert seien, und sie hatte ihm geglaubt; aber gleich danach hatte sie mich angerufen und mir erklärt, sie wolle diese Bilder nicht, um keinen Preis. «Du versuchst noch immer, über mich zu bestimmen, Billy», hatte sie sich beklagt. «Ich will nicht abgesichert mit deinem Notgroschen im Gepäck nach Seattle gehen. Es ist lieb von dir, aber ich werde diesen Neuanfang aus eigener Kraft unternehmen. Keine Bindungen, keine Verpflichtungen.» Ich sagte darauf, dann solle sie doch Lucy die Bilder nehmen lassen. Daran könne sie wohl nichts auszusetzen haben, nicht wenn sie ausschließlich für Lucy seien. Sie dachte lange nach, ehe sie antwortete. «Nein, vermutlich nicht. Aber glaubst du wirklich, dass du ihr damit am besten hilfst?»

Ich hatte dann noch tausendmal hin und her überlegt und war zu dem Schluss gekommen, dass es nicht richtig wäre. Diese Bilder waren über und über mit Blut befleckt, und es war nicht mein Blut. Sicherlich, sie waren auch der Gegenwert für das, was ich durchgestanden hatte, um sie zu bekommen. Sie symbolisierten meine Bereitschaft, für meine Familie zu sterben – aber das waren beides Aspekte, die nur einen Bezug zu mir herstellten. Ich begriff irgendwann, dass mein Verhältnis zu Lucy nichts mit Geld oder Gegenständen zu tun hatte, und schon gar nicht mit dramatischen Gesten meinerseits; es ging darum, für sie da zu sein, egal wann und weshalb, durch dick und dünn, selbst wenn Ellen mich verlassen hatte und nun mit Drew zusammen sein würde, um sich ein neues Leben aufzubauen.

Ellen fragte mich jetzt: «Hast du nun entschieden, was du tun wirst?»

«Ja», sagte ich. «Ich habe von Ted alles arrangieren lassen. Er hält mich ganz aus der Sache heraus.»

«Das beantwortet aber nicht meine Frage, oder?»

«Nein, nicht ganz.»

Drew war herübergekommen. Er rückte seine haarige Tweedkombination zurecht, reckte den Hals und räusperte sich dann. «Dieser Typ da drüben. Wie heißt der?»

«Ted?»

«Ja, der so aussieht, als wär er schon seit zwanzig Jahren angesoffen. Der sagt, diese Bilder hier, die ihr euch gerade anseht, also er sagt, die sind so um die fünfhunderttausend Dollar wert.»

«So viel?», fragte Ellen.

Ich sagte: «Überlegst du's dir etwa gerade nochmal?»

«Keine Chance, Billy. Ich wundere mich nur über dich.»

Als ich zum Eingang hinübersah, bemerkte ich, dass Renata Richards gerade hereinkam, ganz in Schwarz gekleidet und zusammen mit ihrer Tochter, die ein rotes Kleid und eine schwarze Schleife im Haar trug. Ich winkte ihr zu, und Renata hob verlegen die schwarz behandschuhte Hand zum Gruß. Von Ricky Lees Geld würden sie keinen Cent sehen: Die Drogenfahndung und das Finanzamt, gar nicht zu reden von Ricky Lees eigener Bande, würden schon dafür sorgen. Aber die zwei Gemälde würden sie bekommen. Ich würde Ted beauftragen, die Papiere so zu türken, dass die Bilder einwandfrei auf Renatas Namen ausgeschrieben wurden und sie überhaupt nie herausfinden konnte, dass ich damit etwas zu tun gehabt hatte. Die Erklärung wäre, dass sie Ricky Lees geheimes Vermächtnis für *seine* Tochter darstellten. Ich wusste nicht, ob ich richtig handelte, aber es war ein Gedanke, mit dem ich leben konnte; immerhin waren sie ja von Ricky Lees Geld gekauft worden.

«Wer ist das?», fragte Ellen.

«Sie heißt Renata Richards.»

Drew ergänzte: «Die Frau eines Obergangsters, der neulich im Hafen von San Pedro abgekratzt ist.»

Lucy kam in ihrer vertrauten Haltung mit den krummen Schultern in den Galeriesaal zurück und blieb vor jedem Bild stehen, dabei hielt sie Ellens Handtasche fest umklammert. Ich ging zu ihr und raunte ihr ins Ohr: «Siehst du das kleine Mädchen da drüben? Die sieht doch cool aus, findest du nicht? Aber weißt du was, ich glaube, sie könnte eine Freundin gebrauchen. Willst du nicht mal hingehen und mit ihr reden?»

Dann winkte ich Ted zu, der zurückwinkte, und ging wieder zu Ellen und Drew. Ellen fragte: «Gibt es da etwas, das ich wissen sollte?»

«Überhaupt nicht», antwortete ich.

«Drew?», fragte sie.

Drew zog sein Jackett in den Schultern straff.

Ich sagte: «Du siehst aus, als wäre dir unwohl, Drew. Was ist los? Bisschen zu warm hier drin?»

Er sah kurz zu Ellen und nahm ihre Hand. «Das ist schon ein Typ, dein Exmann. Ein richtiges Überraschungspaket.»

Ellen kniff die Augen zusammen und sah mich an. «Billy? Hast du eben versucht, mich auszutricksen?»

«Überhaupt nicht», sagte ich.

«Wirklich?»

«Wirklich.»

Für einen Moment waren wir in unserem Bewusstsein wie durch ein Band miteinander verbunden. Sie lächelte jetzt, drückte kurz die Wange in die Wölbung meiner Handfläche, und meine Erinnerung flog zurück zu unserer ersten Begegnung in der Bar von Marty McFly, wo sie den blöden Witz über Wittgenstein und deutsches Bier gerissen hatte. Ich begriff, dass dies jetzt etwas Endgültiges war. Wir würden uns natürlich wieder sehen, und das sehr häufig, aber nie wieder auf diese Weise. Sie sagte: «Wiedersehn, Billy.»

Drew behielt das letzte Wort, als er mir eine Kassette, die Aufnahme meines Gesprächs mit Ricky Lee, in die Brusttasche meines Jacketts schob.

«Was ist denn das?», wollte Ellen wissen.

«Rap-Musik», sagte er. «Eine Scheißmusik, echt *gefährliche* Musik, meiner Meinung nach. Aber ich bin ja als Langeweiler bekannt. Also bis dann, Billy.»

«Bis dann, Drew. Ich *steh* auf Rap.»

34

Ich sitze im Büro, das Holzschild mit der Pistole hängt über mir, im Rücken habe ich die Regale mit den Mordakten. Ich sitze hier, seitdem ich aus der Galerie weggegangen bin, wo Lucy mich zur Tür brachte, mir einen Kuss gab und wir einander versprachen, uns morgen wieder zu sehen. Mir ist leicht schwindlig, weil es schon morgen ist. Ich habe die ganze Nacht hindurch in diesen Recorder hineingeredet.

Erst nach dem Charlie-Corcoran-Prozess kam mir überhaupt der Gedanke, dass mein Motiv Rache gewesen sein könnte. Ethik und Pflichtgefühl waren dagegen verblasst. Ich hatte gespürt, dass ich ein wenig Geld für die beiden Menschen herausschlagen könnte, die mir am meisten bedeuteten. Das alles ließ nur eine Schlussfolgerung zu: In einer Welt, wo die Gerechtigkeit nicht funktioniert, hat die Rache einen Sinn. Da sich in meiner Vorstellungskraft keine moralische Ordnung mehr als real erwies, konstruierte ich meine eigene – infolgedessen fanden Menschen den Tod, wurde meine Familie bedroht und riskierte ich das Leben einer Frau, in die ich mich verliebt hatte und die möglicherweise auch mich lieben würde, und am Ende war mir die Sache mit dem Geld gar nicht mehr recht. Mit anderen Worten: Das Experiment war keineswegs ein klarer Erfolg.

Ward und ich halten den Kontakt, wir telefonieren manchmal noch spätnachts, aber seit San Pedro haben wir uns nicht mehr getroffen. Sie sagt, sie glaubt und hofft, dass zwischen uns etwas Ernsthaftes läuft, und ich hoffe das auch. Sie ist eine wunderbare, kluge und ehrgeizige Frau, und sie verdient es, die Wahrheit zu erfahren. Deshalb auch diese Kassetten, die ich ihr geben werde, sobald ich fertig bin.

Ich weiß nicht, ob sie die Story bringen will oder wie sie mit der Sache umgehen wird.

Fragen Sie bloß nicht, ob das schlau ist. Vielleicht habe ich ja gar keine Zukunft mehr als Cop.

Als ich damals aus England zurückkam, hatte Los Angeles etwas Himmlisches für mich gehabt – es war schillernd, schnelllebig, so frei und voller Energie. Ich stellte mir vor, wie meine Freunde von mir sprachen, als wäre ich tot und an einen angenehmeren Ort verfrachtet worden. Durch die Augen der Ermordeten verstand ich die Stadt allerdings besser, bis ich irgendwann beim Umherfahren nicht mehr nur Gebäude, Plakatwände und Schnellstraßen sah. Ich sah immer nur Spinnweben, sah all die Dinge, die dort geschehen waren. Ich wurde ein Gespenst und ich weiß, dass ich keine Luft mehr hatte und die Leichtigkeit des Lebens mir seit Jahren verloren gegangen war. Nach dem Tod meiner Eltern und im Zuge von Ellens schwerem Unfall und durch all diese Mordfälle hatte ich mich wie kurz vor dem Ersticken gefühlt, betäubt von einer Verzweiflung, die oft meine erste Empfindung nach dem Aufwachen gewesen war. Kein Wunder, dass ich hatte sterben wollen.

Aber gestern Abend, als ich mit meiner Tochter vor diesen Gemälden stand, da spürte ich die Sonne im Gesicht, ein Gefühl der Erlösung, des Befreitseins. Es war ein strahlender Moment, als säße ich mit einem Mal in einem Luftballon, der in Schwindel erregende Höhen stieg – es erinnerte mich daran, dass das Leben auch ganz anders sein konnte. Ich bin gedemütigt worden, ich habe Ellen endgültig verloren, möglicherweise komme ich sogar ins Gefängnis. Indem ich die ganze Geschichte hiermit an Ward übergebe, setze ich mir gleich noch eine Pistole an den Kopf. Ein Geständnis ist wie Selbstmord, das Auslöschen eines alten Ichs, nur dass ich auf diese Weise die Chance zum Neuanfang bekomme, mit der sicheren Gewissheit, dass mein Leben nicht länger sinnlos ist – kann sein, dass diese Gewissheit nur vorübergehend ist, vielleicht aber auch nicht. Mir ist klar geworden, dass Montaigne Recht hat: Der Mensch braucht keine Philosophie, um das Sterben zu lernen, das Leben selbst enthält alles, was dazu nötig ist.

Es ist sieben Uhr früh. Ich rieche Kaffee. Draußen ist die Luft kühl und frisch, es wird ein schöner Tag, ohne Dunst oder Smog über den Hügeln. Endlich kann ich die Mordakte Mae Richards schließen und auf das Regal hinter mir zurückstellen, mit einem gelben Punkt darauf, der «aufgeklärt» bedeutet. Irgendwann heute wird es den nächsten Mord geben und morgen wieder einen, und ich werde sie alle bearbeiten, wenn man mich noch lässt, nicht aus einem höheren Glauben an die Gerechtigkeit heraus, sondern weil das eben meine Arbeit ist.

Gerade ist Cataresco hereingekommen, die Lederjacke lässig über die Schulter gehängt und ein kleines Tablett mit Cappuccino vor sich her balancierend. Sie sagte: «Hallo, Billy, guten Morgen», mit leiser Überraschung in der Stimme und einem Blick, als sollte ich nicht auf ihrem Stuhl sitzen, als sollte ich irgendwo anders sein – oder einfach nur jemand Besseres.

Ich weiß, wer ich bin, ich bin der Mörder-Bulle.